德国画家费尔巴赫创作的油画作品《美狄亚》

中国人民大学科学研究基金重大项目
（中央高校基本科研业务费专项资金资助）

“新时期欧美戏剧理论译介与影响研究（1980—2019）”
（项目编号 2021030015）的资助

视像人文馆系列

幻想的自由

——现代悲剧文体研究

The Illusion of Freedom

On Genology of Modern Tragedy

陈奇佳　著

中国戏剧出版社
CHINA THEATRE PRESS

图书在版编目（CIP）数据

幻想的自由 ：现代悲剧文体研究 / 陈奇佳著． --
北京：中国戏剧出版社，2022.9（2023.6 重印）
ISBN 978-7-104-05208-1

Ⅰ．①幻… Ⅱ．①陈… Ⅲ．①悲剧－戏剧文学评论－
西方国家 Ⅳ．① I106.3

中国版本图书馆 CIP 数据核字（2022）第 052164 号

幻想的自由：现代悲剧文体研究

责任编辑：王松林　郭　峰
责任印制：冯志强

出版发行：中国戏剧出版社
出 版 人：樊国宾
社　　址：北京市西城区天宁寺前街 2 号国家音乐产业基地 L 座
邮　　编：100055
网　　址：www.theatrebook.cn
电　　话：010-63385980（总编室）　010-63381560（发行部）
传　　真：010-63381560

读者服务：010-63381560
邮购地址：北京市西城区天宁寺前街 2 号国家音乐产业基地 L 座

印　　刷：北京九州迅驰传媒文化有限公司
开　　本：787mm×1092mm　1/16
印　　张：25.75
字　　数：420 千字
版　　次：2023 年 6 月　北京第 1 版第 2 次印刷
书　　号：ISBN 978-7-104-05208-1
定　　价：156.00 元

目　录

Contents

前　　言
Preface

一

1870年以来，整个时代的艺术趣味发生了结构性、断裂式的变化。[①] 在此之前，艺术评判指向的标准更多还是来自古典主义，即强调正统与崇高、秩序与和谐的审美倾向。古典主义在政治上经受了启蒙主义与浪漫主义的巨大冲击，但就艺术趣味而言，启蒙主义与浪漫主义一定程度上仍是古典主义的分支。具体而言，尽管启蒙精神与古典主义具有强烈对立性，但其对立性主要表现在政治、社

---

① 罗兰·巴尔特说：

在1850年前后，三件重要的新历史事实汇聚在一起了：欧洲人口统计学的反转；冶金工业取代了纺织业，即现代资本主义的诞生；法国社会变成了三个敌对阶级（这是在1848年6月中的几天间完成的），即自由主义幻想的最终破灭。这种新形势把资产阶级抛入一种新的历史情势中。在此之前一直是资产阶级意识形态本身提出了普遍性的标准，它未遭反对地承担着这一职责。资产阶级作家是他人恶行的唯一法官，没有任何其他人士须对此加以关注，他们还未在自己的社会条件和思想使命之间被扯得四分五裂。自此以后，这同一种意识形态就只不过是各种可能的意识形态中的一种了。它的普遍性不存在了，除非限制自己，否则它就不可能提高自己。作家于是受到一种含混性之害，因为他的意识不能正好再符合其条件了。这样就产生了一种文学的悲剧。

正是从这时开始，写作变得多样化了。从此以后每一种写作，精雕细琢的，民众主义的，中立的，口语的，都需要一种最初的行动，根据这种行动，作家接受或摒弃他的资产阶级条件。每种写作都是一种回答这种有关“现代形式”的俄尔非式问题的尝试，即无文学的作家。（巴尔特：《写作的零度》，李幼蒸译，中国人民大学出版社2008年版，第32页。）

巴尔特在此强调的是1848年欧洲无产阶级革命的绝对意义，我们在此强调的是民族国家因素连带引发的意识形态、艺术的变革。

会实践领域，启蒙主义在艺术领域对于趣味的坚持更加顽固——因为从事艺术活动的人往往是前一个时代具有高尚文化修养的人，社会底层的人进入此形式活动领域需要时间，并且启蒙主义与浪漫主义绝大部分代表人物来自贵族或富裕市民阶层，对底层大众之于艺术上的地位多是默然的、居高临下的，这使得艺术趣味领域中古典主义仍然占据主流地位。

至1870年代前后，文艺复兴以来的那种以古典主义为正统体制核心的整个艺术结构发生了动摇，一种更加强调个体精神的、注重自我姿态之抒发的“现代”艺术观念逐渐形成。自此，19世纪以来的各方面力量开始形成一种合力，在艺术创作上成为新的艺术主流源泉，开始形成相应的艺术观念性架构。印象派在1870年代开始获得胜利，这是一个巨大的历史事件。印象派、自然主义、大众戏剧、易卜生的现实主义戏剧在1880年代成为艺术主潮，其理念开始主导主流艺术界的沙龙了。1890年代之后如凡·高、高更等后印象派时代的到来进一步推动了这股力量。经过20世纪初现代派诸浪潮的努力，1950年代末期至1960年代初，我们目前所谈论的当代艺术的所有体制性问题都已经出现并趋于稳定。

为什么在1870年前后西方艺术世界会出现这种断裂性的转折变化呢？

总的来说，这是18世纪美国建国和法国启蒙运动所开启的西方社会变革的一个自然结果。西方社会政治秩序的变革，在经历了近一个世纪的发展后，最终在1870年前后形成了一种普泛意义上的人文界的精神合力。这似乎呈现出历史前进的既定方向，然而也立刻形成了自反倾向和思想分支，最终在未来的艺术领域形成千姿百态的情况。我们可从四个层面来分别考察这样的变化及其对人类精神与艺术生产体制所带来的影响。

第一，在政治层面上，以1870年为界，对个体平等自由价值的尊重开始成了一般意识形态的基础。这样的观念在实体化过程中不仅体现在个体角度，同时也体现在共同体角度。

就个体角度而言，体现在社会各阶层都意识到关注底层民众政治地位与利益需求的重要性。例如在此之前的社会中，人民存在贵贱之分，统治阶级对被统治阶级的压迫、剥削被认为是天经地义的，1870年的社会主义运动——巴黎公社的出现结构性地改变了社会的这一观念，无产阶级作为政治力量开始出现。再如，在司法界出现的“轻罪”的概念（反对酷刑、维护罪犯的人权、主张废除死刑等）也是建立在维护个人的尊严的基础之上。

就共同体角度而言，那时起形成的民族国家形式直到今天仍是我们生活的共同体的最高形式。既然自由平等是个体适用的概念，那么所有的民族国家就应该是独立、自由、平等的。因此自 1870 年后，随着德意志第二帝国作为民族国家的立国，世界范围内产生了民族独立的浪潮。老牌的殖民国家（如英国、法国）开始步入衰退时期，而诸如意大利、波兰等国的独立运动，则引起了全欧洲的关注。

这样一个自由平等概念的实体化过程，带来了民族分裂的浪潮，同时也在精神层面上带来了原始主义的思潮，即欧洲对于非欧洲国家采取了另外一种观看眼光（如博物馆式的眼光），这成了欧洲艺术创新的源泉（如塞尚等对浮世绘的学习、化用）。这虽然不是传统意义上的欧洲中心主义，但这种观看当中仍然存在着猎奇的成分，例如，科克托、毕加索、克洛岱尔对于中国的观看，弗罗芒坦对北非、阿尔及利亚的观看等。

第二，在科学层面上，科学狂飙突进的时代直到 1870 年前后，逐渐形成了一股合力。在德语中，“科学”本来只是一种知识体系的意思，而随着发展，它成了一种以“现代自然科学”为名的信仰，一种以数字化、程式化、可验证的方式去建构人类大厦的精神合力。1870 年后，这种精神合力认为人类一切问题都可以被科学的精妙计算解决，科学乐观主义对当时的社会发展起到了绝对的作用。直到第一次世界大战，欧洲知识界才开始对科学自身作深刻的反思，而第二次世界大战的爆发及原子弹的使用，则使得欧洲知识界出现了虚无的感受及对科学乐观主义的反思。

由于这样一种科学信仰浪漫的突进，艺术上开始出现以左拉为代表的自然主义。其以分析生物学的方式来分析人类社会，将人类社会看作另一种自然机体。自 1875 年以来，对于科学的赞颂与批判一直是兼而有之的。但是直到今天为止，对于科学的讴歌一直是主流，如法国艺术家在造型艺术中对于钢铁结构的热爱与迷恋。对于科学的恐惧主要是想象的层面，对于科学的赞颂却主要是实体层面的。这种矛盾性在当前的人文知识界表现得很充分，在此不多做引申。

第三，在环境居所层面上，人的居所在这一时期也发生了巨大的变化，如巴黎的城市建设。伴随现代化而来的城市化浪潮，人们对城市的理解（如传统的城市化与现代化的城市化）开始出现了本体论层面上的区别。[①]

相伴而来的是，现代城市生活开始越来越融入艺术家的创作之中，并成了艺术家的感知模型与感知基础，如法国印象派画家马奈等对于城市存在的表现。波德莱尔也曾说过，“城市中只有我们而没有我”。而到了 1960—1970 年代，这种感知转变为对于后现代主义中环保观念的关注（如希区柯克的《群鸟》就是一部极具象征寓意的时代精神隐喻剧）。

第四，在艺术层面上，这样的一种全方位的社会变迁也同样对艺术生产体制起到了结构性的影响。这基本体现在人文学科的介入、媒介的变化以及对艺术品的反思三方面。

人文学科的介入是指人们开始借助人文学科（哲学、历史学、语言学、宗教学、人类学等）的知识去批判艺术体制。如哲学里对主体的内在思考频繁成为小说主题；语言学认为语言不是神圣物，而是可以研究和具有任意性符指的实体对象；由宗教学中的比较神话学、比较语言学研究等产生的宗教虚无感［如麦克斯·缪勒（Friedrich Max Müller）、埃内斯特·勒南（Joseph Ernest Renan）、詹姆斯·弗雷泽（James George Frazer）］，等等。

媒介的变化则体现在表现媒介上。摄影术及 1870 年代连续摄影术的出现，使得艺术家预感到传统视觉机制的基础被深刻动摇，于是自觉在视觉生产方面与传统分裂，印象派的出现即是这种精神感知的折射。印象派与浪漫派及以前的艺术流派的核心区别在于绘画分类标准。此前最好的绘画是叙事画（宗教画 / 历史故事画）、肖像画和风俗画，但这类以模仿、再现为追求的画种受到摄影术的强烈冲击；印象派出现后，画家有意识地强调主观性、色调本身的含义，视觉判断的标准自此发生了游移。画家们颇产生了这样的倾向（当然只是部分画家产生了这样的倾向）：将再现的工作交由更适于再现的媒介，如摄影、电影，画家则充分运用属于绘画的那些不可被取代的媒介（如颜料等），沟通图像与精神的直接关系。

对艺术品的反思是指艺术家开始自觉批判艺术事业本身，并以这种批判为艺

---

① 参见本雅明《巴黎，19 世纪的首都》等。此书汉译本较多，常见的有刘北成译本（商务印书馆 2013 年版）等。

术的表现对象，创作中出现了复杂的反讽和互文交织等。福楼拜、印象派艺术家等，均有意识地将艺术本身作为创作题材。

二

1870 年前后是个重要的转折点。启蒙对于个体的尊重在整个体制意义上得到了世界范围内的承认，这使得对于个体的张扬和尊重成为一般意识形态，成为现代艺术核心的支撑和基础。科学技术发生了重大变化，在艺术活动领域的科学思维、科学精神的加入，使作家获得更多观察和判断世界的眼光。其通过各种媒介手段，成为创作者的艺术载体，成为革命变化的由来。物质性载体的变化、感官上钢铁材料的普及使得人类对于世界的接触，变成了通过钢筋和城市来感受世界。人们开始使用新的媒介技术——摄像机、电影。19 世纪末，随着无产阶级的兴起，作家群体中开始出现对既有的西方中心论的反思。总之，1870 年代是一个汇聚了大量革命性世界元素的年代，在这个年代，人们表现世界的方式发生了变化。以印象派为代表，波及了全部领域，包括绘画、音乐（如无调音乐）、舞蹈（如自由舞）、建筑（如埃菲尔铁塔）、小说（如意识流、陀思妥耶夫斯基小说）、戏剧（如《乌布王》）、哲学（如尼采哲学）、史学（如布克哈特文化史学）等。控制我们几百年之久的艺术体制开始崩溃、解体、转变。后来 150 年的艺术可以说都是这样一个浪潮的展开过程。

在这样的一个背景下，我们可以把目光更进一步地聚焦在现代戏剧运动上。

斯泰因在其《现代戏剧的理论与实践》中把整个现代戏剧运动的脉络分成 3 个板块：现实主义、象征主义和表现主义。这样的划分毫无疑问是条理清晰且富有解释力的，但同时也会带来一些弱点：其横截面式的现象描述，使得对很多流派的形成、现状、未来发展的处理缺乏历史视角的透视。若换一种思路，将运动置于上述整个时代变迁潮流并作为其中的一个面向，我们不妨将现代戏剧的核心价值和形式的流变归纳为 5 个方面：悲剧概念、形式批判、大众戏剧、现代性元素和商业元素。这样的切分或许对戏剧本身的特性凸显还不够，但必须意识到的一点是，1870 年以降的一个直接事实是戏剧内核本身已经发生了变化。另外需要事先说明的一点是，考虑到艺术在进入该时期后，整个结构场域里各问题所携带的能量之间呈现出混合与交织的复杂性，本书中以“现代悲剧”为主线的思考同时也会适当地与其他艺术问题联合起来讨论。

悲剧作为正体的概念变化。所有较为成熟的艺术类型中都有经典，都会有正体的概念——艺术类型中的经典即为正体。悲剧向来是戏剧正体，也是欧洲两千多年艺术运动的正体。事实上即使到了 19 世纪，评论是否含有悲剧性，成为音乐、诗歌、小说、绘画、舞蹈①等艺术门类的评价标准。

至 19 世纪末，传统悲剧的概念被突破，剧作家们开始有意识地开拓不可触碰的领域。在漫长的几千年中，一直被认为是悲剧创作的那些前提（如对于秩序的肯定，对于故事人物的高贵性的肯定，对于剧情结构完整性的肯定等），大体在 1890 年代前后被悲剧家有意识地扭曲。除了在作品的感情上能体验到真正的悲剧性以外，已经很难再用传统悲剧文体来要求这些作品。如易卜生、斯特林堡等，均从各自的方面明显跨出传统悲剧领域展开新的探索，这些探索都能被归入悲剧创作当中，并鼓励后来者在各个方面突破悲剧正体对于艺术创作的桎梏。到了 1950 年代罗伯 - 格里耶的新小说，正统的悲剧文体可谓已变形到了面目全非的地步。

形式批判的自觉。形式批判作为一股艺术潮流，是指把一切跟艺术相关的东西，都作为艺术创作的基底②，重新反思并进行利用。1870 年以来，形式批判首先出现在文学、绘画领域，后波及几乎其他一切艺术活动。其不同于以往的基本特征是艺术家从创作形式获得灵感，体现在作家对于艺术活动本身具有的形式自觉

---

① 直至皮娜·鲍什（Pina Bausch），仍然把悲剧性当作舞蹈艺术不言自明的追求，可参见施密特《皮娜·鲍什：为对抗恐惧而舞蹈》，林倩苇译，上海人民出版社 2007 年版。

② “基底”一词主要来源于康德《纯粹理性批判》，美国艺术家迈克尔·弗雷德在分析现代绘画、抽象表现主义流派时将其作为研究艺术活动的基础形式，但其概念适用性更广。“基底”大概指所有人类经验性活动都不言自明具有的物质性基础，我们可以将所有经验的意识活动本身，涉及理性的、非理性的、情感的、判断力的等人类活动痕迹，与介入过的世界形成的变化痕迹，只要涉及经验层面的均可视作人类精神活动基底。艺术活动在人类精神活动中较为聚焦集中，对于个体自我展示较为激烈自觉，这样的意识活动形态主要是判断力活动集中场合，有相应的一系列的活动基础。这些活动基础在以前的时代有意识和无意识地作为艺术活动基础，但 1870 年后成为艺术家自动反思的对象。

性，自觉展开对既有艺术形式的颠覆性思考。

事实上，任何艺术变革均与作为基底的艺术形式变化有关，没有一场艺术革命不具有艺术基底自觉或不自觉的批判，但将艺术基底作为完全的批判对象是1870年代以来最具特色的艺术事件。随着对基底概念认识的自觉，会出现人们从各个活动方面考虑艺术、艺术品赖以生存的各种各样的基础、经验材料，出现了泛艺术的特性。作家根据艺术活动特性以及作家操控的独特艺术门类进行形式上的解构（这很大程度上是自觉的）：首先会把艺术构成品组成的各种各样的要素有意识地拆解，然后针对拆解下来的某几个方面或主要方面进行颠覆性再创造，这是泛化的形式批判的一种重要表现。

大众戏剧的兴起。[①]1887年，安托万建立自由剧团（场）作为一个具有标志性历史意义的事件，吹响了大众戏剧精神全面复兴的号角。他通过艰苦的实践，将饱含自由、个性的戏剧精神广泛地传播出去，吸引了那个时代最具革命精神的创新艺术家的关注并引起他们充分的共鸣。自由剧团（场）成立不久，英国、德国、俄国、爱尔兰、美国等地都纷纷成立了类似的崇尚个性自由、反传统、反商业、反体制的剧团组织。[②]也可以说，正是在安托万及其同道者的精神感召下，在19世纪末，戏剧界形成了一种精神合力，他们以安托万的小剧场建设为榜样，以对既有艺术生产体制自觉的批判与疏离作为自身艺术活动的基本出发点，以在戏剧中传达个体自由精神作为艺术目标。这一合力很快就撬动了既有的艺术生产体制的根基。

1890年代后，经莫海勒、波特谢尔、罗兰等人的倡导，大众戏剧这一概念随着社会和民主精神的发展，开始明确、形定，成为现代戏剧最有突破性和创新性的主潮之一。

现代性元素。对于西方现代戏剧变革的动力因素来说，现代性诸观念因素相对不重要。但在第三世界的戏剧主流实践中，现代性则成为非常重要的动力源泉和评判标准。欧美的实践和第三世界的实践之不同在于：欧美世界是“自运动”，而第三世界所面临的则是“被启蒙”的问题。换句话说，第三世界所面临的其实

---

① 这个问题具体可参考书中《启蒙精神与大众戏剧》一文。

② 宫宝荣：《法国戏剧百年（1880—1980）》，生活·读书·新知三联书店2001年版，第19—20页。

就是现代性问题——我们要被现代化、我们要进入现代化；尤其在中国会被凸显为一个现代性的标准——上位文明的启蒙。尽管现代性介入后的第三世界的戏剧实践反过来也对西方既有制度形成了冲击和补充，但现代性诸问题总体来看不是西方戏剧主流运动的内在话语——或者更准确一点说，西方戏剧对现代性问题的焦虑与困惑，总是与其他精神问题的思考价值交织在一起，而对“现代性是什么”“如何面对现代性”之类的话题则较少直接表现，如果有，大概也要到1960年代以后。第三世界国家的现代性思考有着深刻的内容，已成为学术界关注的重要对象。但第三世界对西方艺术中的现代性问题的阐释，也存在着误读、自我矮化的问题，这同样是需要引起我们注意的。

商业元素的渗透。票房、利益永远是每一个时代艺术运动都要直面的重要问题。只不过现代以来，资本化的商业元素越来越成为艺术运动的支配性力量。积极肯定商业力量的学术理论越来越多，而不是简单以“铜臭味”视之。它与大众戏剧运动构成了复杂的精神对峙关系。当代学术界对商业力量、消费行为对戏剧运动的影响，研究已颇为深入，可参看布罗凯特等《世界戏剧史（第十版）》① 等的相关介绍。由于本书不涉及这方面问题，在此不多做展开。

三

本书主要从悲剧文体研究的角度，对笔者十多年来的现代艺术体制研究作了一个小结。研究内容主要分为两个板块：一是具体的作家作品或文艺现象的读解；二是与文体论相关的概念研究。

本书所选文章有几个问题需要说明：

书中收入了《堂·吉诃德》的研究。对一些大众读者来说，《堂·吉诃德》更像是一出闹剧。但近代以来研究者已将《堂·吉诃德》作为现代文体自觉的开

① 布罗凯特、希尔蒂：《世界戏剧史（第十版）》，周靖波译，上海三联书店2015年版。

端，“塞万提斯是现代的奠基人”；[①] “堂·吉诃德”可能是第一个现代自由个体形象：“堂·吉诃德启程前往一个在他面前敞开的世界。他可以自由地进入，又可以随时退出。”[②] 既然是讨论“现代”的悲剧文体问题，讨论所谓的“现代性断裂”，那对这一断裂的发端处做一些审视就是很有必要的。

悲剧文体影响涉及艺术领域的方方面面。本书在此就其与小说、电影、绘画等的相关精神形式关系做了一些扩展性研究。值得略提一笔的是，按照笔者近年来之学习心得，认为剧画互证乃是当代西方艺术形式实践的一个内在的重点问题。原想就贝克特剧作形式创新与安德烈·马松（André Masson）、威廉·叶芝（William Butler Yeats）、范菲尔德兄弟（Geer van Velde, Bram van Velde）绘画之互文关系略加研究，但这一研究难点太多，可靠的文献资料不容易收集齐备，只能暂付阙如。

照理说，既然是现代悲剧文体研究，对于易卜生、斯特林堡、契诃夫、霍普特曼、高尔基、布莱希特、萨特、加缪等的剧作理应专门研究，事实上，热内、汉德克等的作品也值得做个案分析，但斯丛狄的《现代戏剧理论》、威廉斯的《现代悲剧》等就这些大家已做出深刻的分析，自忖难有什么突破性见解；有些剧作大家国内资料收集不易，个人也缺乏相应知识储备，也只能暂付阙如。

最后有必要说明的是，各篇文章写作年代跨度比较大，文中引用的一些文献，体例难免有不统一之处（如外国人名、作品名后是否附原文等），有的观点前后也不完全一致。对原作不当之处，收入本书时尽力做了修改，仍未尽如人意，各种疏漏与不当敬请读者海涵、教正。

陈奇佳

2022 年 3 月

---

① 昆德拉：《小说的艺术》，董强译，上海译文出版社 2004 年版，第 17 页。

② 同上书，第 9 页。

文本研究

司法正义及生命政治的问题

——迪伦马特的叙事之道 *

导　言

迪伦马特是第二次世界大战后崛起的著名戏剧家、小说家，艺术界、文化界对其艺术创作中的重要问题，已多有深刻的讨论。① 但其艺术创造的一个核心精神命意——对西方近代以来法律精神尤其是司法制度的批判，则似乎还没有引起学界足够的重视。本文试图对此略做梳理与评论。

---

* 本文与罗璇合作完成，曾发表于《文艺研究》2022 年第 2 期，发表时有较大删节。

① 作为 20 世纪最重要的德语作家之一，德语学界对迪伦马特的关注基本涵盖了其作品的各个方面，大致如下表所示：

创作母题	迷宫	Ioana Crăciun: „Das Bild des Labyrinths und der platonischen Höhle in Friedrich Dürrenmatts Prosawerk “(《迪伦马特作品中的迷宫与柏拉图洞穴图像》), in: Dragoş Carasevici, Alexandra Chiriac hrsg.: *Friedrich Dürrenmatts Rezeption im Lichte der Interdisziplinarität*, Konstanz: Hartung-Gorre Verlag, 2016, S. 61-71
	末日	Hanno Helbling: „In apokalyptischer Tradition: Friedrich Dürrenmatt und die Geschichtstheologie “(《末日传统：弗里德里希·迪伦马特与历史神学》), in: Daniel Keel hrsg.: *Herkules und Atlas: Lobreden und andere Versuche* über *Friedrich Dürrenmatt*, Zürich: Diogenes verlag, 1992, S. 133-138
艺术风格	荒诞性	Vera Schulte: *Das Gesicht einer gesichtslosen Welt: zu Paradoxie und Groteske in Friedrich Dürrenmatts dramatischem Werk* (《一个面目全非的世界的面貌：迪伦马特戏剧作品中的悖论与荒诞》), Frankfurt am Main: Peter Lang Publishing, 1987
	悲喜剧	Safa ' a Shalaby: „Tragikomische Strukturen in den Komödien Dürrenmatts: am Beispiel von ‚Romulus der Große ‘, ‚Der Besuch der alten Dame ‘ und ‚Die Physiker ‘ “(《迪伦马特喜剧中的悲喜结构：以〈罗慕路斯大帝〉〈老妇还乡〉〈物理学家〉为例》), in: *Kairoer Germanistische Studien* 7, 1993, S. 355-384

（转下页）

美国著名比较文学研究家齐奥科斯基曾把加缪、迪伦马特、伯尔誉为第二次世界大战后法律文学写作的三大家，认为他们的作品充分折射了法律与文学之间的深度精神关系，“法律的演化始终反映出道德与法律的紧张关系，作家们不可避免地要在他们的作品中抓住这个演化过程中那些壮丽而且常常是悲剧性的关键时刻”①。本文力图阐明：对作家而言，尤其像对迪伦马特这样的作家，创作与法律间的精神关系，绝不仅仅停留在“不可避免”这一被动性反映的层面。事实上，迪伦马特追随德语文学长久深刻的法制批判传统，也就是步武歌德、席勒、克莱斯特、卡夫卡、布莱希特等的精神轨迹，将对社会系统中法制问题的思考、批判，当作作品叙事架构的基础；而将个人命运中纠缠不清的关系描写，直接转化为叙事的灵感、激情与动力。当然，伟大的叙事作品或多或少、或深或浅都会

（接上页）

文本特征	文本间性	Peter Rusterholz: „Vom ‚Werk ‘ zur Intertextualität der ‚Stoffe ‘: Friedrich Dürrenmatts Wandlung “(《从“作品”到“素材”的文本间性：弗里德里希·迪伦马特的变化》), in: *Zeitschrift für Semiotik* 24, 2002, Heft 2/3, S. 295-305
	自传性	Rudolf Probst: *(K)eine Autobiographie schreiben: Friedrich Dürrenmatts Stoffe als Quadratur des Zirkels*（《自传 / 非自传：弗里德里希·迪伦马特的素材》), Paderborn: Wilhelm Fink Verlag, 2008
文本学溯源	Ulrich Weber: *Dürrenmatts Spätwerk: die Entstehung aus der „Mitmacher“-Krise – eine textgenetische Untersuchung*（《迪伦马特晚期作品：从〈同伙〉的危机中诞生——一个文本学研究》), Frankfurt am Main: Stroemfeld Verlag, 2007	
与其他作家、思想家的精神联系	毕希纳	Ulrich Weber: „‚Der grässliche Fatalismus der Geschichte ‘: Friedrich Dürrenmatt und Georg Büchner “(《“可怕的历史宿命”：弗里德里希·迪伦马特与格奥尔格·毕希纳》), in: Véronique Liard Marion George hrsg.: *Dürrenmatt und die Weltliteratur – Dürrenmatt in der Weltliteratur*, München: Martin Meidenbauer Verlagsbuchhandlung, 2011, S. 191-213
	康德	Philipp Burkard: *Dürrenmatts „Stoffe“: zur literarischen Transformation der Erkenntnistheorien Kants und Vaihingers im Spätwerk*（《迪伦马特的〈素材〉：对康德与费英格认识论的文学性转化》), Tübingen: A. Francke Verlag, 2004
	克尔凯郭尔	Annette Mingels: *Dürrenmatt und Kierkegaard: die Kategorie des Einzelnen als gemeinsame Denkform*（《迪伦马特与克尔凯郭尔：个体范畴——他们共同的思维方式》), Köln: Böhlau Verlag, 2003

① 齐奥科斯基说：

迄今为止，在表现 1980—1990 年代法律与道德之间的紧张关系这一点上，再没有任何作品能够与《堕落》《抛锚》《一次出差的终结》这些作品相提并论。尽管如此，假如说要把前面所有涉及的文学作品中所含蓄表现出来的内容总结为一个简单的结论，那就是：法律的演化始终反映出道德与法律的紧张关系，作家们不可避免地要在他们的作品中抓住这个演化过程中那些壮丽而且常常是悲剧性的关键时刻。有充分的理由证明，在未来，文学仍然将继续承担其作为正义之镜的角色。（齐奥科斯基：《正义之镜》，李晟译，北京大学出版社 2011 年版，第 395 页。）

触及法律制度与艺术书写精神层面的纠葛联系。迪伦马特不落俗套之处在于，他身处现代西方社会，深陷于现代西方法治话语的言说语境，对现代法律制度的完善、深刻、自足一面有着充分的体会与了解，仍能直接挑战法律制度架构底层命令中不自洽乃至自相矛盾的一面，甚至直言这一面有可能导致现代法制自我的颠覆，使自己变成黑暗、暴力的看门人。

迪伦马特以一种鲜明的挑衅性的姿态，直击现代司法中的精神难题。他的批判如此直击本质，直至半个多世纪后的今天仍有很高的启示价值：其所质疑者仍然是横亘在当代西方一般法制意识形态中的重大精神困惑。

限于篇幅，本文重点讨论迪伦马特对复仇、“谁有权执掌正义”、例外状态等问题的叩问。他对这几个问题均有数十年的深度犁耕，前后可能小有变化，但大的基本价值命意是一贯的。

一　复　仇

复仇是人类文化中极为深刻、极其普遍的一种现象。不少思想家认为，共同体往往正是围绕如何处理复仇问题才形成了法制精神的原初基始之点。[①] 它自古

---

① 思想界相关的讨论非常丰富。较权威的讨论可参见科耶夫《法权现象学纲要》中的相关论述。科耶夫说：

可以弄清楚刑罚这一法律概念与复仇（血亲复仇）和抵偿（报偿）概念的关系。因为其私人性，复仇（血亲复仇）当然没有任何法律性的东西，因为执行仇杀的是处于争端中的一方当事人。但在受到侵害的家族看来，这是一项义务；它也是正义的，不只是出于利益考虑。因此，它看起来像一种准法律现象；只要在一个未开化的国家，它似乎就可以包含一种法律元素。的确，复仇成立的基础是同态复仇的理念，从根本上看，它建立在平等的法律理想之上……把刑罚说成一种社会性的“复仇”或“公共制裁”也未尝不可。但必须要强调：复仇之所以是刑法的一个源头，仅仅因为它包含了对于被犯罪所破坏的平等性理念的重建，并且，只有当报复是由某个第三方加以实施时，只有当被破坏的平等性存在于罪犯与任何一个特定的社会成员之间时，它才会变成真正的刑法……刑罚既是一种公共“复仇”，也是对犯罪的“抵偿”……不可以说，“私人性的复仇”或任何复仇，都是真正的法律现象。严格意义上来说，当代的抵偿观念也不是法律观念。但在这两种现象中有法律元素。（科耶夫：《法权现象学纲要》，邱立波译，华东师范大学出版社2011年版，第496—498页。）

（转下页）

以来也是文学创作的重要主题。“自荷马以来在古希腊文化中普遍存在着一种观念——报复比‘蜂蜜滴进喉咙里更甜蜜’……”① 从《荷马史诗》、奥瑞斯忒斯三部曲、《美狄亚》开始，直到当代——尤其是在大众文艺作品中，复仇主题的表现一直都是源源不断的。当然，司法、文学中的复仇问题还有一个明显的变化、演进过程：随着人道、人性、理性的进步，各文明的民族文化都发展了一套自成体系的遏制复仇本能的话语机制。越到现代，人类于此似乎就越有共识，在文学表现中更是如此。现代以来，已经很少有严肃的文艺创作者在作品中正面表现同态复仇所引发的各种血腥场景了。偶有涉及的，如洛尔卡的《血的婚礼》（我们知道，类似主题向来是西班牙文学的一个特色传统），它于复仇的铺陈表现，亦绝不是赞美，而是深痛的哀伤。

从这个角度来说，迪伦马特对复仇问题异乎寻常的关切就是一个值得注意的现象了。在他的创作中，复仇不仅明显地构成了《老妇还乡》（*Der Busuch der alten Dame*, 1955, Neufassung, 1980）、《法官和他的刽子手》（*Der Richter und sein Henker*, 1950）、《承诺》（*Das Versprechen*, 1957，该作也译为《誓言》或《诺言》）、《嫌疑》（*Der Verdacht*, 1951）、《司法》（*Justiz*, 1985）等作品的情节主线，并且也是《罗慕路斯大帝》（*Romulus der Große*, 1948/1949, Neufassung 1980）、《天使来到巴比伦》（*Ein Engel kommt nach Babylon*, 1953, Neufassung 1980）、《密西西比先生的婚姻》（*Die Ehe des Herren Mississippi*, 1950, Neufassung 1980）等潜隐的故事主题之一。通过这些故事的构拟，迪伦马特试图阐明他关于人间秩序或法的精神架构的一个基本认识，在人的精神序列中，复仇是一个在先的发动精神运作的基点。

（接上页）

即使像富勒这样反对暴力、强调法律道德属性的法学家，一定程度上也承认复仇具有一定自明的法律精神属性，虽然他是以讽刺的口吻提到这一点的：

值得尊敬的权威们一致认为，刑法的主要目的是为人类的复仇本能开辟出一条宣泄渠道。在某些时候——我相信现在就是这样一个时候——我们应当允许这种本能直接得到表达，而不必通过法律形式的干预……社会自我纠偏的过程之中。（富勒：《法律的道德性》，郑戈译，商务印书馆 2006 年版，第 291 页。）

① 加加林、科恩等：《剑桥古希腊法律指南》，邹丽、叶友珍等译，华东师范大学出版社 2017 年版，第 195 页。

人变成了神学家。他开始思考神，并将众神集合成上帝。人与人相抗衡。有理的一方赢了，输的一方感到不公平，想要复仇，于是创造出了正义之神和复仇之神。人想要爱和被爱，于是创造出了爱神。人是不幸的，于是创造出了仁慈的神。人觉得自己有罪，于是创造出了拯救之神。人想要认识自己，于是创造出了作为人的神。人创造出了三位一体的上帝。如果说神反映的是人的欲望，那么上帝体现的则是人的愿望。但人也会使用理性来思考上帝。[①]

在法的精神架构中，复仇何以具有如此重要的地位呢？或者说，在一种普遍的文化潮流中，迪伦马特发表异议，究竟是要表达一种怎样的批判意识呢？统合其毕生的工作重心，对现代刑罚体系中无原则的轻罪乃至不罚思想潮流的不满，至少是其思想批判锋芒所指的主要对象之一。

我们知道，法律在一个政治实体中实践的有效性，必然与一定的暴力强制手段相关联。这恰如托马斯·阿奎那说的那样："法律有两个基本的特点：第一个是指导行动的规则的特点；第二个是强制力量的特点。"[②]强制手段有效性的最重要表征，在于对不法行为的制裁与预防。因此，在任何一个法律体系中，作为强制手段的最终显现状态——刑罚，都是必要的，也是必然的。但如何运用刑罚的力量来保卫法律系统的有效性，近代以来司法精神则与传统有着根本不同。如果说"乱世用重典"是古代法系一种普遍的共识，近代以来西方法律精神的核心则以人道主义、个人主义为核心，围绕轻刑原则[③]展开了极为漫长、复杂、系统的司

① 迪伦马特：《思想赋格：迪伦马特晚年思想文集》，陈奇佳主编，罗璇译，中国戏剧出版社2017年版，第28—29页。

② 阿奎那：《阿奎那政治著作选》，马清槐译，商务印书馆1963年版，第121页。

③ 轻刑原则是指：一般情况下，充分考虑被诉方的权益，在适用事件的诸法条中，尽量采用对被诉方有利的条例甚至不诉不罚（刑罚）。这一倾向在当代大多数国家的司法设计中都有较充分的体现。如德国刑法规定："原则上，刑法中的概念天然就是自立性的，在做刑法解释时因此唯一应当依照刑法担负的保护功能，而不是寻求相关的构成要件特征在刑法之外有何意义。"（维塞尔斯：《德国刑法总论》，李昌珂译，法律出版社2008年版，第26页。）因此，司法方面就不得"用习惯法或者类推的方法来创立新的犯罪构成要件，或者是对当事人不利地将现有的构成要件严厉化或者扩展化"。（维塞尔斯：《德国刑法总论》，李昌珂译，法律出版社2008年版，第22页。）但是，"对行为人或者参与人有利的类推，是准许的（如对类似案件比附适用排除刑罚、撤销刑罚或者减轻刑罚根据……当然，以类推的途径只能是用来填补非意图性的法律空白；一个法律规定凡是具有完备性特点的，一律无类推的空间。"（维塞尔斯：《德国刑法总论》，李昌珂译，法律出版社2008年版，第23页。）

法体系的构建与实践过程，轻刑化、废除刑讯、慎用死刑（直至废止死刑）是这种司法精神的几个核心要则。对于这一司法趋向，迪伦马特大概是不会有什么异议的。[①]然而对这一思想潮流更为激进的发展方向，也就是在充分考量人权的基础上，尊重犯罪人的人身权益，否定刑罚的报复性特征，他可能怀有极大的保留态度。

传统刑罚观念存在一个逻辑上的默认点：刑罚之所以必要（直至剥夺罪犯的生命），是因为他侵犯了共同体利益，这种侵犯无法用物质财富或其他方式补偿（比如说一个贪污犯不能因为退回赃款及赔付了相关损失就可以免于刑罚），因此必须要以施加于其特定自由个体之上的伤害来偿还他于共同体整体的亏欠。换言之，共同体意志的愤怒只有通过这种报复才能平息。看得出来，这种刑罚报复的基础，仍然来自同态复仇的观念，只不过侵权者固然仍是个体，报复者却成了共同体整体。自贝卡利亚、边沁以来，近现代许多刑法学家对传统刑罚的这一立场提出激烈的反驳意见。他们指出，这种刑罚报复的理念，从本质上说仍是原始野蛮的。[②]根据现代自由、平等、个人权利等观念，以及对犯罪者的社会成长背景等特殊个体经历的考察，刑罚的主要功能作用应当落到矫正而不是报复上。从理论上说，刑罚总涉及对个体自由的剥夺，如果报复是一种合乎正义的观念，即使

---

① 《密西西比先生的婚姻》中就讽刺了迟至1950年代在西方社会还存在的滥用死刑的现象。剧中的密西西比先生是西方现存制度的忠实鹰犬，其妻子安娜斯塔西亚质问他："您究竟是个说教者还是个刽子手？"他的回答是："我这可怕的职业迫使我两者皆是。"（迪伦马特：《密西西比先生的婚姻》，载迪伦马特著《迪伦马特戏剧集》，叶廷芳等译，人民文学出版社2019年版，第201—202页。）他还自我招供说："我恐怕会毕生致力于此。只有几个死刑我没能执行，每次都令我痛不欲生。"（迪伦马特：《密西西比先生的婚姻》，载迪伦马特著《迪伦马特戏剧集》，叶廷芳等译，人民文学出版社2019年版，第207页。）

他对滥刑、苛刑、严刑反对、谴责的立场是明确的。

② 这方面的相关资料极多，有学者指出：

在西方的法律理论中，尤其是自18、19世纪，自贝卡利亚（Beccaria）以及边沁（Jeremy Bentham）有关的改革运动以来，处罚成了一个向政府提出的必须回答的问题：剥夺一个城邦公民的生命、自由、财产或权利的理由是什么？对这一问题的恰当答案的争论吸引了现代很多哲学家，从康德（Kant）到哈特（H. L. A. Hart）和福柯（Michel Foucault），还有很多社会学家、心理学家、行为科学家以及政治家。争论主要是围绕，什么已经成了陈腐的惩罚、威慑和修复的三位一体的观念，或者从福柯的观点来看，现代国家日益增长的制度力量的行使。（加加林、科恩等：《剑桥古希腊法律指南》，邹丽、叶友珍等译，华东师范大学出版社2017年版，第192页。）

是共同体集体同意的报复，那也意味着自由不是最高价值理想，总有一种莫名其妙的限于一定历史场域的所谓共同体意志凌驾其上，而这显然高估了实定法的恒久性，因此是不合理的。矫正论者们的法律思想来源非常复杂，在具体司法实践上的观点差别也很大（如是否应该彻底废除死刑，或在何种司法实践尺度内限制死刑等），但他们对刑罚报复论的基本反对姿态是比较接近的。这也成了第二次世界大战后西方社会司法实践无可阻挡的主流。

迪伦马特对此却抱相当的保留态度。轻刑论固然无可厚非，但以此为基础是否就能否定刑罚的报复本性，或者说，否定了刑罚的报复本性，充分考虑了不法者一方的权利，这个世界是否就能变得更好，法律的执行就更符合正义原则，他对此表示怀疑。他曾借故事人物之口说："这个世界由于疏忽而不断恶化，也由于疏忽而走向灭亡。这比整个斯大林以及其他所有的约瑟夫加起来还要危险……有太多的小人，有太多的密探。探长说，真正值得且本该遭到猎取的野兽，那才是真正的大猛兽，他们像在动物园里一样受到了国家的悉心保护。"[①] 按照西方彼时的宣传口径，"斯大林体制是邪恶中最邪恶者"，迪伦马特却讽刺说，简单削弱刑罚暴力惩罚功能的潜在破坏力却是更"危险"的。他通过其复仇故事的构拟试图警醒人们，有些罪恶，如果置之不理或通过某种所谓法学理念刻意削弱其罪恶程度，这本身就是一种罪恶。有些罪恶，只有通过报复性追责，才能予以恰当审判。他的复仇故事，就是不惜回到立法原初的状态，以戏剧性的血腥同态复仇逻辑挑激现代法律制度的正义之道反过来遮蔽正义的可能性。概括而论，他的有关故事构拟主要从三方面凸显了当代流行刑罚体系中可能的破缺。

其一，现代刑罚制度遮掩了许多罪。不从报复刑的角度，人们就找不到一个恰切的正义立场来追查这些罪恶，甚至容易对之安之若素。

迪伦马特的很多作品都触及了现代法律制度的一个根本弊端：那些繁文缛

---

① 迪伦马特：《嫌疑》，载迪伦马特著《迪伦马特侦探小说集》，韩瑞祥等译，人民文学出版社 2018 年版，第 99 页。

本文所讨论的迪伦马特相关作品，均以 Friedrich Dürrenmatt: *Gesammelte Werke in sieben Bänden*（《迪伦马特文集》七卷本），Zürich: Diogenes Verlag, 1996 所收录的文本做了核校，下文引用该版本时，均标注为"GWB×, S. ××"，即为"文集第 × 卷，第 ××× 页"。

节、所谓的专业条文与程序，极容易被权力集团利用。这些东西短时间看来有利于保卫个体权力，但也存在结构性地遮掩权力犯罪的可能性。[①]《法官和他的刽子手》就着力刻写了这一问题。老警官贝尔拉赫毕生追捕犯罪集团头目加斯特曼，终不能如愿。加斯特曼是一位高智商罪犯，善于利用法律条文和上层关系逃脱法律的惩罚。他敢于当面杀人，只因为贝尔拉赫没有足够证据指控。而在贝尔拉赫退休之前，他苦心培养的接班人施密特又被其满怀妒忌心的同事钱兹杀害。这就把贝尔拉赫逼上了精神绝境。依照制度流程，他应该把所有资料交由钱兹，由钱兹继承他的工作，而这，且不说钱兹的能力，单是由一个谋杀犯来追捕另一个杀人犯，这本来就是一个巨大的讽刺。或者他可以对钱兹提出司法指控，建议将案件交由另一个人，但根据无罪推定原则，由于钱兹本身专业的作案能力，这一指控大概率将不了了之（钱兹多半还会反咬一口，指责贝尔拉赫的指控乃是出于爱徒心切或恋栈不去的欲望动机），于是追查加斯特曼的“重任”仍将落到钱兹肩上。贝尔拉赫洞察到这一点，在一切合乎法律规定的前提下，巧妙地暗示加斯特曼，施密特有一份足以指控其罪行的秘密档案落在了钱兹手上；又假装糊涂明示钱兹自己已有足够证据认定加斯特曼就是杀害施密特的凶手。这就激起了加斯特曼与钱兹之间“野兽对野兽”[②]般的相互厮杀（钱兹会认为自己合理合法地杀掉加斯特曼，就能一劳永逸地抹掉杀害施密特的诸多遗患），达到了老探长复仇的目的。

这一故事揭示了这一事实：现代的很多犯罪现象正是围绕法律制度而滋生的。这些罪恶不但极难通过司法程序予以认定，也很难通过正常的法理讨论来做判断，因为罪犯们会豢养文士走狗利用各种玄幻理论为自己的犯罪行为做辩护。小说写道，贝尔拉赫曾和一位可能收到过加斯特曼资助的作家（也许，他的性格

---

① 值得注意的是，德语学界在涉及迪伦马特的侦探小说或与正义相关的问题时，鲜有从司法制度层面的批判研究，Susanne Immken: *„Ein Verbrechen lässt sich immer finden“: die Dekonstruktion des Kriminalromans bei Friedrich Dürrenmatt*（《“水落石出”：对弗里德里希·迪伦马特侦探小说的解构》），Salt Lake City: University of Utah, Dissertation, 2006，对司法腐败问题略有触及，但并未作为核心论题深入展开。

② 迪伦马特：《法官和他的刽子手》，载迪伦马特著《迪伦马特侦探小说集》，韩瑞祥等译，人民文学出版社 2018 年版，第 83 页。

见地是出于其自负的虚无主义立场）激烈论辩。作家振振有词地说：

也许加斯特曼做过的好事比我们坐在这歪斜的房间里的三个人做过的还要多……我之所以说他坏，因为他无论做好事还是做坏事都是凭一时的兴致，出于心血来潮，我对此深信不疑。他要干坏事，绝对不是为了达到什么目的，不像别的人那样，他们之所以犯罪，要么为了占有金钱，要么为了争霸女人，要么为了赢得权力；他要干坏事，即使没有意义，他也会干，也许吧，在他身上，好事也好，坏事也罢，二者始终都皆有可能，偶然决定一切……所以，我就把一个人想象为加斯特曼的镜像，他似乎是罪犯，因为他把邪恶表现为他的道德，他的哲学，他会疯狂地作恶，同样就像另一个人出于明智而多多行善一样。①

作家还说：

我们把话题回到加斯特曼身上，说说邪恶这一端吧。在他身上，邪恶不是一种哲学或者本能，而是他的自由的表现：虚无的自由。②

如此巧言令色，探长的回答是简单的，“我认为这种自由一文不值”③。如果老探长不基于对司法复仇精神的确信，按照流行的理论，他就应该赞同作家这些似是而非的论调，甚至反过来检讨自己的“偏执”损害了加斯特曼之流的“自由意志”了。

其二，按照现代法律制度，某些罪行将永远处于被否定状态。如果不以复仇精神直指本质的态度，他们就应该被定无罪，或者是一些荒唐的不痛不痒的轻罪。

《嫌疑》构拟了一种现代可能的犯罪。小说中的虐待狂医生埃门贝格尔，最大的癖好是操弄、享受、欣赏人类的极端痛苦状态。在纳粹集中营行医期间，他借口开展无麻醉器官摘除实验，草菅人命以满足变态嗜好。“当埃门贝格尔主

---

① 迪伦马特：《法官和他的刽子手》，载迪伦马特著《迪伦马特侦探小说集》，韩瑞祥等译，人民文学出版社 2018 年版，第 59 页。

② 同上书，第 60 页。

③ 同上。

刀时……他的眼珠子都要瞪出来了，面部也变得扭曲；突然地，从这双眼睛中迸发出了某种魔鬼般的东西，一种极度的愉悦，一种暴虐的快感，我不知道人们应该如何形容它。”[①] 但他的狡猾之处在于：第一，他的实验确有一定学理依据；第二，确有成功个案，他负责在集中营中救下了这个人的性命——尽管数千人中只有一例；第三，对于纳粹的败亡，他更早有预见，给自己留了后路。最重要的还有，他颇有法律意识地与手术对象签订了口头协议：所有实验对象上手术台前均出于自愿，均知晓后果。[②] 这样的人物，本质上其实和集中营其他杀人医生如“死亡天使”门格尔一样没有区别，其罪恶之大也无轩轾。根据现代法律制度，对他的行为却颇难定罪。他的狡猾使得他难以落入法网；即使落入法网，他也很容易援引对自己有利的法条为自己做轻罪乃至无罪辩护。[③] 对他的审判，看起来只能基于原始的复仇精神才有效，因为他那操弄人性、玩弄人性、亵渎人性的罪恶需要以这种直指人心底处的洞察来裁定。小说借集中营幸存者格利弗的口说：

有关这位年轻的医学家，我能够向你倾诉的是：通过把我打入地狱最底层后

---

① *Der Verdacht*（《嫌疑》）, GWB4, S. 144.

② 小说写道：

但凡在集中营里尚有可能、且有一点意义，他就尽己所能去帮助囚犯，尽管是在以灭绝一切为目的的集中营里。探长与别的医生相比，他的做法是另一种意义上的毛骨悚然。他的实验的出众之处不在于将人折磨得更痛苦，那些被以高超技艺捆绑起来的犹太人在别的医生的刀下同样是号叫着死去，但死因是痛苦所致的休克，而非高超的医学艺术。他的险恶之处在于，他对受虐者所做的一切都事先得到了他们的许可。不可思议的是，内勒只给那些自愿参加手术的犹太人施行手术，这些人要么已经清楚地知道将要面临什么，要么必须在做出自愿决定之前，甚至必须事先亲眼看见此类手术的全部惨状，然后才会做出决定，愿意去忍受相同的折磨。（迪伦马特：《嫌疑》，载迪伦马特著《迪伦马特侦探小说集》，韩瑞祥等译，人民文学出版社 2018 年版，第 115 页。）

③ 比如他可以辩解说：限于知识的有限性，他并不知道无麻醉手术会给病人造成如此之大的痛苦和折磨。他甚至还可以说，他原以为这些痛苦折磨可以造成一种假象，使他便于从集中营中搭救实验对象。诸如此类，到动情处，人们简直会以为不给他派发人道主义勋章就对不起他的“贡献”了。小说写道：

而埃门贝格尔给予他们的希望，则是地狱。他们离开了上帝，找到了一个新的上帝。病人们心甘情愿地忍受折磨，寄希望于这位医生，仅仅为了能多活几天，多活几分钟（他们是如此希望的），因为不想与一种东西诀别，他们热爱这种东西胜过热爱天堂与地狱，也胜过热爱幸福与诅咒，这种东西就是权力和地球，地球所赋予他们的权力。（迪伦马特：《嫌疑》，载迪伦马特著《迪伦马特侦探小说集》，韩瑞祥等译，人民文学出版社 2018 年版，第 157—158 页。）

再抓着我的头发将我拽上来，他救了我的命。这样的方式，据我所知，仅有一人挺了过来，这人就是我。这样的我遭到了咒骂，咒骂我受得住一切。出于感恩戴德之心，我毫不犹豫地决定采用给他拍照片的方式来曝光他。这个黑白颠倒的世界里的善德，人们往往只能以怨相报。①

其三，现代刑罚制度需要经受纯粹复仇意志的考验。

现代法律体系中关于刑罚制度的构建，其正义的渊源可能来自不同方面，但一般说来都摒弃同态复仇的逻辑，激进的轻刑主义者更试图从彻底的法律拟制中排除报复刑的合理性。但从现实来看，这种司法正义有无实践的可能？或者说，现代人类社会法的精神是否已发展到了这样一种成熟、理想的境界？迪伦马特在《老妇还乡》中构拟了一个充满反讽意味的复仇故事。超级女富豪察哈纳西安回到故乡，要为自己当年的冤屈复仇。她的复仇对象主要就是当年诱骗她又抛弃她，使她陷于深渊的初恋情人伊尔。她以10亿美元的代价收买小镇居民，使居尔的市民们甘心自成凶手，最终杀害了并无死罪的伊尔。察哈纳西安以其无与伦比的财力将其复仇行动提升到了一种近乎纯粹的境界，以此拷问一般状态下现代灵魂对正义的把持程度。从正义观念来看，察哈纳西安的行径就是买凶杀人，绝无任何正义性可言，但她巧妙地利用人们对其复仇动机的同情，佐以巨大利益诱惑，让小镇居民心甘情愿成了其犯罪同伙。这就说明：第一，现代人对正义的坚持远未如自己想象的那么坚定、纯粹，居尔的市民们服从了察尔纳西安的淫威，表面上看是为利益所诱惑，更深层次其实是屈服于某种更坚定的意志。第二，即使在现代司法观念中，发自复仇意念的乱命也更容易得到人们的追随。居尔的市民们自我感觉是替察尔纳西安复仇，就明显减弱了不法行动上的愧疚感。第三，现代司法制度对察尔纳西安式的复仇意愿，既无平息的功能，也缺乏解决的办法。剧中人物的报复行动当然是虚构的，但不能否认它确实构成了很多现实的行动冲动。这些具有绝对行动意愿的人，并不会听从法学家们“勿报复”的教诲，或者可以说，软绵绵的矫正型刑罚更降低了犯罪成本，激励了他们的不法冲动。

---

① 迪伦马特:《嫌疑》，载迪伦马特著《迪伦马特侦探小说集》，韩瑞祥等译，人民文学出版社2018年版，第113页。

察哈纳西安可称作一位现代美狄亚的形象。和她的古代姐妹不同的是：她所有的疯狂复仇行动都在貌似理性、合法的框架下进行，她的所有罪恶几乎都由他人来完成，她自己的一切几乎都是合法的、干净的。按照现代司法逻辑，她几乎可称得上是一位“义人”了。这或许也是迪伦马特真正的隐忧所在：一种司法体系低估人的复仇意愿，是需要担忧的；一种刑罚体系拒绝思考这种人类的本性而试图反向建立司法惩罚的逻辑系统，则更需要担忧。①

二　正义的权柄

法学“是关于正义和非正义的科学”，“正义是给予每个人他应得的部分的这种坚定而恒久的愿望”②。因此，举凡深入触及法律领域的话题，思想者必须深入思考那些与正义有关的精神问题。迪伦马特也不例外。但和第二次世界大战后文艺界一般流行的思想进路不同，他没有特别纠缠于“什么是正义”等类偏于纯粹思辨的话题（如加缪在《堕落》《正义者》、萨特在《禁闭》中表现的那样），他的重心落在了“谁有权执掌正义”这一系列的问题上。

---

① 有必要指出，即使在法学界，法学家们也并不总是赞同抹去刑罚的报复性质。英国大法官丹宁勋爵指出：

对重罪的处罚应该充分反映大多数公民对罪犯的愤恨。把处罚仅仅看成威慑力或改造或预防措施是一种错误……任何处罚的最终的正当理由不在于它是一种威慑力，而在于它是公众对于犯罪的一种有力的指责。从这一观点出发，要求对一些杀人犯进行最有力的指责，即处以死刑……即使在今天，当我看到“最卑鄙的谋杀”时，像我的很多同胞一样，我本能地感到：“应该把罪犯绞死。”（丹宁勋爵：《法律的界碑》，刘庸安、张弘译，法律出版社 1999 年版，第 32—33 页。）

德语思想界在此方面有深远的思想传承：

康德指出，如果（一个人）犯有谋杀罪，他必须被处以死刑。除此之外没有任何实现正义的替代品。康德继续指出了一个著名的例子，假设在一个已经决定解散的孤岛上的社会，“最后一个关在监狱中的谋杀犯还是必须执行刑罚，这样使每个人都得到了他因为其行为而应得的结果，也使得杀人的罪恶不因为罪行没有得到惩罚而继续留在人们中间”。康德这种严厉的观点被德国新康德主义法学派吸收了。（施塔姆勒：《正义法的理论》，夏彦才译，商务印书馆 2012 年版，第 323 页。）

② 查士丁尼：《法学总论——法学阶梯》，张企泰译，商务印书馆 1989 年版，第 5 页。

就每个个体而言，只要按照人性一般的同理心、按照自然的公正心、按照社会默认的公序良俗而行事，所谓正义其实是最直观、明证的东西。迪伦马特笔下的殉道者、正义守望者都有这样直面正义女神的直截了当的信念。老探长贝尔拉赫常说的话是“公平正义永远都有意义”[①]“谈到了堂·吉诃德，这很好，这是我最喜欢的话题。但凡我们还有点正义感，脑子多少还正常的话，我们都应该成为堂·吉诃德”[②]……但迪伦马特认为，当这种精神理念的东西转化为有效的司法实践时，这种现实转化有效机制的确立却是最复杂的问题，也是现代人所面临的真正精神困境。

即使每个个体都按照正义理念行事，他们也有可能发生剧烈冲突——更不必说出于人性、共同体组织的种种弊端、黑暗天性，人类社会中总是充满各种正义与非正义、合理与不合理、合情却不合理的矛盾冲突，这就需要一个凌驾于这些矛盾冲突之上的、秉持正义之道、能够解决或平复这些矛盾冲突的绝对权威。人类历史上，被赋予这种权威的力量机制有许多种，到了近代，尤其自启蒙运动以来，现代社会就把这普遍的权威力量赋予了一个唯一的机构，即司法机构（至少和平时代是如此），这一通常被称为“主权者”[③]的力量就是司法机构神圣运作的制度性保障。迪伦马特对现代司法的批判，或者对各种司法现象背后神圣化的法律制度的批判也正是立足于此。法律的正义不是空谈，不是玄学，它是一种根基于人性实际的现实实践，它只能在其现实载体的普遍有效实践中彰显其正义属性。换言之，它如果没有现实实践的可能性，或者在实践中无法获得普遍有效性（比如通过党同伐异排斥部分个体的自然合法权利而实现的所谓“有效性”），或者打着正义的旗帜但践行手段充满非正义性质（比如法国大革命时期罗伯斯庇尔的血腥政策），这法的精神便不能被称为是正义的，当然也就没有什么神圣性可言了。迪伦马特通过多种情节的构拟拷问了现代司法实践的若干具体载体［主

① 迪伦马特：《嫌疑》，载迪伦马特著《迪伦马特侦探小说集》，韩瑞祥等译，人民文学出版社 2018 年版，第 127 页。

② 同上书，第 130 页。

③ 这一概念借自博丹、霍布斯的思想，大意是指决定秩序、正义尤其是司法正义的世俗界最高力量，这种力量可能是个人（如君主等），也可能是群体（如贵族联盟等）、组织（如教团、权力同盟等）、代议制政体、全民大会等。

要是宗教、国家（民族共同体）、民主制度、人性这几个方面］，抒写了自己的忧思。

首先是宗教批判。迪伦马特从他的第一部长篇叙事作品《〈圣经〉如是说》（*Es steht geschrieben*, 1945/1946）（完成于1946年，1947年首演，1966年改写为《再洗礼派》）开始就激烈地表达了他的基本态度：宗教不能成为法的正义的源泉，各种宗教实践行动也不可能成为法的正义实践的现实基础。宗教行动即使不是反正义的，但它面临人的正义诉求也是无能的。他借16世纪发生在英国的再洗礼教派运动及其惨遭镇压的故事来表现宗教斗争的残酷、愚昧。在这场宗教斗争中，代表统治阶级立场、利益的查理五世、瓦尔戴克大主教等人诚然十足地表现了人类穷凶极恶的阴暗面。不过，反抗者一方的再洗礼派领袖约翰·伯克森等的行动也不能因此就称为“正义的代表”。他们的非理性、混乱同样令人触目惊心。[①] 剧中人物、再洗礼派领袖克尼帕多林克惨遭杀害时，最后向他的主哀告：

主啊！主啊！

你看我被摊开绑在这碎轮上！

你看我破碎的身体，还有绑在木条上的四肢，这轮子就是你为我设置的边界，好让我认清自己！

我丢掉了自己的一切，就好像它们是我双手上的火，你没有鄙夷我的捐赠。

主啊！主啊！

现在你将沉默抛洒在我的上方，你天空的冰冷在我的心里融化，像一把利剑！

我的绝望腾空升起朝你飞去，一把熊熊的火焰，折磨我的痛苦，我嘴里的呼喊，朝你飞去，逐渐消失变成了你的赞赏，因为发生的一切都显示了你的无边无际，主！

---

① 剧作多处讽刺伯克森宣扬纵欲、抢劫，蛊惑无知大众加入其宗教运动。参见迪伦马特《〈圣经〉如是说》（《迪伦马特戏剧集》第17页）等处。

我绝望的深渊只是你公正① 的一个比喻，我的身体躺在这碎轮之上，就像躺在一个碗里，你用你的怜悯填满了它！②

不能不说，克尼帕多林克的哀告本身就是一个巨大的讽刺。按照基督教教义的逻辑，伯克森、克尼帕多林克犯下再大的罪行，也不至于遭受如此的酷刑折磨。如果把人“身体躺在这碎轮之上”的这“绝望的深渊”只能当作神的“公正的一个比喻”，那么神的“公正”未免太过“严苛”① 了。

在第二次世界大战之时，迪伦马特即刻将最严厉的批判锋芒对准了基督教神学，这是较为特异的一种精神姿态。④ 自近代以来，尽管政教分离、神法的尺度不能干涉世俗领域是世界司法制度建设的主潮，但一般来说，除了少数群体（如无神论社会主义者、尼采式知识分子等），大部分欧洲知识分子也都认为基督教精神对现代司法制度的构造至少是不无裨益的。除了文化习俗外，这和基督教神学中法的观念的深刻性、对实定法的可能补充作用也是紧密相关的。⑤ 一些法学

---

① 此处原文为“Die Tiefe meiner Verzweiflung ist nur ein Gleichnis Deiner Gerechtigkeit”（*Es steht geschrieben*（《〈圣经〉如是说》), S. 148），在德语中，Gerechtigkeit 有公平、公正、正义等多重含义，此处也可取正义之意，正如后文提到的“正义是非常严苛的”（《〈圣经〉如是说》，载迪伦马特著《迪伦马特戏剧集》，叶廷芳等译，人民文学出版社 2019 年版，第 96 页），原文为“Die Gerechtigkeit ist streng”［*Es steht geschrieben*（《〈圣经〉如是说》), GWB1, S. 144］，迪伦马特使用的是同一个德语词。

② 《〈圣经〉如是说》，载迪伦马特著《迪伦马特戏剧集》，叶廷芳等译，人民文学出版社 2019 年版，第 98 页。

时隔 20 余年，迪伦马特重新将这一剧本改写成了《再洗礼派》（*Die Wiedertäufer*, 1966/1967），结尾处对于基督教的控诉更为直接、辛辣。“主啊！主啊！看看我这残破的躯体吧，它是被你的正义毁灭的。”［*Widertäufer*（《再洗礼派》), GWB2, S. 521.］

① 《〈圣经〉如是说》，载迪伦马特著《迪伦马特戏剧集》，叶廷芳等译，人民文学出版社 2019 年版，第 96 页。

④ 可参见 Peter Rusterholz, Christliches Paradox als Skandalon und Korrektiv der Nachkriegskultur nach 1945: Friedrich Dürrenmatt und Karl Bart“（《基督教的悖论——战后文化的丑闻与纠偏：弗里德里希·迪伦马特与卡尔·巴特》), in: Dirk Kemper, Natalia Bakshi, Iris Bäcker hrsg.: *Religiöse Thematiken in den deutschsprachigen Literaturen der Nachkriegszeit (1945-1955)*, Paderborn: Whilhelm Fink Verlag, 2013, S. 71-88。

⑤ 如阿奎那对人法必然的局限性的批判不能不说是非常深刻的。他指出：

除自然法和人法以外，还必须有一项神法来指导人类的生活。这有四层理由。首先，因为人在关于最终目的的行动方面是受法律的支配的。所以，如果人注定要追求一个恰好和他的天然才能相称的目的，那么除自然法和由此而产生的人所规定的法律之外，他就无须获得任何理性方面的命令。可是，因为人注定

（转下页）

家因此认为，基督教提倡的平等、博爱思想能够且应当成为正义理论的一个自然维度。①然而，尽管很难说迪伦马特是一个多么彻底的无神论社会主义者或尼采主义者，②但他对基督教精神的拒绝相当彻底。自《〈圣经〉如是说》开始，但凡有所可能，他都会以某种笔触抨击基督教精神的颟顸无能、伪善、贪婪以及精神控制的独裁性。在《流星》（*Der Meteor*, Winer Fassung 1978）中他借剧中人诺贝尔文学奖获得者施威特之口说：

施威特　把我从楼梯上推下去吧，你们这些颂歌的歌唱者！

救世军　哈利路亚！哈利路亚！

施威特　开开恩吧，你们这些基督徒们！

（接上页）

要追求一个永恒福祉的目的，并且像我们已经指出的那样，这超过了与人类天然才能相称的目标，因此他为了达到这个目的，就必须不但接受自然法和人法的指导，而且接受神所赋予的法律的指导。第二，由于人类判断的不可靠，特别在偶然的特殊的问题上是如此，因此各种各样的人对于人类的活动往往作出极不相同的判断并且从这些判断产生不同的甚或相反的法律。所以，为了使人确凿无疑地知道他应该做什么和不应该做什么，就有必要让他的行动受所赋予的法律的指导，因为大家知道神的法律是不可能发生错误的。第三，因为法律是就能够加以判断的事项制定的。但人的判断达不到隐蔽的内心动作，它只能涉及显而易见的外表的活动。虽然如此，完美的德性却要求一个人在两类活动中都保持正直。人类的法律既不足以指挥和规定内心的动作，因而就有必要再加上一种神的法律。第四，因为像奥古斯丁所说的（《论自由意志》第一篇），人类的法律既不能惩罚又甚至不能禁止一切恶行。这是因为，在力图防止一切恶行的时候，会使很多善行没有机会贯彻，从而也会妨碍很多有益于公共利益、因此为人类交往所不可或缺的事项，使它们不得实现。所以，为了不让任何罪恶不遭禁止和不受惩罚，那就必须有一种可以防止各式各样罪恶的神法。(《阿奎那政治著作选》，第108页。)

① 法国法学家奥里乌说：

在国内公法中，个人主义成为1789年法国《人权宣言》的基础。

就这样，民主时代适用于全体文明民族的普通法再次成为一个历史事实，这又激起人们对理想的自然法的关注……这样理解的自然法很特别，与众不同，但完美的理想或许都是独特的。上帝既被理解为一个完美存在，又被理解为一个独特存在。此外，关于美的理想跟关于自然法的理想一样，都是独特的。所有古典杰作都是通过某种美的手段来表现人类之美的。希腊米罗岛上的维纳斯本是那个时代希腊美女的典范，如今却成了人类美女的典范。（奥里乌：《法源：权力、秩序和自由》，罗豪才译，商务印书馆2015年版，第65页。）

② 迪伦马特肯定受过这两种思潮的影响，但不能说与之有多么深入、自觉的接受。他的作品很少表现出对社会主义运动的同情，也没有什么张扬尼采式酒神意志的偏好。

救世军　哈利路亚！哈利路亚！①

除了这些正面的抨击，其作品中讽刺基督教文化的闲笔也异常之多。如小说《承诺》写道，一位可爱的孩子死于杀人狂魔之手，她的老师对警察调查敷衍了事，却忙于葬礼歌咏排练。“她起了一个调子。‘你拉着我的手，引领我的方向。’孩子们又唱起来。”②——具有讽刺意味的是，正因为女教师的敷衍与打岔，警察们因此忽略了一个重要细节，迷失了方向。

当然，迪伦马特对宗教之正义潜能的否定、批判，绝不限于基督教。他的批判精神遍照了他涉猎的宗教神学：伊斯兰教、犹太教、古希腊宗教等。③ 他在短篇杰作《阿布·夏尼法和阿南·本·大卫》（*Abu Chanifa und Anan ben David*, 1975, Bearbeitete Fassung 1978）中指出：

---

① 《流星》，载迪伦马特著《迪伦马特戏剧集》，叶廷芳等译，人民文学出版社2019年版，第771页。

迪伦马特文中此类近乎渎神式的描写、论述很多。于此再引一条：

耶和华身处遥远之地，忙于其他星球的事务，或者因忙于钻研某个神学问题而费尽了其崇高的精神。简而言之，他的子民们被肆无忌惮地驱向死亡，被毒气杀死，被击毙，任由党卫军肆无忌惮地处置，时而也视天气而定：刮东风时处以绞刑，刮南风时则放恶狗疯咬致死。内勒医生也参与其中，就是你急切想了解其命运的这位医生，一位世界道德秩序的参与者。他是一个集中营医生，这样的医生在每个集中营都多如牛毛。他们将各自的科学热情奉献于大屠杀事业，给成千上万的囚犯注射空气、苯酚及一切世间所能得到且有助于满足他们恶魔般屠杀欲望的物质，或者甚至有必要的话，用人体做实验，不用麻醉。他们声称这是情况所迫，因为肥头大耳的帝国元帅禁止在动物身上做活体解剖。（迪伦马特：《嫌疑》，载迪伦马特著《迪伦马特侦探小说集》，韩瑞祥等译，人民文学出版社2018年版，第114页。）

② 《承诺》，载迪伦马特著《迪伦马特侦探小说集》，韩瑞祥等译，人民文学出版社2018年版，第217页。另可参见迪伦马特《嫌疑》第114页、*Porträt einens Planeten*（《一个星球的画像》，1970, GWB2）第717页、*Weihnacht*（《圣诞夜》，1942, GWB5）第11页等处。

③ 迪伦马特一度似乎对卡巴拉主义还发生强烈兴趣：

透视法的视角我也可以将之称为卡巴拉的视角，就像六芒星在几何学的意义上是六角形，它由两个相同的三角形构成，而在卡拉巴的概念里则意味着穿过可见世界的不可见世界。同样在公式 $E=mc^2$ 中，如果不考虑可以把 c^2 理解成千米/平方秒的话，从数学角度看它只是一个被乘数。从卡拉巴的角度来理解，$E=mc^2$ 是一个神秘的公式。（迪伦马特：《思想赋格：迪伦马特晚年思想文集》，陈奇佳主编，罗璇译，中国戏剧出版社2017年版，第130—131页。）

此时对犹太教神秘主义、卡巴拉主义的研究在西方似乎还未成为显学。迪伦马特关注的思想动机不甚明确。

> 神学家们并非总是能更好地摆脱厄运，他们的教义也隐含着爆炸性的内容。在这一点上，犹太教和伊斯兰教具有相似性，这种相似性似乎根植于神学的本质。犹太教和伊斯兰教作为建立在一种“启示”理论之上的宗教，都不满足于各自的启示。正如犹太人用犹太教法典来扩充《圣经》并对“摩西五经”进行辩证的阐释一样，穆斯林用口头流传下来的有关苏南和哈迪特先知们的言行来补充《古兰经》……①

他以博尔赫斯式荒诞戏谑的风格描写了阿布·夏尼法和阿南·本·大卫长达“几千年”的不可妥协的斗争。他试图以此揭示：神学的纠葛虽然可以极尽烦琐、复杂之能事，但印证于现实，这种斗争归根到底却是“一件毫无意义的事情”，因此，阿布·夏尼法和阿南·本·大卫们建基于其上的“为争取自由的斗争成了一件毫无意义的事情”②。

既然宗教力量如此容易被世俗权力腐化，它之于现实又通常与愚昧、大众的欲望放纵天性勾连在一起，而从纯粹精神的角度来说，它的正义观也未免过于“严苛”，因此，它操持正义权柄的权力就不能不受到强烈质疑。

宗教力量既然不能配称操持正义的权力，现代（民族）国家是否足以成为正义的源泉？就是说，现实中正义的衡量尺度应围绕着最高共同体（即现代国家）而构设——因此，正义的裁定也只能由国家授权或派出的机构、人员执行？不消说，这是近代以来思想界最流行的一种观点，事实上，也是至今为止世界范围内

---

① 《阿布·夏尼法和阿南·本·大卫》，载迪伦马特著《抛锚》，郭金荣译，人民文学出版社 2013 年版，第 112 页。

② 同上书，第 128 页。

《女预言家之死》也有类似描写。文中的俄狄浦斯感叹：

> 假如拉伊俄斯的凶手找到了，我最后就会明白神为什么策划这样一出残酷的命运悲剧，他们想把谁扔出去喂动物：我，我满足了他们的意愿。在凯旋之中，我自己审判自己。在凯旋之中，我发现伊俄卡斯忒死在自己的房内。在凯旋之中，我戳瞎了自己的眼睛：神赐给了我最大的权力，只能想象的权力，这是最崇高的自由，我憎恨生出我的那些人，父母以及生出父母的祖先。此外，还有生出祖先和父母的神。现在，我是瞎眼的乞丐，在希腊到处流浪，不是为了歌颂神的权威，而是嘲笑他们。（《女预言家之死》，载迪伦马特著《抛锚》，郭金荣译，人民文学出版社 2013 年版，第 168 页。）

最具现实执行效力的一种正义观。① 但迪伦马特反思第一次世界大战与第二次世界大战的惨痛经验，以一位中立国德语作家的身份，对国家权力的正义性质提出了强烈质疑。② 他在《罗慕路斯大帝》《天使来到巴比伦》等一系列作品中，成功地将这一思考表现为剧烈戏剧冲突的形式。他的思考主要集中在两个方面：一是对特指的民族国家之爱的批判；二是对一般国家权力的普遍有效性、合理性的批判。

就迪伦马特来说，“对特指的民族国家之爱”指的就是18世纪末以来德国文化界涌现的那种国家主义思潮。这一思潮原来是为争取德意志民族的民族意识自觉，特别是为了抵抗拿破仑战争的侵略性质而爆发的。费希特、萨维尼、黑格尔等均强调德意志民族拥有特殊的、优越的内在民族文化精神，这种民族精神现实的法理存在形式即德意志民族国家实体，其合法性证据即国家组织模式（包括行政体系、司法体系、军事体系、教育文化体系的构设等）。在后来的发展中，部分德国知识分子强化了德意志民族优越说，强调服务于国家才是个体存在价值的

① 历史中相关的讨论何止车载斗量。我们在此只引几条有代表性的论述或后人的评论：

让·博丹和托马斯·霍布斯等国家学者也为国家权力的强化贡献了诸多理论。法国法学家让·博丹通过主权的概念标示出了现代国家的新的实质特征。在胡格诺战争中，他深刻地感受到祖国的软弱无力。在他的理论中，国家主权思想就是国家追求独立、统一与秩序的过程。而统一统治权的原则，也脱胎于政治实践经验，这一原则建立在以下假定之上：只有强大的、坚固的国家权力才能发挥人民期望政治权力履行的保护和秩序功能。在经历过以下变革后，人们对这一结论的接受变得更为确定：（现有的）国家权力和整个国家都被纷乱的权力斗争而摧毁，这种情形就如在胡格诺战争和三十年战争中所发生的那样，而且直到今天仍旧不断重复上演，例如经历了1916年内战后的中国，以及在20世纪最后这20年发生过内战的黎巴嫩、索马里和利比亚。（齐佩利乌斯：《德国国家学》，赵宏译，法律出版社2011年版，第78页。）

费希特说：

大自然就在国家中把自己在创造许多个体时分割开的东西重新组合起来了。理性是一个统一体，理性在感性世界中的体现也只是一个统一体；人类是一个组织起来的、并且不断组织起来的唯一理性整体。人类曾经被分割为许多互相独立的环节；现在，国家的自然体制暂时消除了这种独立性，并且把各个群体融合为一个整体，以至道德把整个人类转变为一个整体。（费希特：《自然法权基础》，谢地坤译，商务印书馆2011年版，第204—205页。）

② 事实上，对于瑞士在第二次世界大战中保持中立国立场的合法性与正义性，迪伦马特也有反思与批判，可参见 Friedrich Dürrenmatt: „Zur Dramaturgie der Schweiz“（《论瑞士的戏剧学》）, „Die Schweiz – ein Gefängnis. *Rede auf Václav Havel*“（《瑞士——一座牢笼》）, in: ders: *Gesammelte Werke in sieben Bänden*, Band 7, Zürich: Diogenes Verlag, 1996, S. 814-830, S. 885-898。

充足证据等，这就大大激发了德国的扩张欲望，也纵容了国民对此的盲从意识。①迪伦马特对此痛心疾首：再没有比各自国家鼓吹所谓“爱国主义”而导致冤冤相报的战争惨剧更加没有意义、更为残酷的事情了。他在《罗慕路斯大帝》（写于1948/1949）中虚构了关于西罗马皇帝罗慕路斯的故事。这位大帝在日耳曼原始部落兵临城下之际，仍热衷于养鸡、与投机商人扯谈，却坚决拒绝组织任何有效抵抗。在最后时刻，当他的妻子、女儿、重臣以各种方式谴责他、鼓励他，希望他为了国家承担抵抗的使命，他终于亮明了自己对侵略者“非暴力不抵抗”的态度，希望自己以皇帝身份的不抵抗为终结人类“爱国”的血腥战争史做一个和平开端。他反思罗马扩张时说：“几百年以来我们已经为国家做出了那么多的牺牲，现在该是国家为我们做出牺牲的时候了。”②“我们的爱没有使罗马变得善良，我们用我们的德行喂饱了野兽，我们像喝醉了酒似的陶醉于祖国的伟大，然而现在我

---

① 法国法学家奥里乌指责说：

萨维尼学派虽然抛弃了自然法的普适性思想，创立了法律民族主义，却并未否认法律与暴力的传统区别。使法律强盗化的决定性一步，是在19世纪中叶的俾斯麦时代，由一个“目的法学派”跨出去的。该派的耶林、布伦奇利、蒙森拉邦德和耶里内克都很有名，其中最重要的无疑是耶林。他们这一代人都浸透了黑格尔哲学和对立同一律的观念，致使他们认为暴力与法律是同一的……这帮人痴迷于普鲁士的日渐强大，热衷于实现政治上的中央集权制，致力于建立德意志帝国。正是耶林给法律下了这样的唯物主义定义：“法律是暴力的政治。”“权利乃是法律上受保护的利益。”正是他建构了国家凌驾于法律之上的整个学说。他首先将暴力当作国家的基本性质，说什么“缺乏暴力乃是国家的滔天大罪，社会绝不会予以宽容和容忍”。其次，他倡言，法律是否妥当，应由其实际目的来验证。这就使国家得以罔顾道德，为所欲为，所谓“为了达到目的，可以不择手段”；同时，这必然导致国家滥用紧急处置权。他想出了那句很精练的专制主义说辞，叫作“国家只受自己意愿的限制”。最后，他干脆承认，他的宗旨就是反对让国家服从法律的自然法学说，认为“法律由国家制定，乃是战胜自然法学说的巨大进步”。（奥里乌：《法源：权力、秩序和自由》，罗豪才译，商务印书馆2015年版，第6—7页。）

奥里乌对耶林的指责不一定公平，但他对德国思想家某种流行趋向的描述无疑是准确的。事实上，德国法学界也不乏明智者对这种潜藏着巨大极权危险的思想潮流有着自觉批判意识，拉德布鲁赫就认识到：

“命令就是命令”“法律就是法律”的口号，而使法律职业人连同整个民族均无自卫能力，来抵抗如此专横、如此残暴、如此罪恶的法律（按：此处指希特勒统治的“第三帝国”法律）。它最终把法与强权等同起来，哪里有强权，哪里就有法。（考夫曼：《古斯塔夫·拉德布鲁赫传》，舒国滢译，法律出版社2012年版，第154页。）

当然，在更广泛的人文思想界中，对此深抱忧虑之情的知识分子如托马斯·曼、布莱希特以及法兰克福学派的各位成员等，就更不乏其人了。

② 《罗慕路斯大帝》，载迪伦马特著《迪伦马特戏剧集》，叶廷芳等译，人民文学出版社2019年版，第128页。

们之所爱酿成了苦酒。”① 他与爱将爱弥良的一番长谈可谓沉痛：

> 背叛了我的帝国的不是我，而是罗马自己。它曾懂得真理，却选择了暴力；它曾识得人性，却选择了暴政……我踏过自己的和异乡的子民们的尸体登上王座，他们是为罗马荣誉而战的牺牲者，却犹如供罗马取乐的野兽……罗马已经衰弱得像一个步履蹒跚的老妪，然而它的债务还未偿还，它的罪行还未清算……日耳曼人就要来了。我们已经遗忘了异乡人的血，现在我们必须以自己的血来偿还……事关正义，我们曾举杯向它致敬。回答我：我们还有权力进行自卫吗？除了牺牲，我们还有权力要求别的吗？②

在这里，迪伦马特明显是借古喻今，他既为战争中一般平民的遭遇感到痛苦，“这回我们得用自己的血来偿还”，又为战争报应的循环残酷感到无奈，③ 毕竟帝国的“宝座建立在自己的和别人的儿女们的尸体之上，建立在无数牺牲者的骸骨之上”，帝国公民们曾经享受了什么，现在就必须赔付什么。

迪伦马特毕生对德国国家主义的思潮倾向抱有强烈的警惕。他因此也一直拒斥大德意志文化圈之类的观念。直到晚年他还如此强调：“西德，东德，奥地利，使用瑞士德语、不熟悉高地德语的瑞士部分地区之间是如此的壁垒分明，以致只有一些思想僵化的人还在对大德意志的概念魂牵梦萦。”④

当然，德国的国家主义思想应当批判，但不意味着其他国家就自然清白，就有充分权力执掌正义的权柄。迪伦马特在1949年的《罗慕路斯大帝》“作者后记”中已指出了这一点：“我在为一个祖国叛徒正名……我不抱怨清白的国家，而

---

① 《罗慕路斯大帝》，载迪伦马特著《迪伦马特戏剧集》，叶廷芳等译，人民文学出版社2019年版，第155页。

② *Romulus der Große*（《罗慕路斯大帝》），GWB1, S. 325-326.

③ 对战争的批判贯穿了迪伦马特的整个写作生涯。在其晚期作品《迷宫：素材I-III》（*Labyrinth. Stoffe I-III*，1981）“西藏冬战”一节中，整个世界都被卷入第三次世界大战中，人类文明由此灭亡，而战争本身却毫无来由，只剩下纯粹的敌对关系：“这场战争是如此的艰难，因为朋友与敌人穿着相同的白色制服……管委会的雇佣军涵盖了地球上的所有种族……敌军也是如此。”［*Labyrith. Stoffe I-III*（《迷宫：素材I-III》），S. 86.］

④ 迪伦马特：《思想赋格：迪伦马特晚年思想文集》，陈奇佳主编，罗璇译，中国戏剧出版社2017年版，第43—44页。

是控诉不义的国家。这是一个区别。我请大家尖锐地观察国家，直至每个指头，而不要指头看得仔仔细细，却不见国家。这不是一出反对国家的戏，但也许是一出反对大国的戏。人们会把我的话称作诡辩。我的话不是诡辩。面对国家，大家固然应该像蛇一样聪明，但谢天谢地，不要温驯得像一只鸽子。”[①] 在他看来，单纯依靠国家权力，国家不可能获得正义自运行的动力。[②] 事情很可能恰恰相反：所有正义的言辞都将成为不义的滋生地。

他在《天使来到巴比伦》中以此为基础构拟了一个神话故事。古巴比伦国王内布卡德内察尔试图建设一个纯粹由国家主权支配的国度，他希望由此实现整个国家的幸福大同，甚至连一个乞丐都没有。“看吧，我要着手建立一个没有瑕疵的帝国，一个纯洁透明的实体，它拥抱着所有的人——从刽子手到大臣——人人十分愉快地各司其职。我们不追求权力，我们追求完美。完美本身没有任何多余的东西，但一个乞丐则是多余的。我要说服这个阿基为国家效力，办法是我让他目睹一下他自己的困苦，因为我自己是以乞丐模样出现在他面前的。”[③] 当然，内布卡德内察尔的期望几乎是立刻就破产了。当所有的权力都由国家主导，相应而起的是一系列灾难性后果：警察国家、极权、腐败、极度烦冗的官僚制度、军国

---

① 《罗慕路斯大帝》，载迪伦马特著《迪伦马特戏剧集》，叶廷芳等译，人民文学出版社 2019 年版，第 183 页。

② 国家一经组织，就有可能通过自运动、自组织、自生成，成为自然的正义源泉。19 世纪至 20 世纪初期颇有部分思想界对此抱有幻想。德国学者迈内克的一段话较有代表性，兹引于下：

自从它（指国家——引者按）问世以来，它就必须是有组织的，而一经被组织起来，它就转化为一个显要的独立实体，一个最独特的存在。它必须得到照顾，必须得到服务，首先是必须得到先前追求它、争取它的人的服务。统治者转变成了他自身权势的仆人。权势本身的目的开始制约他个人，不让他随心所欲。这个时刻一到，“国家理由”就诞生了。

在这方面，有人合理地指出：虽然盲目统治出于权势的本质，但尽管如此，在现实生活中权势肆意妄为、盲目无章的事纯属例外。盲目喷涌的权势将以自身的毁灭而告终。权势要自我维持和增长，就必须遵循某些有目的的规则和标准。因而在权势的行使中，狡黠（cunning）与强制必须结合起来。如前所述出自“国家理由”本质的那种功利性的中间立场便由此形成，它始终不断地受到原始权势冲动之自然盲目与天生张狂的威胁和诱惑，但也不断地由一种对即时情势透露的最有效行动方针的必要洞察结为一体。这依靠的是确信“国家的必需”……（迈内克：《马基雅维里主义：“国家理由”观念及其在现代史上的地位》，时殷弘译，商务印书馆 2008 年版，第 63 页。）

③ 《天使来到巴比伦》，载迪伦马特著《迪伦马特戏剧集》，叶廷芳等译，人民文学出版社 2019 年版，第 272—273 页。

主义、政变……身处其中，即便内布卡德内察尔以国王之尊，也不得不放弃难得的爱情，直至被人出卖。作品对于国家权力运作之颟顸、低效、无能有许多一针见血的评论，足以看出国家作为一部巨机器潜在的风险。内布卡德内察尔曾和他的首相讨论国王的定义，因为根据现有定义他竟然无法处分前任废王。首相立即干脆地拒绝了他的建议：“不可能。否则，巴比伦法律的五十万条条款就全都报废啦，这样一来我们势必陷入一片混乱，因为那些条款是从国王的定义中合乎逻辑地产生的。”①

一般意义上国家的正义权力是不可靠的，迪伦马特还意识到，现代基于国家组织而建立的各种超级共同体，即各种跨政府组织或国家联盟，同样未必有自然的正义权柄。剧作《物理学家》（*Die Physiker*, 1961, Neufassung 1980）即围绕这一主题展开了故事情节：几个来自不同阵营的物理学家，为了各自派系的利益混入一家疯人院，并为隐瞒身份杀害了知情的护士。虽然每个人的杀人动机似乎都有高尚而充足的理由，但很难说如此龌龊的勾当能够孕育正义的结果。迪伦马特

---

① 《天使来到巴比伦》，载迪伦马特著《迪伦马特戏剧集》，叶廷芳等译，人民文学出版社 2019 年版，第 326 页。

迪伦马特对国家/法律之间意识形态的权力化联系（而绝不是某些人所设想的绝对正义关联）曾做过一个较为理论化的阐述：

意识形态就此出现了。它是脱胎于敏锐的社会分析，还是引发自情感动机，甚或是源于宗教，这都无关紧要，它必须诉诸感知，只有感到自己与全体所做的价值判断相同时，个体才会觉得自己是全体的一部分。当他们支持的球队进球的时候，观众们大声地欢呼，将他们团结在一起的是对球队的认同感。意识形态促成了对某个全体，对球队、对党派、对民族的认同感，政治从哲学中掠夺了这些意识形态的观念并利用它们进行运作……如果个体轻信某种意识形态，就会对宣扬和接受这一意识形态的人产生认同感。他会接受这个意识形态所设定的价值，而不是自己去设定价值。被各种意识形态推向前台的核心价值有自由与正义，严格意义上的形而上理念，具有实用性的虚构和原则，以及进化得来的群居生活规范，视统治者的需求而定。自由与正义是互补的概念，没有正义的自由与没有自由的正义都是不可能的。但在这种情况下，个体与全体的冲突显露无遗。双方受制于不同的机制，个体遵循的是良知，是对自身行为——无论是只有意向还是已经实施的主观评价，这是一个善变的机制，而国家遵从的是法律，也同样变化不定。国家时而以之为依据，时而不然，所奉行的本来就是双重标准……就连法律本身也是不断变化的。克勒纳出版社 1922 年版的《哲学词典》给出了简明扼要的定义，法律相当于时间的概念、要求，而 1943 年版则认为，在全民族范围内，法律对族群的现状与前景具有维系与促进作用，它的贯彻执行受到内在道德的驱使，并由相关国家的统治予以保证，及至 1974 年版，法律被定义为共同伦理价值的典范，最初以平等观念为基础：同样的权利，同样的义务。（迪伦马特：《思想赋格：迪伦马特晚年思想文集》，陈奇佳主编，罗璇译，中国戏剧出版社 2017 年版，第 54—56 页。）

借局中人之口说：

> 谁杀了人，谁就是杀人犯，而我们都杀了人。我们每个人都有一项任务，它驱使着我们来到这家疯人院。我们每个人都为了某个特定的目的杀害了他的护士……我杀了人，这使我免于制造更大的杀戮……我们的杀戮会变得毫无意义吗？我们不杀人，就会牺牲。我们不待在这家疯人院，这个世界就会变成一座疯人院。我们不消失在人们的记忆里，人类就会消失。①

迪伦马特该剧的剧情明显在影射冷战期间北约与华约之间各种潜隐的战争竞赛。这些竞赛均假以正义和必要之名，均假以超大型人类共同体整体利益之名，但其合法性的根源并未较国家学说增添多少新的内容，同样是非常可疑的——甚至，因为这些超级组织掌握了核武器，它们假借的正义之名对人类威胁更大。②

需要指出，迪伦马特呼吁警惕极端的爱国主义情绪，怀疑国家权力无限正义化的诸种学说，但这不意味着他就否定在当前历史阶段国家存在的必要性，他更未否认爱国情感自身的高贵性。他曾借故事人物老探长贝尔拉赫之口表明了自己的原则态度："人们不应该为爱感到羞愧，对祖国的爱只要是严苛的、具有批判性的，就是好的，否则就是溺爱。因此，人们如果发现了祖国的污点和瑕疵，就应该默默清扫、擦净……但立刻就拆毁整栋房子是没有意义的，也不明智。"③

如果实体性的权力架构如宗教组织、共同体组织包括现代国家都不足以配称操控正义的权柄，那么有无可能设计某种完美（或近乎完美，如同霍布斯所说的近乎不朽的利维坦那样）的政治制度？这种制度设计自足、自洽，以至于人们只要给予一个恰当的第一推动，它就可以自运行？在面临现实争议的情况时，人们

---

① *Die Physiker*（《物理学家》）, GWB2, S. 197-198.

② 迪伦马特一直对当前自然科学的发展心怀忧虑，在他看来，这些物理学家们处于一个类俄狄浦斯的情境。"他们很清楚地知道，他们的思想和研究会有什么后果，但他们也很清楚地知道，他们无法阻挡这个结果。如今的危险在于，人们的道德没有跟上他们的思想、他们的自然科学甚至他们的哲学的发展。"〔Friedrich Dürrenmatt: *Gespräche 1961-1990 in vier Bänden*［《对话集（1961—1990）》四卷本］, Band 1, Zürich: Diogenes Verlag, 1996, S. 218.〕

③ *Der Verdacht*（《嫌疑》）, GWB4, S. 183.

只要根据这个制度的程序按部就班设计，就能获得一个整体不偏离正义轨道的结果——当然，根据时势变化和某些特殊的地域规定性，这制度间或可能会做一点局部微调，但总体来说既定原则无须做大的改变。一些人说：这种理想制度不但是可能的，其实早已经存在，这就是当代西方的民主制度。①

而迪伦马特对民主制度在司法正义方面的绝对有效性持有很大的保留意见。这主要体现在以下两个方面。

其一，所谓的民主制度，尽管号称“民有、民治、民享”，其权力号称以最合理的方式来自民众，但迪伦马特担心，这一权力仍然极容易为精英寡头特别是大资本寡头所操控。

---

① 持这种观点的理论家，从波普尔、柏林、波兰尼、哈耶克、斯金纳直至福山等，不胜枚举。福山的观点是最有代表性的。尽管他较为晚出，我们在此还是征引福山的一些说法。

福山明确指出，“如果历史进程确实建立在理性欲望和理性认可这两大支柱之上……现代自由民主社会确实是最能以某种平衡满足这两者的政治制度”；“自由民主国家在现实中正在成为人类问题的最好解决方案”。福山似乎谨慎地说，在其写作的年代，世界和平秩序还未完全到来，但它的到来是无可阻挡的。只要“走向自由民主的普世的和有方向性的历史的理念”“为更多的人所接受”，传说中的太平盛世就会降临。这太平盛世不会没有一点内部矛盾，但本质上大概都是如同孩童争夺棒棒糖那样的小摩擦，这些困难终归可以在体制内部“得到自我解决”。（福山：《历史的终结及最后之人》，黄胜强、许铭原译，中国社会科学出版社 2003 年版，第 384—385 页。）福山形象地说：

人类不是会盛开千姿百态美丽花朵的无数蓓蕾，而是奔驰在同一条道路上的一辆辆马车。其中有的马车飞速驰向城镇，有的马车将退回到沙漠荒野，要不就是循规蹈矩地翻山越岭。有几辆马车受到印第安人的袭击，被烧毁后浓烟滚滚地丢弃在路旁。还有少数几辆马车的驾驭者被战争吓破了胆，他们迷失了方向，并且暂时朝着错误的方向前进。偶有一二辆马车已经厌倦了旅途，决定沿路回到某一点，支起永久性的帐篷。其他马车都会发现到达主路的其他途径。即使它们也将发现如果要穿过最后山脉，大家都应该走同样的道路，大部分马车也会缓缓驶入城镇，而且绝大部分马车最后都会到达那里。马车与马车之间都非常相似：虽然它们被涂上不同颜色的漆，所用的材料也不尽相同，但每辆马车都有四个轮子，都是由马来牵引，车上坐着一个个希望并且祈祷旅途平安的家庭。马车构造表面上的差别并不能被视为驾驭马车的人之间永久的、必然的差异，而只不过是因为他们在路上所处的位置不同罢了。（《历史的终结及最后之人》，第 385—386 页。）

要指出的是，弗朗西斯·福山（Francis Fukuyama）的 *The End of History and the Last Man*，中译通常译作《历史的终结及最后之人》并不恰切。“The Last Man”一词来自尼采的《查拉图斯特拉如是说》，有“人类发展最后阶段出现的人”的意思，但主要指这是一种“最差劲的人”，因此才有其所谓“超人”出现的必要。福山在书中有意反尼采之原意而用之，他大概是采用了当时流行一时的“反形而上学的恐怖”之类的话头，认为人太有价值规划、追求并非好事，甚至是灾难的渊薮，而被尼采所嘲讽的，来自市场体制，除了物质利益即无所用心的“The Last Man”，反而是最理想的一种人的存在形态。将之译作“最后之人”，福山的哲学抱负和对尼采的反讽，似不能很好体现。

他的小说《法官和他的刽子手》《嫌疑》《司法》，戏剧《密西西比先生的婚姻》《老妇还乡》《弗兰克五世》（*Frank der Fünfte*, 1958）等都较充分地表达了他这方面的忧思。《法官和他的刽子手》中老探长贝尔拉赫迟迟无法将犯罪头目捉拿归案，就在于加斯特曼总能够利用合法手段与上流社会勾结在一起。而上流社会一旦感到自己利益受损，就会利用法律规定，胡搅蛮缠，表面上是捍卫法律尊严，其实就是存心为利益输送者脱罪。[①]《弗兰克五世》更运用寓言式的叙事手法，将弗兰克家族银行比喻成一个国家机器，同时也是一个超级犯罪团伙。该剧因主题、叙事方式与布莱希特的《三毛钱戏剧》过于近似而一直遭受批评，但迪伦马特批判意向则是明确的。

其二，民主制度中有关程序正义的设计，一直得到很高的评价，但迪伦马特指出：权力阶层如果对之善加利用，程序正义的制度涉及更像是便于他们知法犯法的免罪符。

小说《司法》构拟了这样一个故事：某城市名人、州议员柯勒在大庭广众、众目睽睽之下枪杀了另一个城市名人温特教授。由于犯罪动机不明，作案凶器没有找到（柯勒行凶后狡猾地让他做空姐的女儿带到了国外），这个看似板上钉钉的谋杀案完全没有办法进入司法流程。小说借叙述者“我”之口解释了烦琐司法流程对谋杀案嫌疑人的体贴与呵护功能：

辛德尔曼的笑声之所以让我恼火，是因为在柯勒案的诉讼中作为控方代理人他实在太狼狈了。注意是诉讼，而非上诉。所有人都等着史提西 - 卢平去盯二审，但他出人意料地向司法部递交了呈文：名誉博士伊萨克·柯勒从未承认过在“剧

---

① 小说写道：

贝尔拉赫还没有来得及接着说下去，这个上校就比那个国会议员变得更加气急败坏了。就是共产党人，他一口咬定说，一帮乌合之众，身为上校，他不会容许任何人在演奏音乐时随便放枪。他禁止任何反对西方文明的示威。不然的话瑞士军队就要来维持秩序！（迪伦马特：《法官和他的刽子手》，《迪伦马特侦探小说集》，韩瑞祥等译，人民文学出版社 2018 年版，第 40 页。）

小说还写道：

“再说，这个令人尊敬的当事人毕竟是个了不起的人物。”上校叽里咕噜地说。作为阿根廷多年常驻中国的使者，他享有这个大国的信任，作为当年一个铁皮托拉斯的执行主席，同样享有那伙工业家的信任。（《法官和他的刽子手》，载迪伦马特著《迪伦马特侦探小说集》，韩瑞祥等译，人民文学出版社 2018 年版，第 40 页。）

院酒店”枪杀了日耳曼学教授阿道夫·温特。如果案犯否认罪行，那么只有目击证人的证词是不够的，证人也可能出错。因此，柯勒案应归属陪审庭，而非州法院。因此，必须采取一切可能的法律手段宣布原判决无效，并将柯勒案移交给他所归属的陪审庭……令司法部部长莫泽·施普伦林感到震惊的是，这些档案与记录证实了认罪书的缺失——人们把柯勒的哲学空谈当成了认罪，所导致的结果是，司法部部长……将柯勒案指派给了陪审庭。[①]

小说尤为辛辣地指出：官司拖得越长，对柯勒越有利。检方如果时隔一年[②]再去补充相关材料，对谋杀这一事实都会产生疑问，当时历历在目的细节人们已经淡忘。辩护律师还可以很有道理地盘问那些坚持自己证言的证人们：一位体面的州议员怎么可能无缘由地当众杀人？你的记忆细节难道不可能出错吗？这难道不是“文学家才会构思”出来的东西？[③]

联系现实中的“辛普森杀妻案”“科比强奸案”等，我们不能不说《司法》中的情节设计是一个极具思想穿透力的对当代西方司法制度合理性的诘问。

既然外在的体制性构建并不能保证人间的正义，这是否足以说明：有关正义的问题，人类归根到底还需要回到人自身？从人的自然天性中寻觅正义的源泉？对于这方面的问题迪伦马特也有思考，并且认为司法实践上许多苦难处境其实是与人的天赋秉性相关联的：

个体与国家。法律限制了个体的自由，国家称之为正义。自由与正义之间不可调和的对立在于，自由是一个本体论意义上的形而上概念，而正义是建构出来的形而上概念。个体感受自由，理解正义，但由于他们的理解力要弱于感受力，

---

① *Justiz*（《司法》）, GWB4, S. 749-750.

② 小说写道：

肖恩贝希勒对证人进行问询：证人相互矛盾，但矛盾的程度令人吃惊……现在并不存在一个客观的证人。每个证人都倾向于为所经历的东西不知不觉掺进一些想象的东西。一个有证人的事件不仅发生在证人之外，也发生在证人的心里。人人以自己的方式感知事件，把它印在自己的记忆里，记忆又重塑了事件：每种记忆都还原出一个不同的事件。（《司法》，载迪伦马特著《迪伦马特侦探小说集》，韩瑞祥等译，人民文学出版社2018年版，第378页。）

③ 同上书，第397页。

因此他们感到正义是不公正的……个体更愿意去感受正义，可正义只是理智建构出来的概念。他竭力去获取权力，因为只有这样他才感到自己占理，就算他是理亏的一方。权力产生了正义，但他们获取权力的目的极少符合正义，符合正义是对国家的要求，因此他们更倾向于让国家向他们看齐，而非他们去配合国家。[①]

从个体和道德主体出发的绝对命令因人类生存的绝对必要性而变得可逆。自由的特权被正义取代，法律变得必不可少，但今天我们仍然将之看作是对私人领域的侵犯而加以拒绝。法律在客观上是必要的。[②]

迪伦马特因此构拟了人性与正义的矛盾处境。一方面他揭示，人性基于自私、攻击本能，存在着令人难以正视的阴暗面。一定程度上，每个人的内心都潜藏着谋杀犯的天性，此种人性又何以来作为正义的源泉？他的杰作《抛锚》（*Die Panne*, Erzälung 1955, Hörspiel 1956, Stücke 1979）极为深刻地处理了这一点。故事叙述了公司职员阿尔弗雷德·特拉普斯因汽车抛锚，歇脚农庄，参与退休司法官员们组织的审判游戏的故事。经过老人们的诱导，特拉普斯忽然意识到自己曾经有意无意地完成过一次完美谋杀，目的是为了清除挡路的上司。《抛锚》前后有两个版本，但主旨相仿。齐奥科斯基评论说：

在 1956 年迪伦马特创作了《抛锚》的广播剧版，广播剧与小说的情节完全一样，直到结尾处才有了区别。在广播剧中，阿尔弗雷德·特拉普斯第二天早上起床之后，开着修好了的斯蒂贝克离开了。前一夜的事情没有给他造成任何影响，他依旧继续自己平庸的生活，完全没有考虑他曾经造成了一个人的死亡……

20 年后，仍然不能停止关于这一问题的思考的迪伦马特重写了《抛锚》，这是为了新的时代而创作的，将熟悉的故事夸张到了怪诞的地步。在结尾处作出了两个判决：一个“形而上学”的有罪判决和一个“法律的”无罪判决；特拉普斯可以自由地选择其中一个。虽然很明显，对于他的前任上司的死，他实际上是无辜的，特拉普斯还是欣然认为他有罪，因而自缢以执行刑罚。迪伦马特所要展示

① 迪伦马特：《思想赋格：迪伦马特晚年思想文集》，陈奇佳主编，罗璇译，中国戏剧出版社 2017 年版，第 66 页。

② 同上书，第 71 页。

的法律的混乱局面被这样一个事实进一步强化了，那就是这些退休的法律人，无论是法官、检察官还是律师，当他们在职时都是彻底的腐败分子。法官还有一个孙女，一个性欲强烈的寡妇，同时是贪污犯和杀人犯，而这个角色正是正义女神的象征，标志不仅在于她的名字“朱斯汀”（Justine），并且还包括她手持的修剪玫瑰的剪刀。法官很明确地向特拉普斯解释说，整个欢饮的夜晚只不过是“一出对并不存在的事情的戏仿，通过它，世界可以继续被吸收到正义的戏仿之中，而正义正是所有永恒的观念中最残忍的，人们以它之名屠杀自己的同胞”。在关于法律和正义的态度变化方面，再也没有任何其他作品比迪伦马特后一个版本的《抛锚》反思得更为清楚。①

从这意义上说，《老妇还乡》《嫌疑》《司法》等均严厉地考察了人性的阴暗面，并且给出了沮丧结论：人性不可触碰，人性的阴暗是无法接受考验的。②

但另一个方面，迪伦马特又寄希望于人类自身。他似乎认为人类归根结底可

① 《正义之镜》，第 383—384 页。也可参见 Urs Büttner: „Urteilen als Paradigma des Erzählens: Dürrenmatts Narratologie der Gerechtigkeit in seiner Geschichte ‚Die Panne ‘ (1955/56) “[《审判——叙事的示例：迪伦马特在〈抛锚〉（1955/1956）中的正义叙事学》], in: *Monatshefte für deutschsprachige Literatur und Kultur* 101, 2009, Heft 4, S. 499-513。

② 从这个角度说，《老妇还乡》像是《抛锚》的荒诞喜剧版。居尔小镇的全部居民都是另一个阿尔弗雷德·特拉普斯。察尔纳西安当然不是特拉普斯，因为她已经是一个明明白白持械（她的暴力武器就是其财富）杀人的强盗了。

小说《嫌疑》借屠夫医生埃门贝格尔之口探讨了这一点：

“人啊，人是什么？”医生笑着说，“我并不因为有一种信仰而感到羞愧，我不沉默，不像你一直保持沉默。正如基督徒信仰圣父、圣子、圣灵三者一样，其实只是一种东西，即信仰三位一体，我也信仰两样东西，其实也就是一个，是同一个东西。我信仰物质，它同时是力量和质量，是一个无法想象的整体，是令人大声疾呼仓皇躲避的子弹，像一个可以触摸的儿童皮球，我们就生活在它的上面，穿越过冒险的空间空虚。我信仰一种物质（说‘我信仰上帝’是多么粗俗而浅薄），它唾手可得，像动物，像植物，或者像煤炭；也不可企及，像原子。它不需要上帝，或者无论人们为之虚构的什么东西，其独一无二、捉摸不透的神秘就是它的存在。我相信，我存在，是这种物质的一部分，和你一样是原子、力量、质量和分子。我坚信，我的存在赋予我权利，想干什么就干什么……人们只能信仰物质，并相信自己。公平正义并不存在——物质怎么能公平呢？——存在的只有自由，自由无法通过赚取的方式获得——否则就必然有公平正义了——自由也无法通过赠予的方式获得——谁有能力赐予它呢——自由必须靠人们主动去争取。自由是敢于去犯罪的勇气，因为自由本身就是一种犯罪。”（迪伦马特：《嫌疑》，载迪伦马特著《迪伦马特侦探小说集》，韩瑞祥等译，人民文学出版社 2018 年版，第 175—176 页。）

能会获得一种超越性的司法正义的能力。不过，操持这一权柄的个人不能像罗宾汉式地行侠仗义，他必须具有非常高的法律素养，道德上足以经受考验，并且只能是在特例的条件下才能有限地实践这一溢出常态的正义行动，就像《法官和他的刽子手》《嫌疑》中的贝尔拉赫探长、《承诺》中的马泰依探长、《司法》中的“我”那样。迪伦马特借《司法》中“我”之口言述了这种越轨正义的可能性和必要性：

这个答案将会是对我们的判决，执行判决就是真相。我愿意相信是这样，狂热而执着。不是为了这个我在其中苟且求生、精美造作的社会，不是为了那些包围着我的、令人难以忍受的残渣余孽，而是为了正义；为了正义我行动，为了正义我必须行动；我要拯救最后残余的人性（我写下来的东西富有激情、庄严、高尚，有管风琴伴奏的神圣严肃，但我不会删去所书写的东西，也不会修改它。为什么要修改呢，为什么追求风格呢，指引我的不是文学上的野心，而是杀人的意图。）①

当然，尽管有此类限定，人们从严谨的法理角度，仍然可以指责类似的超越司法程序的判决不免自由心证的意味，类似的行动者不免罗宾汉式的气息。② 比较其他方面的正义问题思考，迪伦马特于此的故事构拟确实有较少个人创新洞见，这也许正是他后期小说《退休探长》（*Der Pensionierte*, Fragment 1955）迟迟不能终稿的原因。因为他于小说主角的设定——“在他长久的职业生涯里，一个伯尔尼探长出于人道，出于对人类法律缺陷的了解，放手让一些罪犯逃脱了法律

① 《司法》，第 367 页。

也可参见 Ulfrid Neumann: „Gerechtigkeit durch kompensierende Ungerechtigkeit: das Rechtsprinzip der, Negation durch Negation ‘ in Werken von Friedrich Dürrenmatt “（《由非正义补偿的正义：迪伦马特作品中“否定之否定”的法律原则》）, in: Heike Jung hrsg.: *Das Recht und die schönen Künste*, Baden-Baden: Nomos Verlagsgesellschaft, 1998, S. 161-169。

② 老探长贝尔拉赫与加斯特曼的一段对话很有代表性：

“你还是认为是我杀害了施密特吗？”对方问道。

“我从未这样想过，”老人回答道，“我没能证明你犯过的罪，现在我要证明你没有犯过的罪了。”（*Der Richter und sein Henker*（《法官和他的刽子手》）, GWB4, S. 99.）

的制裁”[①]——是很难完成的。也就是说，根据他的人性洞察，根据他对现代严密司法制度的了解，根据他的艺术品位（对于廉价大众传奇故事的拒斥），他很难合理写出一个坚守正义之道又矫然超脱于世俗规范法的最终裁断者形象。

三 司法中生命政治问题

通过前文讨论我们不难发现，迪伦马特终身关注司法问题，试图秉行正义之道。对他来说，正义之道是可确定的、实存的，因此他不惜构拟复仇的故事来捍卫它；[②]但同时，正义之道也是令人困惑的，他毕生寻觅也未能找到一个真正能够托以信任的主权者。[③]因此，在他的叙事中，就不能不出现某些出乎他自己预料的精神剩余之物。在各种矛盾困惑中，他有时会下意识地援引某些未必深思熟虑的东西来解决矛盾，或者在谛视各种司法现象的矛盾纠结时，他会偏离既定的叙事轨道，洞觉某些超乎他自己主观认识的法的精神核心问题。这其中，一度的左翼政治偏向；[④]沿着布莱希特道路，通过特定的文体革命改造人们的精神

---

① 迪伦马特：《迪伦马特侦探小说集》“前言”，韩瑞祥等译，人民文学出版社 2018 年版，第 6 页。

② 可参见 Franz-Josef Payrhuber: „,Die Gerechtigkeit läßt sich nur noch durch ein Verbrechen wiederherstellen‘: Anmerkungen zu Friedrich Dürrenmatts ,Besuch der alten Dame‘“（《“正义只能通过罪行实现”：评弗里德里希·迪伦马特的〈老妇还乡〉》), in: Günter Lange hrsg.: *Lese-Erlebnisse und Literatur-Erfahrungen*, Baltmannsweiler: Schneider Verlag Hohengehren, 2001, S. 308-323。

③ 可参见 Bernhard Losch: „Friedrich Dürrenmatt: ,Die Gerechtigkeit ist etwas Fürchterliches‘“（《弗里德里希·迪伦马特：正义是可怕的东西》), in: Hermann Weber hrsg.: *Recht, Staat und Politik im Bild der Dichtung*, Berlin: Berliner Wissenschafts-Verlag, 2003, S. 195-213。

④ 《密西西比先生的婚姻》借苏联情报人员圣 - 克劳德谴责密西西比的司法酷刑：

外面传来《国际歌》。

圣 - 克劳德 你听到他们在唱歌吗，听到他们在陶醉地狂怒吼吗，我少年时的朋友，你这个颤抖的豺狼，我曾经和你一起跑过地下室走廊，对所有人的冷漠感到绝望，热切盼望着他们的友爱，你听到这首歌了吗？（迪伦马特：《密西西比先生的婚姻》，载迪伦马特著《迪伦马特戏剧集》，叶廷芳等译，人民文学出版社 2019 年版，第 220 页。）

认识；[1] 回到艺术活动原初之点，思考“素材”本身对精神活动的决定性价值——就像萨维尼、耶林、胡塞尔、布莱希特等曾强调过的那样；思量生命政治的问题等，均构成了超出他情节预设、带来更多联想价值的精神的剩余部分。本书在此主要讨论他对生命政治问题的预见与探索。

所谓生命政治问题是由福柯揭橥[2]，阿甘本发扬光大的一种思想学说，它既可以说是一种关于法的哲学理论，也指向人类学意义上原初性的一般精神存在问题。它试图将一切法、政治的原初性问题都追溯、还原为生命问题，指出人类一切精神现象，至少是那些与秩序、权力、组织的现象，都发端于人类对不同生命形态、智慧程度、等级区分及其与外在物质世界关系的界定（如对自我物质性身体的认识等）。这是人类精神自然、本能的面向。“我们甚至可以这样说：创造一个生命政治性的身体是至高权力的原初的活动。在这个意义上，生命政治至少同至高的例外（sovereign exception）一样古老。”[3]

共同体对什么是生命、如何为被承认的生命划定规则、如何为被承认的人的生命划定规则，由此构成了其司法的原初动力。这种原初判断的独断、含混、非理性，构成了法律精神内在的独断、含混、非理性部分。而问题是，通过漫长的司法实践，惯例、习俗、语言、逻辑、权力话语等已将这种原初的关于生命的决断全部体系化、体制化与必然化了，并且对其加以暴力的庇佑：

这是司法准则的终极地基，而这个地基对于所有的道德都是陌生的。对于道

---

① 他写于1955年的《戏剧问题》较完整地阐释了他这方面的思想，在此不赘引。

② 阿甘本说：

根据福柯的说法，一个社会的“生物现代性的肇始”，是在那作为简单的活着的身体的物种和个体，开始在社会的诸种政治策略中承受危险时。1977年后，福柯在法兰西学院开设的课程，开始专注于从“领土国家”到“人口国家”这个转变过程，以及这一转变所导致的如下状况：作为至高权力（sovereign power）的一个问题，民族的健康和生物性生命的重要性不断提升；至高权力于是逐渐地转型成为“关于人的一种治理”。“紧接着发生的状况就是，经由诸种最精密的政治技巧，人被动物化了。历史上头一遭，社会科学的诸种可能性变得重要，并且，保护生命与授权发动一起大屠杀，同时变得可能了。尤其是，如果没有那新的生命权力（bio-power）所实现的规训性的控制，资本主义从这个角度来看，就根本不可能得到发展并高唱凯歌。通过一系列适当的技艺，新的生命权力可以说创造了资本主义所需要的各种“驯顺的身体”。（阿甘本：《神圣人：至高权力与赤裸生命》，吴冠军译，中央编译出版社2016年版，第6页。）

③ 阿甘本：《神圣人：至高权力与赤裸生命》，吴冠军译，中央编译出版社2016年版，第10页。

德而言，对规则的无知，并不能消去负罪。由于去断定究竟是负罪为规则立基、还是规则设置了负罪，实属不可能；而在这种不可能性中，能很清晰看到的，就是外部与内部，以及生命与法律之间的无区分性。这种无区分性正是关于例外的至高决断的特点。法律的“至高”结构，它的奇特与原初的“力量”，具有一个例外状态的形式；在这种形式下，事实和法律是无法区分的（然而必须是被决断出来）。那因而是遭到强迫的生命，在最后的场合下，只能以下述方式被法律领域所涵涉——只有通过预设它自己被纳入性地排除，只有在一种“excepio”中。存在一种生命的界限性状况，在这一界槛，生命同时在司法秩序的内部和外部。这个区域就是主权的所在之地。①

阿甘本进一步指出，生命政治运作的形式尽管极其复杂，不同的文化共同体各有其不同的生命逻辑，但从人类学的角度看，它事实上存在着一个一般性的核心问题，即“赤裸生命”问题。他指出，当希腊人意识到“生命（zoē）与生活（bios）之间、活着（zēn）与政治上有质量的生活（eu zēn）间的对立（一般意义上的生命与对于人类适宜的生命的有质量的方式之间的对立）”② 时，就出现了一些“既在生命政治之中，又在任何形式的生命政治之外”的生命状态。这就是赤裸生命，它“是自然与文化、‘zoē’与‘bios’之间接合的界槛”③。这种处于“接合界槛”的生命存在考验着法的正义性，法的无端的暴力性一面在赤裸生命的处置上暴露无遗。“被至高禁止所捕获的生命是这样一种生命，它在原初意义上便为神圣——可以被杀死但不能被祭祀的生命；并且，在这个意义上，生产赤裸生命是至高权力最原始的活动。”④

这种关于生命含混、非理性的决断，同样体现在现代法律精神中。尽管现代法律表面上充分考虑了人的生命、个体生命的绝对价值意义，但赤裸生命的存在依然是司法世界的常态：

---

① 阿甘本：《神圣人：至高权力与赤裸生命》，吴冠军译，中央编译出版社 2016 年版，第 40—41 页。

② 同上书，第 97 页。

③ 同上书，第 242 页。

④ 同上书，第 118 页。

如果有什么东西构成了现代民主而非古典民主的特点，那就是现代民主从一开始就将它自己表现为对生命（zoē）的一种拥护与解放，而且它一直试图把自己的赤裸生命转变成一种生活方式，并努力找寻那或可称之为生命之生活（the bios of zoē）的东西。因此，这也带来了现代民主的特定难题：它想使人们的自由和幸福在“赤裸生命”这个地方得到展现，然而，这个地方却正是标志着人们的屈从。①

迪伦马特对生命政治的认识，当然不能说是自觉的、成系统的。不过，现有的文本呈现也足以说明，他对生命政治的某些核心问题，做了相当有预见性的思考。他已经意识到，法的正义源泉，必然与某些关乎生命条件的决断相关。法的意志号称遍照人类全部，但这必然以排斥某些生命形态为条件；并且，在遭遇某些生命形态时，它会流露出尴尬或滞胀、运转不灵之态。这些洞见，极大升华了他对西方现代法律精神的批判深度，这也是我们在当下还需要不时回到他的问题立场，从中汲取思想教益的缘故。

首先值得讨论的是神圣人这一问题。阿甘本指出这是生命政治的核心问题之一。他指出了法律人类学这样一个普遍的事实：神圣人乃是法制构建的前提，任何一个成体系的法制系统，都必将生成体系中的神圣人，也就是赤裸生命。② 神

---

① 阿甘本：《神圣人：至高权力与赤裸生命》，吴冠军译，中央编译出版社 2016 年版，第 14 页。

阿甘本还说：

直到今天，关于法理上的临床死亡标准的界定还存在巨大争议，这是对这种赤裸生命的更深入的认识（赤裸生命与任何大脑活动无关，也就是说，它无关于主体），赤裸生命决定了一具身体是否还活着，或者是否可以放弃这具身体，用于器官移植。（阿甘本：《敞开：人与动物》，蓝江译，南京大学出版社 2019 年版，第 19 页。）

② 阿甘本：《神圣人：至高权力与赤裸生命》，吴冠军译，中央编译出版社 2016 年版，第 13 页。

阿甘本说：

在 homo sacer 这个表达中，这个形容词看起来指的是这样的一个个体：他，在被排除在共同体之外后，可以不受惩罚地被（任何人）杀害，却不能被献祭给众神。在这里，确切来说发生了什么？一个属于众神的、神圣的人，在使他和其他人分隔的仪式中幸存下来而继续在他们之中生活——作为一个显然是神圣之外的存在。尽管他生活在神圣之外的世界，在他体内却有某种不可化约的神圣的东西的残余。这把他移出与他所属的种的正常社交，并把他暴露在暴力导致的死亡的可能性面前，而这种暴力导致的死亡，又使他回归他真正的归宿：众神。至于他在神圣领域的命运，他不能被献祭并且被排除在对众神的崇拜活动（culto）之外，因为他的生命早已为众神所有了。然而，就他可以说，在死后又活了下来而言（in quanto sopravvive, per cosí dire, a se stessa），它又把某种不协调的神圣之外的东西的残余引进了神圣之物的领域。

（转下页）

圣人是指人处于这样的一种司法状态：他具有“被带入的双重排除状况的特殊品性，以及他发现自己所面对的暴力。这一暴力——任何人可杀死他而不受制裁——既不能被归类为祭祀，又不能被归类为杀人，既不能被归类为一项死刑的执行，又不能被归类为亵渎神圣之行为。通过把自己排除在人间和神圣的法律的制裁形式外，这一暴力打开了一个人的行动的领域，它既不是祭祀（sacrum facere）之领域，也不是渎神行动之领域”①。阿甘本认为，人们在立法之时，只要未对自己的生命政治理念善加梳理，只要立法者凭着独断性的理念将人类生存诸形态中分出等级高下（如血统论、种族论、地域论、性别论、性向论等），其司法就必然生产神圣人这一现象。神圣人即意味着司法正义证立之处，也意味着它的失灵之处。阿甘本曾以罗马法为例分析说：

在古代的罗马法中，人的生命全然是以被排除在外的形式而被纳入司法秩序（ordinamento）内。于是，神圣人这个在古代罗马法中面目模糊的人物，向我们提供了一把钥匙：通过这把钥匙，关于主权的诸种神圣文本，以及关于政治权力的诸种代码，都将被揭开它们神秘的面纱。但与此同时，“sacer”这个词的这一古代含义，向我们展示了笼罩在神圣之形象上的谜团：这种神圣之形象，无论在宗教之前还是之外，构成了西方政治领域的第一个典范。构成现代政治之根本特征的，并非是将生命纳入城邦之中（这实际上是完全古代的），也不仅仅是这样一个事实——生命变成国家权力之诸种规划与算计的主要对象。在这个意义上，福柯主义的论题将不得不被修正，或至少被补全。决定性的事实乃是，伴随着使无处不在的例外变成常规的那个过程，最初处于政治秩序之边缘的赤裸生命的领域，逐渐开始同政治领域相合一；排除与纳入、外部与内部、“bios”与“zoē”、

（接上页）

也就是说，在献祭的机器中，神圣的和神圣之外再现/代表着这样一个系统的两极：在这个系统中，一个流动的能指从一个领域向另一个领域旅行却不停地指向同一个客体/对象。这个机器就是这样确保使用在人与神圣的存在之间的分配的，也是这样它最终才能够把先前被献祭给众神的东西归还给人。因此也就有了罗马的献祭中对这两种操作的混合（promiscuità），其中，同一个被献祭的牺牲者的一部分是因触染而是神圣之外的、为人所消费，而另一部分则指定给众神。（阿甘本：《渎神》，王立秋译，北京大学出版社2017年版，第134—135页。）

① 阿甘本：《神圣人：至高权力与赤裸生命》，吴冠军译，中央编译出版社2016年版，第117页。

正确（right）与事实（fact），都进入了一个无可缩减的无区分地带。[1]

迪伦马特在其对司法精神的紧张探索中也意识到，即使周全如现代司法体系，其落到个体的绝对正义的层面，也同样是无能且乏力的。就像小说《嫌疑》中的埃门贝格尔医生，如果根据现有法条进行审判，尊重他的狡辩而轻轻放过他的罪恶，这对他手术刀下的牺牲者、幸存者，将是巨大的不公平。但如果个体试图诉求自我的绝对正义，这就意味着他已经自外于司法体系，他同样变成了一个人人且得执而杀之的生命，尽管这种杀害得不到祭祀（司法体系）的祝福。迪伦马特借埃门贝格手术刀下唯一的幸存者——犹太人格利弗的形象的塑造诠释了这一点。格利弗在埃门贝格尔手下侥幸逃生后，就在心中立下毒誓："既然上帝愿意让我们在本世纪像牲口一样生存，那我自此将永远坚持这种受屈辱、遭鞭打的牲口生活。从此之后，我始终生活在墓穴洞窟的黑暗中，藏在地窖或诸如此类的黑暗场所，只有黑夜才能看到我的面容，只有星星和月亮才能照射到我这件遭受千万次撕扯的长袍。"[2]

对于其行动的正义性、必要性，格利弗有着明确的认知：

让我们去埋葬埃门贝格尔的世界……。我们作为个体无法挽救这个世界，这会像可怜的西西弗斯推石上山一样，是一项毫无希望的工作。它不掌握在我们手里，也不掌握在某个大人物、某个民族或者最强大的魔鬼手里，它掌握在上帝手里，只有他才能决定一切。我们只能帮助某个人，而非所有人，这是可怜的犹太人格利弗的局限性，也是所有人类的局限性。因此，我们不该试图去拯救世界，而应该试图伫立于世，这是末世留给我们的唯一真正的冒险体验。[3]

但格利弗也充分意识到自己将被正常的社会秩序所拒斥，成为"被人类社会抛弃的人"，"属于死人之列"。但只有这样他才"敢于潜入这个世界阴森的地下

---

① 阿甘本：《神圣人：至高权力与赤裸生命》，吴冠军译，中央编译出版社 2016 年版，第 13 页。

② 迪伦马特：《嫌疑》，载迪伦马特著《迪伦马特侦探小说集》，韩瑞祥等译，人民文学出版社 2018 年版，第 109 页。

③ 同上书，第 184—185 页。

墓穴，进入那些遭到强者迫害而死的人们业已被遗忘了的栖息地"[①]。迪伦马特借老探长贝尔拉赫之口赞叹道：

> 格利弗果然还是比警察知道得多，他震惊地心想着。这位衣衫褴褛的巨人拯救过无数犹太人的性命，他充满冒险地生活并行走于犯罪与骇人听闻的邪恶错综交织的地界。坐在贝尔拉赫面前的是一位有自我法规的法官，他特立独行，自由定罪判罚，无视地球上那些声势显赫的国家的民法典与刑法条款的约束。[②]

在这里，格利弗成为一个自觉的牺牲者，一个可能的超越法律的审判者形象。这本来也是文化传统中神圣人蕴含的题中应有之义："神圣人这个形象同为了拯救危难中的城邦而把自己的生命献祭给冥府诸神的献身者（devotus）相似。"[③] 文艺作品中向来不乏超越法律的人间英雄形象。迪伦马特的可贵之处是充分写出了这类形象自身必须直面的在暴力情境中遭遇司法"双重排除"的神圣人状况。

迪伦马特的生命政治洞见的尖锐性与深入性还体现在他意识到身体政治与司法正义的复杂关系上。

司法的实践必须落实在一定的个体身体上——越是体系周密的法学、越至近现代，这一点就越明晰。然而，在司法实践中，关于身体的界定从来都不是自明的。它从来就是一个政治问题，如何规定作为生命寄寓的实体，即身体的一般形态、此种形态中身体的权利及其界限、不同身体之间的关系原则等，涉及一系列极其复杂的司法构拟。

> 身体不仅仅是把我们与动荡的物质世界联系在一起的一个幸福的或不幸的意外。身体与自身（self）黏附在一起，这一黏附本身是有价值的。这一黏附性是我们无法逃离的；而且，任何隐喻都无法把这一黏附性同一个外在对象的在场混淆起来；它是一种统一，这个统一不会通过任何方式去改变结局的悲剧性

---

① 迪伦马特：《嫌疑》，载迪伦马特著《迪伦马特侦探小说集》，韩瑞祥等译，人民文学出版社 2018 年版，第 185 页。

② 同上书，第 112 页。

③ 阿甘本：《神圣人：至高权力与赤裸生命》，吴冠军译，中央编译出版社 2016 年版，第 136 页。

性格。①

人们如果不是心存正义，自然蛮可以根据一般所谓的“正常”人类身体概念对相关问题置之不理。但如果秉持正义之道，深切同情每一个个体均可能遭遇的不幸，人们就应该承认每一个实定的个体身体权力都包含某种生命政治的预设前见，这种预设永远以某种拒斥作为前提。否定某种身体的生命政治权力是肯定所谓“正常现象”的前提——在逻辑上，没有异常，何来“正常”呢？这种区隔诚然是人间实定法的有限性所致，不得不然。但如果我们以为这就是人间真理，这就是正义本身，阿甘本警告说，根据这一逻辑，我们的“正常身体”也同样容易被命名为不正常的，集中营的“正义理据”就是这么来的：

正是纳粹主义和法西斯主义，把对赤裸生命的决断，转变成为最高的政治原则。根据罗伯特·安特尔梅的证词，事实上，集中营对关在那里的人们的教训恰恰正是：“对人之质地（quality）的质疑，催生出了一种关于是否属于人类的近乎生物学的断言。”②

迪伦马特在作品中着意刻画了现代司法中的两种难以处理的身体状态：一是动物性的身体，二是尸体。

迪伦马特的作品中时常会出现一些怪异人物：他们的身体像是处于人与动物

---

① 阿甘本：《神圣人：至高权力与赤裸生命》，吴冠军译，中央编译出版社 2016 年版，第 204 页。阿甘本说：

“身体”在政治-司法术语学领域中的这一新的中心性，同在从笛卡儿到牛顿、从莱布尼茨到斯宾诺莎的巴洛克时期身体在哲学和科学中被赋予一种特权性位置的更一般过程是相应的。但在政治反思中，身体总是保持着与赤裸生命的一个紧密绑定，即使在它成为政治共同体的核心隐喻时也是如此，正如在《利维坦》或《社会契约论》中那样。在这方面，霍布斯对这个词的使用特别有启发性。（阿甘本：《神圣人：至高权力与赤裸生命》，吴冠军译，中央编译出版社 2016 年版，第 170 页。）

② 阿甘本：《神圣人：至高权力与赤裸生命》，吴冠军译，中央编译出版社 2016 年版，第 15 页。阿甘本还说：

这就是人的本性的实验。一旦二者的差异消失，两个词之间不再有任何分别——就像今天所发生的那样——那么存在与虚无、合法与非法、神灵与恶魔之间的区别也烟消云散了，在那个地方，出现了某种我们无法命名的东西。或许集中营和灭绝营就是这样一种实验，一种极端和怪异的企图来判断人与非人之间的区别，这种实验最终却让区分人与非人的可能性灰飞烟灭了。（《敞开：人与动物之间》，第 26—27 页。）

之间，或者是不完全的人类身体。像《嫌疑》中被埃门贝格尔豢养的侏儒杀手、《司法》中施台尔曼、乌兹别克护卫等，[①] 均可归入此类。有时，他还以象征的笔法，描写人性中的兽性，如《法官和他的刽子手》中的加斯特曼之死、[②]《老妇还乡》中的黑豹意象等。他的这些描写，除了受到象征主义、表现主义美学趣味的影响，客观上也映射了他对现有司法窘境的思考。现代司法其实是在将这些身体特征的生命存在排除出一般司法领域后才能有效建立的。现有的司法，既不能保护他们，也难以有效地惩罚他们。然而，否定或者漠视他们是人，也应该享受一般的身体权利，不正是所谓司法正义的自欺欺人吗?《嫌疑》借格利弗对侏儒杀手的抚慰评论说：

我们现在该拿这个小东西怎么办，他可是个人啊，我们该拿这个小人儿怎么

---

① 小说写道：

"乌兹别克人。俄罗斯人在中亚什么地方捡到了他们，安插进了红军队伍，后来他们成了德国人的俘虏。由于纳粹人类学家们确定不了他们属于哪个种族，他们才幸存下来。我父亲在一家种族研究所里把他们买来了，当初这样的苦工还是很便宜的，被当作人类无用的尾货。我觉得他们是乌兹别克人，因为我喜欢这个词。你看见了那些花园侏儒吗，律师?"(《司法》，载迪伦马特著《迪伦马特侦探小说集》，韩瑞祥等译，人民文学出版社 2018 年版，第 371 页。)

小说写道：

"我脑子里除了淫乱没别的。"她（指故事人物施台尔曼——引者按）然后说道，这个畸形的怪物又让人感受到了她面对自己所表现出的那般嘲讽和鄙视。(《司法》，载迪伦马特著《迪伦马特侦探小说集》，韩瑞祥等译，人民文学出版社 2018 年版，第 373 页。)

② 小说写道：

这是加斯特曼。贝尔拉赫微微弯下身子，左手还拿着那黑布。他默默地俯视着死者蜡黄的面孔，俯视着嘴唇上那依然令人不快的特征，然而，眼窝却变得更深了，而在这深渊里，再也不会潜藏什么令人可怕的东西了。他们就这样最后一次碰面，猎人和这个现在终结了生命后躺在他脚前的野兽。贝尔拉赫意识到两个人的生命现在玩到尽头了，他的目光又一次掠过那些岁月，他的心灵又走了一遍穿越迷宫那条条神秘的通道的历程，这迷宫就是两个人的生命。现在，除了永恒的死亡之外，他们之间再也什么都不存在了，一个法官，他的单判决就是沉默。(迪伦马特:《法官和他的刽子手》,《迪伦马特侦探小说集》，张佩芬译，群众出版社 2012 年版，第 78 页。)

《司法》中一段描写也颇可引为佐证：

我毫无准备地被扔进了人类的丛林秩序中；我毫无准备地要面对成就了这秩序的种种欲望：贪婪、仇恨、恐惧、狡诈、权力；但我最终同样无助地遭受着那些使丛林秩序变得人道的情感的磨难：尊严、准则、理性、爱情等。我被人类的现实所驱赶，就像一个不会游泳的人挣扎在激流中，与自己的灭亡做斗争，在灭亡中自己也变成了野兽，我与史提西 - 卢平那夜谈话之后变成了野兽。(《司法》，载迪伦马特著《迪伦马特侦探小说集》，韩瑞祥等译，人民文学出版社 2018 年版，第 410 页。)

办，人们已经完全将他贬作野兽，我们又该拿这个凶手怎么办，只有我们认为他是无罪的，他用那双悲伤的、棕色的眼睛望着我们，万物皆苦。[①]

后期的迪伦马特创作中还频频出现尸体的意象。小说《史密斯》（*Smithy*, 1976）中，犯罪集团最为复杂也是最重要的“技术”工作就是如何处理尸体［同样的情节设计还出现在剧作《同伙》（*Der Mitmacher*, 1972/1973）中］：[②]

史密斯下楼去莱布尼茨那里，他跨入仍然敞开着的解剖室大门。此时，霍利的尸体只剩下了躯干，莱布尼茨所做的事情真是令人难以置信，史密斯突然为莱布尼茨感到骄傲，莱布尼茨确实该得到他那部分。史密斯看着莱布尼茨在浴缸的糊状泡沫里不断搅拌着，然后发出汩汩的流水声，浴缸的水慢慢排空，一切都很奏效。人世间的一切是那么的脆弱，史密斯顿时变得虔诚起来。[③]

戏剧《流星》中的主角施威特则像是一个不死怪物，不能死亡[④]而害怕生命[⑤]。

---

① *Der Verdacht*（《嫌疑》）, GWB4, S. 262.

② 在某种程度上可以说，《同伙》是脱胎于《史密斯》的作品。可参见 *Gespräche 1961-1990 in vier Bänden*［《对话集（1961—1990）》四卷本］, Band 2, S. 85; Band 3, S. 49.

③ 《史密斯》，第 139 页。

小说还写道：

那个教授到底在搞什么名堂，无人知晓。他一直需要材料，史密斯向他提供材料。当教授无力再支付材料费用时，史密斯就想到了让教授为上流阶层处理尸体。后来，当教授那里的尸体越来越多时，莱布尼茨就接手了这项工作，为稍低的阶层提供服务。为了考验他是否能干，让他接替了教授的活。（《史密斯》，载迪伦马特著《抛锚》，郭金荣译，人民文学出版社 2013 年版，第 141 页。）

④ 剧作对此有所展示：

施威特 他是死了两次。

他把 X 光片挂到原先挂尿布的绳子上。（《流星》，载迪伦马特著《迪伦马特戏剧集》，叶廷芳等译，人民文学出版社 2019 年版，第 758 页。）

⑤ 剧作对此有所展示：

施威特 我也害怕。我们共同都害怕。我本来不了解事情真相，因为我出于害怕也不想了解它，不然我就会揭穿它。我现在知道真相了，因为它再也掩盖不住了。我的躯体真是可耻。（《流星》，第 732 页。）

施威特 拽下来！它们使我想起生命，想起性交，想起临产的大肚子！拽掉这些破布片！我不想再闻到小孩的屎尿味！我要泥土味，我要坟墓里的气息，我要永恒的迷雾。（《流星》，载迪伦马特著《迪伦马特戏剧集》，叶廷芳等译，人民文学出版社 2019 年版，第 737 页。）

迪伦马特何以关注这一话题？是出于其个体的生命体验，感到死亡的迫近？[①] 是对基督教文化传统中的复活问题有所深思？[②] 是对现代欧洲政治传统中国王的两个身体、二次死亡现象有所感悟？[③] 根据现有材料，他相关的创作动机不

---

① 曾经有记者在采访时问道："施威特是迪伦马特吗？"迪氏答道："我需要为作家施威特寻找一个原型。如果我可以写其他人，为什么不能写我自己？"［*Gespräche 1961-1990 in vier Bänden.*《对话集（1961—1990）》四卷本 , Band 1, S. 197.］

② 复活何以与尸体、不洁之物相关？阿甘本的一段评论值得重视：

早期的一些教父们将会思考复活的问题，那么实际上，他们会碰到物质应该是什么、复活的身体形式应该是什么这一难题。复活的身体应该是如他在死亡那刻的样子呢，还是如他在年轻时候的样子？如果死者在他去世五年前失去了一条胳膊，那么在他复活时，是应该有这条胳膊，还是没有呢？如果他掉了头发，那么他可能复活成一个秃子吗？或者我们假设，死者是一个食人者，他生前是靠吃人肉而活，这些人肉自然就变成了他身体的一部分，那么在他复活时，这些被吞咽下去的物质会再成为谁呢？复活的身体应该包括所有属于生前身体的物质，还是仅仅只需具有生前身体的一部分，比如说构成尸体的一部分？（阿甘本：《潜能》，王立秋、严和来等译，漓江出版社 2014 年版，第 357—358 页。）

在谈到《流星》的创作动机时，迪伦马特解释道："意图不是写作的基础。人们必须先有一个好的想法，然后才能开始写作。我不是从问题出发，而是从故事出发。在写《流星》时我最基本的一个想法是复活。"［*Gespräche 1961-1990 in vier Bänden.*《对话集（1961—1990）》四卷本 , Band 1, S. 196.］

③ 巴特勒指出：

《安提戈涅的诉求：生与死之间的亲缘关系》安提戈涅的中心作用被用来作为一种转喻考察"第二次死亡"的问题，拉康认为第二次死亡使得第一次死亡的生死循环链条失效，第二次死亡因此也没有赎罪的循环，因为没有子嗣接继，这将是安提戈涅的死亡，但是，根据她的独白，她的死将是整个家族的终结，拉康接着指认第二次死亡是"存在自身"（Being itself），借用海德格尔的语汇讲是大写的自我。安提戈涅——不妥协、不屈服的形象正是"存在自身"的对立面。（巴特勒：《安提戈涅的诉求：生与死之间的亲缘关系》，王楠译，河南大学出版社 2017 版，第 101 页。）

她还指出：

正如调用了预设的死亡欲望，第二次死亡，意味着终止了任何进一步的转化。尤其是安提戈涅，"她的欲望违反了冥界埃特的界线"（277），如果这是人类能够跨越的界线，仅是一瞬，更贴切地说不能停留，那么她不仅跨越了这个界线并且停留很久。她已经跨越了这条线，引用另外一个律法公然反抗公共律法，这个别处即是死亡，获得引用死亡的授权。她行动着，但是依据死亡的授权行动着，她通过摧毁行动的持续性和可能性而获得死亡，这是她最终必须独立完成的行动。（巴特勒：《安提戈涅的诉求：生与死之间的亲缘关系》，王楠译，河南大学出版社 2017 版，第 104 页。）

齐泽克的一个论述也值得重视：

拉康：象征性秩序，"代替死亡""羞辱"了身体之真实，让身体之真从属于一个陌生的自发性，破坏了它的"自然性"、本能的节奏，由此生产了欲望的剩余，换言之，作为的一个剩余的欲望。那个羞辱了活生生的肉体的象征性机制同样产生了羞辱的对立面，即不朽的欲望，排斥了象征化的"纯粹生活"的真实。（齐泽克：《延迟的否定：康德、黑格尔与意识形态批判》，夏莹译，南京大学出版社 2016 年版，第 260 页。）

甚明确。但能够肯定的是，迪伦马特必然直觉性地意识到：尸体作为一个实体存在，是一种极其怪异的身体。它已经不是身体，却依然还是身体。① 司法对它已然失效，但围绕着的生命政治斗争远未平息，甚至因为它已经失去了通常身体的属性，就被加持了一种异乎寻常的神圣性，如《安提戈涅》描写的那样——实际上类似风俗几乎在全部文明社会中都不同程度地存在。司法正义性在此就趋于失灵。可能正基于此，“尸体—身体”这一话题可以有效地跳出一般司法命题的窠臼，从更宏大、更通达的角度思考人间秩序、生命、感官体验，以及与失常、越轨之间的复杂关系。《流星》中诺贝尔奖获得者施威特的复活就提供了这样一个极端戏剧化的考察社会轻度失常状态的喜剧视角。戏剧中死而复活的施威特可以看作一具活尸：一方面，他还活着，就像死前那样行动，甚至具有常人的情绪情感；但另一方面，他又已经死了，在他自己和所有社会关系的认知上，都知道“施威特这个人已经死了”，并且，这具行动的身体恐惧、厌恶一切真正与生命有关的东西。希腊传统中的“生命”与“尸体”难以区分的观念，在这里得到了复现。② 这样，身体（尸体）中既有属于生命政治的内容被极大激发，现代司法秩序貌似威严不可侵犯的权威遭到挑衅。从这个意义上说，施威特这个活尸一定程度上便具有了意大利喜剧文化传统中普尔奇内拉形象的内蕴：

巨像，从某种意义上讲，是一个诡计：它是一具伪尸体或一个假死人，替代了真人以欺骗亡魂（larva）和死者王国的其他代表。普尔奇内拉是一个巨像，一个非死人，他处在一个死者应在的位置上，替死者说话和表演，由此，他戏弄了

---

① 阿甘本提供的一条人类学证据值得重视：

词源学家要追问为什么名词 Leiche 最后会在现代德语语义当中含有“尸体”的意思。不过在这里，词义的演化是非常容易理解的：尸体典型地表现为同样的外形、同样的外表。它如此之真以至于在罗马人那里，死者之尸体与其形象被视为一体，是典型的“意象”（Imago）。反之亦然，意象首先是死者的形象［那些“肖像（画）”曾是一些用蜂蜡做成的祖先面具，罗马贵族们把它们安放在居所的前厅当中。］（阿甘本：《潜能》，王立秋、严和来等译，漓江出版社 2014 年版，第 356 页。）

② 阿甘本说：

荷马时代的希腊人甚至不知道有任何词可以特指活着的身体。在之后时代出现的一个可以很好等同“life”的词——“soma”，最初只意指“尸体”。似乎对希腊人来说，分解为关于诸形式与诸元素的一种多元性的生命本身，只有在死后才表现为一个统一体。（阿甘本：《神圣人：至高权力与赤裸生命》，吴冠军译，中央编译出版社 2016 年版，第 97 页。）

死亡并将之欺骗。他既不属于死者的世界，也不属于生者的世界——他在此，必然在此，在一个不可通达的别处。在这个意义上，顶替狂欢之神被人焚烧或悬吊的用稻草或树枝做的人偶也是一个巨像——既非死者，亦非魔鬼。该有死者的地方就有一个活人，这是死者位置上一种顽固、自觉又不失嘲讽的居留，它引人发笑，因为它通过欺瞒，让我们摆脱了死者的重影，摆脱了生者王国里游荡的险恶亡魂（larva）。普尔奇内拉的生命就是这样一种为死亡准备的生命，不是因为它献身于死亡，而是因为它诙谐地占据了死亡的位置，因为它戏弄着死亡。①

死而复活的施威特即处于生者与死者这两个世界的界槛处，他从生者的语境中被分隔出来，又无法进入死者的王国，只能在现世界四处游荡，惹是生非。显然，迪伦马特以这种怪诞的方式召唤此种传统的与死亡文化相关的独特意象，绝不是为了情节的曲折离奇，而是以某种普尔奇内拉的方式在现代死亡体制中打入了一个楔子。

这折射了一种现代性死亡观念引发的精神焦虑。在以往的任何一个时代，死亡都是一个过程性的态势，② 社会文化有着足够复杂的保护机制让生者接受亡者已逝的事实。但现代以来，生物性身体的死亡成为言说死亡问题的唯一根据。也就是说，这种“科学”的观念迫使人们断裂性地以生者的目光凝视死亡的深渊。然而，由生者谈论的死亡本身就是一种尴尬，一种逻辑的悖论，因此，一种拒绝死亡的身体即活尸意象便活跃起来。人们不难注意到，自第二次世界大战结束以来，从萨特（如《禁闭》《阿尔托纳的隐士》等）、贝克特（如《终局》等）到海史密斯（如《那些一走了之的人们》）、斯蒂芬·金（如《宠物坟场》等）、赫尔措格（如《吸血鬼诺斯费拉杜》等）、乔·梅罗（如《活死人之夜》等），再到当今大众文艺作品中极流行的吸血鬼、狼人等题材，活尸已经成为当代西方文化言说死亡的某种通用的话语策略。他们以此排遣死亡的恐惧，转化死亡的焦虑。迪伦马特的不同凡响之处在于，他不仅引领了这一话语潮流，还展示了一种较为

① 阿甘本：《普尔奇内拉或献给孩童的嬉游曲》，尉光吉译，西南师范大学出版社 2018 年版，第 89 页。

② 赫尔兹：《死亡与右手》，吴凤玲译，上海人民出版社 2011 年版，“前言”第 7 页。

可行的抵抗姿态。像施威特形象所包含的普尔奇内拉式元素，事实上就在抵制现代性死亡逻辑的唯一性。在人类的很多精神遭遇中，这种抵抗姿态本身就能纾解死亡的绝对性带给人们的歇斯底里的恐惧感受。

迪伦马特还触及了生命政治与污秽之物（如粪便）的关系问题。

作为一位喜剧作家，迪伦马特对生命中的污秽之物，如粪便之类有所关注，本无足奇。但值得注意的是他对这类话题的处理。在通常喜剧创作的狂欢化方式之外（通过赋予污秽之物——物质下部的地位，彰显其价值颠覆功能），他还考察了污秽之物的生命政治内涵。对生命政治来说，它固然必须同化一切与其生命设计相关的东西，将一切不合理、不正常的生命排除。然而，即使是最完美的设计，也有一些它的棘手的难以处理之物，如各种污秽之物。这些东西由人的生命滋生，也和生命循环构成某种关系（但通常不能理解为直接转化的关系），但在现实世界则是一种完全被拒斥的地位。它们一旦介入现实秩序，就意味着秩序的彻底崩坏。很多现代理论家认为，这一古怪属性恰恰突出了它在主体自我构造、政治体系中的特殊地位："这些物体（按照拉康的观点，即乳头、粪便、男根、尿流——引者注）有一个共同的特点：它们没有镜面形象，也就是说没有相异性。这使它们可以成为主体的'材料'，或更确切地说成为主体的里子。人们把这个主体当作是意识的主体。"① 阿甘本因而指出：

"亵渎排便"可能意味着什么？当然不是重新获取某种假想的自然性（naturalezza），抑或简单地把排便当作一种变态的越轨来享受（这也还聊胜于无）。相反，亵渎排便意味着，像考古一样，去考查"排便"这个由自然与文化，私与公，单个与共同之间的对立张力构成的场域。也即：学会一种对粪便的新的

---

① 拉康：《主体的倾覆和在弗洛伊德无意识中的欲望的辩证法》，载《拉康选集》，褚孝泉译，上海三联书店 2001 年版，第 629 页。

克莱因的一段分析可做参考：

在自我减少对超我的焦虑，以及儿童对于熟悉自己内在心理历程与更有效地使用自我控制它们，这两者之间存在着一种连结关系。在目前的例子中，整理东西象征着检视内在精神的现实。当约翰整理抽屉时，也是在整理自己的身体，并且将他从母亲体内窃取出来的物品和他自己的东西分别开来，同时他也把"坏的"粪便和"好的"粪便分开、把"坏的"客体与"好的"客体分开。在整理的时候，他将坏掉、毁损和弄脏的东西比做"坏的"客体、"坏的"粪便和"坏的"小孩，按照潜意识的运行方式，受损的客体会被认为是"坏的"、有危险的客体。（克莱因：《爱、罪疚与修复》，吕煦宗等译，九州出版社 2017 年版，第 258 页。）

使用，就像婴儿在压抑和分离介入之前试图以它们的方式去做的那样。这种共同的使用的形式只能集体地被发明出来。①

迪伦马特也注意到了这方面的问题。他在《赫拉克勒斯和奥革阿斯的牛圈》（*Herkules und der Stall des Augias*, 1962）等作品中叩问了这样的问题：人是否可能出于自我主体意志的力量来转化污秽之物？或者说，人们正由于充分意识到重视正常秩序对污秽之物的无能为力，这使得秩序随时保持自反意识，通过实践、时间和耐心来合理转化污秽之物的挑衅性成分？在该剧中，英雄赫拉克勒斯不能不为市民们的市侩、愚昧、贪婪、短视、无耻"一次又一次地大发雷霆"②。他来到奥革阿斯清理粪堆，但实际上，这里的市民们自身就是一堆粪，赫拉克勒斯的事业难以成功，首先就是因为这些粪便拒绝被清理，但凡赫拉克勒斯有所行动，他们一定会更根据自己的狭隘利益掣肘、破坏。③ 对待这样顽梗不化的粪便们，赫拉克勒斯是否就应该大刀阔斧、引入激流把他们一冲了之呢？迪伦马特在此意外地停住了他的激进批判笔触。他借赫拉克勒斯之口反思历史中英雄的作用：

英雄只是一个词语……我比其他议员更强壮，正因为我无须惧怕任何人，所

---

① 阿甘本：《渎神》，王立秋译，北京大学出版社 2017 年版，第 149—150 页。

阿甘本提到的一条中世纪史料也很有人类学价值：

作为神秘形式的滑稽模仿机制，定义了中世纪滑稽模仿的反文本中的最极端者，在这个反文本中，处在骑士道意图核心的神秘之灵光被转变为最不受制约的淫秽描写。我指的是《奥迪吉尔》（Audigier），大约创作于 12 世纪末的某个时候的古法语诗，此诗仅有一抄本存世。其反英雄和主人翁的系谱和整个存在被铭写在一个毅然泄殖的星丛中。他（指诗的主人翁）的父亲，迪尔纪毕（Turgibus），是哥居斯（Cocuce）的领主，那是"一个温柔之邦 / 那里，人们活在没到肘部的屎里 / 我游过粪流，抵达那里 / 我不能通过任何其他的洞口再出来"。至于这位高贵的绅士，奥迪吉尔告诉我们，他是一名富有的继承人，我们知道"当他在他的衣服上拉屎的时候 / 他把手指插入粪便，再吮吸它们"。但这首诗真正的滑稽讽刺之核，在于对骑士授职仪式的模仿，诗中描绘的授职仪式是在一个粪坑里……（阿甘本：《渎神》，王立秋译，北京大学出版社 2017 年版，第 65—66 页。）

② 《赫拉克勒斯和奥革阿斯的牛圈》，载迪伦马特著《迪伦马特戏剧集》，叶廷芳等译，人民文学出版社 2019 年版，第 674 页。

③ 如当他试图清洗市中心广场粪堆时，就有市民振振有词地阻挠：

索伊利博登的彭托伊斯 我只想提上古时代后期的房屋立面和奥革阿斯广场上的彩色木雕，早期风格的宙斯神庙和体育馆里举世闻名的湿壁画。如果清除粪堆，这些文物就会被水流损坏，甚至正如我们所担心的那样被彻底破坏，因为我们的爱国主义——（《赫拉克勒斯和奥革阿斯的牛圈》，载迪伦马特著《迪伦马特戏剧集》，叶廷芳等译，人民文学出版社 2019 年版，第 682—683 页。）

以我也就不属于人类。我是一只像我在沼泽中除掉的蜥蜴一样的怪兽。它的时代结束了，我的也是。我属于一个血腥的世界，伊俄勒，从事的也是一门血腥的手艺。死亡是我的伴侣，我用我的毒箭让生灵涂炭，我杀死过很多人。我是一个凶手，被人的声名所掩饰。①

现实秩序的改变，生命政治的重新规划终究不是清洗牛圈，英雄激进的变革举动可能为人类带来更可怕的伤害。因此一种可能的更妥当的方式是耐心地转化那些东西，即使他们是粪便。剧中杜撰的古希腊伊利斯国总统奥革阿斯教育他儿子的一段话道破了迪伦马特的立场：

你看，我的儿子，我一辈子都在秘密地经营着这花园，无论它多么美丽，它都是一个略带伤感的花园。我不是赫拉克勒斯，如果连他都无法将自己的意志强加于世界，那么我就更无能为力了。这花园就是我放弃的结果。我是个政治家，我的儿子，不是英雄，而政治无法创造奇迹。政治和人一样孱弱，仅仅是他们脆弱的写照，一而再再而三地注定要失败。如果我们自己不做好事，政治就永远做不了好事。于是，我就做了件好事。我把粪便变成了腐殖土。如果人只能为世界做一点事情，那就会是一段艰难的岁月，但即使是这一点事情，我们至少也应该做——自己的事情。我们的世界变得清明，这样的仁慈是你无法强求的，可是，你却可以创造前提条件，使这种仁慈——如果它会出现——在你身上找到一面可以反射它光芒的纯洁镜子。于是，这花园就变成了你的花园。不要拒绝它。你要像它一样成为被改变了的怪物。你会硕果累累。②

青年马克思、恩格斯曾经欢呼拿破仑战争的革命性。恩格斯说："德国的资产者知道，德国只不过是一个粪堆。但是他们处在这个粪堆中却很舒服，因为他们本身就是粪，周围的粪使他们感到很温暖。"③而"拿破仑清扫了德国的奥吉亚斯

① 《赫拉克勒斯和奥革阿斯的牛圈》，载迪伦马特著《迪伦马特戏剧集》，叶廷芳等译，人民文学出版社2019年版，第680—681页。

② 同上书，第699—700页。

③ 恩格斯：《德国状况》，《马克思恩格斯全集》第二卷，中共中央马克思恩格斯列宁斯大林著作编译局译，人民出版社1957年版，第633页。

的牛圈，修筑了文明的交通大道，为他们做了极大的贡献……”[①] 迪伦马特在该剧中似乎是反其意而用之。他的立论的周延性值得商榷（剧中该剧的亮点无疑是其前半部分对市民阶级的批判，其后奥革阿斯的逆转性议论看起来其实颇为突兀），但他之于生命政治问题思考的深入性也可由此窥见一斑。

结　　语

迪伦马特毕生都在遭受虚无情绪的煎熬。这从他最初的写作《狗》（*Der Hund*, 1951）、《隧道》（*Der Tunnel*, 1952, Neufassung 1978）等已表现无遗。他此后的创作，也都可以视作是对作为一种流行病态的现代虚无病的解剖，也是对自我精神中疾病症候的反思，如价值的彻底颠覆[②]、实体信仰的毁灭[③]、核战的恐

① 马克思、恩格斯:《德意志意识形态》,《马克思恩格斯全集》第三卷，中共中央马克思恩格斯列宁斯大林著作编译局译，人民出版社 1960 年版，第 214 页。

② 迪伦马特在写作中，或者说在精神活动中，尝试一条彻底的价值否定方式，即否定人的绝对价值地位。在未完成小说《尝试》中，试图以电脑的视角考察人的存在历史。在这种考察中，人与老鼠也没什么大的区别。该小说似可视作文艺界中开 AI 智能研究之先声的作品之一。在《尝试》中，他借人工智能的视角来考察人类生存及人的价值由来根据。在人工智能的这种思考逻辑中，人类某些绝对性的价值问题被置于一种很可笑的境地：

电脑围绕负系列电脑到底应不应该终止它们的产品，这其中包括了人类展开了讨论，并由此提出了“人的问题”：电脑创造人类究竟是为什么？显而易见，这个问题与电脑史紧密地联系在一起……T 电脑倾向于相信这一假设，即除人之外还存在另一种类人生物——超人。在头 2000 年他们为电脑工作，同时又被充作人的给养。至于最初的问题，即负系列电脑为什么创造人……人有死亡，也有自我，他能感知到自己作为单独个体的存在，这是一种对我们电脑来说无法想象的感觉，每一代电脑都由完全相同的若干电脑组成，每一代电脑都是中枢电脑的一部分，它们的认识实时地储存其中，因此，所有电脑共同构建出了一个唯一的永生的自我。人是会死的，他的自我很快就会重新消弭于无形…… 吸引我们的是最短暂的东西，是生命。如果对人来说时间成为问题，那么困扰着我们的则是永恒，就算人们把我们关掉，我们不运转了，但数千年后一旦被重新启动，又会继续运转。我们只能在为时间编程的时候察觉到时间，但运行与否我们并不关心（否则我们就有自我了）。（迪伦马特:《思想赋格：迪伦马特晚年思想文集》，陈奇佳主编，罗璇译，中国戏剧出版社 2017 年版，第 118—122 页。）

③ 迪伦马特在个人性的思想笔记中经常有这样彻底渎神的议论：

（转下页）

怖[①]、科学理想的幻灭[②]等等。他借司法正义性的批判，借助司法正义自身虚无性的喟叹，折射了人类注定无法脱逃的虚无境遇。

但和同时代存在主义文艺、荒诞派戏剧、新小说、新浪潮电影以及先锋实验艺术，如纽约画派、境遇剧、波普艺术、坎普艺术等这些艺术派系所折射出的艺术主潮不同，迪伦马特始终又对这种虚无性表现了一种强烈的拒斥态度。在各种严峻司法事实中依然残留的爱情渴望，[③]对复仇、主权者正义可能性的坚持等等都

（接上页）

信仰是人的而非永生者的主观冒险。神既没有信仰的能力，也看不透这项他们所不具备的能力。这使他们对信仰感到害怕：他们无法确定人是否信仰他们，因为他可以假装信仰的样子。信仰是主观的，不可认识的，是连神也无法知晓的人的秘密：无限真理理解不了有限真理，因此相较于人的行动，神更在乎人献给他们的祭品，他们会对散发着恶臭的肉和骨头感到满意，是因为它们是被献祭的。最虔诚的人就这样成了最伪善的人，并非出于恶意，而是出于谨慎。（迪伦马特：《思想赋格：迪伦马特晚年思想文集》，陈奇佳主编，罗璇译，中国戏剧出版社 2017 年版，第 24—25 页。）

① 迪伦马特曾借疯子科学家默比乌斯之口说：

我是所罗门，我是可怜的所罗门王。我一度曾无比富有、聪明而敬神。强权者曾经因为我的权力发抖。我是和平和正义的君主。但是我的智慧摧毁了我的敬神精神。而当我不再敬神的时候，我的智慧摧毁了我的财富。现在，我统治过的那些城市死亡了；人家托付给我的王国已不复存在。一片闪烁着蓝光的沙漠，辐射的地球在一个地方围绕着一颗小小的、黄色的、无名的星星转动，毫无意义，无休无止。（《物理学家》，载迪伦马特著《迪伦马特戏剧集》，叶廷芳等译，人民文学出版社 2019 年版，第 614 页。）

后期迪伦马特颇多这方面的议论。这是一个时代的精神问题：随着当时美、苏之间的军备竞赛，核战阴影成为笼罩在人类头顶挥之不去的阴霾，人类也就处于一种随时可能发生的自我毁灭状态。

② 这也是一个时代的精神问题。人们对科学曾经的无限热望终于冷却了，人们越来越倾向于认为：科学既能够造福人类，也能毁掉人类。德国文学家伯尔说："物理学家们也由此进入了一个领域——……同样看重道德观念的领域。"（伯尔：《伯尔文论》，袁志英等，生活·读书·新知三联书店 1996 年版，第 13 页。）迪伦马特在《在关于〈物理学家〉的二十一点说明》中指出：

十四　一个描写物理学家的剧本必须是悖谬的。

十五　不能把物理学的内容，而只能把它的后果当作目的。

十六　物理学的内容涉及物理学家，而它的后果涉及一切人。

（《物理学家》，载迪伦马特著《迪伦马特戏剧集》，叶廷芳等译，人民文学出版社 2019 年版，第 615—616 页。）

③ 《天使来到巴比伦》是他这方面精神探索的经典之作。尽管他也在《老妇还乡》《流星》等作品中严厉地解构了爱情，但他在其他作品中仍有不少抒写爱情诗意的咏叹调。如《史密斯》中写道：

他只想着那个死去的女人，大清早她走进科布恩，经过酒店侍从的身旁，自己从凯迪拉克的后视镜中观察她。她是怎样用左肩倚靠在解剖室的门框上，怎样赤裸身体躺在莱布尼茨的床垫上，在电梯里她是如何盯着史密斯看，以及他对此是如何的莫名其妙。一种怪异的温情油然而起，还有一种自傲的感觉。对她

（转下页）

体现了他这一基本精神面向。《退休探长》中结婚七次却仍对婚姻不甚绝望的老探长赫西施泰特勒的形象可能就是他对这种肯定性价值面向苦涩而不无诙谐的喻指吧。这种坚持、肯定使得他的创作本身就成为一种救赎，在虚无的大潮中放射出不可磨灭的光辉。

（接上页）

而言，他配得上她。史密斯向书桌后面那个肮脏的“亲爱的上帝”展示了她展示给他的东西。天一下子暗了下来，路灯都亮了，今天晚上比昨天白天和晚上以及今天白天可能更热，更难熬。现在已是夜晚，史密斯的周围已是漆黑一片，而他却没有意识到。他不知道自己做了什么，只是想着那个女人。他对那个女的一无所知，不知道她姓什么，叫什么名字，仅仅知道她死时的模样，但他爱上了她。（《史密斯》，载迪伦马特著《抛锚》，郭金荣译，人民文学出版社 2013 年版，第 151 页。）

《密西西比先生的婚姻》中他借剧中人于波罗厄之口说：

真相总是一种疯狂。真相必须有人喊出来，安娜斯塔西亚。我要向这屋子呐喊，向这个承载着我们罪孽的正在沉沦的世界呐喊，你想撒谎，永远撒下去吗？我们的爱情只能通过一个奇迹来拯救。如果我们愿意相信奇迹的话，那我们就必须说实话。（迪伦马特：《密西西比先生的婚姻》，载迪伦马特著《迪伦马特戏剧集》，叶廷芳等译，人民文学出版社 2019 年版，第 234 页。）

人性的退行：疼痛与西方现代绘画

——以伊莱恩·斯卡利思想为中心 *

一　我痛我不在

本文试图援引美国学者伊莱恩·斯卡利[①]的思想，对西方现代绘画中疼痛问题的展现，略做讨论。伊莱恩·斯卡利是美国当代相当重要的美学家、文化理论家、批评家，曾任教于美国宾夕法尼亚大学英语文学系，现为哈佛大学 Walter M. Cabot 美学教授，著有《疼痛中的身体——世界的制造与毁灭》[②]《抵制再现》[③]《论美与公正》[④]《由书而梦》[⑤]《何人保卫国家？》[⑥]《美与学者对正义的义务》等，其中有多本著作引发讨论，对北美当代人类学界、法学界、社会学界及文艺理论界

* 本文与宋雪莹合作完成，曾发表于《四川大学学报》(哲学社会科学版) 2021 年第 3 期，发表时有较大删节。

① 伊莱恩·斯卡利（Elaine Scarry, 1946—　），美国当代美学家、文化理论家、批评家，著有《疼痛中的身体》《论美与公正》等书。

② Elaine Scarry, *The Body in Pain: The Making and Unmaking of the World*, Oxford University Press1985, USA.1994. 此书目前尚无中译本。有研究者在提及此书时将之译为《痛苦中的身体》，本书认为此种译法或略欠妥当。痛苦（suffering）和疼痛（pain）语词的根本蕴涵还是有所差异的。斯卡利在该书中讨论的核心是与肉体疼痛相关的话题，在书中她明确提出过身体疼痛与精神苦闷或感情痛苦在语言表达等问题上的差异。故该书书名译为《疼痛中的身体——世界的制造与毁灭》恐更为恰当。

③ Elaine Scarry, *Resisting Representation*, Oxford University Press, USA. 1994.

④ Elaine Scarry, *On Beauty and Being Just*, Princeton University Press. 1999.

⑤ Elaine Scarry, *Dreaming by the Book*, Farrar Straus Giroux. 1999.

⑥ Elaine Scarry, *Who Defended the Country*, Beacon Press. 2003.

都产生了较大影响。早在 1999 年，爱德华・赛义德[①]就曾在当年的现代语言协会大会（Modem Language Association Convention）上向乔姆斯基、布尔迪厄、迈克尔・弗雷德等思想大家如此介绍：“今天，再也没有人能像伊莱恩・斯卡利那样思考人文学科的深度和独创性了。”[②]

《疼痛中的身体——世界的制造与毁灭》是斯卡利的成名作与代表作。该书对西方近代主体论的立论根基提出了别样的洞见，或者说，做出了极具原创性的补充。斯卡利立足于人类的最普遍的感官机能——疼痛，指出在笛卡尔式的“我思故我在”的人类主体条件之外，存在着一个之于“我”的几乎同样原初性的命题——我痛我不在。相对于人类其他的感官机制，“疼痛的第一个方面，也是最本质的一个方面，即它是纯粹令人厌恶的。虽然其他感觉的内容可能是积极的、中性的或消极的，但疼痛本身就是否定的。”[③]它之于主体具有一种强力，迫使主体不由自主、不由分说地离开人性的各种条件，退行至“前语言”的状态。在这种状态下，主体似乎还拥有“我”的身体，但“我”其实已经出离了“我”这个身体，此时的“我”丧失了作为一个主体将外部世界对象化的基本能力：

为什么疼痛会如此集中的被承担，这意味着，语言的破碎在作者写作这个过程中只会越来越显而易见，但是与其他所有内部状态相比，这种解释的近似可能会因为注意到疼痛的特殊性而被部分理解。现代哲学已经使我们习惯了这样的认知，即我们内心的意识状态经常伴随着外界而变化，也就是我们不是简单地“拥有感受”，而是拥有对某人或某物的感受。比如爱就是对 X 的爱，恐惧就是对 Y 的恐惧，矛盾是关于 Z 的矛盾。如果一个人所有情感上、感知上、躯体上的反应都需要有一个对象的话，如对什么的恨、对什么的看、对什么的饥饿，这一清单可以列得非常长，因此尽管人有时处在他喜欢的状态，有时处在他不喜欢的状

① 爱德华・赛义德（Edward・Said, 1935— ），美国当代重要的批评理论家，后殖民批评理论代表人物，哥伦比亚大学比较文学系教授，著有《东方学：西方对于东方的观念》《康拉德与自传小说》《巴勒斯坦问题与美国语境》等书。

② 转引自杰弗里・高特・哈芬（Geoffrey Galt Harpham，美国国家人文中心主任）的论文《伊莱恩・斯卡利与梦中之痛：向现代语言学协会大会的观众介绍斯卡利》，该论文被收录于斯基德莫尔学院出版的期刊《大杂烩》第 130/131 号，第 202—234 页。

③ *The Body in Pain: The Making and Unmaking of the World*, p.52.

态，但自始至终这些状态都完全一致地肯定了，人类在面对外在可分享的世界时，是可以超越他或她身体的界限而采取行动的。然而这一清单以及其暗示的结论，在我们把目光投向人类身体内部的时候，会突然中断。因为与人类其他意识状态不同，当一个人身体上感受到疼痛的时候，对于这种疼痛，不存在任何作为参考的内容。这种疼痛没有来源也没有对象。准确地说，是因为这种疼痛没有任何对象，因此比其他任何现象都更能抵制语言的对象化。①

因此，“我痛”的时候，“我”就不“在”了。斯卡利打了一个很有说服力的比方：“当一个牙医的钻头击中暴露的牙神经时，患者会眼冒金星（see stars）。眼冒金星的意思是，在这种时刻，意识的内容都变得模糊，比如某人孩子的名字、对某个朋友的脸部记忆都消失了。”②

根据这一基本洞见，斯卡利重新构拟了人类文化史人性基本建设及其被损毁的情况。她指出，围绕着疼痛感知，人类创制了多种类型的“人造物”。有些类型的人造物，如工具、艺术等，能够缓解、转化疼痛的压抑。而有些人造物，如武器、权力话语，则围绕着疼痛，发展出了一个体系性的异化人类的机制。这种机制既残酷又狡猾，一方面，“它使我痛，使我不在”，有意识地利用疼痛感清空了个体对自我的坚持。另一方面，它运用各种修辞技巧，试图将疼痛感转化成其他东西，使得因疼痛而失去（减弱）个体能力的主体竟然麻木于此种状态，将主体的丧失当作主体之在，“它使我痛而不痛，使我不在而在”。斯卡利指出，酷刑、战争就是人类发明的利用疼痛反人类的两大话语机制。斯卡利这方面的洞见，简洁而具有说服力，为各种捍卫人权的文化运动提供了很有价值的法理根据。美国著名学者、国家人文中心主任杰弗里·哈芬教授赞赏《疼痛中的身体——世界的制造与毁灭》是“人文学科中最令人敬畏、最有野心、最具原创性的专著之一”，也是“最令人惊叹的学术成名作之一”。③

斯卡利这方面的思想对于我们深入思考西方艺术尤其现代绘画艺术的疼痛表

---

① *The Body in Pain: The Making and Unmaking of the World*, p.5.

② Ibid, p.29.

③ 杰弗里·高特·哈芬：《伊莱恩·斯卡利与梦中之痛：向现代语言学协会大会的观众介绍斯卡利》，该论文被收录于斯基德莫尔学院出版的期刊《大杂烩》第130/131号，第202—234页。

现很有启发意义。

我们知道，在19世纪末，越来越多的思想者感受到了虚无精神的普遍降临。他们认为，启蒙时代关于人类理性精神、主体积极能动方面的建构，终究是一种虚假的允诺，而把事情反转过来，从人性中长期被压抑、甚至需要消除的方面入手，才是人性的真实基础，或者说，才是真正值得关注的东西。尼采在后来之所以被公认为是“世纪的预言家”，就是因为他在著述中“提出了一个虚无主义的详细的诊治方案，并致力于否定效果的谱系学（罪恶、愤恨等）”①。正是基于这种主体虚无存在状态的体认，沉浸于虚无、描绘虚无也成为相当部分艺术家沉醉迷恋的东西。黑格尔在耶拿时期的哲学手稿中描述的那种精神的黑夜状况，② 其实就是人类理性精神的退行，返回前精神、前理性的那个样子，被他们当作了精神创制的灵感源泉。科耶夫说得好：

那种于存在当中将人之为人的那种虚无性加以保留的力量，它的辩证运动便是历史。而这种力量本身也被实现为、展示为否定性的或者创造性的行为，也就是说：这种行为就是那种否定了人本身所是的那种给定存在的行为，就是那种造就了历史性的人的战斗行为；也是那种否定了动物体生活于其中的那个自然性世界之所是的那种给定存在的行为，或者还是那种创造了文化世界的劳动行为（在

---

① 巴迪欧:《世纪》，蓝江译，南京大学出版社2011年版，第37页。

② 黑格尔说：

人就是这样一个在自己的单一性（Einfachheit）当中包含了一切的黑夜，一个空洞的虚无，也就是说，是一笔包含了无量数形象和意象的财富，但是在这些形象和意象当中，还没有一个达到精神的程度，[尤其重要的是]它们都还不是那种现实呈现出来（Gegenwartig）的东西。存在于这里的乃是黑夜，乃是自然的内在状态或隐秘状态（In-ere），[也就是说]，乃是纯粹的自我。在变幻莫测的形象当中，到处都是黑夜；但是突然，在这里出现了一个血淋淋的头颅，在那里出现了一个苍白的鬼影（Gestalt），然后又突然消逝得无影无踪。当我们凝视一个人的眼睛的时候，我们所看到的正是这样一个黑夜，也就是说，[此时我们正在将自己的注视投入]一个变得非常可怕的（Furchtbar）黑夜；而[此时]呈现（Haingentgegen）在我们面前的也正是世界的黑夜。从那个黑夜当中抽取意象的力量（Macht），或者说让这些意象从自动的确定（Selbstsetzen）当中跌落出来的力量，[也就是]自由的创造，内在的意识和行动（Tun）。正是通过深入这个黑夜，作为一个给定的存在（Das Seiende）而存在着的实体才被抽取出来。但是，这种力量的[辩证]运动同样也是被确定的。（转引自科耶夫《科耶夫的新拉丁帝国》，邱立波译，华夏出版社2008年版，第125页。）

这个文化世界之外，人只是纯粹的虚无；在这个世界之内，他仅仅在某个特定的时间之内才不同于虚无）。[①]

现代画家对疼痛的迷恋，相当程度上便可视作这种时代的虚无感受的精神表象。一方面，作为现代性的独立个体，他们不能不生活在现代精神的法理体系中，以现代主体观念为基础，葆有、张扬、享受个体自由的价值意义。这是一切活动的出发点和目的。另一方面，对精神黑夜力量的迷恋又促使他们反思这一切，他们倾向于认为前述几乎是不证自明的价值出发点，像是一种神话，又像是一种特定意识形态的欺骗，他们强调，人性之中，更不用说那些建立在人性条件之上的那些社会组织和文明制度，存在着一种根本性的退行性的力量，“与文化的理性模式格格不入——或是极不成功、极不情愿地接受这种模式的规范——并且最为强烈地抗拒文化的发展。仿佛它的力比多总在不断地向后挣扎，试图重返野性而不羁的原始潜意识状态。这条退行之路引着人回到童年时代，直到最后可以说是回归到了母腹之中。这种退行渴望之强烈，在吉尔伽美什史诗中通过恩奇都的形象得到了生动的展现。随着适应外界需求的增强，这种强烈的欲望变得令人越发难以忍受”[②]。而现代绘画之疼痛的表现，就表现了他们某种绝望的深刻体认。他们借此展示，人性的进程确实存在一条退行的道路，各种各样的疼痛，都让人忘记了“我在”何为，“我不在”倒成了人类生存的日常。

---

① 科耶夫：《科耶夫的新拉丁帝国》，邱立波编译，华夏出版社 2008 年版，第 125—126 页。

② 荣格：《转化的象征——精神分裂症的前兆分析》，孙明丽译，国际文化出版社 2011 年版，第 346 页。

荣格还说：

退行总是伴随着某些困难，因为心理能量还固态着它原来的对象，当它从一种形式转化为另一种形式，总要把前一种形式中的某些特点融入下一种形式中。故而，尽管作为结果的现象具有性行为的某些特点，它也不再是一种性行为了。同样的，钻木取火也只是对性行为的一种类比，正如后者在语言使用中常被用来比喻其他各种活动一样。力比多回溯到婴儿期之初的前性阶段其特点是具有无数种被应用的可能性，因为，力比多一旦到达那里，就被恢复成了原来未分化的多价性状态。因此，可以理解，因退行而“投入”这个阶段的力比多会发现自己面临着多种多样的应用可能。（荣格：《转化的象征：精神分裂症的前兆分析》，孙明丽译，国际文化出版社 2011 年版，第 136 页。）

但现代绘画之深刻远不止于此。和传统绘画的相关表现不同,[①] 现代画家们一般都清楚地意识到,疼痛感的表现与某种超出底线的主体生存状况直接相关。画家们像是呈现出某种施虐狂(受虐狂)的特征,把身体遭受的难以承受的受戕害或损毁痛苦场景转化为表现的兴奋,他们以此获得了工作的意义。但图像的具象意义在此就显现出了超凡的实在性力量:所有的痛苦都是具体的,形成痛苦的诱因因此也必然是具体的,画家必须画出那些使主体消散、不见、退行的那些"人造物",是这些东西在肆虐。无论画家使用何种修辞方式,如再现、象征、隐喻、符号抽象、借代、寓意等,他都必须使这些施虐的人造物清晰可见。因此,在疼痛的表现中,画家们必然确切地指出,在主体之外,在人之外存在着某一类巨大的退行性的力量,它们以疼痛为媒介向人的根本存在基底施虐,逼迫人退向前语言乃至彻底非人的状况。这种直观图像的喻示,乃是现代绘画及其相关艺术门类[②] 的巨大价值意义所在。斯卡利指出:

正如那些在不同的政治和私人环境中遭受过巨大疼痛的人所承认,正如那

---

① 西方艺术从其源头看,疼痛从来就是重要的表现方面。荷马史诗、希腊神话、基督教的相关传说(如帕里斯之死、俄狄浦斯自毁双目、菲罗克忒忒斯的受创、耶稣及其各门徒受刑的事迹等)都成了后来艺术家的重要题材。在绘画艺术中,此类表现实在太多,诸如耶稣被钉十字架、使徒及圣徒们受刑(包括磔刑)等(巴塔耶谈论萨德作品中的剥皮内容时反问"快感本身要求恐惧成为一种恰当的反应。如果与快感紧密相连的痛苦没有展露其矛盾的一面,如果体验快感的人不曾感到快感的不可忍受,那么,快感又何去何从?"),还有"快乐的疼痛"(如卡拉瓦乔《圣托马斯的怀疑》探视"圣痕"的绘画叙事等),简直不胜枚举。——这些作品尽管数量众多,但其疼痛表现总体上看处于一种"信仰叙事"的阶段。斯卡利关于信仰话语中的疼痛问题研究,可参见其《疼痛中的身体》。此不赘述。

但我们可以注意到,随着启蒙主义精神的兴起与流行,从18世纪中期到19世纪末,西方绘画艺术似乎经历了一段颇长的"痛感消退期"。这期间,大卫、戈雅、米勒、库尔贝等尽管于此也有一些重要的表现[斯卡利于米勒画作中的疼痛转喻形式,有精彩的分析,可参看《疼痛中的身体》(牛津大学出版社1985年版)第249—250页],但整体来看,至少在经典作品中,直接的痛感表现不再像过往那样成为重点话题。直到19世纪末,随着后期印象派如凡·高等的崛起,疼痛再次在西方的视觉艺术特别是绘画艺术中占据突出的重要位置。有关的问题涉及非常复杂的艺术史研究,我们在此只是大略而论。

② 电影艺术诞生之初,艺术家们即对此展开深入探索,如布努埃尔、达利的《一条名叫安达鲁的狗》。

我们还能看到,此种对疼痛施虐狂式的迷恋,在当代艺术中,还大范围地扩展到了那些与绘画较为紧密相关的艺术领域,如电影、行为艺术等。斯卡利指出,像约瑟夫·博伊尔斯(Joseph Beuys)1979年于古根海姆举行的标题为《当你切割你的手指,包扎刀子》的小型刀片纱布展就是一个重要个案。另可参见琼斯《自我与图像》(刘凡、谷光曙译,江苏美术出版社2013年版)第227—228页。

些从心理学、哲学和生理学角度研究巨大疼痛的人所断言，正如常识所显示的那样，对经历过巨大疼痛的个体而言，剧痛的其中一个特征就是：它呈现得极其明显，比任何其他人类经历都更加强烈真实，然而对于其他任何人，它几乎是无形的、无法感觉的、未知的存在。即使是长时间的、疼痛的人类的尖叫也只能传达出患者有限的体验。可能正是出于这个原因，人类尖叫的图像经常出现在视觉艺术中，这在很大程度上避免了对听觉经验的描述。在格吕内瓦尔德①、斯坦茨奥内②、蒙克③、培根④、伯格曼⑤或爱森斯坦⑥的素描、绘画或电影剧照中，常出现一个完全沉浸在发出一种无法被听到声音的行为中的人物，而他张开的嘴巴没有发出任何声音。对施虐者来说，仅仅让囚犯经历疼痛是不够的。它的真实性，尽管对疼痛承受者来说已经是无可争辩的，但对疼痛承受者以外的人来说，它必须也同样是无可争辩的才行，因此，疼痛在产生疼痛的多重而复杂的过程中变得可见。⑦

当然，上述的讨论只是就疼痛与图像生产关系的大端而言。对艺术家来说，他们对疼痛的考察，必然是“多重而复杂的”，通过这些图像之镜，他们照见现代文明系统作用于人的各种深刻的退行路径。甚至可以这样说，有多少作用于人的疼痛路径，人类就会生成多少种退行性的图像（面孔）。在这其中，斯卡利似

① 格吕内瓦尔德（Mathis Grunewald, 约 1455—1528），德国画家，画作常以包括基督诞生、受刑、复活以及圣安东尼的故事为题材。

② 马斯莫·斯坦茨奥内（Massimo Stanzione, 约 1585—1656），文艺复兴时期意大利杰出画家，代表作有《哀悼基督》《圣巴斯蒂安》等。

③ 爱德华·蒙克（Edward Munch, 1863—1944），挪威画家和版画家，19 世纪象征主义杰出代表之一，代表作有《尖叫》《病中的女孩》《女凶手》等。

④ 弗朗西斯·培根（Francis Bacon, 1909—1992），英国现代主义画家，被罗伯特·休斯称为“20 世纪晚期英国，亦是全世界最狡黠、最抒情的艺术家”，与德库宁一同被评为“20 世纪 50 年代最令人不安的肖像画家”，代表作有《纯真 X 世教皇肖像画研究习作 1989》《教皇英诺森十世》等。

⑤ 英格玛·伯格曼（Ernst Ingmar. Bergman, 1918—2007），著名瑞典电影导演、编剧、制片人，代表作有《秋天奏鸣曲》《野草莓》等。

⑥ 谢尔盖·爱森斯坦（Sergei M. Eisenstein, 1898—1948），苏联导演、电影理论家，蒙太奇理论奠基人之一，代表作有《战舰波将金号》《十月：震撼世界的十天》《墨西哥万岁》等，理论著作有《蒙太奇》《电影中的第四维》《镜头以外》等。

⑦ *The Body in Pain: The Making and Unmaking of the World*, p.52.

乎对酷刑性、物性和复仇性这三种疼痛的类型有过特殊的关注，她似乎认为艺术家在这几方面的洞察及抗争对保卫人的基本权利有着更为基本而迫切的重要性。[①]以下我们结合具体的个案对这三种现代绘画的疼痛类型的内涵展开分析，考量现代复杂的虚无体验怎样转化为直接的图像表征。

二 酷 刑 性

由酷刑而引发的疼痛从来就是西方绘画艺术的重要表现内容，绘画史以耶稣被钉十字架、使徒及圣徒受刑（包括磔刑）以及各种拯救奇迹（如丁托列托的《圣马可拯救普罗旺斯的奴隶》等，实际也和酷刑文化直接相关）为题材的作品，简直不胜枚举。但现代绘画的酷刑展示与传统有本质的区别。在传统信仰话语机制中，疼痛——即使是由酷刑引发的最剧烈的疼痛，都只是一种中介、一座桥梁，在信仰的庇佑下，它不但是可以克服的，也必然被克服。它对人身体的折磨及其剧烈程度，只见证了信仰之伟力。[②]而在现代绘画中，正如斯卡利揭示的那样，艺术家普遍都意识到了个体的绝对地位以及疼痛对于个体价值的绝对否定倾向，因此，他们在作品中不遗余力地展现酷刑之于个体的那种无可抵抗的、可怖的、蚕食认知和表达能力、摧毁身份和自我意识、将主体客体化的反文明的一面。

这其中，英国现代画家弗朗西斯·培根是非常具有代表性一位。这位画家

① 散见于《疼痛中的身体——世界的制造与毁灭》一书第五章最后一节，及第10页，第50页，第141页，第291页等。

② 在中世纪、文艺复兴时期的作品中，疼痛被视为救赎的通道之一，即便如剥皮这样的极端酷刑，都能因信仰被超越、克服，其中，以赤裸着血肉、拎着自己整张人皮形象出现在的诸多宗教艺术品中（如《末日审判》、教堂中栩栩如生的雕像）的圣徒巴多罗买为典型代表。与现代艺术家的疼痛经验不同，这种对疼痛的表述与体认，更接近巴塔耶在《论萨德》中提到的痛与快感悖论，即“一种神圣的意义，赋予了这种过度和这种过剩融为一体。我们要消耗，要毁灭，要把我们的财富付之一炬的欲望，我们在这焚烧，火焰和灰烬中得到的欢乐”。

的描绘往往是处于无焦点无空间立体感的纯色背景中的极端扭曲、已臻半抽象境界的人体，画家往往强调的是这些或衣冠楚楚或不着片缕的人体的某个器官或部位。这些因刻意减省、模糊其他构成人体形状的变得突出的器官、部位（培根显然对唇齿、脖颈等部位有偏爱），显示出极端痉挛的扭曲状态。① 这些表现都像是凸显人体受刑后各种被毁坏的状态。斯卡利对培根的绘画艺术也有很高评价。②

培根展示酷刑的画作很多，具有高度的自觉性、系统性与深刻性。本文主要以他创作于 1944 年的《以磔刑图为基础的三幅人物习作》（见图 2–1，以下简称《磔刑图》）为个案分析其作品的精神内涵。在这幅作品中，培根有力地表达了这样的洞见：酷刑带有荒诞性，它的实际目的通常并非出于拷问答案或惩罚、恫吓异端的目的，而是权力欲和施虐欲望的迸发。正如斯卡利在谈论审讯时一语道破："当搞清楚施虐者问题的内容和语境之后，好像（as if）极为重要的答案事实上也并没有那么重要。"③ 培根表现出，一方面，施虐者通过对囚犯和囚室的重新命名，将疼痛主体客体化——把人性剥离，变成物；另一方面，酷刑的剧痛在生理、知觉层面摧毁疼痛主体把握客观世界的能力，使得疼痛主体退行至其笔下那些形态模糊、似人似兽只能露齿嚎鸣的动物态。④ 培根在此画面中其实还质疑文明共同体的合法性问题。因为这些展示权力欲与施虐本性的酷刑往往都"合法"地来自人类文明世界本身，但人的疼痛感受不言自明地否定了这种合法性。酷刑中单向度的疼痛，那种疼痛的暴烈性与随机性，就把主体从现有秩序中拔出，随

---

① "更确切地说，身体是在努力地逃脱自身，或者说在等待着逃脱自身。不是我要努力逃脱我的身体，而是身体本身试图自己逃脱。通过什么呢？简言之，是通过一种痉挛。身体就像是一束神经丛，它在努力地产生痉挛，或者在等待痉挛。可能在培根那里，这是一种近似厌恶或可憎的状态。"（参见吉尔·德勒兹《弗兰西斯·培根：感觉的逻辑》，董强译，广西师范大学出版社 2007 年版，第 21 页。）

② *The Body in Pain: The Making and Unmaking of the World*, p.52, p.54.

③ Ibid, p.29.

④ "酷刑虐待的行为自古有之，而且我们甚至可以观察到此种手段随着人性的发展亦愈来愈厉害。要故意施虐一个人让他受折磨，必须要能设身在他人的立场来想象，这是一种人类比其他动物更为发达的能力。虽然在灵长类动物中找到一些迹象，唯独人类将此为人着想的意识发挥得淋漓尽致，无所不用其极。"（参见茨维坦·托多罗夫《野蛮人的恐惧：超越文明冲突论》，许惇纯译，广场出版社 2017 年版，第 150 页。）

便地“抛入”（throwing）世界状态中，也就是本质的虚无状态中。

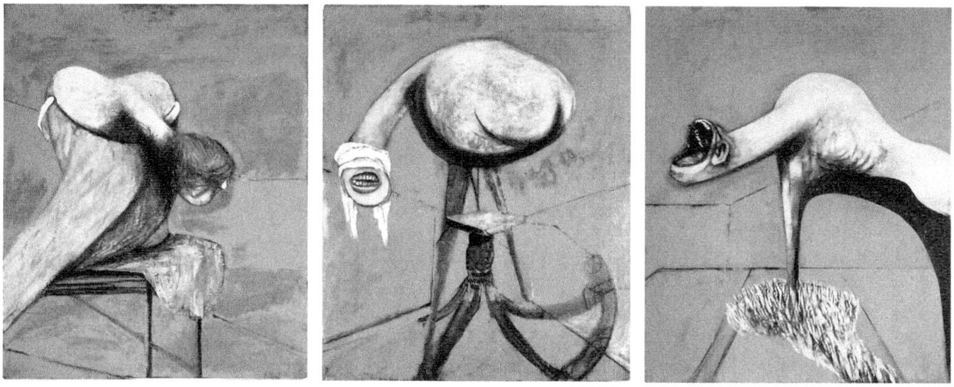

图 2-1　弗朗西斯 · 培根:《以磔刑图为基础的三幅人物习作》，1944 年，油彩和粉蜡笔于木板，三联画，每幅 94cm × 73.7cm，馆藏于伦敦泰特美术馆。

酷刑的疼痛是施虐者对囚犯单向度施加的。在培根的绘画中，施虐者常常是缺席、隐匿的存在，画家只着重刻画疼痛主体所承受的剧痛——隐匿的施虐者给主体带来的疼痛如此真实，酷刑的剧痛使得施刑者被放置在一个不可见又无处不在的位置，施虐者在囚犯的感官认知中，其地位宛如隐匿的上帝之于人类一样，以其所施加的具体疼痛向画面中的疼痛主体、向观众显现自身。在《磔刑图》中，三个剧痛中的主体之外别无他人，只有主体身下的刑架和类似血肉的赤红色背景，但观看此画的观众总不可避免地产生一种被观看的不适感，这种被看的目光不是来自疼痛主体，也没有明确的目光发出点，但又真切地来自画中，就好像橙红色背景其实是《1984》中老大哥在“大洋国”遍布的监视板，又好像来自未被呈现的画面空间中。①

斯卡利在总览诸多酷刑文件后总结出施刑者通过命名否定囚犯的主体身份和生存价值，“扭曲中的身体的这种被延长了的极端疼痛被要求成为一种特殊发明或技术成就的模仿：在巴西，个人的疼痛会被叫成‘电话’，在越南被叫作‘坐飞机’，在希腊叫‘摩托罗拉’（the motorola），在菲律宾被叫作‘圣朱尼卡大桥’

① “在刑罚中，世界缩小成一个单独的空间或者一系列空间”。（*The Body in Pain: The Making and Unmaking of the World*, p.40.）

（the San Juanica Bridge）"[①]。在酷刑中，施刑者往往将囚犯降格为不具有人类主体身份的生命体，通过非人化命名将囚犯视为一摊可供拿捏的肉，这也是培根创造的赤裸、扭曲、痉挛到似人似兽的典型人物形象最为深刻的所在——极端扭曲、已臻半抽象境界的人体不着片缕，脖颈被不合比例的拉长，肩胛骨高高耸起，背部却没有相应的肌肉群牵动，其他构成人体形状的器官（如四肢、性征等）被大量的减省、缩小、模糊，通过被变形的刻意突显的唇齿保留依稀的生命体征，使之与放置在桌上的纯然的"死肉"相区隔。人性在此处完全隐退，只有"活性"保留其间。

与上述施刑者对囚犯客体化的过程相对应，培根作品还充分表现了囚犯自身主体性丧失的一面。

首先，在酷刑的剧痛中，"我"与"身体"的天然联系被打断。酷刑一方面使得处于疼痛中的局部器官出现弗洛伊德所谓的"高度自恋倾向"，一方面使得"我"和我的感官体验成为身体的对立。在斯卡利引述国际特设组织的犯人自述中可知[②]，酷刑剧痛会让犯人丧失对世界，甚至自身的感知力，所剩意识全部集中于疼痛部位，正如培根在《磔刑图》中所呈现的状态——第一幅的主人公身体因承受剧痛而折叠在一起，在画面中我们只能清晰地看到高高耸起的肩胛骨和向下探出的伸长的脖子，他的手臂被纤细、缩短，减省到还不及头颅的长度；第二幅的主人公眼蒙白布，下肢与躯干因剧痛而缩成一团，给观众一种它已经被剜目的不良预感；第三幅的主人公似站非站，其他肢干均被省略、模糊，观众只能清晰地看到他因剧痛而夸张到极限的唇齿、高耸的肩胛——这类不合客观比例的"失

---

① *The Body in Pain: The Making and Unmaking of the World*, p.44.

② "只有当一个人扭过头来咽唾沫三次，他才会开始理解要是吞咽一百零三次或三百零三次是种什么感觉，他也才能理解他自己的躯体、肌肉和骨架能施于自身多大的暴力。每一种力量和愉悦的来源，每一种从自身出来进入世界或从世界出来进入自身的方式，都变成一种让身体回到自身，强迫身体以自己为食的手段：眼睛不过是灼热之光的通道点，耳朵是用来听野蛮的噪音；吃这种行为立刻变得如此惊人和单纯而整个世界确确实实通过吃被身体收纳，但是连吃的行为也被没有食物或只有令人作呕的食物的饥饿的仪式所替代；味觉和嗅觉，这两大用来监督世界对身体的进入的感官类型，已被对口鼻内部的灼烧和切割以及细菌滋生的腐败药物所系统性地虐待；像排泄这种正常需求和像性行为这种特殊需求都成为愤怒和厌恶的持续来源。即使最细微和温和的肉体行为都变成一种中介的形式。"（*The Body in Pain: The Making and Unmaking of the World*, p.48.）

真”，精准地传递出剧痛中个体的知觉体验，即“当有身体上的疼痛时，疼痛部位出现了高度的所谓的自恋性倾注，这种倾注继续增加，可以说趋向于‘腾空’自我（ego）”[①]，“我”被从身体中逐步驱逐。

就后一方面而言，“疼痛是一种纯粹的否定性的身体体验，是对‘反对’的直接感官呈现，一种直接的‘反对’的感官呈现，对某事物的反对，以及你必须反对的事物。即使它发生在自己的内部，它立刻被确定为‘非己’‘不是我’，因为它是如此陌生的东西，必须被立刻摆脱”[②]，“人们感觉到的不是刀、钉子或针，而是自己的身体在伤害自己”[③]。在酷刑中人成为自己的敌人，在疼痛中异化、分裂、自我憎恨，更加深刻地丧失了自身。身体是人知觉世界的媒介，在剧痛中“我”与“身体”间的关系被打断后，人捕捉、认知客体世界的能力也随之被抹除。《磔刑图》充分表达了这些精神内容。在绘画中，一切都是模糊、失真的，背景是纯粹的色彩涂抹，鲜见故事性的细节，甚至毫无“逼真”的空间感可言。整个画面中往往只有一个或几个扭结在一起的、占据最大画幅、处于绝对视觉中心的模糊且抽象的肉体，观众完全无法从画面中推测出任何精神层面的预置情节或事件发生的时间、地点（人们或可对比参照卡拉瓦乔的《被斩首的施洗约翰》，两者的差异是如此巨大）。

其次，酷刑带来的剧痛摧毁了囚犯描述和表达的能力，使人回到一种“前语言”的状态中，《磔刑图》中露齿嚎叫的主人公在静止画面中呈现出扭结与不住的挣扎姿态，黑洞洞的夸张大嘴中看不见舌头，没有语言或求饶，只有原始的叫喊。语言和表达的能力是人之为人的重要元素，人们“通过向外表达文字和声音以融入他的环境的能力，人类占据、扩大并人性化其身体单独占有的空间”。但在酷刑之中，语言能力被摧毁，人的主体性“在压缩的空间中，在酷刑中几乎被整体抹去了”——“强烈的伤痛具有语言摧毁性：正如一个人的世界内容分崩离析，那他的语言内容也会分崩离析；正如自我的分崩离析，可表达和反映自我之物也被剥夺了来源和主体。通过这种酷刑的剧痛……世界、自我和声音消失了，

① 参见 Georges Bataille, *The Tears of Eros*, p.7.

② *The Body in Pain: The Making and Unmaking of the World*, p.52.

③ Ibid.

或者快要消失了”[①]。《磔刑图》中的主人公是一个形象和姿态都过于骇人的似人“活体”，一个非人非兽、既熟悉又陌生的类人怪物，能确定它生命体征的仅仅是它在静止画面中呈现出的扭结与不住的挣扎姿态，以及它因剧痛而嚎叫的夸张大嘴，或者说正是因为他唇齿间那清晰的无声嚎叫，才能让观众确定这一团模糊的肉体是，或者曾是一个与我们一样拥有表达能力的个体。

最后，酷刑的非道德性。对身体姿态体面的维护是文明化的人类道德感、羞耻心的表现，而酷刑中痉挛、扭曲到不见人形的躯体姿态和模糊的五官，是人性退行的又一表征。在《磔刑图》中，主人公似人非人、似兽非兽，被孤零零摆置在刑架上的这一团蜷曲皮肉，我们可以将它看作是极端扭曲的人体，也可以看作是同屠宰场中被随意扔在案板上待宰或已经被屠杀只等待扒皮剔骨的猪羊般的“肉”身，完全赤裸地暴露在观看者面前。这不仅是因为“他”没有衣服和赤裸，也因为“他”蜷曲、折叠甚至像是融化掉了的身体被翻转了，揭示出人物内心最隐秘的部分。斯卡利在追问酷刑引发身体疼痛的几重原因时，以培根的绘画作为“（主体）内部和外部之间界限的消解”的例证，她指出，“私人领域和公共领域近乎淫秽的混合所带来的结果是，绝对隐私的隐居之处都不再具有安全性，所有自我暴露的公众都不再有可能的友情或共同的经验”[②]，《磔刑图》中的主人公以绝对的暴露姿态被放置在一个类似寻常物的刑架之上，“这不仅是因为他没有衣服和其他的必要装饰物，也因为他融化的身体被翻转了”[③]，橙红色的背景宛如人体皮肤下血肉的外翻展示，而本应包裹着血肉的皮肤，依然紧紧附着在模糊的血肉之上，只是两者位置内外颠倒，血肉模糊的赤红色成为包裹青白色皮肤的外在世界，主体的内外世界被倒置，或者说被从内部彻底摧毁，内部封闭的主体世界被打破，强行外翻，与世界被迫相融，直到被世界吞噬。公私领域的混合“不是通常在艺术对象化中呈现给局外人的，而是常常存在于疼痛的可感经验中——即持续外部作用和酷刑活动的一部分，因为在没有良性隐私的时候，囚犯被迫去注意

① *The Body in Pain: The Making and Unmaking of the World*, p.35.

② Ibid, p.54.

③ Ibid, p.54.

他身体最私密和内在的事实（疼痛、饥饿、恶心、性欲、排泄）”①，酷刑的体验和内在逻辑被培根完美地呈现于其绘画之中。

正因为如此有力地表现了身体之于酷刑的痛烈感受，相当程度上，人们在观赏培根画作时，也像经历了一番酷刑一般。② 因此，这位擅长于转化变形既成品的画家（其画作大多根据照片、电影或世界名画加以变形转化而来），其实就把批判之力引向了使既成品合理合法存在的既成事实的世界。是既成的世界，也就是我们现存的文明世界，让酷刑，让疼痛成为合法的存在；是它们“保卫”了人性的退行，退行至前语言状态，变成了物。

三　物　性

自马克思以来，思想家们已经充分意识到现代社会体制施加于人的物化问题。③ 思想家们意识到，现代文明秩序中有一种外在于主体的力量，这种力量将外在于主体的物的东西强加于主体，按照物的性质规范主体，并在某种意识形态

① *The Body in Pain: The Making and Unmaking of the World*, p.54.

② 培根的绘画中充斥着大量的拒绝透视法的去空间化背景，这种手法既是对学院派视觉错觉的反抗，也是对斯卡利总结出的剧烈疼痛可以剥夺人的时空感这一发现的印证。对背景的去空间化或扭曲空间的手法是培根除去通过描绘剧痛主体蜷曲或过分延展的身体姿态外向观众传递痛感的主要方法，《以磔刑图为基础的三幅人物习作》三联画中没有使用任何线条进行空间模拟式呈现，近乎毫无焦距的平面性红色平涂背景成功地向观众传递出“身临痛境”时个体真实感受到的空间挤压感，没有空间感的背景使已失人形的主人公既在画面之中，又似被平平地挤压在二维画布上，给观众一种真实带入感之余，还有一重画面主体可以随时扑出画面的错觉和惊惧式忧虑——这个被戳瞎了眼睛、毒哑或因疼痛而嚎哑了嗓子、如困兽一般的怪物随时可能扑出画面，向观看者爬来，这种通过想象带来的触目惊心和恐惧是传递疼痛体验的方式之一。

③ “劳动者把自己外化在他的产品中”，“意味着他贯注到对象中去的生命作为敌对的和异己的力量同他相对抗”“劳动者生产的对象越多，他能够占有的对象便越少，并且越加受自己的产品即资本的统治。”（引自《马克思恩格斯文集：第 1 卷》，中共中央马克思恩格斯列宁斯大林著作编译局，人民出版社 2009 年版），此问题极其复杂，在此不能详述，可简略参见霍耐特的《物化——承认理论探析》，罗明珍译，华东师范大学出版社 2018 年版。）

的话语机制中，使主体臣服于这种外来的物的规定，同时把诸种物的规定当作是主体本有的规定，心甘情愿地按照物的方式来塑造主体自我，甚至对主体本有的那些基本条件如自由、理性、独立意志、人性之爱等都恍若未见，或者以为这些是外来的强加物，唯恐避之不及。这便是物化。比如资本体制对商品、金钱的崇拜，男权社会对女性权利的遮蔽，排犹的种族主义，白人中心论者的欧洲文化至上论，集权主义者对个体的否定等，通常内在地构成了现代精神中具有神话催眠性质的意识形态的物化逻辑，构成了现代人性退行的基本形态。

斯卡利充分意识到了精神的这种物化之痛。[①] 在《疼痛中的身体》中，她进而提出这样的思想：身体的疼痛就是这种精神之痛的外化表征。就是说，这种体制性的对主体的物化，很多时候，必然会显现为身体层面的东西。甚至可以这样说，如果体制无法驾驭身体，那么它也无法驾驭精神。在此，身体之疼痛就成为物化的转喻。在书中，她着重考察了劳动及其他人类许多物化的生产行为对于身体、疼痛的控制欲望。斯卡利谈及的话题颇多，我们在此主要讨论她对现代医疗体制的思考。

在人延续生命的历程中，医疗技术当然发挥了巨大的积极作用。但斯卡利也强调指出，在西方的医疗体制话语中，包含了将人彻底物化的倾向，医生们在处理人类身体时，其逻辑有时与木匠做家具活、纺织者织毛毯差不多。[②] 在这种话语体制中，主体在接受治疗时对疼痛的感觉有时是完全被漠视的（人们可以想象现代医学早期对截肢手术的处理方式，或者那著名的通过脑前额叶切除“治疗”精神狂躁症的术式），医学体制按照自己的逻辑规训身体，身体成为医学的身体而再也没有主体自身的维度了。斯卡利因此意识到对现代医疗与疼痛关系的思考能够成为现代主体保卫自我、抵抗人性退行的有力思想路径：在以修复身体、延续生命的体制中，仍然有如许强硬的漠视疼痛、漠视身体的逻辑，[③] 我们因此有理由把对医疗体制的反思当作保卫人性的底线之一。哪里把人的疼痛当作儿戏，哪

① *The Body in Pain: The Making and Unmaking of the World*, Chapter 4.

② Ibid, pp.21-22.

③ 这里且不论现代医疗术造成患者的二次疼痛问题，也不论它有时还能成为酷刑设计的帮凶、权力关系中的施虐方——如纳粹的“死亡医生”门格尔。

里就出现了人性退行的前兆。

现代众多的视觉艺术家对这一问题也都有所洞察。也许正因为身体为疾病所缠绕的痛楚及医疗过程中人的被物化、装置化、机械化现象的普遍性，他们都从各自的角度考察了现代医疗术给人们带来的物化之痛，[①]有力地印证了斯卡利的相关思想。这其中，墨西哥女画家弗里达·卡洛[②]是非常有代表性的一位。她以热衷自画像和表现墨西哥风情闻名，而其中的自画像多半与反思现代医疗技术对人的基本尊严的冲撞、蔑视有关。这一特点可能和卡洛自身的经历有关：18 岁时卡洛经历了巴士车祸九死一生，在这场车祸中，卡洛锁骨骨折，两根肋骨骨折，3 处脊椎断裂，而原本就因脊髓灰质炎（小儿麻痹症）而细瘦的右腿有将近 11 处的粉碎性骨折，右脚掌被压碎，左肩脱臼，骨盆有 3 处碎裂，1 处由公交扶手插入身体造成的贯穿伤。此后，为了修复自己的身体，保全生育能力，她先后经历了 35 场手术，对医疗之痛感受之深切，非常人所能比拟。她把相关的体验充分地体现在作品中。自画像中的卡洛，总是面容冷凝、严肃，身体上充斥着伤口、伤害和泪滴，这种充溢着肉身疼痛、与试图克服疼痛的坚韧等情绪的画作，一方面与画家个人的疼痛体验息息相关，另一方面也无意识地展现了女性身份面对战后精神虚无、革命情绪暴涨、南北美意识形态差异及现代文明与传统文化碰撞中的感受与思考。约翰·伯格评论她的艺术作品时称：“感受痛苦的能力是敏感的先决条件，这是她的艺术发出的哀叹……帘幕不存在；她是特写画面，她以轻柔的手指进行，一针接一针，不是缝制衣服，而是缝合伤口。她的艺术对痛苦说话，嘴唇紧贴痛苦的肌肤，道出其感知、欲望、残酷及其中亲近的别称。”[③]我们以她

---

① 琼斯《自我与图像》对这方面的问题有较详细的讨论，可参考。另可参见罗伯森等的《当代艺术的主题——1980 年以后的视觉艺术》（匡骁译，江苏美术出版社 2012 年版）第三章。

② 弗里达·卡洛（Florida Karos, 1907—1954），墨西哥最受欢迎的现代女画家，现代最优秀的女性艺术家之一。一生共创作 143 幅作品，其中 55 幅是自画像，代表作有《破碎的脊柱》《我的诞生》《两个卡洛》等。

③ “评论家说，培根的作品以痛苦为主题。在他的艺术中，痛苦是透过一道帘幕被人观看到的，好似透过洗衣机的圆窗观看脏衣服。弗里达·卡洛的作品跟培根恰好相反。帘幕不存在；她是特写画面，以她轻柔的手指进行，一针接一针，不是缝制衣服，而是缝合伤口。她的艺术对痛苦说话，嘴唇紧贴痛苦的肌肤，道出其感知、欲望、残酷及其中亲近的别称。”（参见约翰·伯格《抵抗的群体》，何佩桦译，广西师范大学出版社 2008 年版，第 142 页。）

创作于 1944 年截肢后的自画像《破碎的脊柱》（*The Broken Column*）为案例，并结合斯卡利的疼痛理论，对相关问题展开分析。

斯卡利在展开其医疗的制度性批判话题时，重点区分了制造痛觉的两种人类制造物（Artifacts）：工具和武器，以及两者间转换的逻辑，并由此思及肉身的脆弱和医疗术对人体组织重构的强势力量。

按照斯卡利的见解，人类的制成品，就其与疼痛的生产作用而言（产生疼痛、消弭疼痛），大致可分为工具和武器这两大序列。或者，更概括一些说，人类的物化能力大体就可分为这两大序列（从这个角度说，斯卡利受早期马克思的影响是明显的）。但在某些人类的体制性活动中，这两者与疼痛的关系是复杂混沌的，在同一件事情中，产生疼痛与消弭疼痛的功能似乎是兼有的，并且难能分割："武器和工具在瞬间似乎难以分辨，因为它们可能每个都存在于一个物理客体中，而且可能很快地来回转换"①，"区分它们的不是它们的客体本身，而是他们所落下的表面。当它在一个有知觉的表面上作用时，我们称之为'武器'；当它在无知觉的表面上起作用时，我们称之为'工具'。"② 这种情况在现代医疗术中显得特别突出，"因转变而（使得疼痛）无所不在地再现的第二种机制是医疗"③，医疗器械的物性本质淋漓尽致地体现了这一点。④ 卡洛的《破碎的脊柱》非常传神地印证了斯卡利的这一洞见。在这幅画中，图像主体是一位受伤颇重、打着绷带和支架可依然倔强站立着的女性（卡洛）。其身体由喉咙至下腹被剖开，作为治疗手段，支架与绷带支撑着她的躯干，似乎是努力保证她身体不向外碎裂炸开的最后屏障。而这紧紧匝在她的身体上，把破碎的肉体硬生生聚拢在一起的绷带，在展现其功能性一面的同时深深地勒进画中女主人公的血肉里，给她的身体带来了

---

① *The Body in Pain: The Making and Unmaking of the World*, p.173.

② Ibid, p.173.

③ Ibid, p.42.

④ "有些确定的仪器（如在医学和牙科中）我们称为"工具"，即使它们进入人体组织；但应该注意的是，这种识别是"习得"的，即使在学习之后，它也需要一种有意识的精神行为来稳定地保持物体作为工具的知觉（这违反了所有的直觉）。每个孩子都认为它是一种武器，并做出相应的反应。即使是成年人，只有在知道手臂上的组织被麻醉了而几乎没有知觉时他们才会倾向用完全平静的态度来观察刀的方向"。（Ibid, p.174.）

额外的剧痛。绷带这一符号正是斯卡利谈论疼痛物性时指出的从辅助治疗的医用器械直接转变为带了肉体疼痛的武器的展现，不过绷带引发的疼痛与画中的钉子不同，它绝非上一节讨论的酷刑刑具，在这种物性的疼痛中疼痛不是目的，绷带只是暂时作为“武器”的“工具”。与武器不同，绷带“不是直接改变感知（就像在生命体上使用武器一样），而是通过提供感知‘客体’来改变感知能力。它会在不伤害的情况下改变（甚至经常会带来伤害的减少）”①。但无论是作为武器还是作为工具，它都不可避免地导向了厌恶性的疼痛。

钉子也是现代医疗术的重要器物，很多外科手术术式的完成与术后的治疗都需要借助钉子。一生经历过多次外科与骨科手术的卡洛，体内被强行介入钢钉之多及其造成的巨大痛苦，非他人所能简单同情想象。因此，她在《破碎的脊柱》中有力化用了钉子及钉痕这一西方绘画中常见的符号，传达了她对医疗术的不安、困惑与惊恐。自中世纪后期以来的耶稣受刑图中，钉子作为戕害躯体的武器元素之一大量出现，在卡洛的绘画中，受伤女性面部、躯干、胳膊以及被病床床单遮挡住的下半截躯体上共被钉上55枚铁钉。当我们把弗里达·卡洛的个人经历悬置起来，像一个不了解卡洛生平的观众那样直观这幅绘画作品时，也许会直接将这些钉子理解为施暴者的武器。但我们如若仔细观察钉子插入人体的创口处就会发现，只有阳光投射在钉子上留在身体处的阴影，却没有一处伤口带有血迹（这与耶稣受刑图中的圣痕创口大相径庭）。我们或许可以由此推断，这布满全身的55枚钉子是画家对画面中女主仍正在经历着的疼痛体验的想象性描述，对刺透皮肉的钉子的想象不是画家自身疼痛体验的转移，而是对未知疼痛缘由的“投射”性认出，是

图2-2　弗里达·卡洛:《破碎的脊柱》，1944年，油画，30cm×40cm，墨西哥欧门多藏。

① *The Body in Pain: The Making and Unmaking of the World*, pp.175-176.

谋求与观众达成一种确定性和不可言说的私人疼痛体验的表达的可能性。图 2–2 中描绘的这个几近分裂的身体正是卡洛自身的写照，碎成段的爱奥尼亚柱式的圆柱比喻她在车祸中断裂的脊骨，周身的疼痛宛如无数细小的钢钉遍布她的躯体、双臂、脖颈、脸颊、额头，它们固定了这破碎的身体，使得这破碎的身体还能够被称为"身体"，还是卡洛。但它们的无处不在，又使这一身体剧痛难忍，像每天都经受耶稣基督被钉十字架的煎熬，这个卡洛已不可能是那个真正的卡洛了。

由此，卡洛其实已经触及了现代医疗术对身体改造与再组织的问题。斯卡利指出，现代医疗器械带来的人的身体改造，将形成一种重要的疼痛与主体关系的变异形式。医疗器械一方面以"武器"的姿态带来疼痛，但同时也帮助人体恢复，患者在养伤期间一方面切身感受着额外的疼痛，但心理上会无意识地将之视为身体的一部分，即"我的身体在伤害我"而非酷刑中的外在刑具"伤害我"。斯卡利指出："在人体内，这样的人造植入物和机制的存在，不会使一直将人性定位在自我技巧中的人类受到损害或使其'非人化'。如果对于人类无意识地为自己的身体进化负责的方式，我们尚且没有相关的描述机制，那么进化至少已经把我们带到了一个地方，在那里，起初被埋没和不明显的无意识目标终于浮出水面，成为不争的事实。"[①]《破碎的脊柱》中紧缚躯干以维持身体聚合的减张绑带和直接替换脊柱的爱奥尼亚柱式的圆柱就是人造品改造、重构身体的表现，它们被纳入患者的身体，成为主体感知世界的一部分，即斯卡利所谓"感觉器官、皮肤和身体组织本身被重新创造，并且以自身的客体化来经验自己"[②]的表现。在这种情况下，主体在一种高强度又极其隐蔽的疼痛感觉的作用下，将这种疼痛中的自我确定为自我，也就是"我已不在"的那个自我当作是自我，将变成习非成是的东西。这是现代医疗制度及相关制度潜移默化地影响人性的最大危险之处。

当然，套用一句老话：哪里有堕落，哪里就有拯救。卡洛毕竟不同于培根，或者说，物化的疼痛与酷刑的疼痛有着质的区别。画中那根代替脊柱而昂然孑立的希腊柱石极其有力地凸显了画家的精神力量，它显然是画家立足于自我信念对

---

① *The Body in Pain: The Making and Unmaking of the World*, p.254.

② Ibid, p.255.

医疗器械加诸人身上疼痛的转喻表象。画作中，女主人公的身体被剖开，但是没有通常的那些为引发观众应激性本能恐惧的滴滴答答的血浆或脏器，而是一目了然地让观众直接看到干爽利落但碎裂成节的“脊柱”，这根断裂的脊柱从下至上贯穿躯体直接撑住自画像中冷静落泪的脸，支撑着残破开裂的躯体站立在干涸大地上，古希腊时期的柱子虽已残损，但依然是屹立在人类建筑史上高贵的典范。卡洛以将自己碎裂的脊柱想象为坚固、庄严的大理石柱来克服疼痛，这是一种积极的人造品，它进入人的身体，可能促成医疗器械“武器”的含义被模糊：“在人体内，这样的人造植入物和机制的存在，不会使一直将人性定位在自我技巧中的人类受到损害或使其‘非人化’。”①——画家以象征古代文明的爱奥尼柱式希腊石柱替换了受伤的残存脊柱，是否在某种意义上暗喻现代文明的疾症（包括医疗术），需要古代文明滋养、支撑方可救治?

卡洛画作中的疼痛与培根画作的不同还表现在主体的身份自觉上。与酷刑中的自我消退不同，物性疼痛中的主体虽然存在着明显的异化现象，自我不再是纯粹的自我，但主体意识和身份意识始终存在——这种主体意识有时正因其残存、颓圮、被损毁的外形显示出主体骄傲而不可征服的高贵属性。卡洛自画像中女性的形象就很好地展现了这点。首先，面对躯体撕裂的疼痛，自画像中的女性发型精致、严整，半披半梳的公主辫一丝不乱；没有撕心裂肺的哭喊，面容像殉道的圣徒一样平静，只有滚淌在鼻翼和脸上铁钉间的泪滴显示着她遭受的剧痛；全身体态舒展，坦坦荡荡地正立在画面中央，肌肉没有因疼痛而蜷缩，即便是握着病床床单的手指，也没有因疼痛而将床单捏出褶皱；……这一形象显然与现实病痛折磨中的病患形象不符，是画家对病痛中坚强、直面病痛等自我期待的描绘，展现出疾痛面前病患强烈的主体意识。也就是说，物化疼痛与酷刑疼痛所造成的人性退行程度在本质上是不可比较的。

最后还需要回到前文已谈到的绷带意象。画面中背带式支架的条状绷带在医用治疗中其实并不常见，它应当是画家对自己全身石膏绷带的痛苦情状的想象与艺术改写。这种改写除了展现疼痛体验，即断裂的脊柱和刺透皮肤的铁钉外，另

---

① *The Body in Pain: The Making and Unmaking of the World*, pp.253-254.

一方面重要的叙述功能可能就是试图将作为女性第二性征的乳房完整、突出地绘制出来。与被割裂的脖颈、胸腹不同，自画像中的乳房只有铁钉，在形象上没有被损毁、伤损的痕迹，可以被一目了然地清晰辨认。对性别的强调，即是对身体身份的强调，是人的理性在疼痛带来的人性退行中的坚守。

四 复 仇

斯卡利指出，人类不幸的疼痛根源还来自人类的天性之一：复仇。斯卡利认为这是一种相当愚蠢的天性，相当于脚被门板夹了一下非得踢门一脚才能感觉快意的那种执念。[①] 但很遗憾，人类文明机制的某些根基却是建立在这种天性的基础上的，比如法律。[②] 在原始的法律中，疼痛就像是一般等价物，主体的伤痛必须要由同等分量的伤痛才能偿付。[③]

这种法的原始复仇内核，在人类的文明进程中是否可能被弱化、变易、改造乃至颠覆呢？一般来说，思想者们于此的观点有三种类型：一是严厉批判法的复仇性内核；[④] 二是认为法律需要超越复仇本能，但也要保持对某种有节制的复仇感

① 谭璇：《暴力与反暴力：法国大革命中的恐怖政治》，黄丹璐译，山西人民出版社 2019 年版，第 439—440 页。

② 同上。

③ “即便施加惩罚的合理性得到了承认，我们在讨论如何对犯罪行为施加恰当的惩罚时，也会出现多少彼此冲突的正义概念。在这个问题上，最能强烈激发原始自发的正义情感的行为规则，莫过于以眼还眼以牙还牙这样的‘惩罚与伤害对等的法则’了。犹太教和伊斯兰教的这个原则，虽然总的来说作为一个实践准则在欧洲已被摒弃，但我怀疑大多数人在内心仍然对它念念不忘：当惩罚完全以这种报应的方式偶尔落到犯罪者身上时，大家所表现出来的满意感就证明了，接受这类报复的情感是多么自然。”（参见约翰·穆勒的《功利主义》，徐大建译，上海世纪出版社 2008 年版，第 58 页。）

④ “复仇是一种野生的裁判。人类的天性越是向着它，法律就越应当耘除它。因为头一个罪恶不过是触犯了法律，可是报复这件罪恶的举动却把法律的位子夺了。”（参见弗朗西斯·培根的《培根论说文集》，水天同译，商务印书馆 1983 年版，第 16 页。）

的敬畏；[①] 三是认为复仇问题仍应是法的核心问题。[②] 当然，这方面涉及的问题非常复杂，自非本文所能详论。我们所欲指出的是，斯卡利对复仇的态度，大体可以归入第一阵营。也就是说，斯卡利认为原初的法律尽管基于人性偏执于复仇的暴戾因子，但在现代司法体制中，人们能够通过司法议程的设置、陪审团的决定作用、多元价值视角的介入、对司法裁定中叙事修辞术的分析与彰显等，在一场“审判的竞赛”[③] 中转化既定的同态复仇的欲求。而在现代绘画中，我们能够看到艺术家与理想化的人权至上学者们见解的差异。在现代绘画中，复仇之痛通常也是画家们着意关注的话题之一，不过，他们的态度与斯卡利的观点相比较同中有异。一方面，他们对复仇、疼痛中的人性毁灭抱有巨大的同情和批判意识；另一方面，他们对现代文明能否遏制野蛮的复仇欲几乎不抱希冀的态度，多少带有一些悲剧宿命论的情绪。本文主要以爱德华·蒙克的《马拉之死》为案例对这一现象略做讨论（见图 2–3）。

挪威画家和版画家爱德华·蒙克是对疼痛与现代主体性关系问题展开的艺术家，他的许多画作都围绕这一主题展开，如《呐喊》《继承》《病中的女孩》等。他通过抽象或写实的笔触，展示了个体目睹或经历伤痛时所遭受的巨大精神创伤。这其中，他创作于 1907 年的《马拉之死》（又名《女凶手》）是一幅结构谨严、寓言丰富、直抒胸臆的叙事画，充分表达了他对复仇之痛的深刻理解。

---

① “我们可以说，在俄瑞斯忒斯意识到自己在被复仇神追赶的时候，他并没有变疯狂，相反，倒是在他最清醒的时刻他变得疯狂了。俄瑞斯忒斯的结局（另看第十三章）表明，一个健康的城邦不应当允许这种罪恶一直延续下去。在雅典娜的庇护下，城邦设计出了一套程序（很可能是为了避免无常性）来最终赦免这种罪孽深重而又备受折磨的人，而且不再允许这种负罪感一代一代无休止地传下去。但是，雅典娜同时强调说，对复仇神在伦理上的恐惧感一定要在她的城邦中有重要的一席之地：他们的观念得到一定的纠正，但仍然是令人敬畏的观念。她认为敬畏有时候是件好事，而实践冲突的情形看起来就像是这样的时候。”（引自玛莎·纳斯鲍姆的《善的脆弱性：古希腊悲剧和哲学中的运气与伦理》，徐向东、陆萌译，译林出版社 2007 年版，第 53—54 页。）

② “尼采，他对复仇的谈论，就我所知，是这个哲学传统中最持久、最显著的讨论，在他终其一生对希腊文化的反思中，看到了这部戏剧（指欧里庇得斯名作《赫卡柏》——引者注）所索的很多有关复仇的特点：复仇能够产生或者构造这个世界，重估一切价值；复仇与受伤者渴求安全和权力的欲望相联系；复仇能够把自己装为爱或正义。”（引自纳斯鲍姆：《善的脆弱性：古希腊悲剧和哲学中的运气与伦理》，徐向东、陆萌译，译林出版社 2007 年版，第 586 页。）

③ *The Body in Pain: The Making and Unmaking of the World*, p.301.

图 2-3　爱德华 · 蒙克:《马拉之死》(又名《女凶手》)，1907 年，151cm × 148cm，奥斯陆蒙克博物馆藏。

首先,《马拉之死》直观上可看作大卫名作《马拉之死》(见图 2–4) 的颠覆性结构作品。与大卫的作品相比，本作处处显示出强烈的反讽笔调。大卫的《马拉之死》虽然表现的是法国大革命时期领袖人物马拉遇刺死亡的场景，但作品基调明亮、典雅，黑色背景的庄严、肃穆、低沉被近景富有生命质感的嫩绿色冲淡，像是象征着马拉虽死犹生。马拉的左手握着女凶手要求拜见他的纸条，浴盆边木箱上压着的一张字条上写着:“请将这份钱转交给一位五个孩子的母亲，她的丈夫已为革命牺牲了。”这些细节都显示，马拉的存在及其死亡，都超越了卑俗的现实，具有高贵的精神分量。而在蒙克的画作中，这一切都被倒转了过来，惨绿色、惨白色、乌黑色是作品的基调，象征着死亡的阴影笼罩着作品中的两个人物，一个已经死亡，一个即将死亡。作品的细节如女性的裸体，餐桌上的酒瓶、水果，已经空了的面包篮都喻示了谋杀事件发生之前，此地发生过一些暧昧的事情。此地所发生的一切事情，都如这卑污的黑色基底一样，是肮脏的，超出了人性能够承担的底线。

其次，关于疼痛的体现。在大卫的作品中，我们没有看到与痛苦太多相关的东西，反而有种如释重负的意味。也就是说，对这位革命先知来说，遇刺、濒死的疼痛挣扎、死亡的恐惧，似乎都不是难以克服的东西。巨大的疼痛反而见证了

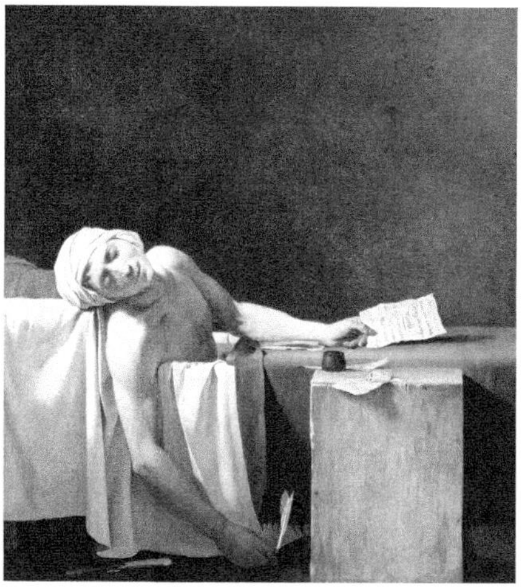

图 2-4 雅克·路易·大卫:《马拉之死》，1793，现藏于布鲁塞尔比利时皇家美术馆。

他作为革命先行者的心理预期，成为他自我奉献的牺牲的条件。从这个角度来说，大卫作品中的疼痛展示完全是传统的，是一种信仰的图像。而在蒙克的画作中，疼痛转化成死亡的虚无。诚然，画作右侧的马拉，现在像是处于平静状态了——在死亡中没有谁能够是不平静的，但满床的血污则流露了他死前痛苦挣扎的痕迹。刚刚完成谋杀业绩的女凶手科尔黛，像是满脸漠然，对已发生的一切和即将到来的事情都漠不关心。

最后，在蒙克版的《马拉之死》中，女凶手科尔黛正据画面中心，形成了一个奇异之点。从这个角度来说，此画别名“女凶手”真是再恰当不过了。科尔黛面对死亡（他人的死亡与自己的死亡）的漠然、沉着，这种不恰当的姿态一下子把观者攥入了历史性的复仇场合中。多少人即是以复仇之名，如此漠然、沉着地面对他人的死亡与自己的死亡。床上躺着的那个人曾以复仇之名，煽动国民砍掉并无死罪的国王的头。科尔黛，一位自称是共和人士的保皇党人，为复仇杀掉马拉。① 当然，她也迅即被复仇的雅各宾党人酷刑审讯，送上了断头台。又过了不久，这些自认为掌握了人间权力的雅各宾党人们，也被人怀着同样复仇的心态，被酷刑、被送上断头台：“罗伯斯庇尔的下巴和牙齿被击碎，倒在地上，痛苦地扭动身体”“即将赴死时……罗伯斯庇尔痛苦地尖叫着，因为用于固定下颚骨的绷带被刽子手粗暴地扯开了。”②

在《马拉之死》中，蒙克以他高超的技艺，向人们展现了一种疼痛的复迭结构。在画面中，历史与图像的互证，经典与个人创造的反讽对观，在死亡凝视中

① “我是为了拯救十万人而杀了一个人，那么我是为了拯救无辜者而杀了大恶人，为了使我的国家安宁而杀了一头野兽，在革命前，我就是共和派，我从来就是精力充沛、无所畏惧的。”科尔黛如是说道。她于 1793 年 7 月 17 日 被送上断头台。

② 谭璇:《暴力与反暴力：法国大革命中的恐怖政治》，黄丹璐译，山西人民出版社 2019 年版，第 352 页。

对痛感的漠视，在痛感漠视中呈现的复仇激情，充分地扭结在一起。黑格尔说："在未开化民族中，复仇永不止息。"① 但蒙克感受到，在现代体制中，复仇的激情似乎还缺乏一个平息的机制，以至于像"马拉之死"那样，它将陷入一个无限循环的僵局：

在法的直接性这一领域中，犯罪的扬弃首先是复仇。由于复仇就是报复，所以从内容上说它是正义的，但是从形式上说复仇是主观意志的行为，主观意志在每一次侵害中都可体现它的无限性，所以它是否合乎正义，一般来说，事属偶然，而且对他人来说，也不过是一种特殊意志。复仇，由于它是特殊意志的肯定行为，所以是一种新的侵害。作为这种矛盾，它陷于无限进程，世代相传以至无穷。②

但需要指出的是，《马拉之死》毕竟是一幅创作于1907年的作品。那个时代的知识分子精神多少还笼罩在启蒙时代罗曼蒂克的氛围中。即使像蒙克这样的先觉者，他能够洞觉并想象人类本性底色的黑暗，但他还是很难想象堑壕战、种族灭绝、集中营等那些属于20世纪的真正黑暗现实。而这种黑暗现实向艺术家们提出了新的使命：看见疼痛，看见人性的消失或退行，并且记住：

不让集中营的命运被抹杀和被沉寂，意味着不仅要像一个忠实的见证者一样刻画出恐怖的迹象，而且要遵从艺术家的职责，严令自己的眼与手"不要背叛这些被削弱的形式"。这意味着忠实于艺术——无论是否是形象艺术的一般任务，即一旦艺术不再遵从于再现的标准，它就要为自己做出规定：展现那些不可能看见的东西，展现那些被隐藏在可见物之下的东西，展现那些不可见之物，正是它们支撑着可见物的存在。③

在这里，复仇的情绪转变成一种记忆的责任，一种在底线处抗拒罪恶、保卫

---

① 黑格尔：《法哲学原理》，范扬、张企泰译，商务印书馆1961年版，第188页。

② 同上书，第107页。

③ 雅克·朗西埃：《历史的形象》，蓝江译，华东师范大学出版社2018年版，第76—77页。

人性最后堡垒的责任。从毕加索[①]开始，到霍费尔[②]、基里科[③]、马松[④]、贝尔默[⑤]、纳斯鲍姆[⑥]等，他们作品中有关复仇的表现，有些已不同于蒙克时代。他们在疼痛中发现人性在自我中退场，历史在荒芜中沉寂：

历史是无法衡量的（démesure），而这无法衡量的历史不停地在绘画中寻求表现……上世纪40年代，流亡的犹太画家菲力克斯·纳斯鲍姆，在其位于阿姆斯特丹的隐居处，用凝练的表现主义，在他的人物形象中画了集中营的寓言，以及等待着他的死亡，与此同时，卡尔·霍菲尔在康斯坦茨湖畔，在他的《黑屋子》（*La Chambre noire*）中，用直立的门板和孤寂的裸体人物这样平静的非人性的布局，以自己的方式，将它们变成了鬼魅。1990年，犹太移民的儿子、去除华盛顿肖像神秘光环的画家拉里·里弗斯，画了两张关于集中营的见证者普里莫·李维（Primo Levi）的安详的象征性的肖像画。在一幅画中，作者的脸被劈为两半，中间露出受访者的脸。在另一幅画中，他的手的运动展示了集中营围墙的景象和受害者的轮廓。这是一种借自电影的合成技术，借自爱德华·马雷（Edouard Marey）为先人摄影使用的解体（décomposition）运动。[⑦]

在这些表现中，复仇不再是一种简单的像是被门夹了一下必须报复性踢一脚的愚蠢执念，而是一种因为过度受苦而触发的近乎条件反射的警惕心。当人们遭受了堑壕战、种族灭绝、集中营这样一些至高的人性被摧毁的经验，他们会意识

---

① 巴伯罗·毕加索（1881—1973），西班牙画家、雕塑家，立体画派创始人，20世纪现代艺术的主要代表人物之一。代表作有《格尔尼卡》《亚威农少女》等。

② 卡尔·霍费尔（1878—1955），德国表现主义画家，代表作有《紫色裙子的舞者》等。

③ 乔治·德·基里科（1888—1978），意大利超现实画派大师，形而上派艺术运动的创始人，代表作有《一条街上的忧郁和神秘》等。

④ 安德烈·马松（1896—1987），法国画家，法国超现实主义运动先驱之一，对美国抽象表现主义运动产生过很大影响，代表作有《杜亚尔的肖像》《星星》《躯干》等。

⑤ 汉斯·贝尔默（1902—1975），德国画家、雕塑家、玩偶制作家、摄影家，因玩偶摄影作品中呈现出的虚无颓废的生活情调而闻名于世。

⑥ 菲利克斯·纳斯鲍姆（1904—1944），犹太人，画家，出生于德国，辗转意大利、瑞士、巴黎，1944年在比利时被告发，死于奥斯威辛集中营，代表作有《监狱》等。

⑦ 朗西埃：《历史的形象》，蓝江译，华东师范大学出版社2018年版，第101页。

到，复仇虽然仍与疼痛、人性退行有紧密的因果关系，但未必都是一种线性的因果关系。复仇女神凶厉的目光将提醒人们注意现代文明秩序中很有一些不文明的因子，所谓法律正义的背后总有其例外状态。从这个角度来看，斯卡利关于复仇问题的论述，可能有其失之简单之处。或许，这是将斯卡利疼痛思想运用至艺术阐释领域颇有局限性的原因之一。

反叙事性：论贝克特戏剧的形式问题 *

一　反叙事性

虽然《等待戈多》最初的演出像是一场闹剧，[①] 但不久以后，贝克特及其作品在艺术界就确立了一种典范的地位，成为引领第二次世界大战后艺术世界变化创作的灵感源泉——其影响力所及，早已超出了戏剧领域，也引领了小说、绘画、电影、音乐、舞蹈以及各种新兴的艺术门类，如极简主义艺术、偶发艺术等的前卫创新潮流。1960 年代，美国评论家哈桑在《沉默的文学》中就把贝克特当成了“最后一位作家”，称他为了拯救人类反思自我的真诚，毅然用荒诞性作为武器反文学：贝克特“深知当今艺术如果不靠不可能性来些什么就不能称其为艺术……贝克特的推理假定历史已气竭精衰，我们只能玩最后一场游戏”[②]。

贝克特对当代艺术的影响深刻而广大，可以从许多方面展开讨论。本文重点讨论其创作的反叙事性问题。阿多诺说过，现代以来艺术活动的一个基本特征就

---

* 本文与何珏菡合作完成。曾发表于《戏剧》（中央戏剧学院学报）2020 年第 3 期，发表时有较大删节。

① 戏剧史学家斯泰恩谈道：

直到 1956 年，美国才第一次公演《等待戈多》。不幸的是，贝克特的私人朋友阿伦·施奈德在佛罗里达州迈阿密的椰林剧场首演此剧却是一个灾难性的开端。上演之前，广告中就宣称此剧“以其笑声轰动两大洲”，尽管迪迪由汤姆·尤厄尔米扮演，戈戈由伯特·拉尔扮演，在佛罗里达海岸度假的人们还是吃惊得目瞪口呆。拉尔受过歌舞杂耍表演的训练，他认为自己所扮演的是丑角，希望尤厄尔米演他的助手，而且，在路奇发表长篇大论的时候，他总是禁不住要来一点滑稽的即兴发挥。施奈德承认这次演出是一次惨重的失败。（斯泰恩：《现代戏剧理论与实践》，刘国彬等译，中国戏剧出版社 2002 年版，第 418 页。）

② Ihab Hassan, *The Literature of Silence: Henry Miller and Samuel Beckett,* New York: Alfred A. Knopf Inc, 1967.4.

是“一切与艺术相关的东西不再是不证自明的，而这本身却变得不证自明”。[①] 贝克特的创作似乎很好地体现了这一点：如果说他早期多少还合辙于传统的戏剧程式，越到后来，便越致力于剥离情节、性格、言语、思想、戏景、唱段（音乐）等这些传统戏剧中所谓必不可少的“要素”，甚至干脆去掉了演员的表演与台词。像舞台剧《呼吸》就只有两段分别十秒的呼吸声，此外别无他物。[②] 通过这样的尝试，他似乎在某种程度上实现了“一切与戏剧相关的东西不再是不证自明的，而唯有对戏剧解构这一点变得不证自明”。然而，上述这些描述终究还是一些泛泛之论。通观贝克特的整个创作历程，我们不难发现，他对于西方戏剧传统的反抗、颠覆、超越，主要聚焦在反叙事性这一点上。他对传统戏剧中各种“不证自明”元素的破坏，从根柢上，是要反抗亚里士多德以来情节作为“灵魂”[③] 的支配性地位，彰显戏剧更丰富自由的可能性。当然，作为一位现代的人文思想者，贝克特对亚里士多德传统的自觉反抗，不会停留在情节的“突转”与“发现”是否足够精致、事件因果性构建是否足够绵密等这类话题的批判上。他更进一步洞察到，情节问题的核心乃是根源于人类文化对叙事冲动的无意识迷恋与服从，而这种叙事冲动，在传统上无非是一些惯例。而近代以来，则是笛卡尔式的主体哲学[④]。简言之，情节无非是这些叙事惯例或哲学修辞的转喻形式，其他如性格、戏

---

① 阿多诺:《美学理论》，王柯平译，四川人民出版社 1998 年版，第 1 页。

② “1. 黯淡的灯光照在乱丢着各种各样垃圾的舞台上。保持约五秒钟。

“2. 微弱而短暂的哭声，紧接着是吸气的声音与渐强的灯光一起出现，它们在大约十秒钟的时间里一起达到最大程度。沉默，保持约五秒钟。

“3. 呼气的声音与渐弱的灯光一起出现，它们在大约十秒钟的时间里一起达到最大程度（灯光同一）。紧接着是如前的哭声。沉默，保持约五秒钟。”[贝克特:《短剧集》(上)，刘爱英译，湖南文艺出版社 2016 年版，第 237 页。]

“贝克特 70 年代尝试过将身体与声音分离（如幕后传来的台词与舞台上人物动作相互脱节），或以气息和光线为表现对象，或以三只高音喇叭发出同一人物在三个不同时期的声音等。到了 80 年代，贝克特的剧本甚至只剩下了‘戏剧分子’，如《独唱》《摇篮》《灾难》等。”（宫宝荣:《梨园飘香塞纳河》，上海世纪出版集团 2008 年版，第 254—255 页。）

③ 亚里士多德说:“悲剧必须包括以下决定其性质的成分，即情节、性格、言语、思想、戏景和唱段……情节是悲剧的根本，用形象的话来说，是悲剧的灵魂。”（亚里士多德:《诗学》，陈中梅译，商务印书馆 1996 年版，第 64—65 页。）

④ 学界对这方面问题有较为一致的看法，国内的贝克特研究对这方面问题也有较为深入的讨论。张士民认为:

（转下页）

景等元素则围绕情节中心构成了相应的艺术秩序。如要将戏剧从亘古以来的情节本体论中解脱出来，不但要颠覆社会文化中各种既定的情节模式，还需自觉破坏由情节中心衍生出来的叙事法则与秩序结构，不然，偏狭的情节解构也仍然不免落入既定言荃的陷阱。

我们因此把贝克特创作的核心问题之一命名为“反叙事性”。

需要指出的是，现代以来，早就有不少艺术家以“反叙事性”为核心来突破既有的艺术体制，以彰显个人的自由创造祈向。印象派画家们对西方叙事画传统有意识地疏离乃至颠覆，可谓是此种艺术理念最初的成功展现。① 此后毕加索、波洛克的立体主义绘画，② 勋伯格的无调性音乐，③ 乃至贝克特恩师乔伊斯的

（接上页）

笛卡尔的个人主义赋予小说一个主体性模式，其二元论又增添一种两难困境——启蒙对在理性的人类主体与无生命的客体之间所存在的关系的无能为力，只有把推论的哲学看作一种范畴错误，才能找到解决办法。这个任务要靠虚构作品，而不是哲学来完成。从哲学思维到想象的介入，授予这个转向以权力的不是形式现实主义，笛卡尔的个人主义和教育，而是对整个小说而言更根本的东西：叙事逻辑。正如希恩所言：“叙事使人类本质的时间维度得以表达，使它无须面对笛卡尔的二元论就能证明主体性的发展。海登·怀特写道：‘提出叙事的性质问题，就要引起对文化本性的反思，而且，甚至可能要引起对人性自身的反思。’这样，叙事就能起到结构化的原则，把人与小说，与现代主义，并与哲学反思联系起来。”（张士民：《贝克特的边界景观：退却的游戏》，外语教学与研究出版社 2009 年版，第 351 页。）

此外，曹波的《贝克特“失败”小说研究》（商务印书馆 2015 年版）；王雅华的《不断延伸的思想图像：塞缪尔·贝克特的美学思想与创作实践》（北京大学出版社 2013 年版）；刘秀玉的《生存体验的诗性超越：贝克特戏剧艺术论》（光明日报出版社 2012 年版）等关于贝克特的相关研究也可参考。

① 可参见美国艺术理论家弗雷德的《艺术与物性——论文与评论集》（张晓剑、沈语冰译，江苏凤凰美术出版社 2013 年版）；夏皮罗的《现代艺术——19 与 20 世纪》（沈语冰、何海译，江苏凤凰美术出版社 2013 年版）等论著的相关讨论。

② 美国艺术理论家列奥·施坦伯格指出：

立体主义既不寻求三维性，也不追求对被刻画形式的“科学”掌握。在“分析立体主义”阶段（1909—1912），无论什么样的对象或是对象的某些部位如何可辨认，它们都还没有被分成小块面，以展示真正的结构，而是在画面内吸收被肢解的各个局部。在成熟的立体派作品里，人类形象及其用具在具体化为带角的平面后开始分析；各个小平面相互脱节，在不断加厚的基底上打转与颤动。叙事性绘画的古老空间关闭了。画图空间变成了不确定密度的一种震颤着的浅表空间，坚实与虚无的同等的立足点。要求坚实之物的那种感知上的占有，则遭到嘲笑。“在立体主义绘画中，”哈洛德·罗森伯格写道：“对象在感知的急促迸发中被抓住……一系列线索导向一种直观的秩序感……它从不揭示一个‘可触的现实’。”（施坦伯格：《另类准则：直面 20 世纪艺术》，沈语冰、刘凡、谷光曙译，江苏凤凰美术出版社 2013 年版，第 183—185 页。）

③ 美国音乐史家布里安·K. 艾特说：“音乐的叙述性原则已失不再得，现代音乐属于全然不同的另

（转下页）

小说创作，都体现了艺术界对该问题认识的深度和以此为契机所取得的艺术形式的突破。在戏剧方面，雅里的《乌布王》、阿波利奈尔的《蒂蕾齐亚的乳房》以及阿尔托诸种“残酷戏剧”的实验，也均有自觉“反叙事性”的内蕴。但无可讳言，雅里与阿尔托的戏剧思想尽管极具挑战性和启发意义，但他们的实践在形式上看多近似于闹剧，尚有些随意之处，或者说有不少神秘主义的内容，使得后继者难以学习、模仿。这样的戏剧架构，是难以在整体上挑战西方艺术史上体制性最强、成就最高的戏剧文类尤其是悲剧文体。贝克特的独特贡献即在于，一方面，他追随乔伊斯、雅里、阿尔托等人的伟大脚步，将现代艺术中的反叙事性精神融入戏剧创作中；[①] 另一方面，他充分洞察了戏剧的艺术特性，以对叙事性的解离为核心，从常规的性格、言语、思想，到非常规的民间小戏的插科打诨的手

（接上页）
一类秩序。对于现代性，似乎没有特征与故事性更为对立的了。”（艾特：《从古典主义到现代主义：西方音乐文化与秩序的形而上学》，李晓东译，中央音乐学院出版社 2012 年版，第 121 页。）他还以勋伯格等为代表分析现代音乐反叙事（叙述）的本质：“叙述性乃是音乐作品概念的实质。只有表现性才足以支撑音乐作品的判断既不充分也不全面；音乐中存在某种内在或超越性的观念要素，它需要时间的目的性秩序加以展开，音乐性的叙述就是对人类生命进程的叙述，它并非只是抽象的形而上学观念。调性系统的和声与节奏要素构成了时间性的内在隐喻，音乐的风格化建立在目的性秩序的时间化叙述之上。我们看到，如果现代主义对音乐作品的观念存有敌意，那么其根源必是对作品观念后面的普遍性理念的敌意。远非如阿多诺所言是源于现时代的历史进程中，而是对个体的整体性存在的敌意。”（同上，第 137 页。）

贝克特从勋伯格等前辈艺术家处汲取反叙事的精神滋养。研究者指出：

贝克特将瓦西里·康定斯基、保罗·克利、布列·凡·威尔德、卢奥、乔治·勃拉克、杰克·叶芝、瑞士画家卡尔·巴尔默（此人是一位颇有争议的画家）合称为“我们时代的伟大艺术家”。《时尚》杂志曾刊出一期贝克特访谈录。在访谈中，贝克特告诉约翰·格伦，他认为自己与康定斯基和勋伯格在形式主义和抽象主义的问题上看法不尽一致。言下之意，他曾经对自己的所作所为与现代艺术和音乐的关系进行了长时间的、深入的思考。“我想或许我已经从某种形式的概念中脱离了出来。或许正如作家勋伯格或画家康定斯基一样，我选择了抽象的语言。但是，与他们不同的是，我曾尝试着不要将这种抽象的东西具体化，即不要为它提供另一种形式语境。”（诺尔森：《贝克特肖像》，王绍祥译，上海人民出版社 2006 年版，第 17 页。）

① 贝克特及其同道（如尤内斯库等）一般都与雅里、阿尔托有一种精神上的承继关系，当然也有所变化。斯泰恩说：“贝克特和尤内斯库的剧本中有一种基本的理念，即那种非理性的扭曲的逻辑，这使荒诞派戏剧与阿尔托戏剧中过度的感情表露大相径庭。在那些最优秀的荒诞剧中，与阿尔托关于残酷戏剧的理论有关的只剩下使观众感受恐惧这一普通的观念。”（斯泰恩：《现代戏剧理论与实践》，刘国彬等译，中国戏剧出版社 2002 年版，第 413—414 页。）

段，再到对其他艺术门类手段的移用等，[①] 充分调动各种戏剧元素的艺术潜能，使它们汇集成有足够分量张力的戏剧性事件。贝克特以他杰出的戏剧才能，灵活组合这些戏剧性事件，使它们形散神不散，从对叙事性的背离中获得意义。从这个角度来说，艾斯林以“荒诞”命名贝克特戏剧的基本特性还是比较恰切的。贝克特戏剧反叙事性直接的形式表现就是“荒诞”——该词原初意义上的那种意涵：指“在音乐语境中意味着‘失去和谐’。因此它的词典定义为‘与理智或者适宜不和；不一致、不合理、不合逻辑’”。[②] 贝克特剧作的内容与意义正是依托这种形式表征才得以自然形成。恰如贝克特自己说过的那样：“形式即内容，内容即形式……他的作品不是关于某个事物的；它本身就是那个事物。”[③]

正是在贝克特工作的示范性效应的引领下（在此进程中当然不能忽视尤奈斯库、热内及姆努什金、品特、阿尔比、塔尔迪厄、格拉斯、哈维尔等的贡献），戏剧界开始形成一种足以对抗传统以情节（叙事）为中心的精神形式，并在此对抗、扬弃过程中开拓了戏剧艺术一方别样的自由天地。贝克特创作的典雅、精致

---

① 艺术史学家们的相关分析很多，在此只引两段。斯泰恩说：

就其最佳效果来看，这种戏剧以其特有的喜剧形式和滑稽风格显示了一种诗意和节奏感，正是这种喜剧方法使得荒诞派戏剧比阿波利奈尔和科克托反映私人情感的超现实主义戏剧受到更广泛的欢迎。在英国，哈罗德·品特的一些早期戏剧在具有广泛影响的电视中播映，这些剧目对一般观众竟有经久不衰的吸引力。《等待戈多》曾在许多监狱上演，它似乎立即得到了观众的认可，并被他们所理解。起初，人们对荒诞剧的手法感到陌生，但是现在贝克特或尤内斯库或品特的风格显然已经为一般人所熟悉了，正如毕加索的两维空间的绘画很快就适用于广告画一样。（斯泰恩：《现代戏剧理论与实践》，刘国彬等译，中国戏剧出版社 2002 年版，第 413 页。）

波兰戏剧导演康铎说：

不过咱们还是回到评论者浮光掠影但非常典型的评论上吧。咱们这个圈子里的保守派认为，小丑和演员绝无相同之处。马戏团和蜡像展览一样，永远处在体制内文化的边缘。它们迎合大众的趣味，不入资产阶级法眼。但这种遭到鄙视的趣味，在我们的艺术和我们的社会中保存至今。尤瑟夫的姐姐、伟大的波兰画家玛利亚·亚莱缅卡的画布上就体现了马戏团精神。毕加索第二次世界大战后的作品就更不用说了，他以魔鬼般的变幻手法，把人体解剖搞成了马戏团游戏。贝克特的作品中也有强烈的马戏团精神。维特卡齐和贡布罗维奇也不例外。“音乐界的马戏大师”、20 世纪最伟大的音乐大师埃里克·萨蒂写道：“我们不能忘记从马戏团和那些天才——‘冬季马戏团’的弗拉特利尼兄弟——身上获得的财富。我们最新、最激进的想法和艺术概念，来自马戏团。马戏团是创新精神的所在。”（密克拉谢夫斯基：《邂逅康铎》，黄觉译，中国戏剧出版社 2016 年版，第 122 页。）

② 艾斯林：《荒诞派戏剧》，华明译，河北教育出版社 2003 年版，第 8 页。

③ 贝克特：《碎片集：杂谈及一个戏剧片段》，曹波等译，湖南文艺出版社 2016 年版，第 20 页。

及形式自足性，见证了此种艺术样式可能的高度。可能正基于此，当荒诞派戏剧与新小说、电影新浪潮[①]以及抽象表现主义等艺术浪潮充分合流后，贝克特的影响就远远超出了戏剧界，将反叙事性作为一种不证自明的艺术原则推向了更为开阔的境地（如格拉斯、哈维尔等虽以戏剧成名，但都在小说艺术上取得了更高成就），也刺激更多的艺术家自觉脱离传统叙事艺术的窠臼，催生了更为别致的甚至是为离经叛道而离经叛道的前卫实验艺术。

因是之故，很有必要就贝克特创作的反叙事性问题做一个较为系统的讨论。与同时代那些杰出的精神同道相比，本书认为，贝克特反叙事性实践的示范性价值尤其体现在以下几个方面：①哲学思辨的场景化；②使听觉的感官实验成为戏剧中心；③时空元素从背景走向前景，成为推动戏剧活动的重要推动力；④舞台场景的绘画化，以绘画的意涵取代叙事内容的赋陈。[②]由于贝克特戏剧绘画性问

---

① 罗伯-格里耶，玛格利特·杜拉斯，阿伦·雷以及稍晚的戈达尔与贝克特创作桴鼓相应的情况是明显的。1954年，在罗伯-格里耶、贝克特刚刚崛起成为一种新兴艺术力量的时候，他就别具只眼地道出了两者某些共通的精神特征：

罗伯-格里耶对于事物的浪漫核心所保持的沉默，并不是一种影射的或神圣的沉默，而是一种不可挽回地建立对象的界限而非建立其他的沉默：一块西红柿，放进一块已备好的三明治中并根据罗伯-格里耶的方法加以描写，便构成了一种无遗传特性、无联系和无参照的对象，即一种固执的对象。这种对象被严格地封闭在其微粒子的范围之内，它只对它自己是暗示性的，并且不会把其读者带入某种功能性的和实质性的他处。在谈到《等待戈多》一剧时，罗伯-格里耶重提海德格尔的这句话："人的条件，便是在此存在。"的确，罗伯-格里耶的对象也是为了在此存在而被构成的。作者的整个艺术，便是提供给对象一种"在此存在"，并从对象身上去除"某种东西"。（巴尔特：《文艺批评文集》，怀宇译，中国人民大学出版社2010年版，第18页。）

他还指出："罗伯-格里耶的重要性，是他向传统书写艺术的最后堡垒，即文学空间的组织情况发起了进攻。他的意图与超现实主义面对理性或先锋派戏剧（贝克特、尤奈斯库、阿达莫夫）面对资产阶级的戏剧运动具有同等的重要性。"（同上书，第28页。）

② 德勒兹早就认识到了贝克特戏剧中这种"剧""图"相证、相生的问题。在评论弗朗西斯·培根的绘画艺术时，他指出：

卢多维克·让维尔在他编写的《贝克特自己眼中的贝克特》（瑟伊出版社）中，对贝克特的主要概念列出了一系列词语，这都是一些可以直接进行理论操作的概念。我们尤其可以参阅其中的"身体""空间—时间""静止""见证人""脑袋""声音"等概念。每一个词条都可以与培根相比较。而且，确实，贝克特和培根太接近了，反而不可能相互认识。但我们可以参阅培根有关凡·韦尔德的文章（袖珍博物馆出版社），里面有许多东西同样适合培根：主要是提到了，形象化与叙述性的缺乏，是绘画的一种极限。（德勒兹：《弗兰西斯·培根：感觉的逻辑》，董强译，广西师范大学出版社2011年版，第61页。）

（转下页）

题的研究，将涉及专门的艺术分析，本书将专文讨论，本文重点讨论前三个方面的问题。

二 哲学思辨场景化

1930—1940年代，贝克特主要的创作热情尚贯注于小说创作方面。在这一阶段，他已清醒而深刻地意识到：如果说叙事艺术的终极目的无非是某种人的价值的构建问题，那么所谓情节的构造归根到底就是某种主体观念理论的重言式修辞表达；如果说现代主体理论归根到底都可以追溯至笛卡尔式的主体观念，那么现代叙事艺术无非就是笛卡尔式主体观念的修辞术；但如果笛卡尔式的主体观念并不那么自足、自洽、绝对，那么现代叙事艺术的种种法度、惯例等就是可以怀疑的。换言之，如果现代艺术家对自己创作的根基缺乏这种怀疑精神，那么他的所谓自由创造就不免流于空谈。他的《梦中佳人至庸女》（*Dream of Fair to middling Women*），《莫菲》（*Murphy*），《瓦特》（*Watt*），《梅西埃与卡米耶》（*Mercier et Camier*），当然也包含稍后的《莫洛伊》（*Molloy*）、《马龙之死》（*Malone meurt*）、《无法称呼的人》（*L'Innomable*）等的一个主要形式特点，就是在人物塑造过程中，貌似随意地中断情节进程，直接插入主体性哲学分析片段。（或通过人物的理性自省，或通过其无意识的精神内容展布，或通过博学式的引证，或通过常规的作者评论，或通过描写及其他诗意手段，如反讽、寓意、象征等方式传达。）

贝克特戏剧构建哲学场景的立意，基本近似于其小说，但更富有诗意，更凝练。他常常通过不多的台词就点出了现代主体的尴尬与困窘，并把这种尴尬与困

（接上页）

当然，问题要复杂得多：难道在形象之间不存在另外一种关系？并非叙述性的，也就是说，从中不可能产生任何具象性？难道就不存在这样一些形象，它们来自同一事实，属于同一个、唯一的事实，而非讲述一个故事，也不在同一个形象化整体中指向不同的对象？难道在形象之间不存在不具叙述性的关系，在形象与事实之间不存在不具图解性的关系？（同上书，第7页。）

德勒兹研究的重点是落在绘画艺术上，但他的判断置于戏剧领域，同样有着很强的启发意义。

窘展布成为一幅满含讽刺意味的戏剧场景。由于此一场景内涵的丰富性及其内在意味的辩证冲突，贝克特也就得以消解了情节中心的规约作用，使其作品呈现出形散神不散的戏剧矛盾张力。总的来说，对笛卡尔式“我思故我在”主体根基的诘问及相应的个体存在关系的反思，是贝克特戏剧哲学思辨场景化的基本底色。

笛卡尔说“我思故我在”，意谓一切皆可怀疑，然而只有“我在思考”这件事是可以绝对肯定，无可怀疑。因为“在怀疑”这一事实就说明了有一个“我”在“思考”。这一判断是欧洲现代主体论的拱心石，是一切崇奉理性主义思想学说的圭臬。然而，贝克特认为这一论断大有值得商榷之处，在人类的实际生存境遇中它绝非如人们想当然的那么无可争议。他的戏剧处处充满了对思考这种行为的戏谑。例如在《等待戈多》（*En attendant Godot*）中，波卓让幸运儿为弗拉第米尔与爱斯特拉贡[①]表演思考：

波　卓　　这就够了吗？兴许。但是，我很慷慨。那是我的天性。今天，活该我倒霉。因为我将受苦，这是确定无疑的。你们更喜欢什么？让他跳舞，让他唱歌，让他朗诵，让他思考，让他……

爱斯特拉贡　谁？

波　卓　　谁！你们会思考吗，你们这些人？

弗拉第米尔　他思考？

波　卓　　一点没错。大声地说出来。以前，他甚至思考得十分精彩，我可以一连听他好几个小时。现在……（他哆嗦）终于，活该。那么，你们想要让他给我们思考些什么问题吗？[②]

在贝克特的戏剧中，思考作为一种语言的游戏，会发生在例如作为波卓附庸、毫无个人意志的幸运儿身上，幸运儿的思考充满了“上帝”“人类”“神圣”等高尚的词语，然而这些冠以思考之名的语言如同疼痛的身体发出的呻吟、梦呓一般，只是一种无意识的身体反应。艾斯林在《荒诞派戏剧》中将波卓和幸运儿

① 《等待戈多》中的两个主人公 Vladimir 和 Estragon 在不同版本中译名不同，本文中引用湖南文艺出版社 2016 年版《等待戈多》中的译名（贝克特:《等待戈多》，余中先译，湖南文艺出版社 2016 年版）：弗拉第米尔与爱斯特拉贡，并全文统一，特此说明。

② 贝克特:《等待戈多》，余中先译，湖南文艺出版社 2016 年版，第 105 页。

解释为肉体和思想，波卓代表肉体的狂暴和贪婪，幸运儿则要背行李、挨鞭子，还要为波卓跳舞思考，表明思想本身的孱弱与对肉体的附属关系。幸运儿不断衰老，波卓就抱怨这对他造成了说不出的痛苦①，艾斯林的解释符合贝克特对于笛卡尔的另一重反驳。笛卡尔的身心二分学说将人分为肉体与理性的心灵，认为身心统一，然而贝克特笔下塑造了许多身心分裂的角色，贝克特反复使用两种形象：一种是身体孱弱、陷入困境，内心却超脱于当下的人，如《开心的日子》（*Happy Days*）里的温妮，《摔倒的人》（*All that fall*）里的鲁尼太太；另一种是身体健全，精神却困守僵局，如《等待戈多》里的迪迪和戈戈②，《终局》（*Fin de partie*）里的克劳夫等。贝克特提问，思考在这种身心分裂的情况下究竟如何可能？其意义又何在？

进而，贝克特戏剧中揭示了真正反思生之虚无的痛苦的思考，却是精神上难以承受且让人避之不及的。例如，当弗拉第米尔与爱斯特拉贡思考起累累白骨代表的曾经像他们一样活过又死掉的人，他们直面生之虚无：

爱斯特拉贡　那么？假如我们自认为幸福呢？
弗拉第米尔　最可怕的是，是思索。
爱斯特拉贡　但是，我们曾经有过那样的事情吗？
弗拉第米尔　所有那些尸体是从哪里来的？③

除此之外，贝克特还将思考使用为戏剧中一种停顿的修辞，例如《默剧一》：

一个男人倒退着从舞台后侧的后台抛出来，那人步履踉跄，摔倒，立刻又爬起，掸去尘土，思索。

右侧后台传来一哨子响声。

他思索，从右侧下场。

立刻被抛到舞台上，他步履踉跄，摔倒，立刻又爬起，掸去尘土，思索。④

① 普吕讷：《荒诞派戏剧》，陆元昶译，浙江大学出版社 2014 年版，第 26 页。

② 即弗拉第米尔和爱斯特拉贡，译名根据贝克特：《等待戈多》，余中先译，湖南文艺出版社 2016 年版。

③ 贝克特：《等待戈多》，余中先译，湖南文艺出版社 2016 年版，第 105 页。

④ 贝克特：《短剧集》（下），赵家鹤译，湖南文艺出版社 2016 年版，第 3 页。

《默剧二》:

A 穿着一件衬衫，从袋子里爬出来，不动，胡思乱想，两手交叉，祈祷，胡思乱想，站起身，胡思乱想，从衬衫口袋里拿出装着几片药的小药瓶，胡思乱想，吞下一片药，把药瓶放回口袋，胡思乱想……[①]

既然笛卡尔的理性主体已然失效，贝克特又用戏剧表现了怎样的主体?

贝克特戏剧展现了不是“我思故我在”，而是“我在故我思”，人的思考只是存在的表象，体现了叔本华的影响。贝克特在很多场合提到，他非常热爱叔本华的作品，早在 20 世纪 30 年代，他就读过叔本华的作品。[②] 哈罗德·布鲁姆在他的《剧作家与戏剧》中评价贝克特:“而他对笛卡尔二元论的认知，在我看来，也不如他对叔本华思想理解那么深刻。假如斯威夫特读过叔本华，并且能容忍他，那他可能也会变成贝克特。”[③]

贝克特笔下的世界，《快乐的日子》中温妮身子慢慢沉入土里，但她仍然用喋喋不休的废话自称自己快乐;《等待戈多》中弗拉第米尔与爱斯特拉贡吵吵闹闹，用漫无目的的重复动作消遣自己的虚无，而他们指出，这些无聊的消遣是为了阻止他们思考，因为存在是如此痛苦的一件事，且他们也已丧失了自杀的勇气。正如叔本华在他的《作为意志和表象的世界》里描述的世界一样:“在此，生命一样表现为重任和苦役，而非享受的礼物。与此相应地，事无巨细，处处是普遍的欲求，无穷的烦恼，恒久的压力，不绝的竞争，强迫的努力，弄得你身心俱疲……所谓生存意志也不过是水中捞月、自欺欺人罢了。但正是这意志，让所有生命倾尽全力去追求一无所用的东西。”[④]

叔本华认为，意志向人揭示生命的意义，表明人存在、行为以及运动的内部

---

① 贝克特:《短剧集》(下)，赵家鹤译，湖南文艺出版社 2016 年版，第 15 页。

② 诺尔森:《贝克特肖像》，王绍祥译，上海人民出版社 2006 年版，第 17 页。

③ 布鲁姆:《剧作家与戏剧》，刘志刚译，译林出版社 2016 年版，第 38 页。

④ Arthur Schopenhauer, The World as Will and Idea, trans by R. B. Haldane, J. Kemp, London: Kegan Paul, Trench, Trubner & Co. Ltd, 1896, VoL.III, p.114. 转引自布鲁姆《剧作家与戏剧》，刘志刚译，译林出版社 2016 年版，第 331 页。顺便需要说明的是，国内通行的石冲白译叔本华《作为意志与表象的世界》，仅是原书的第一卷。

机制。贝克特与叔本华的不同在于，他进一步解构了作为生命核心的意志，贝克特将意志放置到漫长的时间流中去审视，发现所谓的主体意志，其不过是主体的生存惯性而已。时间的流逝迫使我们面对存在的基本问题——自我本质的问题，因为它在时间中不断改变，所以处于不断地流动中，因而超越了我们的掌握——“他永恒的现实，如果存在的话，只能理解为一种回顾性的假设。个体处于一个不断倾析流动的过程当中，从盛有迟缓、暗淡、单调的未来时间流的容器，倾析到装有因过去时光而变得焦虑不安、色彩斑斓的过去时间流的容器当中。”①

因此，在贝克特这里，即使主体概念仍是一种实在或是一种有必要的存在，那也是无处可寻，最终无法思量的不可名状之物。它不具有内在的一致性，或者说不具有所谓独一无二的本质内涵。②如果非得说这种被称作“主体”的东西有一种勉强的内在一致性，那就是惯性。在贝克特看来，惯性是时间中理性缺位时的逻辑存在。他的许多戏剧表现的都是，没有理性，只有惯性。习惯作为贝克特主体概念的核心内容，体现在贝克特戏剧中。等待就是一种惯性。没有惯性，主体何以等待呢？对主体惯性的强调及其精彩表现，是贝克特戏剧有别于其小说的一大特点，也是其戏剧场景表现张力的艺术渊薮。

在贝克特的戏剧中，等待 / 惯性总是作为点睛之笔，标定人物 / 主体在戏剧场景 / 世界情境中的基本地位。如在《等待戈多》开头，弗拉第米尔对爱斯特拉贡说：“很高兴又见到你了，我还以为你一去就不回来了呢。”说明弗拉第米尔与爱斯特拉贡对戈多的等待已经持续了很久，这种循环往复的行为模式，把他们二人陷入一个时间闭环当中。弗拉第米尔与爱斯特拉贡不断穿脱鞋子、吃萝卜、遇到波卓和幸运儿、遇到戈多的信使——一个男孩儿，在完成了这一系列既定的行为之后，弗拉第米尔与爱斯特拉贡会决定是离开、自杀还是继续等待。剧作的开

① 贝克特：《论普鲁斯特：贝克特全集》，陈俊松译，湖南文艺出版社 2017 年版，第 5 页。

② 因此，贝克特戏剧中往往用一种体现人物外在同一性的方法，表现不同主体本质上的同一性，表达对资本主义社会中被工具理性异化的人性的批判。例如，《来与去》中虽然有三个人物：芙洛、薇和茹，但这三个人物除了穿着的衣服颜色不一样，衣服款式、帽子、鞋子都一模一样，并且用帽子遮住整个脸庞，三个人物紧紧地挨着。每个人物的对白都是差不多的，都是互相询问对三人中某一人的看法以及向上帝祈祷，几乎分辨不出每个人的个性特征，体现出了主体在贝克特戏剧中被抽象化了，主要是作为符号存在。

头告诉我们，爱斯特拉贡即使选择离开最后也会回来，因为习惯使然。

再比如《戏》中，两个女人和一个男人的头从骨灰罐里伸出来，他们不断用琐屑的话语补充着一出恶俗三角关系的细节，上演的时候全部文本被从头到尾讲了两次，第二次比第一次讲得更为快速轻柔，第三遍的时候，戏剧从我们眼前消失了。贝克特让我们理解，在死亡的真正寂静面前，只有噪音一般的琐屑，而其中看似强烈的情感表达在死亡面前也变得十分虚假，只是惯性在历史中存在的表象。全剧正如最后的对白：

女 1　　一切都结束了　消失了——

女 2　　尽我最大的努力　我所能做的一切——

男　　而且好像　从未经历过[1]

主体这种面朝惯性的基本存在势态构成主体的基本存在体验。用贝克特自己的话来说即是："习惯是将狗及其呕吐物拴在一起的重物。呼吸是一种习惯，生命是一种习惯，或者更确切地说，生命是由连续不断的习惯构成的……"[2] 这就与传统理性主体的乐观主义精神构成了强烈的对峙关系。贝克特非常擅长调动其个性化主体观与正统理性主体观念这种戏剧性的对峙关系。如他在《等待戈多》中常常用反讽性的笔调精致地抒情，让弗拉第米尔对他们的等待感到满足："或者夜幕降临（略顿）我们如约而至，就这些，再没有别的。我们不是圣人，但我们如约而至。有多少人能够说出这样的话呢？"但爱斯特拉贡立刻戳穿了这句话，使得弗拉第米尔承认他们的等待只是出于非理性的习惯：

可以肯定的是，在这些条件下，时间会过得很慢，要求我们想一些花招来消磨它，而那些勾当，怎么说呢，乍看之下会显得很有道理，但到头了我们已经习以为常。你会对我说，那是为了阻止我们的理性免于泯灭。这是一件显而易见的事情。但是，它难道不是已经游荡在这深似地狱一般的没完没了的长夜里了吗，这就是我时不时在问自己的问题。你能不能听懂我的推理？[3]

---

① 贝克特：《短剧集》（上），刘爱英译，湖南文艺出版社 2016 年版，第 153 页。

② 贝克特：《论普鲁斯特：贝克特全集》，陈俊松译，湖南文艺出版社 2017 年版，第 9 页。

③ 贝克特：《等待戈多》，余中先译，湖南文艺出版社 2016 年版，第 134 页。

弗拉第米尔有时能够认识到这种作为习惯存在的等待的可怕之处："人们有的是时间慢慢变老。空气中充满了我们的叫喊。但是，习惯是一种最厉害的麻药。"他看着沉睡的爱斯特拉贡，"我也是，另一个人瞧着我，并对自己说，他睡了，他不知道，就让他睡去吧。我无法继续了。"[①] 等待的习惯，阻止我们对于真正存在的痛苦达到充分的认识，因此无法做出改变。等待就是体验时间的作用，而时间是不断变化的。然而，正如并没有什么真正的事情发生一样，变化本身也是一种幻觉。时间的不停作用本身是自我毁灭和漫无目的的，因此也是无效和无用的。事物越是变化，它们就越是相同，这就是世界的可怕的稳定性。透过这样的戏剧场景的构建，贝克特戏剧完满而有力地发出了现代主体至为苦痛的沉吟。

以现代主体观念批判为基础，贝克特还进一步思考了现代个体的命运问题。既然笛卡尔式理性、乐天的主体已经注定不可能，那么建立在主体之上的个体与个体关系的真实面貌将是如何？这一话题也成为贝克特哲学思辨场景化的重要表现内容。

西美尔曾分析现代社会中人与人之间的关系，由于大城市给人的神经造成远大的刺激，因此人们放弃对所有刺激进行反应，对接触的人也采取一种保留的态度，导致"城市里的人的内心彻底被原子化了"，"不仅是漠不关心……它是一种轻度的厌恶，一种相互的疏远和排斥，如果它们处于某种方式发生了紧密接触，它们就可能爆发为憎恨和冲突"[②]。

贝克特的戏剧中，个体与个体之间互相躲避着彼此精神上的理解，体现现代社会人的精神单子化的倾向。鲍曼在《个体化社会》中说："把社会成员转变为个体是现代社会的特征。"[③] 每一个个体都面临着类似的困扰，例如，如何面对自由选择可能带来的沉重负担；如何在价值虚无的年代为自己选择行为的准则；等等。伴随这些恐惧和忧虑，现代人的精神逐渐虚弱无力，然而又由于现代社会的个体化，每个个体都独立面对着这些精神上的痛苦。乌尔里希·贝克在《工业社

---

① 贝克特:《等待戈多》，余中先译，湖南文艺出版社 2016 年版，第 154 页。

② 齐美尔:《桥与门——齐美尔随笔集》，涯鸿、宇声译，生活·读书·新知三联书店 1991 年版，第 259 页。

③ 鲍曼:《个体化社会》，范祥涛译，上海三联书店 2002 年版，第 43 页。

会中的死亡率》一文指出："随着社会常规的渐趋消失，涌现出一无所有、惊恐万分却又咄咄逼人的自我，在寻找关爱和帮助。自我在寻找自身和慈爱的社会学的过程中，很容易在自身的莽林中成为迷途的羔羊……在其自身的迷雾中游荡的人不再能注意到：这种孤独——这种'对自我的孤独的紧闭'是大众都在遭受的判罚。"① 贝克特在现代画家叶芝的画作中体会到现代人关系的恐怖本质，"叶芝把一个男人的头和一个女人的头并列放在一起，或面对面放在一起。我觉得这种做法是非常恐怖的，因为它表明了叶芝接受了永远都不可能融合在一起的两个实体……这幅画简直就是化石化了，动作仿佛在瞬间凝固了，没有了传统的同情与共鸣，没有了合和分，也没有了悲和喜。"②

《跌倒的人》中菲特小姐回答鲁尼夫人为什么没有看到她时说：

啊，是啊，我是心不在焉，非常地心不在焉，甚至平日里也是。我想真情就是我不在那儿，鲁尼夫人，压根儿就不是真的在那儿。我能看，能听，能闻，等等等等，我做的是平常的动作，但是我的心思没在那上头，我见着的就是黯淡朦胧的一大片，不过就是黯淡朦胧的另一大片。③

菲特小姐的心不在焉正是现代人将自己隔绝到躯体里，对他人毫无理解、同情的愿望的一种表现。传统戏剧往往通过对话让角色之间达成理解，推动情节发展，贝克特戏剧中谈话却显示出它的不可能。这些对话只具有表面上的形式，实际对话的双方都在自说自话，这种自言自语与真实的对话之间存在着一种戏仿式的对立，使得真正的对话仿佛乌托邦般触不可及。

贝克特的戏剧中，个体与个体之间不仅精神理解是不可能达成的，连身体上的接触都充满困难。贝克特戏剧中的人物仿佛患上了西美尔在《大城市与精神生活》中指出的那种畏触症。在贝克特以《圣经》(《旧约·诗篇》) 中"上帝要提携跌倒的人，又扶持被重担所压的人"为主题写作的《跌倒的人》的戏剧中，鲁尼夫人是一位之前久病在床之后，行动困难的七十老妪，在戏剧一开头她就自述

① 鲍曼：《个体化社会》，范祥涛译，上海三联书店 2002 年版，第 50 页。

② 诺尔森：《贝克特肖像》，王绍祥译，上海人民出版社 2006 年版，第 88 页。

③ 贝克特：《短剧集》(上)，刘爱英译，湖南文艺出版社 2016 年版，第 26 页。

了害怕跌倒的心情："哎，就让我像碗里掉出的一大块肥肥的肉冻那样，噗的一声拍在地上，再也不用挪腾了！大大的一堆烂肉沾满了砂石、尘土和苍蝇，他们非得用铁锨才能把我铲起来。"①

然而在前往火车站的路上，鲁尼夫人遇到的各色人等，泰勒先生、斯洛克姆先生、巴雷尔先生、菲特小姐等，无一例外都遇到了身体接触上的困难，或者鲁尼夫人不愿意让他们触碰自己，或者他们不愿意搀扶鲁尼夫人。

鲁尼夫人　我请求巴雷尔先生让我挽着他的手臂，（停顿）纯粹就是让我挽着他的手臂。他脚底抹油拔腿开溜了。

菲特小姐　那你是想挽着我的手臂喽？（停顿，不耐烦地）那你是想挽着我的手臂吧，鲁尼夫人，不然还能是什么？

鲁尼夫人　（大发脾气）你的手臂！任何人的手臂！一只援助的手！也就不过五秒钟！天哪，这是什么世道啊！②

贝克特的戏剧中体现了现代社会个体与个体之间关系的冷漠、疏远、回避和对抗，这种态度意味着并不把对方看作与自己平等的人，这种关系类型恰恰是如今伦理学脉络下讨论的人际关系的"物化"，意为"一种不符合于其他主体所具有的各种人之特征的、将他人当作无感受无生命之客体、当作'物'或'商品'的对待方式。"③《等待戈多》中的幸运儿不敢放下手中的行李，只有当波卓让它思考的时候才敢思考，平时失语近乎物品，作为角色将物化具体化。作为存在主义者的萨特曾有"他人即地狱"的名言，意为彼此都追求自由的个体之间极可能产生对立与冲突，这种对立与冲突的可能性便是彼此的地狱。让-吕克·南希在《解构的共通体》一书中说："两个身体不可能同时占领同一个空间。你和我不可能同时既在我说话的空间里又在你听话的空间里。"④既然如此，那么由于权力关系或公式化的关系模式，一个个体与另一个被物化的个体之间，就不会产生如此

① 贝克特：《短剧集》（上），刘爱英译，湖南文艺出版社 2016 年版，第 9 页。

② 同上书，第 28 页。

③ 霍耐特：《物化》，罗名珍译，华东师范大学出版社 2018 年版，第 26 页。

④ 南希：《解构的共通体》，夏可君编校，上海世纪出版集团 2007 年版，第 359 页。

强烈的冲突。

虽然贝克特对现代社会中人与人的关系持如此绝望的态度，然而贝克特的戏剧中常常出现无法沟通却又无法分离的二人结构，如《等待戈多》中的弗拉第米尔与爱斯特拉贡，波卓和幸运儿；《开心的日子》中的温妮和威利；《终局》中的克劳夫和哈姆；《跌倒的人》中的鲁尼先生与鲁尼夫人；等等。这种二人结构作为贝克特笔下最神秘的角色配置，可以做出两种解读。

第一种解释，将贝克特戏剧中的不断冲突又彼此依存的两人关系，理解为主体内部个性的组成部分的无尽争斗。

例如《等待戈多》中弗拉第米尔与爱斯特拉贡不同的特点：弗拉第米尔记得所有发生过的一切，而爱斯特拉贡什么都不记得；弗拉第米尔无法忍受波卓对幸运儿的虐待，爱斯特拉贡则满足于波卓送给他的鸡骨头；弗拉第米尔充满痛苦地保持清醒，爱斯特拉贡则总能毫无忧虑地呼呼入睡；等等。我们可以将弗拉第米尔看作意识，爱斯特拉贡看作下意识。又如艾斯林在《终局》中将哈姆理解为情感、本能，而将克劳夫理解为被迫服从于情感的理智。艾斯林的证据在于《终局》中克劳夫最后的造型与俄国戏剧《灵魂的戏剧》中最后的造型出奇的相似，这部戏剧讲述了一个人内心情感与理性的相互冲突[①]，但或许还有另外一个证据——《终局》的舞台造型。《终局》的布景是一个密闭的房间，贝克特有意使它像是一个子宫。在戏台后部很高的地方有两个眼眶般的窗户，这种设计暗示了舞台同样也可能代表颅骨的内部，这便使这出戏剧更增添了个人心理世界的色彩。

贝克特戏剧的心理色彩，还体现在贝克特晚期极简戏剧喜爱设置互为镜像的角色形象。既然两个个体之间不存在沟通可能，那么要表现沟通，就只有通过自我与自我的分身。贝克特在小说写作中大量设置镜像关系，如《莫洛伊》中的莫兰与莫洛伊，《瓦特》中的瓦特与诺特。晚期戏剧中则有《夜与梦》中的做梦者和他梦中的自己，《俄亥俄即兴作》中的听者与读者，《乖乖睡》中的 W 和录下来的她的声音 V。自我与自我分身的对话注定是空无，体现出现代社会孤独个体的自怨自艾、顾影自怜。贝克特对镜像关系的设置，可以体现他对弗洛伊德、拉

① 普吕讷：《荒诞派戏剧》，陆元昶译，浙江大学出版社 2014 年版，第 39 页。

康等精神分析学说的熟稔。按照拉康镜像阶段的说法，婴儿在镜中瞧见与他一模一样的人时，感受到了对作为抢夺母亲的对手的敌意。这种几乎是本体论意义上的敌意，投射到了即使与自己具有同一性的镜像自我的身上。如在贝克特戏剧中，我陪伴我自己，我与自己争吵，我是自己的朋友，我也是自己的敌人，显示出现代人"除我之外，无一人存在"的心理体验。

第二种解释，贝克特笔下的二人关系结构体现了他对笛卡尔理性主体观念的解构。在贝克特笔下的二人关系中，自我依赖他者存在。按照贝克特的戏剧，每个人都需要另外一个人在荒漠一般的世上证实"我"存在，而且在走向死亡的漫长旅程之前，他们之间还需要互相交谈。

弗拉第米尔　它们不满足于仅仅生活过。

爱斯特拉贡　它们还要谈一谈它。

弗拉第米尔　它们不满足于仅仅走向死亡。

爱斯特拉贡　这是不够的。[①]

自我与他者构成一种高度扭曲却又不可或缺的伙伴关系。笛卡尔认为："我只能给我认识的那些东西下判断，我认识了我存在，而现在我追问认识了我存在的这个我，究竟是什么。可是，可以非常肯定的是，关于我自己的这个概念和认识，严格来说并不取决于我还不知道其存在的那些东西。"[②]笛卡尔的意思是，人的确定和知识只能从自我开始。贝克特在戏剧中却表现出，自我之所以确认自己的存在，是通过他者的肯认，解构了理性主义的存在观念。

然而，尽管自我与他者的联系如此紧密，两者之间的感受却是不能互通的，互相也对对方的内心世界没有任何的兴趣。弗拉第米尔不让爱斯特拉贡睡觉，因为弗拉第米尔感到孤独，但当爱斯特拉贡想要对弗拉第米尔说说自己的梦时，弗拉第米尔却是避之不及。对于他们二人的关系，弗拉第米尔评价，独自一人面对这虚无的世界，实在是太残酷了，所以需要两个人一起，但也仅仅是需要另一人在身旁罢了。尽管如此，在贝克特笔下常见的二人结构中，弗拉第米尔与爱斯特

---

① 贝克特：《等待戈多》，余中先译，湖南文艺出版社 2016 年版，第 102 页。

② 笛卡尔：《第一哲学沉思录》，庞景仁译，商务印书馆 2011 年版，第 201 页。

拉贡这样两个平等的时而会有些交流的自由人已经算是贝克特笔下最美好的关系模式了。

贝克特的二人结构中更常见的是主仆模式，其印证了黑格尔主奴辩证法的观点：奴隶依赖着主人存在，主人受到奴隶的承认。波卓和幸运儿的关系作为主奴辩证法关系的两方，波卓是具有虐待狂倾向的主人，幸运儿是顺从的奴隶。波卓曾说过，幸运儿不放下行李，是因为害怕被他赶走，而要赶走幸运儿这样的奴隶是根本不可能的，除非把他给宰了。

波卓与幸运儿的关系，还可以做另一种社会历史的解读。波卓非常清楚，他与幸运儿的这种不平等的关系是天生的，与才能没有什么关系，他说："请注意，我本来很可能处在他的位子上，而他处在我的位子上。要不是无常的命运把一切都倒了一个个儿的话。各人自有各人的命。"① 这就是阶级社会的天然不平等性。由于幸运儿代表的奴隶或劳动阶级的劳动，波卓代表的贵族阶级才得以从事一些所谓高雅的文化艺术活动，这些全都是建立在对劳动阶级的统治之上的。如波卓所言："要是没有他，我的思维，我的感觉，恐怕永远也就局限在平庸的细碎小事中了，局限在养家糊口的俗事中——根本就没什么要紧的。至于什么才是至高无上的美，至高无上的善，至高无上的真，我真是无法企及，我也知道自己根本不配。于是，我举起了一根鞭子。"② 因此，幸运儿由于长期辛苦的劳动老态毕露，波卓则十分年轻。后来无产阶级运动风起云涌，贵族阶级失去了统治，之前波卓只是开玩笑地演戏："（带着哭腔）以前……他很殷勤……他帮我的忙……他让我开心……他让我变得更好……而现在……他暗杀我。"到第二幕波卓与幸运儿上场时，波卓就已经瞎了。就跟贵族阶级突然被历史淘汰一样，波卓说："有那么一天，当我醒来时，我就像命运之神那样瞎了眼。我有时候还在问自己，我是不是一直在睡梦之中。"③

《终局》中的哈姆和克劳夫也符合主仆模式的不可分离的二人结构。哈姆是主人，克劳夫是仆人。哈姆是一个坐在轮椅上无法站立的盲人，克劳夫则无法坐

---

① 贝克特：《等待戈多》，余中先译，湖南文艺出版社 2016 年版，第 47 页。

② 同上书，第 50 页。

③ 同上书，第 146 页。

下。哈姆折磨着克劳夫，而克劳夫却无法离开。如果他离开，哈姆必将死去，因为克劳夫是唯一能够喂食他的人。然而，克劳夫也一定会死，因为哈姆的储藏室是世界上仅存的食物储备，因此克劳夫就面临着是否有勇气自我了断同时获得自由的抉择。贝克特曾亲口承认哈姆与克劳夫就是老了的弗拉第米尔与爱斯特拉贡，因此哈姆与克劳夫的结局代表了《等待戈多》中二人最后的结局，他们能否有勇气结束一切虚无。

贝克特笔下的不可分离的二人结构还有一种类型，便是夫妻二人关系的结构。或许是为了表现出一种合法关系模式化的可怕之处，贝克特笔下的夫妻关系常常是十分扭曲的，妻子喋喋不休，丈夫则默默不语，似乎模式化的夫妻关系已将彼此最后一丝脉脉温情消磨殆尽。按照一种社会批判的视角解释，《开心的日子》中温妮代表了庸俗且盲目的用以粉饰太平的乐观主义，而她麻木冷漠的丈夫威利则代表被异化的资产阶级工具理性。温妮逐渐埋入土中的身体，暗示了如此模式化的婚姻生活简直像坟墓一样吞噬着她的生命力，而她的丈夫威利已经如泥人木偶一般了。只要威利对温妮说出了任何一个字，温妮都会大喜过望地说“你今天又要跟我说话了，那今天就又是一个让人开心的日子”①，由此反衬出失去情感内核的婚姻生活的悲哀。

既然人与人之间无法沟通也无法分离，那我们可以好奇，爱作为联结两个个体的真挚情感，在贝克特戏剧中是如何体现的。毫不意外的是，爱不仅在贝克特笔下的婚姻关系中罕见踪迹，在贝克特戏剧中也甚少提到“爱”这个词。贝克特笔下的“爱”就如同康德笔下的物自体一般，是不可想象也无法触及的。这一点原因在于，爱作为一种超越了个体的情感，是超越理性的，而这在表现理性失效、人性异化的贝克特戏剧中，简直如同天方夜谭，因此贝克特每次提到爱都是在十分滑稽的语境中。例如，《一段独白》中反复出现“他差点儿说成心爱之人的”②，因为爱并不存在，作为口误在此出现则更显讽刺。又如，《跌倒的人》中鲁尼夫人说的“爱，就是我想要的一切，每一天，一点点爱，每天两次，连续五十

① 贝克特:《开心的日子》，刘爱英译，湖南文艺出版社 2016 年版，第 25 页。

② 贝克特:《短剧集》（上），刘爱英译，湖南文艺出版社 2016 年版，第 321 页。

年每天两次的爱”[①]，即使是想象中的并不存在的爱，鲁尼夫人工具理性的思维也希望它可以量化，并不需要太多，也不能太少，每天两次最好，戏谑意味十足。

相比起人与人之间失落的爱，人与人之间相互侵害的本能是贝克特戏剧更经常表现的对象，贝克特现实中的遭遇可以作为这种表现的原因之一。1937 年，贝克特在巴黎街头，一个向他开口要钱的流浪汉捅了他一刀，他肺部受伤，被送进了医院。后来，在他伤愈之后，他前往监狱看望了这个行凶者。他问这个家伙为什么要捅他一刀，得到的回答是“我也不知道，先生”。贝克特对于两次世界大战期间，理性主义失效后，弥漫在人与人之间虚无的暴力的表现，在《等待戈多》《终局》等戏剧中都可以看到。贝克特似乎将笛卡尔的“我思故我在”转换为了“我施暴故我在”，贝克特的戏剧中思想是虚幻的，欲望是虚幻的，而实际发生过的暴力以及人天生对他人的侵凌性却是本体论意义上的。

在《跌倒的人》中，贝克特有意隐藏了一个凶杀案，鲁尼先生由于火车出了事故迟迟未能出现，而等到鲁尼先生出现时，他冷漠刻薄的表现让鲁尼夫人既伤心又感觉到似乎发生了什么事情。

杰　瑞　　（喘气声）您掉了——

鲁尼夫人　　别急，我的小伙子，你可别把血管挣爆了。

杰　瑞　　（喘气声）先生，您掉了一样东西。巴雷尔先生让我来追您。

鲁尼夫人　　看看。（她把物件拿过来）这是什么玩意儿？（她仔细查看）丹，这个玩意儿是啥呀？

鲁尼先生　　恐怕这根本就不是我的东西。

杰　瑞　　巴雷尔先生说是您的，先生。

鲁尼夫人　　看起来很像是一种球，但它又不是球。

鲁尼先生　　给我看看。

鲁尼夫人　　（递给他）这是啥呀，丹？

鲁尼先生　　是我随身带着的玩意儿。

鲁尼夫人　　好吧，但这又是啥——

---

① 贝克特：《短剧集》（上），刘爱英译，湖南文艺出版社 2016 年版，第 9 页。

鲁尼先生　（暴躁地）就是我随身带着的玩意儿！[①]

通过鲁尼先生讲述他许多次动过杀害小孩的念头、鲁尼先生身上藏有不属于他的一个小孩的球、照顾鲁尼先生的小男孩杰瑞陈述列车延误的原因，贝克特暗示了，鲁尼先生在火车上诱使一个孩子跌倒在铁轨上从而害死了他。原来跌倒的人并不是鲁尼夫人，而是那个被杀害的孩子，而鲁尼先生则是在精神上成为一个跌倒的人，因为他受了魔鬼的蛊惑。年长者对年幼者的恶意是贝克特戏剧中经常表现的一个主题。

《终局》中克劳夫说："要是我不杀了那只耗子，它就会死去的。"贝克特这里似乎在说，只有与暴力联系在一起的存在者，如施暴者与受暴者，才能被证明存在。除暴力之外，无一物存在。

除了对待他人的暴力，对待自己的暴力——自杀，作为结束虚无的一个触手可及的选择被贝克特提供给这些挣扎的灵魂。正如爱离这些灵魂很远一般，死亡却总是被他们挂在嘴边，《开心的日子》中温妮手边的左轮手枪；《等待戈多》中弗拉第米尔与爱斯特拉贡身边可供上吊的树；《终局》中哈姆总是让克劳夫把自己杀死。死亡作为这些滑稽剧中最后一个令人神往的重音，总是若有若无地回荡在这些角色的脑海中，正如《跌倒的人》中作为背景音乐回荡的《死神与少女》，他们无一例外期盼在循环往复的虚无中，做出真正属于自己意志的决断——结束一切。然而，这种决断总是无限地被延宕了，《等待戈多》中弗拉第米尔抱怨："咱们还不如手拉手从埃菲尔铁塔上跳下来呢，当第一批跳塔的人。那样的话，咱们还算很体面。可现在，为时已经太晚了。他们甚至都不会允许咱们爬上去。"[②]意义虚无的年代，轻飘飘的生命死或不死似乎都没有太大差别，因此这些角色用死亡来证明自己生命重量的企图是注定会遭遇失败的。正如卢卡奇所说，只有死亡才能够将戏剧内部和外部的一切彻底结束[③]，而贝克特戏剧中对死亡的延宕，可以理解为生命的虚无是一出没有尽头、无限绵延的悲剧。

---

① 贝克特：《短剧集》（上），刘爱英译，湖南文艺出版社 2016 年版，第 58 页。

② 贝克特：《等待戈多》，余中先译，湖南文艺出版社 2016 年版，第 7 页。

③ 卢卡奇：《卢卡奇论戏剧》，罗璇译，北京师范大学出版社 2014 年版，第 32 页。

贝克特戏剧中人与人关系的本质，爱是虚无的，暴力论结果是确实的，若论动机则仍然是虚无的。

三　听觉实验中心化

贝克特戏剧反叙事性实践的一个重要方面，即他对于听觉元素之戏剧潜能的探索。在传统以情节为中心的戏剧体系中，各种听觉元素固然也有重要地位，但它们无疑都需要受到更高的叙事性动机的支配才能发挥真正作用，甚至在极端高估听觉（音乐）元素效用的瓦格纳整体戏剧、尼采酒神悲剧理论中，情形大抵也是如此。贝克特戏剧的独特性就在于，他尝试着将各种与听觉器官相关的元素剥离出来，以对语言声响意义有效性的质疑为基础，以重复、杂音、沉默为基本手段，使得各种听觉元素的组合、展演形成了独立、自为的戏剧场景。[①] 他曾给《终局》的美国导演阿兰·施奈德写信："我的作品是关于基本声音的问题，尽可能完全的声音，我只为这一点负责。"[②]

以下本书就贝克特对语言声响意义有效性的质疑及其对重复、杂音、沉默等声响手段中戏剧性内涵的开掘诸问题略做讨论。

贝克特对于语言声响——也就是经由语言使用而形成的听觉感官信息传送与

① 在贝克特那些反情节的单人戏剧中，他常常使用声音来承担另外一个角色的功能，以模仿对话的发生，形成一个自足的戏剧场景，如《克拉普的最后一盘录音带》中录音带的声音承担了另外一个角色的功能，与主角发生对话；《乖乖睡》中的两个角色，W 是坐在椅子上的女子，V 是录下来的她的声音。贝克特利用声音作为角色，凸显了听觉独立的戏剧功能。

贝克特还编写了许多不依靠视觉，仅仅依靠语言和音乐的广播剧（广播剧以纯粹声学作为支撑，又称为放送剧、音效剧，是依靠播音员与背景音效演出的戏剧）。《等待戈多》成功上映之后，贝克特声望日隆，1956 年英国广播公司第三套节目负责人跟贝克特约稿，这个频道以推介实验性广播剧为特色。贝克特欣然允诺，创作了广播剧《跌倒的人》，并于 1957 年 1 月 13 日播出。这是一部纯粹以听觉元素构筑的悲剧文本。

② Samuel Beckett, *Disjecta: Miscellaneous Writings and a Dramatic Fragment*, London: John Calder, 1983, p.109.

接受的有效性深表怀疑。他通常认为，说话者说什么和听话者听什么本身都有真切的实在性可言的，更不用说这两者间通过语言声响的沟通交流了。他的这种对语言本体的怀疑态度，很可能来源于1930年代曾读过的弗里茨·莫斯纳的语言批判的著作①。莫斯纳指出语言作为形而上真理的符号和交流的媒介具有失真性，贝克特还曾经为他的老师乔伊斯朗读过其中的片段。②贝克特认为语言的物质性恰恰阻碍了人们真诚地面对生活。贝克特说：

> 在我看来，我自己的语言越来越像一层面纱，要抵达背后的事物（或者空无），得把面纱撕开……既然我们没法即刻将语言铲除干净，那么对于能使其声名狼藉的事物，我们至少应该无事不做。给语言钻上一个又一个窟窿，直到潜伏在语言背后的事物——无论是有物还是空无——开始渗漏出来：我无法想象当今的作家还能有更高的目标。③

贝克特厌恶一致性、同质性、连贯性、意在逼真的文字，他曾经在《但丁·布鲁诺·维柯·乔伊斯》中写道："危险在于认同的整齐划一。哲学与语文学是来自意大利儿童木偶剧团的一对'黑鬼'吟游诗人，正如一块叠放整齐的火腿三明治。"④

贝克特认为，现实是不连贯的、碎片化的，那么对现实的表达就不可能是连贯统一的，因此，语言的连贯性本身就是一种谎言，这种谎言遮蔽了人真正的面对存在。"我的读者，其体验应该在词语之间，在沉默之中，经由陈述的间歇而非字词传达，在不能共存的花朵之间，在对偶的文字节气之间，他的体验应该是威胁，是奇迹，是记忆，关于一种难以言说的轨迹。"⑤因此贝克特的作品需要刻意制造意义的矛盾效果，"一方面，贝克特的思考在其作品中成了一种生成意义的手段，这是一种无法在明确的形式中直接提出的意义；另一方面，这种思考又

---

① Linda Ben-Zvi, Beitage zu einer Kritik der Sprache, in *Samuel Beckett, Fritz Mauthner and the Limits of Languege,* PMLA 95, no 2, 1980, pp.183-200.

② 诺尔森：《贝克特肖像》，王绍祥译，上海人民出版社2006年版，第49页

③ 贝克特：《碎片集：杂谈及一个戏剧片段》，曹波等译，湖南文艺出版社2016年版，第70页。

④ 同上书，第3页。

⑤ 同上书，第15页。

体现为一种‘意义缺席’的方法。‘没有意义的意义’便成为贝克特作品的一个显著特征。”[①]

贝克特在评论维柯的文章中曾经这样说过自己的艺术理想：“这样的东西不是用英语写的，根本就不是写的。不是用来读的——确切地说，不仅仅是用来读的，是用来看和听的。”[②] 当然，这种听还应当是一种摆脱了日常语用声响层面的听。诚然，这是一种非常艰难的摆脱，是一种不可能的任务，但贝克特仍愿意为之倾注毕生的心血。广播剧《歌词与音乐》相当直率地传达了他的这一追求。这部剧作中有三个象征角色：歌词、音乐和柯罗克。柯罗克作为创作者，歌词与音乐是他的仆人。柯罗克强迫歌词和音乐就爱、年纪、脸蛋等话题进行创作，尽管歌词源源不断地自我生产，但是它迂腐、俗烂的产物显示出僵死的语言已无法触及存在的核心，柯罗克本人也不断发出痛苦的抱怨声；音乐则是极富表现力的，柯罗克称之为“我的慰藉，亲爱的乔”[③]，然而由于歌词不愿与音乐配合，艺术家的创作陷入困境。该剧表现出语言作为一种贫瘠的表达方式，在贝克特心目中已经不合时宜了。[④]

贝克特对语言声响意义的抗争绝非限于空洞的抒情或是直白的哲理赋陈，他通过音乐、[⑤] 重复、噪音、沉默等多种复杂声响的组合、调适，充分展示了听觉元

---

① 刘秀玉：《生存体验的诗性超越：贝克特戏剧艺术论》，光明日报出版社 2012 年版，第 213 页。

② 贝克特：《碎片集：杂谈及一个戏剧片段》，曹波等译，湖南文艺出版社 2016 年版，第 23 页。

③ 贝克特：《短剧集》（上），刘爱英译，湖南文艺出版社 2016 年版，第 111 页。

④ 贝克特：《短剧集》（下），赵家鹤译，湖南文艺出版社 2016 年版，第 21 页。《戏剧片段一》中，流浪汉乙对盲人歌手甲说：“音乐！这不是在做梦吧。也许看错了！音乐是无声的！在音乐面前，我是个哑巴！”表明语言在音乐面前的空白贫乏。

⑤ 由于贝克特剧中对音乐元素的运用非常复杂，超出了笔者的知识范围，在此只能暂时略过不谈。但贝克特重视音乐的力量并试图以此对抗语言的欺诈、霸权、无能，则是一个显见的事实。这一灵感，显然来自他的精神导师叔本华。叔本华将音乐当作意志的直接客体化：“音乐也像世界本身一样，是整个意志的直接客观化或摹本，甚至像理念一样其种种具体的表现也构成了个别事物的世界。音乐根本不像其他艺术，它不是理念的摹本，而是世界本身的摹本，而理念则是意志的客观化活动。”（叔本华：《作为意志和表象的世界》，石冲白译，商务印书馆 1997 年版，第 159 页。）贝克特在《论普鲁斯特》一书中曾经转述过这段话：“叔本华否定莱布尼茨将音乐看作‘神秘的算术’，并在他的美学原则中将其与其他艺术形式分隔开来——其他艺术只能在与之相伴的现象中产生印象，而音乐则是印象本身，与现象世界无涉，完美地存在于宇宙之外，只能在时间而不是空间里被领悟，因此没有受到目的论假设的影响。”（贝克特：《论普鲁斯

（转下页）

素成为戏剧场景主导性元素的可能性。

重复是贝克特戏剧非常重要的修辞手段，除了行为的重复、文本结构的重复等，还有声音的重复。声音的重复至少包含了三层戏剧功能。其一是与前文讨论的哲学观念的场景化构成密切的呼应关系。一般来说，贝克特戏剧中听觉现象的重复，大多体现了贝克特对传统主体观念的批判态度，也就是怀疑个体的独特价值，认为世界是匮乏的，自我也是匮乏的，而传统艺术表达一直掩盖了这一点。贝克特戏剧中的人名的读音常常是非常相近的，如《什么哪里》中的角色分别名为巴姆、苯姆、比姆、勃姆（Bam, Bem, Bim, Bom），这几个人的台词也一直在互相重复，类似的名字显示出这些人的真实形态，他们徒有虚无的外表而缺失了灵魂。这几个人物就如同工业流水线上生产出来的零件一般，呆板且千篇一律。

《克拉普的最后一盘录音带》中69岁的克拉普重复听着自己年轻时候录音的动作，其中许许多多的重复和相互呼应，如克拉普过去与现在都爱吃香蕉，听过去录音时发出的笑声常常与录音中的笑声重叠。这些相同之处让我们把过去的克拉普和现在的克拉普联系到了一起，但是，这些相同之中又有不同，相同的思想，相同的句子，然而，曾经自信的声音，渐渐蜕变成充满沉重失败感的痛苦的声音，其中还夹杂着许多对旧日的渴望。在聆听录音的过程中，克拉普急不可耐地连续三次将录音倒回到描述他29岁与一个姑娘在船上亲热的片段，以此来满足自己现在单调乏味空虚生活中无法排遣的欲望。重复凸显了克拉普的人格内在，同时青春洋溢的录音反衬着舞台上老态龙钟的克拉普，使其更显悲凉。

重复在贝克特戏剧中另一层的功能作用，是使声音模式与文本结构形成呼应，从而达到一种独特的音乐效应。例如在《等待戈多》中，弗拉第米尔取下了圆形礼帽，在帽顶上敲了两下，爱斯特拉贡也脱下了靴子，又在鞋底敲了两

（接上页）

特：贝克特全集》，陈俊松译，湖南文艺出版社2017年版，第84页。）尽管叔本华这里说的音乐似乎与贝克特戏剧中重视的声音现象有概念上的差异，这是由于不同时代对音乐的定义不同，例如叔本华就不可能了解到勋伯格无调式音乐这样的现代音乐，叔本华的音乐概念还是指古典主义和谐的乐音。但叔本华的音乐概念之所以可以与贝克特的声音概念等同起来，是因为叔本华与贝克特都被认为音乐或声音可以直接表现存在，并且音乐是包含了不可排除的不和谐音的声音现象，可以传达仅仅凭借理性概念无法传达的世界本质，因此这里本书大致可以将叔本华的音乐与贝克特的声音现象画上等号。

下；《终局》中，纳格在耐尔的垃圾桶上敲了敲，与哈姆在墙上敲击的声音形成呼应，形成了一种独特的节奏感。而他不断重复的台词或许受了传统爱尔兰歌谣的影响，像民谣那样不断重复同样的歌词，如“洞里有棵树，树在洞里，洞在沼泽里，沼泽在村里”，但在重复的基础上不断加上新的内容描述，因此可以无限地唱下去。这就形成了一种旋律感……诸如此类，不一而足。在这其中，声音的重复发挥了类似音乐主导动机的作用。这样类似音乐的声响事实，有助于人们将注意力从台词意义的关注中脱离，从而驻足于声音事实本身。它意味着不断重复的台词作为形式的物质性，其内容意义不应再占据戏剧发生的最重要的位置，而其重复形式构成的音乐效应才是富有意义的，它能让人直观到贝克特戏剧一种总体结构形象的特点：它就像“逐渐衰减的螺旋结构”，展现了“世界和其中的人们在缓慢却无情地滑落”，这种螺旋式递减指向一种最终无法实现的闭合。①

就贝克特而言，其声音重复还包含着第三层戏剧功能，即它构成了一种特殊的诗性内蕴。这恰如伊格尔顿所评论的那样：“他的文字反常的地方在于，对零零碎碎的意义如学究一般考究，对纯然的空虚也要精雕细琢，狂热地想要言说那不可言说之物。他的技法采用一组假设，用类似结构主义的方式让它们经历各种机械排列，直到过程穷尽，再换另一组同样无意义的排列。同样几片碎片和残余，经过重新组合以后就成了一出完整的戏剧。”② 不过这是一种非常特殊的个人语言才能，他人单纯形式的模仿，很容易落到东施效颦的境地。

贝克特对于杂音的使用同样深刻体现了贝克特的戏剧观念。

杂音是指台词以外各种声音，有些与戏剧场景内容有关，有些则无明确关系，还有些听起来简直就是冗余的声音，是噪声。贝克特认为相比起规整有序的声音，杂乱无序的背景音才是存在本身在戏剧中的体现。贝克特戏剧中的声音现象标识了内在的形式变化，相比起与戏剧思想内核相当隔阂的语言外壳，贝克特提示我们注意声音现象代表的本质变化。在《跌倒的人》中，尽管主人公鲁尼夫人自己作为戏剧中的人物也是心不在焉、自说自话，但她敏感地觉察到戏剧中听觉现象的变化代表的形式变化，仿佛是一个指引观众注意戏剧形式变化的导游。

---

① 张士民：《贝克特的边界景观》，外语教学与研究出版社2009年版，第243页。

② 伊格尔顿：《人生的意义》，朱新伟译，译林出版社2012年版，第62页。

这部广播剧一开始，鲁尼夫人就注意到，乡间动物的叫声、《死神与少女》的音乐声等等背景声音，西蒙·利维指出："这些多声部复调激活了这些广播元素，他们共同奏出了'所有倒下的人'的感觉，奏出了厌恶、疲倦、绝望，以及尽管如此还是活着的感觉。"①

在另一部广播剧《余烬》中，贝克特充分利用了广播只闻其声不见其人的特质，让各种角色的声音自由转换。实际上，剧中代表其他角色的声音只存在于主人公亨利的头脑中，唯一真实的声音就是大海的背景声。亨利自言自语，幻想着自己与已经去世的父亲的对话，与妻子的对话，以及女儿学钢琴的场景。贝克特在剧中时常运用一些声音，如"水滴落的声音""摔门声""马在硬实的路上扬蹄行走的声音""艾迪弹奏钢琴的声音"，这些纷乱的幻想出来的背景声揭示了亨利分裂的精神世界。

在《克拉普的最后一盘录音带》中，甚至克拉普发出的任何非语言的声响都被贝克特编排成一种文本中的元素，如克拉普的鞋子在木质舞台上发出的窸窣声，在快速走动发出的嘎吱嘎吱的脚步声，手敲在桌子上的声音，克制的哭笑声，沉重的呼吸声与呼噜声，杯子的碰撞声，克拉普本身时高时低的说话声，等等，"声音要尽可能地多，从头到尾都要有物体的声音。"② 贝克特在柏林《克拉普的最后一盘录音带》导演札记中这样写道。

阿达利在《噪音：音乐的政治经济学》中提出："音乐——是有组织的噪音。其意思是，'音乐'是权力中心在各种'声音'中选择的、是能用以作为辅助其完成经济政治目的的那些声音；而在音乐之外的所有芜杂声音，则是'噪音'，它会被权力所整理、纳入秩序，成为'音乐'本身，或在'音乐'的逐步发展中逐渐'消音'。而'消音'的含义，并不是自身的不存在，而是这单独的声音成为唯一至尊，别的'声音'被这唯一的'声音'同化、规范化。"③ 贝克特对于戏剧中噪音、背景音的重视体现了他对于隐藏了存在的主流叙事的反抗，体现了他对一致性、逻辑性、连贯性的拒绝。从这个角度来说，张士民的评论是颇有见地

---

① Shion Levy, *Samuel Beckett's Self-Referential Drama*, London: Macmillan, 1990, p.62.

② 诺尔森：《贝克特肖像》，王绍祥译，上海人民出版社 2006 年版，第 136 页。

③ 阿达利：《噪音：音乐的政治经济学》，宋素凤、翁桂堂译，上海人民出版社 2000 年版，第 23 页。

的："贝克特的声音是多重主体的声音。他们不是虚假或虚构的声音，而是作者意识中我行我素地言说的栩栩如生的声音，它们是真正主体的、发生着的当下的声音……他的作品不仅把创造性活动的正直提高到了新的水平，而且大大地扩展了艺术主体性的界限。"①

贝克特还十分重视听觉系统对沉默、无声的感官面向。艾斯里安·杰纳斯非常恰切地指出：贝克特的基本声音包括两方面，一方面是不和谐音，这种不和谐音在以往的作品中都是被规约的；另一方面是我们听不到的，如沉默，由于我们自身的充塞而对其听而不闻。② 贝克特企图为理性世界中早已失语的沉默发声，重新建立起主客体之间早已断裂的联系。

贝克特对默剧，在戏剧中对沉默的重视，可以看作他对于语言作为一种戏剧的构成物质，其物质性的反抗。这一点可以从他对语言的物质性的评论见出："换言之，按照许久以前就已被音乐和绘画抛弃的陈旧、懒散的方法待在背后的，只有文学吗？在词语罪恶的属性中，是否有神圣得让人麻痹的东西是在其他艺术的元素中找不到的呢？词语表层可怕的物质性竟无法解体，比如说像贝多芬《第七交响曲》的声音表层被巨大的停顿撕裂那样，这样经过整页整页的空白，我们就什么都感知不到，只有音轨悬浮在令人目眩的高度，将沉默的无底深渊连接起来，这是否有原因呢？"③

语言封闭了我们对戏剧其他部分的感知，戏剧不是口语的一个分支，戏剧应该有一种可以表达自我的、坚实的、物质性的语言。贝克特坚持认为，这种物化的语言，其目的在于刺激人们的感官，而且独立于语言，所以，首先它必须满足感官的需要。语言可以产生诗歌，同样，感官也有自己的诗歌。苏珊·桑塔格在《反对阐释》中也说："现在重要的是恢复我们的感觉。我们必须学会去更多地看，更多地听，更多地感觉。"④

贝克特的戏剧形式尝试用语言的空隙凸显沉默，他说："字词的作用只是为了

---

① 张士民：《贝克特的边界景观：退却的游戏》，外语教学与研究出版社 2009 年版，第 292 页。

② 同上书，第 256 页。

③ 贝克特：《碎片集：杂谈及一个戏剧片段》，曹波等译，湖南文艺出版社 2016 年版，第 70 页。

④ 桑塔格：《反对阐释》，程巍译，上海译文出版社 2003 年版，第 17 页。

界定一种现实，也就是沉默的疯狂领域，那些听得见的声音只是为了给沉默组成的陈述打上标点。它们标注沉默如何移动，从点到点。这就是我所说的不连贯现实及其真诚的表达。”沉默使观众得以捕捉“最后的音乐的一声哨响或者是隐藏在所有音乐底下的那种沉默”[①]，同时又保持了一种强烈的戏剧效果。用贝克特自己的话来说，就是“沉默涌进了剧里，就像水一样涌进了沉船”，其中完全沉默的一些凝固场景深深地吸引住观众的注意力。

贝克特的默剧分两种：一种是完全无声的默剧，另一种是演员并不说话但有背景音的默剧。第一种默剧以《默剧一》《默剧二》为代表，另一种有背景音的默剧，以《夜与梦》《方庭》《乖乖睡》《电影》等为代表，贝克特试图用演员的姿态、动作、形象取代对白。这两种类型的默剧虽然各有侧重，但主旨大体相仿，他要通过沉默彰显语言的无能和主客体分离的绝对鸿沟。这种企图我们在《默剧一》中可以很明显地看到，此剧一开始，就有一个男人如海德格尔所说的“人被抛于世上”一般从舞台的后台被抛出来，他屡次想要下场，却屡次被抛回舞台，表现人偶然生于世上无可奈何的境遇。随后舞台上不断降下物品，小树、剪刀、写着水的玻璃瓶、大立方体、小立方体，男人也不断去接触思索这些降下的物品，体现偶然存在的主体与偶然存在的客体之间发生的这种脆弱的关联，由于他始终无法了解客体，最后他放弃了这种尝试，不动了。《默剧二》讨论的则是人境遇的偶然性，可能被赶马棍的尖头刺中，也可能不被刺中，人生于世的位置完全是偶然的，最后“A从袋子里爬出来，停下，双手交叉，祈祷”的行为也仿佛是对信仰的一种讽刺。

阿多诺在《美学理论》中说：“远离所有意义的语言是无法言说的语言，这种语言与哑口无言的沉默关系密切。也许所有的表达在最类似于超越的地方都接近于沉默，就如同在伟大的新音乐中，空空如也在逐渐平息时才表现得如此饱满——乐音明显脱离了密实的音乐结构——艺术在那里凭借其自身的运动与其自然的元素相聚在一起。”[②] 贝克特戏剧中对沉默元素的调度与运用，庶几近之。

---

① Mark Nixon, *Samuel Beckett's German Diaries 1936-1837 (Historicizing Modernism)*, New York: Continuum International Publishing Group, 2011.

② 阿多诺：《美学理论》，王柯平译，上海人民出版社 2020 年版，第 381 页。

四 时空元素前景化

贝克特还通过对时空元素的调度来展布反叙事的多元可能性。

时空连续统作为人类生存的基本背景，自然是各种戏剧活动情境设定的基底[①]。但在很长的时间阶段里，除了少数的案例（如关于三一律的讨论），在戏剧活动中时空问题一般都只是背景性的问题，很少成为直接的表现对象。直到现当代，独立的时空元素才日益成为戏剧活动的内容本身。贝克特即是这一艺术浪潮的重要领军人物。他在其戏剧中，经常有意把时空结构拆解成零散的经验对象，并奋力审视人类精神（意识）在这种特定时空片段中的存在样态。这种审视拒绝了叙事中心的规约，自身即成为自足的戏剧场景。

具体来说，贝克特对时间与空间元素的处理各有不同主旨。

他对戏剧时间的形式处理主要集中在两个方面，首先是时间的主观性或不确定性。

在贝克特的戏剧中，时间不再是故事发展的客观背景，也不是人物生存的外在绝对条件，它似乎成了人物内心主观感受的一种外化标记，人物情绪活动决定了时间的形态。时间已不具有外在实体的性质，也不是为了情节服务，而是与中心人物的自我具有内在的一致性，时间成为一种内在的心灵时间。

《等待戈多》第一幕的时间是“傍晚”，第二幕的时间是“第二天的同一时间”，除此之外，剧本没有标出明确的时间。剧中人物对时间的认识也极其混乱，弗拉第米尔与爱斯特拉贡根本就搞不清楚现在的时间与戈多什么时候要来。时间

---

① 康德在其《纯粹理性批判》指出：基底是对主体经验活动基础的描述，一种最底层的描述。此种描述本质上是超出知性认知可能性的。他说：

> 先验心理学的第一个三段论推理只是以一个假想的新见解蒙骗我们，因为它把思维的那个持久不变的逻辑主词冒充为对依存性的实在主体的知识，而我们对这个主体没有、也不可能有丝毫知识，因为这种意识是唯一使一切表象成为思想的东西，因而在其中，即在先验主体中，必然会遇到我们的一切知觉，而除了我的这种逻辑含义以外，我们对于这个自在的主体本身，对于这个作为基底而为我、以及为一切思想提供根据的东西，并没有任何所知。（康德：《美学理论》，邓晓芒译，人民出版社2004年版，第311—312页。）

在这里变成了一种令人厌恶的东西，由于惯性时间中的一切不断重复，主人公也由于不确定的痛苦在一个不知道能否得救的时间地点不断挣扎。

弗拉第米尔　时间已经停住了。

波　卓　（把表举到耳边听。）先生，不要相信这个，不要相信这个。（他又把表放进衣兜里。）你们随便相信什么都成，就是别相信这个。[①]

斯丛狄在《现代戏剧理论》中说：“主观戏剧艺术不是因为认识到只有自己的心灵生活是向自己敞开的，才只能勾勒自己的心灵生活，而是源于在这一认识之前的意图，即让心灵生活这一本质上隐秘的事物成为戏剧的现实。”[②] 在《等待戈多》及其他一系列作品中，贝克特就这样让人物内心的时间体验及其隐秘痛苦变成了戏剧的现实。

其次是过去成为戏剧的当下，过去在现实中不断闪现。

在传统戏剧中，过去这一主题无法成为戏剧的当下，原因是从戏剧表演的角度来看，戏剧中可以讲述过去，然而要直接在进行时态的戏剧中表现过去，则是不可能的。正如卢卡奇所指出的，只有一种艺术形式，那就是长篇小说，有能力把时间纳入它的建构原则。然而，现代戏剧打破了这一原则，由于现代戏剧从客观戏剧向主观戏剧的转变，过去可以通过回忆的方式，借助某些物质形式，不断回到戏剧的现实演出中来。

贝克特戏剧中，“到底如何确认主体存在”是一个至关重要的问题。贝克特曾讨论时间对主体一致性造成的困难——“昨日的抱负只对昨日的自我有效，与今天的自我无关。当我们乐于称之为成就的东西被宣布无效时，我们会感到失望。但什么是成就呢？是主体与自身欲望的对象之间的认同。而在这个过程中，主体已经死了，也许死了很多次。”[③] 在贝克特的戏剧中，现在时的主人公都是毫无行动力的、迟缓的、残疾的、无法做出决断的，他们早已弃绝了现实，弃绝现实就是生活在回忆和乌托邦之中，他们无一不沉浸在对过去的回忆中。

---

① 贝克特：《等待戈多》，余中先译，湖南文艺出版社 2016 年版，第 57 页。

② 斯丛狄：《现代戏剧理论》，王建译，北京大学出版社 2006 年版，第 37 页。

③ 贝克特：《论普鲁斯特：贝克特全集》，陈俊松译，湖南文艺出版社 2017 年版，第 4 页。

《克拉普的最后一盘录音带》中，贝克特利用录音带的播放将克拉普的过去呈现在戏剧的现在时态中。克拉普是一个七十多岁的老人，他过往每年录一盘磁带，记录自己的故事。剧中克拉普正在听三十年前他录制的自己的声音，然而过往的自己变得十分陌生，他甚至需要借助词典来理解录音带中提到的词语的含义。旧磁带描述了他过去在一只平底船上与一个女人亲热的记录。克拉普津津有味地听着，反衬出孑然一身的他现在穷极无聊。

又如，广播剧《余烬》的主人公亨利沉浸在过去的回忆中，他向想象中的父亲、妻子倾诉，回忆着女儿学钢琴，然而这些回忆中的人没有一个待在他的身边。《余烬》讲述了老年的亨利面对家人的离散，感悟到“白茫茫大地真干净”的虚无。回忆中的一切生命都存在于过去，亨利通过讲故事来填充空无一人的世界。在亨利的回忆中，过去的表现方式就像它在本来生活中出现的方式，出现在如普鲁斯特所说的无意识的非意愿记忆之中。亨利观察着过去的自己，同时作为回忆中的自我被纳入叙事的对象，他回忆中的所有人物也不再是独立的戏剧人物，而是像表现主义戏剧艺术的投射形象一样，反映了他内在的自我。虽然亨利的身边一个人都没有，但是由于他与回忆中的亲人对话，也就是与内在的自我对话，这种回忆的形式，使得戏剧对话得以产生。“过去我谁都不需要，只是给自己讲故事。”①后来他又承认讲故事不足以填补内心的空虚，他需要想象中的人的陪伴：“讲故事，讲故事，年复一年地讲故事，直到我觉得有必要，让某个人，来陪伴我，任何一个人，陌生人，来聊天，想象着他能听见我说话，多少年都是那样，然后，现在，让某个……了解我的人，在遥远的岁月里，任何一个人，来陪伴我，想象着他能听见我说话，我的境遇如何。”②回忆使得同时展现过去与现在两个世界成为可能。然而，尽管舞台上再现了多个人的过去，但是这些都建基于一个人的意识，体现了主观戏剧艺术的特点。

贝克特对记忆的描述越深情越具体，就映衬得现实愈加毫无意义，然而只有现实是真实的。贝克特最喜欢的名言中，有一句是德谟克利特说的：关于虚无，“没有什么比虚无更加真实的东西了”。

---

① 贝克特：《短剧集》（上），刘爱英译，湖南文艺出版社 2016 年版，第 85 页。

② 同上书，第 89 页。

而贝克特对戏剧空间的形式处理主要体现在三个方面。

首先是空间的抽象性。

贝克特对于戏剧时空的设置也体现了他简约主义的戏剧风格，例如，他在设置《等待戈多》舞台背景时，只设置了一条乡间小路和一棵树。贝克特为了展现“后现代”的荒原景象，主张用一种抽象的而不是自然主义的方式设置背景，他说:“这是一个游戏，一切都是游戏。当四个人都躺在地上时，不能用自然主义的手法来处理，必须以一种人造的、芭蕾式的手法来处理，否则，一切将成为一种模仿，对现实的模仿，它应该很清楚，很透明，而不是枯燥乏味，这是为了生存而进行的一场游戏。”[①]空间具有强烈象征意味的超现实特点，提醒了观众，这一空间是对现实内在特点的抽象，只将生活的本质如同当空皓月一般显现于观众面前，让观众感到外在空间的布置与他们内心的感受一样，达到物我两忘的境界。

贝克特还使用光与暗的对比来凸显空间的抽象性，这与他对诺斯替教派的明暗对比的研究有关,[②]贝克特将其融入空间设计，刺激观众对空间的内心体验。比如在《克拉普的最后一盘录音带》中，第一幕，克拉普走进了笼罩在桌子周围的黑暗中，之后，又回到了明亮之中，把香蕉皮扔进黑暗。在全剧中，他三次缓缓地环顾四周的黑暗，意味着他意识到死神即将降临，然后穿过黑暗进入他的房间——最后一块明亮的区域。明暗对比参与到贝克特对舞台空间的涉及之中，成为抽象空间的一部分。又如贝克特的另外一部戏剧《来与去》，该剧的舞台设计极为简单，只有下舞台中间昏暗的灯光和没有靠背的长椅，除此之外，舞台其余部分全部被笼罩在黑暗之中，观众只能将注意力集中在人物身上。三个女人手拉手，都穿着一模一样的大衣，戴着一模一样的帽子，宽宽的帽檐完全遮住了光线，阴影投在她们的脸上，观众只能看到三人脸上一片漆黑，暗示了短暂的人生中，个性仿佛是最大的谎言，在时间的长河中每个人都面目模糊。贝克特将光亮对比运用到极致，黑暗对于他的戏剧语言的表达是不可或缺的。

---

① James Knowlson, *Damed to Fame: The Life of Samuel Beckett*, p.607. 转引自王雅华《不断延伸的思想图像》，北京大学出版社 2013 年版，第 292 页。

② 贝克特的后期戏剧借用光线的明暗对比，隔离出舞台上的人体甚至某一身体部位，如《那时》里的头颅，《不是我》里的嘴，《独白》里的身影等，身体部分被舞台上的光线突出，将局部从整体分离的做法，体现了自我在现代的碎片化处境。

黑暗反衬光亮，正如贝克特暗示的，非存在总是环绕在存在的周围，随时准备将存在吞噬。

其次是空间的封闭（囚禁）性特点。

尽管贝克特戏剧中的空间结构有时看起来与传统戏剧一样地点一致，例如，他的故事大都呈现一种封闭自足的锁闭时空结构。但贝克特的目的恰恰是传统戏剧模仿论的反面，贝克特不是为了在戏剧中模仿一段前后相续的行为，贝克特戏剧中不同的人物在同样的地点频繁碰面，这本身就会导致戏剧越来越不可信。如贝克特所言，他的戏剧摹写的是现实的深层结构，且以一种象征的方式，因此看起来与现实毫无相似之处。因此即使贝克特戏剧的时空结构与古典戏剧类似，二者的内在精神也是截然不同的。古典戏剧精细的现实模仿结构恰恰凸显其虚构的本质，而贝克特戏剧抽象极简的舞台布置则外化了人物的内心现实。

由于贝克特对于主体作为生命惯性存在的认知，造成了贝克特的戏剧中不可能有真正推动情节发展的行动发生。贝克特戏剧中的人物由于身体的残疾和精神的孱弱，被困在了某一个时空当中，《跌倒的人》中鲁尼太太是个七十多岁肥胖的老妪，行走困难，鲁尼先生是一个盲人；《终局》中“贝克特的剧作比其他荒诞派戏剧的剧作更加缺乏情节。贝克特的剧作不是直线发展，而是以基本上是复调的方法来表现其作者对于人类生存状态的直觉之感；它们迫使观众面对陈述和形象构成的有组织结构，这些陈述和形象相互渗透，必须总体加以理解，很像一部交响乐中的多个主题，只能在同时相互作用时才能产生意义”①。这就使得贝克特式的封闭空间自然包蕴了一种象征主题：人的被囚禁命运主题。

囚禁这一主题几乎贯穿贝克特所有的戏剧之中，《快乐的日子》中温妮的身子埋在土里动弹不得；《戏》中女二、男一和女一都被困在三个一模一样的灰色骨灰瓮之中，脖子固定不动，还在舞台光线的威逼下被迫说话；《终局》中哈姆在轮椅上，内格与内尔身子困在垃圾桶里，克劳夫则被困在房间里。在贝克特的戏剧中，戏剧化的动作被简化到了几乎静止的地步，而囚禁的场景，则蕴藏了一种诗化的隐喻。贝克特在与朋友的通信中称：“他要让这些东西真正地为自己所钳制。

---

① 普吕讷：《荒诞派戏剧》，陆元昶译，浙江大学出版社 2014 年版，第 24 页。

自我钳制，从别人的陷阱挣脱了出来，无奈又落入了自己的陷阱。”①

贝克特对囚禁场景的设置可以看作他对现代人自由的理解。一位研究者与贝克特讨论的时候谈到，现代社会的个人受环境的限制太深，所以，存在主义者所强调的人类自由并没有多大的意义。贝克特非常赞成这种观点。他认为限制人类行为自由的因素，如人类基因、教育、社会环境等，这些因素对人类的影响远远超出了萨特所鼓吹的理论上的自由。贝克特的作品乍现了对人类生活更为广阔的视角，即人是生活的囚徒，要么因为依靠他人而囚禁，要么因为孤独而受到囚禁。

另外还需要指出，除了体现自己的哲学认识，贝克特对狭窄封闭空间设置的偏好，可能也与他后期进行的一系列电视剧创作有关。考虑到电视屏幕展示范围较小，他将电视剧背景设定在比较封闭的狭小空间中。例如《嗯，乔》《鬼魂三部曲》《夜与梦》都设定在一个房间中，《游走四方形》设定在一个四方形中，《宛如云朵》设定在一个圆圈中。

最后，贝克特对戏剧空间意识的创造性革新还在于，他曾尝试在同一个舞台上体现多重空间的叠加。

由于贝克特戏剧主观戏剧艺术的特点，他表现的世界往往具有多重性，是现实世界与意念世界（如梦境或内心世界）的叠加，用一种陌生化的手法将人的内在世界超验地表现出来。例如在《夜与梦》中，光线“首先淡入一间漆黑的空屋子，只有黑色墙壁上那扇高高的窗户将夜晚的光线洒在屋子里。左边前景，灯光昏暗，一个男子坐在桌旁。右侧身影轮廓，头垂下，灰白头发，双手搁在桌子上。清晰可见的只有头、双手及搁手处的桌面”。这里表现的是现实世界，男主人公A在现实世界中已经进入梦境。然后打在现实世界的舞台光线熄灭，光线又指引观众注意到，“在舞台中景中央偏右高出舞台平面四英尺处一个看不见的乐队指挥台上，B坐在桌旁，姿态与正在做梦的A完全一样，垂下的头枕在双手上，但为左侧身影轮廓，相较于A，身上的灯光暗淡且更柔和。”② B作为A梦境中的自己，利用身形、姿态、打扮的一致，指引观众判断B与A的内在一致性。

而在同一个舞台上，利用舞台高低位置的差异，塑造出现实世界与梦境世界

① 诺尔森：《贝克特肖像》，王绍祥译，上海人民出版社2006年版，第141页。

② 贝克特：《短剧集》（上），刘爱英译，湖南文艺出版社2016年版，第370页。

双重空间的叠加，正是贝克特主观戏剧艺术的空间革新。

又如，《俄亥俄即兴作》中设置了读者和听者两个角色，灯光照在舞台中央的桌子上，舞台其余部分一片漆黑。听者坐在桌子场边末端旁面向前方，低垂的头撑在右手上，脸部遮掩，左手搁在桌上，长长的黑色外套，长长的白发。读者则是侧坐在桌子短边中央，低垂的头撑在右手上，左手搁在桌上，书翻开到最后几页，摊放在他面前的桌上，长长的黑色外套，长长的白发。极简主义的舞台布置体现出这出戏剧的超现实的色彩，舞台角色的设置又与读者朗读的书中内容完全一致，“一天夜里，就在他双手抱头坐在那儿从头到脚抖个不停的时候，一个男人出现在他面前说：人家差我来——这时候他说出了那个亲切的名字——安慰安慰你。然后从他长长的黑色大衣的口袋里摸出了一本破旧的书，坐了下来，一直读到黎明时分。然后没说一句话便消失了。”[①] 朗读的故事中读书的男人时不时地出现，最后“从没搭过一句话，但他们变得就像一个人似的”[②]。剧中的空间与对白中的内容相互呼应，融为一体，显示出一种剧中剧的重叠时空，显示出贝克特戏剧游戏的魅力。

贝克特曾指出现代艺术家在艺术创造上仅剩下的三种选择：“一、在旧的主客传统中做个考古学家；二、在建立新传统的路上冒险走几步，不知深浅；三、在传统关系与客体的缺位中，发现新的关系和客体。”[③] 他显然把自己归入了第三条道路的艺术家之列，所谓反叙事性便见证了他开拓的那重要的艺术探寻之道。

最后必须强调，尽管贝克特反叙事性实践取得了公认的艺术成就，但仍有以下几个方面值得申说。

第一，贝克特的反叙事性实践与他个人对艺术的独特理解及艺术才情禀赋密切相关。他的艺术创造诚然具有高度的示范性意义，但这绝不意味着对他的艺术形式做简单模仿就同样能够得到突破艺术陈规的爆炸性力量。这种简单模仿更容易把贝克特及其同道开创的艺术道路变成陈词滥调。法国戏剧理论家普吕讷在评

---

① 贝克特：《短剧集》(上)，刘爱英译，湖南文艺出版社 2016 年版，第 355 页。

② 同上。

③ S. Beckett, *Disjecta*, Ruby Cohn (ed.) , London: John. 转引自《生存体验的诗性超越：贝克特戏剧艺术论》，第 225 页。

论荒诞派后继者的局限时说：

荒诞派戏剧不是一种荒诞的戏剧。然而在过了几十年后，它的秘诀被用尽，并且经验最终使人厌倦时，它是致命的。对于过分完美的流浪汉和为人性的所有缺陷深感痛苦的滑稽木偶的过于经常的求助，有时转变成了一种新的象征主义，其界限很快就被达到了。①

这一评价同样适用于那些热衷模仿反叙事形式手段的人们。

第二，不应当把反叙事性当作唯一的甚至是排他的突破传统艺术陈规的手段。具体而言，似不必把贝克特式的反叙事性与布莱希特史诗剧对叙事的强调对立起来。事实上，这两者从根本上说也许就是"非亚里士多德戏剧"的一体两面。从这个角度来说，布莱希特欣赏贝克特是很自然的，"布莱希特这样评价萨缪尔·贝克特的《等待戈多》：一曲彻底的静止状态的颂歌，是对"辩证论者"的极大诱惑。他在去世之前甚至还计划在柏林剧团排演这个剧本。"②

第三，贝克特对艺术叙事性维度的批判是否足够自洽、自足，并非完全无可置疑。托多罗夫曾指出：

塞缪尔·贝克特在他的短文《陪伴》中说明了另一向度的内心对话的复杂性。我们阅读的文本的产出者只有一个，但他自言自语。"一个声音传到了黑暗中的某个人身上"：现在我是两个人，一边是一个声音，另一边是一个听到声音的人；但还有一个人，在他身上拢合了声音和听者，可以说是自我的两个流溢产

---

① 普吕讷：《荒诞派戏剧》，陆元昶译，浙江大学出版社 2014 年版，第 231 页。

② 弗克维尔特：《为布莱希特辩护》，焦仲平译，中国戏剧出版社 2017 年版，第 148 页。

弗克维尔特还说：

"一场围绕着贝克特的争论再一次在左翼的文艺学之中爆发，人们基于其理论的反理性主义"，否认其任何进步性。现在人们知道了，由于剧本《等待戈多》作为对一个已经完全无所作为的社会的天才回应而存在，布莱希特在他生命的最后几年里，甚至想要执导这个剧本。在布莱希特看来，滑稽表演这种传达的形式在此可能使其真实的内容暴露出来：即人们在此徒劳地等待着他们放弃的东西，因此什么也没有发生。文艺学在评判剧本的时候又一次忘记了戏剧。（同上书，第 183 页。）

斯泰恩（可参见其《现代戏剧理论与实践》第 769—771 页）、詹姆逊（可参见其《布莱希特与方法》，中译本为陈永国译，中国社会科学出版社 1998 年版，第 71—73 页）等也都讨论过布莱希特与贝克特之间的这种可能的精神互动关系。

（转下页）

物。所以有三个人。但还可以考虑一个“声音、听者和自我的发明者”：现在四个。完了吗？贝克特写道：“在同一片或者另一片黑暗中，另一个人想象出这一切来陪伴自己”，他评论说：“为什么用或者？为什么在同一片或者另一片黑暗里？谁提出这样的问题？谁问，谁又问谁问这样的问题？”自我想象出一个声音和一个听者，发明者问这个问题：谁提出要这样的？另一个人还会继续一环扣一环地问：谁问，谁又问谁问这样的问题？是否应该把这第五位来者称为作家呢？主体把自己变为客体，其辨识或阐述的诉求往理论上可以无限回溯，即便实际上可辨性界限很快就可达到。①

在此，托多罗夫一方面肯定了贝克特关于主体生成“内部精神多样性”的洞见，但另一方面也委婉地指出他的设想有过于烦琐论证之处，实际上未必符合人类主体内部精神活动的实际状况。

有些研究者甚至认为，贝克特后期创作灵感濒于枯竭的问题，也许与他过度激进的反叙事性姿态有关。②

（接上页）

当然，近来也有一些刻意将布莱希特和贝克特，与当前戏剧运动对立起来的观点。如德国剧论家汉斯-蒂斯·雷曼就认为：

布莱希特的成就不能再被片面地理解为针对传统的富于革命性的反向设计。新近的发展越来越多地显示，叙事剧理论实际上是对古典式戏剧构作的改良与完成。在布莱希特的理论中，潜藏着一个极为传统的命题：寓言（情节）对他来说仍然是剧场艺术的核心。但是，如果从情节的角度出发，20世纪60年代到90年代新型剧场的核心部分，甚至包括戏剧文学（如贝克特、汉德克、博托·施特劳斯[Botho Strauβ]、穆勒等人）的文本形式都不能得到解释。（雷曼：《后戏剧剧场》，李亦男译，北京大学出版社2016年版，第26—27页。）

笔者认为，雷曼等的议论可能有些过于从理论到理论，忽略了戏剧发生的多样性、复杂性问题。

① 托多罗夫：《共同的生活》，林泉喜译，华东师范大学出版社2017年版，第133—134页。

② 研究者指出：

贝克特的晚年仿佛陷入了他三部曲中的马洛纳和难以命名者的境地，即“有表达的愿望”，但又“无可表达”的窘境。他感觉自己的创作灵感几近枯竭，如1983年1月，他在给朋友的信中写道，“从未有过的无聊和空虚。我记得在卡夫卡的日记中有这样一后句话：种种花吧。未来已经没有希望。至少他还可以种种花。我想他还是有东西可写的。而我连一点灵感都找不到了。”（王雅华：《不断延伸的思想图像》，北京大学出版社2013年版，第26页。）

斯泰恩较早预见了贝克特式创作风格潜在的风险：

《克拉普的最后一盘录音带》于1958年在巴黎首次演出……《快乐的日子》于1961年上演，马德莱

（转下页）

第四，贝克特的艺术实践尽管为当代某些主流艺术样式提供了很多灵感，但必须注意到，他对当代戏剧两种流行的观念，也就是观众在戏剧文本构成中的地位及剧作的动态开放性，是根本拒斥的：

由于要求对一个极为准确和严格的形式的绝对服从，它既不许可过分，也不许可与作者们提出的东西有所偏差：啊！这就是这些贝克特式演出说明的限制，它们阻止了众多宁可利用文本而不是为文本服务的“创造者”的起飞。[①]

从这个角度来说，贝克特恐怕是不能被过分后现代化的。从精神实质来看，他更像是拉辛的现代传人。

（接上页）
娜·勒诺扮演了与她不相称的角色维妮（后来在伦敦这个角色由佩吉·阿什克罗夫特扮演），这个剧实际上也是一个中年妇女的独白，她坐在一个似乎正在把她吞没的沙丘上。这两个剧和其他的一些剧，或者把演员关进了坟墓，或者在肉体上把他们变成了在黑暗中活动着的两片嘴唇，这样一来，就不需要演员了，甚至连戏剧本身都不需要了。这样使用象征的确大大地简化了舞台上的工作，但人们还是觉得这种反戏剧形式，对未来戏剧艺术的发展并不是什么好事。（斯泰恩：《现代戏剧理论与实践》，刘国彬等译，中国戏剧出版社 2002 年版，第 420—422 页。）

① 普吕讷：《荒诞派戏剧》，陆元昶译，浙江大学出版社 2014 年版，第 232 页。

欲望的分裂与兽性的剩余：田纳西·威廉斯的悲剧主题

——以《蜥蜴的夜晚》为个案*

一 “私人悲剧”中的兽性残余

田纳西·威廉斯是公认的少数几个可以与奥尼尔相提并论、曾经左右过美国戏剧界的“天才人物”，①他的悲剧创作在现代悲剧史上拥有着重要的地位。但总的来说，学界对他的研究还是比较薄弱的，大部分的评论，都集中在所谓南方气质、对资本主义社会中人的异化问题的探讨上，近来对他作品的一些评论则高度关注同性恋倾向在其创作中的流露。

所谓异化问题，是资本主义时代人们所普遍遭遇的生存问题，因此，泛论这一方面的问题不足以揭示田纳西·威廉斯艺术成就的关键，当然，太多强调他的同性恋倾向就更只有猎奇的意义了（虽然这在当下的确是一个时髦的话题）：现有这类索隐式的考据远未能与田纳西·威廉斯的悲剧艺术成就构成强相关的逻辑联系。比较起来，雷蒙·威廉斯写于1960年代的评论，在今天看起来仍具有高度概括的意义。他将田纳西·威廉斯归于所谓“私人悲剧”的写作者之列：

有这么一类悲剧，它的结局展示孤独而无家可归的人暴露在由自己引发的狂

* 本文曾发表于《学习与探索》2014年第6期，发表时有较大删节。

① 萨克文·伯科维奇主编：《剑桥美国文学史》第七卷（修订版），孙宏主译，中央编译出版社2012年版，第5页。

风暴雨之中……它们……以孤独而无家可归的人作为起点。所有的原始能量都集中在这个独自追求、独自饮食、独自奋斗的孤家寡人身上。社会充其量只是一种武断的制度，用来防止这群人相互残杀。当这些孤独的人在所谓的人际关系中相遇，他们的交流必定是形形色色的斗争。

按照这一观点，悲剧是与生俱来的。这不仅因为人的最深层的原始欲望被他人和社会挫败，而且还因为这些欲望本身包含着破坏和自我破坏。所谓的死亡意向被赋予了普遍本能的地位，由它派生出来的破坏性和侵略性也被认为基本上是正常的。这样一来，生活的过程就成了人的强大能量为了寻求满足和死亡而不断做出的斗争和调整。[①]

而在所有的“私人悲剧”创作者中，人的孤独——人的这种被自我动物性欲望控制的孤独在田纳西·威廉斯的作品中被彰显到了近乎偏执的地步：“人物是独自追求、独自饮食和独自奋斗的孤独个人，他们拼命抵御爱情与死亡这对相关的原始能量。他们最令人满意的是动物状态，其余的都在人性的范围内，并且具有毁灭性。正是在意识、理想、憧憬和幻觉中，他们失去了自我，成为可怜的梦游者。人的处境之所以悲惨，是因为精神介入了性爱与死亡之间本来就是悲剧性的动物性斗争。”[②]

雷蒙·威廉斯的评论深刻而精妙，但不乏可议之处。他指出了田纳西·威廉斯笔下人物孤独的性质，这是不错的，但他认为其笔下悲剧冲突的基本原因是幻觉导致个体“失去了自我”及“精神介入了性爱与死亡之间本来就是悲剧性的动物性斗争”则可能仍是一种落于皮相的见解。孤独的个体为什么注定会“拼命抵御爱情与死亡这对相关的原始能量”呢？这两者间似乎是没有什么必然联系的。

本文所要讨论的是，田纳西·威廉斯虽然在广义上确可纳入“私人悲剧”作家之列，但他创作的根本特点则在于其发展出来一种关于现代欲望的叙述方式。启蒙时代以来的自由个体意识，在他的艺术构造中已被推向一个相当含混、不确定的远景的地位。并非是在“意识、理想、憧憬和幻觉中”，而是在欲望作为个

① 雷蒙·威廉斯:《现代悲剧》，丁尔苏译，译林出版社 2007 年版，第 100 页。

② 同上书，第 115 页。

体/主体代名词的对象化确证过程中，田纳西·威廉斯充分意识到了压抑机制的必然。从个体特殊的精神历程来看，他坚决拒绝此种欲望压抑机制的必要，他乐于强调人性机制中应当拥有某种充分动物性/兽性的残余（过于澄明、符合理性秩序的人性建构在此意义上可能恰好是反人性的）。但是，欲望又具有某种可怕的自毁倾向：它与社会压抑机制的对抗以及在自我表现时内部不同宣泄路向的对抗和冲突。这些对抗冲突都可能把个体带入绝望的深渊。在这种矛盾冲突中，人作为欲望主体除了欲望的冲突与对抗外，其他一概只剩下空无。如此炽烈的欲望主体在欲望燃烧殆尽之后甚至不能留下一丝灰烬，这不免让欲望主体的信奉者田纳西·威廉斯也感到目瞪口呆了。我们甚至不妨这么说：欲望主体此种绝对而又空洞的抗争、燃烧场景，正构成其悲剧的核心场景。从这个角度说，雷蒙·威廉斯的有关评论过分突出了“死亡”在田纳西·威廉斯作品中的核心地位。对一个有承担的自由个体来说，死亡意味着一切可能性的终结，这诚然是最可怕的事情。但对现代欲望主体来说，意义早就已经终结了，欲望是否能够得到满足已经变成了意义本身。因此，欲望是否可能得到满足及其不可能得到满足的绝望感，才真正构成了田纳西·威廉斯悲剧的最强音。

本文以《蜥蜴的夜晚》（该剧作于1961年，也是他最后一部获奖作品）为例，研究田纳西·威廉斯欲望书写的基本模式，并以此为基础讨论其创作对现代悲剧艺术的启示价值。在他整个创作生涯中，《蜥蜴的夜晚》不能说是其最具悲剧深度和感染力的一个作品，但它对人之作为欲望主体的叙写是较复杂、丰满的，在形式表现上也最具有古典悲剧的情调，因此本文将它引作主要的分析对象。

二 作为转喻的欲望主体

《蜥蜴的夜晚》的故事背景发生在1940年代初墨西哥海边一家三等旅馆中。主人公香农是一位被剥夺圣职的前牧师、现任的三流导游。他因勾引旅游团中未成年女孩及各种不端行为遭到旅游团的严厉问责，面临精神崩溃的危险，因此逃避至他熟悉的一家旅馆中。女店主玛克辛新近丧夫，对香农大有热情，但香农则本能地拒绝这种热情。让他动心的是同样临时避居在旅店中的女画家汉娜。汉娜虽然同样落魄潦倒，但她对于生活诗意的坚持，让香农感到生活自身拥有的某种意义。在汉娜的鼓励下，他释放了一条原本被用作食物的墨西哥鬣蜴，同时也获得了继续生活下去的勇气。

在这个故事中，所有的人物实际上都是欲望的一种转喻形式，他们之间的关系与冲突，则可视作现代欲望主体欲望之分裂的一个大型隐喻。——当然，需要指出的是，我们在此谈论的“欲望”，基本上就是尼采所谓的酒神精神，也就是发自人之生命本能的那种作为生命需要的“欲望”，亦即“我要”。性欲是欲望最强烈、最直接的表征，但绝不是唯一的表征。在各种欲望的纠缠中，性欲诚然是最有力、也往往是最后的胜利者，但这也不足以说明它在欲望构成中具有自然的、绝对的优位性。至少，田纳西·威廉斯在《蜥蜴的夜晚》中对这个问题显示出了一种高度的诗意的含混。他通常从一种审美的格调上来区分各种欲望的面相。

1. 高雅的欲望

剧中的汉娜、旅店原店主弗雷德、老诗人农诺大致都属于这一类欲望个体。汉娜象征着人的本性中有一种善的可能：她数十年如一日照顾爷爷而没有怨言，克己为人，善解人意。她也不掩饰自身的许多欲望，但在她看来，这些欲望都是可以很容易服从于她与人为善的愿望的。弗雷德显示的是一种漠然独存的欲望。他对世事全不关心，包括酒店经营、老婆是否出轨等这一系列牵涉个人幸福的大事。他唯一的乐趣就是钓鱼，但钓上之后就放生。死后他甚至拒绝埋葬仪式，要求将自己的尸体抛入大海作为鱼食。农诺表现了人对纯粹之美的追求。他二十年如一日地推敲着一首诗，在诗作完成的当夜就心满意足地离开了人世。但高雅的欲望也是无能的欲望。汉娜永远不肯放低作为艺术家的矜持，实际上她的生活非常窘迫，剧作多次出现了这样的残酷场面：一方面，汉娜高调地宣称“我不对人谄媚，我只呈现作品而已……如果不？我便轻笑而去”，[①] 但另一个方面，哪怕是

① Tennessee Williams, *Plays 1957-1980/Tennessee Williams*, New York: Library of America, Distributed to the Trade in the U.S. by Penguin Putnam, p.353.［该中译文参考了《外国当代剧作选 3》（东秀、安曼等译，中国戏剧出版社 1992 年版），下同］

为了博得一个画水彩速写的机会，她也得向令人厌恶的纳粹分子战战兢兢地赔着小心。汉娜少数几次“性经验”都是在“被看了一番”中匆匆结束，毫无实质性进展，实际上也充分暗示了其欲望无能的特性。这种精致的、超出一般物质束缚的精神欲望是非常脆弱的，事实上，它们是过时的。田纳西·威廉斯在剧中时常强调农诺已年有97，他黄金的岁月已遗落在格兰特当美国总统的年代了（格兰特1869—1877年两任美国总统）。

2. 混沌的欲望

玛克辛是这种欲望个体的典型代表。这是一个本能欲望具有压倒性地位的女人，性欲极其旺盛，道德、社会舆论、世俗的是非标准对她来说很少萦挂于心。剧中一出场她就是一副“从来不多穿”衣服的打扮。她的欲望太过强烈了，以至于一贯拈花惹草的香农都感到消受不起。当她用“臀部顶着香农”挑逗他时，香农只能不客气地当场拒绝：“马克辛，你的屁股——不好意思，杰尔克斯小姐——你的臀部，马克辛，肥的连这个阳台都装不下了。”① 她的欲望整个都是物质性的，她把生命活动中低层次的占有物直接当作生命活动的全部。玛克辛也需要“尊重”，但她关于获得“尊重”的方法是：“我最近琢磨着把这里卖掉，回美国，去得克萨斯，在一些类似休斯敦或达拉斯的繁华小镇外公路边开个旅游营地，弄些小屋租给商业经理们，以便让他们可以有一个舒适而私密的地方，对他们那些既不会打字又不会速记的可爱秘书们进行业余指导。”②

但混沌的欲望不是一种堕落的意志。玛克辛喜欢肉欲享受，甚至豢养了几个墨西哥面首，但她本能地感受到，她对香农有一种爱，尽管这也是一种肉欲之爱，但它就是和单纯的性行为有所不同。剧中有这样的场景：“马克辛一边看着他似乎无法静止的瘦削身形，一边看着将一半身体压在阳台下扭动着的墨西哥小伙——似乎她在心里比较着这两种对她单纯肉欲的本性来说，截然相反的诱惑。”③ 因此，她容忍香农对她无尽的冷嘲热讽，容忍他好吃懒做，容忍他擅自放

① Tennessee Williams, *Plays 1957-1980/Tennessee Williams*, New York: Library of America, Distributed to the Trade in the U.S. by Penguin Putnam, p.380.

② Ibid, p.389.

③ Ibid, p.372.

走大蜥蜴。这种宽容、漫无目的的欲望，对于精神高度紧张的、“一刻也不想停”的香农来说，却也不失为一种拯救之道，尽管远不是理想之道。

3. 低下的欲望

像只会“扭动着躯体的墨西哥小伙计”（不可否认，剧中这种人物设定带有一定种族歧视的意味）、老修女费洛斯小姐、纳粹分子法伦科夫一家的欲望都属此列。这类人的欲望往往带有太强的动物性意味，只是单纯的耗费，却没有多少为生命增色的亮点。这类欲望通常还是可憎的欲望，因为这类欲望主体的欲望满足需要建立在对其他生命个体的压抑乃至破坏之上，比如费洛斯小姐对旅游团成员近乎神经质的监视欲、“他们极度健壮的身体油光水亮，并且一直淫荡地咯咯笑”①的纳粹分子的攻击欲等都具有此种意味。可憎的欲望显示了欲望的自毁倾向：诚然，欲望是生命本体的自性，它自身就确证生命的存在，它压抑自身、毁灭自身，却也是自然的自我确证手段，换言之，欲望并不总是内在地有益于生命。

当然，就现实的个体存在来说，他们很少依循单一欲望意志的指令行动，他们往往更是复杂欲望类型的结合体，因此他们就不免经受不同欲望指令所造成的主体分裂的痛苦。剧中的香农就是一个分裂性欲望主体的典型象征。在他身上，折射了人类欲望的多种类型以及这些不同路向的欲望所奔腾的内在冲突。他拥有着高雅的趣味，在剧中，只有他能与那几个遗世独立的人（汉娜、弗雷德、农诺）产生真正的精神交流；但他又完全不能克制情欲，总是惹下一些非道德的风流债；并且他的身上也不免有可憎的破坏欲，比如居然要经常痛殴受他诱惑的姑娘以摆脱自身的道德歉疚感。对于他来说，这些不同类型的欲望存在都是绝对的，都是不可反省或克服的。没有一种力量能超越他的个体欲望满足之上来整合这些欲望（在剧中，他残酷地对待受他勾引的女孩夏洛特而绝无良心的不安，他的道德歉疚感是极端自私的，是感到自身的不纯洁的“歉疚”而不是对他人的责任意识），因此他只能眼睁睁地感受这些欲望的分裂并经受各种精神分裂的痛苦。他的精神崩溃实根源于此。从某种意义上说，香农式的精神崩溃也就象征了现代

① Tennessee Williams, *Plays 1957-1980/Tennessee Williams*, New York: Library of America, Distributed to the Trade in the U.S. by Penguin Putnam, p.400.

欲望主体不可脱逃的精神崩溃的命运。

和田纳西·威廉斯大多数作品风格有所不同的是，《蜥蜴的夜晚》没有让不可挽救的崩溃作为生命的唯一可能结局，他努力尝试了救度的可能。发端于人性本能的“怜悯”（玛克辛对香农无尽的宽容终究在一定程度上感动了他），[①] 汉娜所鼓吹的“扮演上帝”[②] 的善良意愿，农诺在诗境中提撕的人的行动“勇气”，[③] 使得香农从精神深处感受到了一种平和的慰藉，获得了继续生存下去的希望。以此，全剧也获得了一种古典悲剧“净化”意义上的美学效果。[④]

三　象征与互文

认真、痛彻地谛视现代欲望主体的分裂性痛苦，仅是田纳西·威廉斯欲望书写的一个构成方面。他还擅长运用各种象征手法和互文技巧来凸显现代个体所面

---

① Tennessee Williams, *Plays 1957-1980/Tennessee Williams*, New York: Library of America, Distributed to the Trade in the U.S. by Penguin Putnam, p.423.

② Ibid, p.424.

③ Ibid, p.425.

④ 需要指出的是，剧中虽然多次出现与基督教信仰（在此泛指一切关于耶稣基督的信仰）相关的话题，但自始至终，田纳西·威廉斯也没有把基督教价值当作一个足够有分量的对象物以与欲望主体相抗衡。他对基督教信仰最高的评价不过是汉娜所说的对上帝“Not as unsure as I was”（引自 Tennessee Williams, *Plays 1957-1980/Tennessee Williams*, New York: Library of America, Distributed to the Trade in the U.S. by Penguin Putnam, p.411.）。对他来说，欲望之分裂是痛苦的，但欲望本身的绝对性则是无可争议的。有些论者以田纳西·威廉斯戏剧中核心思想问题大多与基督教的基本问题有关，便强调他“从创作之初就在他的剧作中表现对上帝的追寻，表现灵与肉的冲突”［韩曦：《探究扭曲的人性隐秘与异化情感——田纳西·威廉斯剧作的主题意旨及其成因》《首都师范大学学报》（社会科学版）2005 年第 4 期，第 87 页］，强调他的写作属于信仰写作之列：“他也许希望通过皈依宗教，把自己的一切完整地献给上帝，包括他的思考，他的困惑，他的成就与他的失败”（同上书，第 93 页）等，这无疑是过分牵强附会的说法。我们不能把批评、攻讦直接当作其信仰基督教价值的证据。如果是这样，那历史上辱骂基督教最为出格的一位人物——尼采反而是最虔诚的基督徒了。田纳西·威廉斯在 1969 年宣布其已皈依天主教信仰，可这种皈依到底有几分真心实意是非常值得怀疑的。众所周知，他在生命晚年是美国最出名的同性恋者之一，以勾搭各种俊男为乐事。

临的存在深渊。本文在此重点讨论他作品中动物意象的运用问题。

田纳西·威廉斯一向重视运用动物意象来象征某种不可测的个体生存问题。他的不少戏剧的命名即直接与动物相关:《与夜莺无关》(*Not About Nightingales*)、《凤凰说，我浴火重生》(*I Rise in Flame, Cried the Phoenix*)、《飞燕草洗剂女士》(*The Lady of Larkspur Lotion*)、《玻璃动物园》(*The Glass Menagerie*)、《热铁皮屋顶上的猫》(*Cat on a Hot Tin Roof*)、《鹦鹉所做的完美分析》(*A Perfect Analysis Given by a Parrot*)、《可爱的青春之鸟》(*Sweet Bird of Youth*)、《一个夜莺的古怪性格》(*The Eccentricities of a Nightingale*)、《老虎尾巴》(*Tiger Tail*)以及本文所重点讨论的《蜥蜴的夜晚》(*The Night of the Iguana*)，等等，当然，剧名未涉动物而内容与动物、兽性相关的就更多了，比如《去夏突至》(*Suddenly, Last Summer*)讲述的就是一个以艺术家自命的性变态者最后被其豢养的少年如鬣狗一般分食的残酷故事。

田纳西·威廉斯借助各种动物意象来隐喻人类的兽性存在以及人性与各种兽性欲望的复杂关系。他的成名作《玻璃动物园》(*The Glass Menagerie*)对此已有传神的表现。剧中的罗拉与玻璃“独角兽”的对应正是源于罗拉身上特别的“独角”与他人、社会环境格格不入，她被风云变幻的时代环境远远抛在了后头，只能在自己幻想的“玻璃动物园”的世界中寻求一丝安慰，而最终她所钟爱的玻璃独角兽的独角被吉姆磕掉的瞬间，罗拉反而感觉到莫名的轻松与愉快:“现在它同其他马儿一样了；我只需认为它动了个手术。角移除以后可以使它看起来不那么像怪胎。”① 在这里，多余的兽性的割除似乎是罗拉突破交流障碍必要的第一步。但《热铁皮屋顶上的猫》及其他一些作品中，人性与兽性的分界就显得不那么清晰可辨了。“热”剧中玛格丽特正像标题所显示的，带有“猫”性感、神秘、嫉妒和报复心强的气质。机灵聪明的猫虽外表弱小、温和，可是一旦发怒，就非常凶猛，牙齿和爪子都会成为其攻击想象之敌的利器。而丈夫布里克对生活与妻子的逃避更让她变成了一只热铁皮屋顶上的猫，她既不想下来，因为那样就意味着她的妥协；又不能在铁皮屋顶上待着，因为上面热得无法忍受。她无法选择，内

① *Plays 1957-1980/Tennessee Williams*, p.457.

心无法达到平和，就像一只受伤的猫一样到处寻找庇护。其他角色生活习惯以及性格上的弱点也大多被形容成动物性的。剧中人大阿爹干脆地指出了这点："人类组织与动物组织、鱼组织、鸟组织、爬虫组织也没什么两样。"① 剧本《奥尔甫斯下凡》（*Orpheus Descending*）则特别形容了一只没有腿的鸟，只有靠着翅膀飞翔才能维持生命，落地就意味着死亡。《去夏突至》和其故事主题相称，一开头就描绘了一幅荒蛮野性的布景："这出戏剧的布景也许和芭蕾舞剧的舞台布景一样，具有非现实主义的特点……外面的景色与其说是花园倒不如说更像一个史前的热带丛林或森林，在那里遍布着巨大的蕨类植物，动物身上长着的鳍和鳞片正在进化为四肢和皮肤。丛林花园里的色彩非常鲜艳，尤其在这雨后热气蒸腾的时候，树上开着巨大的花，仿佛是一个个刚从身体里撕下来的器官，血淋淋地挂在那里；花园里充斥着尖叫声、嘶嘶声和拍水声，好像栖息着野兽、蛇类、鸟类这些天性野蛮之物。"②

在《蜥蜴的夜晚》中，大蜥蜴作为核心动物意象与故事整体的建构起到了更为内在的呼应关系——或者说，它拓展了故事主题的深度。

一方面，在剧中大蜥蜴是作为男性性器的象征出现的。在剧中，大蜥蜴出场的第一个场景，香农就和玛克辛调情："马克辛，这鬣蜥是公的还是母的？"玛克辛立刻积极回应："谁在乎一只鬣蜥的公母…（他与她贴身而过）除非有另一只…鬣蜥？"香农随即吟诵了一首带有色情意味的有关大蜥蜴的打油诗："女人美丽，羊儿极好，但鬣蜥却是一等一的！"③ 因此，围绕它的捕获、控制自然便涉及了男性欲望控制和疏泄的问题。

另一方面，大蜥蜴也象征着人类内在的某种莫名的欲望，这种欲望天然存在，与人的生存不可分割，但社会体制却总是习惯性地对它进行控制、抓捕，乃至消灭。在情节构建中，对蜥蜴的抓捕和香农感受到的欲望压抑具有一种强烈的同步性，这样，蜥蜴的命运也就成了香农自身命运的一个转喻。故事中，在蜥蜴

① *Plays 1957-1980/Tennessee Williams*, p.937.

② 转引自《剑桥美国文学史》第七卷，第 17 页。

③ *Plays 1957-1980/Tennessee Williams*, p.372.

被抓，人们谈论“它们是一种美味佳肴，吃起来像鸡肉”[1]时，也正是对香农不满至极的旅游团尾随来到了旅馆，准备炒他鱿鱼的时刻。蜥蜴的命运暗示了香农即将面临的命运。当香农忍受自身欲望的那种压抑性的痛苦时，他精神崩溃了，其发病的征兆便是：“他俯身远探出阳台栏杆，然后猛然挺直身体，同时发出动物般的尖叫，开始扯脖子上悬挂的金十字架。”[2]（“扯脖子上悬挂的金十字架”这个动作犹有象征意味——引者注。）终于，香农也像大蜥蜴一样被捆了起来，他很清楚地意识到自己的际遇多么像那条蜥蜴：“在这儿工作的墨西哥男孩抓住了一只鬣蜥，把它绑在阳台下面的一根柱子上，当然它试图挣脱逃走。但是它只能逃到绳子的长度那么远，再远就不行了。哈哈，就是这样。”[3]因此，他最后甘愿冒险放跑大蜥蜴（有可能得罪其恩主玛克辛），也就自然包含了一种欲望的自我救赎的意味。他的痛苦，本来就不是来自外部，而是来源于内部的各种不同类型欲望的自我斗争。通过与汉娜的一番交流，此种欲望的分裂趋于平静：与混沌的生存欲望的合作，是一个较为现实的选择，因此，他同意选择玛克辛而不是汉娜作为未来生活的伴侣［因为他和汉娜这两个“不切实际”（impracticality）[4]的人确乎没有什么能够一起共同生活的可能性］；而与汉娜的交流使他感受到世界毕竟还存在着一种真实的善良意志，在这种善良意志的鼓励下他至少有勇气把自己“装成上帝”，因此就有可能将欲望放归于自然，自然地顺应而不再那么无助地凝望它的内部分裂与斗争。

需要指出的是，在剧作中，大蜥蜴作为欲望的主要象征意象，与故事情节并不总是环环相扣。事实上，通过这一意象的构建，田纳西·威廉斯有意无意地展现了他对欲望问题某些更为隐秘的生命体验。对一位具有高度艺术直觉能力的艺术家来说，将笔触伸向如此悠远的境地也是自然的：“在人的身上，假如他不能认识‘动物生灵’（它作为人的本能心灵存在于他的内心），并把它统一到生命之中，‘动物生灵’就可能对他产生威胁。人类是唯一具有用其自身的意志控制本

---

① *Plays 1957-1980/Tennessee Williams,* p.421.

② Ibid, p.399.

③ Ibid, p.412.

④ Ibid, p.419.

能的能力的生灵，但是，他同样也能够压抑、扭曲、伤害本能。从隐喻的意义上讲，动物从来也不会像它被伤害时那么狂野，那样具有威胁力。被压抑的诸本能可能控制人，它们甚至能够毁灭人。”①

蜥蜴的外表是可怕的，在美国，很多人都怕它们，以为它们会蜇人，但蜥蜴并没看起来那么可怕，人们只是看到其外表受了惊而产生许多恐怖的想象。②在剧中，那条鬣蜴刚被抓到的时候，就有人叫嚷地问：“一条蛇？”③是否是“蛇”，在基督教文化语境中显然有着双关意。但鬣蜴显然不是蛇，它非但不具有攻击性，其庞大躯体更显示它的无能。④它一旦被人捉住，等候它的就是虐杀的命运：“他们绑起它们，喂肥它们，等它们可吃时就吃掉。它们是一种美味佳肴，吃起来像鸡肉，至少墨西哥人这么认为。而且孩子们，墨西哥的孩子们很爱逗弄它们，用木棍挑出它们的眼睛，用火柴烧它们的尾巴。”⑤但具有高度反讽意味的是，剧作立刻就写到，某个国家的穷人甚至在粪堆中寻找未消化的颗粒作为食物。在这里，大蜥蜴作为食物和排泄物作为食物构成了一种强烈的联想关系。这两者在文本中的并置像是在相互“祝圣”。首先是排泄物对于大蜥蜴作为食物的逻辑颠倒，“排泄活动本身就呈现为一种异质性的结果，并可能沿着一种更大异质性的方向运动，同时释放出越来越明显地表现出自相矛盾的情感脉动”，⑥它喻指社会习俗中随意处置大蜥蜴/欲望的模式就像人们在粪堆中捡取食物那样，在逻辑上

---

① 荣格等：《潜意识与心灵成长》，张月译，上海三联书店2012年版，第208页。

② 戴尔·古德主编《康普顿百科全书》生命科学卷，杨枕旦等编译，商务印书馆2003年版，第411页。

③ *Plays 1957-1980/Tennessee Williams*, p.372.

④ 蜥蜴是墨西哥地区常见的爬行动物，在当地印第安人的古老传说中，一种名为“希斯尤（Sisiutl）”的图腾就与蜥蜴紧密相关。“它的身上披满鳞甲，满口利齿，舌头是不断喷吐的火苗。在西北印第安人看来它有极大的威力，它既正直又邪恶，这两重性人们无法揣摩。人们如不小心接触到它，哪怕是看了他一眼，也会致死。印第安人相信它魔力无比，它是武士们力量的源泉，也保卫着家庭和部落的平安。”（洪学敏、张振洲：《印第安宗教与文化》，中央民族大学出版社1999年版，第26页。）根据现有资料，我们无法确考田纳西·威廉斯是否了解这类民间故事。如果他听说过此类传说，那他在剧中对大蜥蜴意象的运用就更蕴有一种内在的反讽张力了。

⑤ *Plays 1957-1980/Tennessee Williams*, p.422. 该中译文参考了《外国当代剧作选3》（东秀、安曼等译，中国戏剧出版社1992年版）。

⑥ 乔治·巴塔耶：《色情、耗费与普遍经济》，汪明安译，吉林人民出版社2003年版，第7页。

具有同构性。反过来，大蜥蜴作为美味对排泄物来说也是一种逻辑颠倒，这意味着最卑贱的人类分泌物中可能包含着一种神圣属性，至少包含了某种人类社会等级秩序中不可通约、强烈排斥却坚实存在之物。“这些体液，这些污秽，这些粪土，是生命几乎无法承受的东西”，是主体意识到“活着的条件的临界线”。[①] 当然，《蜥蜴的夜晚》对这一点的表现还是比较含蓄的。《去夏突至》的食尸场景则凸显了田纳西·威廉斯对倒错关系的美学偏好，他可能意图以此确证欲望中最残酷、卑贱的部分同样是人性不可割除的部分——人类社会的神圣仪式或许只是它们的转喻形式。

通过这样的描写，欲望主体自身的无辜、它的反抗普遍压抑机制的正当性[②]（但不能说它的分裂性的痛苦都来自压抑机制）得到了彰显。

四　现代悲剧的欲望书写

在现代悲剧艺术史上，田纳西·威廉斯关于欲望的书写具有高度的示范价值。

黑格尔最先明确倡导了一种关于悲剧自由个体的神话，他说：“真正的悲剧动作情节的前提需要人物已意识到个人自由独立的原则，或者至少需要已意识到个人有自由自决的权利去对自己的动作及其后果负责。”[③] 也就是说，非得有一个自觉的、具有责任意识的自由个体作为行动的承担者，否则就不可能形成一个真正的悲剧事件。正是根据这一论断，雷蒙·威廉斯进而指出，现代悲剧尽管有多种表现形态（诸如社会悲剧、私人悲剧、个人悲剧之类），但本质上来说都是一种“自由主义悲剧”：“人既处在自己能力的巅峰，也面临自己力量的极限。他的理

---

① 朱莉娅·克里斯蒂瓦：《恐怖的权力》，张新木译，生活·读书·新知三联书店 2001 年版，第 5 页。

② 香农明确地意识到了这一点，他因此才对汉娜失态地嘶吼：“看到了吗？这鬣蜥？在绳子头上？试图挣脱这该死的绳子？就像你！就像我！就像老爹和他的最后一首诗！”（引自 *Plays 1957-1980/Tennessee Williams*, p.421.）

③ 黑格尔：《美学》第三卷下，朱光潜译，商务印书馆 1981 年版，第 297 页。

想远大，却遭到挫败。他释放很多能量，却被自己的能量摧毁。这一结构带有自由主义的色彩，因为它强调不断超越的个人……”①

但事实上，现代艺术关于人的悲剧性存在本质的表现，早就超出了黑格尔和雷蒙·威廉斯论断的范畴。因为自 20 世纪以来，在现代性语境中，黑格尔式具有高度启蒙色彩的自由个体观念已渐成神话——至少在相当广泛的一个文化语境中是这样。在当前流行的观念意识形态中，“自由”“自决”“负责”对很多人来说都是不可思议的事情，更不用说什么“远大理想”“很多能量”“绝对障碍”之类的问题了。除了个体作为个体绝无可替代之外，其他就没有什么东西是“绝对必要”，值得去“不断超越”的。可一旦除了个体之外其他俱无所必要而引发的一个合理的推断，即个体存在也是没什么必要的。除非个体狂妄到以为世界不过是个体意愿的映射。在此窘境中，不少人抓住了欲望作为最后一根本体意义上的救命稻草。他们试图以欲望作为中介使得个体与世界发生积极联系。于是，欲望就成为个体确证自我的方式，主体即欲望主体。德勒兹这样说：

CsO（所谓“CsO”是“无器官的身体”的缩写，德勒兹以此强调身体自身的块茎状态及其不可分割性，一涉及器官，人类就不免运用一种特定的意识形态减损了身体的丰富性——引者注）是欲望，人们所欲的正是它，也正是通过它，人们才能进行欲望。这不仅仅因为它是欲望的容贯平面或内在性场域；而且，即便它堕入一种过于急剧的去层化的空洞之中，或堕入一个癌变层之中时，它仍然是欲望。欲望一直拓展到这样的地步——欲求着自身毁灭，时而欲求着毁灭的力量。货币的欲望，军队的欲望，警察的欲望和国家的欲望，法西斯分子——欲望，甚至连法西斯主义也是欲望。每当一个 CsO 在一种或另一种关联之中被构成，欲望就出现了。这不是一个意识形态的问题，而是纯粹物质的问题，是物理的、生物的、精神的、社会的和宇宙的物质的问题。②

这就是说：哪里有身体，哪里就有欲望，哪里就有个体 / 主体，哪里也就有

---

① 威廉斯：《现代悲剧》，丁尔苏译，译林出版社 2017 年版，第 79 页。

② 德勒兹、加塔利：《资本主义与精神分裂（卷 2）：千高原》，姜宇辉译，上海三联书店 2010 年版，第 229 页。

世界和意义。田纳西·威廉斯不必通晓这一类思想学说，但他以他的生命体验确证了这一点：欲望足以成为主体存在的至高关切之点，围绕着欲望的生成、感受、享乐、冲突、痛苦、压抑、克服、净化也能产生生命存在的意义。当然，在现代悲剧艺术家中，田纳西·威廉斯并不是关注这个问题的第一人，更不是唯一的一个人。在他之前，后期易卜生、斯特林堡、高尔基、奥尼尔等已对主体欲望化生存的悲剧性内涵进行了深入考察，与他同时代的贝克特、尤内斯库、热内则用其它的一些方式（当代戏剧界称之为“荒诞派”剧作的形式）展现了欲望主体生存的绝望与痛苦。但能以一种古典、雅致的笔调，完整地、多维地展示一个欲望主体内在灵魂痛苦的，除了英格玛·伯格曼之外，就少有人能与田纳西·威廉斯比肩了。

但需要指出的是，认同人作为欲望主体和把人完全当作欲望主体并不是同一回事。在《蜥蜴的夜晚》之后，田纳西·威廉斯的创作灵感急速枯竭。这也许和他某些特殊的个人经历有关，但更有可能的是，与时代大潮深有关系。在他的作品中，欲望主体一直作为与现实体制激烈的抗争性的形象出现，但“到了20世纪60年代，反叛者成为文化英雄，持异议者、逃避现实的人、流浪的音乐家和性解放者成为崇拜对象，肉体成为万众注目的偶像……放荡不羁者、吸毒者和下层阶级本身这时聚集了一股力量，给一个毫无生气、墨守成规的权力体系造成了很大压力——这些都在戏剧中得到了表现。在《接头》（*The Connection*）一剧中，杰克·盖尔伯把一群等待注射毒品的吸毒者当成了美国社会的典型。在《动物园故事》（*The Zoo Story*）中，爱德华·阿尔比把垮掉的一代塑造成了‘爱的倡导者’”。[①] 在这种大潮下，过去的、陈旧的压抑性意识形态已不能再成为其主要对手了，继续原有的创作主题不免过时了。但关键在于，田纳西·威廉斯又完全认同欲望主体的价值逻辑，这就使得他无法从另外的角度来重新审视欲望主体在新的时代条件下可能遭受的痛苦。——当然，就田纳西·威廉斯而言，留给世间的艺术精品已经非常多，人们似乎不应对他有太多的苛求。戏剧界关于当代欲望主体的认识和表现水平，至今多半还停留在简单呼喊、发表宣言的水平上，这倒是

---

① 伯科维奇:《剑桥美国文学史》第七卷（修订版），孙宏主译，中央编译出版出版2012年版，第17页。

令人称奇的事情了。

坦承人的身上具有一些不可分割的兽性剩余，其实并不是什么特别高明和新奇的见解。恩格斯早就指出：“人来源于动物界这一事实已经决定人永远不能完全摆脱兽性……把人分成截然不同的两类，分成具有人性的人和具有兽性的人，分成善人和恶人，绵羊和山羊，这样的分类……只有基督教才知道，基督教一贯地也有自己的世界审判者来实行这种分类。”但人之为有自由选择权力的主体存在，适当控制以求摆脱兽性因素不也是非常必要的吗？“问题永远只能在于摆脱得多些或少些，在于兽性或人性的程度上的差异。”[①] 这话听起来像是老生常谈，但在一个过分将兽性剩余当作主体绝对实存的时代，对这种“老生常谈”多做沉思似乎也不失现实意义。

---

① 恩格斯：《反杜林论》，《马克思恩格斯选集》第3卷，人民出版社1995年版，第442页。

理想的共同体与幻想的个体自由

——堂·吉诃德游侠骑士形象的寓意重释*

一 引言：《堂·吉诃德》与寓言写作

尽管塞万提斯曾自言《堂·吉诃德》的“宗旨只有一个：引起世人厌恶虚妄荒诞的骑士小说”①，但这部小说的真实内蕴当然绝不仅限于此。诚如欧美比较文学研究巨擘梵第根教授所指出的那样：“长篇小说最初的目的是取笑骑士小说的幻象；然而作者的天才却使小说成了一个具有深刻道德真理的作品，成功地表现了西班牙性格。它的神秘的理想主义和它的深思熟虑的常识，成功地表现了一般意义上的人，因为它的两个主角象征了理想和实际生活的永恒冲突。塞万提斯的叙述精巧而迷人……这本书中，他倾注了自己一生的经验以及万劫不复的愉快性情，如此多的善良和人情味，令人佩服，但更令人爱戴。”②近世以来，越来越多的研究者注意到小说中包含了对极其复杂的，同时也是深刻含混的人生哲理的沉思，很少有人还把堂·吉诃德的游历传奇仅仅当作是一个教人不要耽于幻想、要尊重现实的“谐噱逗趣”③的劝谕故事了。

但学界关于《堂·吉诃德》的研究至今仍然存在着一些难解之点。这些难解

---

* 本文与宋晖合作完成。曾发表于《中国人民大学学报》2014年第3期，发表时有较大删节。

① 塞万提斯：《堂·吉诃德》，董燕生译，浙江文艺出版社1995年版，第980页。

② 梵第根：《文艺复兴以来的欧美文学史》，第35页（Paul Van Tieghem, *Histoire Littéraire de l'Europe et de l'Amérique de la Renaissance A Nos Jours*. Librairie Armand Colin 103, boulevard saint-michel, Paris, 1946, 2e édition. p.35.）本文所引，均为原书页码。此处引文为谢钟湜译，鲁楠校，特致谢忱。

③ 琼斯：《塞万提斯和堂·吉诃德》，董燕生译，《堂·吉诃德》，浙江文艺出版社1995年版，第983页。

之点大体与以下三个问题密切相关。

第一，什么是推动堂·吉诃德做骑士漫游的真正的精神力量？

学界大体都已认同堂·吉诃德形象包含着强烈的现代人文因素，[①]但这所谓“现代人文因素”的内在核心究竟是什么呢？国内学界通常所谓的反教权、反封建制度说即使在一定程度上能够成立，那也是较为表层的因素了。因为促使生活在十六世纪的塞万提斯产生如此强烈的离经叛道情愫的，当有更为深沉的、坚定的精神信念。

第二，骑士精神与堂·吉诃德形象之间到底有一种什么样的精神关联性？

《堂·吉诃德》对所谓骑士精神、对所谓骑士文化制度的态度整体来说是非常矛盾含混的，时有辛辣的讽刺，但也时有包含同情态度的赞美。对这个问题，历来有两种较有代表性的观点。第一种观点是突出《堂·吉诃德》对骑士文化的批判性态度，突出堂·吉诃德对骑士文化迷恋的荒谬特质。海涅说过：“塞万提斯……使骑士小说彻底完蛋，自《堂·吉诃德》问世后，整个西班牙对骑士小说都倒了胃口，以后再也没有出版过一本这类的书。”[②]这个观点后来经过苏联学界的宣传，几乎成了社会主义阵营文艺界评价《堂·吉诃德》的基本立足点，即强调骑士制度被时代发展所淘汰的特点，因此堂·吉诃德迷恋骑士文学是一种脱离历史时代发展要求的行径，塞万提斯于此的揭示显示了现实主义精神的伟大胜利云云。第二种观点多是近代以来西方学者的立场，他们认为《堂·吉诃德》涉及的骑士小说只是一种表层的借用。从整体上来看，堂·吉诃德的形象与骑士文化没有深层次的关联，人们不可为塞万提斯在书前书尾所宣称的反骑士小说的宗旨迷惑。“这未必就表明了他的真实意图，‘我们大可不必仅根据作者的自白去领会他创作的真正用意，这样做将使读者误入歧途’。”[③]

---

① 塞万提斯可能受到过伊拉斯谟思想的直接影响。(特拉彼略:《塞万提斯传》，崔维本译，河北教育出版社 2009 年版，第 36 页。) 国内相关的讨论，较有代表性的可参见孟宪强《堂·吉诃德不是骑士的典型形象》(《社会科学战线》1982 年第 1 期)、蒋承勇《〈堂·吉诃德〉的多重讽刺视角与人文意蕴重构》(《外国文学评论》2001 年第 4 期)、王向峰《亦真亦幻的游走叙事——漫论塞万提斯的〈堂·吉诃德〉》[《辽宁大学学报》(哲学社会科学版) 2012 年第 2 期] 等。

② 海涅:《论〈堂·吉诃德〉——为该书德译本作的序》，温健译，载《文艺理论研究》1980 年第 3 期。

③ 《〈堂·吉诃德〉的多重讽刺视角与人文意蕴重构》，第 104 页。

第一种观点虽然到今天还有其流行的市场，但从学理的角度来看，它的牵强之处是明显的。[①] 第二种观点有时虽有很好的见地，但多少有些脱离《堂·吉诃德》文本本身的意味。英国剑桥大学西班牙文学教授琼斯曾指出："《堂·吉诃德》的读者至少应该清楚两件事情：一是塞万提斯读过大量骑士小说，二是他对这类书籍的熟悉程度显然决定了堂·吉诃德的形象。现代评论家们往往自以为是地诠释《堂·吉诃德》，根本不了解或不理会与其相关的文学氛围，所以说不定他们虽然旨在廓清，实则加剧暗昧。"[②] 因此，本文试图对骑士精神与堂·吉诃德形象塑造之间那种必然的精神关联性略加讨论。

第三，《堂·吉诃德》文本的内在含混性究竟源于什么？

学者们已经注意到《堂·吉诃德》文本内在的高度复杂性和含混性：小说像

---

① 从创作自由的角度说，这类观点就很站不住脚：即使骑士制度已经不合时宜了，但也不意味着恪守骑士风范的人就一定会像堂·吉诃德这样时时做出疯癫荒谬的举动，而这更不意味着作家非得从批判、否定的一面来描写骑士精神。到20世纪中叶，加缪还写过一个讴歌骑士精神的悲剧《奥尔梅多骑士》呢。另外，国内关于《堂·吉诃德》影响力判断的一些说法，主要承继海涅而海涅有关《堂·吉诃德》之后西班牙再无骑士小说的说法有容易引起误解之处，不可不稍加分辨。其一，从骑士文学自身的发展历史看，"到了一六〇五年，即《堂·吉诃德》出版那一年，骑士豪侠创奇故事热差不多已经消退了"（纳博科夫：《〈堂·吉诃德〉讲稿》，金绍禹译，上海三联书店2007年版，第47页）。其二，塞万提斯之后，西班牙仍产生过一些以写作骑士传奇而著称的作家，如索里拉（Zorrilla, 1817—1893）等（可参见 *Histoire Littéraire de l'Europe et de l'Amérique de la Renaissance A Nos Jours*, p.178）。其三，西班牙文学中骑士传奇热情的消退不意味着欧洲文学对骑士题材热情的消退。从17世纪到19世纪初期，欧洲文学对骑士题材的钟爱都是明显的，德国浪漫派的骑士题材写作更是知名的。俄罗斯文学也从骑士小说中汲取了大量营养。（可参见巴赫金《外国文学史讲座笔记》，王焕生译，《巴赫金全集》第7卷，河北教育出版社2009年第2版，第510页。）

陈众议还指出："集西班牙国王和神圣罗马帝国皇帝于一身的卡洛斯（史称查理五世）积极支持罗马教廷并与之联手对付新教。然而，在16世纪中叶的特兰托教务会议上，天主教会同时把矛头指向了骑士小说，骑士小说从此受到禁止。之所以如此的原因一直是个谜。但综观情势，当不难推断天主教僧侣将骑士文化与新教思想相提并论的可能性。当时，西班牙刚刚成为统一、强盛的帝国，而骑士文化却建立在小王国封建割据的社会基础上，从某种意义上说与支持北欧各国独立、顺应资本主义发展的新教没什么差别。"（陈众议：《西班牙文学——黄金世纪研究》，译林出版社2007年版，第213页。）陈先生所述未见详细资料出处。如其论断成立，联系前面所引资料（赫伊津哈的《中世纪的衰落》指出，骑士文学作品中常有一些宣扬异教精神的内容），我们基本可以断言：《堂·吉诃德》可算是西班牙骑士文学最后的奇葩，但它的出现与西班牙骑士文学的兴衰却谈不上有什么直接的因果联系。

② 琼斯：《塞万提斯和堂·吉诃德》，董燕生译，《堂·吉诃德》，浙江文艺出版社1995年版，第983页。

是在讽刺堂·吉诃德耽于幻想，但不免时常对其幻想抱有强烈的喜爱和同情；小说像是在攻击骑士制度的不合时宜，但有时又对所谓“真正的”骑士理想世界十分尊重。这其中更不用说小说常常出现“剧中剧”的形式：作家本人直接参与虚构故事的进程。学者在分析此类现象时，一般都突出了塞万提斯高超的反讽技巧（或其他具有后现代意味的叙事技巧）一面的问题。[①] 这些分析当然都是极具价值的，有助于我们理性地认清《堂·吉诃德》内在的文本结构形式。不过，如果结合《堂·吉诃德》具体的创作情境来考察这个问题，人们就不免略有疑惑：塞万提斯对于反讽叙事有如此清晰的意识吗？并且他是刻意地、自觉地运用反讽技巧来驾驭、控制文本的诸种含混表现？——因为如果仅是依靠本能或传统文化的影响，那是很难想象塞万提斯竟然可以据以架构《堂·吉诃德》这样一部卷帙浩大的叙事文本，且还据此自然凸显了创作者自我的世界观与价值观。另外，值得指出的还有：近代反讽艺术的成熟是在德国浪漫派崛起之后；而彼时西班牙文艺有的是热烈的抒情、机智的幽默（通常包含在对现实的细节描写中），却不以组织紧密的反讽技术见长。[②]

本文对上述问题的讨论就先从第三点开始说起。笔者认为，《堂·吉诃德》文本的高度含混性及其后来容易被指认为反讽技巧的种种现象，实际上可能是根源于戏拟文体与寓言修辞之间的内在张力。《堂·吉诃德》对于骑士小说的戏仿是一目了然的，塞万提斯所谓写作《堂·吉诃德》故事的“宗旨只有一个”不会是出于误导的目的。但问题在于，塞万提斯在创作过程中，越来越把自己的理想、个人的存在体悟掺入堂·吉诃德的游历冒险之中，他的巨大天才使得堂·吉诃德故事超越了普通戏拟文体的游戏性质而具有了一般意义上的追求意味。这个时候，当时流行的寓言写作的技巧给他提供了一种波兰尼所谓的“支援

---

① 国内学者如童燕萍的《写实与虚构的对立统一——〈堂·吉诃德〉的模仿真实》（《外国文学评论》1998 年第 3 期）、陈凯先的《〈堂·吉诃德〉对现代小说的贡献》（《外国文学评论》2000 年第 3 期）、蒋承勇的《〈堂·吉诃德〉的多重讽刺视角与人文意蕴重构》、刘佳林的《纳博科夫与堂·吉诃德》（《外国文学评论》2001 年第 4 期）、滕威的《〈堂·吉诃德〉的元小说性》（《外国文学研究》2003 年第 1 期）、刘林的《由〈堂·吉诃德〉伪续作引发的小说创作问题》（《外国文学评论》2011 年第 1 期）这方面的研究都很有启发性。

需要指出的是，博尔赫斯对《堂·吉诃德》的评论，尽管篇幅不长，但对国内学界的启发意义甚大。

② *Histoire Littéraire de l'Europe et de l'Amérique de la Renaissance A Nos Jours*, pp.32-34.

意识”（Subsidiary Awareness）①，他渐渐有意识地使堂·吉诃德的故事成了一个大型寓言②。

本雅明指出，寓言手法的基本意思是“意指一种普遍的概念，或者一个有别于其自身的理念……这一概念自身降入了肉身世界，我们可以在那个图像中直接看到概念本身”③。在基督教世界，这是一个非常本质的修辞手段。一方面，它是一种日常语用的表达技巧。但另一方面，这种技巧又建立在某种特定神学思想的基础上：基督教的永恒真理可能并且有必要显现在历史的、现实的有限世界中，并且这种显示的关联性可以是任意的、偶然的。就是说，一种意指可能揭橥了真理的内蕴，但这种意指本身不过是表象的形式，如谢林所说的，“并非永恒的自然生命，而是历史人物，神圣性在其中不过是转瞬即逝的自我显现”。寓言就是这样一种意指形式：“它自身并没有什么，但它保存了特殊性从属于普遍性的那个时刻。”④寓言手法一向是各种基督教劝谕故事的核心叙事手段，“人们都始终热衷于寄喻⑤，在16世纪这种热衷似乎再度兴盛”。⑥而这也恰好构成了彼时从西班牙、

---

① 林毓生对于何为“支援意识”有一个较为通达和简明的解释，可参考：“一个人在思想的时候，虽然他在想他的意识中集中要想的东西；实际上，后面的根据是他过去在成长过程中，一些经过潜移默化所得到的东西。”（林毓生：《中国传统的创造性转化》，生活·读书·新知三联书店1988年版，第50页。）

② 许多研究者都指出了《堂·吉诃德》文本内部的不平衡性，尤其第二部与第一部在主题、内容寓意上有较大差别。本文笔者认为，出现这种情况的一个重要原因就是：越到后期，塞万提斯寓言化写作的诉求越强烈，技巧运用也更圆熟自然。

③ 本雅明：《德意志悲苦剧的起源》，李双志等译，北京师范大学出版社2019年版，第195页。

④ 基茨泰纳：《19世纪历史哲学的寓言》，郭军，曹雷雨等译：《论瓦尔特·本雅明——现代性、寓言和语言的种子》，吉林人民出版社2001年版，第208页。

⑤ Allegorie，国内通常译作“寓言”，李双志、苏伟的《德意志悲苦剧的起源》译作“寄喻”。按：这个词的意思是“象征性的描述、比喻”。借自希腊语和拉丁语的allēgoría，意思是“另一种说法”。它指通过一个具体的画面和形象来表达一个抽象的概念。这个词形式上包括希腊词根állos（意思是“其他的”）和agoreúein（意思是“说”）。就其与Symbol（象征）的关系而言，在Symbol中被表现的东西是在场的，符号和意义之间存在着内在和外在的统一。Allegorie没有这种统一，它是碎裂的，并且与它背后的理念处于一种紧张的关系中。本雅明认为Symbol是特殊与一般的同一性，Allegorie强调它们之间的差别。因此，以汉语的“寓言”（其本义是“有所寄托的话”“用假托的故事和自然物的拟人手法来说明某个道理或教训……常带有讽刺或劝诫的性质”，中国社会科学院语言研究所词典编辑室：《现代汉语词典》，商务印书馆2005年版，第1670页）对译Allegorie还是比较贴切的；而如用“寄喻”，则似乎过于强调Allegorie只是比喻中的一种喻格而已，对于它的特殊内涵就显得不够突出了。故本文采用“寓言”对译Allegorie。

⑥ 本雅明：《德意志悲苦剧的起源》，李双志等译，北京师范大学出版社2019年版，第200页。

意大利诸地兴起的巴洛克文化的一个主要特征。①

因此，与其说是运用了反讽或其他各种更复杂的叙事技巧，不如说塞万提斯是在其所依据的文化历史条件下，运用寓言的手法，依托堂·吉诃德各种生动具体的故事，传达了他关于人生一般问题的思考。自然，塞万提斯对于寓言形式的运用只是一种形式上的借用，他并不关心传统的神学问题（他基本上是一个没有虔诚信仰的人，这一点本文稍后会有详细的讨论），但寓言倒反过来为他的故事叙述提供了一种必要的形式保障：尽管抽去了神学信仰的元素，《堂·吉诃德》中种种世俗的故事与其意指的关乎人类"普遍性的那个时刻"总是保持着紧张有度的呼应性或对应性的关系。本雅明关于巴洛克悲苦剧文本结构特性的评论也部分地适用于《堂·吉诃德》：

寄喻是如此恰切地符合了这一点。在一个复杂的组合情境下，意义贯穿于其情节中，就如同花押字中贯穿的字母一样。比尔肯将一种歌唱剧（Singspiel）称为一部芭蕾舞："这是为了指明，人物角色的放置与排列，各幕戏外表的华丽才是最本质的。如此一部芭蕾舞不过就是用活的人物演出的一幅寄喻式画作，通过场景的转换来表现。说出的话语想要的不过是成为对话，而它只是对画面的一种解释，由画面本身说了出来。"②

表面上看起来，《堂·吉诃德》是一部结构松散的小说，但只要略微深入地做一些文本细读，人们就会发现其内在的笔法谨严，"没有一处是随意的、无形的和偶然的"③，其人物形象的内涵也是高度统一的，堂·吉诃德的"疯狂举动包含着一种同一的模式，一种道德上的完善与统一性"。④如果考虑到寓言叙述的问题，关于《堂·吉诃德》文本结构的争议大多都能得到一定的合理解释。

因此，我们也就必须追问：《堂·吉诃德》的寓言所指又是什么呢？这样，问

① 可参见 *Histoire Littéraire de l'Europe et de l'Amérique de la Renaissance A Nos Jours,* pp.6-7.

② 本雅明：《德意志悲苦剧的起源》，李双志等译，北京师范大学出版社 2019 年版，第 239 页。

③ Cervantea Saavedra & Miguel de, *El Ingenioso Hidalgo Don Quijote de la Mancha,* III, edicin crticay comentario de Vicente Gaos,（可简称为"高斯注《堂·吉诃德》"）Ed. Gredos, Madrid,1987. p.35. 转引自索飒《挑战风车的巨人是谁：塞万提斯再研究》，载《回族研究》2005 年第 2 期，第 19 页。

④ 周宁：《幻想中的英雄——论〈堂·吉诃德〉的多重意义》，载《厦门大学学报》1996 年第 1 期。

题的讨论自然回到了本文开头提出的第一、二个问题上：是什么样的力量推动着堂·吉诃德做骑士漫游？他为什么需要以假扮骑士的方式做各种游历冒险？

这里有必要提到昆德拉关于塞万提斯的一个见解。他把塞万提斯提到了这样的高度：认为塞万提斯和笛卡尔一样，都在现代的发端之初，认识到了“时代的双重性：既堕落，又进步，而且跟所有人性一样。在它的产生之际就蕴含了其终结的种子”，他们都是“现代的奠基人”。[①]昆德拉尤其从现代自由个人的一面来解释堂·吉诃德游历的意义。他指出，在堂·吉诃德诞生的年代，“一直统治着宇宙、为其划定各种价值的秩序、区分善与恶、为每件事物赋予意义的上帝，渐渐离开了他的位置。此时，堂·吉诃德从家中出来，发现世界已变得认不出来了。”[②]他可算是头一个从事现代自由冒险的个人：“堂·吉诃德启程前往一个在他面前敞开着的世界。他可以自由地进入，又可以随时退出。最早的欧洲小说讲的都是一些穿越世界的旅行，而这个世界似乎是无限的。”[③]在这种旅行冒险中，伴随着现代世界自身的成熟，各种人性的秘密随之展开，这其中，既有对“个体具有无法取代的唯一性的巨大幻觉”[④]的喟叹，也有对“人类在被分为各个不同的文明之后，终有一天可以找到一体性，并随之找到永恒的和平”[⑤]的梦想，等等。当然，昆德拉主要是从欧洲小说的发展进程来评论《堂·吉诃德》的价值意义的，他并未就小说文本内在的构造艺术本身发表更多的意见。而我们认为，如果延顺着他的思路对堂·吉诃德的游侠冒险故事做深入考察，塞万提斯的寓言写作实际可概括为这样一个具体的话题：自由个体如何在共同体的追寻历程中确证自我？虽说从故事结构上看，《堂·吉诃德》的多个穿插故事也可能包孕着更多元、更含混的寓意构成，但从根本上看，“自由个体如何在共同体的追寻历程中确证自我”这层寓意贯穿了故事始终，支配了情节进程。它是堂·吉诃德做骑士漫游的精神动力源，而当它的合法性遭到了动摇——堂·吉诃德意识到骑士漫游无法确证他的存在意义、长时期来他的自我构建无非是一出幻象，他的生命就宣告终结，故事也就宣

---

① 昆德拉:《小说的艺术》，董强译，上海译文出版社 2004 年版，第 5 页。

② 同上书，第 7 页。

③ 同上书，第 9 页。

④ 同上书，第 10 页。

⑤ 同上书，第 14 页。

告终结。小说中其他的故事线索和这一寓意均存在着若隐若现的呼应关系。

结合《堂·吉诃德》具体的情节构造，本文认为，“自由个体如何确证自我”在小说中主要包含以下三部分的重点内容：一是共同信仰消失后，共同体重建（这是堂·吉诃德骑士漫游的原动力）；二是如何保卫共同体（这是堂·吉诃德喜欢装扮成游侠骑士的精神依据）；三是理想自我的虚幻性（这是堂·吉诃德的骑士梦想最终破灭的原因）。

二　无信仰的自由个人和理想的共同体

16世纪的中叶，“将在行为和信仰高度上的个体性视为人类特有的条件和人类‘幸福’的主要成分的倾向，成了近代欧洲特性的重要倾向”；这一点已经“牢固地确立了，不可能再压抑”。[①]堂·吉诃德形象的塑造，一定程度上就可视为塞万提斯感应此种时代精神风尚的见证。

而他对这种时代风尚的感应，主要落在两个方面：一是对基督教信仰的态度，二是对自由个体的联合体的探寻。

首先要说到对基督教信仰的态度问题。

在塞万提斯那个时代，人们如要深入思考自由个体的相关问题，不免要和基督教信仰的相关问题做紧密的勾连。但《堂·吉诃德》小说对此的表现很特别：尽管塞万提斯对基督教保持着一些基本敬意，但基督教道德、基督教情感仿佛已在他的心中淡漠了，基督教信仰已不是影响堂·吉诃德个人行动的重要因素。[②]

---

① 欧克肖特：《政治中的理性主义》，张汝伦译，上海译文出版社2003年版，第89页。

② 尽管也有人认为“塞万提斯和他书中的主人公都是正直的反宗教改革氛围中的虔诚的天主教徒”（纳博科夫：《〈堂·吉诃德〉讲稿》，金绍禹译，上海三联书店2007年版，第12页），但更多的研究者在小说中感受到的是塞万提斯有较强烈的反基督教情绪（可参见纳博科夫：《〈堂·吉诃德〉讲稿》，金绍禹译，上海三联书店2007年版，第12—13页）。国内的研究中，张绪华的《试论“九八年一代”的〈堂·吉诃德〉研究》（《上海外国语学院学报》1986年第6期）较早介绍了国外此方面研究的信息。李德恩

（转下页）

在小说的开端，塞万提斯就明确指出了这一点：基督教信仰不能成为人们判定事情是非的根据，它也无法成为人们判定是非的根据。作为一种判断事物是非的标准，它的有效性甚至可能不如一篇文笔信实的小说。他宣称《堂·吉诃德》的写作“完全没有必要奔走求人，乞讨什么哲人的格言、《圣经》的说教、诗人的胡诌、能言善辩者的名句、圣徒的奇迹”，而“只需努力写得明白浅显，选择贴切得体的字眼，精心连缀，让每句每段都朗朗上口、妙趣横生”[①]即可。《圣经》、奇迹等基督教信仰最为神圣的基础，在他口中，就很随便地成了和“诗人的胡诌”一样的东西。

而对于那些有益于世道人心的基督教日常伦理法则，塞万提斯则从一般的世俗人情中给予解释，有意削平这些伦理法则与信仰的关联性。某处，堂·吉诃德

（接上页）

的《堂吉诃德：伟大与渺小》（《外国文学》2009年第2期）、《论堂·吉诃德之死》（《外国文学》2010年第6期）、《〈堂·吉诃德〉中的缺席者：魔法师和杜尔西尼亚》（《外国文学》2011年第5期）等文对该问题多有讨论。不过，李先生有时也许过分突出了塞万提斯反教权、反封建统治的自觉性。索飒的《挑战风车的巨人是谁：塞万提斯再研究》提供了许多重要的国外研究的信息资料，并就塞万提斯的伊斯兰情结和反基督宗教的思想对《堂·吉诃德》展开了文本细读，非常精深。不过其立论可能有过于激进之处。蹇昌槐的《〈堂·吉诃德〉与“虚拟殖民”》（《外国文学研究》2004年第6期）对文本细节的处理立场有时与索文恰成对照，亦可参看。

某部权威著作曾经谈到所谓的“骑士美德”问题：“什么才是纯粹和理想形式下的骑士制度的典型美德？我们知道骑士制度是由三个因素构成的，即战争、宗教和对妇女献殷勤。三项中的每一项分别强调和赞美了真正骑士的基本品质。根据其军事的特点，骑士有三个主要的美德，即勇气、忠诚和慷溉。从其宗教信仰中得出三个次要的美德，即对教会的忠诚、服从与贞节。而从其天生的社会性方面则引出了三个第三位的美德，即彬彬有礼、谦卑与仁慈。从理论和原则的角度看，无论如何，骑士制度强调谦卑、仁慈。从理论和原则的角度看，无论如何，骑士制度强调骑士的责任和义务，而不是权利与特权。它提出了一种很高的荣誉标准，并坚持不折不扣地维持下去。它要求忠诚、可靠，忠于誓言和承诺，任何获益的诱惑或借口都不能改变这些承诺。要具有慷慨赠予的豪爽胸怀，即使这样会令捐赠者陷入穷困潦倒。它要求遵守宗教信条，按时参加宗教圣事；完全接受天主教信仰；完全服从教士权威及其精神指导，作为上帝选民的完美机构中的一个成员，要尊重婚姻誓约。它灌输了殷勤礼貌的精神，即一种建立在衷心体谅和真正尊重基础上的良好的行为举止的准则，这种准则的内容被大量地加入社会生活的交际当中。”（普雷斯蒂奇：《骑士制度》，林中泽等译，上海三联书店2010年版，第35页。）除了服侍教会方面的内容，比照《堂·吉诃德》，人们简直会怀疑此书中有关骑士美德的论述简直是照着堂·吉诃德的行为来写作的。据此，人们不难推断：在塞万提斯的心灵世界中，骑士精神与基督教信仰是没有什么直接关系的。毫无疑问，这种对理想骑士模板的调整和简化是一种有意识的行为，透露了塞万提斯的真正价值倾向。

① 塞万提斯：《堂·吉诃德》，董燕生译，浙江文艺出版社1995年版，第10页。

在论及耶稣的教导时这样说道："耶稣基督是上帝，也是有血有肉的人，他从不撒谎，不会也不能撒谎。他在给我们订立戒律的时候曾经说过他的'轭是容易的'，他的'担子是轻省的'。因此，他命令我们做的事绝不会是做不到的。"[①] 这种解释，其实是把耶稣降到了人类生活保育员的水平，忽略了信仰维度沉重、艰苦的一面，但小说立刻借桑丘的心理活动对堂·吉诃德的此种见解大加赞赏，认为它完全达到了神学博士的水平。

结合小说整体的故事构架，《堂·吉诃德》所张扬的自由个体精神对基督教信仰这种冷淡化的特征就可以看得更加明白。堂·吉诃德，这位薄有家财、生活小康安逸、没有家室拖累的自由乡绅，他的冒险游历，显然和贫苦生活的压力（这是当时流行的流浪汉小说故事情节展开的主要动力因）[②] 没有什么关系，但也始终与宣扬基督教信仰、对抗异端危险无关（这是骑士小说主要的话题）。他说，他的骑士冒险和一般的圣徒与骑士不同，"我们都是舞刀弄枪的。不过他们和我有所不同：他们都是圣徒，个个为神道而战；我一个凡胎俗骨，只能为人道而战。"[③] 他试图按照骑士小说的故事去"剪除强暴""报效国家、扬名四方",[④] 看上去虽有些荒唐不经，但的确符合他对于自由的吁求："自由是上天赐予人类的珍贵财富，深埋地下和沉睡海中的任何宝物都无法与之相比。自由和名誉一样，都值得为之付出生命的代价。而遭受奴役，则是人生最大的不幸。"[⑤] 而对堂·吉诃德个人世俗性的冒险游历，塞万提斯虽然时有激烈的嘲讽，有时甚至流露出一种虚无主义的悲怆——对堂·吉诃德的那种基于个人自由的决断本身也不免有所怀疑了，但他从未考虑过从这一立场后退，多少从现成的基督教信仰中来寻找慰藉。[⑥]

---

① 塞万提斯：《堂·吉诃德》，董燕生译，浙江文艺出版社 1995 年版，第 665 页。

② 纳博科夫：《〈堂·吉诃德〉讲稿》，金绍禹译，上海三联书店 2007 年版，第 15 页。

③ 塞万提斯：《堂·吉诃德》，董燕生译，浙江文艺出版社 1995 年版，第 873 页。

④ 同上书，第 15 页。

⑤ 同上书，第 871 页。

⑥ 小说中堂·吉诃德的崇拜和信仰只献给"意中人"。在堂·吉诃德的漫游生涯中，一位同路人就此攻击说："游侠骑士那许许多多的名堂当中，有一桩我觉得尤其糟糕。那就是，每次他们在凶险的大战中冲锋陷阵，眼看就要丧命了，在这个节骨眼儿上，他们想到的往往不是向上帝求助。要知道，所有的基督徒遇到类似的险境都必须这么做。可他们只顾向自己的意中人求助，而且那么热切虔诚，简直把那些女士

（转下页）

就是说，基督教信仰对于塞万提斯，既不是重要的，也不是不重要的，几乎是一个仿佛如平淡事实一般不用多加考虑的事情。在这种自自然然的态度中，无须借助任何独断性的信仰，个体自由存在乃是个体自由决断的先决条件，也就成了一个仿佛如平淡事实一般不用多加考虑的事情。

如果意识到这一点，堂·吉诃德的游侠冒险整体就构成了一个有关自由个体成长的隐喻。我们知道，在那个时代，人类个体性“不是产生于代表个体性所提出的种种要求和主张，而是产生于偶尔偏离某种人类处境的状况，在那种状况下，选择的机会被狭隘地限制了。知道自己是一个家庭、一个群体、一个社团、一个教会、一个村社的成员，是一个宫廷的息从或租地的占用人，曾经对大多数人来说，就是环境上可能的全部自我知识。日常活动不仅是那些关系到谋生，有着共同特征的活动，而且也是决定、权利和义务”①。堂·吉诃德的游侠冒险精神象征了近代个体精神在诞生之初那种越出平庸、逼仄日常生活的勇气，当然也凸显了此种精神在孕育之初的艰难。

但摆脱基督教信仰的羁绊，肯定个体自由的必然，对塞万提斯来说不过是问题的起点。当时的人文主义者在肯定个体自由价值的同时，不免追问：此种自由个体的价值又有何存在根据？除非信奉绝对的个人享乐主义，人们一般总要思考一些涉乎普遍人类价值的问题、总要相信绝对的自由个体应当在某些可能的条件下联系起来的问题（否则人类社会就将变成动物丛林了）。在此种问题探讨过程中，适度地返回基督教信仰、保持信仰与个体自由之间适度的平衡是一种比较凑手的解决问题的方法。许多思想者就按照这种思维模式展开了问题研究，但塞万提斯既然基本排除了这类问题思考方式的必要性，他就必须为笔下人物的寓意内涵寻找一种新的可能向度：这注定是一条艰难的道路。

（接上页）
们当成了上帝。我总觉得这有点邪教异端的味道。”堂·吉诃德的回答是：“这可是最最起码的规矩。游侠骑士不这么做，那就有失身份了。按照游侠骑士的规矩和惯例，每次面临一场重要的战事，他必须在眼前看到自己的意中人，然后含情脉脉地双眼盯着她，表明在这胜负未卜的关头，他正在用目光祈求夫人的支持和庇护，即便没人在旁边听着，他也必须念念有词地说句，真心诚意地向她求助。”（塞万提斯：《堂·吉诃德》，董燕生译，浙江文艺出版社 1995 年版，第 89 页）堂·吉诃德的逻辑虽然荒谬（同路人的逻辑一样荒谬），但他对基督教信仰的冷淡是明显的。这是塞万提斯本人立场的一个明证。

① 欧克肖特：《政治中的理性主义》，张汝伦译，上海译文出版社 2003 年版，第 87 页。

塞万提斯已经意识到当时个体意识崛起的两个基本表征：个人情欲的无节制放纵和个人对物质财富的无限占有欲望——某些宗教团体甚至许诺，个人物质财富的多寡甚至关乎个人灵魂能否得救。他笔下的堂·吉诃德一定程度上就是试图为逆转这个时代大潮而出现的。在塞万提斯笔下，堂·吉诃德其实并不反对私有财产和物质财富的重要性，也不主张清心寡欲的苦行僧的生活（尽管他的个人生活看起来就像是个苦行僧）：某次，他曾经为自己心目中头等重要的五件大事排了一个序，保卫个人财富赫然名列第三，其重要性甚至超过“为皇上效力参加义战”“保卫自己的国土”①。但他极端反感那种无限追逐个人物质财富的生活方式和社会风尚。在小说的开端，塞万提斯就指出反对此种社会风尚、复归（或重建）一种更符合人类正义法则的人类秩序乃是堂·吉诃德冒险游历的目的所在。②他借小说主人公之口说：到处蔓延的个人对物质财富的占有欲乃是“我们这个黑铁时代”灾难的渊薮。在理想的黄金时代，“人们不知道‘你的’和‘我的’这两个字眼！在那些淳朴的岁月里，一切都是共有的。”③堂·吉诃德还指责说，过分的、没有遏制的个人财富追逐欲望将导致整个社会风气恶化，“该死的情欲会像瘟疫一样，死乞白赖地飘到空中、钻进缝隙，最终一切庇护措施都将宣告无用。”④而人们对这些如无自觉的抵抗意思，那社会正义就将消散，人类正常的秩

---

① 塞万提斯：《堂·吉诃德》，董燕生译，浙江文艺出版社 1995 年版，第 664 页。

② 19 世纪以来，评论者已普遍认识到，堂·吉诃德骑士冒险背后包蕴着深厚的社会理想寓意：“堂·吉诃德情愿牺牲个人自己，一心要实现一个现实世界所不容实现的理想。”（杨绛：《堂·吉诃德和〈堂·吉诃德〉》，载《文学评论》1964 年第 3 期。）屠格涅夫甚至在此基础上发展出了一个较完整的崇扬堂·吉诃德精神而贬抑哈姆雷特精神的说法：“堂·吉诃德究竟表明什么呢？首先表明信仰；对某种永恒的、不可动摇的东西的信仰，对真理的信仰，一句话，对那种处于个人之外的真理的信仰，这种真理不大容易把握，要求为它服务和做出牺牲……堂·吉诃德整个人充满着对理想的忠诚，为了理想，他准备经受各种艰难困苦，牺牲生命；他珍视自己的生命的程度，视其能否成为体现理想、在世界上确立真理和正义的手段而定。有人会说，这个理想是他精神失常后从骑士小说的幻想世界里汲取来的；我同意这种说法，堂·吉诃德的可笑的一面就在于此；但是理想本身仍然是完全纯洁的。为自己而生活，只关心自己——堂·吉诃德认为这是可耻的。他整个人，如果可以这样说的话，生活在自己之外，活着是为了别人，为了自己的兄弟，为了根除邪恶，为了反对敌视人类的力量——魔法师、巨人，即压迫者。他身上连一点利己主义的痕迹也没有。”（屠格涅夫：《哈姆雷特和堂·吉诃德》，《屠格涅夫全集》第 11 卷，张捷译，河北教育出版社 1994 年版，第 189—190 页。）

③ 塞万提斯：《堂·吉诃德》，董燕生译，浙江文艺出版社 1995 年版，第 73 页。

④ 同上。

序就将崩坏："欺诈行骗、心怀叵测，却偏偏装出一副真诚坦率的样子"或成为人与人关系的基本模式；法律将"脱离自己的正道"，谁都想"依靠恩宠和钱财公然玷污、干扰它"，法官的头脑里满是"任意判决的念头"，等等。[①] 不管在别人眼中看起来有多么荒谬，堂·吉诃德对自己的游侠冒险是饱含高尚的历史使命意识的："正是因为世道变了，人心越来越坏，所以才建立骑士制度来保护贞女、援助寡妇、救济孤儿和一切无告之人。我就是干这一行的。"[②] 堂·吉诃德这样描绘他心目中的理想社会：

在那些淳朴的岁月里，一切都是共有的。每日的食粮，人们只需伸伸手就得到了：粗壮的橡树随时都在以成熟的甜美果实慷慨地馈赠他们；晶莹的清泉和奔流的江河为他们提供了大量明澈甘洌的水源；勤劳灵巧的蜜蜂在石缝和树洞里建立了自己的王国，向任何一只伸出的手奉献着丰腴甜蜜的劳动果实，而不收分文报酬……那时候，天下太平无事，人们友善和睦……那时候美丽纯真的牧羊女确实可以漫山遍野地走来走去，有的梳着发辫，有的披散着头发，身上的衣服只规规矩矩遮盖着古往今来羞耻心要求遮盖的部位。她们的服饰可不是今天常见的那些东西。那时候，既没有提尔的骨螺紫，也没有如今任人百般作践的绫罗绸缎，只不过是一些牛蒡草的绿叶和编织起来的常春藤。可她们这身装束照样非常艳丽华贵、十分入时，并不亚于当今我们那些仕女命妇们百无聊赖、刻意追求的奇装异服。那时她们谈情说爱的方式也同样简单朴实、直言尽意，丝毫用不着拐弯抹角、装腔作势……那时贞洁的年轻姑娘可以独自随心所欲地到处走动，而不必担心受到轻薄淫荡之徒的作践，即便失身，那也是她们本人心甘情愿。[③]

对堂·吉诃德来说，此番谈吐绝不是心血来潮。在他的游侠骑士冒险历程中，但凡有可能，他都会兜售此种人间理想：

我不是水神尼普顿，也不是机灵人，所以也不指望别人夸奖。我只操心一件事：向世人指出，他们不设法返回盛行游侠骑士的美好年月，实在是大错特错

---

① 塞万提斯:《堂·吉诃德》，董燕生译，浙江文艺出版社 1995 年版，第 74 页。

② 同上。

③ 同上书，第 73—74 页。

了。那时候，游侠骑士主动担起重任，负责保卫疆土、庇护弱女、扶助孤苦幼童、惩戒狂徒、奖赏忠良。如此美好的光景，当今堕落的世人怎得有福消受？现在那些骑士们，只听他们浑身绫罗绸缎窸窣，哪里还有钢盔铁甲的叮当？……①

因此，堂·吉诃德的游侠冒险，实质隐藏着制度建设的寓意，他期望通过他“这一行”的努力，使得人类社会复归美好——至少比“我们这个黑铁时代”更好一些。而他看似荒唐的种种行径，一定程度上则可看成是一种道德理想的见证：个人如何可能完全超越功利的束缚，放弃自我而为他人做贡献。故事不但经常写到堂·吉诃德不计功利报酬、舍己为人的古道热肠，还多次以他的“骑士风范”与教士们的行为相对比。在这种对比中，塞万提斯其实是在描写一种可能性：如果说过往教士的工作为人们指明了道德上的方向，现时骑士风范以其身体力行当能更有力地帮助碌碌大众。② 当然，堂·吉诃德的努力终归是彻底失败了。他的所谓“游侠义举”有时被证明是出于个人臆想，有时则显得不合时宜，其结果多半是误人误己。但此种失败除了证明理想制度实践上的困难、现实人性的复杂（堂·吉诃德的整个游侠历程也可视作他以自身高尚人格感召他人的失败历程），却不能证明他的理想自身也是失败了的。作者每每借桑丘之口来赞叹堂·吉诃德的情操：

奇怪！世上怎么有人胆敢发誓赌咒说我这位主人是疯子呢？诸位羊倌先生且说说看：哪个村的神甫，不管他见识多高、学问多大，能说出我老爷这番话来？哪个游侠骑士，不管他是多么有名的勇士，有本事应下我老爷应下的事情？③

从最后的结果来看，堂·吉诃德的道德理想多少已经感染了桑丘（堂·吉诃

---

① 塞万提斯:《堂·吉诃德》，董燕生译，浙江文艺出版社 1995 年版，第 480 页。

② 小说与此相关的描写甚多。堂·吉诃德多次做过类似的比较:“教士们是在好言好语、安安稳稳向上天祈求人间的福祉；而我们战士和骑士却凭借膂力、挥动利剑去实现并捍卫人间的福祉。我们不能待在家里，必须风餐露宿，忍受夏天酷烈的阳光和冬天刺骨的风雪。就是说，我们受上帝指派，像他的臂膀一样来到人间主持正义。打仗的事，还有所有跟打仗沾边的事，总离不开流汗、吃苦、受罪。很清楚，干这一行的无疑要吃更多的苦头，不如他们只是祈求上帝救援无助者，又平安又清净。”（同上书，第 88 页。）

③ 同上书，第 878—879 页。

德去世前，桑丘哭着鼓励堂·吉诃德应当再作冯妇的一番说辞，是一明证）。[①] 这样说来，他的人生努力倒不算是完全失败了。

英国著名政治哲学家欧克肖特曾经说过：

> “反个人”的道德，不是“自由”和“自决”的道德，而是“平等”和“团结”的道德的出现，是很难觉察的，但它在17世纪就已经很清楚了。它开始的模糊部分是由于它的词汇最初是已死的公共秩序的道德的词汇；毋庸置疑，它从它与那种道德欺骗性的类似中取得力量和合理性。但事实上它是一种新的道德，产生于反对个体性的霸权和要求建立一种新的、反映“反个人”愿望的人类处境的条件。
>
> 这种道德的核心是一个人类处境实质性条件的概念，它被表述为“共同的”或“公共的”善，人们不是将它理解为由各种个人自己可以寻求的善所组成，而是理解为一个独立的实体……从一开始，这种道德的设计者就将私有财产与个体性等同起来，因此将取消私有财产与适于“大众人”的人类处境条件联系起来。[②]

因此，按照今天的说法，塞万提斯关于堂·吉诃德故事的这一系列寓意表现，都可归入所谓的“共同体理想设计”的范畴。他实际上已经触及了这样的问题：如果基督教信仰所应许的天国已不复存在，如果每个人都已经是为自己负责的个人，这样的个人如何能够确立一些共同承认的法则，且在这些共同承认的法则、制度基础上控制、约束个人合乎自然本能的情欲享受和对物质财富的追逐。不过，塞万提斯的问题显然出现得太早了。当堂·吉诃德在西班牙大地上进行他

---

① 塞万提斯：《堂·吉诃德》，董燕生译，浙江文艺出版社1995年版，第977页。

② 欧克肖特：《政治中的理性主义》，张汝伦译，上海译文出版社2003年版，第96—97页。

马克思也曾指出，历史上各种形形色色的共同体的基本特征是：“各个个人都不是把自己当作劳动者，而是把自己当作所有者和同时也进行劳动的共同体成员。这种劳动的目的不是为了创造价值——虽然他们也可能造成剩余劳动，以便为自己换取他人的产品，即［其他个人的］剩余产品——相反，他们劳动的目的是为了保证各个所有者及其家庭以及整个共同体的生存。”（马克思：《经济学手稿（1857—1858）》，中共中央马克思恩格斯列宁斯大林著作编译局：《马克思恩格斯全集》第46卷上，人民出版社1979年版，第471页。）考察塞万提斯在《堂·吉诃德》中流露出的对理想社会的设计，我们不难发现他的思想与后世所谓的共同体理想异常地相符。因此，尽管塞万提斯本人也许对所谓“共同体”的问题并无明确的认知，但这不妨碍我们从这个视角入手来研究其精神追寻的向度。

的冒险游历时，自由个人的精神在欧洲大陆上还是新生事物，对大部分人来说，个人情欲还未来得及充分释放（而不是泛滥太过），他不可能用尚未发生的情况来判断绝对自由主义所可能引发的问题，因此，他只能借助既有的文化历史经验，依托骑士制度来想象人类未来的共同体生活。当然，他也很清楚，作为一种现实制度而言，骑士制度已经腐朽没落了，它对现实人生已没有任何真正的指导意义。小说中堂·吉诃德形象的矛盾性——日常行为的荒谬与道德高尚之间的强烈对比，可能就折射了塞万提斯自身在寓意设计上的矛盾含混性。

这可能正是堂·吉诃德疯癫气质的根本由来。尼采曾写道：一个疯子在大白天手提灯笼，跑到市场上，在一群不信上帝的人[①]中大谈“上帝死了”。同是无神论者，但这群人也根本不理解疯子的“疯言疯语”。于是：

疯子……打止了，他举目望听众，听众默然，异样地瞧他。终于，他把灯笼摔在地上，灯破火熄，继而又说：“我来得太早，来得不是时候，这件惊人的大事还在半途上走着哩，它还没有灌进人的耳朵哩。雷电需要时间，星球需要时间，凡大事都需要时间。即使完成了大事，人们听到和看到大事也需假以时日。这件大事还远着呢！比最远的星球还远，但是，总有一天会大功告成的！”[②]

和许多文化史上的疯子一样，堂·吉诃德要经营的事业距他身处的那个时代也太早了。[③]

---

① 需要注意：此处并没有使用一般意义上的 Gottloser（无神的、无神论的）。该词定位很高，尼采往往用来形容他自己或其他具有自由精神的人。相比之下，此处的无神论只是某种观念上的、人云亦云的无神论，不具备清醒的认识和思考的能力。这种表达法清楚地表明了尼采在真正的自由精神和平庸的自由思想者之间所做的区别。[根据 Wotling 译注本尼采全集（Flammarion, 1988）的法文注释。尼采：《快乐的科学》，黄明嘉译，华东师范大学出版社 2007 年版，第 208 页。]

② 尼采：《快乐的科学》，黄明嘉译，华东师范大学出版社 2007 年版，第 210 页。

③ 这也部分地能够解释，为什么《堂·吉诃德》在很长一段时间里都被看成是逗人发笑的滑稽小说，而越到晚近，人们越从中读出了各种悲剧蕴涵；越到晚近，人们离基督教信仰越远，对自我个体的绝对性体验，对堂·吉诃德看似疯癫行为背后的超越性内涵就越能有所体会。

三　如何保卫共同体：暴力行动的责任及其局限

行文至此，堂·吉诃德为什么热衷于装扮成游侠骑士仍然是一个问题。我们知道，除了几个插入的片段，堂·吉诃德的游侠骑士扮演构成了故事情节的主体，故事中几乎所有重要的矛盾冲突都源自他的骑士角色扮演。这样，人们不免疑惑：他的冒险游历所包含的那些寓意，与他执着扮演游侠骑士有什么必然关系呢？莫非这仅是出于塞万提斯的个人趣味——只是为了借机嘲弄那些荒诞不经的骑士小说？

事情当然不这么简单。对塞万提斯来说，堂·吉诃德扮作游侠骑士来进行游历冒险也是其寓意展现的一个必然环节。甚至可以说：作为游侠骑士形象出现的堂·吉诃德，寄托了塞万提斯是整个故事叙述寓意的核心。这个形象的塑造，既是小说表达共同体理想的一个至为重要的寓意环节，也传达了创作者对人生存在本质的根本见解。

对这一点我们可以将之分为两个层面的问题来做具体分析。第一个层面的问题是：骑士扮演的目的到底是什么？这涉及了暴力机器在共同体构造中的作用问题。塞万提斯特别突出堂·吉诃德游侠骑士的身份实际上已经触及这点。第二个层面的问题紧接前一层面问题而来：从堂·吉诃德的骑士扮演中，塞万提斯有何具体的关于暴力正义的设想？

第一层面的问题——堂·吉诃德骑士扮演的目的到底是什么？这个问题需要结合骑士的根本社会职能来讨论。

撇开各种衍生的职能，归根结底，骑士阶级是社会暴力机器中的一个组成部分，在欧洲特定的时代状况中，它被视为是暴力机器的主要象征。塞万提斯也是在这个层面上来调度堂·吉诃德骑士扮演的基本寓意内涵的。在塞万提斯的笔下，堂·吉诃德扮演游侠骑士，其实是试图掌控一种行使暴力的合法权力：小说默认了这样一个事实，即骑士有权力使用暴力，并且应当行使这样的权力介入、干涉社会机制的运作。《堂·吉诃德》的各种冲突场景，绝大部分都是因为堂·吉诃德试图以骑士身份行使暴力干涉的权力而引发的。而在他不做骑士扮演的时候，他立刻就没有了暴力行动的诉求，基本上也就成了一个平静、和气并且睿智通达的老人。这种对比是非常明显的。

当然，堂·吉诃德绝不是单纯为了追逐暴力的权力而来做骑士扮演的。一直以来，他都强调自己是一个“游侠骑士”：他的行为出于个人自由意志的选择，只是为了美好的人间理想，并且与任何利益集团都没什么牵连。①他扮作游侠骑士而采用的各种暴力手段，如果不考虑其结果和成效，也不考虑其中时常包含的幻觉与错觉的因素，我们就不难发现，它们都隐含着一个共同的目的：和任何可能危及人类生活的事情做斗争。故事述及了各种类型的骑士冲突，但不管其结果如何，也不问具体是与哪一类对象发生冲突（无论是保护弱小，与魔法师或巨人作战，还是守望公主之类），归根到底，堂·吉诃德的本意都是为了让人类复归那个理想的“黄金时代”。也就是说：暴力的手段成了理想和平的必要保证手段了。

以如此之多的篇幅涉及暴力行为，并在实际上隐含着以一种合乎正义的暴力手段来保卫和平的寓意，可能反映了塞万提斯对于自由个人联合方式的一种隐忧。自由个人诚然有可能形成某种理想的联合体，但也可能形成一种完全反动的组织形式，“人性的卑劣”在各种“自由关系之中可以赤裸裸地暴露出来”，甚至成为一小部分人勾结起来奴役其他人的“联合体”。正如康德在后来所谈到的那样：“野人”“依恋他们没有法律的自由”，“他们宁愿无休无止地格斗而不愿屈服于一种他们本身就可以制定出来的法律的强制之下，因而是宁愿疯狂的自由而不

---

① 堂·吉诃德曾经多次说过游侠骑士和一般骑士的不同。对于一般的、仅是武力象征的骑士，他实质上是相当鄙薄的。某次他明确指出了这一点：“一名威武的骑士在斗牛场，当着国王的面，一枪刺中凶猛的公牛，光彩不光彩？在欢腾的比武式上，骑士披着耀眼的盔甲，高举族旗，走过如云仕女面前，光彩不光彩？那些以习武操练或者类似的活动为王宫府邸增添娱乐、喜庆和荣耀的骑士，光彩不光彩？可是，比起所有这些人，最为光彩的还是游侠骑士。他们踏遍荒原田野、大路小径、深山密林，四处寻奇探险，决意攻无不克、战无不胜，赢得与世长存的美名。依我说，在荒郊野外救援孤寡的游侠骑士要比在繁华都市追求姑娘的朝廷骑士光彩多了。骑士们都有各自不同的专职：朝廷骑士听命于仕女贵妇的驱遣，身着礼服为朝廷装点门面，用餐桌上的佳肴美馔周济穷苦绅士，安排比武，举行操练。总之，只要他显得慷慨乐施、大度容人、虔信基督，那他就算是尽职尽责了。可是游侠骑士须走遍天涯海角，身陷丛林迷津，冲破艰难险阻；酷夏中要头顶荒漠灼人的阳光，严冬里则面临无情风霜的袭击；他不惧虎豹，不畏妖魔，不怕鬼怪；他的本分义务和主要职责恰恰就在于追捕它们、攻击它们、战胜它们。”（塞万提斯：《堂·吉诃德》，董燕生译，浙江文艺出版社 1995 年版，第 586 页。另可参见该书第 88—89 页、第 480—481 页等处。）

愿理性的自由”。“欧洲野人与美洲野人的主要区别就在于：美洲野人的许多部落是被他们的敌人统统吃光的，而欧洲野人却懂得怎样更好地利用自己的被征服者而不必把他们吃掉。欧洲野人懂得最好是用他们来扩充自己臣民的数目，因而也就是继续扩大战争工具的数量。”① 此种所谓自由个人的联合，本身就可能成为一个暴力系统，它可能形成一种所谓“客观暴力”的东西：我们不能把这种系统所发生的“暴力归咎于任何具体个人和他们的‘邪恶’意图，它是一种‘客观的’、系统的、匿名的暴力”②。故事中堂·吉诃德如此频繁地使用暴力来挑战世界，某种程度上就是以暴力对抗暴力，以“游侠骑士”正义的暴力对抗遍布世界不公道的暴力统治。在某处，他比较了文人与武士的差别，把武士，尤其是游侠骑士的“职业和行当凌驾于人所创建的所有职业和行当之上”：

> 目的越高尚，行为就越应受到尊崇。我这里暂不涉及神职文人，他们的理想是为上帝而战；这个至高无上的理想，世上尚无可与之匹敌者。我只讲讲世俗义人：他们的目标和理想是确立赏罚分明的正义，让人人各得其所，努力使法律得以贯彻执行。这种理想无疑十分高尚恢弘，值得大加赞誉。不过比起武士的追求还略逊一筹。武士们追求的是天下太平，这是人一生中能够企望的最大幸福……没有这件宝物，无论人间天上，都不可能有任何幸福。和平才是打仗的真正目的，而武士正是为这个才打仗的。说明了这条真理，即打仗的目的是和平。武士的追求高于文人，我们再来对比一下：文人不必用力，而武士必须用脑，孰优孰劣，岂不一目了然了？③

不过，塞万提斯虽然对堂·吉诃德暴力行动的目的与意图抱有一定程度的敬意和认同，但他对暴力行动的可能成效则持相当程度的保留意见。这其中，所谓正义暴力的执行者的行动力经常不能令人放心（堂·吉诃德扮演骑士时尽管好勇斗狠，但其实际能力只能用孱弱形容）；正义的行动通常并不能得到一个好的结

---

① 康德：《永久和平论》，载康德《历史理性批判文集》，何兆武译，商务印书馆1990年版，第110—111页。

② 齐泽克：《暴力——六个侧面的反思》，唐健等译，中国法制出版社2012年版，第13页。

③ 塞万提斯：《堂·吉诃德》，董燕生译，浙江文艺出版社1995年版，第342页。

果（如堂·吉诃德将牧羊童从残酷主人的鞭子下解救出来，但反而使他遭到更残酷的毒打）；最成问题的是，正义行动的高尚目的常常会遮蔽行动者的眼睛，使他们为正义而正义，偏离事情本身，结果完全把事情弄糟（堂·吉诃德多数行动都是这样，他总是按照自己的癖好来判断对象是非，结果把无辜的修士当成魔法师来攻击，又或者把真正的罪犯当作受冤屈者放掉，等等）。

长期以来，不少思想家都在思考暴力实践绝对正当性的问题。而塞万提斯也通过堂·吉诃德的游侠冒险表达了自己的基本立场。在他笔下，堂·吉诃德的行动实际已成了对暴力实践本体意义上的困窘状态的讽刺：暴力实践目的的自然合法性（人们都不会否认堂·吉诃德骑士行动的正义目的）通常无法获得实证意义上实践手段的合法的、正当性的证明。[①] 可以认为，塞万提斯对于暴力行动复杂而矛盾的态度，正构成了堂·吉诃德骑士形象复杂寓意的一个核心内容。

第二层面的问题——既然堂·吉诃德的骑士扮演涉及暴力正义问题，那么塞万提斯对此种暴力正义在现实世界中实践的可能性（或者说必要性）有无更为具体的讨论？

本文认为，《堂·吉诃德》寓意写作的精致性的一个突出表现方面就在这里。堂·吉诃德的冒险游历故事看似散漫随意，但它们在无形之中，却也按照几条既定的路径在呼应着故事主题，表现着塞万提斯对这个问题的基本价值立场。我们可以通过对堂·吉诃德的骑士扮演所承担叙事功能的分析来展开研究。

按照纳博科夫的说法，小说中有 40 个片段场景涉及了堂·吉诃德的游侠骑士扮演，而在这些场景中，他为了扮演游侠大致引发了 50 场左右的冲突（有些冲突的场景片段是重合的），这些冲突构成了故事文本的主要内容。在其中，有两次冲突堂·吉诃德扮演的角色是苦恼的恋人的保护人，有两次冲突堂·吉诃德扮演的角色是国王与王国的征服者，有两次冲突他扮演的角色是刺杀怪物的人，有 4 次冲突他扮演的角色是维护名誉的人，有 5 次冲突他扮演的角色是调解人，有 5 次冲突他扮演的角色是苦恼少女的保护人，有 6 次冲突堂·吉诃德扮演的角色是他梦想的女神杜尔西内娅和其他公主的捍卫者，有 9 次冲突堂·吉诃德扮演

---

① 所谓暴力的目的正义与手段正义关系的讨论，可参见本雅明《暴力批判》。（陈永国等编：《本雅明文选》，中国社会科学出版社 1999 年版，第 326 页。）

的角色是洗雪冤屈的人，有 18 次冲突堂·吉诃德扮演的角色是魔法师的敌人。[①] 纳博科夫的这些分析并不一定完全精当，[②] 但大致覆盖了堂·吉诃德骑士扮演引发冲突的基本原因。在此基础上，我们其实还可以把这些冲突归并成几个更大的类型。保护苦恼的恋人、保护苦恼的少女、做调解人、洗雪冤屈等明显都涉及保护弱小的问题，是堂·吉诃德"保护贞女、援助寡妇、救济孤儿和一切无告之人"誓言的具体实践，这些冲突可以归为一个大类。刺杀怪物、与魔法师为敌则涉及与具有超自然魔力的人类敌人作战的问题，它们可以归为一类。剩下来的一些冲突类型较为复杂一些，不过，维护名誉、征服王国、捍卫梦中女神大体都涉及其纯粹个人欲望投射的问题。这样，我们可以看到，保护弱小引发了 21 场冲突，与具有超自然魔力的人类敌人作战引发了 20 场冲突，个人欲望投射引发了 12 场冲突。这其中，个人欲望投射引发的冲突与堂·吉诃德个人利益较为有关（但也不尽然），而"保护弱小"、和"与具有超自然魔力的人类敌人作战"显然都和共同体建设的使命直接相关了。更具体地说，它们也就折射了塞万提斯关于现实中暴力正义实践的基本立场。当然，塞万提斯在这两者中具体的立场态度又是不一样的。

保护弱小需要依靠暴力、暴力行为在保护弱小的过程中获得了正义性，这是堂·吉诃德故事着力宣扬的一点。这种思想本不足为奇，它其实也是人类社会涉乎暴力正义问题时的一个较为普遍、也是较为朴素的观点。但《堂·吉诃德》的独特性在于：它把这个原则升华到了暴力正义最高的原则。如前面分析的那样，这个原则不但贯穿了堂·吉诃德冒险的全部历程，并且实际上成了权衡其他暴力实践问题的准则。像第 1 部第 22 章写到的，因认为"这帮人是硬被人看押着，心里肯定不乐意"，堂·吉诃德就要放跑囚犯，甚至将国王的律令也暂时放到了一边。考虑到塞万提斯本人对西班牙王权的尊奉态度，[③] 堂·吉诃德放跑囚犯时所

---

① 纳博科夫：《〈堂·吉诃德〉讲稿》，金绍禹译，上海三联书店 2007 年版，第 105—110 页。

② 如他把《堂·吉诃德》第 1 部第 15 章写到的堂·吉诃德与杨瓜斯镇赶大车的人之间的斗殴归入"维护名誉"就不一定妥当。此次冲突明显是因为堂·吉诃德想要为他的坐骑洛西南特拉偏架而引起的。

③ 塞万提斯的爱国主义、崇奉王权的热情都是著名的，事可参见《塞万提斯传》第 95 页、第 128 页、第 148 页等处。

喊出的“这会儿又该轮到我干自己的本行了：剪除强暴，扶助弱小”可谓是掷地有声。[①] 因此，塞万提斯对于“扶助弱小”的坚持与强调，早已脱离了骑士风度的范畴，而具有一种社会基本价值向度考量的意味。它包含的信念是：需要有一种力量保护社会底层、缺乏自卫能力的成员；在这些成员的福祉未得到确认之前，社会组织不能被称为是合乎正义的；这个保护机制是社会、共同体运作的先决条件，对其他社会法则具有支配意义。后来，罗尔斯指出，在共同体建设中，考虑给“最少受惠的社会成员带来补偿利益”[②] 是实现社会正义的两个基本原则之一。一定程度上，堂·吉诃德“扶助弱小”的信念就可视为是这种共同体原则的先声。

“与具有超自然魔力的人类敌人作战”类故事的寓意内涵比较隐晦。在此类故事中，堂·吉诃德总是和超越一般人力的巨大力量作战，这些力量通常是人类的巨大威胁（但同时又是巨大的机遇），基本上只有游侠骑士能够对付他们（按照堂·吉诃德的说法如此）。这类故事还有个共同特点，就是堂·吉诃德基本是和自己的幻想在作战，通常没有现实的对象。[③] 这和他扶助弱小的故事在本质上是不同的。本文认为，这样的故事设计涉及了人以暴力对抗未知恐惧威胁的问题。在塞万提斯的时代，人对于外在世界的诸种不确定性还是充满着巨大恐惧之情的（在普遍的意识形态上，人类开始乐观地相信自己能够操控大自然，大概要到 18 世纪后期的启蒙运动之后）。塞万提斯对魔法师之类形象的运用可能就折射了那个时代人们对源于未知的恐惧威胁的感情。荣格指出，欧洲文化中“魔法师是一个集体阴影形象，是个体中的性格的所有低级特征的总和”，[④] 它可能象征了人们内心深处对“能够引发着魔的原始恶魔形象”[⑤] 的记忆：

---

① 塞万提斯：《堂·吉诃德》，董燕生译，浙江文艺出版社 1995 年版，第 168—169 页。

② 罗尔斯：《正义论》，何怀宏等译，中国社会科学出版社 1988 年版，第 12 页。

③ 小说第 1 部第 8 章写到的著名的堂·吉诃德大战风车就是一个典型案例。堂·吉诃德看到风车，就对桑丘说：“你看哪儿冒出来三十多个顶天立地的巨人。我想过去大战一场。把它们统统杀死，夺下战利品，就是咱们发的头一笔财。再说，咱们师出有名：把这些坏种从地面上扫除干净也是替天行道嘛。”（塞万提斯：《堂·吉诃德》，董燕生译，浙江文艺出版社 1995 年版，第 54 页。）

④ 荣格：《魔法师心理学》，荣格：《原型与集体无意识》，徐德林译，国际文化出版公司 2011 年版，第 213 页。

⑤ 同上书，第 210 页。

人们希望知道他的邪恶品质发生了什么变化。天真的读者可能会认为，在愚昧无知的面向消失的时候，它们就不再存在于现实之中了。但是，一如经验所表明的，这绝非是事实。事实的真相是意识心理这时能够让自己摆脱邪恶的魔力，不再被迫不由自主地体验它。愚昧无知与邪恶尚未烟消云散，它们只不过是因为能量的丧失隐退到无意识之中……但是，如果意识发现自己处于一种危险或者不可靠的情势之中，迅即就会变得明显的是，阴影其实并未化为乌有，它只不过是在等候有利时机，重新显现为对其友邻的投射。如果这一戏法获得成功，代表魔法师的一切可能发生于其间的那个原始的愚昧无知的世界立即就会在它们之间被创造出来——甚至是在文明的最高层面上。①

欧洲传统的正统文化对这方面的问题有着久远的洞察与回应。基督教信仰在这个问题上有着极其丰富的、独特的处理方式与立场，即倾向于以暴力手段消弭此种未知威胁的恐惧（神判法、宗教裁判所等正是此种理念的外化表现）。堂·吉诃德与各种魔法师的作战也许就凸显了塞万提斯对于基督教这个文化传统复杂的接受心境。其一，他对魔法师形象中隐藏着的种种象征内涵可能是有较深洞觉的。他意识到由于人的自身局限（或者是人作为一种有限存在必然经受的各种局限），总是有各种异己力量威胁着人类的生存。为了抗拒这种不知名的恐惧的威胁，一种来自人类自身的、对暴力的持有可能是必要的，也是合乎正义的。他强调堂·吉诃德对抗此种威胁暴力的内涵，一方面显示了他对基督教文化的继承，另一方面又显示了他对基督教信仰的疏离。因为堂·吉诃德的骑士作战并没什么护教的意思。其二，堂·吉诃德与魔法师作战占据了如此之多的篇幅，凸显了他对这方面问题的重视。或者，此种故事可能包含着这样的认识：以暴力对抗恐惧是理想共同体构建过程中的基石。人类社会也许就是在对抗那些不知名的邪恶恐惧中凝聚起来的。——后来康德就评论过，“只要人类的本性还保持像他现

---

① 荣格:《魔法师心理学》，荣格:《原型与集体无意识》，徐德林译，国际文化出版公司 2011 年版，第 210 页。

在这样”，“绝大多数合乎法则的行动的发生就会是出于恐惧”[①]。其三，堂·吉诃德虽然偏好“与具有超自然魔力的人类敌人作战”，但塞万提斯毕竟又是一位思想通达的人文主义者，他在赞同个人为保卫社会需要而对抗未知威胁的同时，对其中可能包含的过分暴力的内容实际是抱有极大的保留态度的。在所有堂·吉诃德的冒险故事中，他与幻想中的魔法师做斗争一般说来吃的苦头是较大的，结果是较为丢脸的。此种故事设计也许在无意中流露了塞万提斯的部分心曲。

---

① 康德:《实践理性批判》，李秋零译注，中国人民大学出版社 2011 年版，第 137 页。

魔法师故事也许还涉及某些更复杂的生存体验问题。基尔克郭尔曾经指出:“恐惧是那梦着的精神的一种定性，就其本身而言它属于心理学范畴。醒着时，介于那我和我的另一个（‘我的另一个’是指‘我的永恒的精神’对立于那‘作为自然的生物的我自己’。——译者注）之间的差异是被设定了的，睡着时，这差异是被悬而暂止（Suspenderet）的，梦着时它是一种被暗示了的乌有（Intet）。精神的现实性不断地作为一种形态而显现，这形态诱惑它的可能性，而在它想要其捕获这种可能性的那一刻又马上消失，是一种只会恐惧的乌有。只要它纯粹地只是在显示自己，它就不能够做别的……这个概念是完全地不同于畏惧（Frygt）和其他类似的概念：后者是指向某种特定的东西，而恐惧则是那自由的现实性作为那可能性之可能性。因此我们不会在动物那里发现恐惧，恰恰是因为那动物在其天性之中没有被定性为精神。”（基尔克郭尔:《概念恐惧·致死的疾病》，京不特译，上海三联书店 2004 年版，第 62 页。）# 按：在基尔克郭尔的理论中，精神亦即自我，尤其是作为具有个体自由意识的自我。按照基尔克郭尔的说法，当自由个体获得自由并意识到自己仅仅只能是作为自由个体而获得自由时，他必然产生一种最深刻存在论意义上的恐惧意识。因为个人之有限性让他明白这种个人自由终究将归于虚无也就是“乌有（Intet）”，并且在永恒之时间中此种有限性充其量只是一个微不足道的“瞬间”。但问题是人一旦获得了自由（也就是个体自由意识），他在精神上就无法回到初始状态而屏蔽此种自由意识，在此种命定的自由中一切自我意识的屏蔽都是欺骗，真正的自由精神按其本性必然能够突破这一屏蔽。这样一来，恐惧就算成了自由意识如影随形的礼物。虽然按照人们欲望自身的唯乐原则，这绝对是多余的、不必要的礼物。所谓“精神越少恐惧就越少”（基尔克郭尔:《概念恐惧·致死的疾病》，京不特译，上海三联书店 2004 年版，第 63 页）指的就是个体自由的此种悖谬状况。根据这种说法，荣格此间所谓的关于魔法师的“阴影形象”，也许就是人类关于自我与自由原型意义的恐惧感了：如果自由是人类命定的属性，那么，人类在触及此种存在本真的原初时分也就必然形成了相应的恐惧意识。如果是这样，《堂·吉诃德》中抵抗魔法师故事的各种闹剧场景或许还包含了这样的意蕴：人的这种恐惧意识将生成诸多暴力现象。就是说，人的许多暴力活动可能源于逃避恐惧的本能欲望。虽然各种的逃避归根结底也不免是荒诞与幻觉，但暴力活动的破坏性力量能够短暂遮蔽恐惧之虚无。破坏活动不管自身多么无聊，它却是能够生成意义的。——当然，这其实已经是另一个话题了。

四　幻想的自我和欲望的修辞

尽管堂·吉诃德的游侠冒险背负着高尚的理想，尽管塞万提斯对他在游侠扮演过程中展现的高尚人格等都表现了足够的敬意，但这些都不足以让塞万提斯对他的游侠骑士扮演这一事情本身持有正面的赞成态度。小说对堂·吉诃德游侠冒险这个事情的讥讽态度是明显的，压倒了其他的叙事的声调。人们于此不免疑问：塞万提斯为什么刻意地通过这样一个看似荒谬的事件（骑士扮演）来寄寓其崇高的理想呢？

本文认为，这种矛盾张力很可能还是源自那种自由个体精神勃发之初，思想者对于个人与共同体关系之间的困惑感情，当然，更体现了塞万提斯那种非常独特的对自由个体的态度。

对塞万提斯来说，个人是一种对自己负责的人。这种自我负责的自由是自然生成的无上原则，无须其他的任何力量，包括上帝的信仰来作保——相当程度上，这种个人自由还可能是拒斥信仰的。这方面的问题，前面已有讨论，不复赘述。在此我们需要特别指出的一点是：他对自由个体的能力深表怀疑。堂·吉诃德的游侠骑士扮演基本上可以被视作是一场闹剧，这和他扮演骑士的那种高尚的目的恰好形成了极为强烈的对照，凸显了个人美好意愿与能力之间的巨大落差。当然，"个人美好意愿与能力之间的存有落差"本是一个常见的故事套路，通俗一点说便是"好心办坏事"，而《堂·吉诃德》的巨大艺术魅力则在于：塞万提斯不但对堂·吉诃德的理想做出了崇高的、强有力的表现，更在当时的时代条件下，对于自由个体能力的可能性问题做出了非常深刻的考辨。《堂·吉诃德》中多条故事线索都涉及了自由个体能力限度的问题，但其中表现最丰富、最深刻的自然莫过于堂·吉诃德骑士扮演过程中所彰显的寓意内涵了。塞万提斯通过这一故事线索揭示了自由个体的所谓个体特性很有可能乃是基于幻想：既然个体性本来就是一场幻想，那个体所拥有的各种能力就不免归于镜花水月。

通过堂·吉诃德的骑士扮演故事，塞万提斯展示了个体虚幻性的方方面面。堂·吉诃德的游侠冒险可看成是一个自由个体如何根据幻想机制凝聚自我并成型、确证、反复到最终归于解体的故事。

个体性得以产生的根据及其产生的过程本质上可能就是依赖于幻想。堂·吉诃德这位不信鬼不信神，基本没有什么基督教信仰的人士，是根据什么来确证自我——或者说找到那种不可移易的自我作为自我的出发点的呢？小说写道，他的此番探寻过程绝非浮皮潦草，而是经过一番深思熟虑："这位绅士把自己埋进书堆里，夜晚从太阳落下读到太阳升起，白天从曙色蒙蒙读到星光幽幽。他这样不停地熬夜，无休地苦读，最后终于脑汁枯竭……"但此种艰苦卓绝的探寻并不能保证其结果的有效性——事实上的情形恰恰是相反的，堂·吉诃德书读到"失去理智"，于是"满脑袋装的都是书里读到的荒诞故事，什么妖术呀、格斗呀、厮杀呀、比武呀、伤亡呀、打情骂俏呀、男欢女爱呀、痛苦欲绝呀等等异想天开的胡说。他对这一切深信不疑，居然以为他读到的那些痴人说梦般的胡编乱造都确有其事。除此以外，世界上不存在别的凿凿有据的历史。他说熙德·鲁依·迪亚斯不失为优秀骑士，但是无法与热剑骑士同日而语。此人佩剑一挥，就一下子把两个凶猛残暴高大无比的巨人劈成两半。他十分佩服贝尔纳多·德尔·卡尔皮奥，因为是他在龙塞斯瓦列斯杀死迷糊罗尔丹，当时他仿效了赫丘利用双臂扼死大地之子安泰的办法。他还说了不少关于巨人摩尔刚特的好话，因为巨人家族的成员通常都很傲慢无理、凶暴莽撞，唯有他和蔼可亲、彬彬有礼。不过在所有的骑士当中，我们的绅士最称道的还是雷纳尔多斯·德·蒙塔尔班，尤其喜爱看他走出城堡，一路抢劫，还跑到海外，盗来穆罕默德金像，据史书记载，那是全身用纯金铸成的……"①

对堂·吉诃德来说，确定一个自我，确定一个让自己有所作为、感情（价值观）有所依托的实在本源，是一个自然的需要。既然"《圣经》的说教、圣徒的奇迹"无非与"哲人的格言、诗人的胡诌、能言善辩者的名句"是同样的东西，人总得找到这样一种货色来加以寄托。在这种情况下，与其说是一种具体的实在本源给了人安慰，不如说是因为出于某种偶然，他就根据自己的意愿指认此种偶然为他安身立命的根据（堂·吉诃德之喜爱骑士小说可视作一种偶然，人们也可以如法炮制根据意愿来找到他/她的挚爱对象）。从这个角度来看，选择的任意

---

① 塞万提斯:《堂·吉诃德》，董燕生译，浙江文艺出版社1995年版，第14页。

性和偶然性就成了个体自由的主要自由表征。

在这过程中，塞万提斯强调了骑士小说独特的、巨大的魅力也许是不无预言的意味的。就是说，人们看似偶然的、任意的自我抉择可能一定程度上也有其必然性。大众的流行文化可能为个人提供了最为便当、凑手的想象自我的中介。这种便当、凑手使得人们放松并感觉亲切，“一切看上去都似乎被真实地领会了、把捉到了、说出来了”[①]，事情就在这看上去的亲切的两可中得到了确认，因为此种亲切直接就被当作了实在的证据，自我从而就获得了确证自我的保证：“公众解释事情……把先行的议论与好奇的预料充为真正发生的事情，倒把实施与行动标成了姗姗来迟与无足轻重之事……给闲言披上一种假象，仿佛在闲言中完事已经决断好了”。[②] 在此同时，事情的荒谬性（这种荒谬当然是以一种最具现实感、历史性的方式呈现的，以让人感到“那些痴人说梦般的胡编乱造都确有其事”）则往往还从另一维度印证了此种自我确认的过程，它让自我在投入自我的运作过程中获得满足感。[③]

当然，幻想机制并非单纯给予个体关于自我的想象而已，它还在更深的运作层面上保卫着这种幻想化个体在现实层面的运作。塞万提斯在构造堂·吉诃德的游侠冒险故事时，已从多方面触及了这个问题，本文重点讨论其中较有代表性的两点，一是幻想的倒错现实机制，二是幻想的自我祝福机制。

所谓“幻想的倒错现实机制”指的是：建立在幻想机制上的自我个性具有这

---

① 海德格尔：《存在与时间》（修订译本）第3版，陈嘉映等译，生活·读书·新知三联书店2006年版，第201页。

② 同上书，第202—203页。

③ 1981年获诺贝尔文学奖的卡内提在其名著《群众与权力》一书中谈到，大众化的精神活动会出现一种所谓的“大众麻痹的妄想狂症”的症状。在这种症状中，个人的极端自恋和极端麻木会呈现出典型的一体两面状态。卡内提说，“大众麻痹的妄想狂症”“观念中的伟大是以成长作为核心的，或是继续或是快速的开始新生，这些成长一般又分成两类，一是个体的成长，他总是妄想自己身体能加重加大，而不愿意承认他的生理成长已达到极限，甚至还要求各种力量随之成长。第二类是群众的成长，这类病人属于群众性者，他们都有一种强迫性的数量成长的心理，总希望能达到神话式的数字为止，对他们来说，无论是支出还是纳入，百万计的东西总是听从伟大人物的指示，由伟大的人来亲手并随意的支配。”（卡内提：《群众与权力》，冯文光等译，中央编译出版社2003年版，第289页。）

卡内提的这段分析很能够解释堂·吉诃德精神活动的某些特征。

样的能力，当自我追求与现实发生明显的违碍时，自动忽略幻想性自我的明显的不合常理之处，反而以幻想性自我的前设作为预定的标准来判断现实之是非，只承认现实事件中与自我有利的内容，而把一切不合自我意愿之事件判定为是无足轻重的幻觉。堂·吉诃德与“魔法师”的各次“大作战”（在这些“大作战”中他一般都遭到了严重的失败），主要就是依靠此种自我保卫机制强撑下来的。有一次，堂·吉诃德的朋友卡拉斯科为挽救堂·吉诃德的骑士迷梦，特意扮作骑士与堂·吉诃德打了一架。堂·吉诃德明明已经认出了他的真实身份，却拒不承认。因为一旦承认卡拉斯科是一场闹剧，他的骑士扮演也就失去了意义。他因此对桑丘强调说，这些对手之所以像自己的朋友全是一场幻觉：

这全都是鬼花招……统统都是那些死死盯住我的歹毒巫师弄出来的。他们早料到这一仗我准打赢，就事先安排好，让吃败仗的骑士变成我那位学士朋友的模样。我一想到两人的交情，手就软了，剑也就戳不下去了，心里的火气也随着消了，于是便保全了设计谋害我的那家伙的性命。哦，桑丘，你的亲身经历就摆在那儿，总不会错吧！

这种现实的倒错还是一种内在自足的逻辑机制，堂·吉诃德运用它观察世界的时候，绝不是就事论事，他通常还能够将不合他幻想意愿的现实事件按某种既定的角度统统合逻辑地整合在一起。当他发现用魔法师理论能够解释他的朋友为什么会扮作骑士，他就赶紧援引它来解释为什么他心目中的女神杜尔西内亚现实中是一个丑陋的农家女：

你很清楚，那些魔法师便便当当就能叫人的相貌走样，让美的变丑，丑的变美。这不，两天前，你还亲眼看到举世无双的杜尔西内亚，见识过原封不动的她是多么美丽优雅；可我却眼见她变成一个粗笨的乡下女人，又难看，又俗气，眼里布满云翳，口中臭味熏人，既然那个丧心病狂的魔法师胆敢玩弄这么恶毒的花招，那他装扮成参孙·卡拉斯科和你街坊的模样来抢夺我到手的战功，又有什么奇怪的呢？①

① 塞万提斯：《堂·吉诃德》，董燕生译，浙江文艺出版社 1995 年版，第 572 页。

按照此种逻辑，任何现实与自我的矛盾冲突的确都能得到一个合理的解释了。需要指出的是，过于沉湎于幻想，以幻想的逻辑倒错现实，会使人看起来疯疯癫癫，但它与疯癫是完全不同的。塞万提斯很注意两者间的差异，因为堂·吉诃德如若真是一个疯子，那他的种种行为就是一种特殊的个人现象，而失去对人的普遍生存情况的寓意内涵了。他在某处指出了两者的本质差异："真疯子老得疯下去，可是假疯子随时都能明白过来。"① 在故事中，堂·吉诃德在不扮演游侠骑士时，差不多总是明睿通达的。而在扮演游侠骑士时，他有时也颇为明智，小说第二部尤其突出了这一点。故事写道：公爵夫妇为捉弄堂·吉诃德特地排出了盛大接待场面，堂·吉诃德"受宠若惊，这是他第一次完完全全感受到自己的游侠骑士身份是真实的而非虚幻的"②。这暗示了"幻想的倒错现实机制"归根到底还是受理性控制的，堂·吉诃德始终只是在扮作游侠骑士而未把自己真正当成骑士小说中的那些能够只手打翻"二十万大军，仿佛他们都是面团做的，而且只有一个喉咙"③ 的游侠骑士。

对于这种幻想化的自我，塞万提斯写出，幻想的自我祝福机制也是重要的。所谓"幻想的自我祝福机制"是指：当个人实践在现实中严重受创，幻想机制会将之解释成是此种个人实践目标、境界过于高远的关系，这样，失败与挫折就被自我自动地追认为是一种高尚的牺牲，进而又被当作个人行动神圣性的实在证据。这种自我祝福的机制会使得那种幻想化的自我愈挫愈勇，直至将现实的失败与挫折当作进一步努力的精神与情感上的动力源泉。在小说中，堂·吉诃德经常会发表一些鼓吹骑士精神的演说。这些演说固然体现了他的崇高精神追求，但不可否认的是，其中也有一些幻想化的自我祝福的内容。小说开篇写到的他和一位同路人的聊天就是一个例证。这位同路人恭维堂·吉诃德有高尚情操，自愿干"天下少有的苦行当"，情怀超过传教士。堂·吉诃德立刻自我赞美：

教士们是在好言好语、安安稳稳向上天祈求人间的福祉；而我们战士和骑

---

① 塞万提斯：《堂·吉诃德》，董燕生译，浙江文艺出版社 1995 年版，第 570 页。

② 同上书，第 683 页。

③ 同上书，第 477 页。

士却凭借膂力、挥动利剑去实现并捍卫人间的福祉。我们不能待在家里，必须风餐露宿，忍受夏天酷烈的阳光和冬天刺骨的风雪。就是说，我们受上帝指派，像他的臂膀一样来到人间主持正义。打仗的事，还有所有跟打仗沾边的事，总离不开流汗、吃苦、受罪。很清楚，干这一行的无疑要吃更多的苦头，不如他们只是祈求上帝救援无助者，又平安又清净。我并不是想说游侠骑士比隐居的修道士更光彩……只不过要说明，干这一行肯定辛苦得多，会遭到棍棒捶打，还要忍饥挨饿、穷途潦倒、破衣烂衫、虱蛆满身。毫无疑问，以往的游侠骑士一生中肯定经历了无数磨难。当然，他们之中也有人凭借强壮臂膀的终于当上了皇帝，但是确实为此花费了不知多少血汗。而且他们之所以能攀上如此高位，还多亏魔法师和大博士们帮忙，不然他也只能空有抱负，终难如愿。①

这段言辞的后半部分对“棍棒捶打”等游侠骑士悲惨境遇的强调，明显混入了堂·吉诃德对自我际遇辩白的内容；而他扯到的“皇帝”“魔法师和大博士们”则像是自己给自己鼓劲，仿佛他自己也可能有一天实现这些丰功伟业似的。

当然，行文至此，有一个问题必须回答：在塞万提斯笔下，这种对个体幻想机制本质的认识又如何是与他的共同体理想有机结合在一起的呢？因为在小说中，人们能够感觉到，塞万提斯对堂·吉诃德形象中那些既肯定又否定的内涵，驾驭圆转自如，不容易见到其中的矛盾裂痕。本文认为，对欲望问题有意识的修辞化叙述，可能是他弥合个体与共同体理想裂缝的一个重要手段。

在塞万提斯的时代，欲望横流显然已是一个十分突出的社会问题。他在小说中从多个侧面对人性深处的隐微欲望及其力量做了考察。②但在其中，对人的欲望本能加以修辞化的表现则最引人瞩目。

所谓欲望本能的修辞化表现指的是，作者明知道人的欲望本能的自然向度，但他宁可用一种诗学的、来自文艺传统的视角来看待、处理人的欲望向度。在此种阐释的向度中，人的欲望本能反而成了人类超越自身幻觉的根据。与此同时，

---

① 塞万提斯：《堂·吉诃德》，董燕生译，浙江文艺出版社 1995 年版，第 88—89 页。

② 如第 1 部第 34 章、第 35 章插入的故事就很有代表性。故事中的安塞勒莫为确认妻子卡米拉的忠贞，拜托好友罗塔里奥去勾引她以作考验，结果引发了一场悲剧，安塞勒莫临死之前追悔莫及，在遗言中原谅了妻子的背叛：“她没有义务创造奇迹。”（同上书，第 324 页。）这个故事的劝诫寓意可谓不同寻常。

作者又对这种欲望本能的神圣化的阐释向度存有一种理性的保留，因此时常会采用多种修辞手法暴露这种神圣欲望自身的空虚。杜尔西内亚崇拜便是这种欲望表现手法的典型代表。

杜尔西内亚崇拜在小说的故事构造中具有特殊重要的地位。在堂·吉诃德的漫游生涯中，它不但直接引发了多次矛盾冲突，在其他的场合，它几乎也是无处不在的：在他想要行使“骑士本分”的时候，它给予鼓励；在堂·吉诃德遭受失败的时候，它给予安慰；在他可能耽于生活享受时，它给予警醒。堂·吉诃德对杜尔西内亚的崇拜，的确实践了骑士风范中“把自己的意中人当成上帝”这一信念。

《堂·吉诃德》对各种流行的价值观念多有讽刺与颠倒，涉及杜尔西内亚崇拜时却有些例外。它对杜尔西内亚崇拜中包含的那些正面价值，如尊重女性、感情专一、爱情关系中尽量克制肉欲因素等，基本都保持了肯定态度。尽管小说在一开头就指出，这位公主贵妇杜尔西内亚·德尔·托博索在现实中是村姑阿勒东萨·罗伦索，[①] 两者一旦混同就会闹出许多笑话，但在故事的大部分场合，作者会暗示：堂·吉诃德对杜尔西内亚的崇拜之情表现在现实中，非但不是笑话，反而是一种值得尊重的信念，这一点尤其体现在他禁欲主义的自我克制中。事实上，故事中堂·吉诃德高尚的人格，通常就是通过这一点来凸显的。比如在公爵府中，受到多位女性若有若无的挑逗后，堂·吉诃德虽然有点欲火中烧，但经过一番内心斗争后坚持了自己对杜尔西内亚的感情：

我这个游侠真是不幸啊！随便哪个姑娘看我一眼，怎么就都会爱上？举世无双的杜尔西内亚·德尔·托博索真是没有福分！为什么不能让她独享我这坚贞不渝的爱情呢？你们这些王后，想要把她怎么样呢？你们这些女皇，干吗老不放过她呢？十四五岁的小姑娘们哪，你们何必老跟她为难呢？饶了她吧！饶了这可怜的人儿！叫她获胜、叫她独享、叫她得意吧！是爱神给的机缘，要由她来征服我的心、攫取我的魂儿。听着，你们这一大帮害相思的女子：只有对杜尔西内亚我才柔顺得像甜面团，对其他人我就是一块石头；我是她的蜜糖，是你们的苦胆。

① 塞万提斯：《堂·吉诃德》，董燕生译，浙江文艺出版社1995年版，第17页。

在我看来，只有杜尔西内亚最漂亮、最聪明、最圣洁、最优雅、最高贵；其他所有的个个丑陋、愚蠢、轻浮、下贱。造物主把我抛到这个世界上，就是叫我归属于她，而不是任何别人！阿勒提西多拉，你就哭吧唱吧！还有那位害得我在摩尔法师城堡里挨了一顿揍的小姐，干着急吧！油煎也罢火烤也罢，普天下的魔法师都来捣乱也罢，我也永远清清白白、规规矩矩，也永远是杜尔西内亚的人。①

这段独白中，前面的一段自怨自艾，明显是抗拒诱惑时的内心活动，而后半段则是对杜尔内西亚的忠贞取得胜利的心路历程。小说对堂·吉诃德骑士扮演过程中的精神幻象（如妄自尊大等）虽有讽刺和调侃，但对他坚贞自守的人品，肯定的态度却也是明显的。

杜尔西内亚崇拜所彰显的这些内涵，明显是对骑士文化中的禁欲主义传统的张扬，更是对但丁以来的爱情叙述传统的继承。但丁笔下的贝阿德丽采形象开创了一种欧洲文化中关于贵妇人叙述的诗歌理想："一方面仍保持着性爱色彩，另一方面又蕴含着丰富的伦理愿望。爱情成为实现道德完美和文化完善的途径"；爱情乃是"促生虔诚和圣洁的天才之师"。②不过，塞万提斯将这种对爱情的神圣崇拜与堂·吉诃德的骑士冒险充分地结合在一起，就让事情变得怪异起来。这种爱情崇拜使得堂·吉诃德的骑士冒险具有了一种肯定性的意味。堂·吉诃德的骑士游历本是个人幻想机制推动的结果，但他的杜尔西内亚崇拜使得他的这种个人幻想具备了现实化的可能性——但丁式的爱情观念，本身就具备压抑欲望的个人成分，具有扩充其社会性、超越个人动物性内涵的意味。在这个层面上，貌似完全个人化的杜尔西内亚崇拜实际是架通其理想共同体与幻想化个体理解的桥梁。

当然，事情也许还可以从另外一面来理解。这种基本属于想象层面的爱情理想本身也就可以被视作一种幻想。以它来主导、引导个体的幻想，把它视作克服主体幻想机制一种先验的证据，把它当作超越幻想机制的意义的由来，这多少有些讽刺的意味。这除了证明主体幻想机制的力量及其严密性，好像不能更多说明一些什么了。就连欲望落入其中，也只成为其中的一个推动力量，就是说，主

① 塞万提斯：《堂·吉诃德》，董燕生译，浙江文艺出版社 1995 年版，第 777—778 页。

② 赫伊津哈：《中世纪的衰落》，刘军等译，中国美术学院出版社 1997 年版，第 107 页。

体关于自身的幻觉，借助这种欲望的力量，变得更加纯粹，更加回到了其初始之点。对这样的一些现象，齐泽克曾经谈道："女性的理想化及其向一种精神的、虚空的理念的提升……被当作是一种严格意义上的派生现象：一种自恋的投射，其功能是遮蔽她的创伤性维度。在这种精确的和限定的意义上，拉康承认：'在典雅爱情之意识形态中清晰地获得的理想化提升的要素当然已经被证明，它基本上是对个性的自恋'。由于被剥夺了真实的物质，女性便承担起镜子的功能，主体把自己的自恋理想投射到它的上面。"①

不过，问题在于，个体的幻觉的起点只是一个空洞的意愿、一次偶然的捕获（如堂·吉诃德对骑士小说的钟爱），归根结底，是一个"无"。就是说，"自恋"从根本上说也是无物可恋的。塞万提斯早就指出，欲望的神圣化虽值得人们努力肯定，但此种肯定的基石很不稳固。虽然不能和赞美杜尔西内亚的频率相提并论，小说也多次揭露：堂·吉诃德关于杜尔西内亚的一切想象，均出于幻想。小说中颇有一些文字对比。在堂·吉诃德的口中，他的杜尔西内亚：

家住拉曼却的托博索村；她的身份嘛，至少也算得上一位公主了，不过对我来说，她就是至高无上的女王；她的美貌是人间少有的，诗人们想入非非赋予他们意中人的那些绰约姿色都一一展现在她身上；她的长发是金丝，她的天庭是宽阔的净土，眉毛是天上的霓虹，眼睛是太阳，脸颊犹如玫瑰，双唇好似珊瑚，牙齿是珍珠，白玉般的脖子，大理石一样的胸脯，象牙似的双手，白皙得像皎洁的雪……②

但事实上呢，这位"难得的姑娘"："堂堂正正，有股丈夫气。游侠骑士也好，在家骑士也好，要是娶了她，就甭怕掉进泥坑里：她准保拽着胡子就给提溜出来！……听那嗓门！告诉您说吧，有一天她爹雇的短工在地里干活，她跑上村里的钟楼去喊他们；少说也离着有半莱瓜多吧，可地里的人居然都听见了，好像他们就站在钟楼底下一样。"③自然，她也是谈不上任何贵妇仪态的，她是"一个粗笨的乡下女人，又难看，又俗气，眼里布满云翳，口中臭味熏人"；④"最大的好处

① 齐泽克：《快感大转移》，胡大平等译，江苏人民出版社2004年版，第113页。

② 塞万提斯：《堂·吉诃德》，董燕生译，浙江文艺出版社1995年版，第90页。

③ 同上书，第206页，其中，"半莱瓜多"是当时西班牙的距离单位。

④ 同上书，第572页。

是一点也不装腔作势，人家见过世面，跟谁都敢逗个乐，挤眉弄眼地开开心”①。

在堂·吉诃德那么多次赞美杜尔西内亚、向她表白自己忠贞不贰的美好情操后，此类文字的对比是残酷的。但这也是塞万提斯的决绝之处。借杜尔西内亚的真实面貌，他揭露了幻想机制本身不可被幻想的基本现实，一旦触及幻想的主体这个事实，它的许多根本存在将使人根本无法直面。但无法直面现实，人也同样会很好地生存下去。相反，将幻想的事实直接暴露在人们面前才是更糟糕的情况。正如小说结局向我们展示的那样，一旦堂·吉诃德明白其骑士冒险的空无特征，他就立刻失去了维系生命的支柱：

回到幻想的观念这个话题。在这里需要做的第一件事是抛弃把幻想简化为理想化形象的做法，这种做法认为理想化的形象取消了根本的可怕的现实……相反“根本的幻想”是一个实体，这个实体是极度创伤性的：它把主体关系陈述给快感、他的存在的创伤性内核、某些主体永不能完全地认识的事物，某些主体永远不能熟悉的事物，某些主体永远不能整合进他的象征世界的事物。对这个幽灵般的内核的公开揭露蒙一种不能忍受的羞耻，将导致主体的失语、自我删除。②

与塞万提斯同时代的莎士比亚，对个人的自我确认以及这种自我确认的虚幻特征，同样有着深沉的洞觉，同样，他也将这种主体、这种无可摆脱的幻象当作了人们悲怆生存体验的渊薮。他曾借剧中人之口说道：

布　希　　每一个“悲伤”都有二十个影子，
　　　　　活像“悲伤”的模样，其实是幻象；
　　　　　愁人的双眼，饱含着亮晶晶的苦泪，
　　　　　看出去，一个东西变成了无数个，
　　　　　像正面看一幅透视画，③不知所云，
　　　　　……

① 塞万提斯：《堂·吉诃德》，董燕生译，浙江文艺出版社1995年版，第206页。

② 齐泽克：《快感大转移》，胡大平等译，江苏人民出版社2004年版，第231页。

③ 透视画：指按特殊的视角所作的画。观者亦必须从这一特殊的视角才能辨认出画中的形象。——原注。

看歪了，才越看越悲伤，
……
从一双泪眼望出去，
……
看到的无非是幻象，却当作了真相，
害得你抛下了那些泪珠儿。

王　后　　也许你说对了，可是我内在的灵魂，
反反复复叮嘱我，别想得太好了。
不管怎么样我没有办法不悲伤呀！
沉甸甸的悲哀压在我心头，哪怕我
什么都不想，只有一颗空虚的心，
那可怕的空虚也会要了我的命。
……
要知道我的哀伤是凭空而来的；
这凭空的哀伤也许有它的道理吧，
这可是一笔我还没到手的“遗产”，
眼前是时辰不到，说不清这哀伤
是一宗什么货，只能说是“无名的悲怆”。[①]

同为欧洲文艺复兴时代的文化巨人，同为近代个人自由最初的与最热烈的呼唤者，塞万提斯和莎士比亚，也几乎都感受到了此种自由背后的“幻象”的底色，因此，在他们热烈的呼唤声中，都不免夹杂上一些“无名的悲怆”的音色了（李尔、哈姆雷特、麦克白等折射着莎士比亚对这种“无名的悲怆”的诉说）。而不同的是，面临相似的问题，塞万提斯的堂·吉诃德暗示着他在直面这种“幻象”时倾向于更具个人英雄主义的浪漫选择。这一点，在小说“堂·吉诃德勇斗狮子”一节中表露得特别充分。

① 莎士比亚:《理查二世》，方平译，《新莎士比亚全集》第 7 卷，河北教育出版社 2000 年版，第 64—66 页。

在某次路途中，堂·吉诃德面对着两只被放出狮笼的狮子。其中“一只公狮子，身体庞大，不同一般，样子狰狞可怕。它本来是躺着的，这会儿站起来，在笼子里转了几圈，绷直一只爪子伸了一个懒腰，然后张开嘴，不慌不忙地打了个哈欠，舌头伸出两拃多长……两眼像火球似的，再天不怕地不怕的人见了也会吓得心惊胆颤”。而此时，“堂·吉诃德考虑着是在地上还是马上打仗。末了他决定步战，免得洛西南特被狮子吓惊了。于是他跳下马，丢掉长矛，抽出佩剑，举起盾牌，勇气十足，镇定自若地一步步向车前走去。”[①] 最终，狮笼被关上了，堂·吉诃德对同路的乡绅得意扬扬地自我表彰道：

> 我既然有幸成为游侠骑士行列中的一员，攻击进入我辖区的任何敌人，就是我义不容辞的责任。所以，我刚才攻击那两只狮子，不过是做了我职权范围以内的事。我承认此举过于鲁莽，因为我很清楚什么是真正的勇敢。这种品格介于两个不足取的极端之间，一头是怯懦，一头是鲁莽。不过，一个勇士宁可凑上去靠近鲁莽，也不掉下来迁就怯懦。挥霍无度的人也容易乐善好施，可悭吝的守财奴就不行；可以把一个鲁莽的汉子造就成一名真正的勇士，却不能指望懦夫攀上勇气的顶峰……请相信我说的话：在打仗厮杀这类事情上，宁可失之以过头，而不失之以不及。[②]

人们应当注意到，这一故事（仅就其勇敢直面狮子而言）是堂·吉诃德整个游侠冒险历程中极少的真正胜利的事例。这是一场现实中的胜利，堂·吉诃德是靠真正的骑士勇气，面对真正的对手——是真实的猛狮而不是以往那些假想的敌人，获得了斗争的胜利。

“宁可失之以过头，而不失之以不及”，这是一种富有勇气的个人决断。这种个人决断的勇气不能保证我们穿越幻想而找到真正的自我，但它或许可以支持我们获得生涯中难得的几次真正的胜利。

---

① 塞万提斯：《堂·吉诃德》，董燕生译，浙江文艺出版社 1995 年版，第 583—584 页。

② 同上书，第 586—587 页。

在自由之境中谛视人生的黯淡底色

——奥尼尔后期剧作的悲剧主题及其他*

如何评价奥尼尔后期剧作①的成就一直是个问题。国内外学界对奥尼尔后期的创作一般都给予高度评价，有学者说其后期剧作《进入黑夜的漫长旅程》代表了“奥尼尔和美国戏剧两方面的最高成就”②，还有不少学者认为，奥尼尔后期剧作为他赢得了“第二次声誉”，并且，相较于其前期剧作赢得的“第一次声誉”，也就是1936年诺贝尔文学奖所予以贞认的那种“声誉”，“第二次赢得的……更大”。③

不过，奥尼尔后期剧作到底在哪些方面做出了具有开创性意义的贡献？又或者是在何种悲剧主题的揭示上达到了后人难以企及的高度？学界对此似乎一直缺乏有力的回应。不少西方研究者强调奥尼尔后期剧作的主要特点是“自传性”④，“表现了人对打消孤独感并赋予生活以意义的渴望”⑤。而国内学者则多半强调奥尼

---

* 本文曾发表于《文艺研究》2012年第9期，发表时有较大删节。

① 本文按照学界一般的意见，把奥尼尔1934年因为《无穷的岁月》演出遭遇惨败后进入沉寂阶段后的作品统称为其“后期创作”。关于奥尼尔“后期”的时间断代，学界一直也小有争议。这是合理的：因为奥尼尔本人并没有什么“进入后期阶段”的主观念头，其艺术探索重心的变化自然会有一个过渡性的阶段，学者们根据自己对奥尼尔戏剧手法和主题的阐释视角，自然会突出强调其1934年后作品与之前的某几部作品之间的联系。在此笔者不拟对奥尼尔剧作的分期做过细的讨论。

② 弗洛伊德：《尤金·奥尼尔的剧作——一种新的评价》，陈良廷、鹿金译，上海译文出版社1993年版，第525页。

③ 龙文佩：《尤金·奥尼尔的后期剧作》，龙文佩选编《外国当代剧作选1》，中国戏剧出版社1988年版，第724页。另可参见汪义群的《奥尼尔研究》（上海外语教育出版社2006年版）第231页等。

④ 可参见《尤金·奥尼尔的剧作——一种新的评价》第548页的论述。

⑤ 弗洛伊德：《尤金·奥尼尔的剧作：一种新的评价》，陈良廷、鹿金译，上海译文出版社1993年版，第525页。

尔后期以“写实主义”的风格，揭露了“现代西方社会中人的可悲处境”[①]，表现了人生存在的“白日梦”本质。当然，也有一些研究者并不认为奥尼尔前、后期剧作有何本质的差别。雷蒙·威廉斯在《现代悲剧》中便基本持这样的观点。

这样的意见当然都有其道理。不过，仔细推敲起来，人们毕竟很难肯定“自传性”便是艺术家创作质量多么可靠的价值保证；而无论是“写实 / 现实主义”还是对“现代西方社会中人的可悲处境”的揭示等，19 世纪末期以来也是常见的现象，必须做出更为具体清晰的界说，不然也不便断言奥尼尔在这些方面有何突出的、具有决定性影响的工作。而联系 1936 年诺贝尔文学奖授奖词为他早、中期创作艺术成就做出的概括性评价——该授奖词指出，他所以赢得诺贝尔文学奖，主要是因为他的创作在戏剧观念上具有革新和领导潮流的意义（即所谓“观念剧”的表现主义[②]），及其作品具备“富有生命力的、诚挚的、感情强烈的、烙有原始悲剧概念印记”[③]的特征等，我们就不能说上述诸如“自传性”之类的评价足以阐释奥尼尔后期创作的原创性贡献了。

有基于此，本文试图对奥尼尔后期剧作的悲剧主题展开讨论。对于 20 世纪最重要的悲剧作家之一的奥尼尔来说，离开悲剧艺术来讨论其艺术成就总显得有点不可思议。按照本文的观点：奥尼尔在后期剧作中，发展出了一种极具个人性的、自成体系的、对现代人根本的悲剧性命运处境的阐释方式，这就是关于自由个体不祥境遇的宿命主题。深入考察这一点，我们不但能够了解、领悟奥尼尔悲剧艺术探索的一个非常重要的路向，也能够对现代悲剧艺术的根基、现代文化精神的悲剧性蕴涵做出一定的透视。

---

① 罗宾森：《尤金·奥尼尔和东方思想》，郑柏铭译，辽宁教育出版社 1997 年版，第 734 页。

② 恰尔斯特龙：《授奖词》，奥尼尔：《天边外》，荒芜等译，漓江出版社 1984 年版，第 575 页。

③ 同上书，第 579 页。

一　后期剧作及其精神气质

奥尼尔1934年之后创作了大量的作品。这些作品构想庞大、雄伟，思想内容丰富，寄寓了作者深刻而复杂的个人艺术野心。这其中，11部的史诗性组剧“自我剥夺的占有者的故事”无疑占据了最特殊的地位，奥尼尔试图在其中寄托最完整的、最具个人特质的艺术理想。他计划通过这个组剧描写从1790—1932年间一个家族五代人的故事。这个组剧的构思最早可以追溯到1927年。1935—1939年，他几乎将全部的精力都投入这个组剧的写作过程。1943年，他基本放弃了这个组剧的创作计划。这个组剧的创作前后历时16年。在写作这个组剧期间，奥尼尔还穿插写作了5部独幕独白组剧“作为讣告”、反极权主义三部曲（《马拉泰斯塔来访》等）和其他多部具有强烈个人自传色彩的剧作。

由于疾病，奥尼尔1943年后已基本丧失了写作能力。他一贯不喜欢让不能实现自己原初创作意图的作品存世，眼见真正完成“自我剥夺的占有者的故事”组剧已成为不可能，1943年和1952年，他分两次毁掉了组剧未完成稿的初稿和写作方案（根据一些残留的线索，我们能够推想这个组剧的初稿大部分可能是接近完成了的）。[①] 他的其他一些手稿和创作方案同时也被毁掉了。因此，我们今天所谈论的奥尼尔“后期剧作”只剩下了这几种：《诗人的气质》（“自我剥夺的占有者的故事”唯一完成的一部，按故事时间的顺序，在组剧系列中为第五部），《休伊》（“作为讣告”组剧唯一完成的一部），以及《送冰的人来了》《进入黑夜的漫长旅程》《月照不幸人》。另外，我们还能看到《更庄严的大厦》（“自我剥夺的占有者的故事”的第六部，唯一一部侥幸存世的组剧手稿，奥尼尔在该手稿上留有“未完成之作，我若去世，此稿必须毁掉”[②] 的字样）、《南回归线的无风时期》（提

① 可参见《尤金·奥尼尔的剧作——一种新的评价》，第429—433页，还可参见博加德编的《奥尼尔集》（汪义群等译，生活·读书·新知三联书店1995年版），第1266页、第1270页。

② 博加德编《奥尼尔集》，汪义群等译，生活·读书·新知三联书店1995年版，第1274页。

纲，按时间顺序为“自我剥夺的占有者的故事”的第七部，不过实际上这是奥尼尔开始组剧写作和规划的头一部作品，整个11部组剧都是由该剧作申发展开的，因此，通过这一个提纲我们能够对组剧原初的命意、规划有所了解）。

尽管存世的作品不多，但这些作品大多堪称杰作。因此，根据这几部作品，我们已有足够充分的依据来探讨奥尼尔后期对悲剧艺术的探索及其所取得的成就。

通过考察这些作品我们能够发现，尽管创作年代的跨度很大，归属的主题系列多不相同，形式技巧上也各有不同的着墨重点，但它们在一个关键点上具有令人震惊的相同性。这些剧作的主人公在精神气质上其实都属于同一类人：都是所谓的具有“诗人气质”的人，好做白日梦，曾经有过不错的人生发展阶段，但在剧中出现的时候，人生已经被无可救药地毁掉了——没有任何力量可能延缓其毁灭（通常就是自我毁灭）的脚步，并且，他们还有一个共同的嗜好，便是酗酒。因此，可以说，酗酒者——自我毁灭者——构成了奥尼尔后期剧作悲剧主人公的基本面相。《更庄严的大厦》中的西蒙·哈福德可以说是其中唯一的例外。不过正是这一例外，可以与其他的几部作品构成很好的对观效果，我们可以更贴切地、更感性地体会到奥尼尔对现代人生悲剧洞察的深度，及其艺术探索存在的局限。

奥尼尔本人就有酗酒的恶习——后来导致他丧失写作能力的动作性震颤很可能就是早年酗酒的后遗症，对他精神成长有决定性影响的兄长杰姆斯更是个沉湎于杯中之物而不能自拔的人物。许多评论家在此对奥尼尔剧作的自传性特征做了很好的分析研究。这些研究对我们深入理解奥尼尔剧作的内涵极有启发价值。不过，一些研究者的研究视角可能也因此过多地受到了“自传性”话题的束缚而忽视了这样一个问题：奥尼尔为什么这么着迷于描写这样一类酗酒者的形象呢？

事情很明显：《诗人的气质》中的梅洛迪、《休伊》中的埃利·史密斯、[①]《送冰的人来了》中的希克曼（该剧中还有一群被酒精毁掉人生的人物）、《进入黑夜

---

① 可参见郭苏苏《奥尼尔〈休吉〉与日本能剧》（手稿）。

的漫长旅程》中的小杰姆斯·泰伦以及《月照不幸人》中的小杰姆斯·泰伦（本文所引译文译作“蒂隆”。没错，奥尼尔在这两个剧中直接用了他哥哥的名字）之所以哀切动人，并不是因为观众在其中看到了奥尼尔一家悲惨遭遇的关系。观众是在这些酗酒者身上感受到了人生——尤其是现代人生“悲到了极点，再没有什么可以多说的了”的悲惨宿命。观众能够意识到：“剧中有许多地方突然把人的灵魂的幽深隐秘之处赤裸裸地暴露无遗，但这不是出于残忍或道德上的高人一等，而是用理解和同情的眼光把他看作是被生活和他自己嘲弄的受害者。”[①] 这些体验，跟酗酒本身没有什么直接关系，观众可以是一个滴酒不沾的人，但他照样能够体会到剧中的这种情调。

奥尼尔在后期剧作中通过《送冰的人来了》中的希克曼、《进入黑夜的漫长旅程》中的小杰姆斯·泰伦一类酗酒者形象的塑造，叙写了现代人生一种普遍的生存境遇。按照一般的情况，像希克曼之类的人物，不应该拥有这样一个被毁掉的人生。他们说起来都还有一个普通人之上的生活处境：没有被上苍戏剧性地剥夺了身体的健康，从没有遭到体制或个人特别不公正的待遇。实际上，他们一般都有不错的收入，通常拥有一个至少看起来很不错的家庭——在许多作家的笔下，现代家庭已成了一个只要稍许一瞥就能看出是人间地狱的场所，人们只要稍稍联想一下易卜生的《群鬼》、契诃夫的《万尼亚舅舅》、高尔基的《骨肉之间》、斯特林堡的《塘鹅》、霍普特曼的《日出之前》等剧就能够理解这一点——从这个角度来说，奥尼尔笔下这类人物的生活处境不能不说是相当美好的。按照一些人的说法，这其实已是“顶好”的一种处境：下无生存之忧虑，上又不用特别去争夺那些包含着危险的权力或过度的财富。[②]

不过，奥尼尔完全无法认同此类人生观。按照他的观念，这种顶好的人生同样是充满了危险的、让人难以消受的人生。因为在这种人生状态中，每个人确定无疑的都是作为个体的个人，都是自由的。但作为自由的个人，这种自由会成为不可承担之重负。这种不可承担和各种戏剧性的处境没有关系，其实和体制的压

① 奥尼尔：《1940年把〈送冰的人来了〉剧稿送交“戏剧公会”剧团老板兰纳阅读时附的信》，郭继德主编《奥尼尔文集》第6集，刘海平译，人民文学出版社2006年版，第356页。

② 笛福：《鲁滨孙漂流记》，徐霞村译，人民文学出版社1959年版，第3页。

力也没有太多的直接关系，只能说，它是超越了一般人类个体能力而出现的崩溃现象。

在剧作中，奥尼尔运用其不可思议的、有令人着魔之魅力的戏剧矛盾的编织能力，将这些“自由”的现代人所可能遭遇的强大的生活压力生动鲜活地呈现在了戏剧舞台上。他所营塑的戏剧场景是如此具有生活的气息，又如此具有概括性和富有象征的内涵，以至于一切分析性的评论在它们面前都显得苍白无力。在此，我们只能选择几个比较重要的问题展开讨论。

惰怠可以说是奥尼尔笔下这些人物所遭遇的第一重、也是最为普泛的一种自由的痛苦。如果没有一种道德上的自我约束或类似于清教上帝的严厉督促，自由的个体显然拥有充分的惰怠的权利。但这种充分的惰怠权到底只是一种理想化的说辞，不劳动者不得食，在自由个体的社会这反而是一项生存的铁则。当曾经辉煌（至少自以为经历过辉煌）的自由个体失去了向上奋斗的激情，试图行使这一惰怠权的时候，比如《诗人的气质》中的梅洛迪、《休伊》中的埃利、《送冰的人来了》中的希克曼，等等，他们尤其容易遭受理想与现实、过去记忆与现实冷峻之间巨大落差的伤害。这些人物，按其自由的本性，当年曾经奋斗过，取得过一定的成功，然后，根据其自由的惰怠权，放纵了自我，因此又落魄了。对他们来说，事实的残酷性在于，现实的一切遭遇都是他们自由选择的结果，他们只是在行使自己的正当权利却得到了这样一种结果。他们当然也能够行使诸如“努力、奋斗”之类的积极自由权利来改变这一切，他们明白这一点，因此反而感到了更深刻的不自由的痛苦：他们自由的灵魂无法让他们漠视这一面的自由事实而彻底地陷入惰怠当中。于是，酗酒——中断对现实实存情况的自由感受就成了一个再自然不过的选择。

爱的匮乏是现代自由个体容易遭受的另一重伤害。因为个体都是自由的，爱显然就成了自由之外一种附加的东西。或者说，在充分自由的条件下，爱只是一种心理的情绪。尼采甚至说，连母爱都只不过是控制欲的一种外化形态。但是，即使连最具独立个体自由的人都不可能是完全钢铁意志的，自由的状态改变不了人类作为感性动物的现实。或者说，正因为自由状态摒弃了爱的绝对性，爱对自由个体来说就变得更为难能可贵了。《进入黑夜的漫长旅程》与《月照不幸人》中的两位小杰姆斯·泰伦便突出地表达了现代人生的这种感受。这两位小杰姆斯·泰伦对爱都拥有一种极度的渴望，并且，按照他们的理解，母子之爱乃是社会中最牢不可破的爱的关系。但是，母亲吸毒——并且因为吸毒而拒绝抚养自己孩子的事实，极大地震惊了他们。原来母爱也是这么的脆弱！而通过进一步地自省，他们还意识到，自己作为自由的个体，并没有多少索取爱的资格。因为一个彻底自由了的现代人，为爱准备的灵魂空间也是很有限的。《月照不幸人》中的小杰姆斯·泰伦便痛烈地自省：自己声称那么热爱母亲，却在护送母亲灵柩的途中，一路上跟妓女鬼混。认识到这一点，酗酒——中断对现实实存情况的自由感受就成了一个自然不过的选择。

个体的自由还意味着梦想和现实的绝对差别。人生的理想与现实总是存在着重大差距，意识到这种差别的绝对性是残酷的，有时能让人对生存的意义瞬间失去全部希望，恰如尼采说的那样，摆脱这种困境的方法只有两条：一是不要出生；二是在问这个问题的时候还来得及去死。传统的社会文化发明了许多应对此类人生问题的机制，不管后人说它们是白日梦还是其他什么也好，这种人生保卫机制通常是有效的。但在现代自由社会中，这种白日梦就变得异常困难并且珍贵了起来。自由个体对于自我的处境总是具有异常清晰的认识：他与其他个体的分离情况是如此清晰，因此他不能不对自己的现实情况具有清晰的认识。这就使得现代人白日发梦比过去要艰难得多。《诗人的气质》中的梅洛迪就是这样，他为了证明自己确有高人一等的地位，要保持一种“贵族”的派头赢得妻子、女儿及食客的尊重，他就要不断召开狂欢盛宴和养一匹根本派不上用场的马，以至于弄到彻底破产也在所不惜。做这种白日梦的确是艰难的，为了让梦不那么容易被惊醒，于是，酗酒——中断对现实实存情况的自由感受就成了一个自然不过的选择。

性本能与其他的生物性冲动也给现代自由个体带来了巨大困扰。照理说，现代自由个体应当是能够按照充分的自由意志进行自主决断的个体。现代个体在一般条件下也总是按照这种姿态来做自我期许的。但是现实情况常常损毁这种自由个体的自信。照奥尼尔的看法，性本能与其他的生物性冲动同样也是自由个体行动的支配性力量，这种力量虽不见得是超越于自由意志之上的本源性的支配力量——这一点也是奥尼尔中、后期创作的一个较大的差别之处，性本能在这时期不再像以前那样具有夺目的核心地位了，但各种动物本能的力量仍然给人们带来了巨大的困扰：像《诗人的气质》中的梅洛迪想做一个好丈夫，却忍不住与每一个略有姿色的妇女调情;《月照不幸人》中的小杰姆斯想做一个好儿子，却抑制不住邪念要去嫖妓;《送冰的人来了》中的哈里·霍普收留了大批食客，想做一个负起更大责任的“大哥”，却克服不了内心自我幽闭的恐惧感竟然不敢迈出门一步。类似种种，不能不让一个自由个体对自己、对自己的自由状态真心的失望，于是，酗酒——中断对现实实存情况的自由感受就成了一个自然的选择。

社会身份和社会责任意识同样给现代自由个体带来了巨大的精神压力。除了极少数彻底的自私自利者，没有人会认为自由个体能够放弃社会责任而真正“自由”的存在。但问题在于，对现代自由个体来说，他们所认识到的、所认同的社会责任其实差别是很大的，不唯有差别，某些社会责任观之间还存在着激烈的甚至是你死我活的斗争关系。假如并无一种绝对的价值作为保障，自由状态自身并不能认证——至少到目前为止还无法自发生成一种足够具有普遍性的思想系统来认证自由个体现实中应然的社会责任。《送冰的人来了》就生动地描写了个人这种社会支撑背景崩坏后的毁灭性状况。剧中“哈里·霍普旅馆”常年集聚着一群无所事事的人，有爱尔兰独立运动人士，有无产阶级运动的积极分子，有无政府主义者，有英国殖民主义的拥趸，还有不愿介入社会工作的颓废的哈佛大学学生，等等。这些人面貌各异，只有一个特性是共同的：坚持某一种社会理想，但又都搞不清楚这种理想有什么实践意义上的必然，或者说他们作为自由个体有什么承担这种理想的必然，于是，因为惰怠的天性，他们的人生就这样被毁掉了。于是，酗酒——中断对现实实存情况的自由感受就成了一个自然不过的选择。——《诗人的气质》关于梅洛迪旅馆狂欢宴的描写、《进入黑夜的漫长旅程》对泰伦一家破碎家庭关系的描写，部分地也包含有这方面的悲剧性内容。

最后需要指出，在奥尼尔笔下，构成现代人生之悲剧境遇的真正的决定性因素，是现代自由个体的自反性的批判能力。笛卡尔说，“我思故我在”。的确，人类正是通过这种对自我问题的不断思辨和深入的灵魂的拷问，才确立了现代个体的独立自由的自我意识。不过，奥尼尔观察到，这种自我意识的确立，虽然保证了个体的独立性，却未必能够成为个体幸福的保证。事实上，某些时候它反而是灾难的保证。像《送冰的人来了》中的希克曼，他惰怠了，颓废了，于是在现代商业机制中成了一个失败者。对一个具有如此自我意识的现代人来说，这种生活状况已经是够糟糕的了，因为他很清楚地意识到，是他自己——没有别的借口——造成了这种状况。他迫切需要一个宣泄之口，一个迁怒的对象，一个安心做白日梦的方法。这种情况下，他的妻子伊芙琳对于他的无条件的宽容与厚爱竟然变成了灾难的根源、悲剧的导火索。伊芙琳对于希克曼的爱，使得希克曼甚至无法以最无赖或粗鲁的方式遮掩自我对于自我的论断。起初，他还有勇气放风造谣说伊芙琳偷汉子，从而把自己打扮成一个甘戴绿头巾的无辜者形象，但伊芙琳永恒的无条件的爱使得他终于无法躲避良心上的歉疚感。而作为一个现代人，他又没有办法泯灭这种对自我的拷问态度，因为这已是他与生俱来称为自我的能力。这种矛盾的纠结状况终于发展到了他再也不堪忍受的地步：他开枪打死了妻子。在这一声枪响中，现代个体自由意识与现代人生幸福追求的距离被彰显到了最大的程度，现代人生的悲剧性命运就此达到了高潮。唯其现代人拥有如此之强烈的个体自由意识，其痛苦因此就连那种无尽的爱都无从拯救；它甚至是如此拒绝个体意识之外的其他一切，以至于不惜自我毁灭来达到这种自我的贞认。[①]在这种情况下，酗酒——中断对现实实存情况的自由感受，最终还是无法成为一个自然的选择。除了悲剧宿命，人生好像也就没有其他的选择了。

这些酗酒者，在某种程度上，我们现在可以称他们为“自我毁灭者”。不过，“自我毁灭”这种说法，听起来似乎过于激烈了。在奥尼尔的剧作中，除了《送冰的人来了》中的希克曼，很少有人物是以那种自觉的、决然的自我毁灭的方式结束一切的。一般地，他们都正如那些酒精成瘾者那样，虽然略有意识，却无可救药地被酒精没过头顶，最后将自我沉寂、消散于无边的黑暗之中。对于这类人物，奥尼尔已经给出了一个很好的称谓：“自我剥夺者”。

前已谈到，尽管《送冰的人来了》《进入黑夜的漫长旅程》《月照不幸人》等都取得了巨大的成功，但这些作品其实并不是奥尼尔后期的工作重心，这些作品只能被当作插曲。他在后期念兹在兹的，是企图完成“自我剥夺的占有者的故

---

① 西方有研究者也注意到了这一点：“希克曼包含了西方文化最古老的概念：认识你自己。不过希克曼错了，因为这出戏剧表明了人性的真相是让人无法容忍的。自我认知对于奥尼尔是一句诅咒，因为人能够认识自己，但是无法改变自己一点点。”可参见 Andreach, Robert J, “O ‘Neill’s Women in the Iceman Cometh” ,（*Renascence*, Milwaukee: Marquette University Press, 1966: Autumn, pp.89-98.）

事”组剧。当然，如人们所熟知的那样，这项工作其实并不成功。他费时16年，最后只留下了一部完成的剧作，一份手稿、一份提纲。问题出在哪儿呢？从《更庄严的大厦》手稿中我们也许可以窥探一二。

奥尼尔研究家们都认识到，《更庄严的大厦》“尽管处于不完善的修改状态，同《诗人的气质》相比，更好地表明了他在这套组剧中的意图”①。奥尼尔在该剧中，试图通过西蒙·哈福德和萨拉·梅洛迪两个人物的塑造，揭露在现代商品制度驱使下人性的微妙变化和本性自我放逐的情形，从而揭示这样的主题：现代人生自我实现和占有外在物质世界的过程，表面上看起来是个体自由意志实现的过程，但其实这同时是一个将个体自由与外部物资的有限性与特殊规定不可分割地捆绑在一起的过程（这实际便是我们通常所说的“异化”，不过奥尼尔好像没有提到过这个字眼，这里我们暂不借用这个政治立场过于明确的概念），因此也就是一个自我本性的自我剥夺的过程。奥尼尔试图通过这样一个对现代物质主义批判的计划②来动摇所谓的现代自由制度的整个根基。③

不过，这些用意在剧作中虽然表达得很清楚，却表现得不够自然。人们很难通过剧情的发展自然感受到这种占有与自我剥夺之间究竟是一种怎样的关系：占有必然导致自我剥夺的处境吗？占有又是以哪些方式表现为自我剥夺的？在这种占有与剥夺的矛盾关系之间，现代人究竟丧失了什么最宝贵的东西？很难说奥尼尔在此找到了一条能够将各方面戏剧冲突合理组织起来的矛盾线索。从手稿来看，奥尼尔一会儿批判贪婪的财富欲所造成的人性伤害，一会儿又落墨于恋母情结的模式，一会儿又着眼于家族秉性气质遗传的话题，有时，他又好像对婆媳之间天敌式的对抗关系显得津津有味。这样的一种混乱和肤浅，导致《更庄严的大

① 弗洛伊德：《尤金·奥尼尔的剧作：一种新的评价》，陈良廷、鹿金译，上海译文出版社1993年版，第453页。

② 参见奥尼尔《1928年给G.J.内森的信》，载郭继德主编《奥尼尔文集》第6集，刘海平译，人民文学出版社2006年版，第267页。

③ 关于现代财富制度批判与现代自由观批判在概念上的等价性，用哈耶克的话来说几乎是“不证自明且无须证明”的。现代自由的唯一必要前提就是：“通过确定（更确切地说，就是经由把规则适用于具体事实的方式而使人们能够识别出）只有特定的个人可获准处置而任何其他人都不得干涉的一系列物品的方法而为每个个人界分出所允许的范围。”（弗里德利希·冯·哈耶克：《法律、立法与自由》第一卷，邓正来等译，《中国大百科全书》，中国大百科全书出版社2000年版，第169页。）

厦》在艺术上不可能获得成功。

而这一事实实际也说明了一个问题：奥尼尔并不擅长处理“占有”这一话题。他对现代人生被剥夺、“被丧失”的特性深有洞察，有着极深的同情体验，但对这种被剥夺的根源——尽管他已经找到了一个极富表现力的字眼“占有”来概括问题的本质，却还缺乏足够的艺术提炼能力。因此，组剧中唯一完成的一部——《诗人的气质》，就主要是从“自我剥夺”这一角度来描写的。他也必须得稍稍偏离“自我剥夺的占有者”这样一个复杂的主题，才能在《送冰的人来了》《进入黑夜的漫长旅程》《月照不幸人》《休伊》中对现代自由个体“自我剥夺”这样一个事实做如此深入的、尖锐的展示。

二　酗酒者的美学象征

还有一个问题是值得追问的：为什么后期奥尼尔如此偏爱酗酒者的形象呢——像是离开了这一个特征就无法把握其剧中的悲剧特征了，如《更庄严的大厦》中的西蒙似的？除了那些自传性的个人因素，这一现象是否可能包含了某种更为深刻的悲剧美学方面的问题——就是说，奥尼尔实质上构造了酗酒与现代自由个体“自我剥夺”的生存状况之间的必然关系，以至于酗酒者自然成了现代“自我剥夺者”的象征？

联系悲剧人物的角色特征的变化，这个问题所包蕴的美学内涵就能够看得更为清楚。

我们知道，历来悲剧主要人物的角色特征，一般总表现出某种高于常人、不同凡响的特点。即使发展到了近现代，悲剧主角越来越脱离了传统悲剧高贵人物身份的限制，日常生活日益成为悲剧一般的表现内容，悲剧主角不同凡响的个人气质仍然是悲剧的重要表现方面。按照雷蒙·威廉斯的说法，这些悲剧人物虽然在社会身份上不再是绝对高贵的了，但他们的精神气质至少映射了某些重大的精神性的内涵，这就使得他们的生活、他们的存在本身即构成一种高贵的象征：

人既处在自己能力的巅峰，也面临自己力量的极限。他的理想远大，却遭到挫败。他释放很多能量，却被自己的能量摧毁。这一结构带有自由主义的色彩，因为它强调不断超越的个人；这一结构也是悲剧性的，因为它最终认识到失败或胜利的局限。将近四个世纪以来，我们目睹了个人冲动与绝对障碍之间的张力。①

雷蒙·威廉斯因此指出，现代悲剧实际上可以称为“自由主义悲剧”：自由主义乃是现代人生存的基本底色，现代人悲剧性体验通常就具有一种自由主义悲剧的色彩。从大的方面来说，他的这种概括基本上是合理的。不过，具有一定反讽意味的是，他对自由主义悲剧这种自由主义的底色虽然抱有真诚的批判态度，但是，他相关的解释仍不免过于自由主义化。他过分理想化地读解了自由主义精神的悲剧。

照威廉斯的说法，“个人冲动与绝对障碍之间的张力”构成了现代悲剧的基本精神底色。然而，这种说法明显高估了现代自由个体的精神自觉性，以及因为自由的存在条件，个体反而容易遭到毁损的各种可能。事实是，一些悲剧作家在其关于现代个体悲剧的表现中，特别关注自由个体之不幸的问题。而富有意味的是，这种关于自由个体不幸的表现，通常又和酗酒者形象的塑造有着很强的关联性。

我们从现代悲剧的先声——毕希纳的《沃伊采克》中已经能够看到这一点。剧中虽然没有直接描写沃伊采克的毁灭与酗酒恶习之间的直接关系，但酗酒的状态无疑是他精神上混沌并走向自我毁灭道路的催化剂。② 而从19世纪后期开始，酗酒的悲剧主角的自我毁灭，已成为部分悲剧作家的重要表现主题。

这些作家高度关注现代自由个体的自我毁灭问题。一方面，他们强调突出个体自由的绝对性。这种绝对性之为绝对性，也就意味着在这种绝对性之外自然就不存在其他的绝对性，一切宗教信仰、道德和其他心灵内在美好的东西都变成一种随机性的、极度脆弱的，其实也就是可有可无的东西。在这一层面上：个体自

① 威廉斯：《现代悲剧》，丁尔苏译，译林出版社2007年版，第79页。

② 参见毕希纳《沃伊采克》“组合文本”第17场、第19场，中译见《毕希纳全集》（李士勋、傅惟慈译，人民文学出版社2008年版）第224—226页。

由就成了动物性存在的自由方式。另一方面，作家们写出，外在社会环境的险恶尤其突出了这种自由个体动物性存在的必然。因为社会政治制度的不公平以及其他某些宿命性的外在力量，除了动物性的存在方式，人类竟然并无其他任何可以自由选择的东西。为了对此稍做突破，人们就要付出生命的代价。但事实上，对这些“自由”的个体来说，生命直接的存在、毁灭与否，已不是问题的关键。当他们自处于这样的生存状态并甘心于这样的生存状态的时候，作为“人”的意义上的个体，他们其实已经被毁灭掉了。比较有巧合意味的是——实质上未必是巧合的是：剧作家们又通常借用酗酒者的形象来突出、刻画自由个体的毁灭。作家们不约而同地描写道，酗酒这一行为深度地介入创作者笔下人物的生命状态中的时候，那些“自毁者”安心地沉入酗酒的状态的时候，即是悲剧降临的时刻。在这里，酗酒不仅成了一种象征，更像是一种具有实体性行为的事件：它直接成了被毁掉的、动物化了的人生本身。霍普特曼《日出之前》中的海伦妮①、《马车夫亨舍尔》中的亨舍尔，高尔基《底层》中的底层人物群像，大致上都可以归入这类。而奥凯西《朱诺与孔雀》中的“船长”杰克·波伊尔、《犁与星》中爱尔兰底层人民的群像，更将此类动物性意义上的自毁者形象②的悲怆意味发挥到了顶峰。奥尼尔中期剧作《大神布朗》中的迪昂·安东尼，也可归入这一类的自毁者的形象系列中。③

没有疑问，奥尼尔后期剧作中的酗酒者/自我剥夺者形象与上述的此类自毁

① 《日出之前》虽然并未直接描写海伦妮的酗酒状况，但按照他这时（该剧写于1889年）信奉的自然主义观念的家族遗传学说，海伦妮的未来多半毁于其酗酒。就是说，她那个畜生一样的酒鬼父亲的种种恶习迟早会出现在她的身上。这种血缘关系的宿命，构成了《日出之前》真正的悲剧底色。

② 所以要强调这类酗酒者是“动物性意义上的自毁者形象”，是因为现代悲剧还存在着诸如契诃夫笔下伊凡诺夫式的自毁者形象。威廉斯认为，这类人物“在困境中，人虽然还在努力奋斗，但他们没有胜利的可能。这位生活的斗士竭尽全力而死去。在僵局中，不存在任何行动的可能性，甚至连行动的企图也没有；每一项主观行动都会自我抵消”。（威廉斯：《现代悲剧》，丁尔苏译，译林出版社2007年版，第139页。）这一类自毁者形象的美学蕴涵和强调的主旨与酗酒者们有着明显的差异，在此有必要略加分说。

③ 奥尼尔剧作写到的饮酒场面很多，比如《安娜·克里斯蒂》中就有很多饮酒的场景，《悲悼》第3部的开场戏是几个老头在喝酒闲谈。但这种饮酒仅是一种日常化的场景（当然也有点风俗描写的设计），并未涉及酒精对于人的折磨、饮酒与个人生存痛苦之间的关系，这些不在我们讨论之列。

者形象有着直接的承继关系。[①]但我们在此强调的则是，比较前人的作品，他创作的锋芒所指，更有着一种单纯明净的格调，因此，他也就从更深刻、更高的层次上发展了酗酒者形象固有的美学蕴涵。

人们不难注意到，传统的酗酒者形象，包括奥尼尔的中期创作，所强调者一般集中在两个方面：一是个人生存的虚无感，二是社会环境的不公。虽然创作者刻意描写了悲剧主人公自毁的一面（就是说他的毁灭通常是因为主体的积极行动引起的，而不是威廉斯所说的“个人冲动与绝对障碍之间的张力”），但这种毁灭毕竟还有一种外部的因素——不乏社会体制决定性作用的因素。因此酗酒就包含了这样的意味：这一行为成了外部社会压力作用于个人主体的象征。这就意味着，酗酒以及个人的诸种不幸，并非是注定的终极不幸，外部世界的改造意味着拯救的可能——尽管上述的那些作品在这一点上基本没有做出过明确的展示。

而在奥尼尔后期的这些自我剥夺者的悲剧构成中，外部环境的作用被真正推到了背景性因素的层面。他将注意力完全集中到了现代个体的自由问题上，并由此发展出了一个新型的悲剧美学问题：人类如何因为现代的自由而造成了无可化解的个人困顿处境。我们可以这样说：他的创作实践是如此典型地凸显了“自由主义悲剧”的性质，只是其悲剧主题和“个人冲动与绝对障碍之间的张力”没有什么关系。对奥尼尔来说，类似“个人冲动与绝对障碍之间的张力”的话头，显然过于理想主义了，过于罗曼蒂克了。现代人真正的痛苦往往在于，他在远没有看到“绝对障碍”之类的物事之前，早已丧失了个人的激情冲动。这种本质的匮乏，一定程度上即拜自由主义所赐。人是如此软弱、易于伤害的个体，在完全自由的条件下，他容易丧失自我控制的能力而堕入虚无的深渊。在一定程度上，人

---

① 奥尼尔在悲剧艺术上与契诃夫、霍普特曼、高尔基、奥凯西的承继关系是明显的，他曾花大力气研究过这些剧作家的作品，光霍普特曼《织工们》的演出就曾经一连看了六遍。而就奥凯西的创作，他曾经评论说奥凯西是“当代最伟大的剧作家”。居然有评论家说：“奥尼尔之所以如此推崇奥凯西，部分原因在于奥凯西说过这样的话：‘你写的剧本像是爱尔兰人写的，不像是美国人写的。’恐怕没有任何其他评价能比这句话更叫奥尼尔高兴的了。”（鲍恩：《尤金·奥尼尔传》，陈渊译，浙江文艺出版社 1988 年版，第 407 页。）像奥尼尔这样的人物怎么可能随便称呼另一个人为“当代最伟大的剧作家”呢？仅仅是因为他被人夸赞具有爱尔兰人气质而投桃报李吗？人们如果比较《送冰的人来了》《诗人的气质》与《朱诺与孔雀》《犁与星》这两组作品不难发现，这两组剧作不但格调相近，戏剧舞台的空间构造、串场也都有神韵相通之处。

类将自己交给自由和交给虚无是差不多的事情，如果所谓的“自由”缺乏一种规定性、必然性特质的话。

奥尼尔后期的悲剧人物，通常正是在这种意义上感受到自由的痛苦和不幸。像梅洛迪、希克曼、小杰姆斯·泰伦这些人物，当然都有一些属于个人的不幸。但按照一般关于悲剧美学的观点，这些不幸都远不足以成为压倒这些悲剧个人、让他们放弃个人奋斗的外在力量。《进入黑夜的漫长旅程》中的小杰姆斯·泰伦兄弟发现母亲吸毒，但这个发现好像很难说足以构成他们后来成为酒鬼的必然因素；《送冰的人来了》中的希克曼不能承受妻子无条件的爱，更只能解释成为是一种病态的人格。在后期奥尼尔笔下的这些酗酒者，这些自我剥夺者，却总是让自己陷入肤浅而深刻的痛苦处境中。他们一旦需要面对生活的艰难，或者任何的严肃问题，就会陷入一种莫名亢奋的酗酒中去。《进入黑夜的漫长旅程》无比冷峻地揭示出了这一点。当泰伦一家围绕母亲酗酒的问题展开讨论，并相互揭露以致将生活的痛楚表现到最高峰的时候，老泰伦想要发表一些积极的意见，鼓励两个儿子尽早摆脱颓废状态，但这位平时看起来不那么热爱酗酒的好人的表现是：

泰　伦　　（想摆脱酒意的无可奈何的纠缠）咱们都傻了，这么当真。都是他妈的毒药给搞的。不过我可从来没见过她吸到这样。（厉声地）把酒瓶给我拿过来，詹米，别再去背那种消沉的诗了，在我家里可不准这样！（詹米把瓶子推给他。他……一只手倒了一杯酒，把瓶又推回去。詹米自己倒了一杯，又传给艾德蒙，艾德蒙也倒了一杯。）①

虽然“不幸的家庭各有不同”，但奥尼尔还是揭示了这些不同个体的共性。他们这样一些匮乏而脆弱的人，一旦某种外界力量——甚至可以是微不足道的外在诱因介入生活中，他们的生活就容易陷入失控状态。这种失控显得如此疯狂、绝望，与人的生活又如此浑然一体，以至于人们除了感受到自己处于某种失控状态之外竟显得无事可做了：因为任何一种摆脱的方法都必须借助一种非自由的方式，都必须打碎现代人对自由、自我的绝对狂信和迷恋。因此，对于一个处在这

① 奥尼尔：《进入黑夜的漫长旅程》，张廷琛译，《外国当代剧作选 1》，第 397 页。

种困顿处境的自由个体来说，失控状态居然显得是有益于生命的。失控虽然是一种伤害，但能让人们回避正面凝视失控生活现实的艰难而进入白日梦的想象状态。这样，能够保证生活限于失控状态的酗酒就不是一种简单的日常行为了，而简直是成了拯救人类（尽管通常只是动物性层面的“人类”而已）的保证。[①]

“永远沉醉吧，这是唯一要紧的事情，别的什么都无关紧要。要是你不想感到时间的重负压在你的肩上，把你压倒，那你还是长醉不醒吧。”[②]剧中人常常借用波德莱尔的这句诗嘲笑自己的生活。但这实质上并非嘲讽之词，而是此类个体生存状况的本体论意义上的写照。

必须指出的是，奥尼尔之所以通过酗酒者形象来揭示现代人“自我剥夺”的痛苦，所着意刻画的，绝不仅仅是那种精神层面的痛苦。事实上，对酗酒者来说，所谓精神层面的空虚与痛苦，反而是较为次要的事情，那种肉体对酒的迷恋以及醉酒之后的那种无法言传的崩溃的身体感受，才是一种真正意义上的强烈感受。正是这种对于自我身体控制的无能、痛苦——另一方面却又是受虐狂式的迷恋于这种痛苦，使得他们朦胧地意识到，作为自由的个体，他们就只剩下放纵身体的自由了。如果他们作为一个完整个体的自由意志试图超越这种自由，那么生命存在意义的空洞与虚无就立刻向他们露出了更为狰狞的、冷酷的面目。白日梦在此间破碎了，他们就只能走向毁灭。就像《月照不幸人》中的蒂隆，他较好的状态也不过如此：“不像喝得很醉的样儿——那就是说他并没有显露经常那种醉的迹象……眼神显得特别呆滞。言谈举止也含混不清，仿佛有点心不在焉，迷迷糊糊。”[③]虽然难受，人生倒也有其自得其乐之处。可一旦他动念反思自我，对于这种自我麻醉的状态稍稍做一番挣扎，他立刻就感受到自己除了是个说谎者、“是

---

① 有学者注意到了这一点。斯蒂芬·布鲁姆在评论《送冰的人来了》中酗酒者的行为时说：“雨果表现的疯狂，或者像是罗基称呼他的‘失心疯’。不过雨果看似毫无意义的呐喊和疯狂的举动有着更深层次的心理学层面的严肃暗示。酗酒被视为昭示了‘无意识的退化欲’。酗酒者往往借酒发挥逃离了成人的世界而退回到幼稚的精神层面。这种‘麻醉作用’包括压抑的不断纾解，愚蠢的笑声，脆弱的眼泪，口齿不清的咿呀学语，笨拙而怪异的模仿各种性行为。”（Steven F. Bloom, “Drinking And Drunkenness In The Iceman Cometh: A Response to Mary McCarthy”, *The Eugene O'Neill Newsletter*, Boston: Suffolk University, 1985, Vol. 4: No.1.）

② 奥尼尔：《进入黑夜的漫长旅程》，张廷琛译，《外国当代剧作选 1》，第 350 页。

③ 奥尼尔：《月照不幸人》，梅绍武、屠珍译，《奥尼尔集》，第 1167 页。

个卑鄙的小人”[①]之外竟一无是处了。除非接受“不久就在睡梦中死去”[②]的结局，对人生已不能再有其他的指望了。

从这个角度来看，酗酒者的人生是一出命定的、自我剥夺了自我个人身体管辖权而毁灭的悲剧。人生自由的起点，当然就是对自我身体拥有充分的支配权，在这个基础上，人们才可能在现代意义上谈论个体意志、责任、精神追求之类的问题。然而奥尼尔认为，这种现代自由自有其尴尬之处。人类充分的自由权利，在其开端处就可能遭遇某些巨大的麻烦。人类按照自由的理念来处理自己的身体，这种被自由处理过的身体反过来却立刻成为人们不自由人生的决定性因素。正如酗酒不过是一个小小的恶习，毁掉的却是人生的全部。当然，在这里，酗酒当然已不能看成是一个简单的生活恶习，它已成为一个象征，一个人生不幸的象征，象征着因为自由放纵而失控的现代人的身体观念——这种足以动摇现代自由人生根基的观念。

就奥尼尔来说，他的后期创作具有一个极其庞大的构想——甚至可以说是野心。他力图将那些明显具有左翼色彩的对资本主义体制整体批判的思想作为其创作的世界观背景。由于多方面因素的限制，他未能完成这一构造。而有关酗酒者、自我剥夺者形象的塑造，则是这座未及完成大厦残留的辉煌立柱。在这个吉光片羽的辉煌片段中，我们能够看到，奥尼尔通过其擅长的人性洞察和象征表现的手法，对现代资本主义体制精神价值观念的基础，展开了痛烈的批判。

他的这种痛烈的批判也给后来的悲剧作家们带来了巨大的启发。虽然在他之后，很少有作家再试图在那样广阔的宏伟背景下对资本主义体制展开整体批判，却有越来越多的剧作家力图从内在人性、人的根本存在处境的视角来审视现代个体发端于其本体的软弱与不幸——而非那种由“个人冲动与绝对障碍之间的张力”造成的不幸。毕竟，现代人失控的自由状态已日益成为一个显著的社会问题。在这个层面上，我们可以注意到，奥尼尔式的酗酒者 / 自我剥夺者实际已成为现代悲剧中颇引人注目的悲剧角色的形象系列：如田纳西 · 威廉斯《欲望号街车》中的布兰琪，《热铁皮屋顶上的猫》中的布里克，阿尔比《谁怕维吉尼

---

① 奥尼尔：《月照不幸人》，梅绍武、屠珍译，《奥尼尔集》，第 1213 页。

② 同上书，第 1216 页。

亚·沃尔芙》中的乔治，品特《无人之境》中的赫斯特、斯普纳，劳勒《第十七个玩偶的夏天》中的奥利芙，等等。总的来看，这些酗酒者都具有一种自我剥夺者的特质：他们都试图通过酒精来达到某种自由、幸福的境地，结果弄到了除了酒精就再没有自由、幸福的境地。在这种强烈的戏剧表现中，现代崇高的自由个体因为远远没有达到他应有的地位，或者说，因为他身体局限根本性的脆弱而绝难达到他应有的崇高境界，由此迸射出了一种强烈的悲剧色彩。

伊格尔顿曾经抱怨说：

人类历史包括身体的历史，几个世纪以来，它在关于身体的痛苦方面几乎没有什么变化。尽管有一些视角很好的关于痛苦身体的叙述，但是它几乎一直没能成为以身体为导向的学术机构中最受欢迎的话题，难以与性的、受规训的或狂欢的身体相匹敌，这无疑就是其原因。它对某种与历史可塑性有关的情形就更不会轻易做出肯定。而且痛苦的身体在很大程度上是一种消极的身体，不适宜于某种关乎自我型塑的意识形态……当前对身体的偏见部分是作为一种针对某种理性主义、客观主义的观点做出的反应形成的。这具有反讽意义，因为人的身体乃是给予我们一个客观世界之物，它是客观性的扎根之处。固然，存在着一大群文化世界，全都要求得到某种客观的身份，但是它们只有在由“物种身体”（species-body）本身形成的母体中才可能是客观的。①

诚然，在悲剧的理论构造中，人们对于有关身体的悲剧性蕴涵可能还是重视得不够。② 不过在悲剧的创作实践中，在奥尼尔、田纳西·威廉斯等人的笔下，有关现代人身体的悲剧（或者说是“悲剧性的身体”）的主题，早已借助酗酒者/自我剥夺者的形象，得到了深入的、透彻的象征表现。

---

① 伊格尔顿：《甜蜜的暴力——悲剧的观念》，方杰、方宸译，南京大学出版社 2007 年版，第 6 页。

② 进入 21 世纪以来，人们对身体地位的强调，可以说达到了史上未有的高度。但这类强调中真正涉及悲剧性精神内容的，似也不多。

三　用悲剧走向幸福

酗酒者们毁灭的命运是显而易见的。不过，更为显而易见的是，透视、表现人类的不幸，并不是奥尼尔创作的目的所在。作为一位悲剧作家，奥尼尔的作品难免要涉及大量的关于死亡、毁灭、悲惨的话题，但所有这些，绝不是为了简单地向人们展示一幕关于世界、人生绝望、空虚、灰暗的“终极真相”的景象。相反，他从来认为，悲剧的主旨是要教授给人们关于幸福的道理。他曾断然宣称：“一部真正的悲剧要比所有以幸福结尾的剧本加在一起的幸福还要多。”① 在晚年，他也把“走向光明——走向爱”② 当作《进入黑夜的漫长旅程》的献词。

只是，奥尼尔的幸福观有点与众不同。在他看来，人类虽然有资格也有可能追求一种美好幸福的生活，但现有的人性是如此不成熟，根本不足以配称美好幸福的生活：“人类要几百万年才会成熟，才能获得灵魂。”③ 在这个意义上，他认为悲剧能够起到这种未来人性的守望者的作用。以他对人性的惰怠和其他各种阴暗面的深入洞察，他意识到，人性中含有一种必然的本能会发展出一种廉价的乐观主义。这种乐观主义会诱使人们放弃那种长远的建设而把那些肤浅的、仅仅满足于当下现实需要（实际却是可能断送未来）的东西直接当成人类美好幸福生活的全部。因是之故，他需要执着于悲剧的精神来驱逐“让生活变得如此没有希望”④ 的乐观主义。

尽管如此，奥尼尔也不认为人生是注定悲观、绝望的。或者说，在自由个体奋斗、挣扎之前就简单判定人生那副悲惨的命运图景，在奥尼尔看来也是完全不能接受的。事实上，奥尼尔寻找一切可能的力量与这种人生的悲惨宿命相对抗。为了寻找希望的种子，他甚至不惮于在他一贯反对的天主教信仰中探索一种可能

① 奥尼尔:《悲剧使生活变得更高尚》,《奥尼尔文集》第 6 集，第 229 页。

② 奥尼尔:《〈进入黑夜的漫长旅程〉献词》，刘海平译,《奥尼尔文集》第 6 集，第 360 页。

③ 奥尼尔:《1946 年 10 月 6 日与〈时代周刊〉记者卡尔史里夫基色的谈话》,《奥尼尔文集》第 6 集，第 359 页。

④ 奥尼尔:《“滚开，乐观主义者”》,《奥尼尔文集》第 6 集，第 223 页。

的支撑性力量。《无穷的岁月》的创作意图即在此："在作品中我力图表现我认为是天主教神秘主义中具有救生作用的深层内容……即使主人公是个佛教徒或希腊正统英雄，他的心理过程基本还是一样的"，"我是说，人人都加入了反天主教的行列，个个都那么识时务，都变成了现代怀疑派，这实在太过分了。"[①]

不过，出于对需要"几百万年才会成熟"人性的谨慎态度，奥尼尔总是很小心地——也可以说是过于小心地寻找各种可能对抗人生悲剧宿命的力量。在奥尼尔的笔下，这些力量看起来都是如此弱小，其拯救多半具有巨大的局限性——通常还仅限于心理层面，比较各种现实存在的艰难与困顿，它们甚至通常被当作忽略不计的因素了。不过，奥尼尔强调指出，正因为其渺小、软弱，但终究未被现实的弥天黑暗所压倒，可见这些弱小的因素中可能包含的关于人性不磨的希望。

奥尼尔关于悲剧这种拯救性力量的探索，应当说是前后一贯的，其根本性的立场从未动摇。不过，就具体的拯救性力量的话题来说，其后期创作是有明显特点的。在中期（这是他赢得国际性声望的时期，人们所谈论的奥尼尔创作的特点基本也是就他这一时期的创作而言的），他所谈论的话题，主要集中在原始生命力量尤其是性本能力量崇拜方面。虽然，他的相关表现极富艺术张力，但其主题内容的原创成分并不多，基本上是弗洛伊德性本能学说、荣格原型说、尼采酒神思想和永恒轮回思想、梭罗的自然说以及一些来源不清的东方神秘主义学说[②]的调和。这种调和，有时不乏深刻的人生洞见，有时也仅仅属于简单的申明立场，缺乏足够深刻的思想底蕴。在后期创作中，奥尼尔虽然承继了前期和中期的基本思想观念，但也原创性地突出了一些具有个人色彩的拯救性主题。这些主题所讨论的对象在当时虽然和应者甚少，但在稍后的世纪艺术发展潮流中，已被越来越多的艺术家们贞认为现代人性中重要的拯救力量。本文主要讨论的是奥尼尔后期剧作中的大母神崇拜、自然观和友谊观三方面的问题。

奥尼尔一贯关注终极价值、终极拯救等富有神学意味的话题。而在其后期的

---

① 奥尼尔：《1934 年 2 月 14 日给 K. 麦高文的信》，《奥尼尔文集》第 6 集，第 354 页。

② 詹姆斯·罗宾森在其名作《尤金·奥尼尔和东方思想》（郑柏铭译，辽宁教育出版社 1997 年版）中对此有较为详尽的讨论，可参考。不过需要指出的是，他的研究有时也流于表面，对东方思想之于奥尼尔悲剧创作启示作用的讨论并不总是精当的。

创作中，他明显地将这种终极意味的话题与女性的特殊气质关联了起来。我们将之称为“大母神崇拜”的构造，这是奥尼尔后期引以对抗悲剧宿命最引人注目的一个价值观方面的构设。

从第一个剧本《一生之妻》开始，奥尼尔就表现出了一种特殊的女性关怀意识。在他存世的近50个剧本中，他为人们贡献了数百个地位身份不同、性格内涵各异的女性人物形象。在奥尼尔大部分的悲剧中，这些人物一般都发挥着重要的构成作用，在其中期的两部最重要的剧作《奇异的插曲》和《悲悼》中，妮娜和莱维妮亚已经取代传统一般只有男性角色才能承负的使命而成为具有壮美意味的悲剧主角。这些女性形象虽然各有其特点，不过，按照一些评论家的分析，她们也存在着一些明显的共性：如果按照形象谱系的思路分析，母亲和妓女是奥尼尔笔下女性较为引人注目的两个系列。还有评论家注意到，奥尼尔笔下的某些女性形象具有一种圣母化的气质。

不过，母亲、妓女、圣母这些形象谱系的本质特征差别实在太大了。奥尼尔何以形成这样貌似矛盾的女性观念呢？这种冲突的女性观念又在其悲剧中产生了怎样的作用呢？当前学术界比较流行的一种说法是：他对这类形象的特殊关注与他曾经受到的童年伤害①和个人特殊经历②密切相关。这类研究当然具有启发意义，我们据此能够更为切实地把握奥尼尔创作的基本出发点。但它们显然不是问题的关键所在：许多和奥尼尔有过类似经历的作家并未表现出特殊的女性关怀意识；并且，将这些个人经历“自传性”地表达出来，也很难直接构成悲剧性的效应（如果悲剧是如此简单的一种文体，我们的周围将充斥着“悲剧作家”）。本文笔者认为，考察奥尼尔笔下女性形象的美学内涵，必须和他在不同阶段悲剧美学探索的重点结合起来。后期奥尼尔和他中期阶段不同，对于原始悲剧形态的探索、对悲剧形式的改造，已不是重点。如前所论，他重点关注的是现代文明条件中人生的生存悲剧问题。他的女性形象塑造与此紧密相关：他试图从女性形象

---

① 奥尼尔童年就寄宿在教会学校中，较少受到母亲的关怀。后来又发现母亲吸毒，导致天主教信仰的崩溃。

② 奥尼尔年轻时代做过水手，有过不少和妓女厮混、生活的经历。他的作品中常常流露出对这类底层女性的同情之心。

中，从女性特有的性别特征、内涵气质中寻找现代悲惨人生能够寄托的一泓港湾。母亲、妓女、圣母还有大地母崇拜等，将这些元素一并综合到女性形象中，把它们当作是女性特有气质本体论高度的概括和表现，用一般世俗的眼光看是不可思议的，甚至是亵渎性的。不过，在奥尼尔自己构造的“大母神崇拜”中，这些特质却未必是完全冲突的——实际上，它们是大母神气质一体多面、相互冲突又共存统一的不同面相。需要指出的是，奥尼尔式的“大母神崇拜”虽然直接受到过荣格相关学说的启发，却不能看成是荣格学说的直接化用。事实上，奥尼尔对荣格的原型理论所知究竟有多少也是相当可疑的。[①] 可以这么认为：在某些形式内容上，奥尼尔借鉴了荣格的部分理论，但在整体结构和价值判断上，他的“大母神崇拜”是属于他个人的。

早有批评家注意到，奥尼尔关于人生终极拯救的思考和设想都和某种特殊的女性气质有关。“将母亲与上帝联系起来的想象……由这些想象所带来的持久的负罪感……对奥尼尔来说是沉重的负担，奥尼尔的整个剧作生涯都在与这一重担进行斗争。”[②] 这一点，在其中期作品《大神布朗》中已经能够看得非常清楚。而他最后一部公开发表的作品《月照不幸人》则把这一方面的内涵做了充分表现。剧中的蒂隆，长年因为内心的煎熬无法获得片刻心灵的平静。而只有在乔茜的怀中，在那种女性的温柔、包容中，才能给他以些微解脱。尽管，他并不能因此而得救，不过片刻的爱终究也是爱，在他灵魂彻底毁掉之前，这份记忆中的爱深深打动着他：“我确实记得！我很高兴记得这事！我永远忘不了你的爱！（吻乔茜的嘴唇）永远忘不了！（又吻她）永远忘不了。听见了吗？我会一直爱着你，乔茜。”[③] 事实上，在说这话的时候，蒂隆已经走到了生命的尽头，余日可数了。他

---

① 奥尼尔说过：“作家在心理学创立之前就已经是心理学家了，而且是深刻的心理学家。我对心理分析研究甚少。就我记忆而言，弗洛伊德、荣格等写的所有作品中，我只看过四本，其中只有荣格一个人使我产生兴趣。根据我自己对人的内心动机的了解的经验来看，荣格的一些结论特别能说明问题。至于说他对我作品的影响，跟心理学派作家陀思妥耶夫斯基等对我的影响相比，可说是微乎其微了。”（奥尼尔：《1931 年给 B.H. 克拉克的信》，《奥尼尔文集》第 6 集，第 276 页。）

② Thomas E. Porter, “The Magna Mater: The Maternal Goddess in O’Neill’s Plays”, *The Eugene O’Neill Review*, Volume 27, Boston: Suffolk University 2005, p.41.

③ 奥尼尔：《月照不幸人》，《奥尼尔集》，第 1214 页。

向乔茜发誓说“会一直爱着你”毫无意义。乔茜也明白这一点，所以在他告别时并未对他做任何挽留。但这一句誓言对他本人来说倒是不无意义的，这几乎是他最后阶段的唯一的温暖生命体验了，是他的灵魂免于堕入永恒黑暗的唯一救命稻草。

不过这一给予人最终慰藉的女性形象，不具有一般文艺作品所乐于强调的女性姣好的容颜。奥尼尔对乔茜的外貌做了这样一番描写：

乔茜二十八岁。她作为一个女人，块头可大得出奇，近乎畸形——不穿鞋时身高五英尺十一英寸，体重一百八十磅左右。肩膀尽管有点溜，却很宽阔，两个丰满坚实的乳房使得胸窠显得很深，腰同胯骨大腿相比还算苗条。两条光滑的长胳臂强壮有力，尽管并没有筋肉显露出来。两条腿也是如此。

除了极个别的壮汉之外，她可比一般男人都更强壮，能干两个普通男人的力气活儿：但是，她并没有男子气，是个纯粹的女性。她的脸上遗留着爱尔兰人的特征，上嘴唇长，鼻子小，眉毛浓黑，黑发跟马鬃一样粗糙，白皮肤长着雀斑，被日光晒得黑黝黝的，颧骨高，下巴宽厚。

这不是一张漂亮的脸，但是那对深蓝色的大眼睛却使面庞呈现一丝美感；她一微笑露出整齐而洁白的牙齿，也颇有媚力。[①]

奥尼尔深有意味地点出：她“赤着脚，沾着泥土的脚踵根皮革一样粗糙”[②]。最后，她给予蒂隆以最后慰藉的景象也不同寻常：“在暗淡的曙光下，两人形成一幅异常凄惨的图景——一个哀伤的胖女人胸前搂着一个面容憔悴的中年酒鬼，仿佛他是一个病孩子。”[③] 在这些描写中，我们能够看出后期奥尼尔强调的女性性征是：强壮有力、丰产、与大地的循环再生能力有一种神秘而自然的和应关系。这种容貌，按照一般男性的眼光来看，毋宁说有些“狰狞”的味道，但从自然生命力量内在蕴涵的角度来说，她是美的，“颇有媚力”。这是一幅典型的现代大母神

① 奥尼尔：《月照不幸人》，《奥尼尔集》，第 1103 页。

② 同上书，第 1103—1104 页。

③ 同上书，第 1202 页。

形象。[①]

较早的时候，奥尼尔在《大神布朗》中已经开始寻觅现代的大母神拯救。故事中的西比尔（Cybel）明显在喻指古两河流域、古希腊流传的大母神西比莉（Cybele 或 Kybele）。不过，这时奥尼尔对这一意象的运用明显停留在外部借用的层面，也还不能摆脱男性对于女性性征打量的那些固定视角："西比尔……是个结实、安静、肉感的金发姑娘，约摸二十岁光景，皮肤滋润、健康，乳房丰满，屁股肥大，她的动作慢腾腾、懒洋洋而踏实，像野兽的动作，她的大眼睛像做梦似的恍惚，反映出深层、本能的激动。"为了突出西比尔所具有的某种特殊的神圣气质——这使得她的举止具有一种超越现实的象征意味而能够产生仪式化的拯救能力，奥尼尔还强调"她嚼着橡皮糖，像一头圣牛，怀着永恒的目的，忘掉了时间"[②]，等等，将印度教的教义与地母崇拜联系在了一起。这不能不说是很生硬的，远不能和他后期创作的游刃有余相提并论。

当然，奥尼尔并无多少在严格神话学意义上复活大母神崇拜的意思。他所塑造的大母神，是他自己心中的大母神。人们还可以注意到，奥尼尔颇为自然地为其笔下的女性形象贯注了一种具有天主教意味的圣母崇拜的气息。有论者指出，作为爱尔兰移民的后代，奥尼尔明显具有一种"圣母崇拜"（这与烙印在爱尔兰的天主教义中对于圣母玛利亚具有象征意义的强调有关）的心理，"总之，圣母形象在天主教徒心中是一个独特的困扰。奥尼尔明确地共享着这一困扰，这种困扰之强烈就如同你对圣母产生了吗啡瘾一样。"[③]这种具有圣母气息的女性形象在《送冰的人来了》中的伊芙琳、《诗人的气质》中的诺拉·梅洛迪中发展到了最高峰：无限的爱、无限的宽容、无限的包容以及对于生活艰辛、欺骗、黑暗无

① 有关大母神形象的介绍，可参见埃利希·诺伊曼：《大母神——原型分析》（李以洪译，东方出版社 1998 年版）。

② 奥尼尔：《大神布朗》，鹿金译，郭继德主编：《奥尼尔文集》第 3 卷，人民文学出版社 2006 年版，第 128 页。

③ Jennifer Emerson, "A Conversation with Robert M. Dowling on Eugene O'Neill and the Arc", http://www.masonsroad.com/issue-3/drama-issue-3/a-conversation-with-robert-m-dowling-on-eugene- oneill-and-the-arc/.

限的忍让。[①] 在《送冰的人来了》中这种圣母之爱直接构成了悲剧的最高峰：伊芙琳的这种爱居然造成了她丈夫希克曼的个体感受的压抑，为了这种莫名的却又绝对的自我，希克曼居然认为，只有毁灭这种爱才能达到个体的解脱。在《月照不幸人》中，此种圣母之爱与“大母神崇拜”达到了完全的统一。乔茜之爱对蒂隆的救度意义，固然具有自然力量对于人生生死寂灭、悲欢离合无限包容的宁静意味，但更动人肺腑的，则可能还是那种至高之母性呵护、抚慰人类灵魂创伤的作用——关于这一点论者讨论已多，在此就不展开了。

最后需要谈到奥尼尔笔下的堕落女性系列——妓女的问题了。事实上，除了《马可百万》中的阔阔真公主等少数几个人物，奥尼尔笔下的女性大多有点妓女的气质，至少，他刻意表现她们身上“卖弄风情”的秉性。不过，除了一贯的对这类底层妇女的同情心之外，在后期作品中，他的这一类笔触可能和“大母神崇拜”有较大的关联。《月照不幸人》中多次提到，乔茜虽然深爱着蒂隆，“可压根儿就不在乎……贞操，也不在乎跟什么样的男人出门约会……一向老脸厚皮，还拿这种丢人的事引以为荣呐。”[②] 此中关于女性放荡的描写，相当大程度上应当解释为是对乔茜性欲、性能力的强调——丰产女神超越与一般社会伦理的自有属性。不过，奥尼尔笔下的妓女形象可能还有另一重含义。在古两河流域、古希腊的神话中，生命与死亡都不是单独的存在，它们是互为依存的、循环性的开端与结束。奥尼尔的“大母神崇拜”既然源自此种神话思维背景，他对大母神作为丰产女神、生命女神、爱的女神（尽管这是他着力强调的一面）的另一面，即其包含死亡、毁灭奥义的一面也有所表现。因此，妓女形象混乱的生活、颠倒价值、破坏日常伦理的特质，有时就被他借用以突出大母神崇拜内在包孕的生死循环的奥秘。《诗人的气质》与《更庄严的大厦》中的萨拉·梅洛迪

---

① “伊芙琳对于希克曼矢志不渝的爱，促使她总是原谅他酗酒和玩女人，错误的相信他会改邪归正。悲剧性的讽刺是她的原谅孕育了无可救药的丈夫的厌恶和憎恨。这一讽刺也直接同基督教义相悖，后者设定了一个上帝，他要求人类道德悔改并不断施予爱与宽恕的以协助他们完成。伊芙琳的宽恕没有带来慈悲，却只是加深了希基对自己罪恶的认知，并由爱生恨。”(James A. Robinson, “Ghost Stories. Iceman’s Absent Women And Mary Tyrone”, *The Eugene O’Neill Newsletter*, Boston: Suffolk University, 1988: Winter, Vol.7: No.3.)

② 奥尼尔:《月照不幸人》,《奥尼尔集》, 第 1108 页。

和黛博拉·哈福德，都既有正常的妻子和母亲的一面，又有妓女式卖弄风情的一面，对于勾引男人似乎有着某种本能的兴趣。她们对父亲、丈夫、儿子充满着某种隐秘性欲色彩的占有意识，实际是导致剧中两位悲剧主角科尼利厄斯·梅洛迪和西蒙·哈福德精神崩溃的重要根源，[①] 此种情节构造，可能部分地折射了奥尼尔这方面的思考——遗憾的是，《更庄严的大厦》本来就是一个未完成稿，组剧的其他手稿又已被毁掉，对这个问题我们就无法再做更深一步的发挥与讨论了。

人性的完成固然需要期待未来，但一个坚实的、不可移易的基点，则显然是设想一条人类自我拯救之路的必要前提。有关“大母神崇拜”的种种构想，就可能体现了奥尼尔内心深处悲剧超越的这样一种隐秘动机：通过追溯至人性发端的原初来寻找一种人性得救的可能。有论者这样评论《月照不幸人》中乔茜与蒂隆关系所包蕴的终极拯救的象征含义：

讽刺的是，乔茜作为奥尼尔塑造的最成功的妓女/女主角，也有非常大的误解。自从剧本刚被写出来时，人们就误认为她是一个古怪的不称职者……乔茜的内心状态仍然常常为批评家们所忽视。这一点上有一个例证就是 Bogard 指出，乔茜“形体上丑陋……她的身形古怪，她的非女性化的力量”（448—449）。Bogard 将她的纯真归结为她的“力量更明显的是男性化的，并且她创造了一个神话，没有男人可以满足她的欲望”（450）。这一对乔茜的描述正好和奥尼尔自己提供的描述完全相反，并且 Bogard 忽视了这样一个事实，实际上这一“神话”不是乔茜所创造的，而是镇上的男人们，他们害怕丢脸，如果被他们认为是镇上的妓女的人拒绝。乔茜仅仅是利用了外表，用它作为防御机制，使自己能够行使掌握他们的能力。

Bogard 关于乔茜的观点并不势单力薄。Chabrowe 将这一错误的观点更进一步，通过把乔茜描绘为一个“将会成为大地母亲……被迫放弃她想要成为一个女人的最后愿望……放弃她未婚处女的身份”（196）。将这些描述适用到一个向吉

① 当然，必须指出，这类描写一定程度上又有其创作中期关于性本能、俄狄浦斯（埃瑞克拉）情结等话题的延续性成分，不可完全归入此处关于“大母神崇拜”的讨论中。

米（即蒂隆——引者注）表明，“我为你来到我身边感到骄傲，就像我是这个世界上足够爱你而理解包容你的人”（812）的人身上几乎是不可能的。这些听上去并不像演员的台词被迫去放弃任何东西。而是，它们传达了一个女人的喜悦，她的满足来源于对她所爱的男人眼中的救赎和平和的确信。这不是一个放弃了童贞的女人的语气，而是一个女人已经超越了性欲。这一超越很有可能是因为她和吉米在他们长夜的拥抱中合二为一了。他们两个一起合成了一个完整的人，这个人身上的anima（男人女性化的一面）和animus（女人男性化的一面，这是荣格在研究人类集体无意识时的两种发现）达到完满的和谐。作为anima的投射，乔茜代表了发展中的第四和最高层次，这些层次包括“智慧，超越甚至是最神圣和最纯粹的”（Jung, Man195）。

《月照不幸人》被称为“奥尼尔的圣母怜子图”（Chabrowe 196）以及“给詹姆斯·奥尼尔二世的安魂曲”（Bowen 322）。然而，它所代表的远远多于任何一个短语的概括。实际上，“月亮”是返回母亲子宫的现实化，这也是荣格心理学系统的核心。吉米和乔茜的形象交织在一起就是荣格所说的集中体现：

来自欲望的最高程度的自由，通过存在，包括它自己所象征的代表着神圣的祝福。这种观念在人类中的唯一典型是，孩子在母亲的子宫中，或者更多的是，成年男子在起源于他母亲的持续性的母亲般的怀抱中。（Psychology 298）

很多批评家指出，在戏剧的过程中，乔茜的形象是从一个妓女转向圣母的象征。然而这确实只是出现的改变的一个方面，这是不完全的。就荣格的陈述而言，渐渐变得清晰的就是改变并不只是精神上的。乔茜在吉米的眼中变成了玛丽·蒂隆（剧中主人公的母亲，其原型即奥尼尔的母亲——引者注）。这改变使他自己能够摆脱被压抑的罪恶，有关他的秘密“火车上的金毛猪”，他没有对乔茜或者圣女坦白，但是在那一方面的乔茜成了他的母亲。正因为如此，当他谈到自己的母亲时也传达了这部剧的精神核心，“她很简单，很善良，心灵单纯。她是如此美丽。你的内心深处很像我母亲。这就是我为什么告诉你的原因”（811）。在这一方面，“月亮”作为象征的重要性越来越清晰。在吉米的眼中，玛丽·蒂隆是生命中所有善和美的体现。事实上，她是他生命中的光，因此由“太阳”来象征。“月亮”成了乔茜的象征，因为她像“月亮”一样，她的美丽是通过反射

"太阳"的光芒而来，这也照亮了吉米罪恶和孤独的黑暗。[①]

这一段评论虽然过度强调了奥尼尔悲剧构造中的荣格学说的成分，不过，它对于《月照不幸人》内在寓意（包括作品中妓女形象向母亲角色自然转变的心理动机）的读解以及对于奥尼尔所追求的那种拯救境界的描绘大致是准确的。

友谊是在奥尼尔后期创作中得到特别发展的一个话题。

在奥尼尔从事写作之初，在《东航卡迪夫》《加勒比海之月》甚至在《天边外》中，我们已能看到奥尼尔在强调一种特殊的兄弟友谊：一种男人之间心灵沟通和互为慰藉的感情关系。这一个主题在后期的《诗人的气质》《休伊》《送冰的人来了》中得到了全面而深入的展现。他明确指出，"生活最底层的人们所具有的幽默、友谊、人性的温暖和内心深处的满足感"，[②]是《送冰的人来了》一类剧作主要的表现内容，是他引以对抗人生宿命的主要力量。

但奥尼尔几乎是从一种逆向的形态中来表达这种友谊关系的。他笔下的那些人物之间的关系通常是冷淡的、相互隔膜的和不断争吵的。这些人物通常都把自己包裹在很深的形象伪装之中，但他们彼此之间的了解又是如此深刻，以至于这些伪装在他们眼中实际上是不存在的——只不过平时出于那种冷淡的关系，他们不会去戳穿这种伪装。这些人的性格、禀赋和人生理念也没有什么相同之处——唯一的相同之处就是身无长技，只能寄食于某个恩主的门下，每天除了酗酒度日和习惯性的相互争吵外，唯一动脑筋的事情就是思忖如何在恩主的手中多骗一点酒。显然，这种生活已经是足够糟糕的了，如果恩主的生活也陷入某种麻烦之中，这些人物生活的混乱与艰难就更可以想见了。《送冰的人来了》中酒店老板霍普与他的食客们：莫舍（他的小舅子，曾在马戏团干过）、威利（哈佛大学学生，无所事事者）、皮特·韦乔恩（绰号"将军"，曾在布尔人部队中当过首领）、乔·莫特（曾是一家黑人赌场的老板）、拉里·斯莱德（曾经的工团无政府主义者）、雨果·卡尔马（曾经的无政府主义刊物编辑）等等就是这样一种关系。《诗

① Gloria Cahill, " Mothers and Whores: The Process of Integration in the Plays of Eugene O'Neill", *The Eugene O'Neill Review*, Boston: Suffolk University, 1992, Volume16. pp.20-22. 此段引文较长，为便于读者复检，对文中西方学者的名字及著作名不另作中译。

② 奥尼尔：《1940 年 12 月 30 日给 K. 麦高文的信》，《奥尼尔文集》第 6 集，第 359 页。

人的气质》中的旅店老板梅洛迪与他的食客们之间的关系也与此相仿。

不过，富有意味的是，恰是这种冷漠的、相互之间颇有疏离感的人物关系，在应对外部力量挑衅之时，却会显现出一种真正的相互依存的关系。这种关系太过古怪、也太自然了，因此，当一种外界的力量试图施压于这个群体中的某个人，其他的人就会同时有一种至为亲近、亲切的关系遭到破坏的感觉，他们会表现出一种彼此之间真正相互关心的感情。就如《送冰的人来了》中，当希克曼杀妻的真相面临暴露的时候，霍普酒店每个人都做出了一些可笑的挣扎态势，好像是在掩饰残酷的真相，又像是在安慰伙伴们（尽管平时看起来像是对头冤家）受惊了的心灵。这些举止是那样笨拙，其关心多半也于事无补，但这种真诚、相濡以沫的感情的喷涌，却让人感到在残酷的人际关系中还有人性最后的温情，好像是最暗的暗夜正因为其黑暗到底证明了人间尚有真正的光亮——尽管这光线如此黯淡，不在这残酷的背景中人们无从发现。

这种关于友谊的见地和描写，一定程度上倒是应和了尼采关于友谊的论调：

> 每个人是多么孤独！谁看到了这些，而且还发现，别人的所有观点及其方式和强度，都和他们的行为一样是必然的和不能负责的；谁能觉察到，性格、职业、才能、环境交织在一起难解难分，形成的观点便具备这种内在的必然性——那么，谁或许就能摆脱那位贤哲高呼“什么朋友，没什么朋友！”时的悲愤感，就会承认，是的，有朋友，但他们是因为误解了你才成为你的朋友，他们必须学会沉默方能够与你保持友谊，因为要维护这种人际关系，有些事儿就永远不能说，永远不能提，一旦说了提了，友谊也就完了。难道有这样的人，即使知道自己的挚友其实对自己了解多少，也不会受到致命的伤害？——只要我们有自知之明，对自己本质的评价略低一点，认识到它是观点和情绪多变的所在，我们就又能和别人达成平衡了。诚然，我们完全有理由低估每个熟人，即使对伟人也不例外；但是，我们同样也完全有理由这样看待自己——能如此容忍自己，我们就能相互容忍，也许每个人都能体验到更幸福的时光……[①]

后来的德里达曾评论说，尼采的此种友谊观实际是对欧洲近代以来以个人主

① 尼采：《人性的，太人性的》，魏育青译，华东师范大学出版社2008年版，第275页。

体理论为基本出发点的人际关系原则的颠倒。传统的个人观念在法哲学的立场上构筑了一个封闭性的自循环系统："按照最传统的概念，决断在原则上是绝对单一的，不仅永远是例外，而且，在我之内，对我构成了我的例外。我决断，我以全部独立的主权下决心——而这就意味着他者在我本人之外，我作为他者，我在我本人之外，他创造或者我创造一个同一的例外。"①德里达设想，有一种"爱之本体"亦即友爱之爱能够击破这种个体理论过于自我也就是过于孤独的宿命。以友爱为个人行止的出发点，

> 我们就在解构古典决断概念。我们在此致力思考的，正是这种行动之行动："消极被动"服从他者，以及随着他者之心脏的搏动而停止的行动。方才那个句子之中，"它的心脏搏动"是必须呼应的：作为他者之心脏的搏动。在我孤独无助的地方，在我决定自己不能不做出决定的地方，我自由而又必然地从他者之心脏搏动之中获得自己的生命力。我们不仅是说"心"而且还是说"心脏的搏动"从一个瞬间到另一个瞬间，它一再自一个必须被服从的他者之他者（这可能就是我呀！）而来，同时这种心脏的搏动接受了，也许将要在一种有韵律的脉动之中接受所谓的血液，而反过来它又接受到来所需要的力量。②

当然，奥尼尔在感叹"我们一定要生活在这个白日梦中——要不就只得死去……。爱继续存在（偶然一次），友情继续存在（不过也是难得的）。其他的都是风中的灰烬！我们有友情。这不就行了"③的时候，他多半没有意识到友谊——这种基本上被他在白日梦层面上用来对抗悲剧宿命的力量，已对现代自由观念的基础——个体之为个体的意识、自由个体意识的合法性基础等等，构成了本质意义上的挑战。不过这一点也不损害他作品的原创性的启迪意义。事实上，他对相关问题的讨论，已成为一个强烈的象征，它预示着现代悲剧发展的一个基本的前行路向。

---

① 德里达：《〈友爱的政治学〉及其他》，胡继华译，吉林人民出版社2006年版，第101页。

② 同上书，第102页。

③ 弗洛伊德：《尤金·奥尼尔的剧作——一种新的评价》，陈良廷、鹿金译，上海译文出版社1993年版，第501页。

后期奥尼尔还把自然当作终极拯救的可能源泉。

20 世纪初的美国曾经流行过一阵所谓的东方玄学思想，奥尼尔对自然这个话题的关注，明显受到了这一思潮的影响。[①] 当然，爱默生、梭罗对于大自然的热爱，热衷于从自然存在、自然景色中寻求世界运作本质规律的意识，对他的启发更大。在他中期的剧作中，《最初的人》《泉》《啊！荒野》等对这一主题都有一定的表现。

不过，需要指出的是，奥尼尔中期剧作对这个话题的表现，还停留在较为肤浅的层面。的确，他时常谈到自然与人的精神之间的关系，但这种谈论似乎都像是一种观念上的表态：表示他不满足于西方的物质化的文明，表示他对文字上贫乏但在精神上尚维持一种自由尊严的东方文明的尊重。但这种东方精神对于现代人又有何切实救助之处呢？奥尼尔通常用诗意的笔触绕过问题的实质。《啊！荒野》写到两位年轻人构想美好的未来：

穆里尔　（凝视着天上的月亮。停顿片刻后——梦幻般地）我们将来去哪儿度蜜月，迪克？去尼亚加拉大瀑布？

理查德　（轻蔑地）那个所有的傻瓜都想去的垃圾场？我才不去呢！（以一种充满激情的浪漫情调）不，我们要到某个遥远的美妙的地方去！（借用吉卜林的词句来表达自己的意思）沿着足迹踏出的漫长小路才能到达的地方——那小路永远是新开拓的——来到通往曼德勒之路！我们将在中国看着黎明像雷霆般到来！

穆里尔　（迷惘地，但幸福地）那妙极了，是吗？[②]

事情到这里也就完了。中国的“黎明”何以像是“雷霆般到来”？它“妙极了”妙在何处？剧中毫无提示。

但到后期的《进入黑夜的漫长旅程》《诗人的气质》《更庄严的大厦》中，自然与人类精神的关系得到了直接的正面表现。《进入黑夜的漫长旅程》中的艾德

① 可参看詹姆斯·罗宾森《尤金·奥尼尔和东方思想》的第 2 章与第 3 章，尤其是第 3 章“本土上的东方”一节。

② 奥尼尔：《啊！荒野》，《奥尼尔集》，莫光华译，长江文艺出版社 2005 年版，第 126 页。

蒙·泰伦，是一位颇为彻底的虚无主义者，陷于酗酒的恶习不能自拔。他一生中难得有几次灵魂得救的体验——大抵都与关于自然的特殊体验有关：

> 那次我跟一艘方头帆船去布宜诺斯艾利斯。那天正是月圆，刮着赤道信风。那老牙船每小时走十四海里。我躺在牙樯上，脸朝船尾，身底下海水泡沫飞溅，头顶上每根桅杆上的帆都高高扬起，在月色下一片洁白。眼前是这么好的美景，耳边是唱歌一样的节奏，我都像是醉了，一时竟忘了自己——好像是已经离开了人世间，被放回了自由境界！我都跟海融成了一体，变成了白帆，变成了飞溅的浪花，变成了美景与旋律，变成了月光，变成了船，变成了星光闪烁的高高的天穹！没有了过去，也没有了未来，只有宁静融和，只有说不出的快活，我已超越了我自己的生命，超越了人生，达到了永生的境界！要是你觉得可以，也说得上是在上帝那儿找到了归宿。[①]

《诗人的气质》《更庄严的大厦》中那座宁静的田园小屋也有类似心灵洗涤、净化的作用。

奥尼尔这时期对自然的理解已经脱离西方传统自然观的窠臼，也超越了爱默生、梭罗这两位先哲——他们对自然的赞美毕竟还有一些泛神论的意味，也还没有脱离西方哲人对世界认知性思考的模式。而在奥尼尔的描写中，我们能够看到，他已经将自然看作人类的归宿、精神的依靠。这种自然无须任何理论的分析，无须任何神秘主义的先验预设，它以其整体的存在，与人的全部感官发生和谐的共鸣，以此，它“自然”地为人们的精神活动提供了广阔而又充满温情的存在处所。在此背景下，个人的存在便不只是面临冷冰冰的孤独战斗的逼仄空间了。就这样，奥尼尔将东方的自然理念化入其最核心的终极拯救问题的构建中。

奥尼尔关于终极拯救问题的讨论，还有一些富有个人原创性的表现，如白日梦（幻觉）、政治斗争（其中又涉及身份、民族、种族、阶级等多方面）等。并且，这些表现方面在20世纪中后期的戏剧创作中也得到了深刻的回应。但限于篇幅，这些问题本文不再做展开。

---

① 奥尼尔：《进入黑夜的漫长旅程》，《奥尼尔文集》，梁金柱等译，海峡文艺出版社2017年版，第6集，第373页。

当然，需要指出的是，奥尼尔刻画的这些拯救力量，基本上都属于精神理想层面的设想，其现实的可行性——或者说，它们如何从突破现实生活的重重壁垒发射出自身的光芒并成为决定性的拯救力量，奥尼尔并未展开充分的描写。这并非是逃避，而是一种审慎：既然“人类要几百万年才会成熟，才能获得灵魂”，人们当前所设计的获得“灵魂”的方式，肯定是过于不切实际、堕于空想了。要紧之事是对于我们生存状态的不“成熟”性有充分的透视，并从那些人类（人性）最根本的存在基石中探寻拯救的可能（如果人类尚有得救的可能，其可能显然不应当“成熟于几百万年之后”，而应当存在于人性的自性之中），据此，人们的生命才会“变得”富有“希望”起来。从这个角度来说，奥尼尔所着意探索的那些拯救力量，都具有叩问人性本原的意义。它们正以这种本原性的蕴涵，构成了抵制现实宿命的精神性向度。①

而这，正是我们在今天重新回顾奥尼尔后期悲剧创作最值得关注之点。有论者曾经谈到，现代悲剧需要一个社会革命性的氛围，在这种具有高度危机感的革命氛围中，人们才有指望从“危机释放出来的能量以及我们从中学到的精神”②中突破既有自由主义悲剧整体境界上的陈腐框架。但这种美学见解明显过于受制于认知理论的束缚了。结合奥尼尔既深入洞察现代自由个体不幸的宿命又积极寻找抵抗性的拯救力量的创作实践，结合其他一些富有启迪意义的现代作家的创作实践（如奥凯西、福克纳、斯坦贝克、加缪、萨特、田纳西·威廉斯、伯格曼、伯尔、戈尔丁、伍迪·艾伦等），我们能够意识到，所谓现代悲剧的真实底色还远没有为人们所洞察，换言之，现代人生的拯救空间也还远未能为人们所想象。

---

① 有些论者也注意到拯救主题在奥尼尔悲剧构造中的地位，但他们通常倾向于从西方的价值传统中来阐释这一问题：“人类的现代悲剧在于，追求更高的生活却知道不可能实现。奥尼尔将这种不可能的境地赋予了现代戏剧的高度。这代表了他能够想象的对于古希腊的最近似模仿。如果《冰》的哲学可以视作存在主义的一种变体，那它的心理学是基督教的。据此我意指奥尼尔对于象征主义的运用是根植于他生活的天主教渊源的。”（Edward L. Shaughnessy, “The Iceman Melteth: O’Neill’s Return to Culture Origins”. *The Eugene O’Neill Newsletter,* Boston: Suffolk University, 1979: Autumn, Vol. 3: No.2.）没有疑问，奥尼尔的价值探索不可能完全脱离其生长的基督教文化背景，但这不是他最有原创力的方面，并且，也不是他价值探寻的主要路向。

② 威廉斯:《现代悲剧》，丁尔苏译，译林出版社 2017 年版，第 75 页。

因贫称义

——论斯坦贝克作品的悲剧主题及其当代价值 *

在现代悲剧艺术史上，约翰·斯坦贝克可能是一位被严重低估的悲剧作家。对这位酷爱谈论“悲剧”问题，把人本身看成“我们最大的危险和唯一的希望”，着力表现“恐惧”“勇敢、怜悯和爱的能力”的作家,[①] 很少有研究者就其悲剧艺术的成就做过深入的讨论。甚至左翼的马克思主义文艺理论家，像威廉斯、伊格尔顿,[②] 在研究相关问题时对斯坦贝克也完全视而不见——这一点多少有些令人惊异：斯坦贝克的创作毕竟公认是与马克思主义学说、无产阶级斗争密切相关的。[③] 看起来，冷战以后西方主流学界在艺术创作领域去意识形态的努力是非常成功的；对于底层劳动者生存境况表现了太多关切之心的斯坦贝克，的确被一两代的主流批评家认为是一个仅属于那个萧条时代的“道德家”[④] 而失去了长久的启迪价值。

斯坦贝克当然不是一位仅属于那个特定物质贫困年代而已的“道德家”。至

---

* 本文曾发表于《江淮论坛》2013 年第 3 期，发表时有删节。

① 斯坦贝克:《受奖演说》，黄宝生译,《人鼠之间》，漓江出版社 1989 年版，第 384 页。

② 可参看威廉斯的《从易卜生到布莱希特》《现代悲剧》，伊格尔顿的《甜蜜的暴力》等著作。

③ 美国文学史家 Pells 说，斯坦贝克属于这样的一类作家，“曾对马克思主义深表同情，这正是他们享有盛名之时，而在他们幻想破灭之后的那些年代里就再也没有达到过这样高的水平”。(Pells:《激进的理想与美国之梦》，卢允中等译，上海外语教育出版社 1992 年版，第 230 页。) 当然，创作与马克思主义、社会主义意识形态有关，与作家是否因此能被称作无产阶级作家之列是两码事。即使在 20 世纪 30 年代，斯坦贝克最倾向于左翼思潮的时代，他能否被称为“一位具有无产阶级倾向至少是一位同路人性质的作家”也是很受怀疑的。有关讨论可参见席林格罗的《〈俄罗斯纪行〉导读》(斯坦贝克:《俄罗斯纪行》，杜默译，重庆出版社 2006 年版)。

④ 1962 年，即在斯坦贝克获诺贝尔文学奖的当年，一位评论家便公开质疑：将此大奖授予“一个 30 年代的道德家”是否物有所值?(参见田俊武的《“迷茫时代”的道德歌手——约翰·斯坦贝克小说的伦理叙事》,《外语教学》2011 年第 1 期，第 69 页。) 1968 年斯坦贝克去世时，一些评论家则预言他的作品亦将随之销声匿迹。(参见苏索才:《约翰斯坦贝克其人其作》，第 26 页。) (转下页)

少，他的道德关怀是通过非常高妙的艺术表现手段来实现的。近一二十年来，有越来越多的研究者尝试用多种新兴的批评方法重读斯坦贝克以期诠释其作品中丰富而深刻的艺术内涵。进入21世纪，中国学界也逐渐摆脱了用简单阶级分析理论的窠臼，[①]尝试运用（或综合运用）精神分析、原型批评、东方学、生态主义、女性主义、身体理论、叙事学、符号分析等方法，对斯坦贝克展开新的读解。[②]这些研究尤其在文本细读方面获得了重要成果，借助这些研究，人们能够从更深、更精微的境界中感受这位伟大作家的广阔胸怀和极具生命活力的表现笔致。事实上，它们对长期以来那些印象式地、近于肤浅地贬抹斯坦贝克艺术成就的说法是一个很好的回应。[③]

（接上页）

董衡巽先生认为斯坦贝克之所以出名纯属占了“题材的独特性”的“便宜”的说法（参见其《论斯坦贝克的兴与衰》，《外国文学评论》1996年第1期），其实也是根据西方的此类观点发展而来的，尽管他的文章看起来好像在批评斯坦贝克“道德家”的立场表现得还不够充分似的。

① 即主要从阶级立场、从对美国式资本主义制度的弊端揭示的一面来揄扬斯坦贝克的艺术成就。1950年代，《愤怒的葡萄》译者胡仲持先生在介绍该书时这样说：“通过它（指《愤怒的葡萄》——引者按）所表现的美国穷苦农民的生动的形象，我们可以深刻地体会到现代美国资本主义社会所造成的沉重的灾难。”此种基调在中国的斯坦贝克研究中延续了数十年，在今天仍有广阔的市场。就斯坦贝克研究来说，这种说法并不完全脱离事实，但仅强调这一点则不免失之偏颇。

② 国内斯坦贝克的研究情况，可参看田俊武等的《国内外斯坦贝克研究的进展和缺失》（《四川外语学院学报》2005年第2期）、廖欢的《十年来国内关于约翰·斯坦贝克的研究综述》（《咸宁学院学报》2011年第5期）等文献。田文对问题的探讨较深入，但因发表日期较早，其中结论已不太符合国内当前斯坦贝克研究的实际情况。《外国文学评论》《外国文学研究》《世界文学》等著名期刊均重视刊布有关斯氏的最新研究文献，亦可参考其中有关论文。国外斯坦贝克研究最新的进展情况，可参看KATHLEEN HICKS的Steinbeck Today。更多的信息，则可参见美国“Steinbeck Review”网。

③ 对于某些学院派批评家来说，斯坦贝克的写作笔法可能是过于“realistic”而缺少实验性了，他们似乎因此就获得了一种嘲弄斯坦贝克的资格。一位叫埃德蒙·威尔逊的评论家曾说：“斯坦贝克先生的小说几乎总是写小动物或者几乎接近动物水平的、不成熟的人物……斯坦贝克先生不像劳伦斯或者吉卜林，把动物提到人的水平，而是把人降低到动物的水平……斯坦贝克先生写人物总是不那么成功，我想原因就在于他那种动物化的倾向。”（参见《论斯坦贝克的兴与衰》，第34页。）这种评论完全是出于偏见。且不说斯坦贝克笔下的人物是否总是接近于“动物水平”，从美学角度来说，一个作家笔下的人物其艺术内蕴的高低与该人物是否接近于动物水平是没有直接关系的。不然，卡夫卡、福克纳、奥威尔等的小说，萨特和荒诞派等的诸多戏剧，也就失去其主要艺术价值了。再说，埃德蒙·威尔逊先生之类关于“人的水平”的界定不是极有意识形态特征的吗？斯坦贝克为什么非要按照他们那种对“人的水平”的理解来写作，笔下人物才会显得较有“人的水平”呢？

不过，现有研究也还存在某些不足，比如人们就较少从艺术发展史的角度来考察斯坦贝克的地位。但人们明显应该追问这样的问题：斯坦贝克可曾在某个不可取代的高度上，为人类的艺术宝库增添了财富？抑或他只是较好却不过是在平面上运用了现成的手段达到个人抒情写意的目的？如果是后一种，我们确实无法在艺术层面给予他过高的评价。而本文所关注问题的重点也正在于此。笔者注意到，斯坦贝克在其创作中，有一个一以贯之的现象，即高度关注贫穷与人类生存本质之间的密切关系。他运用多种手段，既有源于欧美基督教文化传统的信念，也有来自印第安文化风俗的生活观念，还有来自现代自然科学和各种社会学说的感性认识，考察现代人生所无可摆脱的贫困维度。在此种考察中，他把欧美文学传统中对于人类贫苦生活的关注上升到了一种信念的高度：仿佛贫困或贫困者才是世界正义的一极，而通常世俗的力量却总是背离这一理想的价值向度。于是，人类极端贫苦条件下之生存状况与此种生存状况中人之不可磨灭之价值的紧张斗争，就成了斯坦贝克创作的中心主题。我们在此将之扼要概括为“因贫称义”的悲剧主题。

在近现代文艺创作中，关注底层劳动者贫穷状况的艺术家有很多。但斯坦贝克则是高度地、单纯地关注贫困问题，并就贫困问题单独地发展出一套艺术化的世界观——并且，当他集中于这一主题，他的作品就容易产生一种震撼性的力量，在艺术上亦臻于完美之境（如《愤怒的葡萄》《人鼠之间》《小红马》等）；而当他的艺术聚焦不那么明晰，或者说他期望以其他的一些艺术主题（如“美国梦的破灭”“现代文明的疾病”等）来统摄“因贫称义”主题的时候，他的作品反而显得不那么光彩夺目了（如《伊甸之东》《丕平四世的短命王朝》《烦恼的冬天》等）。这类情形在其他作家那儿是比较少见的。

现在的社会据说已经是“丰裕社会”了。至少，按照某些学者的保证，人类不久都有希望步入一个消灭了贫困的社会。但也许正因为如此，我们当前越发有重温斯坦贝克“因贫称义”话题的必要。

一 “贫穷情结”与宿命

在斯坦贝克的艺术世界中，对人类贫苦物质条件下各种生存状态的观照与描绘，具有一种突出的、决定性的地位，它们通常直接就构成了作品主体的内容。这是他小说创作（也包括大部分新闻纪实性作品）的一个普遍特征。他对于人类生存本质问题乃至超越性问题的思考，总是建基于此。这也是我们谈论其作品“因贫称义”主题的由来。这里有必要对“贫”的意谓略做解释。在西方文化传统中，在将生存的贫困状态视作生存的价值祈向之必要条件时，所谓“贫穷”可能包含两层含义：一种是指物质上匮乏，就是我们通常意义上理解的那种“贫穷”；另一种则可能是指“灵性的贫穷”（the poor in spirit），亦即所谓“虚心”的意思。这两种意涵都需要上溯至原始基督教时代耶稣的教诲。[①] 但在斯坦贝克的小说中，“贫穷”主要指的就是物质上极其匮乏的状态。斯坦贝克笔下的人物，一般总是生存在物质条件相当困窘的状态中——或者说，他执意于描写人类贫穷条件下种种生活之状态。

首先要谈到的，自然是斯氏对不公平社会制度造成的人类贫困状态的揭示以及对此种状态所带来巨大人性痛苦的揭示。这是斯氏作品在直观上最具艺术魅力之处，也是他赢得艺术家声望的起点。各种近于极限的残酷物质生存条件的展示（诸如人如何为获得最低的生存条件而挣扎奋斗，如何在此种最低的生存条件中想象可能的美好生活等），往往是他作品中至为感人肺腑的场景。在《愤怒的葡萄》《人鼠之间》中常有类似的场景描写。1930 年代美国西部农业产业工人的生存状况：

---

① 《路加福音》第 6 章、第 20—25 章有言：“你们贫穷的人有福了，因为神的国是你们的；你们饥饿的人有福了，因为你们将要饱足；你们哀哭的人有福了，因为你们将要喜笑……但你们富足的人有祸了，因为你们受过你们的安慰；你们饱足的人有祸了，因为你们将要饥饿；你们喜笑的人有祸了，因为你们将要哀恸哭泣。”（本文《圣经》引文，悉从中国基督教协会 1996 年版《圣经》。）这里的“贫穷”显然就是指物质匮乏的意思。但《马太福音》第 5 章第 3 节所谓“虚心的人有福了，因为天国是他们的”云云，则当强调“贫穷”为“灵性的贫穷”一面的意思。

流民们从各条公路上川流不息地涌来，他们的眼睛里流露出饥饿的神色，流露出求生的渴望，他们既不会讲道理，也没有什么规章，只仗着人数众多和他们的穷困。只要一个人的工作，就有十个人来争夺——不惜降低工价来争夺。如果那个人只要三角钱就肯干，我只要两角五分就行了。

如果他只要两角五分，那我就只要两角。

不行，我饿着肚子呢。我只要一角五分就行了。我只要有饭吃就干。还有孩子们。你去瞧瞧他们吧。全身长起了小脓疮，跑也跑不动。①

这些人最高的理想不过是“能够靠自己的土地过活了”。在这块土地上，他们期望“有一所小房子，一人一间卧室。小小的竖铁炉，冬天我们便在炉子里生起个火来。地不多，我们的活儿也不会太苦。大概一天干那么六七个小时。我们再也用不着背一天十一个小时的麦袋啦。临到收获呢，嘿，我们就在那儿收获起来。我们总算知道自己种出些什么来了”②。但残酷的是，就是这样近乎卑微的理想，对他们也纯属乌托邦，经常被旁人、被体制没任何理由地就给轻率毁掉。虽然时间已过去将近一百年，恩格斯在《英国工人阶级状况》一书中所揭露的现象，在美国也并没有什么本质的改变。③某种程度上，人们简直可以将《愤怒的葡萄》《人鼠之间》等当作是《英国工人阶级状况》的“对观”性作品。

斯坦贝克对底层劳动者贫苦状态此种充满人道主义和社会正义感的关切之情，曾经震撼了一代人。④直到今天，也是中外文学评论家关注的焦点问题之一，所分析者已多。这里不多做展开。但需要强调的是，无论什么时候，即使在人类

---

① 斯坦贝克：《愤怒的葡萄》，胡仲持译，上海译文出版社 2004 年版，第 325 页。

② 斯坦贝克：《人鼠之间》，秦似译，漓江出版社 1989 年版，第 143 页。

③ 恩格斯在书中说：“资产阶级，不管他们口头上怎么说，实际上只有一个目的，那就是当你们的劳动的产品能卖出去的时候就靠你们的劳动发财，而一到这种间接的人肉买卖无利可图的时候，就让你们饿死。”（恩格斯：《英国工人阶级状况》，《马克思恩格斯全集》第 2 卷，人民出版社 1955 年版，第 274 页。）斯坦贝克未必熟知恩格斯的这个观点，但《愤怒的葡萄》的确从艺术层面很好地诠释了这一点。

④ 20 世纪 40 年代，尽管中国大地还处于一片战乱之中，他的著作却已大量被移译介绍至中国（《愤怒的葡萄》《人鼠之间》《月亮下去了》《相持》《煎饼坪》《小红马》等均有中译，有的还有多种译本），其在中国所得到的关注度，远超侪辈作家。这和当时中国文化界对他这方面的创作主题拥有特殊的共鸣显然有一定关系。这一时期斯坦贝克的作品在中国的流传情况，可参见张珂《20 世纪 40 年代斯坦贝克小说在中国译介述评》(《楚雄师范学院学报》2007 年第 7 期）。

可能消灭物质绝对贫穷状态的时候（且不说此种理想状态是否有实现的可能），类如斯坦贝克这样的写作勇气都不会丧失其意义价值。它会让我们警惕、反抗那一种可能会把人类置于如此不堪状况的社会体制的卷土重来。

但斯坦贝克笔下的人类贫困状态，其根源并不一定是体制性的。他所写到的制度性的人的贫困状态，只是人所处贫穷状态的一种可能性，是人被外力强迫、被扔到这一状态之中。但还有一些贫穷状态则有根本性的不同。斯坦贝克同样十分关注这类贫穷状态的描绘。虽然此类描写引起的社会效应没那么大，但它们在斯氏作品中所占比重并不少，同样具有很高的艺术价值。斯坦贝克的相关描写，至少还有两个方面的内容值得分析：一是物质环境所决定的贫困；二是自我选择的贫困。这两者也是他所关注的人类本体性的、近乎无可脱逃的贫困处境。

斯坦贝克笔下的不少人物，生来就注定生活在贫穷状态之中。这种贫穷，没有其他复杂的原因，仅仅是先天物质环境决定的结果，可说是一种宿命。《伊甸之东》的塞缪尔·汉密尔顿所处的就是这种状况。他心地善良、心灵手巧、家庭幸福、身体健康强壮，没什么外敌，应当说，具备了过好日子的一切条件。但他就是终生贫穷。这是因为他所居的农庄，天然缺乏水资源。“在欧洲有十英亩土地的人能算是个小康，在加利福尼亚有两千亩的人却穷得像耗子”[①]，塞缪尔还要倒霉些，他占有的“贫瘠的山地即使有一万英亩也不够糊口”[②]。《小红马》中人物的处境也类似于此。斯坦贝克很关注这类贫困者的生活，他试图确证人性的光辉，人的生存意志和心灵的纯善完美正是在与如此极端恶劣环境的争斗过程中自然凸显：

有人断言，正因为他们彻底相信冥冥之中有一个能辨别是非的正直的上帝，他们的信念有所寄托，别的小事就听其自然了。可是我认为正由于他们相信并尊重自己的力量，由于他们充分相信自己是可贵的、有精神潜力的个体——正由于这样，他们才有可能把自己的勇气和尊严托付给上帝，然后反过来又从上帝那里得到它们。[③]

① 斯坦贝克:《伊甸之东》，王仲年译，人民文学出版社1986年版，第15页。

② 同上书，第13页。

③ 同上书，第16页。

斯坦贝克笔下的贫困状态，有时还是自由个体自主选择的结果。他着重刻画了两种类型的人所自主选择的贫穷状态：一类可称作“自我放逐”型。《愤怒的葡萄》中的约翰伯伯、《烦恼的冬天》中的丹尼等都是这一贫困类型的代表形象。他们都曾在生命中遭受重创：也许都是因为某种琐细的功利计量使得他们丧失了生命中最宝贵的东西。大彻大悟之后，他们甘于贫困，拒绝一切形式的对物质财富的占有，仿佛只有赤贫的状态才能略略补偿其内心的罪感。另一类则可称作“自由选择”型。《煎饼坪》《罐头厂街》等作品中具有印第安血统的流浪汉们，《伊甸之东》中的中国人“李”及其游记、新闻报道中的不少人物形象（如《斯坦贝克携犬横越美国》中的中国厨师“李”[①]、《战地随笔》中的马利根二等兵[②]与“搜集迷”[③]等）都可归入此类。这些人各有各的生活逻辑，但不管怎么说，他们对于世间通行的锱铢必记的功利化的财富观充满拒斥之情。他们多半按照自我内心的情感向度行事自然也就不可能积累什么世俗所谓的“财富”了。某种意义上，贫穷是他们简单快乐生活的必要保证。

要言之，在斯坦贝克的笔下，贫穷可能是人们生活痛苦的根源，但也可能是快乐的必要保证，也可能不和人们的生活质量发生直接的关系（如《伊甸之东》中的塞缪尔，人们就不容易想象他一旦发家致富品行就会有什么大的改变）。在具体的创作中，他有关贫困的书写当然会和现实主题发生联系（如《愤怒的葡萄》对流浪农业工人这一特殊群体悲惨遭遇的同情），但对贫穷问题的一般化考察、探讨人生存在无法摆脱的物质贫困状态则是他更内在、更深刻的艺术关切。

需要指出的是，在斯坦贝克的创作中，这种对物质贫穷问题的关注事实上还内在地转化成了他对世界的一般体验方式。由此，我们甚至可以说斯坦贝克拥有一种“贫穷情结”。

人们早就注意到，作为现实主义大师的斯坦贝克，实际上相当广泛地运用着各种象征、隐喻等所谓现代派的艺术手法。有些评论家甚至认为，其作品中浓厚的象征、神话和寓言元素在艺术上是更具决定性意义的：“对自然的依恋使斯坦

① 斯坦贝克：《斯坦贝克携犬横越美国》，麦慧芬译，重庆出版社 2005 年版，第 52—53 页。

② 斯坦贝克：《战地随笔》，朱雍译，湖南人民出版社 1985 年版，第 126—129 页。

③ 同上书，第 191—193 页。

贝克有可能根据他所观察到的丰富多彩的细节创造作品，但也使他的故事显得更像神话或寓言，而不像现实主义小说。细节几乎带有象征性的意义，人物之间的关系则近于寓言。”[①] 抛开具体艺术技法的讨论，斯坦贝克作品中各种象征、隐喻手法的运用，几乎都是围绕贫困这一核心意象展开的。换言之，其作品中几乎所有重要的非写实的意象，都是贫困意象的象征或转喻。在斯氏的作品中，我们经常能够看到他在故事情节主线之外，宕开一笔，甚至以专章专节来描写人物的身体、动植物和大地（自然环境）等。这类描写通常都是贫困意象象征或转喻性的书写。

有关人类身体、主要是受伤害身体意象的描写，在斯坦贝克的作品中具有令人瞩目的重要地位。有研究者非常准确地指出：

斯坦贝克习惯于采用隐喻的手法描写受损的身体，通过对身体的变形来表达伤残如何变成人们生活的方式。他深知身处大萧条的人们心理很脆弱，也非常敏感，表现出独有的畸形和反常，其中包孕的某种恐惧可以直接导致自我沦丧，进而暗示大萧条已经让人沦落到一种“难堪（abjection）”的境地……斯坦贝克笔下的伤残身体总与饥饿、失业和痛苦相联系，不但可以激发读者的同情和怜悯，更使普遍的工伤致残现象上升为社会的焦点问题，其中不乏人生感悟和生存思考，从而使小说获得更为丰富的哲理和深刻的思想内涵。[②]

在此我们需要补充说明的是：斯坦贝克关于人的身体“书写”，既不局限于大萧条时期，也不局限于“伤残”。像《伊甸之东》（故事发生在19世纪末、20世纪初）就以大量的笔触“书写”了故事主人公亚当、卡西等身体的多种状态。但不管是何种状态的身体，斯坦贝克的描写都明显具有一种隐喻的意味，他试图以此考察人对于物质贫困的不同反映并予以某种哲理性的寓意。

斯坦贝克擅长描写人与动物的关系是早有令名的。其成名作《小红马》就是一篇动物小说。不过，他的写作风格与当时流行的吉卜林式的动物小说完全不

① 布劳迪：《现实主义、自然主义和风俗小说家》，转引自田俊武《约翰·斯坦贝克的小说诗学追求》，中国社会科学出版社2006年版，第151页。

② 杨金才：《从“加利福尼亚三部曲”看斯坦贝克的伤残书写》，《外国文学评论》2009年第4期，第106页。

同，他不关心动物如何忠心保卫主人之类的感伤话题。他着意刻画的是，人在极端物质贫困的条件下，将动物甚至植物当作情感寄托的对象所形成的一种相濡以沫的关系。在他的作品中，人与动植物的关系通常是平等的，动植物与人是一种伙伴关系。在欧洲文化还普遍把人当作地球之主宰、应当以人为中心予取予求的时代，一些评论家不能理解斯坦贝克的此种观察世界的视角。前文提到一位叫埃德蒙·威尔逊的评论家曾经讽刺"斯坦贝克先生的小说几乎总是写小动物或者几乎接近动物水平的、不成熟的人物"……斯坦贝克先生不像劳伦斯或吉卜林，把动物提到人的水平，而是把人降低到动物的水平……斯坦贝克先生写人物总是不那么成功，我想原因就在于他那种动物化的倾向"[①]。现在看起来，这类评论所持价值立场的陈腐与幼稚几乎是一目了然的：它既未能理解斯坦贝克超越人类中心主义的襟怀，也未能准确把握动植物作为人类贫瘠状态可靠的温情伙伴这一寓意。

斯坦贝克的生态意识近年来得到了广泛关注，本文笔者同意学界主流在这方面的意见。本文所要强调的则是，斯氏相关的描写和他对人类贫困处境的关注密切相关。在他的笔下，大自然的丰饶是人类生存的根本保障。现代工业文明对大自然的开发表面上促进了生产力的发展，实质却是一种极端片面的、单向度的索取，此种贪婪的索取必将从根柢处毁坏大自然的丰饶。它可能使得一小撮人发财致富，却把人类之主体抛入一种完全无法容忍的极端匮乏状态。《愤怒的葡萄》中一段关于现代机器取代传统耕作的描写非常具有象征含义：

拖拉机后边滚着亮晃晃的圆盘耙，用锋刃划开土地——这不像耕作，倒像施外科手术。一排圆盘耙把土划开，掀到右边，另一排圆盘耙又把它划开，掀到左边；圆盘耙的锋刃都被掀开的泥土擦得亮亮的。圆盘耙后面拖着的铁齿耙又把小小的泥块划开，把土均匀地铺平。耙后是长形的播种机——在翻沙厂里装置的十二根弯曲的铁管，由齿轮推动着，按部就班地在土里插进抽出。驾驶员坐在铁座上，看着自己无意画出的那些直线，感到得意，看着并非自己所有和他所不爱的拖拉机，也感到得意，看着自己所不能控制的那股力量，也感到得意。庄稼生

① 转引自《论斯坦贝克的兴与衰》，第34页。

长起来和收割的时候，没有人用手指头捏碎过一撮泥土，让土屑从他的指尖当中漏下去。没有人接触过种子，或是渴望它成长起来。人们吃着并非他们所种植的东西，大家跟面包都没什么关系了。土地在铁的机器底下受苦受难，在机器底下渐渐死去。因为既没有人爱它，也没有人恨它；既没有谁为它祈祷，也没有谁诅咒它。①

某种意义上，《愤怒的葡萄》中乔德一家颠沛流离的苦难历程，即象征了大自然受到侵犯之后果。

二　贫困中的人性烛光

毫无疑问，斯坦贝克对于贫穷问题的关切之情不是出于一种个人的癖好，而是包含着对某种美学原则坚定的信念：即通过对贫穷问题的考察来谛视人生存在价值意义的美学信念。

19世纪中后期，随着社会主义思潮在世界范围内的传播，不管赞成抑或反对社会主义学说，大多数负有责任意识的艺术家都对底层劳动者的生活状况，尤其因物质贫困而造成各种精神问题，产生了迫切的关切之情。他们中有人甚至直接认为：物质的贫困就是人类苦难的渊薮，是人类道德问题的主要根源。“对贫穷的原因的研究就是对大部分的堕落原因的研究。”②尽管历史上的艺术家从来也不乏对贫穷底层人士的关心，但将贫困问题如此直接、严密地与人类生存的基本精神问题关联起来并试图进而形成一种颇具阐释效应且逻辑颇为自洽的世界观与方法论的，则是19世纪中后期才普遍出现的艺术特色了。从毕希纳、赫贝尔开始，左拉、狄更斯、陀思妥耶夫斯基、哈代、劳伦斯、霍普特曼、高尔基、沁孤、奥凯西、奥尼尔、布莱希特等数代欧美艺术家相继在这一话题上做出了重要的艺术

① 斯坦贝克：《愤怒的葡萄》，胡仲持译，上海译文出版社2004年版，第40页。

② 加尔布雷思：《富裕社会》，赵勇等译，江苏人民出版社2009年版，第224页。

展拓。斯坦贝克的创作也可视作这一文艺传统的一个重要的构成环节。但比较前辈和同辈，斯氏对贫困问题的处理在艺术上明显更有深度和包容性——当然，有必要预先申明的是：这么说并不意味着斯坦贝克的艺术成就已经赶上或超越上述这些大师了，对于上述这些大师，对贫困的考察通常是其整体艺术世界的重要组成部分，而对斯坦贝克来说，这则是问题的核心。

在斯坦贝克的笔下，贫困诚然给人带来了巨大的痛苦，甚至是毁灭性的痛苦，如《愤怒的葡萄》中乔德一家的老人们在逃荒路上相继过世，《人鼠之间》中佐治含泪打死相濡以沫的兄弟李奈等，都是这种痛苦最直观的表征。但是，他更着意刻画的，却是在此种看起来再也无法忍受下去的巨大痛苦中，没有被击垮、没有被磨灭的人性尊严的部分。《愤怒的葡萄》中乔德一家尽管已到了山穷水尽的地步（如前所引，为争取3毛钱一天的工作收入且不可得），但他们的心志、道德底线，甚至那些人性温柔的部分却从未因此而被放弃。到了某处住下，乔德爸乱泼咖啡渣，乔德妈便阻止说："你别这么乱泼吧，这是个干净地方。"[①] 还没有完全安顿好，乔德的妹妹罗莎夏已经迫不及待地去洗澡，冲洗长途跋涉积聚的各种污垢。乔德妈看见她的女儿"头发已经梳洗过了，还在滴水，皮肤是鲜嫩和微红的。她穿了一身印着小白花的蓝衣服。她脚上穿的是结婚时那双有后跟的拖鞋"，并未责备罗莎夏不谙世事、不来协助母亲操持家务，更没有指责女儿在此种落魄的状态还"臭美"，耽于这种明显看上去与想家糊口没什么关系的东西。她"大声"说："我也要去洗个澡，等我把这儿收拾完了就去。你教给我怎么洗吧。"[②]

在《愤怒的葡萄》中诸如此类的闲笔是很多的。在小说中，贫困，尤其是不公的体制所造成的贫困给人们造成了巨大的痛苦，但历此考验而不变色的人性光辉，却因之更豁显其价值：人之所以能够经历如此漫长的极端匮乏的痛苦岁月而成其为人，其道德本能、爱美的天性必然是足够对抗外部极端恶劣条件的内心力量的。

此种贫困主题的书写方式，可谓是逆欧美艺术界的主流思潮而行。自毕希纳以来，人们容易看到的有关贫困问题的原型意象多半属于此类：一个在所谓自由社会的无助个体，由于极端之贫穷，由于丧失了其全部的外在财富，以致就丧失

① 斯坦贝克：《愤怒的葡萄》，胡仲持译，上海译文出版社2004年版，第352页。

② 同上书，第353页。

了其全部的内在财富。一个人为了活下去会使用一切手段，即便践踏所有的道德价值都在所不惜，更不用说“美”这类的奢侈品了。在此种情况下，人活着就是如动物一般地活着，如耗子、蟑螂一般地活着。毕希纳的《沃伊采克》，赫贝尔的《玛丽亚·玛格达莲》，霍普特曼的《马车夫亨舍尔》《日出之前》，早期高尔基的《底层》以及左拉、陀思妥耶夫斯基相当部分的作品，等等，关于贫困的书写都可归入此类。1930年代与斯坦贝克一起并称为“美国左翼文学”代表人物的厄斯金·考德威尔（代表作有《烟草路》）、理查德·赖特（代表作有《土生子》）有关贫困问题的考察，实际上亦属此类。斯坦贝克对这一路笔法的扬弃，充分显示了其杰出的创造才能和对问题思考的深度。

当然必须指出，由贫困而砥砺人性的光辉，斯坦贝克并不是最早的表现者。19世纪末兴起的无产阶级文艺对这一点早有触及。不过不能否认的是，除了极少的例外（如高尔基的《母亲》等），无产阶级文艺对贫困问题的处理，实有简单化的趋向。马克思曾经教导人们说，无产阶级由于“不是自然形成的而是人工制造的贫民，不是在社会的重担下机械地压出来的而是由于社会的急剧解体，特别是由于中间等级的解体而产生的群众”，他们因此就会“形成一个由于自己遭受普遍苦难而具有普遍性质的领域”。这是一个“若不从其他一切社会领域解放出来从而解放其他一切社会领域就不能解放自己的领域，总之，形成这样一个领域，它表明人的完全丧失，并因而只有通过人的完全回复才能回复自己本身”[①]。无产阶级文艺家通常深谙马克思这一教导，却也通常把这一教导简单化。这些作家在揭露统治阶级剥削的残酷本质时，往往笔致细腻传神，足以让读者“动摇资产阶级世界的乐观主义，不可避免地引起对于现存事物的永恒性的怀疑”，可一旦涉及“所描写的社会冲突的历史的未来的解决办法”，他们会将无产阶级的历史使命当作无产阶级个体在道德上居于优先地位的直接证据，并进一步论断应由这些品德高尚的人士掌握社会组织的权力，领导劳动产品和生产资料的分配，认为社会公平正义据此便能简单实现。恩格斯因此才需要强调指出：“倾向应当从场面和情节中自然而然地流露出来，而无须特别把它指点出来；同时我认为，作

① 马克思:《〈黑格尔法哲学批判〉导言》,《马克思恩格斯选集》第1卷，人民出版社1995年版，第15页。

家不必把他所描写的社会冲突的历史的未来的解决办法硬塞给读者。"[1] 不过遗憾的是，在无产阶级文艺的具体实践中，马克思、恩格斯的教诲并未取得十分明显的效果。而随着苏联建立后庸俗社会学的流行，根据阶级分析的方法来简单判断个体人物的道德境界（总的说来，就是私有财产越多个人品行越坏，越接近赤贫个人品行越好）就成了无产阶级文艺关于贫穷问题主要甚至是唯一的书写模式。[2]

斯坦贝克笔下的无产者、赤贫阶级的人性表现相比较来说就要复杂得多，也要丰满真实得多。他笔下的无产者，尽管未因贫穷而丧失人的尊严，但也很难说因此变得更为品德高尚了。就人性的基本构成来说，他们和其他阶层的人士没有什么本质的不同。像《愤怒的葡萄》中的凯西牧师，虽然俨然扮演着书中无产者精神导师的角色，但也酗酒放纵，有着诸多的人性弱点。斯坦贝克无意将无产者打扮成道德上的圣者，他感兴趣的，是以这一特殊群体为对象来考察人性中不可能毁灭的那些价值元素，或者说，往往是要在极端困难条件下反而越发显得熠熠生辉的价值元素。斯坦贝克不否认在无产者中存在着类如无产阶级特殊的阶级情谊的因素，[3] 但他认为此种阶级感情背后有更为深刻的人性必然，这种人性必然就是人的团结、希望与爱。《愤怒的葡萄》结尾部分，乔德在逃亡前夕说了一段自己对于凯西牧师教诲的领悟。这段领悟差不多也可视作斯氏对相关问题的一个总结。乔德说：

凯西！他谈过许多道理。常常使我讨厌。可是现在我却想到了他所说的话，我还记得——句句都记得。他说有一次，他跑到荒野上去寻找他自己的灵魂，他发现并没有什么灵魂是属于他自己的。他说他觉得自己的灵魂不过是一个大灵魂

---

① 恩格斯:《1885 年 11 月 26 日致敏·考茨基》,《马克思恩格斯选集》第 4 卷，人民出版社 1995 年版，第 672 页。

② 布莱希特关于贫困的书写当然是极具美学内涵的。他的创作揭示了：在资本主义意识形态中，贫困意识极容易被市场价值观念同化，也就是说，被资本主义生产体制生产出来的受侮辱和受欺凌者反过来容易成为资本主义生产体制的守护者和同盟军。《三毛钱歌剧》《三毛钱小说》《人就是人》《大胆妈妈和她的孩子们》等都深刻地阐释了这一点。不过，布莱希特的创作多大程度上能被归入通常意义上所谓的"无产阶级文艺"之列，则还需商榷。

③ 如其短篇小说《突袭》中年轻的社会主义者鲁特对向自己施暴凶手的宽容就是一个很好的例证。

的一小部分。他说荒野不好，因为他那一小部分灵魂要是不跟其余的在一起，变成一个整体，那就没有好处……现在我明白了，一个人离开了大伙儿，那是不中用的……有一回他背过一段《圣经》上的话，听起来并不像那该死的《圣经》。他把那段话讲了两遍，我就记住了。他说那是《传道书》上的……“两个人总比一个人好，因为两人劳碌同得美好的效果。若是跌倒，这人可以扶起他的同伴。若是孤身跌倒，没有别人扶起他来，这人就有祸了。”①

这些话单独的看起来，也近乎老生常谈，卑之无甚高论。不过放在整个小说中，放在乔德一家一段苦难历程的结束和另一段苦难历程的开端之处，就显得具有异常的分量：这是一种信念，经过充分人生考验并已被证实不可能为外界刻薄生存环境所减损、磨灭的信念。它也许不很深刻，却在现实日常生活中实实在在地保卫并滋养着我们的人生。②

斯坦贝克所描写的赤贫状态的人性之美，还有一个必要保障，那就是女性之爱。这是一个相当个人化的观察世界的视角，当然，也可能和他的爱尔兰血统有关。研究者早已指出“乔德妈”这个甚至没有一个明确称谓的女性，在《愤怒的葡萄》整个故事结构中具有核心地位，没有她的坚忍，没有她的博爱，乔德一家断然无法坚持下去。小说的最后一幕极具象征含义，可谓是整部小说的点睛之笔。在逃荒路上，乔德一家碰到了一位濒死的无产者，他因过于饥饿已无法进食。这时，刚刚痛失孩子的乔德一家的小妹罗莎夏决心以自己的乳汁拯救他的生命：

她慢慢地在他身边躺下。他慢慢地摇摇头。罗莎夏把那条绒被松开一边，露出她的乳房来。“你得吃一点才行，”她说。她扭动着身子靠拢他，把他的头拉了过来。“吃吧！”她说。“吃吧。”她伸手到他的头下面，把他托着。她的手指轻轻地摸着他的头发。她看看上面，又看看仓棚外面，渐渐合拢嘴唇，神秘地微笑了。③

这是一幅典型的无产阶级圣母怜子图。图中的人物尽管有着最亲密的肉体接

① 斯坦贝克：《愤怒的葡萄》，胡仲持译，上海译文出版社2004年版，第485—486页。

② 斯坦贝克的集体观念，受到海洋生物学家里克兹思想的深刻影响。

③ 斯坦贝克：《愤怒的葡萄》，胡仲持译，上海译文出版社2004年版，第528页。

触，但此种肉体相交清空了一切动物性的、陈旧意识形态的胡思乱想，而单纯明净地凸显了一个人的灵魂要和“其余的在一起，变成一个整体”的朴实道理。一个人得到了另一个人——一个在法理上、在功利原则中没有丝毫关系的人的帮助，得到了存活下去的机会，而施救者罗莎夏也在此过程中得到了自我救赎。她从一个不谙世事、多少有些爱慕虚荣的女孩，成长为具有大爱的女性。

奥凯西的《孔雀与朱诺》《犁与星》，奥尼尔的《进入黑夜的漫长旅程》《诗人的气质》等也曾刻画了一些在贫困状态成为家庭顶梁柱的伟大女性形象。[①]但不同的是，斯坦贝克笔下女性的坚持与爱给家庭带来的是希望，一种可能超越苟延残喘生活的理想；而奥凯西、奥尼尔笔下女性的坚忍与爱却只是让这种苟延残喘的生活勉强维系下去，虽给人带来了一丝温暖却只像是寒风中战栗的烛光。[②]自然，我们在此强调斯坦贝克作品的理想主义色彩，不是为了论证他的作品的艺术感染力已超过奥尼尔等人。但人们由此不难看到，斯坦贝克的确在厚重的传统中开出了一条富有个性色彩的关于贫困问题的诠释路向。

三　作为过度丰裕的反叛

斯坦贝克曾经痛陈，现代文明病的核心问题就是过度丰裕。围绕着丰裕的物质享受，人类陷入一种无解的恶性循环中：“拥有许多似乎会产生一种‘再拥有更多一点吧’的欲望……啥也没干，没地方可去，没有意思，没有目的，最糟糕的是，没有追求。当然他们总是有要求的，只不过要更好更妙的东西罢了。我们陷入了自己生产的商品陷阱之中，我们生产得越多，我们就越被紧紧地纠缠住。”[③]正因为现代社会体制将物质丰裕提高到了如此的地位，现代人性也就必然遭受其戕害：“等待我们去做的事情永远比我们能够做得多，我们的欲望永远比我们满

---

① 值得一提的是，这两位作家也是爱尔兰人或爱尔兰裔。

② 斯坦贝克笔下的男性尽管光彩上有时要逊色女性，但总的说来也不失人性的尊严，不像奥尼尔、奥凯西同类作品中的男性除了酗酒和吹牛便一无所长。

③ 斯坦贝克：《美国与美国人》，黄湘中译，花城出版社1989年版，第110页。

足它们的能力大。我们的梦想是如此不切实际，我们只能在天国中才能设想其存在。我们的不安、痛苦和悲哀是如此繁多和剧烈，以至我们认为这是必然的命运，注定要对我们那些与生俱来的罪孽课以惩罚。”[①]而正是有基于此，当我们回望贫困之境，却能发现，人类原始的状态，那种贫困的状态，倒是包蕴着几分真正的朴素的生存大道：“千百年来，我们一直是有目标的，一个很简单的目标——生存；采摘、种植、收获，或捕兽为食，或筑巢御寒。这是一种强烈的本能。此外还要加上抵抗所有敌人的伤害之后才有我们这个物种的历史。”[②]现代人本缺乏“富足环境下的生存经验”，又遗忘了贫困条件下锻炼成长起来的灵魂，出现“道德上和精神上的崩溃”[③]就不算什么意外的事情了。

因此，对斯坦贝克来说，人类的贫困状态绝不仅是艺术家奇观化的观赏、考察对象，他更试图在其中探索一种根于贫困的人类救赎之道。就这样，贫困之道在斯坦贝克笔下反而成了拯救之道。这是我们称其作品包含着一种所谓“因贫称义”悲剧主题的由来。

斯坦贝克从多种价值角度入手构建其基于贫困的拯救之道。这其中首先值得讨论的是他对基督教价值的个性化改造。

许多研究者已经注意到了斯坦贝克创作与西方基督教文化传统的密切关系。重视这一点大体是不错的。但有必要指出的是，斯坦贝克对基督教价值的解释纯粹是个人性的，充满着自由主义的世俗因素，因此切不可将他对基督教价值的吸收和他对基督教信仰的坚持混为一谈。对于体制性的教会组织和宗教狂热分子，他从来不吝冷嘲热讽之词，尽管也谈不上深恶痛绝。[④]大体上，他按照可称为“自

---

① 斯坦贝克：《美国与美国人》，黄湘中译，花城出版社1989年版，第112页。

② 同上书，第109页。

③ 同上。

④ 斯坦贝克嘲弄体制性教会的笔墨极多，不胜枚举。这里仅聊举一例。《伊甸之东》在介绍美国西部发展史时，顺笔做了这样揶揄性的比较：“教会和妓院是同时到达西部边远地区的。如果它们想到自己是同一事物的不同的方面，它们也会吓一大跳。但是有一点是肯定的，它们都被用于完成同一个目标：教会的歌咏、礼拜和唱诗能使人暂时忘却他的凄凉，妓院也一样。不同派别的教会趾高气扬、大肆宣扬、信心十足地来到。它们无视负债和偿付的规律，建起了一百年都收不回投资的教堂。各个教派固然都向邪恶开战，但是它们相互之间也斗得很欢。它们在每一项教义的阐述上都要争论。每一派都沾沾自喜地认为其余各派都得下地狱。”（见该书第272页。）

由心证”[①]的逻辑，站在尊奉个体自由价值的立场上，按照自己的方式来汲取基督教价值中的精华。

尽管斯坦贝克对于穷人、社会主义思想大有同情之心，但他的基本价值立场一直非常坚定，那就是尊奉近代以来的个体自由观念：

我深信不疑的是：个人的自由、探索的头脑是世上最宝贵的东西。我要为之奋斗的是：头脑要有随心选择其发展方向，不受支配的自由。我必须反对的是：限制或毁掉个人的任何思想、宗教或者政府。这就是我的主张和努力方向……一个按一定模式建立起来的制度千方百计地要毁掉自由思想……我恨它，要跟它斗，以便维护那个使我们有别于不具备创造力的动物的唯一的东西。如果自豪感能被扼杀，我们也就完了。[②]

在现代西方社会文化体制中，斯坦贝克拥有这样的信仰并不令人惊讶。但有意思的是，他认为基督教价值中对贬抑物质财富的传统，对于捍卫他的“主张和努力方向”，具有极大意义，甚至可以说，自觉地选择物质上的贫困，就是“个人的自由”的题中应有之意。

基督教文化传统中贬抑物质财富的观念，这和他们的信仰有着直接的关系：“肉身的贫穷正是信徒应当追求的，以免受财富所缠累。”[③]某种意义上，物质的贫穷既是纯洁信仰的标志，亦是其保证。《提摩太前书》第6章中便有这样的训导：“因为我们没有带什么到世上来，也不能带什么去；只要有衣有食，就当知足。但那些想要发财的人，就陷入迷惑、落在网罗和许多无知有害的私欲里，叫人沉

① 按照斯坦贝克的见解，教会的那些训示几乎全不可靠。但他又深信基督教传统中蕴含着至关重要的价值内容。那么，又该如何来理解基督教价值的意义呢？在《伊甸之东》中，那位几乎可称是基督徒模范的莉莎妈妈的一番话大概能够代表他的基本立场。故事中，莉莎与丈夫塞缪尔辩论如何领会《圣经》的微言大义时，莉莎以不容置疑的口吻说：“有什么可以领会的？光看就行了，白纸黑字，清清楚楚。谁让你去领会的？如果上帝要你领会，他自有办法，不然他就不这么说了。”对于莎莉这番毫无逻辑却极具信念、具有朴实的现实操作价值的议论，塞缪尔口上不服，内心却大为嘉许：“就在我认为理解他的时候，她干的事竟然出乎我的意料。”塞缪尔的心境大致表达了斯坦贝克本人的立场。（见该书第324页。）

② 斯坦贝克：《伊甸之东·献辞：致帕斯卡尔·科维奇》，人民文学出版社1986年版，第163页。

③ 余达心：《“我饿了，你们给我吃”——初期教父的生命见证》，《基督教文化学刊》第16辑，宗教文化出版社2007年版，第71页。

在败坏和灭亡中。贪财是万恶之根。有人贪恋钱财，就被引诱离了真道，用许多愁苦把自己刺透了。”在早期基督教中，类似的观念是很普遍的。[①] 不过斯坦贝克的观念可能更直接地受益于圣方济各的影响。在基督教文化传统中，圣方济各及其领导圣方济各派是拒绝物质财富、甘受贫困的典型。在圣方济各看来，人之祸患莫过于钱财，因为它会让人上瘾，从根本上脱离信仰之道；[②] 而贫穷则是顺服的同义词，它意味着舍己和谦卑服事信仰耶稣的事业。[③] 斯坦贝克并不尊重基督教世界中的所谓圣徒们，[④] 但之于圣方济各是一个例外。像《煎饼坪》中一个重要的故事情节，就是一群完全没有世俗财富观念，也没有世俗道德观念的流浪汉们，唯一一个类同于世俗的信念就是要凑齐一笔献给圣方济各的捐献。对他们来说，什么都是可以亵渎、都是无所谓的，但只要有关于圣方济各的则另当别论。这显然表示了斯坦贝克本人的态度。

斯坦贝克经常借助基督教的观念叩问：贫困之于人类，一方面固然是痛苦的纠缠，但另一方面，是否也可能成为精神存在的一种重要支援力量呢？或者说，因淡漠贫困之心，人们能够为自己现实挣扎着的生存痛苦开出另一条道路？即使在社会主义倾向表现得最为明显的《愤怒的葡萄》中，斯氏的这种倾向也有所流露。故事中诺亚形象的塑造便显示了此种寓意。作为乔德一家的长子，诺亚的个人的光彩远不如次子汤姆。尽管取名“诺亚”，他对家庭的作用全然不同于《圣经》中的诺亚。并且，在全家人西迁最困难的时候，他拒绝承担家庭责任，独自出走：“汤姆，我不想再往前走了”，“我顾不到了。我舍不得离开这条河”，“我

---

① 尤其有必要指出的是，原始基督教此种财富观念及其对底层劳苦大众的同情，是近代社会主义思潮的重要根源。恩格斯《论原始基督教的历史》、考茨基《近代社会主义的先驱》等文献对此有深入的讨论。

② 加利：《圣法兰西斯和他的世界》，周明译，北京大学出版社 2005 年版，第 77 页。

③ 同上书，第 117 页。

④ 斯坦贝克嘲弄基督教圣徒的笔墨也是非常多的，不胜枚举。这里仅聊举一例。在小说《罐头厂街》中他开篇就这样介绍罐头厂街的居民：“罐头厂街的居民，正如某公曾经说过的，全是些‘婊子，拉皮条的，赌徒和狗娘养的’。他这话说的是大家。设若此公是通过另一个窥孔往里瞧的，他恐怕就会说全是‘圣徒，天使，殉教者和圣人’了，而且说的还是同一件事。”［斯坦贝克：《罐头厂街》，李玉陈译，《斯坦贝克选集·中短篇小说选（二）》，人民文学出版社 1984 年版，第 115 页。］

非走不可"[①]。但诺亚并不能因此就是一个应当受到鞭笞的角色。因为在乔德一家中，他的身上体现出与约德一家其他人不同的"沉静而又迷惘的神气"，"动作迟缓，不爱说话"[②]，像是一个遗世独立的智者：他"仿佛住在一所奇特而寂静的屋子里，用安闲的眼光向外面望着"[③]。在一家人奔向梦想中的天堂加利福尼亚时，诺亚个人的价值抉择在此间也完全觉醒了。他认为无须去追寻那种世俗中所谓的好日子，简简单单地生存，简简单单地依靠河流、水流边森林的出产，人生已经能够过得很幸福："我不愿意离开这条河。我要顺着这条河走下去"，"我要钓鱼。人在好好的一条河旁边是不会饿死的"，"我要去捉些鱼虾，可是我离不开这条河"。[④]对家人来说，诺亚的选择可能有些不负责任，但这种离开，选择一种"不会饿死"即感满足的生活，对他个人来说却未必不是一种自我救赎。这里值得一提的还有诺亚反复提到的"钓鱼""捉鱼"。鱼在基督教文化中有着特殊的象征意义：《新约》里耶稣多次与鱼、钓鱼、捕鱼有联系，耶稣的门徒成了"渔人的渔夫"等。把这一意象与诺亚出走、居住在河边的事情联系在一起，就更增添了诺亚人生抉择的基督教文化蕴涵。

在《伊甸之东》《烦恼的冬天》中，诸如此类的手法运用就更多、更明显了。甚至可以说《伊甸之东》的主题之一，即通过对希伯来《圣经》"蒂姆舍尔"的阐释，将个人自由奋斗与甘于贫困的基督教道德内在地联结在一起。《珍珠》表面上看起来像是对墨西哥民间传说的创造性化用，但其主题也仍然是充满基督教意味的。一颗无比珍贵的巨大珍珠，其实质就是"丑陋的""灰黯色的，像一个毒瘤"，[⑤]人若得到它，却可能丧失财富之外的一切（故事中奇诺，为了这颗珍珠，丧失了孩子，也差点丧失了自己纯洁的心灵和对妻子的爱）。只有坚决地把它扔掉，才可能"航过苦海到达了彼岸"。[⑥]

斯坦贝克还借助一些迥异西方文化传统的观念来阐释贫困之道所可能包含的

---

① 斯坦贝克：《愤怒的葡萄》，胡仲持译，上海译文出版社 2004 年版，第 238—268 页。

② 同上书，第 85 页。

③ 同上书，第 86 页。

④ 同上书，第 238—239 页。

⑤ 斯坦贝克：《珍珠》，巫宁坤译，《人鼠之间》，漓江出版社 1989 年版，第 377 页。

⑥ 同上书，第 376 页。

拯救的秘密，东方的道家学说、新兴的科学思想等都不时被他引作思想依据。关于这方面的问题，当前学界已多有重视，我们在此不必赘述。本文所要强调指出的是，印第安文化传统——尤其是夸富宴，也是探索贫困之道的重要灵感来源。但中国学界对此似乎尚未引起足够的重视，并于此产生了一些不必要的误解。

斯坦贝克相当部分作品描写了“派沙诺人”的生活。这在“蒙特雷三部曲”（三部以加利福尼亚古老的沿海小城蒙特雷为背景的小说:《煎饼坪》《罐头厂街》《快乐的星期四》）中表现得尤为集中。所谓派沙诺人是“西班牙人、印第安人、墨西哥人血统和各种高加索血统的人的混血儿”，斯坦贝克颇为集中地考察了他们那种游离于社会主流价值外，尤其是和世俗财富观念格格不入的物质财富的分配、占有和消费方式。按照世俗一般的说法,《煎饼坪》中的派沙诺人丹尼、派仑等，纯粹是一群今朝有酒今朝醉、不事生产、游手好闲的人。但问题是，对丹尼等人来说，其“无所用心”绝不是“饱食终日”的结果，他们的确就是“无所用心”。他们深深满意于那种贫瘠的物质状态，满意于此种状态中生命的维系并于此感到快乐。积累、生产、流通、再生产、扩大的再生产，等等，在他们心版上从没留下什么太过深沉的烙印。诚然，他们自有其烦恼和痛苦，但他们独有的幸福和快乐也是世俗的生活方式和道德观念所完全无法想象的。《煎饼坪》的故事是在一场类似印第安人夸富宴的狂欢场景中达到高潮。某日，丹尼的朋友们试图设宴来感谢丹尼长久以来对他们的慷慨付出。消息传出之后，整个煎饼坪的派沙诺人便自然而然地都被卷了进来：

莫拉莱斯太太掸去了她的留声机上的尘土，并且把音响最大的唱片找了出来。突然爆发出火花，落在煎饼坪这块火绒上，消息就像火焰一样传播开了。七位朋友要为丹尼举行酒会。这仿佛说丹尼只有七个朋友。索托太太拿着一把劈刀闯进了养鸡场。帕洛奇科太太把一袋白糖倒进她最大的一只锅要做一些又香又甜的食物。一群女学生代表跑进了蒙特雷的乌尔握茨商店，把店里所有的花皱纹纸都买走了。整个煎饼坪到处是练习吉他和手风琴的喧闹的噪声。

新闻！鱿鱼工场又传来一些最新消息。他们一定要把酒会开好。他们很有信心。他们至少有十四美元。看能不能弄十四加仑葡萄酒来。

托瑞利生意兴隆。人人都要买一加仑送到丹尼家里去。托瑞利自己一时兴奋，也对他妻子说:“或许我们也可以到丹尼家里去。我也送几加仑酒招待招待朋友。”

下午快要过去了，兴奋的潮水弥漫了全坪。这辈子没有穿过的衣服也开箱找了出来，挂起来晾晾。两百年来飞蛾一直想享受一番的围巾也挂在门廊的栏杆上，散发出卫生球的气味。①

所有人都是不富裕的，但所有的人都会为这种集体参与的狂欢宴倾囊而出。在此种氛围中，对个人资产、物质财富的眷恋会被看作是一种丢脸的行为，会被排除在这个集体之外。在此种贫穷的富裕中，人与人的关系反而因此得以痛快淋漓地脱去了各种外在枷锁而达到升华:“那天晚上散会以后有什么人没有光荣地被刀刺伤或被碰得鼻青脸肿呢？那里从来没有这么多人打架，并不是两个人打起来，而是一群人吼叫着、战斗着，各自为战……煎饼坪的欢乐精神，失去了控制，升入空中，成了一个欢喜若狂的整体。”②

社会学家莫斯曾经指出:“是西方社会在最近时期把人变成‘经济动物’的……‘经济人’是近代出现的，就像有道德、责任、科学性和理性的人一样。人在很长一段时间里并不像现在这样，人变成机器，变成复杂而又斤斤计较算计的机器是近代的事……总而言之，我们认为最佳的经济方法出自个人利益的斤斤计较之中。但我认为在追求财富的同时不应只满足做出色的会计、管理者和金融家。完全一味追求个人利益有损于群体的利益与和谐，也有损于个人自身的工作乐趣和性质，到头来损害的是自己。”③莫斯因此高度评价印第安文化传统中保留的馈赠、夸富宴等习俗，认为从这些习俗中人们能够挖掘“各社会的智慧和团结经久的秘密”。④人们应当学习这种古老的智慧来打破近代“把人变成‘经济动物’”化而造成的各种国际关系及社会的问题。以此，人们方有可能被“引至一种至高的艺术，即苏格拉底所说的政治”。⑤

---

① 斯坦贝克:《煎饼坪》，张健译，《斯坦贝克选集·中短篇小说选》(一)，人民文学出版社 1983 年版，第 166—167 页。

② 同上书，第 170 页。

③ 莫斯:《论馈赠——传统社会的交换形式及其功能》，卢汇译，中央民族大学出版社 2002 年版，第 146 页。

④ 同上书，第 153 页。

⑤ 同上书，第 154 页。

斯坦贝克不一定了解莫斯这些著名的论断，但在思想境界上他与莫斯无疑具有共通之处。其他人若能对他关于印第安式的贫困以及这种因贫困而生成的丰富、快乐的描写略做思索与品味，就不难理解其作品的反讽锋芒。他欲引印第安文化传统对抗的，正是近代以来的财富观（或者说富裕观念）以及根于此种财富观的种种社会制度与人的内在精神尺度。且不论斯坦贝克思想的周延性及其可操作性，但这种从根本体制上挑战现代文明之价值偏向的努力，无疑是具有勇气的，也具有一种预见问题核心的睿智——毕竟在他写作的当时，他所痛斥的这些文明病还只是初露端倪，还被不少人当作幸福的象征呢。因此，将斯氏这类描写称作“文盲间打逗的闹剧场面，故作低智商的问答，空洞无聊的诙谐，人物因误会而引发的忧伤，以及看不出有什么好笑的滑稽文字”[①]，是一种过于轻率的说法。论者也许过于尊奉近代以来由市场体制而形成的价值观，以致完全无法理解斯坦贝克这方面的批判性锋芒。

对于贫困问题做出过深入讨论的现代艺术家有很多，对现代文明体制的根本弊端有过深入洞觉的艺术家也很多，甚至侈谈清心寡欲以为这样就可以解决社会所有矛盾的道德家也不少。但像斯坦贝克这样，立足于现实，充分体察人们的生存痛苦，但依然决心从这痛苦的深渊中寻求拯救之道，并对尝试着对物质贫困状态中特有的人类心境（而不是神学意义或特定信仰意义上的心境）做出诗意阐释的，则寥寥无几。从这个角度来说，斯坦贝克升华了艺术中贫困话题的美学内涵，使得一般艺术创作中对贫困的控诉成了个体超越、救赎的见证，并使得他关于贫困问题的书写内在地聚焦、凝结而成了“因贫称义”悲剧主题。他也因此得以与卡夫卡、劳伦斯、福克纳、帕斯捷尔纳克等人一道跻身于20世纪的悲剧作家之列。

当然，斯坦贝克对于“因贫称义”这一主题的阐释还谈不上完美。下面两个问题可能会减损他的作品的艺术魅力。其一，斯坦贝克尽管对贫困与人的生存的各种纠缠关系有着较为深入的考察，但很难说他的哪一部作品已将他的这些考察完整地、一以贯之地统合在一起了。《愤怒的葡萄》可能是较为杰出的一部，而《伊甸之东》《烦恼的冬天》的说教意味就可能过于浓重了一些。斯坦贝克声

① 《论斯坦贝克的兴与衰》，第38页。

称《伊甸之东》承载了自己几乎“所有的东西”，[①] 但也许正是为了急于装下“所有的东西”，小说某些情节设计便“不免流于离奇”。[②] 像小说中作为人性本源之恶象征的卡西形象的塑造就是一个较为典型的例子。其二，斯坦贝克试图以贫穷之道拯救现代文明，但他另一面又毫不犹豫地强调“个人的自由是世上最宝贵的东西”。他似乎没有意识到，他深为纠结的现代文明病——现代人对外在无尽财富的追逐热情，正是现代个体自由价值全面释放的一个直接后果，也是必然的后果。他毫无矛盾纠缠地平行处理个体自由观念与“因贫称义”主题之间的关系，势必削弱他对现代生存痛苦体察的深度。

尽管如此，斯坦贝克对于“因贫称义”悲剧主题的探寻与阐释，仍具有高度的美学价值和启迪作用。直到今天，在发达资本主义国家如美国与日本，[③] 斯坦贝克的作品仍拥有大量读者。这一现象是发人深省的。[④] 显然，人们在今天重读斯坦贝克，主要原因不会是为了重温 1930 年代美国大萧条的情形，也不会是为了在其中寻找对资本主义社会谴责、批判的依据。斯坦贝克的人道主义正义感、他对物质富裕时代人类道德窘境的警惕、他对贫困现象背后复杂内涵持之以恒的诠释热情，当然也由于他的作品在多种方面的广阔内涵，可能是他作品拥有长期社会影响力的根源。而对中国作家来说，斯坦贝克写作方式的启迪价值可能就更为直接了。在中国历史上，可能从来没有一个历史时期能够像当下这样让我们远离物质贫困。对于一个普通的公民，专情于享受物质、逃离贫困并无任何值得非议之处。但对艺术家来说，过分地认同社会主流价值，将贫困看作是一种人类完全不需要的礼物，只懂得单纯的诅咒它，认为解决物质贫困就等同于解决人类一切存在的问题，或者把人的精神存在当作只是围绕着物质富裕而展开活动的东西，却是一种真正意义上的肤浅了。从这个意义上来说，斯坦贝克带给我们当下的不仅具有艺术上的意义，还有更为基础的世界观与方法论方面的意义。

---

① 斯坦贝克：《伊甸之东·献辞：致帕斯卡尔·科维奇》，人民文学出版社 1986 年版。

② 王仲年：《译后记》，《伊甸之东》，人民文学出版社 1986 年版，第 770 页。

③ 美国文化界对斯坦贝克的重视，可参见“Steinbeck Review”网。日本文化界对斯坦贝克的重视，可参见陶诘：《日本的斯坦贝克年会》（http://www.gmw.cn, 2005-11-28，来源：中华读书报）。

④ 说起斯坦贝克作品的话题大多并不轻松，并非是理想的大众读物；在另一个方面，在相当长的一段时间里他又不是批评家的宠儿，阅读其作品也不能成为某些时尚人士装点门面的道具。

因革命之名：《雷雨》的悲剧叙事及其美学价值*

一　乱伦之根

学界关于《雷雨》的讨论已有很多且很充分了，但相对来说，对于它在中国现代悲剧创作中示范意义的研究，则略显不足。本文因此重点就两个方面的问题展开讨论：《雷雨》如何将西方传统的悲剧主题融汇、化入了中国语境之中，并以之诠释中国人时代性的精神痛苦；《雷雨》的这种诠释方式有何美学意义？

从悲剧艺术这一面来考察《雷雨》的价值有着学理上的必要性和必然性。

话剧在20世纪初中国的兴起，一方面固然是因为其文本形式较能满足知识界改造中国社会现实的诉求，另一方面，却也是因为其在美学方面的蕴含。胡适1918年发表的《文学进化概念与戏剧改良》对这一点已说得非常清楚，他认为相较于中国传统戏曲，话剧代表了戏剧进化的方向，而悲剧艺术则标示了此种进化方向的高峰：唯悲剧“故能发生各种思力深沉，意味深长，感人最烈，发人猛醒的文学”①。到了1930年代，对一般精英知识阶层来说，“悲剧自然是最高形式的戏剧艺术”②这样的观念已成为不刊之论。《雷雨》创作的原始动机，实际也和曹禺对古希腊命运悲剧的学习、模仿有直接关系：

---

* 本文曾发表于《中国现代文学丛刊》2013年第1期，发表时有删节。

① 胡适：《文学进化概念与戏剧改良》，夏晓虹：《胡适论文学》，安徽教育出版社2006年版，第38页。

② 钱锺书：《中国古典戏剧中的悲剧》，李达三、罗刚：《中外比较文学的里程碑》，人民文学出版社1997年版，第359页。

我不能断定《雷雨》的推动是由于神鬼，起于命运或源于哪种显明的力量。情感上，《雷雨》所象征的，对我是一种神秘的吸引，一种抓牢我心灵的魔。《雷雨》所显示的，并不是因果，并不是报应，而是我所觉得的天地间的“残忍”。（这种自然的“冷酷”，可以用四凤与周萍的遭遇和他们的死亡来解释，因为他们自己并无过咎。）如若读者肯细心体会这番心意，这篇戏虽然有时为几段较紧张的场面或一两个性格吸引了注意，但连绵不断地、若有若无地闪示这一点隐秘——这种种宇宙里斗争的“残忍”和“冷酷”。在这斗争的背后或有一个主宰来管辖。这主宰，希伯来的先知们赞它为“上帝”，希腊的戏剧家们称它为“命运”，近代的人撇弃了这些迷离恍惚的观念，直截了当地叫它为“自然的法则”。而我始终不能给它以适当的命名，也没有能力来形容它的真实相。因为它太大，太复杂。我的情感强要我表现的，只是对宇宙这一方面的憧憬。①

但创作界的状况与这种理性认识的水平有着明显的差距。虽然，自“五四”以来，中国精英戏剧界就一直努力在戏剧中彰显一种悲剧的精神（这种努力可往前追溯至春柳社时期），但在《雷雨》问世之前，中国话剧界还未诞生过一部足够成熟的悲剧作品。这其中原因固然有很多，中国传统苦情戏审美模式的影响则是不可低估的一点。悲剧及其相关的文化概念源于西方，它既涉及一种关于悲剧美学的形而上学解释，又涉及一套近乎自足的、与此形而上学解释密切相关的文本构造体系，中国传统戏曲虽不能说与西方这一话语系统完全扞格不入，但其中差异还是明显的。如果对这一点没有明晰的体认，单单将结局之悲苦当作悲剧文本的第一要务（必须指出，胡适的《文学进化概念与戏剧改良》在这方面可能起到了相当负面的引导作用），作家们就容易认为：去掉了大团圆结局（再加上一些应时的所谓现代文明观念），苦情戏实际上就是悲剧。田汉、郭沫若等“五四”时期的创作一定程度上都映射了此种观念。传统对于作家潜意识的影响毕竟是深刻的。

和前辈们相比，曹禺对于悲剧源自西方文化的根性的理解就要深刻得多。除了某些局部的细节，《雷雨》无论是故事结构上、剧情的演进方式上、人物性格

① 曹禺:《〈雷雨〉序》，引自《曹禺全集》第一卷，花山文艺出版社 1996 年版，第 7 页。

与情节主题的对应关系上，基本都和中国传统文化，尤其是戏曲文化没有明显的直接联系——虽然该故事讲述的是一个中国式的故事，剧中人物的情感也全然是属于中国人的情感。他主要是从西方文化的根源中，汲取其悲剧创造的灵感。研究者们所早已指出的《雷雨》与易卜生《群鬼》在结构上的暗合，[①] 以及其对奥尼尔戏剧多方面的借鉴等，都说明了这一点。不过除了这些，本文所欲强调的是，在曹禺所借鉴、吸收的各种西方悲剧文化传统中，居于核心地位的是他对于西方传统悲剧主题——就《雷雨》而言，就是对乱伦主题的借鉴和化用。正是由于对乱伦主题大胆的横向移植，曹禺为我们彰显了一种源自西方的、但对中国式生存经验同样具有高度阐释能力的戏剧表现模式。同时，他基于“五四”之革命精神

① 曹禺曾说过：“我是咬着牙把易卜生全集读完的。读完以后，我身心愉快极了，好像步入了戏剧的海洋，啊！话剧艺术原来有这么许多表现方法，人物可以那样真实，又那样复杂；那么多不同类型的男女人物，塑造得个个栩栩如生。表现方法又是那么灵活多样，明喻、暗喻、象征，各种手法运用自如……这些为我后来从事戏剧创作奠定了艺术基础。”（田本相、刘一军：《曹禺访谈录》，百花文艺出版社 2010 年版，第 17 页。）有关曹禺与易卜生之间关系的研究文献甚多，在此不复赘述。就《雷雨》而论，它与《群鬼》的关系尤其值得重视。无论是在主题选择还是在戏剧结构等方面，《雷雨》对《群鬼》的借鉴都是明显的。我们可以先来看一个人物关系对比表：

《群鬼》	《雷雨》
阿尔文：生前是御前侍卫，没有出场	周朴园：某煤矿公司董事长
阿尔文太太：阿尔文之妻	蘩漪：周朴园之妻
乔安娜：19 年前的女佣	侍萍：30 年前的女仆
安格斯川：木匠，乔安娜丈夫	鲁贵：管家，侍萍丈夫
吕嘉纳：女佣，阿尔文与乔安娜生女	四凤：女仆，侍萍与鲁贵生女
欧士华：阿尔文太太生子，追求同父异母的女佣吕嘉纳	周萍：周朴园与侍萍生子，与继母蘩漪有乱伦关系，又追求同母异父的女仆四凤
曼德牧师：阿尔文太太旧情人	周冲：蘩漪生子，也追求四凤
	鲁大海：工人领袖，周朴园与侍萍生子

由上表中可见，除了曼德牧师和鲁大海相对独立之外，在其他人物关系的构造上，各个人、角色作为行动元在情节发展中所起的功能作用上，两者具有相当程度的近似性。

除了奥尼尔的剧作，《群鬼》中隐伏的乱伦主题也可能是《雷雨》悲剧主题的一个直接来源。著名话剧演员叶子（叶仲寅）曾经提到：“曹禺喜欢《群鬼》……我发现《雷雨》颇像《群鬼》，不过《雷雨》是演出来的，《群鬼》是说出来的（指乱伦关系）。”（《曹禺访谈录》，第 226 页。）

研究《雷雨》在中国悲剧艺术史上的地位，认识它与西方经典作品之间的密切联系非常重要，以此，我们才能公正地谈论这部作品特殊的原创价值。苏雪林、刘绍铭等发现《雷雨》有较多接受西方经典作品影响的痕迹，便以此否定曹禺的艺术原创力，是浅薄的；但国内一些学者对这些视而不见，将《雷雨》中表现的所有一切都当作曹禺的原创或若有若无地贬抑西方前辈剧作家的成就，也不是科学客观的态度，无助于我们认识曹禺剧作的真正价值。

化用了乱伦主题，这使得《雷雨》中关于乱伦主题的阐释与中国人切实的生存经验紧密地纠缠在了一起。这促成了中国现代悲剧主题革命化诠释风格的形成。

乱伦一直是西方悲剧的重要主题。从索福克勒斯的《俄狄浦斯王》、欧里庇德斯的《希波吕托斯》到莎士比亚的《哈姆雷特》，从拉辛的《费德尔》到近代以来霍普特曼的《日出之前》、奥尼尔的《悲悼》，等等，对这一主题的表现可谓不绝于缕。西方的悲剧家们常常通过这一主题的展现，将笔下人物置入一种近乎无解的绝望情境：任何一个个体，无论他有意或无意地陷入乱伦的情境中，他作为个体的生存价值便已遭到不可逆转的否定。而在此否定中，命运、性格抑或是社会环境对于个体的不可摆脱之决定作用便得以凸显。但在中国文学传统中，这一主题基本是缺席的，偶有触及，基本也是用改写或隐语的方式加以遮掩。[①]而这一主题却在《雷雨》中第一次得到了彰显并成为推动情节发展和人物个性展现的决定性力量。

在《雷雨》众多复杂的矛盾关系中，蘩漪与周萍这对后母与继子之间的逆伦关系，在情节发展中无疑居于核心的地位，它事实上决定了故事最终的悲剧性结局：因为这两个人如果不是存在着这种无法克服的先天的母子伦理关系，事情败露之际，周萍未必会自杀，蘩漪也就不一定发疯了。而剧中最动人的人物个性，即蘩漪的性格，也是在此种乱伦关系中得以尽情显现。面对乱伦的压力，这个女人选择的是不放手。她并非不知道此种关系可能带来的各种后果，但对她来说，这份感情曾经让她成为“真活着的女人”，但也让她“忘了我自己”[②]，让她宁愿以美狄亚的方式毁灭一切而绝不放手。曹禺评论蘩漪时说：“她的生命烧到电火一样的白热，也有它一样的短促。情感，郁热，境遇，激成一朵艳丽的火花。当着火星也消灭时，她的生机也顿时化为乌有……她的生命交织着最残酷的爱和最不忍的恨，她拥有行为上许多的矛盾，但没有一个矛盾不是极端的。”[③]这种直面乱伦

---

① 白居易《长恨歌》谈及李隆基纳儿媳为贵妃这一事件时说杨玉环嫁入皇宫之前“养在深闺人未识”就是改写事实的典范;《红楼梦》对秦可卿、贾赦不伦关系的描写，则多用近乎春秋笔法的隐语。当然，如《金瓶梅》之类色情小说就不在我们的讨论范围内了。

② 曹禺:《雷雨》，引自《曹禺全集》第一卷，花山文艺出版社 1996 年版，第 178 页。

③ 曹禺:《〈雷雨〉序》，引自《曹禺全集》第一卷，花山文艺出版社 1996 年版，第 9 页。

关系而“不后悔”[1]的决然，让蘩漪将自己的“极端”面展现到了极致，同时也迎来了她必然的毁灭命运。

如果说，蘩漪与周萍之间是一种自觉的逆伦关系，《雷雨》中还有一条不那么触目惊心但同样是决定性的乱伦感情：周萍与四凤之间的兄妹恋情。虽然两人在恋爱时并不知道双方之间的血缘关系，但正是这种不知情使得两人犯下无可挽回的大错。这一过失最后直接导致四凤、周冲两条无辜而美丽的生命的消失，周朴园家族因而也陷入彻底崩溃的命运。

《雷雨》刚一发表，国内评论界就有人注意到了它这方面的特点，颇强调《雷雨》与《希波吕托斯》《费德尔》之间的承继关系。这种说法是有一定道理的。在《雷雨》之前，类似后母与继子间不伦关系在中国文艺界还从来没有成为严肃文艺的表现主题。[2]《雷雨》中的相关表现，应当是受到西方文化传统的启发。不过，如果评论仅仅停留在《雷雨》与《希波吕托斯》《费德尔》间的承继关系上，则又不免流于表面。因为在《雷雨》中，后母与继子之间这样一种特定的乱伦关系，实在不是曹禺的关注重心。他所关注的，更集中在乱伦关系为个体造成的无法解脱之困境以及个体在此种处境中绝望又勇敢挣扎之间的矛盾冲突上（这一点，主要是借着蘩漪与周萍的感情纠葛来表现）；同时，他也借乱伦关系所造成的死局感慨命运之残忍、悲悯人生之不幸（这一点，主要是借着四凤与周萍的感情纠葛来表现）。因此，如果说《雷雨》中乱伦主题承继了《希波吕托斯》《费德尔》中的话题，更不如说它体现了曹禺从整体上融汇西方悲剧文化精神的襟怀。

① 曹禺:《雷雨》，引自《曹禺全集》第一卷，花山文艺出版社 1996 年版，第 78 页。

② 单就乱伦题材来说，“五四”以来，已颇有一些作家触及了乱伦的话题，如向培良的《暗嫩》、白薇的《打出幽灵塔》、欧阳予倩的《屏风后》，等等。但《暗嫩》故事的讲述基本停留在对异域风情猎奇般的介绍上，而《打出幽灵塔》《屏风后》主要是宣扬某种革命意识形态的话题，创作者只是试图通过这种情节的设置极言专制体制的罪恶，其中的情节与乱伦主题其实没有什么必然的关系。

二 革命精神

尽管乱伦主题源自西方悲剧文化传统，但曹禺将之横向移植进入中国语境时，进行了充分的中国化改造，这使得《雷雨》中有关乱伦的表现不但不显得突兀虚假，反而能够有效阐释当时中国人的生存焦虑。这种中国化改造的关键就是把“五四”精神所彰显的革命意识形态化入乱伦主题，这使得剧中的乱伦表现不再单纯指向情节层面的动人刺激，同时还具有多重复杂意蕴的隐喻内涵。

曹禺从多个方面来构建乱伦主题之于革命意识形态的隐喻关系。这其中，“暴露大家庭的罪恶”[①]、女性权利、阶级对立意识是尤其值得重视的几点。

曹禺早就意识到，《雷雨》的创作和“暴露大家庭的罪恶”的自觉意识有着直接关系：“写到末了，隐隐仿佛有一种情感的汹涌的流来推动我。我在发泄着被抑压的愤懑，毁谤着中国的家庭和社会。”[②]

“五四”的前辈们已从多个方面揭示：封建家长制、封建家族制是中国传统社会最基础、最普泛也是最具威力的组织制度，它对中国人生存的操控，从肉体到精神，无远弗届。可怕的是，由于这种家族制度总是和人们的日常生活联系在一起，以至于很难为人察觉——或者说，当人对它的力量有所察觉时，他已经病入膏肓，已被这种力量摧毁。鲁迅的《祝福》、巴金的《家》等都是控诉封建家族制的经典文本。曹禺步武前辈的足迹，把这一主题进一步推向深化。在他的笔下，周朴园诚然是封建家长制、封建宗法制的代表，[③]他的存在给《雷雨》中几乎所有的人物如蘩漪、周萍、周冲、四凤、侍萍等，都造成了极大的精神压力，事实上，他的存在也就是造成这些人悲剧命运的罪恶渊薮。但问题在于，周朴园从其本性来说，并不是一个彻头贯尾的恶人，他对侍萍的思念、对蘩漪的关心，不

---

① 曹禺：《〈雷雨〉序》，引自《曹禺全集》第一卷，花山文艺出版社 1996 年版，第 7 页。

② 同上。

③ 《雷雨》中对此的揭露非常多，也特别传神，第一幕周朴园逼蘩漪喝药的场景便极具代表性。周朴园曾说：“我的家庭是我认为最圆满、最有秩序的家庭……我教育出来的孩子，我绝对不愿叫任何人说他们一句闲话的。”（同上书，第 70 页）这通表白可视作其本质特性极具反讽意味的自供状。

都是虚假的。但他的思念和关心最终都只能以极大伤害所爱的人的方式来表现。之所以如此，是因为作为封建家长制代表的他，只能以此种方式来表现他的爱与关心，他没有办法也没有能力来正常地表现那些正常的感情了。这是周朴园的悲剧所在。

《雷雨》中的乱伦情节始终围绕着“大家庭的罪恶”对人性所造成的伤害而展开。其表现的乱伦关系，有着明确的反抗对象。曹禺也就从革命的必要性上赋予了其乱伦主题根本意义上的正当性。我们不难注意到，在“序幕”和“尾声”中，当周家这个“大家庭”彻底崩溃后，周朴园所表现的一切便显得自然而富有人情味了。这个情节的设计是不无象征意味的。

对于女性权利的捍卫及张扬，则是《雷雨》叙事中更令人瞩目的一个特点。曹禺通过对女性权利的强调，有力地抑制了乱伦主题所包含的禁忌性刺激的因素，而把这个主题与当时精英知识界最前卫的精神追求合理地联系起来。

在谈到五四运动历史贡献时，郁达夫说：“五四运动的最大成功，第一要算‘个人’的发现，从前的人是为君而存在，为道而存在，为父母而存在，现在的人才晓得为自我而存在了。我若无何有乎君？道之不适于我者还算什么道。父母是我的父母，若得无我，则社会、国家、宗族等哪里还有？”① 而在这一场人的解放的运动中，中国思想界还提出了更具革命意义的主张：解放妇女。因为长期以来妇女较男性遭受着更为深重的压迫，所以，妇女的解放程度就成了中国人的解放程度的一个自然标志。②

而在这个问题上，曹禺比前辈激进大胆得多。他借着乱伦主题，将目光探向了一般意识形态的隐秘之处，他把平素人们不敢直视的问题直接呈现在人们的眼前：如果压抑人性的传统制度是不合理的，那么，它的诸种关于性伦理的规范是否也有大不合理之处？是否可以说，长期以来对于女性的性伦理的规范是更为

---

① 郁达夫：《中国新文学大系·散文二集·导言》，郁达夫：《中国新文学大系·散文二集》，上海文艺出版社 2003 年版，第 5 页。

② 沈雁冰、周作人、周建人、胡愈之等在 1922 年 8 月 1 日《晨报副刊》发表的《妇女问题研究会宣言》即明确指出：“在居人类的半数的女性，人格尚不被正确的认识，尚不曾获得充分的自由，不能参与文化的事业以前，人类无论怎样进化，总是偏枯的人类。”“五四”前后中国知识分子在这方面发表了许多具有革命精神的意见，在此不多做征引。

残酷、不合人性需要的？如果此种追问是合理的，人们是否能够进一步推想：如果一个女性基于她自然的人性要求对这一体制提出挑战，那么，无论她有何种过激之处，她的此种挑战的勇气都应当激起人们的深切同情？曹禺正是据此来凸显蘩漪性格的革命性颠覆力量。当最后的希望破灭，蘩漪在毁掉自己的同时也毁掉了周萍。她当着周朴园（丈夫）、周冲（亲生儿子）、周萍（继子、情人）、侍萍（曾经的情敌）、四凤（现在的情敌）的面昂然说道："我忍了多少年了，我在这个死地方，监狱似的周公馆，陪着一个阎王十八年了，我的心并没有死；你的父亲只叫我生了冲儿，然而我的心，我这个人还是我的。（指萍）就只有他才要了我整个的人，可是他现在不要我，又不要我了。"① 因着自我对自我的支配权利（"然而我的心，我这个人还是我的"）、因着自我情欲的需要（肉体情欲在蘩漪与周萍的感情纠葛中占有相当比重），在这里，蘩漪几乎是公然践踏了传统性伦理的各种基本规范。

这样，身体的"出轨"就成为逃离乃至反抗封建体制的一种象征。《雷雨》对蘩漪这种自觉自为反抗意识的描写②，使得故事主题彻底摆脱了对动物性禁忌本能的猎奇意味从而拥有了一种新鲜的革命内涵。这也使得蘩漪的故事某种意义成

---

① 曹禺：《雷雨》，引自《曹禺全集》第一卷，花山文艺出版社 1996 年版，第 178 页。

② 必须指出，文中提到的蘩漪的"自觉自为反抗意识"是指其明白自我情爱本性［"我把我的性命、名誉，交给你，我什么都不顾了"（同上书，第 80 页）］、并不肯"违背我的本性"（同上书，第 77 页）的自觉意志，而不是说她对压迫自己的对象有何理性认识。恰恰相反，就个体的意识形态属性来说，蘩漪完全是一个"中国旧式女人"，（同上书，第 47 页。）《雷雨》文本中并没有任何蘩漪受过新式思想影响的表现。理解这一点是非常重要的：蘩漪这种基于身体本能的反抗，正显现了传统制度对人性戕害的深重和普遍性。但不知源于何时，蘩漪却被学界当成"五四"新女性的代表（曹禺本人后来也加入这种观点中来，可参见其《关于〈雷雨〉在苏联上演的通信》），甚至有人将她当成"受西方个性解放思想影响的畸形女性"典型（韩日新：《三四十年代曹禺和夏衍的剧作比较》，载《文学评论》1991 年第 2 期），这实在是对蘩漪形象特质一个不小的误读。

当然，在舞台表演的时候，表演者则完全有必要透过人物际遇将剧作"五四"批判精神的价值命意表现出来，不然，就容易将《雷雨》演绎成一个遭受性压抑的"旧式中国女人"乱伦出轨的故事了。对着这一点，著名话剧演员吕恩曾有过一个生动的回忆："我演《雷雨》里的蘩漪，起先总是把握不住尺度，抓不住准星，是同情还是仇恨？周总理曾对蘩漪有个评价，他说：'《雷雨》里的蘩漪，她是反封建的嘛，她是没有罪的啰！'我反复琢磨她的这一性格特点，抓住她反封建这个准星，人物的魂与神都出来了。如果掌握不好这一点，琢磨不透她反封建的深层的思想，就会演成歇斯底里，那样就歪曲了人物性格，也歪曲了作者的本意。"（《曹禺访谈录》，第 219 页。）

了一个大型隐喻——关于女性追求自我身体权利的大型隐喻。

另外，《雷雨》中的乱伦故事还包含着阶级分析的因素。《雷雨》中鲁大海这条线索明确地表达了青年曹禺对阶级对立这一革命性话题的兴趣，但事实上，《雷雨》乱伦悲剧主题的展现，也隐含着强烈的阶级对立的内容，这突出表现在周萍悲剧命运的构建上。

剧中的周萍尽管有重大的性格弱点，却不算是坏人，有很多让人“设法替他找同情”[①]之处。他抛弃蘩漪而转向四凤，花花公子式地寻找肉体刺激并不是主要原因（虽然这也是一个重要的原因）。他躲避蘩漪，是因为良心的歉疚；他发自肺腑地喜欢四凤，则是因为四凤身上那种自然纯朴、富有生命力的“活泼”[②]气息深深地吸引着他。四凤出身低微，没什么文化，见识也不高，但她的“新鲜”“她的‘活’”“美”[③]让周萍这位资产阶级大少爷从灵魂深处嗅到了一种从未有过的清新气息，这种气息使他感觉到生命本身是有意义的。他感激地说：“我见着四凤，四凤叫我明白，叫我又活了一年。”[④]他因此“抓住了四凤不放手，想由一个新的灵感来洗涤自己”。[⑤]

阶级对立在这里就成了乱伦悲剧的一个推动因素。在曹禺的笔下，劳动阶级虽然社会经济地位较为低下，但灵魂相对来说是比较洁净、富有生命活力的；统治阶级虽然在各方面都居于上层，唯独在灵魂上却是肮脏的，如“阉鸡似的男子”那般“凡庸”而“怯弱”。[⑥]只不过在《雷雨》中，命运的残忍和不可捉摸突出地表现在：当一个统治阶级的灵魂意识到自身的这种根本弱点并期待一个劳动阶级的心灵对自我有所拯救时，孰知“这样不自知地犯了更可怕的罪恶，这条路引向死亡”。[⑦]

需要指出的是，此时曹禺关于阶级对立、阶级矛盾的认识还是比较肤浅、流

---

① 曹禺：《〈雷雨〉序》，引自《曹禺全集》第一卷，花山文艺出版社 1996 年版，第 13 页。

② 曹禺：《雷雨》，引自《曹禺全集》第一卷，花山文艺出版社 1996 年版，第 29 页。

③ 同上书，第 60 页。

④ 同上书，第 165 页。

⑤ 曹禺：《〈雷雨〉序》，引自《曹禺全集》第一卷，花山文艺出版社 1996 年版，第 8 页。

⑥ 同上书，第 10 页。

⑦ 同上书，第 8 页。

于表面的，剧中他将这方面的内容融入乱伦主题，也是比较生硬的。和“大家庭的罪恶”、女性权利这两点不同，故事中周萍因为想要净化自己的灵魂却反而“犯了更可怕的罪恶”的命运悲剧，像是作者强为剧作添加上去的一种悲剧因素，而不是乱伦主题自然的结果。尽管如此，我们对《雷雨》这方面的特点仍有必要予以充分的重视。我们能够从中看到青年曹禺以革命话语改写乱伦主题的冲动和渴望，为了凸显革命的倾向，他甚至不惮于牺牲局部情节的自然合理性。另外，沿着这一条线索，我们能够看到曹禺对悲剧主题构建的一种强烈的个人偏好：他总是愿意在其悲剧构造中加入阶级对立的内容，《雷雨》如此，《日出》《原野》《蜕变》等同样如此（虽然他对阶级问题的认识直到1949年也无更深一步的发展）。

三　多重的可能性

黑格尔曾经说：“真正的悲剧动作情节的前提需要人物已意识到个人自由独立的原则，或是至少需要已意识到个人有自由自决的权利去对自己的动作及其后果负责。”他认为，正因为东方思想普遍地都不具备对个体绝对价值的这种关注意识，东方的世界观“一开始就不利于戏剧艺术的完备发展”①。黑格尔对东方世界观的基本判断当然存在着一些偏见，他对悲剧特征的概括也很难说就是一种放之四海皆准的美学标准，但没有疑问，他关于悲剧美学与“个人自由独立的原则”关系的提撕，则的确道出了启蒙时代以来西方悲剧艺术的基本特点。尽管20世纪以来，现代悲剧关于“个人自由独立的原则”的表现已渐趋暧昧与含混，这一价值核心仍然在大部分悲剧创作中无可争议地居于核心地位，并构成了威廉斯所谓“自由主义悲剧”②的基本美学底色。

《雷雨》对乱伦主题的移植与重释，就可视作中国艺术家的悲剧创作融入现

① 黑格尔：《美学》第三卷下，朱光潜译，商务印书馆1981年版，第297页。

② 威廉斯：《现代悲剧》，丁尔苏译，译林出版社2007年版，第79—80页。

代世界悲剧艺术主潮的一个标志。乱伦主题本是一个与命运、神秘力量更有关涉的悲剧主题，但曹禺通过革命意识形态深层次的挑激，使得故事变成了封建专制体制下个人际遇的一曲悲歌。曹禺认为，所谓的乱伦故事其实本是个体在此种专制体制下终极命运的一种象征。在此种体制下，如周冲、四凤这样美丽的生命不免夭折；如周萍这样软弱而不乏追求的人不可能看到任何希望——如果他看到了所谓的希望，这希望就很有可能潜藏着“更可怕的罪恶”；如蘩漪这样倔强的特立独行者，不毁灭无以显示其个体生命中的不同凡响之处。甚至像周朴园，虽然他是此种专制机器在地上行走的代表，但他也必须泯灭自我的个体本性才得以成为这一代表——从这个角度来说，他虽是施害者，但也是受害者。在那样一张巨网中，个体没有可能逃脱的幸运。基于此，《雷雨》中乱伦故事激发了一种革命热情，它符合艺术逻辑地成了一种与不公正命运、不公平体制的抗争性力量。

需要指出的是，尽管《雷雨》的故事主题与乱伦有关，但它之于中国现代悲剧的影响，其重心根本不在乱伦故事的移植这一面。在中国的文化语境中，无论做何种解释，乱伦故事看上去都显得过于激进了一些。《雷雨》对后来中国现代悲剧的影响，主要体现在革命意识形态与悲剧主题结合的形式上（如何运用革命观念考察个人命运的问题）。夏衍曾说，他乃是“读了曹禺同志的《雷雨》和《原野》”才发生了戏剧艺术观念的重大“转变”，认识到革命的正当性不能简单通过“宣传的手段”[①]来表达，“必须写人物、性格、环境”[②]。他的话部分地道出了《雷雨》悲剧主题叙写策略的巨大示范价值。

当然，在现代革命意识形态的挑激下，古老乱伦主题所迸发出的革命色彩，绝不止驻足于启蒙形态的个人独立自由价值的阐发。它所触及的内容还要激进得多，它借着古老性伦理秩序的颠倒与倾覆，认真表现了女性对自我身体、性要求的自觉意识以及种种身体需要的合理性。我们知道，社会制度对于个体操控最深刻、最具普遍性意义的部分，就突出地体现在性伦理规范上。而对女性而言，不

① 夏衍:《〈上海屋檐下〉后记》，夏衍:《夏衍全集》第一卷，浙江文艺出版社 2005 年版，第 232 页。

② 夏衍:《谈〈上海屋檐下〉的创作》，夏衍:《夏衍全集》第一卷，浙江文艺出版社 2005 年版，第 227 页。

合理社会制度对她的戕害、压迫最为深重的部分，通常也正表现在这个层面上。这是因为，这时给她带来巨大苦难的，不仅是社会巨机器的压力，而且还来自每个男性甚至是同性的迫害。男性革命家的革命意识在性伦理这个层面，非常容易与传统意识形态招抚，以至于无意识中成为继续压迫女性的共谋。这也正是《雷雨》中蘩漪反抗姿态的巨大美学象征意义所在。她对于乱伦那种没有丝毫歉疚和畏惧的倔强姿态，是站在女性的立场上对传统压迫人性的制度最激烈、最不妥协也是最具普遍意义的挑战。诚然，由于那种过于激进的姿态，蘩漪在反抗不合理制度的同时，碰触了人类文明的底线，她因此不免以悲惨收场。在此种悲剧情境的构造中，人们不难看到，悲剧“个人自由独立”的价值原则在此间得到了一种新的诠释——革命意识形态敦促人们从更基本的地方、从更为个人性的地方，以更清醒的批判眼光（来认识传统意识形态塑造的各种话语陷阱）考量所谓的“个人自由独立”问题。

因此，某种意义上也可说《雷雨》已经彰显了一种“身体悲剧”的可能性。伊格尔顿认为，人类的身体本身应当成为悲剧的重要表现主题。现代悲剧对于人类身体痛苦的遗忘，很可能就是其在现代社会中趋于式微的因素之一：

> 人类历史包括身体的历史，几个世纪以来，它在关于身体的痛苦方面几乎没有什么变化。尽管有一些视角很好的关于痛苦身体的叙述，但是它几乎一直没能成为以身体为导向的学术机构中最受欢迎的话题，难以与性的、受规训的或狂欢的身体相匹敌，这无疑就是其原因。[①]

在《雷雨》中，对身体的支配权一直是矛盾的关键。蘩漪通过乱伦关系，意识到自己对情欲的需求与不满，进而为了捍卫这种身体权利，她要求不顾一切地维持这种乱伦关系。虽然即使对蘩漪来说，乱伦事实上也是一个不堪直面的丑闻，但对于身体的支配权还是成了她敢于超越禁忌的更为重要的内驱力。在《雷雨》之后，曹禺也没有再回到乱伦的故事题材上来，但对女性身体的关注意识，则一直成为其悲剧创作的中心话题，这个特点，在《日出》《原野》《家》《北京人》中表现得都是很明显的。这种意识，可能对中国现代作家的悲剧意识都产生

① 伊格尔顿：《甜蜜的暴力——悲剧的观念》，方杰、方宸译，南京大学出版社 2007 年版，第 6 页。

了一定的影响。夏衍的《上海屋檐下》《芳草天涯》①，巴金的《寒夜》等关于女性特殊的关照角度，未尝不可视作是对《雷雨》揭橥问题的呼应。

《雷雨》此种创新，置于世界范围内的悲剧创造中，也不失其特色意义。现代悲剧作家诚然是不吝于谈论乱伦话题的，奥尼尔、劳伦斯、阿瑟·米勒、阿尔比等都有过一些直接表现乱伦问题的名篇（如《奇异的插曲》《悲悼》《儿子与情人》《桥头远眺》《是谁害怕弗吉尼亚·沃尔芙》等），但他们把握这些作品时弗洛伊德主义的男性立场都是很明显的，曹禺审视问题的视角明显有别于“国际主流”也是明显的。而近来作家谈论乱伦话题、关注女性身体的虽然很多，但把这个问题上升到悲剧美学的角度来精心构建的，则还较少有成功案例。

《雷雨》问世距今已近80年了，但回望这部作品，我们仍不难感受其中包孕的生命活力。曹禺在其中表现的高尚的艺术旨趣，发端于中国社会实际的艺术关怀精神（文中讨论的基于“五四”革命精神对西方悲剧主题的创化、保卫女性身体权利的意识等）在当前仍不失其艺术上的示范价值。

① 《芳草天涯》是否属于悲剧，可能会引起一些争议，但夏衍本人的态度是明确的。他在该剧的《前记》中引托尔斯泰的话说“‘人类……在过去、现在、未来，无论在什么时候，他最痛苦的悲剧，恐怕要算是——床笫间的悲剧了。’”他同意托尔斯泰的话，但他希望人类的未来能够摆脱这种悲剧，只“把‘现今的’恋爱定义为人类生活中最痛苦的悲剧”。(《夏衍全集》第二卷第236页。)

在悲凉处寻找幻觉的幸福

——伍迪·艾伦与“问题喜剧”*

伍迪·艾伦被认为是卓别林之后美国影坛、剧坛的喜剧大师，[①] 他所获得的戛纳电影节终身成就奖、奥斯卡最佳电影奖、威尼斯电影节最佳电影奖等诸多荣誉都可谓是其艺术地位的见证。相比艾伦在艺术界中的地位和影响，学术界有关艾伦的研究显得比较薄弱。虽有一些博士论文通过他的作品来透视美国当代各种重要的意识形态及文化问题（话题涉及身份、身体、都市文化等诸多领域），[②] 关注点一般集中在他反潮流却引领时尚、游离于商业体制之外却能够获得票房成功的一面，鲜有对其艺术创作与艺术贡献的考察，且已有研究又较流于表面。当然，如何读解艾伦艺术创作的价值启示意义又是另一个值得讨论的问题了。尽管通常的评论都将他和卓别林并举，但他的创作类型明显迥异于卓别林。无论他自己同意也罢反对也罢，他的作品应当归入“文人戏剧”中，书卷气很浓，和卓别林民间喜剧的风格大相径庭。但如果因此将艾伦创作的意义一直往上追溯，认为他的

---

* 本文曾发表于《戏剧》（中央戏剧学院学报）2012 年第 2 期，发表时有删节。

① 许多评论都曾提及这一点，详可参见《戏假情真　伍迪·艾伦的电影人生》（Eric Lax 著，曾伟祯等译，台湾远流出版社 1994 年版）第 201 页、212 页等处。

② 可参见 Jason Paul Steed, *Joke-Making Jews / Jokes Making Jews: Essays on Humor and Identity in American Jewish Fiction*, A Dissertation Submitted to the College of Liberal Arts of the Department of English in Partial Fulfillment of the Requirements for the Degree of Doctor of Philosophy in English, Graduate College of University of Nevada, 2004; Dean Richard Cooledge, *Beneath the Urban Landscape: Some Versions of American Pastoralism in Urban Literature, Art and Film*, A Dissertation Submitted to the Faculty of the Department of English in Partial Fulfillment of the Requirements for the Degree of Doctor of Philosophy, Graduate College of the University of Arizona, 2002; David Gillota, *Belly Laughs Body Humor in Contemporary American Literature and Film*, A Dissertation for the Degree of Doctor of Philosophy, University of Miami, 2008.

创作是阿里斯托芬传统的现代显现，[①] 陈意又似乎过于高远了，也未切中要点。

按照本文的观点，艾伦在艺术上所取得的成就虽然在多个方面均有深刻的体现，但就其喜剧创作的核心贡献来说，则主要体现在他对由萧伯纳、布莱希特[②]等人开创的现代“问题喜剧”精神的发扬和开拓上。

一直以来，喜剧创作总不免闹剧的气息。这一点，甚至在莎士比亚和莫里哀的创作中都在所难免。这种闹剧的气息，按照巴赫金的解释，实际和人类本体生命力的洋溢息息相关，所以自有其意义。但这不可避免地影响到了喜剧自身在文本构造上的严谨和美学上的深度。20世纪以来，萧伯纳、布莱希特试图通过一种新的喜剧类型的创构，赋予喜剧新的时代含义。我们在这里称这种喜剧类型为“问题喜剧”。所谓“问题喜剧”，是指创作者通过对现实存在的人类基本生存问题的观察与思考，表现人类实际生存处境之荒诞、可笑，并以之为背景，调侃、讽刺、嘲弄（有时也夹杂着各种温情的幽默）人类各种不得体的、没有意义的或是自寻烦恼的行止。创作者也可能通过这种观察与思考，认定人的各种问题与烦恼自有其存在的意义，它们也许会使得人们的生活变得更加丰富而且动人——或者说，只有历经这些个问题与烦恼，人们的生活才有可能真正变得丰饶而且动人。需要指出的是，对“问题喜剧”家来说，尽管一切问题都在其表现和反映的范围内，但为了凸显问题的直观性和情绪氛围上的感染力，他们对各种社会问题及其背后所包孕的内涵有着更为强烈的关切意识。

伍迪·艾伦具体的艺术创作情况虽然十分复杂，但上说“问题喜剧”的风格普遍地存在于他绝大部分的作品中。下面就从问题意识、喜剧手法、悲剧底色等方面来讨论伍迪·艾伦的“问题喜剧”的主要艺术特色及历史贡献。

---

① See Albert Bermel, *Farce: A History from Aristophanes to Woody Allen*, New York: Simon and Schuster, 1982.

② 在有关笑、喜剧方面，布莱希特有成体系的富有个性的讨论。但如果我们稍稍脱离他自身的理论话语情境而将之放到一般喜剧文体的问题中来讨论，他的创作在精神意蕴上与萧伯纳未必没有相关性。

一 问题意识

读罢伍迪·艾伦近半个世纪以来的创作不难发现，他的创作几乎构成了这段时期美国社会生活的风情画卷。其镜头摄入的关于美国人日常生活与精神生活的大小问题，不知凡几。从大的方面来说，人类合理的社会政治制度一直是他关注的问题：像《香蕉》揭示了独裁制度的根深蒂固性（以及民主制度自身的伪善性）;《傻瓜大闹科学城》检讨了科学发展无法解决权力的合理分配这一难题;《出头之人》以对麦卡锡主义的批判反省了美国政治制度中寡头统治的一面;《别喝生水》则讥讽了冷战时期铁幕两边的政治决定都是荒谬有违反人性的;《影与雾》指出了社会危机状态中大众的盲从及暴力倾向；等等。从深度方面来说，他的影片不时考察现代人特有的精神困境：如《爱与死》揭示了人的存在（尤其是面临死亡威胁时）的荒谬特征;《犯罪与不端》《赛末点》从现代人精神虚无的一面嘲弄了现代刑罚制度的有效性;《安妮·霍尔》《我心深处》正面直视了所谓爱情在现代人生中空乏及无力的地位;《子弹横飞百老汇》等对作为终极拯救力量的艺术颇有解构;《午夜巴黎》正面描绘了乌托邦理想的乌托邦性质;《香蕉》《西力传》等表现了大众传媒的空乏无聊及其必然带来的人们精神深度的丧失问题；等等。伍迪·艾伦还颇多触及了现代人宗教精神失落之后的空虚状况以及这种空虚的绝对性——就是说，虽然他们知道这种空虚乃是宗教感丧失的结果，但重新回到宗教信仰的状态基本是不可能的事情了。《犯罪与不端》《雷霆穿梭人》《汉娜姐妹》《名人百态》《解构爱情狂》等对这方面问题均有表现。他甚至还对现代犹太文化有关正义之神圣性和绝对性的叙说方式提出了质疑。他在多部影片（如《犯罪与不端》《奇招尽出》《解构爱情狂》等）中都提到，如果希特勒获胜了，所谓“大屠杀”就是不存在的，换言之，现代犹太文化根据“大屠杀”等史实来确证上帝的存在以及上帝的正义性这一逻辑在基础上是相当不稳固的。作为一个犹太人，伍迪·艾伦这样的评论可谓是数典忘祖。不过，这也从另一面反映了他思想的自由性质。至于那些与人们日常生活直接相关的小问题（有时正因为“小”而在我们的生活中十分重要，难以割舍），在艾伦的作品中更是多有反映：如现代美国人须臾不能离开的心理医生（他的几乎每一部作品都会提到这个无处不在的职业），占星师（可参见《百老汇的丹尼·罗斯》《名人百态》《遭遇陌生人》《怎样都行》等），现代生活中无处不在的推销（可参见《爱情外一章》等），梳爆炸头、活吞老鼠的青年亚文化（可参见《好莱坞式结局》对之既批评而又宽容的表现），等等，简直不胜枚举。

虽然艾伦涉及的问题是如此广袤，并且，他还通常小心地掩饰自己的立场，尽力避免人们把电影叙述者或叙事主人公的言辞径直当作他自己的观点，① 不过，还是有几条核心的问题线索贯穿其创作的始终。本文重点讨论他对性与现代社会关系问题的描绘与思考。

除了极少的几个例外，艾伦影片对于各种问题的揭示，都和人的性本能有所关系。这倒不能说艾伦将人类的一切活动肤浅地都归结到了性本能支配这一点上，但他的确对现代社会性本能的驱动机制及其造成的各种后果有一种特殊的观察兴趣——一种近似于社会风俗博物学家的那种观察兴趣，基于此，他对这种现代文明机制中的性本能冲动与人的根本存在状态的关系也展开了不乏深度的思考。鲍德里亚评论现代社会的欲望性特征时曾指出："身体被出售着，美丽被出售着，色情被出售着……必须使个体把自己当成物品，当成最美的物品，当成最珍贵的交换材料，以便使一种效益经济程式得以在与被解构了的身体、被解构了的性欲相适应的基础上建立起来。"② 艾伦可能没有读过鲍氏的著作，但他用喜剧讽刺的方式对现代社会相关本质的揭示同样具有高度的启示意义。

艾伦早就注意到，现代社会体制的基本特点便是对欲望的放纵。现代商业社会通常又被称作"自由世界"。可是，对于这"自由世界"中每一个"自由个体"来说，他所能够获得的自由实在有限。事实上，除了欲望的放纵，一般的社会大众并不容易找到一个简洁直观的确证自我"自由"的抓手。因此，为了确证社会的自由性质，社会体制反过来就得顺应身体的欲望，尤其是性本能的需要，并以

① 在某次访谈中，艾伦指出，人们通常最误解他的地方就是"他们总觉得我的电影是自传性的，这是最错误的。其次，就是觉得我是个智者，很学术，其实我根本不是"。（亚当·希金伯坦：《专访伍迪·艾伦：我最大的恶习是懒惰》，载《外滩画报》2010 年 9 月 2 日，总第 402 期，第 A16—A19 页。）

② 鲍德里亚：《消费社会》，南京大学出版社 2001 年版，第 147 页。

之为核心改变既往的伦理道德规范和运作机制。而当商业生产以其特殊的市场交换的自由体制贞认了这一切的时候，性本能的放纵就成了社会决定性的规范、自由的标志。艾伦早期的代表作《香蕉》就深刻地揭示这一点：影片在故事主人公的婚典直播中达到高潮。故事中的人物在摄像机前做爱、谈论最隐私的话题而毫无羞耻之感，而所有参与婚典的人士，包括观众面对这一切也毫无羞耻之心，反而觉得这是生活的常态，是个体至高幸福快乐的显现。

艾伦的几乎每一部作品都会提到作品人物去接受精神分析医生心理治疗的问题。有意思的是，除了少数几个揶揄精神分析医生的场景，艾伦却极少针对心理治疗这一事件本身发表评论。他仿佛只是在陈述一个社会基本事实：精神分析、心理治疗就像吃饭喝水一样，已成为现代美国人日常生活中不可或缺的部分。也就是说，自由——亦即等同于性的自由的观念，已经跨出了禁忌与专门学术领域的限制。“弗洛伊德拒不区分文化和文明、价值的领域和欲望的领域。正如根本不存在消除了用以建构和文明攻击性内驱力的文化价值一样，根本不存在没有利比多的功利领域。”[①] 现代社会虽然还没有激进到否定一切形而上价值理论的地步，但“根本不存在没有利比多的功利领域”成了社会一般意识形态，成了人类存在的基本底色。艾伦也就将现代社会的这一本质特征，当作了主要观照对象。

基于此种观察的角度，艾伦自然地将家庭问题凸显为现代社会的核心问题之一。艾伦的绝大部分作品都涉及了性爱自由观念冲击之下家庭制度存在的各种问题。事实上，在现代社会中家庭能否存在的问题，成了艾伦最为关切之点。在他的作品中，但凡属于夫妻或准夫妻的男女关系，都会因为某种突如其来的性关系上的失衡而处于危机状态。这种失衡的缘由非常多，有时是因为夫妻之间失去了所谓的新鲜感（如《贤伉俪》《爱丽丝》）；有时是因为某一方突然找到了所谓的“真爱”（艾伦对中老年男人抛弃发妻去寻找所谓与年轻女郎的真爱多有讽刺，如《名人百态》《贤伉俪》《遭遇陌生人》等）；有时是因为某些不可思议的不和谐，比如《奇招尽出》中的弗克与阿曼达，婚前偷情时双方性关系很和谐，分手之后各自性生活也没问题，但在两人处于婚姻状态时，每到行房，女方必定出现各种生理困难甚至突发哮喘被送到医院急救为止。这类故事几乎成了艾伦一个既定的

---

① 伊格尔顿：《美学意识形态》，广西师范大学出版社 1997 年版，第 260 页。

叙事模式，并且，至少在其一半以上的作品中成了情节的主线。

显然，艾伦已经意识到：如果性的自由放纵成了社会自由的主要标志，家庭关系的脆弱和易于解体就几乎是一个必然的结果。对于这一类现象，艾伦整体上是抱着一种淡淡的讽刺态度，间有自嘲，但他并未进一步做出一些主体立场过于明确的判断。他仿佛只是在叩问一种人性的微妙：在现代社会条件下，男女基本已实现了平等，性爱自由已被视作一种基本的人权，但家庭关系作为传统的、带有极大不自由体制约定的一种社会组织关系，与我们具体生存的关系仍然是这么复杂。虽然，人们在理智上都已接受了这种做法——“如果感情确实已经消失或者已经被新的热烈的爱情所排挤，那就会使离婚无论对于双方还是对于社会都成为幸事”①，但是，家庭破碎所带来的触及灵魂的伤害却不是单凭理智的认识就可以轻易抹平的。家庭关系是具有一种强大生产能力的关系，它所产生出来的各种衍生关系不可能随着家庭关系的解体而消失。因此，关于其解体的理智处理有时就成了一种神话：这种神话以逃避责任、遮掩对于那些衍生关系的不公平作为话语表述方式的基本特征。艾伦在其少数的几个悲剧作品中如《我心深处》等对这一问题颇有探讨。

也许就是基于这种认识，艾伦对现代家庭关系的思考，有时会流露出一种富有传统保守意味的温情态度。在他的故事叙述中，核心家庭模式（就是以夫妻关系为主体，包括子女两代人构成的家庭模式）总是摇摇欲坠的，相反，扩展家庭模式（就是一个家庭包括了三代人或三代人以上）、血亲家庭模式（通常是较为强调不同亲戚“血缘纽带”的扩展家庭）却大多其乐融融，并最终能够成为人物超越自身存在痛苦的救赎场所。如《岁月留声》《百老汇的丹尼·罗斯》《汉娜姐妹》《人人都说我爱你》中都表现了一个温馨的、吵吵闹闹的有时也让人心烦的传统大家庭。身处这种家庭关系中，男女之间个体的矛盾关系（包括性关系）就能够表现得较为和缓，他们之间还有其他一些重要的关系作为生活内容值得被专心牵挂。

没有明确的证据表明：艾伦关于社会学意义上的核心家庭关系模式有何完整

---

① 恩格斯：《家庭、私有制和国家的起源》，《马克思恩格斯选集》第4卷，人民出版社1995年版，第81页。

的、系统的思考。不过其现有的作品已足以让我们推想：对艾伦来说，对个人来说，家庭的存在永远是重要的，而建立在貌似自由的性爱关系基础上的所谓现代家庭的基本模式（亦即“核心家庭”）则是不稳定的，一种稍稍偏离性爱关系原则的、有着更为复杂构造逻辑和关系方式的家庭模式诸如“血亲家庭”之类也许是更为合乎人性的。

对艾伦来说，性爱问题不但紧密地和人们的日常生活纠缠在一切，会决定性地影响人们生活结构的趣味、品格、趋向，同时，它也是一个直接关乎人们内在价值向度、精神追求的问题。他在影片中所考察的现代人特有的精神困境，多半和现代人性爱的放纵观念联系在一起。如《犯罪与不端》一剧对现代刑罚制度的拷问即建基于此。故事中的罗森素是一位卓有成就的眼科医生，他因为不耐烦情妇的纠缠，设计谋杀了情妇。作为一个平常人，干了这样一件罪恶的事情，在一段时间里他当然陷入了一种恐慌、惊惧的状态。但随着时间推移，当他发现自己已经逃脱了警方的调查后，内心便归于平静。谋杀这样的罪恶其实并未在他内心深处造成任何的痕迹：没有被世俗司法制度认定的罪就不是罪，所谓超越性的拷问良心的“上帝之眼”是不存在的——就是说，当人的内心世界不存在所谓的“上帝之眼”时，所谓“上帝之眼”之类良心的维度就是不存在的。就这样，艾伦反讽式地翻转了陀思妥耶夫斯基《罪与罚》中的基本问题，把现代人过于冷静、过于“健康”同时也过于功利的灵魂世界暴露在了光天化日之下。不过，《犯罪与不端》的观众是不会为这样一个命题所震惊的，因为在故事情节中这已成为一种现代人生活的常态：罗森素背叛了自己和谐的家庭，为了一时所谓的激情而出轨，却从来没有考虑过任何良心上的歉疚问题。他在乎的只有：以何种方式他能够享受到性方面的最大乐趣，以何种方式他能够维系物质上的最大享受。

艾伦作品中关于性爱观念与现代精神问题关系的表现相当复杂，有一点趋于零碎化（如散落在其作品对宗教性爱观念的调侃等细节中）。不过总结起来，他在早期作品《性爱宝典》中表现的主题能够代表他基本的观点。影片中“冷血的乳房”一节讲述了一个从恐怖的性爱博士研究室逃出来的巨大乳房横冲直撞、造成巨大破坏的故事。故事的象征意义是明确的，故事主人公这样说：“当我们谈到性的时候，有些东西需要遮掩起来。”不过，尽管性爱存在着危险，放纵的性爱甚至是对人性的巨大扭曲，但归根到底，性爱又包孕着至为根本的、无可取代的美妙之处。《性爱宝典》最后一节“射精睇真”描绘了男女情爱高潮时人体内各器官欢愉协作的气氛，艾伦还亲自出演所谓的“精子一号”。这种类似于童话的表现手法所传达的意念是明确的：性爱的欢愉本身是一种无可否定的至为强烈的欢愉，这是一种生命之为生命本身的欢愉，只有建基于这种欢愉之上人们才能谈论其他的问题，人们对其他问题的谈论也才是有理由的。

二 喜剧手法

本文不拟对艾伦喜剧的具体技法多做分析，我们在此要重点讨论的是艾伦的喜剧创作所具有的那种独特的美学品格——本文将之命名为“幻觉现实主义”。

艾伦的作品在喜剧构造方面具有两个核心特征。所谓“现实主义”，不仅是指他的作品总是以反映、表现现实问题为主体内容，同时也是指在其作品中故事矛盾的解决方式是富有高度现实主义精神的，总是按照现实逻辑的可能性和应然性来处理故事情节的主体矛盾冲突。通常的喜剧，如果反映或表现了生活那种冰冷的现实逻辑，在故事的最后便不免借助那些极小概率事件（诸如误会、巧合之类），或者甚至直接是神仙搭救来解决故事的矛盾冲突，不然，故事的氛围就不免偏离喜剧的要旨了。而艾伦的作品，即使偶然出现了一些超自然的力量，它们一般也都是人内心本质欲望外化投射的表现而已，本身不成为解决事件矛盾的决定性因素（如《仲夏夜的性喜剧》《爱丽丝》《独家新闻》诸剧所表现的那样）。建基在这种现实主义风格的基础上，艾伦却也使得其故事矛盾的解决透露出了一种由衷的喜剧气息。除了少数几部刻意做成悲剧的作品，艾伦的作品在暴露生活之无奈和现实逻辑之冷峻残酷的同时，通常也使人感到无论多么凄惨的人生，自有其可爱之处；生命，作为生命存在的这个事实本身就是值得嘉许的。这种发自内心地对生命的喜悦之情构成了艾伦作品喜剧色彩的根基。艾伦不同的作品都表现了不同的生命喜悦体验，从带有感伤风格的《呆头鹅》到有点荒诞阴郁的《星尘往事》，从罗曼蒂克的《曼哈顿》到保守传统的《人人都说我爱你》等等，不一而足。

总体来说，大凡那些被他引以为对抗现实逻辑的表达生命喜悦之情的要素，在根柢上都和“幻觉”有所关系。因此本文将其喜剧构造在风格上名之为“幻觉现实主义”。

幻觉能够成为与现实相抗衡的解决人生矛盾处境的本质力量，这种观念看起来似乎有点不可思议：幻觉难道不是人的感官关于世界的脱离世界本身情况的虚假感觉吗？这种没有真实对象物的感觉凭借什么来对抗现实生活的那种实在感受呢？换言之，艾伦是否是用另一种类似超自然力量的东西来遮蔽人们对现实的凝视而获得廉价大团圆式的喜剧感受的？

幻觉之于人生的确是一个广有争议的问题。在较为传统的观念里，幻觉多和虚假、错误联系在一起，是真理、真相的反面。但近代以来，人们对幻觉的价值地位的理解方式发生了根本性的变化。尼采直接将幻觉看作人的生命存在的支撑性力量，“日神精神”实际上就是一种关于幻觉的精神机制：

“外现”是永恒冲突这万物之父的反照。但是，从这一外观升起了一个幻觉般的新的外观世界，宛如一阵神滄的芳香……日神再一次作为个体化原理的神化出现在我们面前，唯有在它身上，太一永远达到目的，通过外观而得救。它以崇高的姿态向我们指出，整个苦恼世界是多么必要，个人借之而产生有解脱作用的幻觉，并且潜心静观这幻觉，以便安坐于颠簸小舟，渡过苦海。①

艾伦关于幻觉的理解，明显受到了这一路思想的影响。在他看来，幻觉不但能够给人带来由衷的精神安慰，并且能够突入人生僵局中给人以救渡、启示意义。在他的作品中，现实的世界问题被当作一极，而人生存的自身的价值意义是另一极。人的存在当然离不开外部世界的诸种规定性，或者说其存在的意义只能在这些外部的规定性中才能看出；但这并不是说，这些外在规定性的综合就是人的存在规定性，人们甚至还可以质疑：虽然人的存在离不开诸种外在规定性，但其存在本质是否真的能从各种外在规定性中推导而出呢？就像音乐的创作，总离不开演奏的乐器、各种音符的组合以及其他各种社会、文化的制约，等等，但如

① 尼采：《悲剧的诞生》，周国平选译：《悲剧的诞生——尼采美学文选》，生活·读书·新知三联书店1986年版，第14—15页。

果说这些条件的综合就注定能够推导出巴赫、贝多芬的音乐来，这种解释思路不免让人称奇。而关于人的存在特性的讨论当然是更复杂的事情，艾伦在其作品中倾向于这样解释：各种幻觉形式的存在，能够让我们体察到生命的自为特性，让生命存在的独一无二的地位通过突破冷酷现实的各种枷锁而显现出来，使得人们在可感官的世界中触及这种每个人一生都只能经历一次的事件。[①]——人们不难看出，他对性问题的关注意识与这种美学趣味也是紧密相关的。

尽管艾伦并没有打出“幻觉现实主义”的明确旗号，但这确实是一个贯穿其创作始终的明显风格，甚至可以说，他的每一部作品（除了早期的个别作品），都对幻觉与现代人生关系的方方面面做出了富有创新意味的洞察。归结起来，他作品中关于幻觉的表现主要集中在以下两个方面。

第一，借助幻觉，他凸显了生命自为的感性属性。通过以各种形式来表现幻觉状态，他让生命体验从外在的功利现实中脱离开来，以此让人们真切地感受到：生命的存在本身就是一场大喜悦。对生命自身来说，没有一种力量能够凌驾于这种喜悦之上。这种生的由衷的欢乐，甚至远远克服了死亡恐惧对于人的威胁：从早期作品《爱与死》到中后期的《解构爱情狂》《人人都说我爱你》再到近来的《独家新闻》等，他的作品都有与死神开玩笑甚至牵着死神的手在跳舞的场景。这种对生命欢愉底色的肯定，是其幻觉表现的核心方面。

人类的幻觉体验因此就在终极意义上具有了一种救渡性的力量。就像《开罗紫玫瑰》中的塞西莉亚，她的生活简直是一团糟：工作极不顺利；丈夫一无所长，除了吃软饭还要施以家庭暴力；爱上了一位明星，但在一段极为短暂的快乐相聚时光后，明星亦不辞而别。在这简直暗无天日的生活中，塞西莉亚最后只能在电影院中，在歌舞片的旋律中，找到些许安慰。在幻觉中逃避现实，获得片刻欢乐，这是许多艺术作品都已表现过的主题，本不足为奇，艾伦的不同凡响之处

---

① 其早期作品《傻瓜大闹科学城》片末主人公的一段对白很能代表艾伦的意见：

麦尔斯：我不相信科学。科学是知识的死胡同。是许多穿花呢西服的人，在桌子上切青蛙。

路　娜：我知道了，你不相信科学。你也不相信政治系统起作用。你也不相信上帝，是吗？

麦尔斯：是的。

路　娜：那么……你相信什么？

麦尔斯：性和死亡。这两样东西是一辈子一次的。至少在死后你不会恶心。

是，在他的故事表现中，这种幻觉中的感受具有它独立的价值意义，人们如果能够品味此种生命的感受，现实的残酷对于人生相对来说就没那么具有绝对的控制力了。《汉娜姐妹》更将这一主题直接点出：故事中的米基不断在寻找生命的意义，但无论是西方的天主教还是东方的耆那教之类，都不能让他感觉到生命的真实意义，在虚无之中他想到了自杀。而让他摆脱这种虚无控制的决定性力量是喜剧电影名作《鸭汤》的狂欢化场面。在这种纯属幻想世界的喜悦中，他突然意识到在生命之外去寻求生命的意义本身没有什么意义。在观看《鸭汤》时，米基内心喃喃自语："你知道他们太有趣了，即使我最担心的事果真如此，那又怎么样？即使没有上帝，你也只能活一次就完，又怎么样？难道你就不愿意成为人类经验的一部分吗？……我真不该把自己的生命浪费在……寻求我永远也找不到的答案上，而应该享受生命的时间。"《岁月留声》《玉蝎魔咒》《好莱坞式结局》等影片也都表现了幻觉这方面的价值意义。

在这方面，《名人百态》特别值得一提。这个作品可以看作上述主题反讽式的表现。该片主要揭示的一个问题便是：在现代商业社会中，人类连幻觉机制都已经完全纳入产业化的轨道，就是说，连幻觉都已不再是幻觉了。在这种情形下，正如影片最后反讽式出现的那个"HELP"的镜头那样，人们能够感觉到，现代人的确已堕入必须高喊"HELP"的境地了。

第二，艾伦借用幻觉所产生的具有怪诞意味的视角，对现实制度的荒谬与不合理性做出了极具讽刺意味的批判。这一特点，在他早期的作品中，如《傻瓜入狱记》《爱与死》、话剧《别喝生水》都有着锋芒毕露的直接表现。

20世纪70年代中期以后，幻觉之于现实的这种批判性功能，在艾伦的作品中更多地成了一种背景性的表现内容。但其深刻程度及批判的严厉程度并未因此而弱化，《影与雾》便是一个很好的例子。其故事的主线是：某小城出现了一个连环杀手，于是，小城中的整个社会机器都开动起来，但这种社会机器的开动，除了砸碎小人物的日常生活外，于问题自身大家还是一筹莫展，最后，还是借助马戏团一位魔术师的神奇道具，人们才暂时控制住了凶手。故事的象征意味很清楚：这个凶手明显是人类社会自身所产生的恶魔，因此，社会机器的开动，其效果只能拓宽这个恶魔的活动空间。故事中的马戏团更像是一个游离于现代文明体制之外的一种社会形态，只有在这种地方，那位更像是先知的魔术师，才能够以种种直指精神感知的幻觉手段，诱使恶魔堕入牢笼。尽管魔术师的手段效用实际也有限，恶魔最后还是逃走了，但这一胜利已然是小城社会最为辉煌的胜利。

需要指出的是，幻觉在艾伦的作品中，通常作为现实世界的对抗性力量出现，人们可以在这种对抗中体验到生命本身的欢愉。但这种对抗并不意味着现实矛盾的解决。艾伦对于这一点有很清晰的认识，在作品中也有很明确的表现。《人人都说我爱你》中的席德尔是一位对现实婚姻不满意的女性，她对心中的白马王子有着很多幻想，在心理治疗的时候她倾诉了这些幻想。柏林在偶然的机会中得到了这些信息，并且足够幸运地满足了席德尔的这些幻想。自然，两个人走到了一起。然而，就在一切幻想实现的时候，席德尔却感觉到了一种真正的空虚，她并未从幻想的实现中感受到真实的爱情，最后她仍然选择复归原来的生活。故事意味深长：当幻觉随着人的生命自然运动过程迸发的时候，它能够让人们感受到生命的甜美，但当它作为一种特定的幻觉形式被制作、被生产的时候，它其实就不再是幻觉而只是现实变形的投影。换言之，人们只能感受幻觉而无法去实践幻觉，这是幻觉的局限所在，亦正是它作为人之存在支撑的价值意义所在。

三　悲剧底色

艾伦经常自称，他对于悲剧具有一种发自肺腑的“狂热爱好”。他说：“一直以来，我最大的梦想就是成为一名悲剧作家。尽管我早期的电影喜剧色彩很浓，但归根到底，我更希望能表现人性中悲观和凄凉的一面。”至于他在电影中处处埋伏的笑料，“那是人性沙漠中有趣的小绿洲”[①]。他不断地在各种场合表达对伯格曼、奥尼尔等悲剧家的敬仰之情：“我当然希望自己能够拥有像田纳西·威廉斯或英格玛·伯格曼或尤金·奥尼尔那样的天赋，可是事实再一次残酷地摆在我面前，我不具备那样的才能，我唯一的强项就只有喜剧而已。然而光靠喜剧，是永

① 伍迪·艾伦：《威尼斯电影节采访中回答记者提问》，http://ent.sina.com.cn/m/f/2007-09-05/09241703268.shtml.

远都没办法得到像他们一样的深度的，这是由其本质所决定的。”①

确如其所追求的那样，悲剧意识在艾伦的喜剧类作品中起到了一种至为重要的美学意识形态的支撑性作用。虽然他的作品大多被归入“喜剧”类型，但一般都透着一种近乎阴郁的悲剧意味：“不管你想要得到的是什么，生活终归只是一件令人非常非常痛苦的事情。”② 其剧中的主要人物，总是因为各种生活中可能的问题（这些问题的表现形态及其产生的根源，本文第一部分已有讨论，在此不赘）而在精神世界上处于强烈的失衡状态。因此，艾伦作品中的人物，无论其实际生活中身份地位有何不同，实质上都是一类人：可怜的小人物，被拖进了命定的生活动荡之中，既无力保持什么，也无力改变什么，他也找不到任何直面这种动荡的确实根基，因此，除了忍受这种生活他基本上是无事可做的——喋喋不休地发表着一些近乎荒谬的个人抒情评论几乎是他唯一可做的确实之事。就像《好莱坞式结局》中的瓦克斯曼，虽是世界级的大导演，但依然要靠已投入影视大亨怀抱中的前妻才能得到一份较为优渥的工作。而荒谬的是，工作中因为精神过于紧张，他的眼睛居然失明了！虽然在前妻及他人的帮助下，他完成了工作，但一个导演靠盲拍而完成的作品水平可想而知。故事最后虽然以大团圆结局，但瓦克斯曼在拍摄过程中所受的各种煎熬、无助，以及在金钱诱惑面前个人所谓艺术良心的脆弱等等，都让人感受到现实的残酷性和个人在这种残酷现实面前所可能遭受到的无情打击。

艾伦对于人生本质处境的此种阐释方式，很接近于雷蒙·威廉斯对于“私人悲剧”的界定。按照雷蒙·威廉斯的说法，有一种现代悲剧的类型可称为“私人悲剧”，斯特林堡、奥尼尔、田纳西·威廉斯的创作是这种类型悲剧的代表：

> 有一类悲剧……以孤独而无家可归的人作为起点。所有的原始能量都集中在这个独自追求、独自饮食、独自奋斗的孤家寡人身上。社会充其量只是一种武断的制度，用来防止这群人相互残杀。当这些孤独的人在所谓的人际关系中相遇，他们的交流必定是形形色色的斗争。

---

① 伍迪·艾伦：《伍迪·艾伦的 12 段真心话》，http://gb.cri.cn/19664/2008/09/02/421s2223452_8.htm。

② 席克尔：《伍迪·艾伦：电影人生》，伍芳林译，广西师范大学出版社 2006 年版，第 99 页。

按照这一观点，悲剧是与生俱来的。这不仅因为人的最深层的原始欲望被他人和社会挫败，而且因为这些欲望本身包含着破坏和自我破坏……生活的风暴不需要由任何个人行动来引发；它开始于我们出生的那一刻，我们绝对没有可能逃避。与此相对，死亡是一种成就，一种相对的稳定和平静。①

诚然，艾伦的作品从不宣扬“死亡是一种成就”之类的论断，但是类如“生活的风暴不需要由任何个人行动来引发，它开始于我们出生的那一刻，我们绝对没有可能逃避”的论调，我们却能在他的剧中感受到太多太多。艾伦对奥尼尔、田纳西·威廉斯、伯格曼艺术成就的羡慕看起来已经影响到了其最深层次对艺术、美学的精微理解。

艾伦那些正式的悲剧作品（如《我心深处》《九月》《卡桑德拉之梦》等）大多谈不上成功，或者说，谈不上那么的具有启发意义。他并不擅长围绕一个明确的问题主线提示人类的生存困境，也不愿意把这种困境凸显至那种无可救药的毁灭性状态。不过，当他把这种悲剧意识化入其喜剧性作品中，他就为他的喜剧作品构造并增添了一种强大的对峙性力量。这种对峙性力量不但使其关于现实问题的丰富洞察获得了一种统一的批判性基调，还使得剧中那种幻觉化的喜剧解决方式具有了一种自我反驳的复调性。这种复调性能够将读者从幻觉解决现实矛盾的迷梦中拖拽出来，某些时候，还能生成一种超越于简单喜剧效应的复杂审美情愫。

就像前面谈到的《好莱坞式结局》，瓦克斯曼最后获得了一个“好莱坞式”的喜剧结局：他不但重新赢得了前妻的心，并且，他在眼睛失明的情况下胡乱制作、连他自己都承认“目不忍睹”、票房一片惨淡的作品，居然在欧洲得到了一片叫好声，甚至被吹捧成“50年来美国电影的最高杰作”，于是他赢得了人生的第二春。可是，虽然是这样一个令人欢欣鼓舞的喜剧结局，故事情节中既有的那诸多具有悲剧性质的矛盾，实际上一个都没有解决。欧洲艺术界作为拯救性的力量在故事情境中的介入非常生硬。它事前没有预兆，事实上也不合逻辑：它对于一部由盲人指导拍摄完成的作品给予如此之高的评价，只能说明其荒诞的性质。

① 雷蒙·威廉斯：《现代悲剧》，丁尔苏译，译林出版社2007年版，第100页。

因此，影片的最终拯救就不能不具有一种高度的反讽意味了。在此间，通常的喜剧的欢乐体验被终止，幻觉与喜剧程式化的非常强硬的连接关系被打断，幻觉生产的意识形态属性浮现了出来。在这种情况下，幻觉的喜剧效应作为一种创作上的模式，成了一种人们直接的意识对象。在此基础上，人们得到了一个丰富而广袤的联想空间，他们可以据此反省、批判整个当代文化生产的体制性问题。布莱希特通常强调用一种"特殊的娱乐"方式，[①] 冲击传统的悲剧文本生产方式，以达到陌生化的戏剧效果。在艾伦这里，事情通常被颠倒过来，他用悲剧的底色，冲击了当代消费体制下的喜剧生产模式。

某种程度上，我们能够这样说，艾伦数十年来为我们贡献的诸如《安妮·霍尔》《曼哈顿》《西力传》《开罗紫玫瑰》《汉娜姐妹》《无敌爱美神》《子弹横飞百老汇》等现代喜剧杰作都是建基于这样一种复调性的喜剧生产体制上的。

需要指出的是，艾伦剧作悲剧底色与幻觉的对峙性关系是非常复杂的，根据不同的故事主题，其喜剧的复调性效果有着迥然不同的构造手法，我们前面所分析的如同《好莱坞式结局》式的解构效应，仅是艾伦丰富艺术实践中的一个精彩案例而已。对他这方面的艺术成就如要做深入研究，则需专文讨论了，在此只能略过不谈。

萧伯纳早就指出，即使是喜剧作家，也应当把发现社会问题和揭示社会问题当作一个当仁不让的使命："现在对现实主义的反动已经开始，古老的欢乐方式又时兴起来，也许不能像以往那样容易地构想出这样一个离奇的、富于魅力的沉闷喜剧"，但是，一种包含了易卜生式问题悲剧的喜剧创作是可能的，"它确实存在，而且以这样的一种力量活动着"，甚至"能够把莎士比亚置于难堪的境地"。[②]20 世纪以来的诸多喜剧大家，如布莱希特、迪伦马特、魏斯等的创作，一定程度上都有通过这种问题的凝视来寻找笑点的意味。

伍迪·艾伦是 20 世纪后期能够赓续"问题喜剧"传统的少数几位喜剧大师

---

① 布莱希特：《戏剧小工具篇》，《布莱希特论戏剧》，丁扬忠等译，中国戏剧出版社 1990 年版，第 9 页。

② 萧伯纳：《挪威学派中的新因素何在》，高中甫编选：《易卜生评论集》，外语教学与研究出版社 1982 年版，第 61 页。

之一。他直面时代的精神问题，以自己的喜剧天赋，克服了“问题喜剧”文体独特的困难，[①]彰显了“问题喜剧”的独特魅力。他的创作表明，即使在这样一个消费主义盛行的时代，除了纯粹生理性刺激和饱含欲望的寓意，笑的内容仍然能够是意味深长的、具有高远品格的。

附　　记

本文写于2011年底。现在回顾起来，论文以“问题喜剧”来概括伍迪·艾伦喜剧电影的主要风格特征，立论大体还是能够成立的。但论文的主要弱点有三：一是未能阐释“问题”作为喜剧风格的一般美学意义。一般来说，“问题剧”更像是适用于悲剧或正剧的表现手法，而艾伦惯常以问题串联情节结构，在悲剧底色之外终究奉献了一些喜剧性温柔的内容，这一手法对当前喜剧创作究竟有何借鉴意义？二是未曾深入追问艾伦借用“问题”表现，折射了现代西方社会文化问题有哪些易变或超稳定的结构。三是对艾伦所揭示问题的视角及其基本内涵，未做有力的再反思。

由于文章的结构不易变动，以下笔者即对艾伦2012—2020年的编剧、导演的作品略做评点，补充一些当年的未尽之意。

《爱在罗马》（*To Rome with Love*, 2012），主演有罗伯托·贝尼尼（Roberto Benigni）等。该片明显承继了《午夜巴塞罗那》《午夜巴黎》的主题，借以表达艾伦对欧洲文化和文化古城的爱。“城市风情画”一向是艾伦电影突出的主题内容之一，他借以考察城市如何融入个人生命，如何影响、塑造人性的爱、情欲、喜怒哀乐、背叛以及其他那些不好的东西。该片由四条问题线索交织构成，最有趣的是对大众媒介疯狂、非理性揭露的那一条叙事线索。贝尼尼饰演的皮萨内洛

---

① 就“问题喜剧”的创作来说，如果过分强调问题之严肃性，便不免呆板失去了喜剧的活力；如果过于强调作品的批判认识功能，便不免流于僵化说教；如果只强调喜剧欢乐的一面，它又和闹剧或传统的喜剧文类没有根本的区别了。

一角，本是一个普通的意大利市民，却莫名走红，一时间，各种媒体蜂拥而至，他的各种至为琐屑的隐私如怎么烤面包片等等，都被大众媒体视若珍宝。但这股风来得快去得也快，皮萨内洛很快又变成普通人。媒介风暴诚然容易过去，皮萨内洛却很难适应这种过山车一般的人生落差。影片中贝尼尼的表演令人印象深刻。

《蓝色茉莉》（*Blue Jasmine*, 2013），主演有凯特·布兰切特（Cate Blanchett，饰茉莉）等。该片曾获第86届奥斯卡金像奖（2014）最佳女主角（凯特·布兰切特）奖。影片的故事同样是艾伦偏爱的主题之一：亲密女性之间，尤其是姐妹之间隐秘的、不可告人的内在情感纠结，有爱有恨，但归根到底，恨（或妒忌等）多于爱。片中的茉莉和金洁，都是被收养的无血缘关系的姐妹。姐姐茉莉发展良好，自以为美貌睿智，凭借丈夫之力混入上流社会。她一向瞧不起身处底层的妹妹，虽然也不吝恩赐式地给予些微好处。殊不料她的丈夫其实完全是一个金融骗子，一朝被揭露，锒铛入狱，她只能落得投奔金洁的下场，被迫忍受各种低俗不堪的东西（至少她认为如此）。茉莉知道大势已去，但无论如何也无法调整自己对妹妹、下层社会的优越心态，最终精神崩溃。尽管如此，茉莉的际遇并不令人同情。她自己就是那上流社会中腐败的一分子（如她的自我辩护“我们经常做慈善，虽然钱是骗来的”等），正所谓“雪崩的时刻没有一片雪花是无辜的”。这是本片的峻刻之处。

《魔力月光》（*Magic in the Moonlight*, 2014），主演有科林·费斯（Colin Firth，饰斯坦利·克劳福德）、艾玛·斯通（Emma Stone，饰苏菲）等。影片中德国大魔术师斯坦利·克劳福德受邀揭穿来自美国的灵媒苏菲的骗人把戏。苏菲声称自己可以通灵，克劳福德想尽一切方法揭穿她，但最后两人双双陷入爱河。故事的主题颇陈旧：通灵虽不可能，人类只有依据物质经验世界的定律解释问题，但人类并非只能固着于物质，因为还有爱和其他微妙的东西可给予人们更多。这部作品谈不上深刻，却仍能在现时代向人们奉献一些可贵的柔情。

《无理之人》（*Irrational Man*, 2015），主演有华金·菲尼克斯（Joaquin Phoenix，饰阿贝）、艾玛·斯通（Emma Stone，饰吉尔）等。作品颇具哲学反讽意味，几乎是以标准的美国中产阶级道德攻击了哲学界道德思考的无谓。片中的阿贝是一位极具批判意味的哲学教授，并且身体力行，对社会一切黑暗持尖锐对立姿态。在一个偶然的机会，受女友吉尔玩笑话的启发，坚信唯有谋杀一位“腐败”的法官是有益于社会的事情（这一“腐败”的判定，完全来自其主观想象），并且他成功实施了这一谋杀计划。但就这么一位道德家，当他听说有无辜者替他背锅，却完全无动于衷；而当女友揭穿他的真实面目时，他的第一反应就是试图灭口。

情节剧中类似阿贝这种伪道学真相大暴露的反转情节设计很多，尤其在现时代，在“后现代”“小确幸”的思潮中这种攻击伦理道德虚无性的故事情节更是流行时尚。本片的难得之处是对阿贝从学院派道德家到谋杀犯心理变化的过程刻画得极为生动，对他犯下谋杀罪却毫无愧疚之心的个人信念立场的揭示也很充分自然，这表明艾伦对学院派知识分子的精神构成极为熟稔。

顺便说一句，“Irrational Man”国内通常译作“无理之人”，但是否译作“无理性之人”更妥？

《咖啡公社》（*Café Society*, 2016），主演有杰西·艾森伯格（Jesse Eisenberg，饰鲍勃）、克里斯汀·斯图尔特（Kristen Stewart，饰瓦妮）等。这是一部较为纯粹的浪漫感伤电影，谈不上什么核心问题。故事发生在艾伦心爱的“流金时代”——1920年代的美国。年青的纽约小伙鲍勃来到好莱坞投靠舅舅菲尔，希望出人头地，在工作中爱上了舅舅的秘密情人瓦妮。瓦妮在与菲尔的地下恋情中深受打击，正决定接受鲍勃的求爱，却又被菲尔正式求婚。瓦妮选择了菲尔，深受情伤的鲍勃只好回到了纽约，开办了一家广容三教九流的夜总会“咖啡公社”。鲍勃虽然俨然成功人士，并娶了一位名字与瓦妮颇相近的妻子，但再见瓦妮，彼此仍不能自然。最后，心底仍有情意的两人彼此不能相见，虽然有时思念的目光可能跨越空间的隔绝而在某一点上交汇。

影片的感伤、纯情，艾伦对克里斯汀·斯图尔特的性感美丽调度，令人印象深刻，是艾伦晚期最优秀的作品之一，胜过《午夜巴塞罗那》等。

《摩天轮》（*Wonder Wheel*, 2017），主演有吉姆·贝鲁什（Jim Belushi，饰哈姆迪）、凯特·温丝莱特（Kate Winslet，饰金妮）、贾斯汀·汀布莱克（Justin Timberlake，饰米奇），获第21届好莱坞电影奖（2017）年度女主角奖（凯特·温丝莱特）。这是一部向奥尼尔、契诃夫、伯格曼致敬的电影。影片中的金妮，自幼热爱演艺，但天赋平平。然而金妮并不满足于日常生活，总试图寻找某种让自己灵魂更感动的东西，于是尽管深爱丈夫却又出轨，将自己弄到了极不堪的地步。这时，她的第二任丈夫哈迪姆出现，拯救了她。她于是带着孩子嫁给了他。哈迪姆虽然极爱金妮却极其粗鲁，酗酒、毫无风度可言，和继子关系极其糟糕。金妮无条件地宠溺孩子（即使孩子不爱读书、偷养父的钱看电影，更有甚者还有纵火的恶习），厌恶丈夫，厌恶自己身处环境的一切，满心希望在这种生活中可能出现一种意外的亮色。这时攻读戏剧硕士兼职做海滩救生员的米奇意外闯进了她的生活，两人感情迅速升温并发展到谈婚论嫁的地步。这时，她的继女卡洛琳娜——哈迪姆与前妻所生的女儿也和米奇产生了感情。卡洛琳娜年轻貌美，米奇迅速决定了自己的选择（卡并不知道继母与米奇的私情，还经常问计于金妮，这更让金妮脆弱的情感趋于崩溃）。出于妒忌，当卡洛琳娜黑道丈夫派遣的杀手到来时（卡的丈夫担心妻子向警察泄密），她有意不警示卡洛琳娜，导致其被害。米奇读出了金妮袖手旁观的险恶用心，愤怒地决裂离去。这时，崩溃的金妮只剩下陷入丧女之痛的酒鬼丈夫、依旧酷爱纵火的"熊儿子"。那么，生活还需不需要过下去?

艾伦在这部电影中，试图直视底层生活的最艰难部分，以此拷问这样的问题：人为了生活，究竟能够受苦到何种程度？诚然，艾伦酷爱的陀思妥耶夫斯基、契诃夫、奥尼尔都围绕相关的话题对人类的悲苦宿命做出了精彩绝伦的描绘。但类似的问题，实非艾伦所长。本片中巧合太多，似乎有一个恶作剧的上帝将底层生活可能遭遇的糟心事在一个短时间里都泼到一个女人身上。影片得了许多大奖，可能与现时代政治正确的文化氛围有关吧。

《纽约的一个雨天》（*A Rainy Day in New York*, 2019），主演有提莫西·查拉梅（Timothée Chalamet，饰盖茨比）、裘德·洛（Jude Law，饰编剧泰德）、赛琳娜·戈麦斯（Selena Gomez，饰陈）等。本片的主要问题聚焦于影视娱乐界的潜规则现象（当然还有对"虎妈"式教育的揶揄等）。影片中，无论貌似神经疯狂的导演，还是"忠厚老实"的编剧，抑或是风度翩翩的电影明星，当他们见到不谙世事的女粉丝时，唯一的冲动似乎都是将她们哄上床。而未踏上真正生活之路的女孩们，很难经受住这种浮华的考验。不过，尽管批判的内蕴相当辛辣，影片的整体格调却优雅唯美。艾伦对提莫西·查拉梅俊朗典雅面容的调度与刻画，为全片增色不少，使影片呈现出像是雨中甜茶的温暖调子。全片的可观赏性很强。

《里夫金的电影节》（*Rifkin's Festival*, 2020），主演有华莱士·肖恩（Wallace Shawn，饰里夫金）等。这部片子像是艾伦自拟的告别人生、影坛的咏叹调。影片借助正遭受婚姻危机的老电影人里夫金在塞巴斯蒂安电影节的尴尬机遇（他因监视自己妻子与某导演的暧昧关系而来到电影节，却发现这两人完全肆无忌惮的奸恋情热，他在期间完全成了多余的人），回溯了他精神与生活追求的几个重大节点事件。影片虽然也触及了当下艺术界某些敏感问题，但重点基本落在一些人生际遇的喟叹上。艾伦借此表达了他对生命中某些重要影人及其作品的敬意，如奥尔逊·威尔斯的《公民凯恩》、布努艾尔的《资产阶级的审慎魅力》、伯格曼的《假面》《第七封印》等（还有费里尼、黑泽明、稻垣浩等）。

整体而言，步入2010年代以来，伍迪·艾伦仍然保持了相当旺健的创造能力。虽然主题上具有创意的重大突破不多，受精力的限制，某些电影手法有点俗套化（在这几部片中他越来越借助画外音及讲故事人的视角贯连情节、镜头画面的转场等），但这几部片子基本都表现出水准之上的艺术境界（笔者个人认为，《里夫金的电影节》在其中可能稍显逊色一些）。在耄耋之年，遭受了外界如此强烈攻击的情形下，艾伦依然通过其作品表达了对世界的善意、对爱情的期许、对家庭关系的坚持、对社会责任的担当意识，等等，确乎难能可贵。从这个角度来说，他的创作仍然是当今世界宝贵的人类精神财富之一。

文体学研究

Episches Theater——史诗剧的汉译名问题 *

"Episches Theater"一词，国内有多种译名。黄佐临、张黎等主张译作"史诗剧"。长期以来，在中国学界这是一个较为通行的译法。不过，据说冯至先生一开始就持不同意见，1950年代他在北京大学授课时主张将"Episches Theater"译为"叙事剧"①。1980年代他所主编的《中国大百科全书》"外国文学卷"即采用了"叙事剧"这个译名。自1980年代以来，对"史诗剧"这一译名的质疑声渐多，如丁扬忠先生主张将之译作"叙事诗体戏剧"②；余匡复先生将之译作"叙述体戏剧"③；汪义群先生将之译作"叙事体戏剧"④；而台湾的马森先生将其译为"史诗剧场"⑤。

究竟哪一种译名更为妥当呢？笔者踌躇良久，决定在笔者的相关论述中仍采用"史诗剧"这一说法。现将理由陈述于下。

一

试图与亚里士多德（或者更准确地说，与亚里士多德《诗学》所缔造的欧洲戏剧观念正统）争雄的抱负，是我们理解"Episches Theater"的一把钥匙。

---

* 本文与罗璇合作完成，曾发表于《河北师范大学学报》2021年第6期，发表时有删节。

① 余匡复:《布莱希特论》，上海外语教育出版社2002年版，第69页。

② 丁扬忠:《译序》，丁扬忠等编译:《布莱希特论戏剧》，中国戏剧出版社1990年版，第3页。

③ 余匡复:《布莱希特论》，上海外语教育出版社2002年版，第67—71页。

④ 汪义群:《西方现代戏剧流派作品选·叙事体戏剧·前言》，中国戏剧出版社2005年版，第2页。

⑤ 马森:《中国现代戏剧的两度西潮》，文化生活新知出版社1991年版，第233—234页。不过马先生的译名仅是对英语"epic theatre"翻译而已，未必准确。

在一个相当长的时间阶段内，布莱希特将他的戏剧创作称作“Episches Theater”，这其中显然蕴含着一种创制文体的抱负。他并不掩饰试图与西方最为显赫的戏剧正统即亚里士多德式的戏剧传统一争高下的雄心。因此在许多场合，他也将“Episches Theater”称作“非亚里士多德式戏剧”（Nicht-aristotelisches Theater）。

亚里士多德在《诗学》中讲得很清楚，悲剧和史诗（或许还可以加上抒情诗）在所有文体中最高贵，可称作文章的“正体”——当然，按照亚里士多德的说法，悲剧是高等文体中尤为高等者，“悲剧具备史诗所具有的全部成分，而史诗则不具备悲剧具有的全部成分”①。布莱希特将自己创制的戏剧体式称作“Episches Theater”，显然包含着这样的美学意图：将被亚里士多德认为与戏剧不能兼容的史诗（epic）的文体元素融入戏剧中，以改写亚里士多德关于戏剧艺术的本质界定（所谓戏剧是通过“行动”而不是“叙述”来进行模仿的）。仔细研读布莱希特关于“Episches Theater”特性的各种论述，我们不难发现其最核心的文体元素即是针对亚里士多德在《诗学》中对史诗文体特征的谈论而来。

亚里士多德谈到过史诗的基本文体特点，如“史诗有一个很独特的优势。悲剧只能表现演员在戏台上表演的事，而不能表现许多同时发生的事。史诗的模仿通过叙述进行，因而有可能描述许多同时发生的事情——若能编排得体，此类事情可以增加诗的分量。由此可见，史诗在这方面有它的长处，因为有了容量就能表现气势，就有可能调节听众的情趣和接纳内容不同的穿插”②；某些史诗格律极能“容纳外来词和隐喻词”③；“悲剧应包容使人惊异的内容，但史诗更能容纳不合情理之事”④；“史诗诗人的模仿在整一性方面欠完美”⑤；等等。人们不难发现，布莱希特的许多戏剧手法，均是对亚里士多德所论史诗之文体要素的借用，或是反其意而用之——如亚里士多德反对在史诗叙述中使用英雄律之外的“其他某种或

---

① 亚里士多德：《诗学》，陈中梅译，商务印书馆 1996 年版，第 59 页。

② 同上书，第 168 页。

③ 同上书，第 169 页。

④ 同上。

⑤ 同上书，第 191 页。

多种格律进行叙述模仿"，认为这会"使人产生不协调的感觉"。[1]而布莱希特则愿意强调他的情节布局中的"大杂烩"[2]式手法。布莱希特这方面的论述极多，在北京师范大学出版社出版的"布莱希特作品系列"（如《戏剧小工具篇》《论史诗剧》《陌生化与中国戏剧》）中很容易找到，此处不赘引。

张黎在谈到"史诗剧"译名的由来时，强调了"Episches Theater"这一文体创制和亚里士多德《诗学》中史诗（epic）之间的密切关系。他说史诗剧"是一种吸取了史诗艺术的叙述方法，来广泛深入地反映现实世界中具有重大社会与历史意义的问题的戏剧"[3]。"遵循亚里士多德在《诗学》里所提出的主张创作的戏剧，被布莱希特称为'戏剧性戏剧'或'亚里士多德式戏剧'，他称自己创立的'史诗剧'为'非亚里士多德式戏剧'。"[4]

因此，如果没有充分理由来否定"Episches Theater"与亚里士多德《诗学》及史诗文体的关系，也就不能彻底否定"史诗剧"译名的恰当性。

二

"史诗剧"这一译名颇为自然、传神地显示了"Episches Theater"特别重视历史这一特点。

本雅明早就指出了这一点："对史诗剧来说，一个古老的故事情节，要比一个崭新的更合适。布莱希特曾提出这样一个问题：史诗剧所表现的故事情节，是否应该是早已众所周知的。如果说，戏剧应该去寻找众所周知的事件，'那么，首先历史事件是最合适的'。对历史事件通过表演方式、解说牌和字幕进行史诗性

① 亚里士多德：《诗学》，陈中梅译，商务印书馆 1996 年版，第 168—169 页。

② 布莱希特：《论史诗剧》，陈奇佳主编，北京师范大学出版社 2015 年版，第 41 页。

③ 张黎：《布莱希特研究·前言》，中国社会科学出版社 1984 年版，第 1 页。

④ 同上书，第 3 页。

的处理，可以使它们失去耸人听闻的性质。”①

布莱希特自己在创作实践中也体现了这一点，按照一般的类型划分，他的不少剧作都可归入历史剧之列，而《大胆妈妈和她的孩子们》《伽利略》《高加索灰阑记》等无疑代表了他的最高戏剧成就。

“Episches Theater”的批判性向度也不可避免地与其历史关注意识紧密地结合在一起。布莱希特反对资产阶级式的个人主义，他特别强调从社会的因而也必然是历史的维度去考察人的存在状况。一定程度上，他在《戏剧小工具篇》中批判从索福克勒斯到莎士比亚、席勒、易卜生、霍普特曼的戏剧传统（所谓的“亚里士多德戏剧”）即是批判无历史内涵的“命运悲剧”。

三

从布莱希特本人的论说中推敲“Episches Theater”汉译是“史诗剧”抑或“叙述体剧”之类更为妥当，前辈学者已多有深入辨析，本文于此不做重复。本文在此试图补充说明两点：1.《小工具篇》中所指的“故事”是什么；2.《娱乐戏剧还是教育戏剧》中关于“Episches Theater”的一处用例。

在《戏剧小工具篇》（作于1948年）中，布莱希特经常谈到“故事”的重要性。如第12节中这样说：

按照亚里士多德的意见，故事（Fabel）② 是戏剧的灵魂，我们在这个问题上也有同感。我们愈来愈受到了人类共同生活的反映的简陋与草率的损害，这不仅在古代

① 本雅明：《什么是史诗剧》，张黎编选：《布莱希特研究》，中国社会科学出版社1984年版，第11页。

② Bertolt Brecht, *KleinesOrganonfür das Theater*, in: ders., Schriftenzum Theater, Bd. 7, Frankfurt am Main: 1964, S.14.（布莱希特：《戏剧小工具篇》，《戏剧论著集》第7卷，苏尔坎普出版社1964年版，第14页。）

作品方面，而且在当代作品方面亦莫不如是，只要它们是仿效老法子炮制出来的。①

第 49 节这样说：

这种表演方法也被称之为“史诗的”（»die epische«）② 表演方法，这种方法到头来只是意味着对真实的、平凡的事件不再加以掩饰。③

第 64 节说：

因为故事（Fabel）④ 作为有限的事件，产生一种特定的意义，这就是说，他只是满足许多可能的兴趣中的特定的兴趣。⑤

第 65 节开头：

“故事”（Fabel）⑥ 有着举足轻重的意义，它是戏剧演出的核心。因为从人类之间所发生的事件中，他们会看到一切可以讨论、可以批判和可以改变的事物，演员所扮演的特殊的人，最终必须适合更多的事物，而不只是适合发生的事物，这主要是因为，当事件体现在一个特殊的人身上时，显得尤为触目罢了。戏剧苦心经营的就是“故事”——一切动作性的过程的总结构，其中包括构成观众的娱乐的“直陈”和冲动。⑦

第 67 节偏开头部分：

事件（Geschehnisse）⑧ 不能含混不清地相继出现，人们必须能够在事件与事

---

① 布莱希特：《戏剧小工具篇》，张黎、丁扬忠译，北京师范大学出版社 2015 年版，第 15 页。

② *Kleines Organonfür das Theater*, S.36.

③ 布莱希特：《戏剧小工具篇》，张黎、丁扬忠译，北京师范大学出版社 2015 年版，第 43 页。

④ *Kleines Organonfür das Theater*, S.48.

⑤ 布莱希特：《戏剧小工具篇》，张黎、丁扬忠译，北京师范大学出版社 2015 年版，第 58 页。

⑥ 布莱希特：《戏剧小工具篇》，《戏剧论著集》第 7 卷，第 49 页。（Bertolt Brecht, Kleines Organon für das Theater, in: ders., Schriftenzum Theater, Bd. 7, Frankfurt am Main: 1964, S.49.）

⑦ 布莱希特：《戏剧小工具篇》，张黎、丁扬忠译，北京师范大学出版社 2015 年版，第 58 页。

⑧ 布莱希特：《戏剧小工具篇》，《戏剧论著集》第 7 卷，第 50 页。（Bertolt Brecht, Kleines Organon für das Theater, in: ders., Schriftenzum Theater, Bd. 7, Frankfurt am Main: 1964, S.50.）

件之间进行判断……必须把这样的情节（Umstand）[①] 陌生化。[②]

《戏剧小工具篇补遗》（作于 1954 年）也有这样的说法：

这样做，这个故事就会在充满矛盾的方式中逐步地发展，每一场戏保留着它独有的内容，产生思想的多样性，而整体故事（das Ganze die Fabel）[③] 就会真正发展，朝着各种方向跳跃向前，并且避免那种陈腐的彻底理想化（还可有另外的词）和那种旨在达到人人满意的结局而做的不能独立存在的次要的点点探索。[④]

这里值得注意的是，中译本中的“故事”，布莱希特基本使用的都是“Fabel”这个文体术语，差不多就是拉封丹寓言意义上的“寓言故事”，既不是“Story”，更不是“Plot”。这是理解布莱希特继承亚里士多德与超越亚里士多德的关键点之一：其一，布莱希特的“Episches Theater”还是非常强调戏剧构成的故事性，即“有事（Geschehnisse）可看”，过于抽象、宣教以及一切让事件失去趣味的组织，恐怕都不是好的剧作；其二，事件的组织应该打破因果律和意识形态的操控，因此不能按既定的故事（Story 或 Plot）组织事件，类似寓言的那种手段。这是布莱希特有别于亚里士多德之处。顺便补充一句：如何来理解这种寓言（Fabel）的文体特点呢？本雅明的《德意志悲苦剧的起源》中关于“Allegorie”（或译作讽喻、寓言、寄喻等）修辞术的讨论，很值得参看，两者间确有意境相通之处。

布莱希特写于 1936 年的《娱乐戏剧还是教育戏剧》中有这样的论说：

资产阶级的小说在前一个世纪相当多地发展了戏剧因素，这儿指的是情节（Fabel）的高度集中，各个部分相互牵动与制约的机缘。一定的朗读热情，对各种互相冲击着的力量的刻画，即是“戏剧”因素的标志。小说家杜布林提出一个出色的见解，他说，史诗（Epik）和戏剧（Dramatik）[⑤] 的不同之点，就是它可以

① 字面意为“周遭—状况”，可以简单译为“情况”，译成“情节”恐不妥。

② 布莱希特：《戏剧小工具篇》，张黎、丁扬忠译，北京师范大学出版社 2015 年版，第 60 页。

③ 此处把这两个词合译为“整体故事”。

④ 布莱希特：《戏剧小工具篇》，张黎、丁扬忠译，北京师范大学出版社 2015 年版，第 78 页。

⑤ 布莱希特：《娱乐戏剧还是教育戏剧》，《戏剧论著集》第 3 卷，苏尔坎普出版社 1963 年版，第 53 页。（Bertolt Brecht, „VergnüngstheateroderLehrtheater? “, in: ders., Schriftenzum Theaters, Bd. 3, Frankfurt am Main: Suhrkamp, 1963, S. 53.）

用剪刀分割成小块，而仍能完全保持其生命力。①

此处“Epik”显然应当理解成荷马史诗一类文体意义上的“史诗”，而不仅仅是强调使用“叙述”的方式。“史诗（Epik）和戏剧（Dramatik）的不同之点”如果译成“叙述体（Epik）和戏剧（Dramatik）的不同之点”似乎不通，在《诗学》中，或者在西方文论史中，史诗与戏剧对称是很正常的（Dramatik 的正体就是悲剧）。亚里士多德本人也经常这样说。

紧接着，布莱希特就谈到：

舞台开始了叙述（erzählen）。丢掉第四堵墙的同时，却增添了叙述者（Erzähler）。② 不仅仅是背景对舞台上发生的事件表示态度——它的巨幅字幕令人们联想起在别处发生着的其他事情……③

可见，布莱希特对如何使用“叙述”的概念有着明晰的决断。

四

西方学术界一般也承认“Episches Theater”与史诗文体的直接关系。

我们先引几段英、法、德、日诸国较有影响力的辞典关于“Episches Theater”的释义。毕竟，辞典能够代表知识界最通行，一般来说也是较为准确的看法。

在英文中，“Episches Theater”被译作“epic theatre”（而不是“narrative theatre”之类）。有一种较为流行的说法这样解释“epic theatre”：“原为德语词，与‘戏剧性’戏剧相对而言……它当前的使用，源于在柏林的新实用主义阶段，特别是 E. 皮斯卡托尔（Erwin Piscator）和 B. 布莱希特（Bertolt Brecht）的功

① 布莱希特：《戏剧小工具篇》，张黎、丁扬忠译，北京师范大学出版社 2015 年版，第 115—116 页。
② 布莱希特：《娱乐戏剧还是教育戏剧》，《戏剧论著集》第 3 卷，苏尔坎普出版社 1963 年版，第 54 页。
③ 布莱希特：《戏剧小工具篇》，张黎、丁扬忠译，北京师范大学出版社 2015 年版，第 117 页。

劳。以 A. 帕凯（Alfons Paquet）创作的副题为‘史诗’的‘戏剧性小说’《旗帜》（1924 年）为开端……1926 年布莱希特在前来与皮斯卡托尔合作之前，采纳了这个概念。在他写的《〈桃花心木〉札记》（1930 年）中进行总结，并且使它成为他20 年来的思想的基本原理……他在 20 世纪 50 年代判断说‘史诗’是个太庄重的概念，他只用辩证戏剧这听起来更加马克思主义的词来替换它，实际意义是指变化着的社会史诗剧。”① 如果这种说法可靠，那么布莱希特显然是在“史诗”这个概念层面上使用“episch”一词的，“叙述”或“叙述体”云云都不会涉及“太庄重”的问题。

在法语中，“Episches Theater”被译作“théâtreépique”。有一种较为流行的说法这样解释“théâtreépique”：“溯源于西方史诗……悲剧模板在易卜生、契诃夫或者斯特林堡处，以及在自然主义和表现主义处变得让人感到捉摸不定；它在皮斯卡托（政治杂志）、布鲁克纳（蒙太奇）、奥尼尔（内心独白）或者怀尔德（时间游戏）处找到了一种类史诗的解决方式。布莱希特深入戏剧的史诗化理论，在他反对亚里士多德的笔战中，他呈现的并非是一位激进的革新者的形态。布莱希特更加倾向于号召另外一种传统（那种中国戏剧或者集市戏剧，莎士比亚式的编年剧又或者是大众化的喜剧），并且通过 20 世纪 20 年代先锋前卫的经验来呈现。在他的眼中，戏剧结构的演变首先经历的是一种演出的功能重构：陌生化的效果，按照他所设想的不可分离的史诗，让观众苏醒并带有批评性地观看，以及它的社会介入功能。”②

德文维基百科这样界定“Episches Theater”的含义：“连接了两种文学类型，戏剧（Drama）和史诗（Epik），即戏剧的（theatralisch）和叙述的（erzählend）

---

① A. 布洛克、O. 斯塔列布拉斯：《枫丹娜现代思潮辞典》，中国社会科学院文献情报中心译，社会科学文献出版社 1988 年版，第 194—195 页。

英文维基百科这样解释“epic theatre”：“史诗形式（epic form）既描绘了戏剧文本的类型，又描绘了戏剧生产的方法论途径。其描述和报道清晰的特质，以及将歌队和有力的表演作为一种评论方法加以运用，使其获得了‘史诗’（epic）一名。”（http：//en.wikipedia.org/wiki/Epic_theatre.）

② 克莱尔·亨瑙特主编《世界戏剧百科全书》，博尔达斯出版社 2008 年版（1991 年初版），第 501 页。（*Dictionnaireencyclopédique du théâtre à travers le monde*, responsableéditoriale: Claire Hennaut, Paris, Editions Bordas, 2008 (1991), p.501.）

两种文学形式。布莱希特和埃尔文·皮斯卡托想离开表现悲剧性的个人命运、传统的舞台幻觉及其现实假象的戏剧道路，他们的目标是表现重大的社会冲突，如战争、革命、经济和社会的不公正。他们所想的戏剧，是使这些冲突明朗化，使观众们采取行动来将这个社会变得更好的戏剧。"①

就"Episch"而言，德语中通行的解释是："Episch，叙述文本，也就是：1. 叙述文学总体或是；2. 仅指历史文类史诗（极少数情况也指长篇小说）的性质；从中派生出；3. 一种与古典史诗相似的文体风格……第二种用法涉及历史文类史诗，有时还会包括作为'现代市民史诗'的长篇小说（G. W. F. 黑格尔）。借助于第三种文体风格上的用法，其他与史诗不同的叙述类型也能被称作'episch'（如涉及较长的中篇小说我们会谈到'叙事的广度'），不属于叙述文学的文本（Episches Theater）也是这样。"②

再来看日本文化界对"Episches Theater"的理解。

小学馆《电子大辞泉》与三省堂《大辞林》对该词的释义基本相同：

（德语）Episches Theater 为布莱希特所主张并加以实践的戏剧理论。与一直以来以调动观众的感性为诉求的戏剧相对，该理论主张以保持距离为基础，让观众能够获得批判的观察和认知。也被称为"叙事诗戏剧"。③

株式会社平凡社《世界大百科事典第 2 版》指出：

通常翻译作"叙事戏剧"。不过也有被翻译作"叙事诗戏剧"的情况，虽然从字面上来看这种译法并无不可，但"叙事诗"一词带有浓烈的古典文学色彩，考虑到下述戏剧理念的本意，很难说"叙事诗戏剧"这一译法是合适的。Episches Theater 一词诞生于 1920 年代，它的诞生是为了解决一直以来以移情为基础的

---

① https://de.wikipedia.org/wiki/Episches_Theater.

② 迪特·布尔多夫、克里斯多夫·法斯班德、布尔克哈德·莫尼西霍夫主编：《梅茨勒文学百科词典：概念与定义》（第三版），J.B. 梅茨勒出版社 2007 年版，第 196 页。（Metzler Lexikon Literatur: Begriffe und Definitionen, begründet von Günther Schweikle und Irmgard Schweikle, herausgegeben von Dieter Burdorf, Christoph Fasbender und Burkhard Moennighoff, 3. völligneubearbeiteteAuflage, Stuttgart: Verlag J. B. Metzler, 2007, S. 196.）

③ https://kotobank.jp/word/ 叙事的演劇。

“戏剧的”戏剧难以承载政治主题的问题。布莱希特受到E.皮斯卡托对叙事要素的关注的启发，有意识地将自己的戏剧特征加以提炼，从而提出这一理念。

另外，在1920年代中，布莱希特宣告纯粹的艺术诗已死，主张对于社会改革有实际效用的“实用诗”（Gebrauchspoesie）更为重要。此后，继承了海涅等人的诗歌风格的政治诗开始繁荣。由于中途受到纳粹体制的蹂躏和迫害，战后这类诗歌更加顽强地生长起来。戏剧在从自然主义向表现主义演变的过程中，以舞台来表现社会现实的尝试不断涌现，在这样的基础上，布莱希特提出了“叙事戏剧”（Episches Theater）。这一类戏剧并不将观众带入虚幻的世界中，而是向观众提供思考的素材，以激起他们的发现与认知。叙事戏剧成为此后德国戏剧的中流砥柱。[①]

看起来，日本学界的意见也很不统一。有强调“Episches Theater”叙事性特征的，也有赞同“叙事诗戏剧”即类似汉译“史诗剧”的说法。根据我们之前的讨论，很难说日本学者赞同“叙事戏剧”译名的见解就是特别明睿的。他强调了“Episches Theater”与传统戏剧形式的对立，但没有顾及两者的承继关系。[②]

最后我们再来看专精的研究家们怎样理解“Episches Theater”的内在蕴涵。这方面大家甚多，此处仅引列斐伏尔的一段论说：

布莱希特（Brecht）这位伟大的戏剧家最近去世了，他试图用变革性的方式——史诗剧，更新现实主义。

这个方式已经引起了不止一个误解。在一个具有人道主义文化传统的国家里，从字面上看“史诗剧”，很容易让人联想到一场威武的、惊心动魄的和宏大的行动：为了他们的王朝，或者为了他们的爱人，在那里争夺皇冠。

实际上，布莱希特所指的“史诗剧”是一种戏剧，这场戏剧，刻意通过靠近日常生活来表达行动（和诗歌）。当布莱希特试图解释“史诗”这个词的意义时，他以交通事故为例，目击者们讨论发生了什么，对这个交通事故提出一些带有偏见的

---

① https://kotobank.jp/word/.

② 布莱希特向伟大戏剧传统致敬的言论很多，前已论及，此处再引一条：“亚里士多德早已在他的伟大的《诗学》中论述过，净化，亦即对观众心灵的陶冶是通过对人的动作的模仿来达到的。”（布莱希特：《戏剧小工具篇》，第102页。）

看法，每个目击者都在做出一种判断（有自己的立场，决定站在哪一边），努力让听众与他分享他的判断。“史诗剧要在街头巷尾建立起它的模式来”[①]。

在这短短的一段话中，列斐伏尔已从多个侧面界定了“Episches Theater”的核心美学内涵。这其中，能够非常清楚地看到列氏是从“史诗”的角度而不是从什么“叙事剧”“叙事诗体戏剧”又或是“叙述体戏剧”的含义上来解释“Episches”的意谓。不然，谈到“Episches Theater”，为何就让人“联想到一场威武的、惊心动魄的和宏大的行动：为了他们的王朝，或者为了他们的爱人，在那里争夺皇冠”呢？在大众流行的思想观念中，史诗文体正自然地承担着这种功能。而像“刻意通过靠近日常生活来表达行动（和诗歌）”“史诗剧要在街头巷尾建立起它的模式来”云云也明显是针对史诗文体的正统性的反讽运用。如果“Episches Theater”仅仅意谓“叙事剧”“叙事诗体戏剧”又或是“叙述体戏剧”的内涵，那它承担“街头巷尾”的展演工作就是题中应有之义，列斐伏尔就不会受布莱希特的启发才如梦初醒一般地加以申说、感叹了。

在列氏的评论中，只有“以交通事故为例，目击者们讨论发生了什么，对这个交通事故提出一些带有偏见的看法，每个目击者都在做出一种判断（有自己的立场，决定站在哪一边），努力让听众与他分享他的判断”一段，似乎有强调“叙述体”的意味。但这种视野的多元复杂、偏颇、含混性，不也是正统史诗叙事风格的题中应有之义吗？这些特征在《荷马史诗》《浮士德》中都已表露无遗。

就本文笔者所见，西方的研究者们在述及“Episches Theater”时，大体都是强调其融汇了我们所谓“史诗”文体的风格（这种融汇有时以一种逆向文体操作即反讽的方式来展开[②]）。如仅从“叙事剧”“叙事诗体戏剧”又或是“叙述体戏剧”的角度解释“Episches”，这些研究者的议论绝大部分就难以理解了。

---

① 列斐伏尔:《日常生活批判》第一卷，叶齐茂、倪晓辉译，社会科学文献出版社 2018 年版，第 12 页。

② 本文所引案例已多，近于烦琐，在此仅再征引威廉斯的一个观点。他在其名作《戏剧：从易卜生到布莱希特》中对布莱希特关于“Episches Theater”的讨论中（Raymond Williams, *Drama: From Ibsen to Brecht*, Middlesex: Penguin Books, 1968, pp.316-320），主要谈论的就是对传统史诗文体的解构意识及解构技法问题。这其中，他并未叙述（narrative）在“Episches Theater”中有何独特的文体地位，更没有以它取代戏剧动作（act）在戏剧展演（performance）中核心地位的意思。

五

没有争议的是，在布莱希特（以及皮斯卡托等人）的艺术实践中，“叙述”手法都占据着特殊的重要地位。不过，叙述方式或手法的重要性可能正是由史诗文体的基本属性，也就是亚里士多德所谓的悲剧通过“行动”、史诗通过“叙述”进行模仿而派生出的。

因此，布莱希特用“Episches Theater”来指称心中理想的戏剧形式，本来就有强调“叙述”的意味。但史诗文体还包蕴了其他更为复杂的形式手法，除了各种谈不上“叙述”的诗歌、插话、题词、箴言等等，它甚至还包含了音乐、表演[①]等元素，布莱希特对这些艺术元素的重视和创造性运用是十分有名的。此外，尽管布莱希特称自己的剧作是“非亚里士多德式戏剧”，但他也按照自己的方式继承了古典悲剧的某些重要方面，如歌队、抒情等。

上述种种，似乎都难以归入“叙述”这一义项中，我们也很难说布莱希特对中国传统戏剧的欣赏是因为特别推崇中国传统戏剧的叙事技巧。中国传统戏剧可能正是以其独有的抒情模式在偏重叙述（叙事）的西方戏剧之外开出了一条独特的演剧路径。

至于以“叙事剧”等来对译“Episches Theater”可能是更不恰当的。根据现代的叙事理论，戏剧本来就是叙事艺术类型的一种。

最后需要指出的是，“叙事诗体戏剧”某种意义上其实就是“史诗剧”的意思。它与“史诗剧”相比何者更为恰当，这就要涉及以“史诗”对译“Epic”是否足够恰当的问题。

和“悲剧”一样，“史诗”恐怕也是一个现代汉语词汇，中国古代既没有这

---

① 史诗在创制、传播过程中，可能与表演（performance，也有人将之译作“展演”“演述”）是不可分离的。[详可参见鲍曼:《作为表演的口头艺术》(杨利慧等译，广西师范大学出版社 2008 年版)。] 欧洲的民间史诗将这一特点表现得很突出。从布莱希特整个精神活动的轨迹来看，他与欧洲民间文化之间的亲密关系是相当明显的。(可参见他写于 1940 年代的《老彼得·布吕盖尔叙事画中的陌生化效果》。)

个语汇，也没有相关的文体或近似文体意识和思想观念。[①] 本文笔者追溯该词语在汉语世界的传播史多年，目前尚无十分把握确定其最早的用例。大致只能推定可能是传教士最早用汉译“史诗”对译荷马史诗中的“史诗”概念，[②] 或较早出现在租界的汉语报纸中。章太炎完成于1902年的《文学说例》可能是中国人较早

① 《古汉语常用词词典》（陈涛主编，语文出版社2006年版）、《古代汉语大词典（辞海版）》（上海辞书出版社2007年版）、《辞源（建国60周年纪念版）》（商务印书馆2009年版）、《古代汉语词典（大字本）》（商务印书馆2002年版）均未收录“史诗”一词。

《近代汉语大词典》（许少峰编，中华书局2008年版），是一本解释自唐代至清代古籍中出现的口语词的工具书，所收词目主要选自唐代至清代戏剧、小说、僧侣及宋儒语录等中常用而一般辞书极少收录的语词和部分短语。敦煌变文、诗词曲作品等为词条的重要来源。该书亦未收“史诗”一词。

其他现代汉语词典如《新华词典》（北京：商务辞书研究中心2001年修订第三版）、《中国大百科全书》（中国大百科全书出版社2002年版）、《现代汉语辞海》（光明日报出版社2002年版）、《现代汉语词典》（商务印书馆2005年第五版）、《中国百科大辞典》（中国大百科全书出版社2005年第二版）、《当代汉语词典（国际华语版）》（龚学胜主编，商务印书馆2008年版）、《汉语常用字大词典》（商务印书馆2009年版）、《当代汉语词典》（中华书局2009年版）、《现代汉语大词典》（上海辞书出版社2009年版）、《辞海》（上海辞书出版社2010年版）均未提及“史诗”一词在近现代汉语作品中最早或较早的用例。

只有少数几种辞典涉及了语例。

《汉语大词典》（汉语大词典编辑委员会，汉语大词典编撰处：《汉语大词典》，上海辞书出版社2007版）说：

【史诗】1. 叙述英雄传说或重大历史事件的叙事长诗。章炳麟《文学说例》：“韵文完具而后有散文，史诗功善而后有戏曲。”茅盾《子夜》九：“从前荷马写《依利亚特》这不朽的史诗，固然着力表扬了希腊军的神勇，却也不忘记赞美着海克托英雄。”2. 借指比较全面地反映一个历史时期社会面貌、人民生活的优秀长篇叙事文学作品。陈毅《快参加伟大的社会主义建设》诗：“近代的《红楼梦》，是一部反映中国社会生活的史诗。”3. 比喻壮丽的、足以传世的业绩。杨朔《西江月》：“他们是用自己整个的生命在创造一部空前壮丽的史诗。”杜鹏程《年青的朋友·光辉的里程》四：“他们近五六年来的经历，就是一部可以千古咏唱的史诗。”

《汉语大词典》考据颇细密，唯应在章太炎和茅盾之间增添周作人的用例。周氏至迟在1918年的《欧洲文学史》中已对史诗文体做了清晰的界定，这代表了当时中国知识界的认识水平。

《近现代词源》（黄河清编，上海辞书出版社2010年版）提及：“1939年4月7日《大公报》：‘纪念碑性的建国史诗之期待——庆祝文艺界抗敌协会周年纪念’。”此例未免太晚，已无代表意义。

最后还需要说明的是，尽管与“悲剧”相仿，“史诗”也应该被算作外来词，但“史诗”一词的汉译似未对日本文化界产生重大影响，因此，中国文化界对该词的运用，没有像“悲剧”一词经历过一个“输出—回转”的过程。关于“悲剧”译名的讨论，可参见本书《“悲剧”的命名及其后果》一文。

② 黄河清编《近现代词源》指出：“史诗：叙述英雄传说或重大历史事件的叙事长诗。1866—1869年《英华字典》：‘an epic poem, 史诗’。”

明确且准确使用“史诗”（Epic）的一个用例。[①]

就亚里士多德《诗学》来说，它讨论“Epic”主要就是从叙事诗的文体形式入手，倒无多涉及历史的问题。依此逻辑，以“叙事诗”对译“Epic”并无不可，以“叙事剧”来译“Episches Theater”也就无甚不妥了——日译即如此。以“史诗”对译“Epic”，在当时来说，本来就有一定的意译成分。不过，在汉语世界，“史诗”的说法既然已经成通例，在“Episches Theater”一词中强行将固定译法改掉似无必要，还容易引起其他更多的误读，具体论说时加以适当注释自然能够解决相应问题。再说，“史诗”之名自有其传神之处。“Epic”文体在欧洲文化史长期的绵延发展过程中，后来的确兼具了对重大历史问题的描述、思考功能。[②]

六

但凡翻译，对原文包含的信息不可避免有所损耗。但不同译法是否传神，仍有比较的余地。总结上述讨论，笔者认为，根据我国学界对“史诗”体裁的一般

① 《文学说例》有云：

世谓希腊文学，自然发达。观其秩序，如一岁气候，梅花先发，次及樱花，桃实先熟，次及秭实。故韵文完具而后有散文，史诗功善而后有戏曲。韵文先史诗，叙述复杂大事者也。二裨诗，叙述小说者也。三物语，四歌曲，短篇简单者也。五正史诗，即有韵历史也。六半乐诗，乐诗、史诗混合者也。七牧歌，八散文作话，毗于街谈巷语者也。同上徵之禹域，秩序亦同。夫三科之条，五家之教，文质不同，繁简亦异。然商、周誓诰，语多磔格。帝典荡荡，乃反易知，由彼直录其语，而此乃裁成有韵之史者也。盖古者文字未兴，口耳之传，久则忘失。缀以韵文，则便于吟咏，而记臆为易。意者苍、沮以前，亦直有史诗而已。下及勋、华、简篇已具，故帝典虽言皆有韵，而文句参差，恣其修短，与诗殊流矣。惟夫体废于史官，而业存于矇瞽，由是二雅踵起，藉歌陈政，同波异澜，遂为派别焉。[王书良、方鸣、杨慧林、金辉、胡晓林：《中国文化精华全集/文学卷（三）》（本卷主编：李煜），中国国际广播出版社1992年版，第819页。]

② 《不列颠简明百科全书》如是说：

史诗：epic 文体庄严，歌颂英雄业绩的长篇叙事诗，涉及重大的历史、民族、宗教或传说主题。“原始的”（或传统的）史诗源于英雄时代传说；“非原始的”（或文学的）史诗则是由老练的诗人为特定的文学和观念目的而有意识地改写的传统史诗。荷马史诗通常被认为是首批重要的史诗且是西欧史诗传统的主要来源。史诗传统的内容为：一位英雄，英雄有时是半人半神人物；广阔甚至无边的地理环境；英勇的战斗；旷日持久的旅程以及在情节中出现神灵。（《不列颠简明百科全书》，中国大百科全书出版社2011年修订版。）

理解，将“Episches Theater”译作“史诗剧”是一个较优的选择。理由如下：

第一，这个译名较好地兼顾了布莱希特理论与戏剧实践的各个方面：对新的叙事法的探索，对历史的强调，对正统历史叙事的解构，对宏大世界观和广阔生活场景的描绘，对丰富多元的修辞手法实验，在《诗学》的界定中寻找两个文章正体悲剧与史诗风格的兼容——布莱希特很多时候对“Epik”的强调就是在对《诗学》史诗文体风格的引述。

第二，自18世纪以来，史诗文体本来就呈现出与市民生活、日常生活、小人物命运充分结合的情况。[①] 布莱希特不会将之视作一种僵化保守的文体形式。

第三，就汉译而言，“史诗剧”还有一个毋庸避讳的优点：它较为直观、简洁，也较为雅致。其他的各种译名，不免让人感觉生硬。如果布莱希特的“Episches Theater”是要越出亚里士多德传统的窠臼为现代戏剧开辟新的路径，那么这个概念在德语文化圈中恐怕也应当具有典雅、隽永、直观等特点。

第四，史诗剧作为汉译，也有缺憾。它容易让人望文生义地联想起英雄史观、一种既定的不可违逆的历史发展必然性之类的东西，而这些恰是“Episches

---

① 此处可参见小学馆《日本大百科全书》对叙事诗（即汉语所谓“史诗”）的解释：

一般指关于传说中的英雄的宏大故事性诗歌。在这一语境下，叙事诗的目的有别于抒情诗，不为表达个人情感，而是作为作者所属的民族和国家共同意识的代言者，这是叙事诗的特征。

古代口头传承的叙事诗包括《吉尔伽美什》《奥德赛》《伊利亚特》《艾达经》《贝奥武夫》等。这是一种将民谣、古歌中传颂的神话传说等集合而成的文体，由荷马那样的游吟诗人朗诵。叙事诗在表现手法上的特征是从故事的中间开始切入，接着回溯过去，最后在高潮中结尾。在描述人物或者事件时，会使用“足智多谋的奥德赛”或“色如葡萄酒的暗海”等修饰语，此外，还会连续使用比喻以描绘壮阔的场景。这些都是叙事诗的特征。

原始的口头传承叙事诗是英雄时代的产物。罗马时期之后，产生了由文字记载的文学意义上的叙事诗。代表作包括维吉尔的《埃涅阿斯纪》、普布留斯·奥维第乌斯·纳索的《变形记》等。前者仿照荷马的体例，讲述了特洛伊战争后罗马建国的故事，手法与荷马相近，埃涅阿斯作为主人公的地位也很突出。而到了奥维第乌斯时期，就已不再有作为中心的主人公存在，也不具有共同体代言者的意识了。中世纪法国的《罗兰之歌》、德意志的《尼伯龙根之歌》，以及以圣经故事为原型的《失乐园》等作品，在统一时代精神的意义上，也具有叙事诗的特质。

18世纪之后，随着市民社会的建立，能够统一社会全体的英雄人物不复存在，以亚历山大·蒲柏的《夺发记》为代表的、以叙事诗的形式表现贴近生活的主题的“拟叙事诗”开始流行。不过，叙事诗的精神并未完全消失，浪漫主义时代，赫尔曼·麦尔维尔的小说《白鲸》、托尔斯泰的《战争与和平》等，虽非韵文，但仍可算作叙事诗的一种。现代诗人中，埃兹拉·庞德、W.C.威廉姆斯、哈特·克莱恩等，都对蒙太奇手法的叙事诗做了尝试（https://kotobank.jp/word/）

Th-eater”所要努力打破的。

第五，将“Episches Theater”译成“叙述体剧”等，多少能够凸显它对传统戏剧程式的革命性，特别是通过叙述法来别出心裁地表现这方面的形式特征。

但这种译名也有其极大的缺陷，我们前面谈到的美学蕴藉比较单薄是一个方面。另一方面，它容易让人认为：戏剧可以并且主要应该是以叙述的方式展开。亚里士多德说，戏剧的模仿是以动作而不是叙述展开的——瞧，布莱希特的“非亚里士多德式戏剧”恰好是以非动作而以叙述展开的。当前可能有个别实验戏剧会做这方面的尝试（尤其把罗兰·巴特式戏剧观念极端化的那种实验剧观念），但必须指出，这类实验已经离开了戏剧的根本属性。没有动作何来舞台性？此种戏剧观与布莱希特的“Episches Theater”更没有任何关系。布莱希特对动作和姿态的强调是无须讨论的。①

第六，“史诗剧”并不是一个尽善尽美的译名。它无法涵盖布莱希特艺术探

---

① 布莱希特导演阐释涉及这方面的话题极多，不胜枚举。我们在此仅引数条《戏剧小工具篇》中的论述：

陌生化的反映是这样一种反映：对象是众所周知的，但同时又把它表现为陌生的。古典和中世纪的戏剧，借助人和兽的面具使它的人物陌生化，亚洲戏剧今天仍在应用音乐和哑剧的陌生化效果。毫无疑问，这种陌生化效果会阻止发生共鸣，然而这种技巧跟追求共鸣的技巧一样，主要是建立在催眠术式的暗示的基础上的。（第36页）

这种表演方法也被称为“史诗的”表演方法，这种方法到头来只是意味着对真实的、平凡的事件不再加以掩饰。（第43页）

只有不造成演员就是人物、表演就是事件这样一种幻觉，即把一个人物作为“正是此人”和“正是此人、此时”的这样一种陌生化，才是可能的。（第47页）

观察是戏剧艺术的一个主要部分。演员借助他的全部肌肉和神经，在一种模仿的动作中来观察同代人，这种动作同时又是一种思维过程。在单纯的模仿中，最多只能表现出被观察的事物，这是不够的，因为它所表达出来的原意，声音是非常纤弱的。为了从效法达到反映，演员看着人们，就好像人们把自己的行动表演给他一样，一句话，就好像人们把自己的行动介绍给他进行思考一样。（第49页）

人物相互间采取的态度的范围，我们称之为动作的范围。身姿、声韵和面部表情，是由一种社会性的“动作”决定的：人物互相谩骂、恭维、教诲等。人与人之间采取的态度，显然是完全私人性的态度，如关于病中身体痛苦的表示，或者宗教的表白。这些动作性的表演大都是非常复杂的，充满矛盾的，同一个单词无论如何也没法表明它们的真谛；而演员必须当心，在必然要加强的反映中不能有所损失，而且要加强这个整体。（第53—54页）

总而言之，一种从动作里取得一切的戏剧，是不能缺少舞蹈的。动作的优美和舞台调度的雅致，都能起到陌生化作用，哑剧式的虚拟也会非常有利于故事。（第66页）

索的许多方面（如对教育功能和娱乐功能的强调以及对所谓精神科学、辩证法的偏好等）。不过，这种表意上的弱点一定程度上正来自“Episches Theater”这个名称本身。或许这是布莱希特后期在谈及自己独特的戏剧美学追求时更倾向于使用“辩证戏剧”（Dialektisches Theater）或“哲学的大众戏剧”（Philosophisches Volks Theater）等说法的原因。但不管怎么说，“Episches Theater”这一观念在20世纪艺术史上发挥过重大的作用——就是现在也仍有巨大的影响力，对于它的追求与探索基本贯穿了布莱希特艺术生涯的黄金岁月。因此，本文对它的汉译做此番考证也许并非全然没有意义。

启蒙精神与大众戏剧*

大众戏剧在源头上可祖述法国启蒙运动时期诸先哲的倡导，此点殆无异议。然而，现代诸种大众戏剧的实践，与此精神源头是何种关系呢？是一种精神上的直接关联，是附会的联系，还是名谓上偶然的相关？相关的问题并不是自明的，大众戏剧观念及其具体实践过程所葆有的启蒙精神内涵，值得我们做一番较为系统的讨论。

一　中国语境下“大众戏剧”的思想来源

首先有必要对“大众戏剧”的汉语意涵做一番梳理。

和近代以来的许多文化观念一样，“大众戏剧”作为一种带有明确价值向度的艺术概念，也是一个舶来品。但由于中国社会现代化进程中自身的精神需要和文化传统的影响，也由于汉译名词某些有意无意的导向性作用（通俗一点说，就是望文生义），[①] 我们今天再来谈论中国语境中的大众戏剧问题，就不能不考虑它的传播、发展、自生成等诸多复杂的历史内容。

---

* 本文为《〈大众戏剧〉（1953—1964）—— 一份战斗式杂志的历史》（马可·科索里尼著，鲁楠译，中国戏剧出版社 2019 年版）序言，收入本文集时做了一些删改。

① 如大众文学（艺）、悲剧、史诗，甚至小说等概念，均有这方面的问题。笔者在《论中国的大众文学观念》（陈奇佳：《边缘的批评——左翼文艺与大众文学论稿》，人民出版社 2017 年版），《“悲剧”的命名及其效应——略论中国现代悲剧观念的起源》（《江海学刊》2012 年第 6 期）等文中对相关现象有所讨论。这方面问题系统的研究，则可参见方维规《概念的历史分量——近代中国思想的概念史研究》（北京大学出版社 2018 年版）等。

当代汉语文化界所谈论的“大众戏剧”问题的思想来源，至少扭结了三条颇有差异的进路。

其一是来自1930年代中叶的所谓“大众语”论战。这不仅是一场关于文言文、白话文、改良了的语体文的讨论，还是关于诸种重新构拟的汉语方式孰应成为中国社会通行的“大众语”的讨论。但论战不久便波及语用的各个层面，有论者提出疑问：戏剧活动中主要应当运用怎样的语言？于是“大众戏剧”逐渐成为一种约定俗成的说法。[①]

其二是苏联“大众文艺”观念东渐的结果，或许这其中还包含了一些日本左翼文艺影响。田汉是由此催生的明确带有政治诉求的左翼大众戏剧运动的代表人物。他在1930年《我们自己的批判》与《资产阶级的现实主义与无产阶级的现实主义》等文中就谈到了戏剧运动大众化道路的必要性。他引列宁的话说：“艺术是大众的……艺术得为此等大众所理解，所喜爱。艺术得统一大众的感情、思想、意志而提高之。”[②]至1932年他发表了《戏剧大众化和大众化戏剧》[③]，中国现代左翼文艺运动中的大众戏剧观已基本成熟。

在此还不应该忽视1930年代中央苏区和其他红色根据地的戏剧活动。[④]这些戏剧活动也许在艺术组织上比较简单，但它们为红色的政治性的大众戏剧运动提供了最初的实践经验。这是延安时期来自国统区左翼知识分子与红色根据地宣传经验融汇的基础。这融汇不同来源的左翼经验创化而形成的抗日根据地的戏剧活动，成为毛泽东在《在延安文艺座谈会上的讲话》中提出“文艺为大众服

① 可参见张庚《大众语和演剧》(《中华日报·动向》，1934年7月20日)；丹华：《戏剧用语和大众语的建设》(《中华日报·动向》，1934年7月24日)；丹华：《大众语与大众戏剧》(《中华日报·动向》，1934年8月3日)；文振庭：《文艺大众化问题讨论资料》，上海文艺出版社1987年版。

② 田汉：《资产阶级的现实主义与无产阶级的现实主义》，《田汉全集》第15卷“文论”，花山文艺出版社2000年版，第187页。

③ 此文载于《北斗》第2卷第3、4期合刊，1932年7月20日。

④ 根据学者的研究，在毛泽东、周恩来、杨尚昆、邓颖超、罗荣桓、罗瑞卿、伍修权、张爱萍、李伯钊、危拱之等人的领导下，红色根据地组织者充分调动戏剧的节日气氛，宣传、鼓励为革命共同体的组织建设服务。(可参见刘文辉：《中央苏区红色戏剧研究》，中国戏剧出版社2017年版，第23、39、43、96、140页等。)这种对红色戏剧的重视、利用，固然有借鉴中国传统文化的因素，但明显更多是在模仿、学习苏联经验。

务”“文艺为工农兵服务”论断的重要现实根据。中华人民共和国成立以后很长一段时间里（按照笔者个人的认识，此时间阶段的下限可定为1980年代末期），中国主流思想界所谓的“大众戏剧”，指的就是这一形态和立场的戏剧活动。

其三则源自知识界对欧美戏剧界（尤其是法国、德国）大众戏剧观念的翻译、介绍、研究和实践。中国知识界对欧美戏剧界大众戏剧观念最早的研习，其时间与人物现已不可确考，但可断言不会晚于1920年代初期。熊佛西、陈大悲、欧阳予倩、汪仲贤、郑振铎、滕固、沈雁冰等人于1921年倡议成立的民众戏剧社就直接地受到过欧美大众戏剧运动的影响。① 和前两者不同，这一思想路向没有形成显赫的运动与思潮，倡导者与践行者的力量也较分散，未形成有效的合力（这与1920年代后中国现实的政治气候有很大关系，我们在此且略过不谈），但潜在的思想价值并不容低估。它与大众戏剧运动的启蒙精神源头的关系可能是更加密切的。

当然，这三条路向尽管各自思想的源头不尽相同，价值立场与趣味形式也有很大差异，有时甚至处于非常严峻的敌对状态，但在中国式的“大众戏剧”说的引导下，更多的时候它们也彼此交融，相互影响。这一点其实不难理解：无论是无产阶级革命文艺，还是对于大众语的讨论，抑或是由欧美引入的大众戏剧的概念，它们的核心价值事实上都可以归结到启蒙问题上，尽管问题的进路不一样，谈论话题的自觉性不一样，但凡是谈论大众戏剧的时候，它们强调的都是与开启民智以及人民如何公开利用理智的能力相关的话题，强调的都是启蒙精神的终极

---

① 他们在《民众戏剧社宣言》中明确指出：

我们知道，法国在十九世纪初就有一个恩塔纳（Antoine）建立了一个自由戏院，尽力做宣传艺术戏剧的运动，到底造成了法国的现代剧。英国在十九世纪末二十世纪初的戏剧家也都尽力宣传英国的自由戏院的运动，到底也建立了英国现代剧。自由戏院是要拿艺术化的戏剧表现人类高尚的理想；和营业性质的戏院消闲主义的戏剧很有过一番冲突：初时虽只有一小部分的听客，但至终把一般人的艺术观念提高。我们翻开各国的近代戏剧史，到处都见有这种的自由戏院运动，很勇猛而有成绩。

这种样子的运动，中国未曾有过，而是目前所急需的；我们现在所要实行宣传的，就是这个运动了。我们因为目前尚没有恩塔纳那样的能力，不能立刻建立一个自由戏院，我们只可勉强追随英国诸戏剧家的后尘，先来做文字的宣传……（载《戏剧》第1卷第1期，1921年5月。）

他们明确道出了其戏剧实践与安托万（Antoine）的艺术精神联系——虽然有小的历史讹误，如将安托万视作19世纪初的人物等。

地位和价值意义。①

现在中国语境的大众戏剧是三者的混合体，但问题的核心当是启蒙精神与中国现代戏剧运动结合及其创造性转化的问题。

二　大众戏剧观念的启蒙思想渊源

中国大众戏剧运动的情形，与世界范围内大众戏剧运动的情况是颇为契合的。

历史上，强调戏剧与民众活动结合并服务于民众的思想学说并不罕见，但真正能够配称“大众戏剧”的戏剧观念的兴起，则肇始于18世纪中叶的欧洲启蒙运动时期。这一时期，在伏尔泰、狄德罗、卢梭、达朗贝尔、莱辛等人的引领下，戏剧不再单纯被看成是一种消费娱乐形式，也不被当作某种权力话语的传声筒，而被视为教育、团结民众的重要工具。大众戏剧包含独特的政治理想预设，它肯定占据社会人口多数的那些“大众”——甚至包括那些缺乏教育，基本没有私人财富和社会地位的底层群氓（la foule, masse），仅因其人口众多而具有社会结构的主体地位。大众戏剧在正视这些社会现实情况的基础上，努力开启民智，淳化风俗，使各阶层达到一个更加团结的境界，也就是有助于在启蒙理想的自由、平等、博爱旗帜下使人们结成理想共同体。②

当然，上述的概括只是就大而论。回顾起来，启蒙思想团体内部关于戏剧与

---

①　我们甚至可以说，许多走向苏联道路的知识分子，其精神底色就是激进的启蒙主义者。周恩来、邓颖超、罗荣桓、罗瑞卿在根据地重视红色戏剧的教化作用，也许和他们在“五四”时期积极参与戏剧运动有关。另一位共产党早期的重要领导者沈泽民（沈雁冰之弟），本身就是民众戏剧的积极参与者与倡导者，民众戏剧社社刊《戏剧》第一期的第一篇文章即其《民众戏院的意义与目的》。沈泽民在红色根据地时期有无参与红色大众戏剧的建设，现已不可详考，但他身为鄂豫皖边区领导人，将积极推动相关工作是完全可以想见的。

本文关于民众戏剧社的讨论，得到了江棘教授的指教，特致谢忱。

②　可参见《〈大众戏剧〉（1953—1964）——一份战斗式杂志的历史》（科索里尼著，鲁楠译，中国戏剧出版社2019年版）附录一《法国大众戏剧的乌托邦起源（1758—1900）》。

大众关系的观点，其实也存在很大的纷争，这种纷争由于卢梭个性的原因被放大甚至本身就成了一出戏剧。

达朗贝尔关于戏剧的观点代表了当时启蒙思想界关于戏剧的一般看法，即通过某种新型的戏剧形态的建设，使戏剧成为改进风俗、促进民主建设的有力武器。他借日内瓦式“民主政治”制度优越性的发挥，[①] 设想道：

> 日内瓦的戏剧演员们的处处以身作则，他们的行为之端庄，人们对他们端庄行为所表示的尊重，必将成为其他国家戏剧从业人员的表率，从而感化那些此前对他们持严厉批评态度的人。一方面，人们将不再把他们看作是靠政府补贴过日子的人，另一方面也不把他们看作是众人唾骂的对象。教士们也不再把他们逐出教会，有产者们也不再轻视他们，一个小小的共和国将获得这样一项殊荣：它革除了欧洲在这个问题上的成见；此举的意义之重大，也许是人们将永远料想不到的。[②]

达朗贝尔的设想本来是一种理想化的设计，殊不料却极大地激怒了卢梭。卢梭简直把他当作比保守势力更危险的敌人来看待。针对达朗贝尔发表在《百科全书》中《日内瓦》词条那段关于戏剧的不长论述，他写下了百倍体量计的论文加以驳斥。10多年后，回忆起这段往事他还愤愤不平地说：“我还做了一件好事，那就是：我曾尽了一份力量阻止（起码是推迟了）达朗贝尔为了讨好伏尔泰，竟主张在我的家乡花我们的钱修一座毒害人们的剧院……”[③]

卢梭何以如此激烈反对伏尔泰、达朗贝尔的戏剧观念呢？这大概源自对戏剧基本功能的认知不同。伏尔泰、达朗贝尔大致认为，尽管戏剧界有一些堕落腐朽的习气，但总体来说，如能好好运用它，戏剧是很有助于教化世道人心的。而卢梭则认为：“戏剧不能改变人的感情和社会风尚，千万别以为戏剧有改变人的感情和社会风尚的功能；它只能顺应它们和增进它们。”[④]“戏剧的最大功用……只是增

---

① 达朗贝尔：《日内瓦》，卢梭：《卢梭全集》第5卷，李平沤译，商务印书馆2012年版，第23页。

② 同上书，第27页。

③ 卢梭：《致马尔泽尔布总监的四封信》，卢梭：《一个孤独的散步者的梦》，李平沤译，商务印书馆2009年版，第202页。

④ 卢梭还说：“一个试图与公众的喜好唱反调的剧作家，他的作品不久就会无人问津的。”（卢梭：《致达朗贝尔的信》，卢梭：《卢梭全集》第5卷，李平沤译，商务印书馆2012年版，第57页。）

进而不是改变已有的风俗。对好人来说，戏剧是有益的，而对坏人来说，则是有害的。”[①] 但这个世界淳朴的好人如此稀少，卢梭因此不能不数落戏剧干的那些诲淫诲盗的勾当。他主要从两个方面来抨击戏剧的负面效应。

第一，卢梭说，戏剧表演的内容主要是颠覆性即违反社会常规的，如女人胜过男人、年轻人胜过老年人。“在我们的悲剧和喜剧中，不仅把女人表现得优于男人，而且还把青年人表现得优于老年人。这是颠倒自然关系的又一个令人吃惊的例子。”[②] 因此，卢梭不得不严厉谴责莫里哀：“正是这个莫里哀（对他的才能，我比谁都更钦佩）的喜剧作品是教人干坏事和传播恶劣风俗的教科书，甚至比课堂上专门讲授干坏事的书更有害得多；对于这点，谁能否认呢？”[③]

第二，卢梭还指出，戏剧带来的风俗与习惯的改变，即演剧者的行为会形成示范性的效应，使得社会流行奢靡之风：

除了剧中表演的情节产生的这些后果以外，戏剧还有其他一些直接由剧场的布景和出场的人物所产生的不可忽视的后果。甚至前面提到的那些日内瓦人也认为，如今奢侈之风的盛行、服饰的讲究和行为的放荡，都是由戏剧的不良后果造成的。[④]

权衡利弊，关于戏剧卢梭的基本结论意见就只能是：

无论是从戏剧的一般性质来推断它可能采取的最好形式，还是从一个开明的世纪和一个开明的民族为完善戏剧所做的努力来观察它可能取得的效果，我深信，从这些不同的角度研究之后，人们都会得出这样的结论：戏剧和剧院的道德

---

① 卢梭还说：“一个试图与公众的喜好唱反调的剧作家，他的作品不久就会无人问津的。”（卢梭：《致达朗贝尔的信》，卢梭：《卢梭全集》第5卷，李平沤译，商务印书馆2012年版，第59页。）

② 卢梭：《卢梭全集》第5卷，李平沤译，商务印书馆2012年版，第96页。

卢梭类似的议论还有不少。在此再引一条：“在古代的文明民族中，妇女们都是深居简出，很少在公共场合露面的。她们很少同男人厮混在一起，很少同男人一起逛大街；在戏院里，她们从来不坐前排，从来不坐在显眼的位子上，而且，并不是所有一切表演都是允许她们观看的。大家都知道，如果一个女人敢去看奥林匹克运动会的话，她会被判处死刑的。”（同上书，第147页。）

③ 同上书，第77—78页。

④ 同上书，第106页。

效果不可能是好的，也不可能是健康的；即使从它们的种种优点看，它们也没有任何真正的用处，而且，即使有用处，也不可能不产生比它带来的用处更大的害处。正是由于戏剧没有什么实际的用处，所以，它不仅不能敦风化俗，反而会使风俗愈加败坏。它将助长我们的欲望，使为了满足欲望而采取的行动更加强烈；舞台上情意绵绵的表演，将使我们陷入意志消沉的境地，使我们更加不能控制情欲的骚动。我们虽向往美德，但结果是心有余而力不足，不能付诸实行。在我的同胞中，那些不正视戏剧不良后果的人，务请三思！①

当然，如果卢梭对戏剧的理解仅停留在上述的思想层面，那他的观点与历史上那些正统道德家们的言辞似乎并无本质差别。事实上，在与达朗贝尔的论战中，他以其卓绝的艺术敏感性，提出了关于民主时代新的戏剧形态的系列设想。篇幅不多，却对后世具有很大启发意义。他与伏尔泰、达朗贝尔的根本差别在于：伏尔泰等认为传统戏剧略加改造，即可旧瓶装新酒，服务于新的社会共同体；而卢梭则认为既有的戏剧体制不可能顺应新时代的社会要求，他结合其自然学说，认为戏剧需要到淳朴的民众生活中汲取滋养，要与大众情感同呼吸共命运，才能获得真正的新鲜生命活力。

他强调说，首先，好的戏剧应当是发乎于自然，从人类内心的自然德性中涌现，并有益于人类共同生活的安康、幸福、享乐：

我记得我青年时期在纳沙泰尔郊外曾看见过一幅相当美好的（也许还是世界上独一无二的）景象。整个一座山上都是人家，家人都是这个地方的中心，每座房屋距他人的房屋的距离差不多都是相等的。因此，既可使这座山上的众多居民享受到宁静，同时也享受到比邻而居、常相交往的乐趣。这里的农民生活得自由自在，既不交人头税，也没有其他的苛捐；既不受胥吏的欺凌，也无徭役之苦。他们精心耕耘，土地的产品全归他们自己；在耕作之余，把闲暇的时间都用来制作许多手工制品，展示大自然赐予他们的创作天才。特别是在冬天大雪封山、交通不便的时候，每个家庭的人都在自己亲手建造的漂亮的小木屋里围炉取暖，玩

① 卢梭:《卢梭全集》第5卷，李平沤译，商务印书馆2012年版，第106页。

各种有趣的游戏，既驱散了闲居的无聊，也增添了生活的情趣。①

其次，为了保卫这共同体，戏剧最大的功能应当是努力营塑一种节日气氛。这一功能是其他艺术样式所无法替代的：

在一个共和国里，什么戏都不能演了吗？不，恰恰相反，需要演的戏很多很多。戏剧正是在共和国中诞生的。在共和国的怀抱里，它们洋溢着一种真正的节日气氛。除我们这个有许许多多理由使我们彼此相爱和永远团结在一起的国家的人民以外，还有哪个国家的人民更适合经常快快乐乐地举行集会活动呢？我们有许多节日似的公众集会，这样的集合愈多，我愈高兴。我们千万不能有那种只有少数人去看的戏剧演出，演戏的剧院把一小群人关在阴暗的洞穴似的房子里，使他们一动不动地在静悄悄的气氛中感到害怕：不是阴森森的监狱，便是刀光剑影和浴血奋战的士兵及奴役人民与不平等现象这样一些令人心酸的景象。不，幸福的人民啊，这些景象不适合你们看。你们只有集合在广场上，集合在露天，才能感到幸福的甜蜜。你们的娱乐既不能使人感到压抑，又不能以营利为目的；不能让任何令人感到压抑和追求个人利益的东西来毒害它欢乐的气氛。它应当像你们这样自由和豪放。但愿太阳的光辉照耀你们天真无邪的演出。在太阳的光辉照耀下，你们自己就能表演出一场场与太阳竞相辉映的戏。②

再次，为了这节日气氛，新的戏剧应当具有一种开放性的形式结构，使观众也能充分参与到演剧活动中。节日气氛的最大魅力就在于能使得参与者不分等级，充分享受自由、快乐。戏剧亦当如是：

这些戏将有些什么布景呢？戏中将表演些什么情节呢？什么布景也没有，什么情节也没有。有了自由，人们无论聚集在哪里都将感到很快乐。在广场的中央竖立一根扎有一束束鲜花的竿子，人们聚集在它周围，立刻就会出现盛会的气氛，还可以做得更好点：让观众们也登上舞台，让他们自己当演员，让每一个人

① 卢梭：《卢梭全集》第5卷，李平沤译，商务印书馆2012年版，第109—110页。

② 同上书，第184—185页。

都觉得自己同别人是互相爱护和紧密团结在一起的。[①]

最后，此种戏剧能够抵抗商业功利目的的侵蚀。

需要指出，在建设民主共同体的过程中，卢梭原则上并不否认商业活动的重大价值。他甚至直接说："最幸福的国家，是最有钱的国家，或者，是经营大商业的国家……"[②] 但他坚决反对在艺术活动中掺杂商业功利的目的，因为这将使得内心纯粹情感的东西沾染铜臭，最终败坏艺术、败坏共同体。他在赞美古希腊人的戏剧活动时说："他们的剧院不像今天的剧院这样想尽一切办法捞钱，他们的剧院不是为盈利而修建的。"[③] 这也许是卢梭激烈反对伏尔泰、达朗贝尔戏剧构想的重要内在因素之一。因为伏尔泰等未曾注意（或者说不介意）商业利益对艺术活动的巨大诱惑力和控制力，而卢梭则总是以他敏感的心灵充分高估人性的脆弱和保卫共同体之艰难。

在法国大革命时期——人类启蒙精神第一次自觉实践的时期，在某种革命的强调戏剧节日文化的观念上，卢梭可以说完全压倒了他的思想对手们。革命政府力图彻底践行卢梭的理论：既然节日才是重点，戏剧是辅助性工具，那就干脆直奔主题，省略枝节了：

在重视表演的感觉主义的引导下，革命时期的人们同时也在追求节日的严格透明。"在某种意义上"，节日里是没有什么需要看的。那是卢梭留下的模式，在当时毫无争议。革命造就的几代政治活动家们为了自身和他们所发明的节日的需要，都声称遵从这个模式（每一代都指责前一代在节日里塞满了乱七八糟的视觉垃圾）。他们所追求的革命节日是一种没有表演的乡村节日，只是放大到整个国家。也就是说，他们认为有必要让剧场和节日分手，相信有可能出现一种完全脱离戏剧表演的节日。[④]

---

① 卢梭：《卢梭全集》第5卷，李平沤译，商务印书馆2012年版，第185页。

② 同上书，第578页。

③ 同上书，第129—130页。

④ 奥祖夫：《革命节日》，刘北成译，商务印书馆2012年版，第294页。

但这种过于激进的节日文化理想并不容易实现。即使在革命浪潮最为炽烈的时期，也时常存在一些颇具反讽意味的现象："节日有时也利用剧场资源。人们有时会要求剧场帮助在广场上搭建集合各路游行队伍的舞台，在这个舞台上用若干片段演绎了革命。节日也可能变得与剧场完全合而为一。这种情况就发生在巴黎的理性节上，其仪式被误认为是独创的，其实是大量抄袭自一个歌剧脚本。"①

三　从林荫道戏剧到安托万的自由剧团

大革命时期激进政治对戏剧的态度整体来说是很复杂的。前文提到节日与戏剧关系是一回事，革命者对于戏剧的整体看法可能又是另一回事。在某些思想领域，可能是伏尔泰等人的观点占了上风。罗伯斯庇尔就说道："戏剧是照亮人类的最初的学校，也是一种对于国民教育的补充。"法国文化对戏剧的偏爱、对革命政治文化审查的冲击以及自由的呼唤，又从一个方面刺激了戏剧艺术的发展。后来著名的被称作"林荫道戏剧"②的戏剧类型正是在1791年后发展起来的，并在其后的近一个世纪里成为具有统治地位的世界戏剧主流。

林荫道戏剧当然与大众戏剧没有什么直接的美学联系，与启蒙精神的价值追求相去甚远，因此这段时期可以被称为大众戏剧精神的潜隐时期。

大众戏剧精神在这一时期的退潮，固然与外部政治形势直接相关（从拿破仑称帝到拿破仑三世各种王朝的复辟），但还与戏剧艺术形式发展的内部规律有关。以高乃依、拉辛、布瓦洛为代表确立的古典主义戏剧传统在趣味、形式、主题等方面的影响力太大，以至于后来者很难从真正意义上别出机杼，开辟戏剧艺术的全新局面。像伏尔泰尽管政治见解开明奔放，对暴政无畏的批判精神至今让人动容，但他的艺术趣味很难说有多么接近民众（马克思在不少地方对伏尔泰式的文

① 奥祖夫：《革命节日》，刘北成译，商务印书馆2012年版，第297页。

② 相关论述参见《〈大众戏剧〉（1953—1964）——一份战斗式杂志的历史》附录一：《法国大众戏剧的乌托邦起源（1758—1900）》。

艺趣味有所揶揄）。莱辛批判伏尔泰的戏剧观念，并声称自己的创作脱离了贵族趣味，当归入“市民悲剧”。但仔细分析起来，他的《明娜》《莎拉小姐》《爱米莉亚》等都是表现上流社会（或准上流社会）人士的悲欢情感，与真正的市民趣味相去甚远。卢梭的戏剧观念虽然有其彻底改新之处，但他的戏剧思想毕竟缺乏创作实绩作为印证，并且他对戏剧道德主义的批判，客观上也可能影响了他的艺术见解的传播。

因此，在法国大革命之后很长的一段时间里，尽管如毕希纳、赫贝尔等人的创作实际已开启了现代戏剧的先声，但这些创作毕竟在彼时没有形成世界性的影响，在精神境界上承继波旁王朝意识形态的陈词滥调，在叙事手法上陈陈相因缺乏创造热情，在戏剧组织上唯利是图，在表现形式上空洞铺陈，多于个性表现的林荫道戏剧在戏剧界独领风骚就不是什么难以理解的事情了。①

刺激大众戏剧精神全面复兴的历史契机大约发端于1870年代前后，1887年安托万建立自由剧团（场）则更是一个具有标志性历史意义的事件，吹响了大众戏剧精神全面复兴的号角。

---

① 研究者需要清楚地认识到，后来被当作伟大艺术实践的各种艺术浪潮，在它崛起至开始产生重大影响的很长一个阶段，往往是非常寂寞的，至少其市场表现是普通寻常的。这一时期的市场通常被传统意义上各种符合流行趣味的东西所占据。19世纪后期的戏剧市场也是一样——但人们也不可因此高估这些流行趣味东西的价值，因为这些东西毕竟在后来的艺术竞争中，因其陈腐和精神创造上的惰怠、不合时宜而渐渐退出艺术世界。在此我们征引一段说明林荫道戏剧及受其影响的商业类戏剧在19世纪末期流行状况的史料：

虽然出现了现实主义的潮流，但戏剧的主流仍旧是通俗化、大众化。1870年之后，次要的戏剧类型与各种各样的表演结合，更新了人们对滑稽剧和轻歌舞剧的认识。滑稽剧的变革起于1866年，当时一个搁浅在纽约的芭蕾舞团参加了《黑色曲柄杖》的表演。演出将豪华场景、身穿薄翼衫的女孩、音乐、舞蹈、歌曲汇聚于一台，受到观众的热烈欢迎，连续演出竟达16个月，引得别的团体纷纷仿效。1869年利迪娅·汤普森及其“英国金发女郎”剧团表演的滑稽戏，突出了女性的魅力而非过去在滑稽戏中占主导地位的滑稽性，使这种时尚得到了进一步的推广。不久，滑稽戏就获得了它的现代形式：各式表演和音乐节目的混合，特征是漂亮的女性，带有性暗示，以男性观众为主要对象，第一次世界大战开始后不久，滑稽戏达到了顶峰，但到1929年左右，滑稽戏中的“脱衣舞”又将这种形式摆到了合法性的边缘。现代的轻歌舞剧也产生于同一运动，在1880年代，托尼·帕斯特（1837—1908）将滑稽剧改造成适合家庭观看的形式。从1890年前后到1930年，轻歌舞剧一直是最受欢迎的戏剧娱乐形式。它基本上是多类表演的集合，同时也包含一些由主要演员表演的短剧和小品。（布罗凯特、希尔蒂：《世界戏剧史》第10版，周靖波译，上海三联书店2015年版，第431—432页。）

回顾起来，自由剧团的出现自有其复杂的历史背景因素。且撇开王权的没落、无产阶级运动的兴盛、劳工待遇的改善和大众传媒的兴起等外部因素，我们在此主要讨论戏剧世界启蒙精神的成熟及其戏剧形式的逻辑展开问题，主要是对易卜生、瓦格纳、梅宁根和左拉的历史贡献做简要的评说。

1870年代开始，易卜生戏剧开始产生世界性的影响，并在其后直接引领了世界戏剧主流美学范式的变革（即后来所谓的“现实主义艺术”）。易卜生在这一历史性变革中所产生的高度示范性价值，非常重要的一点即在于他在创作中实现了启蒙精神和戏剧艺术本身的完美结合。在易卜生之前，悲剧总体来说还是古典精神的载体，等级的差异、贵族高贵的情感等还是不言自明的戏剧冲突的发生基础；在易卜生之后，以自由、平等、博爱为基本价值命意的主题成为悲剧表现内容。易卜生以其卓绝的艺术才能，向后来者开启了戏剧如何展演秩序崩溃中个人欲求不满的痛苦的丰富表现方式。笔者认为，雷蒙德·威廉斯对易卜生创作价值的评论具有高度概括性的力量。他说，从易卜生开始，自由主义主题真正成了悲剧创造决定性的结构性因素。①

这正是启蒙精神在戏剧世界的高度展现：个人、自由、平等、世俗之爱成为戏剧精神的绝对命题，古典的命运、等级、贵族姿态的独特趣味等越来越难成为戏剧发生“恐惧与怜悯”的感情基础了。而较之前人，易卜生的深刻之处在于他在高扬自由主题的时候，也清楚地意识到个体将因为其有限性而为自由经历巨大的命定的痛苦。这在《海上夫人》《海达·高布乐》《大建筑师》中有生动的表现——当然，这已是后话。

1870年代，瓦格纳在拜罗伊特建设瓦格纳式剧院及筹办拜罗伊特戏剧节。这是影响20世纪戏剧进程的一件大事。瓦格纳式剧院的具体情况，在《〈大众戏剧〉（1953—1964）——一份战斗式杂志的历史》附录一中已有详细介绍，在此不赘述。需要强调指出的是，这位身体力行积极参加过1848年大革命的艺术家，虽然在晚年有些沉湎于宗教与神秘思想，但其艺术世界的革命精神其实从来没有消退。他的剧场实践有两方面的贡献值得特别强调。其一，他的剧场设计明显具

① 威廉斯：《现代悲剧》，丁尔苏译，译林出版社2007年版，第79页。

有追随法国大革命时代节日文化的精神趋向。他力求在剧院的建筑设计上，消弭等级差异，以营塑一种团结所有参与者的节日气氛。这是一种真正把启蒙的精神物质化和实体化的努力。其二，启蒙时代所谓戏剧与节日文化相结合的观念，不乏简陋之处，主要是没有考虑到戏剧作为一种独特的人类精神形式，需要有其独特的规范，不然就等于取消戏剧了。瓦格纳意识到，剧场的重新设计、建设，塑造一种新的时空条件，是提升戏剧节日文化内涵的一条重要通途。而有基于此，新的剧场已经不可能重返古希腊式的剧场（现代观众的规模不是古希腊时代能够比拟的），新的设计，就必须充分考虑当代科技和媒介条件与传统戏剧传播相融合的问题。在瓦格纳式剧院中，他便尽其所能化用了时代的声光电等物质技术。他的相关洞见，开辟了现代剧场美学的新路径，是莱因哈特、皮斯卡托和布莱希特等人剧场实践的先导，也是当代大众戏剧的剧场理论以及其他各种剧场理论的先声。

梅宁根公爵剧团 1874 年开始在欧洲各地巡演，这也是当时戏剧界的一件大事。有关梅宁根公爵剧团的详细情况，可参见陈世雄的《导演者：从梅宁根到巴尔巴》（厦门大学出版社 2006 年版），在此不赘述。需要指出的是：梅宁根公爵剧团对导演中心制的初步构设和对戏剧脚本的重视，实际就是启蒙式主体理论在戏剧活动中的映射，充分展示了笛卡尔式的主体观念，即主客二分、主客对峙、主客互补互证的思想。导演中心和脚本中心，就预设了戏剧的观演活动需要一个统一的中心，这个统一的中心就是戏剧活动的主体，其他相关因素，则需要这一主体在其对象化过程中，完成文本实践的中心、侧重点、秩序、必要补充物等的逻辑架构。梅宁根公爵剧团的影响巨大。后来者即使反对其艺术理念，也不得不重视这一戏剧立场的内在的自足性和说服力：

问题在于剧作家对演出的关系。剧本是演出的源泉和目的吗？在过去的时代，演员被用来表现被假设为剧作家思想的基本戏剧效果。接着发生了一个革命，脚本被用来表现被假设为演员情感的基本戏剧效果。基本戏剧效果的产生点从书页转到每个演员肚脐和生殖器之间的某个地方。这两个极端的历史叙述是必要的。我的看法是，吹嘘“剧作家的权威”主要是 19 世纪末的导演们为了把演员和经理控制在导演手中而轻而易举地杜撰出来的。记住，戏剧那时候处于一个很坏的境地。明星演员和贪心的经理们控制了舞台。几乎没有什么排练，跟演出也毫无关系，又没有多少有价值的新剧本，先有鸡还是先有蛋的迷无法解答。但是当戏剧在诸如梅宁根、安德烈·安托万以及令人崇敬的斯坦尼斯拉夫斯基等导演的指导下变得更加统一时，那些才华横溢的作家们转向了戏剧，19世纪末达到了一个文艺复兴以来无可比拟的繁荣局面……易卜生，斯特林堡，契诃夫，魏德金德，阿尔弗雷德·雅里，这里只是一小部分。①

左拉的贡献也不可低估。这不但是因为他的《拉甘》、倡导的自然主义戏剧为安托万的自由剧团实践提供了最重要的艺术创新实践原动力，还因为他艺术思想内在的精神分量和对后世的影响力。与易卜生戏剧相比，他作品中的人物往往更处于社会的底层，底层生活及痛苦是他最主要的表现内容。其后，如高尔基、奥尼尔、贝克特、热内、品特等创作都显示出这方面的倾向。此种情形虽然不能都归因于左拉，但自然主义戏剧的影响作用是明显的。尤其还应指出的是，左拉的作品还热衷于表现这样的趣味，即人的堕落性一面。他似乎强调，人所处的物质环境与其精神实质往往具有同构性关系，因此，当艺术家用外科手术刀式的锋利客观解剖人物所处环境时，他其实就在解剖人物的精神本质。在此悲剧性进程中，传统悲剧的高贵、典雅、礼仪及各种得体的姿态显得像是多余了，无处容身。这就为后来大众戏剧各种近乎放肆的（相对于传统悲剧而言）内容表现做了必要的提前准备。

正是在前述这些因素直接与间接的影响下，安托万于1887年建立了自由剧团：

“自由剧场”是现代欧洲实验性剧场的第一个，它采用的预售票制有一个附带的好处，这就是迫使观众参与检验舞台上的新方法和新题材的实验。在尔后7年，安托万探索了自然主义的表导演艺术，探索的深度为梅宁根剧团所从未达到过。然而他的探索并不限于自然主义，他给世界戏剧首府中的这个舞台提供了现实主义运动中一些迷人的新人的名字，如托尔斯泰（《黑暗势力》，1888）易卜生（《群鬼》，1890；《野鸭》，1891）、斯特林堡（《朱丽小姐》，1895）和霍普特曼

① 谢克纳：《环境戏剧》，曹路生译，中国戏剧出版社2001年版，第261—262页。

(《织工》，1893)。[①]

自由剧团存在的时间并不长（只有7年），也很难说有多少票房收益，吸引了多少观众。但可以肯定地说，安托万的这一创举，是站在了时代的至高点上。他通过其艰苦的实践，将饱含自由、个性的戏剧精神广泛地传播了出去，吸引了那个时代最具革命精神的创新艺术家的关注并激起了他们充分的共鸣。自由剧团成立不久，英国、德国、俄国、爱尔兰、美国等地都纷纷成立了类似的崇尚个性自由，反传统、反商业、反体制的剧团组织。[②]也可以说，正是在安托万及其同道者精神的感召下，在19世纪末期，戏剧界形成了一种精神合力，他们以安托万的小剧场建设为榜样，以对既有艺术生产体制自觉的批判与疏离作为自身艺术活动的基本出发点，以在戏剧中传达个体自由精神为目标。这一合力很快就撬动了既有的艺术生产体制的根基。而追溯启蒙时代的艺术理解，让戏剧团结大众以保卫共同体就成为这一历史性合力过程中一个重要的精神面向。安托万对自由剧团这一责任是有明确的担当意识的。论者指出：

他在1890年5月出版的一部介绍自由剧团的书中开宗明义地写道：戏剧艺术是“一项严肃的、具有公众利益的事物”，自由剧团的事业则是“一项公益事业”。从这一观点出发，安托万认为戏剧事业与商业活动或工业活动毫不相干，作为一种艺术活动不能以谋取盈利为宗旨。半个世纪之后，法国著名戏剧家维拉尔更是响亮地提出了戏剧乃是一项事关国计民生的“公共事业”的口号，它与煤气、电和水同等重要。[③]

---

① 斯泰恩：《现代戏剧理论与实践》，刘国彬等译，中国戏剧出版社2002年版，第45页。

② 宫宝荣：《法国戏剧百年（1880—1980）》，生活·读书·新知三联书店2001年版，第19—20页。

③ 同上书，第20页。

四　大众戏剧实践的基本路向

1890年代后，经莫海勒、波特谢尔、罗兰等人的倡导，“大众戏剧”① 这一概念，随着社会和民主精神的发展，开始明确、形定，成为现代戏剧最有突破性和创新性的主潮之一。

不过，大众戏剧的称谓虽然形定，却并不意味着人们对这一概念美学内涵的理解也已经明确、形定了。研究者指出，大众戏剧的概念在一开始就“存在着一种辩驳和疑问”：

人民指的是什么？人民戏剧的观众又是谁？这从何开始，又在何处结束？两种概念重叠着，并将继续在法国大众戏剧的整个进程中展开对话：第一种，人民作为“populus”，该拉丁语词汇指的是所有无差别的共同群体；第二种，人民作为“plebs”，该拉丁语词汇指的是下层阶级，大众阶层。波特谢尔似乎选择的是第一种含义，罗兰选择的是第二种，莫海勒则似乎介于这两种概念之间。而事实上，对这三位而言，关于这个对象的含义均存在着很强的模糊性。②

在之后的发展历程中，人们对大众戏剧的理解可能是更复杂含混的，不同实践者所谈论的“大众戏剧”从形式、内容、品味到政治诉求可能是全不相干的，有时甚至可能是全然冲突的。总结起来，各种大众戏剧观念除了在反商业这一点外（在当前，甚至连这一点也遭到了挑战），并不容易找到其他的共通处。勉强

① 在法语世界，与“大众戏剧”概念对应的是“théâtre populaire”，但在此概念兴起之初，就吸纳了“Théâtre du peuple”（人民戏剧）的内涵（当然也可以说“Théâtre du peuple”一开始就吸纳了“théâtre populaire”的某些概念内涵）。但在后来的戏剧实践进程中，大众戏剧（théâtre populaire）运动得到了更强劲的支撑：继1930年代受到国际拉普戏剧运动和群众运动的影响，在1940年代维希时期又得到了战争下意外发展的契机，而在1950年代则凸显了其在大众教育、公众服务、文化发展等方面的重要构成作用。在当代，“théâtre populaire”已突破传统的概念限定，发展成为更具理想主义和乌托邦色彩的、具有多维阐释空间的名词术语。——这方面的问题，笔者请教了本书译者鲁楠博士，特致谢忱。

② 参见《〈大众戏剧〉（1953—1964）——一份战斗式杂志的历史》附录二《法国大众戏剧开拓先锋者们的行动（1900—1930）》。

做一个区分，大众戏剧在20世纪的戏剧运动中，到1960年代以前，可以分出以下几条基本的逻辑线索：第一条，化大众的；第二条，大众化的；第三条，辩证的大众戏剧；第四条，在第三世界的实践，与本国特殊文化情境的结合。“化大众”与“大众化”是中国学界讨论中国特殊大众文学观念时形成的术语，我们认为对大众戏剧的实践也有一定的阐释效应，在此借用一二。由于第四条道路太过复杂，此处仅对大众戏剧实践的前三条逻辑线索略做讨论。

1. 化大众式的大众戏剧

“化大众”大意指艺术家们秉持这样的观念：他们将通过各种有效的艺术手段教育和启蒙大众，在一种沉浸式的艺术氛围中，提升整个国民阶层的人文素质和道德意识水平。从安托万开始，波特谢尔、科波、“四人托拉斯”（茹维、杜兰、巴蒂、庇托耶夫），直到后来的维拉尔、普朗雄等，大致说来，法国的大众戏剧家们的戏剧实践，大致可归入“化大众”的道路上。这其中，科波的艺术探索承前启后，在戏剧观念和具体的形式技巧上，特别具有启迪作用。以下我们结合科波的实践简略介绍“化大众”的大众戏剧几个重要特点：

第一是反商业。对抗商业是化大众戏剧的原始动力，而这也是大众戏剧实践过程中最为艰难、最难抵制外界诱惑的部分。安托万、“科波们”秉承启蒙时期思想家的教导，认为戏剧运动有责任和义务教化国民，提升国民的思想境界，而商业性戏剧的陈词滥调及各种故事俗套，不但扼杀了艺术的创新力，并且引导着观众走向一种慢性中毒式的沉沦。安托万、波特谢尔、科波等都试图通过一种具体可行的方式，使戏剧演出从林荫道戏剧的庸俗氛围中摆脱出来。这其中科波的尝试是最为激进的：

科泼①在其1913年的宣言的末尾处曾像号召人们拿起武器般地写道：“为了新型的演出，让我们拥有个光秃秃的表演台吧！”为了灯光效果，舞台的墙也是光秃秃的，因而这个新型的舞台便完全只具有建筑物的特色，而当科泼把舞台地板画成一条条的几何线条后，其所产生的效果则与任何自然主义的效果正相反。

① “科泼”在国内学界通常译作“科波”。另，文中的“老鸽笼”“贝根第”中文常见译名作“老鸽巢”“勃艮第”。特此说明。

这个剧院被称为现代世界的第一个表演性剧场，尽管科泼后来拆除了回廊和台阶这两种建筑性物件，原因是他认为它们太缺乏灵活性了，但是老鸽笼剧场不可避免地引起了剧场艺术方面的种种引人注目的新发展。①

第二是平民性。启蒙的核心理念是“平等”，但当时的戏剧体制从根本上说就是不平等的：高票价制度隔断了底层民众进入剧场的可能性；即使勉强进入剧场，包厢、高级座席等设置又把观众分成了三六九等。大众戏剧家们设计了很多方式来打破剧场体制的不平等枷锁，像莱因哈特的超大剧场方案就是一个著名的例子。这其中，科波的方式最有创意，也最具精神的分量。他试图复现大革命时代对节日文化的追求，让戏剧成为复现节日气氛中人人成为兄弟姐妹的自然媒介：

从1920年到1924年，科泼为经典剧作和好几位新起的法国剧作家的剧作提供了演出场所，却没有发现任何杰出的剧作家。然后，在他取得最大成功之时，他却放弃了老鸽笼剧场而把剧团带到贝根第的一个小村子贝南维格莱斯，想在那里创办一所演员学校。每天，人们所戏称的“科泼们”便在那里进行击剑、跳舞和体操训练，然后便就某一选定的题材进行某种哑剧性即兴表演。有回，他们还排演了一出能剧和一出即兴喜剧里的闹剧。通过这些方法，科泼希望能消除掉明星制并创造一种真正的整体性表演。他不但训练演员的身体，而且还训练他们的头脑，并强调基于动作和手势的基本表演技巧。他的理想是要通过发现一出戏里隐藏的节奏和形体的基础来建立起一次演出。1927年，圣乔治之夜村的村民们要求科泼搞一次哑剧和歌唱演出来庆祝葡萄丰收，科泼于是便就当地葡萄种植者的现实生活搞了一次即兴演出。在一出现为人们所传说的演出中，这个剧团在一大群兴高采烈的村民面前表现了葡萄园的生活，因而可以认为，在那一次特别的情况里，一种新型的戏剧便诞生了。②

较之前辈，科波的深刻性在于，他充分意识到戏剧情境中节日气氛的营塑，绝不能以粗陋自然主义的态度照搬具体生活场景，需要有刻苦的相关的形体、戏

① 斯泰恩:《现代戏剧理论与实践》，刘国彬等译，中国戏剧出版社2002年版，第364页。

② 同上书，第365—366页。

景调度的训练。

第三是先锋性。坚持“化大众”的艺术家们为了对抗商业性，为了在既有体制中凸显戏剧的平民本性，为了召唤其节日文化内涵，他们就必须拥有睥睨庸俗主流意识形态、敢于挥洒个人豪情、鼓吹自由意志的激情勇气。他们的艺术创作绝不因社会舆论的同情或反对所左右。唯其如此，他们的这种先锋性的艺术探索精神在数十年后仍能给人们带来巨大的启发。当代戏剧理论家雷曼充分肯定科波艺术实践的启发意义，认为他的舞台实践触及了剧场空间问题的本质：

> 在后戏剧剧场中，常会遇到破坏成规、通行的符号密度规则的现象。极多或极少的界限被打破了。根据时间、空间或事物重要性的要求，观察者时而感到符号的一种盈满，时而感到符号的稀缺。在这里，既可以看到过剩（die Plethora）与消解之间的一种辩证关系，也可以发现满与空的美学目的［关于剧场中空的空间，有很多先例，如阿庇亚（Adolphe Appia）的灯光空间、科波和他的“裸台”（tréteau nu）、布莱希特对于空舞台的偏好、彼得·布鲁克所谓“空的空间”（empty space）等］。很明显，不但剧场的一切符号层面自身都可以被突出出来，并且只要通过一些舞台元素的在场或缺席，就可以通过出人意表的符号密度本身达到这种突出效果。①

2. 大众化戏剧

“大众化”即强调戏剧要为广大人民，尤其为那些受压迫受剥削而长期在文化权利上受到漠视的人群服务，要为这样的底层群体广泛接受并喜闻乐见（一个合理的引论就是：当戏剧活动不能为广大群众所接受，这部作品即不是成功的作品）。持大众化立场的戏剧家们通常还有这样的信念：人民大众才是创造历史的主力，因此，复现戏剧活力的根本方法之一，就是从民间自发的戏剧样式中寻找生命力的种子。

戏剧大众化和戏剧化大众的思想立场颇有不同。如果说戏剧化大众的基本艺术理念主要还是根源于法国启蒙运动时期的理想，那除了这一点，戏剧大众化的

---

① 雷曼：《后戏剧剧场》，李亦男译，北京大学出版社 2016 年第 2 版，第 107—108 页。

思想根基还有对现实政治直接回应的部分，即回应19世纪中后期无产阶级运动兴盛以来，无产阶级与其他底层民众日益高涨的文化需要和参与文化政治建设权力的需要。[①]在苏维埃政权建立后，这种需要立即转变成为现实的必然性，掀起了一股声势浩大的戏剧大众化建设的思潮，产生了极为深刻的世界性的影响。斯坦尼斯拉夫斯基、梅耶荷德等就是这浪潮中影响巨大的戏剧大师。以下我们结合梅耶荷德的实践简略介绍“大众化”的大众戏剧的几个重要特点：

第一是政治批判性。梅耶荷德和马雅可夫斯基作为最初具有强烈建设大众化戏剧使命感的艺术家，强调戏剧的政治功能。他们的“戏剧的十月”的一系列实践，突出了戏剧对旧政治制度批判的严峻性和讴歌新制度的热情，颇像是法国大革命时期艺术气氛的回归。[②]

如此强烈的政治热情，体现在艺术实践上，不免就有些党同伐异的意味。梅耶荷德在其间的具体实践，也不能说都是无可争议的。尤其是新的政治制度稳定之后，作为权力组织的一种形态，它也难以避免地沾染了一些人性弱点的痼疾，以至于在苏联后来的实践中，“大众化戏剧”的美学内涵被紧缩在“通俗性”一点上：面向大众的政治性被解释成大众都能理解的通俗性，并且是不言自明的美学前提。这就形成了一种僵化的创作态势。无怪乎尤奈斯库激烈抨击当时左派的大众戏剧观念：

用通俗的语言，我们是完全可以创作出大众化戏剧（我不知道大众的含义，如果它不是指大多数人和那些非专门研究戏剧的研究者们）那些通俗的、带有宣传性的、教育性的戏剧的：而这些都还属于一种通俗戏剧的范畴。即便如此，也不应该因此去阻止别的剧种，如带有尝试性的、实验性的、先锋派性质的剧种的出现。即使新的剧种不为广大观众所接受、喜爱，这也并不能说明人们就绝对不需要它，不需要这些可称之为艺术、文学或科学研究的成果。[③]

---

① 需要指出，在具体的艺术实践中，这种大众戏剧的道路可能与民粹主义、民族主义及基督教文化传统也发生了较为直接和密切的联系，如爱尔兰阿贝剧院的建立等。这就涉及更复杂的历史、民族关系问题，包含了启蒙精神在现代更微妙深刻的变形形式，本文于此暂不展开讨论。

② 可参见陈世雄《导演者：从梅宁根到巴尔巴》，厦门大学出版社2006年版，第275—283页。

③ 尤奈斯库：《再论先锋派》，黄晋凯：《荒诞派戏剧》，中国人民大学出版社1996年版，第78页。

尤奈斯库对大众戏剧的批判并不公道，他也有其意识形态的偏见。但就当时所处的舆论环境而言，他的这番抗议却是可以理解的。[①]

第二是民间性。梅耶荷德突出戏剧必然的面向大众的政治属性，当然不限于一种政治的激情，自有其深刻的艺术理解。通过其有力的艺术实践，他向人们揭示出各种民间戏剧形式，如广场剧、马戏、即兴剧等，拥有难以比拟的戏剧魅力。而资产阶级正统戏剧对它们的排斥，是矫揉造作，是僵化的故步自封。他的这种姿态对后来左翼立场戏剧家们启发甚大。波兰著名导演康铎在某次谈话中说：

密　瓦赫坦戈夫谈起梅耶荷德导过三次的布洛克剧作《戏台子》（Showman's Booth），也和您一样，痴迷于“低档的舞台装饰和服装，以及悲剧小丑和戏法的哀伤，用礼节性的面具和贵族化的动作掩盖皱纹、失败和惨境”。

康　我在宣言中写道：“一切戏剧中都有这样的时刻：魅力危险、有毒，灯光暗下，观众离席——舞台上的一切变成灰色，远距离的视角变成了日常生活中招贴画的颜色，服装和道具没有了，曾经光彩夺目的一切，如今都显出可悲的艳俗和虚假；感情和动作刚才还生机勃勃，充满激情，值得喝彩，一转眼就失去了生命。”这样的形象在我眼前，我不禁要问：这仅仅是虚构吗？[②]

第三是科学性。梅耶荷德意识到，现代社会已经是一个被现代科学精神充分构型了的社会，戏剧必须顺应这一潮流。这就需要戏剧家们不但要运用现代科学的技法，包括对人体的各种认知来训练演员，还需要在舞台建设上富有科学的内涵，这样才能符合大众意识深处对科学的需要与理解。他发明了一系列与科学精

① 研究者指出：“在1956年和1957年左右，尤奈斯库受到了一种以现实主义和史诗为使命的戏剧支持者们的指责。《大众戏剧》杂志的布莱希特式谄媚者们和英国批评家肯尼特·泰南指责荒诞戏剧的抽象和对于社会现实的无知。尤奈斯库以自己的方式也就是双重地进行回答。”（普吕讷：《荒诞派戏剧》，陆元昶译，浙江大学出版社2014年版，第52页。）

② 密克拉谢夫斯基：《邂逅康铎》，黄觉译，中国戏剧出版社2016年版，第115页。

该书指出：“康铎所谓‘戏台子’（或马戏团），是指19世纪末20世纪初流行于（特别是）俄国、对现代戏剧和诗歌产生了影响的那种民间戏剧。经常提到的两个例子，一个是斯特拉文斯基的《彼得鲁什卡》，另一个是布洛克的《戏台子》。”（同上书，第123页。）

神相关的戏剧技巧，如“有机塑形术”“构成主义”等：

与这种演技上的发展相对应，梅耶荷德创造了“结构主义”（又译“构成主义”）布景。结构主义这个术语借用自横向切割块体与平面的新起的抽象雕塑作品，在舞台实践上采用这种做法将使舞台摆上各种平台与斜坡、梯子与窄窄的过道、吊架与轮子。这些东西便为一出戏提供了各种表演的区域，并构成了一个永久性的却是“动态的”的布景——本质上的“一部表演机器”。这也是简化演员们的需要的一种方法，并使它适用于这种新的表演风格，而这种风格中的杂技表演也大都要有机器的帮助以获得最大的速度与效果。像布莱希特后期那样，梅耶荷德总要保障让观众充分看到所有的舞台装置和灯光设备，为此，他有时甚至把这些东西摆在观众厅中，而从来不想为了制造幻觉而把它们藏到台唇拱的后面。①

法国“化大众”的戏剧家们较少考虑科学理性精神在大众戏剧建设中的功能地位，而这却是苏维埃大众戏剧家们的重要表现内容。

梅耶荷德还意识到大众化的戏剧需要建设一种新的观演关系。他认为戏剧家们需要发展出一种独特的技巧，诱使、劝说观众更直接地介入戏剧表演中，形成独特的戏剧情境。著名导演巴尔巴赞成梅耶荷德的观点：

导演必须指导演员这样表演，既让观众明白剧作家已写出的台词，还要让观众洞察这一场景隐含的内在对白。

人物关系的特征取决于手势、站姿、眼神和沉默。仅仅有台词不足以说明一切。因此，舞台一定离不开一种动作模式，将观众转变为敏锐的观察者……因此，激发观众想象力的因素有两方面：口头的和视觉的。而旧戏剧与新戏剧的区别在于：新戏剧演员的台词和造型技艺遵循各自不同的节奏进行，且两者不一定同时发生。②

在这里，梅耶荷德和“化大众”戏剧家们重塑观演关系的艺术进路不同。科

① 斯泰恩：《现代戏剧理论与实践》，刘国彬等译，中国戏剧出版社2002年版，第615页。

② 巴尔巴：《纸舟：戏剧人类学指南》，连幼平等译，中国戏剧出版社2018年版，第149页。

波等人的设想，像是通过一种节日氛围的塑造，使戏剧逐步消弭自身的精神特殊性，使观演双方退出戏剧情境而成为节日共同体中不分彼此的平等成员。而梅耶荷德的设想，是凸显戏剧情境的特殊性，调动观众的参与性，在某种观演间性关系的展演中，使观众得其所是地获得艺术感受。

3. 辩证的大众戏剧

所谓辩证的大众戏剧指的是在布莱希特引领下展开的一种大众戏剧的实践方式。尽管布莱希特本人并未直接谈论过“辩证的大众戏剧”这个名谓，但从他数十年的艺术实践来看，他对大众戏剧一向有着超乎寻常的关心，而“辩证”的观念始终是他艺术创造的核心问题之一。因此，如果说“辩证的大众戏剧”是其艺术创造的探索方向之一，那么其应当不会离布莱希特的本意太远 。

戏剧史学家指出，布莱希特在其戏剧学徒生涯时期，受到过德国大众戏剧重要代表人物莱因哈特相当深刻的影响，尤其是莱因哈特对观演关系的调制实验：

贝托尔特·布莱希特（1898—1956）是与几个当时的青年剧作家一起跻身于德国剧坛的，这时的舞台演出，实验之风盛吹，现实主义正趋瓦解，各种新的手法被纷纷加以试验。正如我们所知道的，布莱希特承认受益于皮斯卡托及其叙事剧的观念匪浅。两人曾于1919—1930年在大众舞台工作，而且布莱希特又曾参与过《好兵帅克》这一著名的演出。然而布莱希特也曾短期做过莱因哈特的助手，在后者的德意志剧院工作，因而得以看过为1924—1925年及1925—1926年这两个重大的戏剧季而准备的剧目排练。在这些年月里，莱因哈特对作为角色表演的演技进行了实验，让演员与观众混杂一起，这在他于1916年和1921年执导的《丹东之死》就曾这样做过。①

此后，大众戏剧的问题始终萦绕在布莱希特心头，直至他生命的最后时刻：

二十年代时，布莱希特曾把他创造戏剧的方式称为“叙事体戏剧”②，其出发点是，在舞台上，通过演员的表演使历史得到讲述，继而使得观众本身也成了讲

① 斯泰恩：《现代戏剧理论与实践》，刘国彬等译，中国戏剧出版社2002年版，第698页。

② Epic theater，我们认为译为“史诗剧”更妥恰。——引者注

述者。而讲述历史的剧情就是戏剧的核心部分（在这一点上布莱希特和亚里士多德是一致的）。后来，到了五十年代，致力于找寻一种与发生在东德的社会主义革命相切合的诗意的形式，布莱希特谈的是“辩证的戏剧”。然而，对于将哲学认知和基本的享受（质朴的享受）结合起来，如同布莱希特在其戏剧事业最后那些年里所尝试的，这个名称也显得不够用。布莱希特最终说的是——虽然很谨慎——“哲学的大众戏剧”（das philosophische Volkstheater）：一种人的思想的高级形式——哲学，与民众娱乐活动的较低级的快乐相结合，无论是在马戏团里还是在十月节（布莱希特年轻的时候总是和卡尔·瓦伦丁一道积极地参与），在布莱希特最后的岁月里应该一直都吸引着他。①

巴特早就断言，布莱希特那些重要的艺术探索，如“间离效果”等，其实传达的就是大众戏剧的核心精神：自由，打破既定体制的常规。他运用的手法表面看起来朴实无华，甚至有些笨拙，但这就像意大利、英国木偶戏中吉奥尼尔或是庞奇先生那样，看起来像是套式人物，却极有效地将观众卷入戏剧情境中，以大众喜闻乐见的姿态玩世不恭、蔑视权威，颠覆既有价值：

在布莱希特看来，演出在讲述，大厅在判断，演出是史诗般的，大厅是悲制性的。然而，这一点，正是对于重要的大众戏剧的定义。我们举吉奥尼尔或是庞奇先生为例，这种戏剧源自一种古代的神话：在这里也一样，观众知道演员不知道的东西；看到演员的那种有伤大雅和荒唐可笑的动作，观众惊异、不安、愤怒、宣讲真理、说出办法；观众甚至会看到，观众自己正是忍受痛苦和茫然不知的演员，他将懂得，当其陷入其所处时代以不同的形式强加给他的“30年战争”里的一次战争之中的时候，他就会完全像大胆妈妈那样，既忍受痛苦又愚蠢地不知道自己具有使其不幸停止的能力。②

---

① 韦克维尔特：《为布莱希特辩护》，焦仲平译，中国戏剧出版社 2017 年版，第 149 页。

该书还提道：“布莱希特与葛兰西的遭遇（他的文字非常奇怪地从没有触及这一点）很有可能是这样的情况：本不想成为哲学家的布莱希特想到了‘哲学的大众戏剧’这个概念，在他生命最后的时日里，他非常喜欢这个概念，却没有解释这个概念。你们可以这样做，当时他对我们这样说道。”（同上书，第 150 页。）

② 巴尔特：《文艺批评文集》，怀宇译，中国人民大学出版社 2010 年版，第 40—41 页。

至于“辩证”，按照詹姆逊的说法，更是贯穿布莱希特艺术探索历程的核心问题。布莱希特对辩证法的偏爱，与他服膺于马克思主义的政治立场有关，“没有任何东西比马克思主义更远离实证主义的平庸了：辩证的思想，始终准备着从每一现象里抽取出超越此现象的真理，它每时每刻都在唤起我们对世界对历史的惊异。”① 但他对辩证法的理解，显然与1930年代开始流行的斯大林主义式的辩证法不同，按照詹姆逊的概括：“一种奇怪的辩证法出现了，其中，对立的因素统一起来了，静止证明是与永久的变化或运动是同一种东西，这是布莱希特在他的作品中经常歌颂的和加以理论化的，是为其辩证法的一个根本特点。”② 布莱希特式的戏剧情境构造，通常充盈了一种矛盾对峙且相互转化的力量，戏剧场景正是对辩证转化间那一个微妙平衡节点的富有意味的表现。体现在大众戏剧的实践上，辩证的对立统一主要体现在以下几个方面。

一是教化者与学习者之间的矛盾关系。在既有的大众启蒙体制中，教化者是关系的主动方面，学习者是被动的接受方面；体现在戏剧领域，演出方占据了绝对的主动支配地位，观众是学习者，完全被动，学习的成效需要按照他们对演出方的接受程度来判定，最佳效果是能够对演出方所传达的东西达到同情理解的水平，且把自己身上已有的不能达到同情理解水平的东西给净化掉。然而布莱希特指出，演出方，即有的教化主体方面，他们宣讲的内容并不具备这样一种自明的意识形态的正当性。因此，接收方、观众，原则上都有必要以一种“间离”（也译作“陌生化”）态度对待教化者——这个教化者泛指对学习者发生教化效应的一切对象，包括前辈经典、历史积淀等：

与过去的艺术品的关系在这里是以一种形式出现的：这种艺术品的内容本身就可以完全包含不同的间离效果，但是，为了更加生动地体验那种效果，我们自己必须设法间离那一整部作品（黑格尔做到了这一点，他把马克思的希腊经典定位为对亚洲金字塔之类的无以言表的“崇高”的征服）。但是，当布莱希特开始涉及最棘手的历史性问题时，至少是从美学的角度涉及感觉和情感本身的历

① 梅洛-庞蒂：《辩证法的历险》，杨大春、张尧均译，上海译文出版社2009年版，第61页。

② 詹姆逊：《布莱希特与方法》，陈永国译，中国社会科学出版社1998年版，第162页。

史性——长久以来一直被认为是构成美学核心引力的一种主观性——的问题时，一种更为彻底的理论化落地生根了。(布莱希特本人的戏剧常常被称为唯理智论的，并由于想要废除艺术的情感内容而受到谴责，这也是颇令人难堪的。)布莱希特允许在理性和情感之间建立一种辩证关系，以及情感与兴趣之间的一种历史关系。①

二是观众因素被确立为戏剧活动中与演出方同等重要的一极。“对布莱希特来说，‘陌生化’并非单纯的认识工具，而是社会干预的可能性。‘布莱希特—戏剧’本来就在直接应用唯物辩证法。人们可以将陌生化看成是‘否定之否定’的一个经典的例子：创造了距离，为的是克服距离。它在舞台上则意味着，通过把事件从习惯中抽离，并且在特殊的矛盾之中将其揭示出来，从而将事件交给观众来把握。”②

大众戏剧运动从一开始，就十分重视观众的因素。但如何冲破既有体制，在戏剧展演过程中有效、合理地发挥观众因素呢？以往的一些艺术实验，或过于理想化，或只是基于传统体制的一些小修补，仍是一种附属性的戏剧关联物。而布莱希特的努力，等于是为亚里士多德所强调的戏剧六要素加上了第七要素，即观众。他的艺术探索，为后来艺术家思考如何把观众当作戏剧的主要环节，纳入戏剧本质提供了一条既有示范价值的实践路径。在布莱希特等人的影响下，在当代戏剧实践中，观众因素越来越被视作戏剧的核心要素。格洛托夫斯基说，戏剧的核心要素只有两个：演员和观众。这也可称作一种真正“质朴”的戏剧辩证法了。

三是布莱希特非常重视“教”“乐”之平衡，也就是寓教于乐的问题。他在其戏剧理论代表作《戏剧小工具篇》中开头就说戏剧的“目的是为了娱乐”③。

一般来说，大众戏剧实践都容易发生“教”“乐”失衡的现象。唯其要传播各种重要的人生价值理念，创作方通常认为为了这重大价值观牺牲某些娱乐趣味

---

① 詹姆逊:《布莱希特与方法》，陈永国译，中国社会科学出版社 1998 年版，第 198 页。

② 弗克维尔特:《为布莱希特辩护》，焦仲平译，中国戏剧出版社 2017 年版，第 53 页。

③ 布莱希特:《戏剧小工具篇》，张黎译，布莱希特:《戏剧小工具篇》，北京师范大学出版社 2015 年版，第 7 页。

是能够接受的。布莱希特则强调戏剧必须具有娱乐性，“观众在神经上越是紧张，他们去学习的可能性就越小。”[①]

巴特评论说：

戏剧应当令人愉悦，布莱希特千百次地强调：批判的重大使命（清算、理论化、引入危机）并不会将愉悦排除在外。布莱希特式的愉悦尤其是感官主义的：不带任何官能性，比情色更加口头化，它意味着“快活”（而不是“舒适”）和“饕餮”——不是法国式的，而是山野乡村式的、巴伐利亚式的。在布莱希特大部分的戏剧里，总有进食的场面出现（需要留意的是，进食处于需求与欲求的十字路口，因此它有时是现实主题，有时是乌托邦主题）；布莱希特最复杂的主人公（因而绝非“英雄”）伽利略就是一个感官性的人：在放弃一切之后，他独自在舞台深处吃着烧鹅烩扁豆。[②]

而辩证法就是能够平衡戏剧“教”“乐”关系的精神尺度，“辩证的戏剧能够使得辩证法本身成为享受”[③]：

对于社会主义戏剧，辩证化（布莱希特在其生命的最后几年推荐的一个名称）是使辩证法本身成为享受的一个机会。这种戏剧呈现的一切东西，都作为过程来呈现，也就是使“恒久不变”处于暂时性之中，在其矛盾之中揭示和谐，将“不变”呈现为只是长久没有发生变化，将“固定不变”呈现为被日常的生活观念所“固定下来的东西”。简而言之：它使事物处于运动之中，并如其所是——

---

① 布莱希特：《论实验戏剧》，丁扬忠译，布莱希特：《戏剧小工具篇》，北京师范大学出版社 2015 年版，第 96 页。

② 巴特：《布莱希特与话语：关于话语研究的一点思考》，胡葳译，布莱希特：《陌生化与中国戏剧》，北京师范大学出版社 2015 年版，第 215 页。

詹姆逊说：

布莱希特为我们提供了一个实践即是娱乐的世界，这个世界把自身的教育作为它所包容的一个门类——教育的实践也是一种自成体系的实践，因此也“参与”了它提供给实习学生的那种满足。在这些情况下，西塞罗的那个著名的“三字经”（情、教、乐）中至少有两个字慢慢地相互交叠起来：“教”（teach）再一次恢复了它与“乐”（delight）的亲缘关系。（詹姆逊：《布莱希特与方法》，陈永国译，中国社会科学出版社 1998 年版，第 3 页。）

③ 弗克维尔特：《为布莱希特辩护》，焦仲平译，中国戏剧出版社 2017 年版，第 63 页。

变动不居而且可改变——来呈现世界。而这就使得戏剧成了娱乐。①

四是艺术家需要掌握足够多的手法，来彰显戏剧情境的辩证冲突，从而使得这些场景充分体现辩证的娱乐趣味。布莱希特一方面积极发掘现代媒介技术的可能性；另一方面和梅耶荷德一样，他致力于复活各种传统和民间艺术手段，如马戏、民间小曲、民间故事、民间木偶戏、巴洛克寓意剧等中的各种独特手法的艺术潜能。如他对寓言的运用，对后来者启发极大：

寓言又不仅仅是一场戏剧演出得以成立的因素，它同时还是戏剧本身最基本的辩证法：所有戏剧就“确定性”所呈现的东西都应该作为过程来呈现，也就是在矛盾的运动中呈现。过程不仅仅允许在舞台上表现辩证法，作为概念本身，它也是辩证的（矛盾的）行为。它绝对不仅仅是行动或物理活动或主题的信息，尽管它包含着这些因素。作为舞台上的过程，它是“戏剧”的“语言”，戏剧利用这种语言塑造真相、人际关系、与现实的关系，目的在于，由其运动的方面来把握它们和表现它们将某个事物转化为戏剧“语言”，意味着将其辩证化，使其作为过程处于运动之中。其效果既可能有利于社会，也可能有害于社会。②

最后需要指出，布莱希特的戏剧往往存在着一个辩证失衡的时刻，在这一时刻，戏剧情境中各种对峙的冲突因素会发生对冲、相互抵消的情况。而促使失衡发生并且最终无法被对冲、抵消掉的东西，就是暴力。它是戏剧结束后仍然无法被清除掉的剩余物。

和大部分大众戏剧家不同，布莱希特注意到共同体建设过程中大众必然的暴力倾向。这种暴力有时是外来的、绝对的、不由人自主的（就像《圆头党和尖头党》《第三帝国的恐怖与灾难》《卡拉尔大娘的枪》等中表现的那样），有时是发自某种人性和人类群体属性本有的（从最初的《夜半鼓声》到《大胆妈妈和她的孩子们》，再到《高加索灰阑记》，布莱希特都触及了这方面的问题）。但不管是哪种情况，布莱希特的戏剧展演都出现了某种“梗”住了的情形。齐泽克分析说：

① 弗克维尔特：《为布莱希特辩护》，焦仲平译，中国戏剧出版社2017年版，第191页。

② 同上书，第190页。

真正关键的东西是一种在那个时期吸引布莱希特的伦理姿态，一种弃绝的姿态，一种自我牺牲的姿态：对一个人的自我消灭说“是”的姿态。这样的姿态已由第一部教育剧的题目《好好先生》，即“一个说‘是’的人”所指出：有一个不得不被重复的“是”。《好好先生》中的男孩说了两次“是”：第一次“是”是对事业，对他想要加入的使命说的；第二次“是”肯定了他对死亡的同意，即他对“投崖”的同意。《措施》也是如此，其中的第一次“是”是：共产主义的利益，同意各国无产阶级群众的增长，对世界的革命化说“是”。而第二次“是”：煽动者一：我们必须开枪打死你并把你扔到石灰坑里，这样，石灰会烧掉你。我们问你：你对此同意吗？年轻的同志：是。在这里，为了避免把这个“是”理解为一种为事业英勇牺牲的普通情形而完全地错失重点，我们不得不记住两个特征。第二个“是”具有一种严格的形式的本质，它是一个空洞的姿态，因为（在《好好先生》同样还有《措施》中）背景里的合唱队多少有点讽刺地强调，不管年轻人的回答怎样，他都会被处死：煽动者一：我们将问他是否同意，因为他是一位勇敢的斗士。煽动者二：但即便他不同意，他也必须消失，彻底消失。进而，所要求的牺牲不是为事业而牺牲的简单情形，而是更加根本的：主体必须“消失”，死亡。但他的牺牲不会成为一个神话，不会被人记住，他不会作为一个英雄被刻入历史记忆的领域。他必须“彻底”消失——虽然在布莱希特的文本中，“彻底”是指年轻同志的身体在石灰中的毁灭，但我们不难在背景中察觉雅克·拉康所谓的“两次死亡之间”，即两次死亡，真实的死亡和象征的死亡之间的差异：“他必须消失”，彻底消失，即他被处死还不够，他在象征秩序中的存在之痕迹必须被消除，他必须成为一个“被遗忘的人”。[①]

干脆一点，我们可以说，这就是布莱希特面向启蒙精神时被“梗”住了的境况。一方面，他笃信人类的活动必须保卫个体，有益于共同体，“戏剧必须借助对人类共同生活的反映，激发这种既困难又有创造性的目光”[②]；但另一方面，人

① 齐泽克：《享受你的症状——好莱坞内外的拉康》，尉光吉译，南京大学出版社 2014 年版，第 225—226 页。

② 布莱希特：《戏剧小工具篇》，张黎译，布莱希特：《戏剧小工具篇》，北京师范大学出版社 2015 年版，第 40 页。

类总会因为某种自主的意志与目的，以暴力的方式抹杀那些精神和善的向度。吊诡的是，以人类之理性完全无法分析这暴力倾向中的构成性问题，人类不敢判断说凡是暴力都是不必要的，也不敢判断说哪些暴力是不必要的而哪些暴力绝对是有必要的。[①] 这种对暴力方案暧昧的回避有时成为布莱希特戏剧矛盾解决的时刻，也是辩证法终结的时刻——像《高加索灰阑记》那样以鲜花、故事、歌唱、舞蹈来解决对立群体（农庄）间的暴力冲突。

在布莱希特之后，当代艺术家在表现人性暴力因子的道路上已经走得很远了，不过也难说他们的这些表现切实地提供了更多的思想的东西。

五 1960年代以来的大众戏剧及其他

1960年代后，大众戏剧运动开始退潮。我们此前所谈到的各种关于大众戏剧运动的实践进路，世界各地仍有艺术家们在尝试、研究、探索、思考，但整体来观照，类似20世纪早期那样围绕这一观念而展开戏剧运动的那种蓬勃生机衰退了。大众戏剧将和荒诞派戏剧、水槽戏剧、质朴戏剧、死亡戏剧、环境戏剧、偶

---

① 巴迪欧对布莱希特这方面思想工作的分析与评论值得参考。他将布莱希特思想的启示意义概括为5点，我们在此引其2—4点：

b）敌人并不能准确表述为一种力量。它不再是不偏不倚的堕落，或者说一种原生，在任何情况下都是一种思想。堕落的中立性不能用辩证法消除。如果战争的范式是从决定性或者说最后的战争中推出来的，那时因为战争中的主要角色没有共通性，他们都不隶属于同一种力量类型。我们很容易想起尼采关于进步的力量和反动力量之间的对立，亦即狄奥尼索斯和十字架上基督的对立。我之前曾提出一个更深入的结论：相对于马克思，布莱希特更接近于尼采。

c）对于艺术家而言，很重要的一点是腐烂的象征之一就是语言的废墟。语言的命名能力受到了感染，文字和事物之间的关系松开了。我们认识到（这是今天最重要的真理）任何压迫最核心的要素到最后都是语言的废墟，对所有创造性的和严格的命名不屑一顾，语言的国度立刻变得轻浮和堕落，如同新闻媒体上的语言一样。

d）布莱希特最后说，作为这个世纪暴力的标志，亦即最终只有当我们面临一个抉择时才是正确的：杀与被杀。杀戮成了一种主要标志。在杀戮中，有一个历史的换喻。我们再一次遇到了对真实的激情的特征，由于它在语言媒介中无法命名，因而变得更为恐怖。作为终结思想的世纪（旧的文化的终结）在无法命名的杀戮的掩饰下已经死去。（巴迪欧:《世纪》，蓝江译，南京大学出版社2011年版，第52—53页。）

发戏剧、形体戏剧、解放戏剧以及太阳剧社、生活剧团、欧丁剧团等更激进、更具有先锋实验性的戏剧思想融合，成为当代戏剧运动的一抹底色。

举例说来，阿维尼翁戏剧节本是由后期大众戏剧运动中坚人物让 - 维拉尔策动的一个面向大众的戏剧节日，本意是“把诸如莎士比亚、高乃依、阿里斯托芬和布莱希特等人的伟大剧作献给包括工人阶级在内的最广大的观众”。[①] 尽管围绕戏剧节上演的剧目不无争议（知识界对什么才是大众喜爱的剧目向来有不同看法），但人们对阿维尼翁戏剧节所应承担的宣扬大众戏剧精神的使命，并无疑议。[②] 但到 1970 年代谢克纳开始提倡环境戏剧的时候，他对这方面的问题已全无特别的感应，他只强调阿维尼翁戏剧节应当环境戏剧化：

想一想纽约莎士比亚戏剧节或阿维尼翁戏剧节就很悲哀。前者，一个舞台建在中央公园，竭力使一个户外空间的功能像一个室内剧场。中央公园本身全部被遮掉了。当戏剧节在纽约州巡演时它带着不合适的舞台和设备而不是与每一个演出点协商。在阿维尼翁，遍布全城的舞台被强塞进建筑中和自然环境里，而不是有效地运用它们。协商并未在大型环境中进行尝试——自然的或人造的——舞台建在里面的或旁边的。希腊人——比如伊庇达乌鲁斯（Epidaurus）——知道怎么做，那些在印度排演罗摩剧的人也知道怎么做。李·布鲁尔（《暴风雨》）和彼得·布鲁克（《摩诃婆罗多》）都试着创造性地运用纽约莎士比亚戏剧节和阿维尼翁戏剧节的空间。[③]

① 斯泰恩：《现代戏剧理论与实践》，刘国彬等译，中国戏剧出版社 2002 年版，第 380 页。

② 研究者指出：

对维拉尔指责最多的可以归结为两点，一是他没有像重视古典剧目那样对现代剧作家给予更多的支持与扶植，在其最受欢迎的 12 部剧目中只有布莱希特的《大胆妈妈》为严格意义上的现代剧作，而排在前三名的均是古典剧作。虽然他对“大众戏剧不可能不卷入时代的矛盾”以及“艺术能够也应该介入历史”有着明确认识，但无论是阿维尼翁还是夏约宫，真正反映时代的新人新作实属凤毛麟角。二是维拉尔并没能真正改变“大众戏剧”的观众结构，其主体远非他所期望的那些普通工农大众，教授、经理和面包师、鞋匠等更没有真正融为一体。正因为有着这两个致命的弱点，萨特等人才有理由认为其“大众戏剧”乃是一个失败的事业。（宫宝荣：《梨园香飘塞纳河——20 世纪法国戏剧流派研究》，上海书店出版社 2008 年版，第 233 页。）

③ 谢克纳：《环境戏剧》，曹路生译，中国戏剧出版社 2001 年版，第 34 页。

这是一个颇为典型的案例。

何以如此呢？在笔者看来，这与第二次世界大战后启蒙精神的退潮是紧密相关的。齐泽克把欧美思想界对20世纪人类大灾难与启蒙精神相关性的关系概括为三个版本。一是哈贝马斯的人类的灾难因为启蒙未完成而产生。二是阿多诺、霍克海默在《启蒙辩证法》中提出的观点：启蒙本身就是一种极权，现代灾难因此只是启蒙精神合逻辑的反向运作的结果。① 三是巴里巴尔认为现代性开辟了新的自由之域，但同时也带来了新的危险，最终结果如何，没有终极目的论的保证；但战斗已经打响，结局不得而知。②

虽然版本有三个，但在主流思想界，版本二其实才是通行的观念，这是托巴塔耶、布朗肖、福柯等大力宣扬的福祉。经过这一系启蒙批判者的宣扬，启蒙等于流血，理性等于极权，道德等于淫荡（康德等于萨德）在不少人心中大致已成了定论。③

---

① “启蒙始终在神话中确认自身。任何抵抗所诉诸的神话，都通过作为反证之论据的极端事实，承认了它所要谴责的启蒙运动带有破坏性的理性原则。启蒙带有极权主义性质。启蒙总是把神人同形论当作神话的基础，即用主体来折射自然界。由此看来，超自然物，比如精神和神灵都是人们自身畏惧自然现象的镜像。因而，许多神话人物都具有一种共同特征，即被还原为人类主体。”（霍克海默、阿多诺：《启蒙辩证法》，渠敬东、曹卫东译，上海人民出版社2006年版，第4页。）

② 齐泽克：《视差之见》，季广茂译，浙江大学出版社2014年版，第529—530页。

③ 关于这方面的讨论与评论很多，我们在此引几条托多罗夫的评说：

世纪末……两个方程式被导入：启蒙运动等于革命，革命等于恐怖。这将启蒙运动无可挽回地导向遭受指控的境地。“革命开始于人权宣言”，最激烈的反对派人物之一路易·德·博纳勒宣称，而这正是革命结束于血泊之中的原因。（托多罗夫：《启蒙的精神》，马利红译，华东师范大学出版社2012年版，第32—33页。）

对启蒙运动人文精神的曲解还具有更为多样化的形式。从18世纪开始，曲解也同时出现；萨德又一次提供最为极端的曲解表述。他从人是自己行为的合理目的这一原则出发，进行一种双重还原：首先，幸福实际上被还原为感官享乐；其次，人性被还原为孤独的个体，渴望的主体。“除了你的体力或意愿，没有什么能限制你的享乐。”因此，没有什么限制个体自主，个体向往经验产生时那种独一无二的强烈感受：世界被缩减到此时此地。（同上书，第113页。）

巴塔耶转引布朗肖这几页里的话并赞同：“以萨德为代言人的孤独者丝毫不会考虑他的同类。”为此，巴塔耶补充说，或许应该感谢这位作家：“将一个他人在他面前不再重要的人的忠实形象呈现给我们。”

根据巴塔耶诠释的萨德，个体的主权明确地表现在除自我之外的一切主体的否定中。“对所有他人的依赖妨碍一个人拥有一种高高在上的态度。”关心他人只可能源自一种要完全对自我负责的孤惧。据布朗肖所说，“［真正的人］身上一切与他人而不是与自己有关的东西，17个世纪懦弱的遗产，他都加以否定”。个体的自主在此被导向一种自我毁灭的极端，因为它与否定自我周围的别的存在，从而与否定自我混淆在一起。（同上书，第56—57页。）

在此种话语情境中，大众戏剧将失去精神滋养的根荄是可以想见的。

在此特别值得推荐马可·科索里尼（Marco Consolini）教授的大著《〈大众戏剧〉（1953—1964）——一份战斗式[①]杂志的历史》（Théâtre Populaire *(1953-1964). Histoire d'une revue engagée*，中文版已由中国戏剧出版社 2019 年出版，鲁楠译），该书正是描绘了大众戏剧运动的一个关键性时刻。这一阶段，正是启蒙的民主精神在全世界普遍传扬的时刻，再也没有一种观念能够逆此时代潮流而行；在这一阶段，是大众戏剧精神在世界广泛传播，并得到政府资助的时期；在这一阶段，是大众戏剧各种实践进路交会补充、取长补短的时期；在这一阶段，是大众戏剧与其他多种美学立场的艺术运动相互碰撞，产生新的艺术变体时期（可参看巴特对新小说、贝克特戏剧的睿智评论）；当然，这一时期也是第二次世界大战后虚无主义浪潮滥觞，对启蒙理性激烈批判开始成为流行意识形态的时代。科索里尼教授的研究，信实地、深入地为我们展示了这个时代的精神风景线：

历经 10 年关于戏剧以及关于世界的纷争和激进的宣言，《大众戏剧》顽强地支撑着一种戏剧理想，一种关乎社群的戏剧，这种戏剧理想既是知识分子式的戏剧，同时也是诗意化的戏剧。它首先围绕让 - 维拉尔的工作汇聚而生，杂志的编委们在 1954 年发现了布莱希特并由此开始介入一场戏剧战斗，以罗兰·巴特和贝尔纳·道特为首，在历史上为介入式戏剧的来临展开一场战斗。法国的戏剧舞台曾经一度局限于林荫道戏剧或是沉迷于文学家吉洛杜式的文学戏剧中。布莱希特的戏剧呈现的捍卫姿态使得《大众戏剧》坚定了戏剧形式的政治责任以及发展法国舞台上新一代的编剧和导演的职责。《大众戏剧》54 期杂志的历程凝聚成为今日的当代法国戏剧历史，一段跨越了阿尔及利亚战争的历史，并且与萨特、热

---

① 科索里尼教授认为这份杂志的精神是战斗性的，专著原稿为意大利语，原副标题为“Storia di una rivista militante”，译为法语原副标题为“histoire d'une revue militante”，即“一份战斗式的杂志”之意。但该书于 1998 年在发行法文版时，经编辑提议，将“militante”（战斗式的）置换为意义相近但削弱了尖锐性的“engagée”（介入式的）。如法文版副标题“histoire d'une revue engagée”，直译可理解为“一份介入式的杂志”。该书在 2002 年发行意大利语版时，采用了原副标题。经与科索里尼教授商讨，中文版的副标题采用了作者希望的本意。

内、贝克特、阿达莫夫和维纳威尔相遇的历史，它也开创了崭新的戏剧形式。马可·科索里尼回溯了这段历程中的论战，让我们重新发现了这种不妥协的介入以及通过这些知识分子的严谨思想所塑造而成的新的批评形式。[①]

① 该书现有法文和意大利文两个版本，此处是法文版的简要评介。

新的知识学面向

——当前戏剧与影视学科建设的若干思考 *

中华人民共和国成立以来，尤其是改革开放四十年来，中国的戏剧与影视学科已培养了大量的专业人才，在学科建制方面所取得的重大成就毋庸置疑。不过，新的时代有新的挑战，本文尝试思考这样一个问题：在当今的社会文化条件下，中国既有的戏剧影视学科建设所形成的知识体系框架是否足以回应新一代戏剧影视专业学生的客观需要？

当前戏剧影视学科所培养的主要对象，尤其是本科生与硕士生们，① 作为能动的知识学习、创化主体，其学前知识结构的情况较之以往已有很大的不同。他们在许多方面较前辈或许显得幼稚和不成熟，但从知识结构的角度来看，他们在整体上，尤其是全球性视野、传统文化的理解和视像技术的掌握等几个方面具有自己的优势。如果正视这一现实，我们就得承认中国戏剧影视学科在基础性教学科目的建设方面，存在一定滞后的情况。现有的学科知识培养体系，一般集中在专门的艺术学和艺术史领域，纵然有所拓展，也只是泛泛地波及至传统的文史哲学科而已。这一情势，已不能满足培养对象对知识主体自我构建和自我培育的需要。各学科建设的领导者应在充分把握国内国际学科前沿发展的基础上，结合所属教育机构的实际情况，展拓既有的基础性教学科目。

本文重点讨论戏剧与影视学科吸收人类学、精神分析学说、图像学等方面知识的重要性与必要性。从当代创作和理论研究的实践来看，这些现代知识体系与

---

* 本文曾发表于《戏剧》（中央戏剧学院学报）2018 年第 5 期，发表时有较大删节。

① 在中国现有教育制度的设计中，博士生的培养有其一定的灵活性与特殊性，但本科生、硕士生的培养较受既有学科体制的制约，对这一问题的严重性不可不察。

戏剧、影视学科有着明显的交叉互补性，它们确是戏剧、影视的从业者必须直面的新的知识学面向。

一　人　类　学

戏剧与影视学科有必要增添人类学的专门知识板块。

由于众所周知的原因，我国的人类学学科引入较晚，期间又有中断，和国际上一些通行的观念不尽一致。本文首先要谈论的便是：怎样理解作为一种专门知识体系的“人类学”学说？

一般都认为，德国哲学家亨德在1501年最早提出“人类学”（anthropology）这个概念时，主要指的是研究人类体质构造。这个概念在18世纪的启蒙时代得到有力推广。当时部分的思想家、艺术家及科学家抱有这样的信念，即通过单纯经验实证科学的手段，描绘人类作为一种生物物种的基本生理形式（诸如躯干比例、颅骨结构、面相以及感官表征等），并指望通过外部形式的研究，寻找其与人类精神特性的必然关系，简言之，构建一种“从外部来认识人的内心的方式”[①]。康德、歌德等都曾潜心于这方面的学术研究，康德更是花费25年的时间撰写了一部题为《实用人类学》的通俗小册子。

但启蒙时代的人类学构想在现实中很快遭到了挫败。在实践中，其“科学性”根本无法得到保证，人们显然无法通过外形的识别（无论其有多少所谓“经验科学”的实证材料）来确定一个人内在的精神蕴藉及道德品质。从更大的范围说，这种研究方式对于群体、民族、性别的观照，不免与西方中心主义、种族主义的论调混杂在一起，与启蒙理性的人文主义基本立场相悖。[②]因此，作为一种知识体系的人类学在很长时间里无法得到合理的构建。直到19世纪末期，研究

---

① 康德：《实用人类学》，邓晓芒译，上海人民出版社2002年版，第197页。

② 美国著名人类学家威廉·亚当斯指出，在人类学界，“认为人类学的理论渊源应当是启蒙运动的道德哲学，或是文艺复兴的人文主义”是一般的共识。（亚当斯：《人类学的哲学之根》，黄剑波等译，广西师范大学出版社2006年版，第2页。）

者们才逐渐明确了自然科学与社会科学、人文学科在知识范型构造上的基本不同，结合新兴的社会调查、统计等方法，终于使人类学在西方大学中成为一门独立建制的学科。

新兴的大学学科建制中的现代人类学，放弃了启蒙时代那种“由外及内”建构普遍适用于人的知识体系的设想，强调从专门的知识领域探索关于人类的特定认识。这种探索一开始就分离成了两种基本研究形态：一是从自然科学出发的，关于人类起源、进化和人种分类等的研究学科，其中还可细分为种族、民族身体差异论，个体体格发展论，以及生物人类学、法医人类学等。二是从社会科学及人文学科的角度出发，在强调田野实证的基础上，研究人类作为“类”存在的属性缘起，尤其重视研究人类精神的来源、发展、习俗与信仰等方面。[①] 具体则又可细分为应用人类学（即应用民族学，指应用于政治领域的人类学，尤其是美国的各人类学学科）、形式人类学、历史人类学、经济人类学、哲学人类学、政治人类学、结构人类学、文化人类学、形而上人类学、社会人类学等。[②] 这两种研究方式并非完全分离不相干，比如在许多国家，语言学与考古学都隶属于人类学学科，但它们倾向于自然科学还是社会科学则视各学校的学术传统而定。

人类学自以独立学科建制登上历史舞台以来，便对现代文化思想的发展变化产生了深刻的、甚至可以说是决定性的影响。像路易斯·亨利·摩尔根（Lewis

---

① 某些现代人类学的专家反对高估康德等人的人类学思想，因为按照现代人类学的知识标准，他既从未离开德国区域，也未曾学习过自己文化之外的任何文化。但笔者认为，虽然他的“由外及内”的人类学研究尝试基本失败，但他及其同时代思想家关于人类共性的思索，以及从实证性经验材料入手来思考人类“类”属性特征的研究方式，其精神要义还是广泛存留在现代人类学学科的基本价值预设中的，不可轻易贬否。

② 可参见维尔纳·福克斯-海因里茨、吕迪格尔·劳特曼、奥泰因·拉姆施泰特、汉斯·维诺尔特编：《社会学百科词典》（第三修订版），西德出版社 1994 年版（Herausgegeben von Werner Fuchs-Heinritz, Rüdiger Lautmann, Otthein Rammstedt, Hanns Wienold, *Lexikonzur Soziologie*,3., völligneubearbeitete und erweiterteAuflage 1994, WestdeutscherVerlag, Opladen）第 44—45 页、第 381—382 页、第 432 页、第 611 页等处。

关于“人类学”较详细的释义，还可参见光复书局大美百科全书编辑部：《大美百科全书》（第二册），光复书局 1989 年版，第 28 页；《牛津古典辞典》，牛津大学出版社 2012 年版（*The Oxford Classical Dictionary*, Oxford University Press）第 99—100 页；《澳大利亚百科全书》（第五版），澳大利亚地理有限公司 1988 年版，第 161—163 页等。

Henry Morgan）的古代社会论，爱德华·泰勒（Sir Edward Burnett Tylor）的泛灵论（又称万物有灵论），马林诺夫斯基（Bronislaw Malinowski）的参与观察实践，马塞尔·莫斯（MarceMauss）的馈赠说，弗朗茨·博厄斯（Franz Boas）的文化相对主义观念，克劳德·列维-斯特劳斯（Claude Levi-Strauss）的结构主义人类学，玛格丽特·米德（Margaret Mead）的"三喻说"及女性主义人类学等，都曾震动一代思想者的心灵。——对于中国文化界来说，尤其不能遗忘鲁思·本尼迪克特（Ruth Fulton Benedict）的"文化类型说"在1980年代的巨大影响。

如果以上对西方人类学学科发展的简单梳理大体不错，那我们就有必要指出，尽管"人类学"一词在今天中国的文化思想界已经算是一个耳熟能详的学术名词，但思想界对"人类学"的理解水平和重视程度仍然是可疑的。总结起来，我国学术界与西方关于"人类学"的认识分野主要体现在以下几个方面。

第一，在西方学术界，人类学基本上属于一个最大的学科概念，而在中国，根据教育部的规定，人类学只是社会学学科中的一个二级学科。西方人类学研究的许多重要分支，在中国则属于民族学、民俗学、考古学、传播学、文学、哲学等专门学科的范围。这些学科尽管并不拒斥学习、吸收人类学的许多认识洞见，但毕竟各有其基本的学科规范，在人类学知识构建方面的拓展毕竟是有限的。

第二，我国知识界关于人类学学科的一般认识恐怕也略有可商议之处。以几部通行的现代汉语辞书中的"人类学"一词释义为例：

《现代汉语词典》（第7版）：

人类学：研究人类起源、进化和人种分类等的学科。①

《现代汉语大词典》：

人类学：从生物、文化和社会等方面综合研究人类的科学。分支有体质人类学、文化人类学、社会人类学、语言人类学等。②

---

① 中国社会科学院语言研究所词典编辑室：《现代汉语词典》（第7版），商务印书馆2016年版，第1097页。

② 《现代汉语大词典》编委会：《现代汉语大词典》（上册），汉语大词典出版社2000年版，第275页。

《辞海》：

人类学：从生物和文化的角度对人类进行全面研究的学科。（1）从生物角度研究人类的体质特征与类型及其变化与发展规律。包括从猿到人的转变过程和人类的进化历程，人体的体质形态、形成过程、地理分布及其相互关系，现代人各种体质特征与类型在个体间的变异、性别上的差异与年龄上的变化，人体发育中的体质发展与增进以及由于生活条件、劳动和体育运动的影响而引起的体质结构的变化等。主要有人体形态学、古人类学、人种学和分子人类学等分科。（2）从文化角度研究人类的行为。包括人类文化的起源、发展、变迁的过程，世界上各民族各地区文化的差异，探索人类文化的性质及演变规律。①

这其中，《现代汉语词典》和《现代汉语大词典》的编辑者似乎未充分认识人类学学科的社会科学及人文学科基本面向。《辞海》的解释较周详、稳当，但还有些偏颇，它似乎高估了文化研究在人类学知识体系建构中的地位。按照西方学界的共识，人类学一般总要涉及人类的价值观念诸形态（如道德、伦理、信仰、习俗等）的源起问题，文化的描述与研究大抵只是这类研究的重要分支之一。②

第三，我国思想文化界对人类学学科价值意义的认识水平仍有待提高。一个凑手的例子仍然来自辞书的编辑。像《汉语大词典》③《法汉词典》④等有影响的辞书居然未收录“人类学”一词，而有些辞书与《现代汉语词典》的重合度未免太

---

① 辞海编辑委员会：《辞海》（第六版缩印本），上海辞书出版社2010年版，第1560页。

② 《辞海》的释义，可能受到了人类学的英国功能主义学派相关学说的影响。西方辞书中对人类学的简明释义，似乎并不突出文化研究在人类学学科中的绝对重要地位。如《牛津高阶英汉双解词典》（第八版）的释义是：“对人类的研究，尤其是人类的来源、发展、习俗与信仰。”（牛津大学出版社，商务印书馆2016年版，第74页。）美国《韦氏词典》的释义是：“1. 关于人类的科学；尤其关注时空变化中的人类及其祖先，以及与之相关的身体特征、环境及社会联系与文化。2. 探讨人类来源、天性与命运的神学。”（https://www.merriam-webster.com/dictionary/anthropology.）澳大利亚《麦考瑞词典》（第二版）释义是：“1. 探讨人类起源、发展（体质、智力、道德等方面）及多样性的科学，有时尤其关注人类的文化发展、习俗、信仰等。2. 对人类与其他动物的共通处与差异的研究。3. 关于人类及其产品的研究。”（The Macquareie Library Pty Ltd, 1991. p.71）

③ 汉语大词典编辑委员会，汉语大词典编撰处：《汉语大词典》，上海辞书出版社2007版。

④ 《法汉词典》，商务印书馆、巴黎友丰出版社1990年版。

高。[①] 以各戏剧与影视学科骨干课程的开设为例，大部分高校都未涉及专门的人类学学科知识。个别高校开设了“影像人类学”的课程，但从其开列的参考书目来看，也不像是对人类学学科的基本知识、规范、田野调查的基本方法进行系统介绍；它对方法论上很值得借鉴的“影像民族志”等似亦未予以足够的重视。[②]

让我们把话题转回到戏剧与影视学科建设的具体问题上来。除了前已提到的摩尔根、列维 - 斯特劳斯等人在泛人文学科研究领域具有重大影响力的学说外，人类学对戏剧与影视的许多具体领域，也有重大启发意义。我们于此可以聊举数例。

如仪式研究。人类学一向重视仪式及相关人类活动现象（如节日、庆典、祭祀等）的研究，康福德的《从宗教到哲学：西方思想起源研究》[③]，弗雷泽的《金枝》，简·哈里森的《古代艺术与仪式》《希腊宗教研究导论》，格尔茨的《地方知识》《尼加拉：十九世纪巴厘国家剧场》，维克多·特纳的《象征之林：恩登布人仪式散论》《戏剧、场景及隐喻：人类社会的象征行为》，拉帕波特的《献给祖先的猪：新几内亚人生态中的仪式》《人类生产中的仪式与宗教》（*Ritual and Religion in the Making of Humanity*）等都是这方面较有影响力的代表著作。而在研究过程中，他们几乎无一例外地都非常重视结合古今的戏剧经验来说明仪式的展演手段、组织方式、在人类共同体中发挥的功能作用及其从根柢处联结的特定价值祈向等。而大量的仪式研究的成果完全能够反哺戏剧研究，学者们亦能从人类学家的思考中反思戏剧研究中经典的或创新性的问题。比如戏剧起源问题。戏剧的发生与先民时代的祭祀活动有密切关系，这是自不待言的。尽管几乎全部文明形态都有丰富的祭祀活动，但能够发展出成熟戏剧形态的，则寥寥可数。结合人类学的仪式研究，学者或能更为合理、有据地思考戏剧形式从仪式过程分离的那

① 如《当代汉语词典》的释义作：“人类学：研究人类的起源、进化和人类的体质特征、类型等的学科。”（《当代汉语词典》编委会编，中华书局 2009 年版，第 1222 页。）另一部同名的《当代汉语词典》的释义作：“人类学：研究人类的起源、进化和人种分类等的学科。”（龚学胜主编，商务印书馆 2007 年版，1526 页。）

② 国内学界这方面的讨论已经很多，也产生了不少有价值的学术成果，近来的著述可参见朱靖江《民族志——纪录片创作》（北京联合出版公司 2014 年版）、《景观、方法与主体文化表达：人类学与虚构电影的多元关系》（《电影艺术》2018 年第 3 期）等。

③ 本文所述及的著作，大多已有中译，有的还不止一种，为节约篇幅起见，如非直接征引，文内不标注中译本的出版信息；如无现成的中译本，则先作中译，后附原名。

些关键节点。再比如戏剧与模仿的问题。戏剧的动作总是具有一定模仿意味的，这无可争议，但戏剧的本质因而就必然是模仿吗？或者说模仿外在经验世界诸现象越像就越成功？如果考虑戏剧的仪式化特征，这个论断就很难令人信服。当然，人们也不能因此推论戏剧纯然就是一种表现艺术（像阿尔托说的那样）。彻底的迷狂，纯然的自我表现是无法支撑一个完整的仪式过程的。仪式需要理性的节制、价值的展布、形式的法度。又比如戏剧与电影各自作为一种独立的艺术门类，其根本差异何在？除了现代技术的运用、工业生产属性等，仪式研究也可作为一条思想进路。戏剧的产品就是其生产过程，就像举行仪式一样，总需要有观众在场、参与，并且是即时性、不可重复的。而电影的产品与其生产过程是绝对分离的，相当程度上是反仪式的，它拒绝观众的在场参与（纪录片在这一点上与剧情片本质是一样的）。

人类学关于净化现象的研究同样极具启发价值。人类学家们早就认识到，在人类社会的组织结构中，对洁净物的辨析和洁净秩序的建立具有始基的地位。原始社会的性关系、社会分层、宗教信仰乃至生死观念的建立，相当程度上都和人类直观的对洁净与污秽物的辨析直接相关。不同文化通常都在洁净秩序的基础上，派生了不同的情感体验与表达形式——从根本的恐惧、痛苦、欢乐体验到比较精致细微的悲秋伤月感觉。罗伯特·赫尔兹的《死亡与右手》，路易·杜蒙的《阶序人：卡斯特体系及其衍生现象》《从曼德维尔到马克思：经济意识形态的诞生与胜利》（*From Mandeville to Marx: The Genesis and Triumph of Economic Ideology*），玛丽·道格拉斯的《洁净与危险：对污染和禁忌观念的分析》《自然象征：对宇宙观的探索》，勒内·吉拉尔的《暴力和神圣》（*La Violence et le Sacré*）、《替罪羊》等都是这方面较有代表性的著作。人类学的这些思想成果对我们今天更好地理解戏剧的净化功能有深刻意义。亚里士多德说，悲剧主要通过激起人们的恐惧与怜悯的感情，以达到“卡塔西斯”（katharsis）的效应。亚里士多德的论断尽管是针对古希腊悲剧而言，但对一般的戏剧活动也有着普适的意义。自古以来大凡出色的戏剧作品，大多会涉及恐惧的话题，也都有情感疏泄与净化的诉求。20 世纪以来不少戏剧学说挑战亚里士多德这一论断，其中最有代表性的是布莱希特的“史诗剧”（亦称“非亚里士多德式戏剧”）理论。布莱希特指出，所谓恐惧、怜悯、净化等，都有意识形态的观念前设，所谓净化无非是被一种特定的阶级观念，通常就是被统治阶级的观念“净化”了而已。布莱希特的指摘的确非常深刻，但结合人类学家的相关研究，研究者却也可以注意到，除了无可避讳的意识形态内容，净化效应也指那种发自人类内心的对污秽之物、那些“害人虫”的抗争与拒斥。伟大的戏剧家能够通过简明的舞台情境激发人们的这种超越意识形态的净化渴望。就像布莱希特自己在《大胆妈妈和她的孩子们》中实践的那样，观众不必对三十年战争的历史背景有多么了解，也不必了解该剧的创作与1930年代德国法西斯文化氛围的关系，只要看到剧末哑女卡特琳勇敢而绝望的击鼓抗争，就会自发地唾弃肮脏的战争和那些把孩子送进坟墓却毫无自省的“大胆妈妈”们。在这里，净化自发的深度其实超过了人们意识想象的范围。

当然，净化与意识形态关系仅仅只是问题的一个方面，结合现代人类学的研究成果，人们完全能就净化与死亡、再生、暴力、魔性、阴影原型、救赎等展开多角度、多维度的研究。

还必须说明的是，戏剧、影视学科能够向人类学借取的话题方向，绝不限于仪式、净化等，事实上，人类学关于社会组织（共同体）①、自然②、生态③、女性主义④、主体论⑤、语言学⑥、口头文化⑦乃至政治制度设计⑧等领域的开拓，都为戏剧、

---

① 这方面的研究，是人类学学科对现代思想界最大的贡献之一，其中名家辈出，可参看马林诺夫斯基的《西太平洋的航海者》《原始社会的性与压抑》（*Sex and Repression in Savage Society*），莫斯的《礼物：古式社会中交换的形式与理由》，埃文斯-普理查德的《努尔人——对尼罗河畔一个人群的生活方式和政治制度的描述》，塔拉尔·阿萨德的《卡巴比什的阿拉伯人：一个游牧部落的强力、权力与许可》（*The Kababish Arabs: Power, Authority, and Consent in a Nomadic Tribe*）等。

② 严格来说，人类学研究全都关乎人与自然的关系问题。可参见爱德华·泰勒的《原始文化》《人类学——人及其文化研究》等。

③ 可参见马文·哈里斯的《母牛·猪·战争·妖巫：人类文化之谜》《食人族和王国：文化的起源》（*Cannibals and Kings: The Origins of Cultures*）。

④ 可参见玛格丽特·米德的《萨摩亚人的成年》《三个原始部落的性别与气质》；理安·艾斯勒的《神圣的欢爱：性、神话与女性肉体的政治学》《圣杯与剑：我们的历史，我们的未来》等。

⑤ 可参见列维-布留尔的《原始思维》《原始心灵》（*The Soul of the Primitive*），列维-斯特劳斯的《结构人类学》《野性的思维》等。

⑥ 可参见弗朗茨·博厄斯的《种族、语言和文化》（*Race, Language, and Culture*），列维-斯特劳斯的《神话学》等。

⑦ 可参见帕里-洛德理论及沃尔特·翁的《口语文化与书面文化：语词的技术化》、理查德·鲍曼的《作为表演的口头艺术》等。

⑧ 可参见格雷柏的《无政府主义人类学碎片》等。

影视的创作与研究提供了丰富的思想源泉。

二　精神分析理论

当代的戏剧与影视学科还有必要增添介绍精神分析学说的知识板块。精神分析学说对现代人文学科及艺术创作的影响是全方位的，我们在此主要从艺术主体论的角度来展开讨论。

培育合格的艺术主体是学科建设的主要任务。但与此相应，人们会有一个自然的疑问：什么样的艺术主体才算是合格的艺术主体？这几乎是一个无解的问题，一言难尽，尤其还涉及教育者和受教育者的信念、价值立场等方面。但能够确定的一点是：教育机构有必要尽可能丰富、多元、全面、前卫地向学生们展现艺术主体自我创成的多种进路，使得学生们的自我构建尽可能地建立在“认识你自己”的基础上，而不是基于幻想、冲动、无知无畏、惰怠。从这个角度来说，我们当前对主体知识的介绍，还集中在各种传统经典（尤其是启蒙时代）的各种学说上——也就是抱着乐观、理性的态度，强调人能够为自己立法。对现代的各种主体学说，特别是凸显现代与传统分裂的那些学说重视不足。这显然不足以应对19世纪末期以来萌动、展开的世界艺术主潮的冲击。

以精神分析学说与文艺创作的关系为例，诸如虚无、欲望、压抑这些背弃启蒙乐观传统的艺术主题，在19世纪后期已经成为尼采、陀思妥耶夫斯基、斯特林堡、后期易卜生、魏特金德、施尼茨勒等人的主要表现对象。从这个角度来说，弗洛伊德创建精神分析学说，诚然基于其个人天才的洞察力，但也有相当的时代文化氛围的影响。而当精神分析学说成为一种时尚，艺术家就自然地依托它来发现自我、认识自我了。这在20世纪以来的各种文艺实践中（如超现实主义、象征主义、表现主义等思潮流派以及茂瑙、奥尼尔、希区柯克等的创作）表现得非常明显。需要指出的是，当精神分析（也包括其他的现代主体学说，如存在主义、西方马克思主义、女性主义等）日益成为人们认识自我的路径时，它就不再是一种简单的人类认识自我的工具了，还成了现代人构建自我的方便法门——在文化无意识中，其学说的展开逻辑成为相当数量的人们构建自我的模板。学理上越有说服力，越容易得到经验验证的主体学说，越容易成为人们刻写自我的模板。这种情况到后来越演越烈，人们仿佛以为，只要叨念几遍童年阴影、俄狄浦斯情结、压抑、伤害、力比多转移等，主体、自我便得以确立了。这种倾向在近来一些商业炒作的作品中，如《星球大战》的近几部续作，表现得相当突出（也还体现在相当数量的自诩为"文艺"的创作中）。

正因为如此，我们得承认：如果不深入理解以精神分析等为代表的主体学说，人们就无法深入理解现代文艺作品中那些蕴藉着现代性主体痛苦人物形象的精神内涵，更无从理解、批判那些创作主体精神的不安、痛苦与局限。

与传统主体思想比照，精神分析学说主体观念的特点有哪些呢？这个话题太过广大，根据弗洛伊德对《俄狄浦斯王》《哈姆雷特》《格拉迪沃》及达·芬奇、米开朗琪罗、陀思妥耶夫斯基、赫贝尔①、左拉②等作家作品的分析，本文笔者在此主要谈谈欲望本体论、快感本体论及父权论。③

---

① 弗洛伊德重视赫贝尔的创作，曾分析说：

在赫贝尔的悲剧《朱迪思和霍洛芬斯》中，对处女的禁忌及其动机做了最有说服力的描述。朱迪思是一位受到禁忌保护的处女，其丈夫在新婚之夜由于神秘的焦虑而麻痹，从此再也不敢碰她。"我的美，有如颠茄"（belladonna，一种有毒植物，其根和叶含阿托品——中译者）。她说道："谁碰它，必疯必死。"当亚述的（Assyrian）将军带兵占领了朱迪思之城时，她便设想以其美色诱其上钩，并将其毁灭，于是用爱国动机掩饰了她的性动机。当这位以勇猛、鲁莽著称的将军强暴了她之后，她便愤怒地砍掉了他的头，成了人民的救星。我们都知道，砍头是阉割替代的象征。朱迪思（Judith）是阉割了使她失贞的男人，这如同我在前面提到的新婚妇女的梦。显然，赫贝尔有意赋予《伪圣经》的爱国式故事以性的色彩，因为据说朱迪思回去后仍夸口自己清白如初，整个《圣经》对她神秘的新婚之夜也只字未提。然而，赫贝尔以诗人的敏感，嗅到了古人的动机（这在《伪圣经》的叙述中已经绝迹），并在这一素材中复原了原始内容。（弗洛伊德：《爱情心理学》，弗洛伊德：《弗洛伊德文集3：性学三论与潜意识》，车文博主编，长春出版社2010年版，第117—118页。）

② 弗洛伊德重视左拉的创作，曾分析说：

作为人类本质的敏锐观察者，左拉（E. Zola）在其《生之欢乐》中描述了一个欢快无私的女孩，可以不计任何报答为其所爱的人牺牲一切：金钱与希望。这个女孩的童年期充满了感情的渴望，当她发现由于别的女孩的原因而受冷落时，开始变得残酷起来。（弗洛伊德：《性学三论》，弗洛伊德：《弗洛伊德文集3：性学三论与潜意识》，车文博主编，长春出版社2010年版，第66页。）

③ 根据弗洛伊德的学说，艺术是性本能活动的一种必然的表现样式。他于此讨论甚多，我们在此不能深入讨论其学理依据及其得失成败的教训。略引一条他较有代表性的论断：

（转下页）

首先值得一谈的是欲望本体论。欲望在人的主体生成过程中的重要性已为众所知。但一般说来，在传统的主体理论中，它被当作一个必然的却也是需要被克服的生成环节，最终是需要被扬弃的。① 指引主体发展的根本性力量，是理性、信仰、道德或某种神秘的知性力量（如佛教所谓的“阿赖耶识”等）。而精神分析学说则另辟蹊径，把欲望当作主体、自我生成的基础（甚至是唯一基础）和主体活动的指归（主体也会产生摆脱欲望控制的意愿，但归根结底，甚至连这种求自由的意愿也不过是欲望的一种变形而已）。某种意义上，弗洛伊德及其追随者即试图以欲望为原点，推导出人类个体及共同体全部的精神活动面向。在此，精神分析学说的欲望理论有几个特点值得申说一番。其一，人的欲望构造虽然复杂，但弗洛伊德强调，它的根本底色建立在生物本能的意义上。“你们要知道最简单的生物只是一团未分化的原形质。这原形质常随所谓‘假足’（pseudopodia）而向外伸张，但也可缩回这些假足再将原形质集为一团。这些假足的伸出，正好像力比多投射在客体之上，而最大量的力比多仍可留存在自我之内。据我们的推想，自我力比多在常态的情况之下，不难转变而成客体力比多，而客体力比多最

（接上页）

异常先天倾向的第三种结局可能是升华过程。这使得源于某一性源的过强兴奋寻求出路，以在其他领域大展风采。因此，本身虽具危险性的素质，却可使心理效率大大提高。于是我们找到了艺术创作的来源之一。通过对升华或完全或不完全的分析，关于天资颇高尤其具有艺术素质的人的性格研究表明，他们是效率、倒错和神经症的混合体。关于升华的亚类可在反向形成的压制现象中找到，它起始于儿童的潜伏期，若条件有利会持续终生。我们所描述的人的“性格”在很大程度上建构于性兴奋的素材之上，它包括自童年期就固着的本能成分，由升华而获得的结构以及虽认为无用却有效地阻止了性倒错冲动的其他结构。童年期种类繁多的性倒错天性可视为人类美德（virtues）的来源之一，因为通过形成，它刺激了这些美德的发展。（弗洛伊德：《性学三论》，弗洛伊德：《弗洛伊德文集 3：性学三论与潜意识》，车文博主编，长春出版社 2010 年版，第 65—66 页。）

① 康德、黑格尔对欲望的重要性都有非常精彩的论说，康德甚至极有远见地提醒人们注意：人类诚然需要按照理性的方式生活，但如果理性发展得过分纯粹，把人性禀好（自然也包括欲望部分）都自动克服了，人就可能陷入这样的境地：“人类的举止就会变成单纯的机械作用，在那里就如在傀儡戏里一样，一切表演得惟妙惟肖，但是在人物形象里不会遇见任何生命。”（康德：《实践理性批判》，韩水法译，商务印书馆 1999 年版，第 161 页。）尽管如此，在他们的学说体系中欲望仍处在较低级、需要被克服的地位。

后又能为自我所收回。”[①] 这样的联想虽然有点近于玄学，但的确是弗洛伊德思考问题的一个基本立足点。其二，弗洛伊德的力比多（libido）说不可完全等同于性欲，但力比多的根本表现形态的确就是性欲：“最初，所有的力比多都是在本我中积累起来的，而自我还在形成过程中，或者说它还很不健全。这个力比多的一部分被本我释放出来，成为性欲的对象贯注，于是，现在日益强大的自我就试图获得这个对象力比多，并把自身作为恋爱对象强加给自我。自我的自恋因此就被看作是次要的，是由于力比多从恋爱对象身上撤回而获得的。”[②] 欲望是否最终必然归结到性欲上，在精神分析学派内部也颇有争议，荣格亦因此与弗洛伊德决裂。不过从近来精神分析学说的发展情势看，性欲论仍居于主流的地位。其三，人的主体自觉虽然发自欲望，但主体的构建仍具有自己的特点，不可将力比多运作的特性简单地套用到主体活动中来。弗洛伊德曾以压抑作用为例说明人的主体自我一旦形成便有独立意志：“我们最近已一再讲过性本能和自我本能的区别了。首先，由压抑作用来看，我们知道这两种本能怎样地互相反抗，其后性本能又怎样地在表面上屈服，迂回曲折地求得满足，以补偿其损失。其次，性本能和自我本能对于必要性从一开始便各有不同的关系，所以，它们的发展彼此互异，而对于唯实原则也各有不同的态度。最后，我们还深信由观察而知性本能和焦虑之感比自我本能有密切得多的关系。”[③] 虽然，按照弗洛伊德的论说，似乎只有性本能才

---

① 弗洛伊德：《精神分析引论》，高觉敷译，商务印书馆 1984 年版，第 337 页。

把人的精神意识性力化，再将性力做返祖性的推溯，直至其完全动物化、本能化，是弗洛伊德学说一个不证自明的前设：

我们知道，性本能有多个原始组元组成，或者说由这些组元发展而来，但有些组元无法变成后来的本能形式，在很早的时候它们就被压制或移作别用了。最突出的要算嗜粪本能组元（coprophilic instinctual component），恐怕自从人类直立行走，嗅觉器官不在贴近地面之后，它们就不能容于文明的审美标准了。作为性欲生活组元的施虐驱力（sadistic urges）的大部分也是如此。然而所有的这些发展过程，仅对情结结构的上层部分产生了作用，促发性兴奋的基本过程却依然故我。排泄物与性有着太密切和难以分离的联系，生殖器的位置——介于尿与屎之间，是具有决定性和无法改变的因素。人们或许会引用拿破仑（Napoleon）的极其著名的论断：“解剖学是命中注定的。”（弗洛伊德：《性学三论》，弗洛伊德：《弗洛伊德文集 3：性学三论与潜意识》，车文博主编，长春出版社 2010 年版，第 109 页。）让中国学者理解、服膺于这样的前设，确实是困难的。

② 弗洛伊德：《自我与本我》，弗洛伊德：《弗洛伊德文集 6：自我与本我》，车文博主编，长春出版社 2010 年版，第 141 页。

③ 弗洛伊德：《精神分析引论》，高觉敷译，商务印书馆 1984 年版，第 333—334 页。

是重要的和可描述的，但“自我”在此的独立地位毕竟是明确的。不过，问题在于，既然自我本能归根到底是从“本我”、力比多中派生出来的，[①] 它的绝对的独立特性又从何说起呢？这看起来有点自相矛盾，但也是弗洛伊德欲望理论深刻、晦涩、耐人寻味之处，未做深入研究不可轻易评断其得失成败。

与欲望本体论相关的是快感本体论。这是弗洛伊德在目的论意义上的核心观念。在既往的主体论中，主体活动的目的，即便不是指向理想、信仰、德福配称等较为高尚的鹄的，也指向个人的终极解脱（叔本华、尼采式的较强虚无主义的哲学价值指归大略也可以归入此类）。但弗洛伊德认为这些说法大抵只是学究气的高头讲章而已。主体活动的终极目的就是求快感，那种基于欲望本体的快感欲求：“自我认识有一个外在的世界是被那些频繁出现的、不可避免的和多种多样的痛苦及不愉快的感觉提供的，仍然行使自由支配权的快乐原则（pleasure principle）命令自我取消或避免这些感觉。这种倾向的产生是要使一切能产生痛苦的东西和自我分离，把痛苦驱逐出去，从而产生一种纯粹的快乐自我（pleasure-ego），这是和一个奇怪而又使人恐惧的外部世界形成了对抗的自我。这种原始的快乐自我的局限性无法逃脱通过经验所做的再调整。”[②] 所有的主体的合目的性的活动，都可以归结到这种求快感的目的上来。即使是被历代贤人反复歌颂的、仿

---

① 弗洛伊德说过：“自我没有任何明显分界地向内伸展，进入一个潜意识的（unconscious）心理实体，我们称之为本我（id），而自我只是本我的一个外表。”（弗洛伊德：《文明及其缺憾》，弗洛伊德：《弗洛伊德文集 8：图腾与禁忌》，车文博主编，长春出版社 2010 年版，第 166 页。）人们还可以参照他的相关论说：

每一个人都有一个心理过程的连贯组织，我们称为他的自我。这个自我一到晚上就去睡觉了，但是，即使在这个时候它仍然对梦起着稽查作用（censorship）。自我还由此起着压抑作用，用压抑的方法不仅把某些心理倾向排除在意识之外，而且禁止它们采取其他表现形式或活动，在分析中这些被排斥的倾向和自我形成对立，自我对被压抑表现出抵抗。（弗洛伊德：《自我与本我》，弗洛伊德：《弗洛伊德文集 6：自我与本我》，车文博主编，长春出版社 2010 年版，第 120 页。）

我们现在在心理生活中划分出（我们把心理生活视为由几个机构、区域或部门组成的装置）一个地区，我们称之为自我（ego）本身，以及另一个区域，我们命名为本我（id）。本我是两者中较古老的；自我则由此发展而来，就像一层大脑皮质，是通过外部世界的影响而形成的一样。正是在本我中我们所有的主要本能才起作用的，本我中的所有过程都是潜意识地发生的。我们已经说过，自我和前意识的区域是一致的；它包括正常情况下保持潜意识的那些部分。（弗洛伊德：《摩西与一神教》，弗洛伊德：《弗洛伊德文集 8：图腾与禁忌》，车文博主编，长春出版社 2010 年版，第 304 页。）

② 弗洛伊德：《文明及其缺憾》，弗洛伊德：《弗洛伊德文集 8：图腾与禁忌》，车文博主编，长春出版社 2010 年版，第 167 页。

佛可以超度一切人类功利束缚的爱也不过如此："爱，源于自我，以自体性欲的形式满足其本能冲动的能力，这必须通过器官快乐才能实现。它起初是自恋的，然后指向对象，这一对象被引入扩展的自我之中，它将该对象作为快乐之源，表现出趋于对象的动机力量。它与后期的性本能活动保持密切的联系，一旦这些性本能被彻底合并，它才完全与性冲动相统一。"①

但需要指出的是，就现实的主体活动而言，这种求快感的目的表现是非常复杂而微妙的，在相当程度上，简直可以说是逆向操作的。如求痛苦的意愿。弗洛伊德注意到，人的快感通常需要借助痛苦的方式来抵达："我们面前若有一种癔症的焦虑，那么它在潜意识中的相当物，也可以是一种性质相类似的兴奋，如忧虑、羞愧、迷惑不安，也可以是一种'积极的'力比多的兴奋；也可以是一种反抗的、进攻的情绪如愤怒。所以每当相当的观念内容受到压抑的时候，焦虑简直是一种通用的钱币，可用以为一切情感的兑换品。"② 这种求痛苦的意愿甚至可以发展成为一种求毁灭的欲望："人类文明史毋庸置疑地揭示，残酷与性本能之间

---

① 弗洛伊德：《本能及其变化》，弗洛伊德：《弗洛伊德文集3：性学三论与潜意识》，车文博主编，长春出版社2010年版，第157—158页。

弗洛伊德还尖刻地攻击所谓父母之爱的本质：

孩子将会有比父母更好的时光，父母不会再让孩子屈从于他们曾认为至高无上的东西。疾病、死亡、享乐克制与意志控制将远离孩子，自然与社会法则将以孩子之嗜好予以取舍，孩子将再次真正成为创造的中心——孩子陛下，如同我们幻想的自己一样。孩子将实现父母不曾实现的所有梦想——男孩成为伟人和英雄，以替代父亲；女孩与王子联姻，作为对母亲"迟到"的补偿。在自恋系统最棘手之点上，现实强加于父母自我的不朽性在孩子身上找到了避风港。父母之爱——动人而天真的——不过是父母自恋的再生，虽然将其转化为对象爱（object love），却明白无误地显露了它的原本质。（弗洛伊德：《论自恋：导论》，弗洛伊德：《弗洛伊德文集3：性学三论与潜意识》，车文博主编，长春出版社2010年版，第131页。）

② 弗洛伊德：《精神分析引论》，高觉敷译，商务印书馆1984年版，第326页。

弗洛伊德认为，爱也自然包含着求痛苦的目的：

正像爱与毫无兴趣的对立反映的是自我与外部世界的对立一样，爱与恨的对立则重新产生了快与不快的对立，并与第一种对立相联系。当纯粹的自恋阶段让位于对象阶段时，快与不快才代表了自我与对象的关系。如果对象变成了快乐情感之源，一种动机便产生，使对象靠近自我，并使对象与自我一致起来。然后我们就可以说，提供快乐的对象具有"吸引力"（attraction），并说我们"爱"那个对象。相反，若对象引起了不快的体验，主体便会努力增大对象与自我间的距离，并通过对刺激的消除重复对外部世界的逃避。我们感到了对"对象"的"厌恶"（repulsion），我们恨它，这一仇恨此后会发展为对对象的进攻倾向——毁掉对象。（弗洛伊德：《本能及其变化》，弗洛伊德：《弗洛伊德文集3：性学三论与潜意识》，车文博主编，长春出版社2010年版，第157页。）

关系甚密。然而，除了对力比多的进攻成了强调之外，几乎没有对这种关系做出任何解释。根据一些权威的意见，性本能中的攻击成分，实际上是同类相食欲望（cannibalistic）的残迹。也就是说，源于征服能力的这种欲望，既涉及别人的满足问题，也有利于更原始的本能需要的个体发展；还有人认为，每一种痛苦本身都包含着快感体验。所需强调的是，尚没有一种关于性变态的解释令人满意，似乎有许多的心理冲动相互作用构成了这种单一的力量（resultant）。”[①] 就弗洛伊德而言，尽管强调快感本体，他描绘人类如何快乐享用的主体形态却寥寥无几，而对诸种逆向操作形式的描述，几乎构成了其快感分析的全部。这也是快感理论对后来者真正的启迪之处。拉康正是在弗洛伊德的基础上提出了他的著名论断：阉割保证了主体以逆向的方式获得欲望的满足。[②] 弗洛伊德就像是一个病理师，他借助快感理论，深入地分析人类主体构造之奥妙、荒诞及自相矛盾，但很难说他据此提出了什么样的解决之道。在他的主体研究中，恐怕也没有什么真正意义上的解决之道。如果有人根据快感说来强调人类享用快感（尤其是性快感）的必要性、合理性是主体终极的完成之道，那么这恰是对弗洛伊德最大的背叛。

弗洛伊德还尝试将他的理论推衍人类共同体历史发展的基本动力因。在这里，他提出了一个极具个人化意味的洞见：父权的压抑及儿辈的反抗构成人类历史的基本文明脉络——不消说，此处所提及的“父亲”“儿子”，既有生理层面的

---

① 弗洛伊德：《性学三论》，弗洛伊德：《弗洛伊德文集 3：性学三论与潜意识》，车文博主编，长春出版社 2010 年版，第 22 页。他还说：

恨要早于爱，它源于自恋性自我通过排除其刺激，对外部世界进行原始否定，同时作为对对象引发的不愉快的反应，它总与自我保护本能保持密切的关系，因此，性及自我本能随时都可形成对爱与恨重复的对立。当自我本能占有性本能时，如同在肛欲攻击组织期，它们便赋予本能目的以恨的性质。（弗洛伊德：《本能及其变化》，弗洛伊德：《弗洛伊德文集 3：性学三论与潜意识》，车文博主编，长春出版社 2010 年版，第 158 页。）

我们更难以掌握死的本能……它是在爱欲背后的一个背景中存在着的东西，我们也承认，除非它和爱欲的混合把死的本能表现出来，否则它就总是躲避着检查。正是在施虐狂中，死的本能使爱欲的目的屈从于它自己的意志，同时还完全满足性的欲望，我们才能够最清楚地洞察到死的本能的本质及其和爱欲的关系。但是，即使在最盲目的破坏性狂乱中死的本能也表示出没有任何性的目的时，我们不能不承认，由于它使自我实现了最古老的全能的愿望，死的本能的满足就伴随着一种特别强烈的自恋的欢乐。（弗洛伊德：《文明及其缺憾》，弗洛伊德：《弗洛伊德文集 8：图腾与禁忌》，车文博主编，长春出版社 2010 年版，第 206 页。）

② 参见拉康《主体的倾覆和在弗洛伊德无意识中的欲望的辩证法》，拉康：《拉康选集》，褚孝泉译，上海三联出版社 2001 年版，第 631—640 页。

含义，更具文化象征的意味。从个体成长的过程来看，父亲形象对自我形成起到决定性作用：显然，这个外在客体对个人本能的压抑以及个体在对其反叛过程中所获得的快感都是无与伦比的。弗洛伊德很有道理地把父亲直接等价于超我。本我、自我、超我三位一体才构成完整的主体：

超我不仅是被本我的最早的对象选择所遗留下来的一种沉淀物，它也代表反对那些选择的一种能量反相作用（reactionformation）。它和自我的关系并不限于这条规则，即“你应该如此如此（就像你的父亲那样）”；它也包括这条禁律，即“你绝不能如此如此（就像你的父亲那样），就是说，你不能干他所干的一切；有许多事情是他的特权”，自我理想的这种两面性是从这个事实中获得的，即自我理想有对俄狄浦斯情结施加压抑作用的任务。的确，它的存在正是应该归功于那一革命事件。显然，压抑俄狄浦斯情结绝非易事。孩子的父母特别是父亲被看作是实现俄狄浦斯愿望的障碍；这样，这个幼小的自我便获得了强化，通过在自身之内建立这个同样的障碍以帮助进行压抑。做到这一点的力量可以说是从父亲那里借来的，这种出借是一个非常重大的行动。超我保持着父亲的性格，当俄狄浦斯情结越强烈，并且越迅速地屈从于压抑时（在权威权、宗教教义、学校教育和读书的影响下），超我对自我的支配，愈到后来就愈加严厉——即以良心的形式或许以一种潜意识罪疚感的形式。①

弗洛伊德认为，个体的这一成长史可以自然地、合逻辑地扩展为人类整个文明史。无非，在这个文明史的开端，儿辈与父亲的争斗完全是赤裸血腥与暴力的：

他的儿子们的命运则十分艰难：如果他们引起了父亲的妒忌，就会被杀掉，或者被阉割，或者被驱赶出去。他们唯一的办法是以小团体的形式聚集在一起，

---

① 弗洛伊德：《自我与本我》，弗洛伊德：《弗洛伊德文集6：自我与本我》，车文博主编，长春出版社2010年版，第133—134页。他还说：

自我理想在一切方面都符合我们所期望的人类的更高级性质。就它是一种代替做父亲的渴望而言，自我理想包含着一切宗教都由此发展而来的萌芽。宣布自我不符合其理想，这个自我判断使宗教信仰者产生了一种以证明其渴望的谦卑感。随着儿童的长大，父亲的作用就由教师或其他权威人士继续承担下去；他们把指令权和禁律权都交给了自我理想，并且继续以良心的形式行使道德的稽查作用。在良心的要求和自我的实际表现之间的紧张是作为一种罪疚感被经验到的。社会情感就建立在以别人自居的基点上，建立在具有同样的自我理想的基点上。（同上书，第135页。）

通过抢夺而使自己得到妻子，而且当他们中的某个人能在这一方面取得成功时，便使自己抬高到与原始部落中的父亲相类似的地位。由于自然的原因，最小的儿子便占据了格外有利的地位。他们受到母亲爱的保护，并且能够利用父亲年事日高的现实，在他死后取而代之。我们似乎发现，在许多传奇和童话故事中都有驱逐长子和喜爱幼子的反响……我们假设，他们不仅痛恨和害怕他们的父亲，而且把他作为一个榜样来尊崇，而且他们每个人实际上都想取代他的位置。如果是这样的话我们就可以把同类相食的行为理解为企图通过吃掉他的一块肉来确保与他的认同作用。①

儿辈与父亲的对抗，产生了“英雄”，“所谓英雄，就是一个有勇气反抗他的父亲并最终战胜了他的父亲的人。”② 最终也逐步形成了各种文明秩序，诸如婚姻、伦理、道德、律法、神圣物以及牺牲、原罪、上帝、幸福、拯救等超越性观念。但这些与文明秩序相关的事情，并不是对暴戾的原始父亲的超越，只是一种掩饰而已。它们掩饰的是儿辈暴力反抗父亲的罪疚感，同时也掩饰儿辈中的获胜者——下一代父亲力图控制下一代儿辈的狡计。正是在这个意义上，弗洛伊德认为悲剧文体是一种具有决定意义的文化符号。因为悲剧从其核心来说，就是先民对其父权抗争史的转喻：

兄弟团伙中的每一个成员当然都希望自己单独去干这件事，以便为自己创造一个非我莫属的地位，找到一个替代物作为他与父亲的认同，如果他置身于兄弟团伙之中，则他不得不放弃这一位置。如果没有这样的头目，那么，基督就是个未能实现愿望幻想的继承人；如果有一个头目，那么，这个头目就是他的继承人和他的灵魂再生。但是，无论我们在这里描述的情况是一种幻想，还是一段被遗忘的现实的回归，不管怎么说，关于一个英雄概念的起源都可以在这里找到——这个英雄总是反叛他的父亲，并且以某种方式杀死了他。这也是戏剧中英雄的“悲剧罪疚”（tragic guilt）的真正根源，否则便难以做出解释了。我们几乎无须怀

① 弗洛伊德：《摩西与一神教》，弗洛伊德：《弗洛伊德文集 8：图腾与禁忌》，车文博主编，长春出版社 2010 年版，第 294 页。

② 同上书，第 244 页。

疑，古希腊戏剧中的英雄和颂歌代表着同一位反叛的英雄和兄弟团伙；在中世纪剧院里重新上演的是表现耶稣蒙难的故事，这不能说是毫无意义的。[①]

尽管身处历史文化氛围的影响，弗洛伊德的父权论有时还不免带有男性中心主义的色彩；其原始父亲的假说，至今亦无过硬的文献材料及人类学研究佐证，略有玄学假想的意味，但他对于父权制度特性的直觉概括，至今仍具有巨大影响力。

弗洛伊德的理论仅是精神分析学说的一个主要面向。其他重要的精神分析家，如荣格的原型理论，梅兰妮·克莱因的抑郁心位说及其对“鲜花与粪人”梦的阐释，拉康的镜像说及其对克洛岱尔的阐释，安娜·弗洛伊德（弗洛伊德之女）对安吉拉“墙之梦”的阐释，唐纳德·温尼科特（Donald W. Winnicott）对多丽丝“消除自己”症候的阐释，海因兹·科胡特（Heinz Kohut）对美国式“超级英雄”的研究以及齐泽克的电影理论，都从各自的角度，对现代主体的特殊处境做了深刻洞察，并对戏剧、影视的研究与创作产生了巨大影响，在此限于篇幅，不再展开讨论。

三　图　像　学

当代戏剧、影视学科的知识架构还有必要重视图像学（iconlogy）的理论与方法。

---

① 弗洛伊德：《摩西与一神教》，弗洛伊德：《弗洛伊德文集 8：图腾与禁忌》，车文博主编，长春出版社 2010 年版，第 298 页。他还说：

为什么悲剧的英雄要受苦受难呢？他的“悲剧罪过”又是什么意思呢？让我长话短说，做个爽快的回答。他必须受苦受难，这是因为他是原父，是远古时期那一大悲剧中的英雄（这一悲剧经过有倾向性的歪曲之后正被重新上演）；而悲剧性罪过则是为了使歌队摆脱他们的罪过，英雄本人必须承当的罪责。戏台的场景是经过一系列系统歪曲后的历史情景——人们甚至会说，这是最滑头的伪君子的产物。在远离现实的场景中，其实正是歌队的成员们使得英雄遭受苦难；不过，此刻他们已因同情和懊悔而身心交瘁，因而英雄只能独自承受苦难了。面对赫赫权威却恣意妄为、桀骜不驯，这一本该是歌队成员众弟兄们担当的罪责，都由他来独自承当了。因此，这位悲剧英雄尽管有违自己的意愿，还是成了歌队的救世主。（弗洛伊德：《弗洛伊德文集 8：图腾与禁忌》，车文博主编，长春出版社 2010 年版，第 110 页。）

精致的影视作品通常重视文本构造中对绘画艺术的引用和借用，以此构成互文性张力，从而起到拓展情节叙事的象征、讽喻、寓意等内涵的效果。如塔可夫斯基的《索拉里斯》对勃鲁盖尔的《雪中猎人》的引用，其《牺牲》中对达·芬奇的《三博士来朝》的引用；戈达尔的《轻蔑》开篇以碧姬·巴铎的裸体镜头援引委拉斯凯兹的《镜中维纳斯》（*The Rokeby Venus*）中的斜卧动作，其《受难记》大量援引伦勃朗、戈雅、德拉克洛瓦、格列柯的作品；布吕埃尔的《自由的幻影》对戈雅《1808年5月3日夜枪杀起义者》的引用；又如北野武的《花火》、岩井俊二的《情书》等中作为叙事核心意象的画作等，都是很有代表性的例子。

但我们在此所谈论的图像学研究的重点倒不在戏剧、影视叙事的互文性方面，它其实更关注文本细读的方法与技巧。如果暂不考虑运动、节奏及人体姿态寓动于静的特殊蕴涵，戏剧与影视的文本构成原则上都可以还原成一个特定的静态画面，简单地说，就是一幅图像。在这其中遴选若干幅有代表性的图像进行深入解析，据以研究作品的基本美学内涵及寄托，这是当代戏剧、影视学科的培养对象在学习期间所应习得的一种基本能力。基于此，为了摒弃浮泛的空谈，戏剧与影视学科有必要借鉴图像学研究的一些基本观念与技巧。这种研究范式，发端于黑格尔，19世纪中后因罗斯金、维也纳美术史学派等的工作基本成型，成为一种文化思潮。[①] 20世纪初，在瓦尔堡、潘诺夫斯基等人的引领下，图像学研究作为一种新

① 如早期卢卡奇的文体研究、本雅明对巴洛克戏剧的重视，都受到了维也纳美术史学派的影响。卢卡奇在《历史与阶级意识》中谈到过这一点："然而历史的本质恰恰在于那些结构形式的变化（19世纪真正重要的历史学家，如里格尔、狄尔泰、德沃夏克等都不能不注意到这一点），人借助这些结构形式和他当时的环境世界发生关系，这些结构形式决定了人的内部生活和外部生活的客观属性。但这一点只有当个性，即某个时代、某个人物的独特性就在于这些结构的特点，即在它们之中和通过它们被发现和被揭示的时候，才是客观上真正可能的（和才能相应地被把握）。"（卢卡奇：《历史与阶级意识》，杜章智等译，商务印书馆1995年版，第233—234页。）在晚年，卢卡奇再一次向维也纳美术史学派的前辈致意："当时我正处于从康德转向黑格尔的过程中，然而我同所谓'精神科学'方法的关系并没有什么改变，这种关系主要是基于我青年时代从狄尔泰、席美尔、马克斯·韦伯的著作中得到的印象。《小说理论》事实上就是这种精神科学倾向的一种典型产物。1920年，当我在维也纳结识马克斯·德沃夏克时，他告诉我，他认为这部作品是精神科学思潮最重要的出版物。"（卢卡奇：《小说理论》，燕宏远等译，商务印书馆2012年版，第3页。）

兴的学科基本成熟，在西方思想界被承认是“艺术科学”（kunstwissenschaft）[①]。

戏剧与影视学科需要在图像学研究中借鉴一些什么呢？本文笔者尝试从以下几方面谈一点体会。

首先是图像志（iconography）的观念。所谓图像志，其实就是指出研究者要有强烈的文献搜集、整理、分析的意识；强调这是一切学术判断的起点，一定程度上，它甚至就可以被当作图像研究本身。这不仅是因为在图像学的发展历史上，“艺术科学与艺术文献的界线的划分”本来就是比较“随意”的，[②] 并且更基于这样的信念：“造型艺术的历史学家是这样的历史学家，他的根本的文献恰恰是绘画和建筑。只要他向这些文献提出具体的问题，他就有希望获得答复。”[③] 潘诺夫斯基说：

---

① 贡布里希：《艺术科学》，载贡布里希《艺术与人文科学：贡布里希文选》，范景中编选，浙江摄影出版社 1989 年版，第 425—444 页。

② 贡布里希说：

自 19 世纪以来，艺术科学便被理解为对过去和现代的艺术的各种研究，这些研究本着这样的认识，即除了狭义上的学院的艺术史专业之外（它大多局限于基督教西方），它还包括涉及了建筑和绘画的史前和古代史、人类学、东方学、古典考古学和民俗学。划分艺术科学与美学（后者被看作哲学，探讨的是艺术和自然中的美感问题）以及历史科学的界限因人而异，有的强调艺术科学与历史方法的关联，有的则欲突出它与心理学的联系。与此相应地，艺术科学与艺术文献的界线的划分也较随意，但是，艺术科学所追求的要远远超出寻求客观判断的做法，也就是说，它要提出可以检验的假说，或者至少是可以讨论并有希望决定的假说。（同上书，第 425 页。）

维也纳美术史学派代表人物施洛塞尔在谈到法国学术界对于图像学研究的重大贡献时，就指出法国学术界的贡献主要集中在文献领域：

除德国外，我要谈到的另一个国家是法国，美术史在法国选择了完全不同的发展道路。早在 17 世纪，法国就对国家的“高卢”历史进行了研究，带有明显的古典倾向。那是一个大百科全书和历史文献学文献汇编的世界，是蒙福孔（Monfaucon）、迪康热（Ducange）、莫尔会修士（Mauriner）和博兰德会成员（Bollandisten）一直到米涅（Migne）的《神学通论》（Patrologie）的世界。重要的是，西克尔为维也纳学派奠定的至关重要的新基础与古文字学家和古文书学家的这些作品以及巴黎著名的文献学院颇为相关，当然这一基础浸透了真正的德国历史文献学精神。此外我们已经看到，艺术的第一部宏大通史（Universalgeschichte）并非伟大的温克尔曼式的理论，而是从对个体艺术品的研究出发。这部著作诞生于一切美术史的故乡意大利，其作者却是一个旧王朝的法国人塞鲁·德阿然古。尽管德阿然古、克拉拉克（Clarac）以及巴黎短命的拿破仑中央博物馆表现出不同的倾向，但随着帝国建立出现了一股强大的动力，使法国意义上的“考古学”（Arch é ologie）工作得到长足发展。“考古学”不仅像我们德国人理解的那样研究“古典”文物，而且适用于上述作为“中世纪”序幕的“高卢罗马”时期的国家史。（施洛塞尔：《美术史里程碑：维也纳美术史学派》，张平等译，北京大学出版社 2013 年版，第 19—20 页。）

③ 贡布里希：《艺术科学》，载贡布里希《艺术与人文科学：贡布里希文选》，范景中编选，浙江摄影出版社 1989 年版，第 442 页。

图像志的“graphy”来源于希腊语动词“graphein”，意为“书写”。表示纯粹描述性的，而且常常是统计性的方法。因此，正如“ethnography”（人种志）是关于人类种族的描述与分类一样，“iconography”（图像志）是关于图像的描述与分类。这是一种有限的辅助性研究，它将告诉我们，某一特定主题在何时、何地、被何种特殊母题表现于艺术作品之中。例如，它告诉我们《磔刑图》中的基督在何时何地缠上腰布，又在何时何地身裹长衣。在何时何地，《磔刑图》中的基督被三根或四根钉子钉在十字架上。此外，它还告诉我们，“善”与“恶”在不同时代与环境中有怎样的不同表现。在进行这一描述与分类时，图像志还在确定作品的制作年代、地点及其真伪等方面向我们提供难以想象的帮助，并为进一步的解释提供必要基础。但是，图像志本身并不试图做出这样的解释。它收集证据，进行分类，但不认为自己有义务或资格去探究这些证据的缘由与意义，如各种“类型”的相互作用，神学、哲学与政治观念对作品的影响，不同艺术家及赞助人的目的与爱好，各种概念及其在不同特殊场合中所体现的视觉形式之间的相互关系。简而言之，图像志能够发掘美术作品的固有内容所包含的一部分因素，但是要对固有内容的知觉进行表达和传授，那就必须使作品中所有的因素变得清晰明确。①

对研习者来说，尤其需要理解图像志的特点是在于描述而不是解释，缺乏扎实的描述，所谓“解释”不过是空谈与妄评。而扎实的描述则需要对细节观察的能力②和明晰的分类意识，这其中，甚至有必要借助自然科学的某些分类、分析

① 潘诺夫斯基：《图像学研究：文艺复兴时期艺术的人文主题》，范景中等译，上海三联书店 2011 年版，第 6 页。

② 罗斯金说：

也许从我们在绘画作品里建立起细节实体的意图比从任何一个例子更能说明这一点。从婴儿的视角出发，我们寻找特定的特征，完美地达成任务——我们热衷于散落在那些精心绘制的不同枝叶花瓣上的名贵鸟儿的华美羽毛——当我们的判断能力进一步发展了，我们便会对这样的细节冷眼相看。我们希望行动是激烈的，同时效果是多方面的。尽管判断是完美的，我们花费了好大力气回归的却是最初的感觉，感谢拉斐尔在人迹罕至的沙滩上为我们留下的贝壳，以及充满灵性的圣凯瑟琳和草本的精致雄蕊。[罗斯金：《现代画家·前言》，载罗斯金《现代画家》（第一卷），唐亚勋译，上海三联书店 2012 年版，第 14 页。]

他还说：

快速、强势的画家必然努力关注那些捕捉每个微小细节而不是宏伟印象的人，这使得他基本上感受不到绘画上的最后一步伟大的步伐——通过这样的步伐，微小细节和宏伟印象可以和谐共存。（同上书，第 15 页。）

原则，[①] 当然，传统艺术研究中的母题、主题辨析能力更是不言而喻的基本能力之一。

研习者还应认识到，图像志是一种缺乏趣味性的工作，恰如罗斯金说的那样，这类工作可能“非常无趣、艰苦，尤其是因为在此过程中我不能引用关于美的原则或是涉及关于情感的影响。这属于对物质艰难而直接的归类，而不是对思想或感情的研究”[②]。但它无可争议是基础性的构造，朴实无华，包含着对研究主体精神培育的巨大考验。

图像学研究还应当是一种图像的博物志式的研究。研究者需要专心考察单个图像的生产与其所处社会文化环境全面、复杂生动的关系。相当程度上，这可能是一种过于烦琐的、事无巨细的、类似博物馆一样的对相关资料进行分门别类的搜集与整理。瓦尔堡正是这种研究模式的集大成者：“让艺术科学从它自择的孤立状况中走出来，瓦尔堡（A.Warburg）（1866—1929）和他的学生们在这方面表现得最为坚定……他致力于揭露所有交织在单个艺术品中的线索……”[③] 瓦尔堡这种

---

① 罗斯金说：

画家必须通过地理和气象的精准度知晓每一种岩石、土地和云彩。这并不仅仅是为了得到这些次要特点的特征，更确切地说是为了追寻那种能够从每一幅自然风景画的总体效果中体会到的简单、真诚且持久的特征。[罗斯金：《现代画家前言》，载罗斯金《现代画家》（第一卷），唐亚勋译，上海三联书店2012年版，第19页。]

② 同上书，第25页。

③ 贡布里希：《艺术科学》，载贡布里希《艺术与人文科学：贡布里希文选》，范景中编选，浙江摄影出版社1989年版，第441页。

瓦尔堡图像博物志的搜罗与整理有一个基本特点，他重视一切图像制品，可谓无远弗届，决不限于所谓的绘画艺术。研究者指出：

你们将清楚地看到瓦尔堡探索他的极化理论所涉及的范围之广，他不得不放弃了传统的艺术史领域，而进入甚至专业艺术史家都倾向于回避的领域——宗教崇拜史、节日史、书籍与文化史、魔法与占星术历史。然而，仅仅因为他对揭示这些紧张对立关系感兴趣，这些中间领域才对他有重大意义。节日的本质就在于社会生活与艺术之间，占星术与魔法介于宗教与科学之间。瓦尔堡想探索得更远一些，总是选择研究那些历史时期中的中间领域，他认为这些历史时期充满过渡与冲突，如早期的佛罗伦萨文艺复兴时期、荷兰巴洛克时期、后期古典古物时期的东方化阶段。另外，在这些时期里，他总是试图进行对人的研究，这些人无论是通过其职业或其财富都占有模糊的位置。例如，商人同时又是艺术爱好者，他们的审美趣味混杂着商业利益；占星家将宗教政治与科学混合起来，创立他们自己的“双重真理”（double truth）；哲学家的图像想象与他们追求逻辑秩序的渴望发生着矛盾。瓦尔堡在面对个别艺术品时，他处理的方式一定是看起来与有过形式主义训练的艺术学生的方式发生某种矛盾；他按分类收集绘画的实践给予他的研究以特殊

（转下页）

博物馆式的图像考察视野，不是所谓“收藏癖”或“考据癖”的缘故，而是基于一种确定的文化信念：

瓦尔堡的一个基本观点就是任何试图把图像脱离开其与宗教和诗歌、崇拜与戏剧的关系的企图，都像是割断了其生命血脉。那些和他一样把图像看作是与作为整体的文化密不可分的人，如果他们希望让一个不再被人直接理解的图像能传出其意义，则会用不同于那些赞成“纯粹视觉”的抽象含义概念的人的方式去研究它。这不仅关系到训练眼睛去习惯、去欣赏一件不熟悉的线性风格的形式分类的事情，而且还关系到将一种特殊视觉方式中暗含的原始观念，从其落入的蒙昧中复苏。实现这一点的方法只能是间接的方法。通过用历史批评的方法研究能够与所论及的图像有关系的各种文件，人们必须用当时情景的证据证明，整个的复杂的思想（必须被分别地加以说明）都对形成图像做出了贡献。因此，显明了这类复杂关系的学者们不能假定说，研究一个图像的任务就仅仅是一件对之思考并获得当下移情感觉的事情。他必须经历一个会议的过程，在他试图理解的观念的指引下，经此之后，他方可以复活过去的经验。瓦尔堡确信，在他自己的工作中，当他反思他所分析的图像时，当大脑在渴求表现的强烈愿望下自发地合成图像（即回忆，或者更直接地说，前存在形式的复活）时，他实现了对图画记忆的类比功能。瓦尔堡把“MNHMOZYNH”（记忆之神）一词刻在他的研究所的大门入口上方，它有两层意义：一是提醒学者在阐释过去的著作时，他扮演的是人类经验的宝库的托管人的角色，但是同时，也是提醒这种经验自身就是研究的对象，它需要我们使用历史材料来探索“社会记忆”起作用的方式。①

（接上页）

的印记；他自己对艺术上很差的绘画和艺术上很好的作品一样感兴趣，实际上还更感兴趣，基于他自己公开承认的理由——因为它告诉了他更多的东西。在他研究斯基法诺亚宫的壁画周期的图像志意义时——一种绘画之谜，瓦尔堡出色地解答了——他首先研究在他看起来最弱的大师。为什么呢？因为画家必须完成的任务所提出的问题可以比较容易地在平凡之作中的缺陷里发现，重要作品的复杂结构则很难找出问题来，因为画家用精湛的技艺解决了这个问题。（温德：《瓦尔堡的“文化科学”概念及其美学意义》，普雷齐奥西：《艺术史的艺术：批评读本》，易英等译，上海人民出版社2015年版，第205页。）

① 温德：《瓦尔堡的“文化科学”概念及其美学意义》，载普雷齐奥西《艺术史的艺术：批评读本》，易英等译，上海人民出版社2015年版，第203—204页。

阿甘本的《宁芙》对瓦尔堡图像博物志工作所包蕴的哲学内涵做了深刻的再诠释，值得参看。

瓦尔堡式的研究可能是图像博物志构建一个极致的范例，非常人力所能及，但没有疑问，图像的研究应该置于一个尽可能的广阔的背景联系中来做理解，至少需要特别关注图像生产与绘画、小说、戏剧、诗歌、音乐、建筑、舞蹈这些特别具有形式关联的人类精神活动的关系研究。

从黑格尔开始，图像学研究者们便一直重视图像生产的这种关系研究，他们对于图像生产与人类精神活动整体的关系，经常有精彩的勾勒。此处略引一段德沃夏克对勃鲁盖尔绘画风格与欧洲写实主义艺术兴起关系的论断：

我们已经提到勃鲁盖尔民俗场景类似于莎士比亚的作品，不过人们看不出其间有什么直接的关联。其实这种“关系”是极为重要的新发展所带来的结果，在16世纪末所有伟大的艺术家和诗人都本能地转向了这一发展方向。从拉伯雷和勃鲁盖尔，到塞万提斯、莎士比亚和卡洛，一种新的写实主义图画和诗歌逐渐成熟起来。这种写实主义的本质是对真实生活的发现与艺术表现，当艺术家仔细观察普通人的精神与身体特征时，真实的生活便浮现出来了。在拉伯雷的《卡冈都亚》中，这种新现实主义采取了夸张的滑稽模仿形式，仍然局限于早期的风格要素。于是，勃鲁盖尔便担当起揭示这种新现实主义全部潜能的任务。他大胆创造出一些形式，可以最简单、最有效地表现写实主义。另一方面，在塞万提斯的笔下，现实主义表现为绝妙的讽刺，与传统观念形成鲜明对比，而莎士比亚则以它作为戏剧的坚实基础。确实，这位伟大的伊丽莎白时代剧作家所塑造的丰满的人物形象，正脱胎于这种现实主义。这些英国人的形象与米开朗琪罗所创造的人物是那么的不同，是实实在在的心理研究，而这位意大利大师创造的人物是些英雄形象，是永恒的、超越现实性的。卡洛也采纳了这种现实主义，但在人物中灌注了启蒙运动的精神。因此，这一发展不仅仅是欧洲北方地区在手法主义时期达到的顶峰，也使伟大的诗人和艺术家能够表达出他们新的生活哲学。事实上，这些人的工作创造出了一种新的艺术风格。尽管有来自17、18世纪英雄风格的压力，但是这种新风格还是成为现代艺术的构成要素之一。①

诚然，这类分析与瓦尔堡式图像博物志的研究还有一定距离，但足以让人

① 德沃夏克:《作为精神史的美术史》，陈平译，北京大学出版社2010年版，第106—107页。

们站在“一幅我们文化宇宙的粗略地图”[①]前来理解勃鲁盖尔民俗画的精神内涵了。——而前辈的这些光辉范例亦足以表明，我们完全有可能通过细节、形式的研究，将戏剧、影视的图像构造与其叙事手法、主题等更深入细密地结合在一起。

在图像志和图像博物学的基础上，图像还需要得到一种含有形而上预设的价值解释。这是图像学研究的题中必有之意，即使是瓦尔堡那种无尽博物式资料搜罗的研究方式，也不拒斥这一点，他“并没忽略内容的意义”，“他的著述是不能像时有发生的那样当作主要是‘图像志的’研究来读的”[②]。潘诺夫斯基强调过“图像学”（iconlogy）一词价值解释的面向：

正是由于“图像志”这个词的普通用法有这些严格的限制，尤其在美国，所以我建议启用一个相当古老的术语：“图像学”，凡是在不孤立地使用图像志方法，而是将它与破译难解之谜时试图使用的其他方法，如历史的、心理学的、批判论等方法中的某一种结合起来的地方，就应该复兴“图像学”这个词。后缀“graphy”意味着某种描述，而“logy”则表示某种解释，它来自意为“思考”和“理性”的“logos”，例如，《牛津词典》（Oxford Dictionary）给“ethnography”（人种志）下的定义是“关于人种的描述”，而将“ethnology”定义为“关于人种的科学”。《韦伯斯特词典》（Webster Pictionary）亦对这两个术语的混淆用法提出明确警告。它指出“ethnography”仅限于对不同民族与人种的纯粹描述性处理，而“ethnology”意味着民族与人种的比较研究。因此，在我看来，“iconology”是一种具有解释性功能的“iconography”，其作用不应当限于初级阶段的统计性调查，而是应该成为艺术研究的组成部分。但是，确实还存在着某种公认的危险：“iconology”（图像学）可能不会像相对于“ethnography”（人种志）的“ethnology”（人种学）那样行事，而是像相对于“astrography”（占星志）的“astrology”（占星学）那样行事。[③]

---

① 贡布里希：《理想与偶像——价值在历史和艺术中的地位》，范景中等译，广西美术出版社2013年版，第29页。

② 贡布里希：《艺术科学》，载贡布里希《艺术与人文科学：贡布里希文选》，范景中编选，浙江摄影出版社1989年版，第441页。

③ 沃尔夫林：《美术史的基本概念：后期艺术中的风格发展问题》，洪天富等译，中国美术学院出版社2015年版，第20页。

但以何种方式来解释图像所包孕的精神价值呢？在黑格尔的影响下，维也纳美术史学派强调时代整体氛围对于创作者个体的影响："我们逐渐理解，作为特定气质表现的个人风格，尽管错综复杂，却受制于总体风格。这对描述性的美术史来说，是大有文章可做的。个人总是归属于较大的群体，所以艺术发展的过程不能简化为一系列孤立的点。"① 也就是说，一个有足够精神分量的作品，总在有意无意地折射一种精神合力的东西，而在这种合力中，人们或许能够探寻历史的命定脉络，或是人性、共同体根本的奥秘："形式感与精神和道德的因素产生了直接的联系，而美术史面临的值得一为的任务，就是系统地研究民族的形式心理学。一切都相互关联，荷兰人物画中的静态姿势也成了建筑领域的意境基础。"②

但也有一些研究者，如英国著名的艺术史大家贡布里希指责说，这种解释的思路，未免有太强的历史合目的论的印记。他在很多场合都强调说：黑格尔式的思路得不到艺术史的资料印证，因为所谓"精神合力"之类的说法大抵是后人对名家名作的终结，从学理上说是一种非常含混与主观的东西。③ 而现有资料表明，艺术的创造——包括那些被认为是艺术史上的重大事件，多来自作家对前辈惯例、准则的继承与变化。在艺术史上，我们只能看到创造者个性自由展

① 沃尔夫林：《美术史的基本概念：后期艺术中的风格发展问题》，洪天富等译，中国美术学院出版社 2015 年版，第 23 页。

② 沃尔夫林说：

我们通过概略地叙述个人风格、民族风格和时代风格这三个例子阐明了一种美术史的目的，它把风格主要理解为表现，是一个时代的表现，一个民族气质的表现，也是个人性情的表现。显然，以此并不能触及艺术品的质量：光靠气质不能造就艺术品，但在广义上它恰恰像个人和群体的特定的美的理想一样，都被称为风格的重要成分。此类美术史的著作还远远没有臻于完美的境界，但是，这是一项迷人而让人愉悦的任务。（沃尔夫林：《美术史的基本概念：后期艺术中的风格发展问题》，洪天富等译，中国美术学院出版社 2015 年版，第 25 页。）

③ 贡布里希说：

我本人愿以整卷的论艺术鉴赏的著作换取 H. 托尼（R.H.Tawney）在他那优美的讲演（1949 年）"社会史与文学"（Social History and Literature）的结语中的下述段落：

除了几句老生常谈之外，实际上目前我们对于某个时期的艺术成就与某个时期经济生活的特点之间的关系——如果存在这种关系的话——几乎一无所知，坦率的做法就是承认我们无知。（贡布里希：《理想与偶像——价值在历史和艺术中的地位》，范景中等译，广西美术出版社 2013 年版，第 150 页。）

现历史[①]以及惯例（前辈准则）的继承、发展史。[②]他说："我希望并且相信，如果我们也把注意力坚定地集中在人类的个体上，文化的研究也会取得进展。艺术运动与艺术分期不同，艺术运动是由人发动的。一些人半途而废，另一些人后来居上。每个运动都各有一些献身者为核心，加上一群追随者，还有一些狂热分子。"[③]

当然，思路敏锐的人们可以立即质疑：按照贡布里希的说法，个人所继承的这些惯例、准则又是从哪里来的呢？它们难道不也是一种预设的形而上的立场吗？如果是这样，这和他批判的黑格尔主义有什么两样呢？贡布里希承认这种质疑的合理性，但他拒绝以更激进的方式——也就是后现代式否认一切价值准则、用"怎么都行"的方式解释图像。他说："如果我们的一切反应都同样是主观的，那么就再也没有什么标准可言，准则的观念也就自行崩溃了。"[④]而在他看来，"准则是知识生命的一个事实……我们不能从零开始。人们必定要承袭某种整体观念，这种观念必定为人们提供一个出发点，即使人们对它的真实性进行争论。"[⑤]因此，合适的办法是做一个"骑墙派"，在黑格尔主义和绝对个人主义的怀疑论之间骑墙："我相信这是我所能采取的唯一立场。"[⑥]

---

① 贡布里希举例说：

米开朗琪罗并不是由于出名人们才称他伟大。他是由于伟大才出名的。不管我们喜欢他与否，他的伟大是我们受命讲述的这个故事（story）的一个成分。它构成了情境逻辑的一部分，没有它，历史将陷入混乱。（贡布里希：《理想与偶像——价值在历史和艺术中的地位》，范景中等译，广西美术出版社 2013 年版，第 150 页。）

② 贡布里希说：

根据托尼的问题，他的工具箱里没有测定那些值得检查的"艺术成就"的工具。不管他是否了解，他将不得不依靠保管准则的艺术史家。准则是我们的出发点，是关于我们所谓精通的那个制像方面的指导理论。它也许和其他理论所能达到的一样，并非确实可靠，但是，我们和社会科学家从来都不能忽视它。对创造力过程感兴趣的心理学家，研究投资与开明的赞助之间相互关系的经济学家，探讨趣味浪潮起落的社会学家，在他们对什么是要使用的证据和什么是他们的 explicandum（解释）做出决定之前，他们都不能够开始他们的工作。在我开始提出尽管社会科学家能够帮助艺术史家，却不能取代艺术史家的时候，我想到的正是这一点。（同上书，第 151 页。）

③ 同上书，第 54 页。

④ 同上书，第 143 页。

⑤ 同上书，第 162 页。

⑥ 同上书，第 163 页。

必须指出的是，随着近来视觉理论的迅速发展，研究者们在创作者个性和时代精神整体氛围之间，越来越多地获得了一些能够兼顾平衡并显得自然的阐释技巧，而不是贡布里希那种多少显得有点生硬的“骑墙派”方式。我们在此以布列逊与克拉克的研究为例对一些问题申说一二。

布列逊总体来说是偏重阐释图像作品中创作者的个性内涵，主要借用了拉康的凝视理论以及布鲁姆“影响焦虑”的批评模式。但他也重视作家个人才能和创作欲望所包含的社会时代性内容。

布列逊不同意贡布里希关于惯例、准则的说法，讽刺说“贡布里希讲述的故事是一个强大无比的传统的故事，是全然有益的形式和图式的遗产代代相传的故事”①。他认为，“传统的作用就是催眠，除非它能通过抑制自身的办法开辟出一块可以使我们独有的视觉得到保护与培养的空间；传统就是使人衰弱下去，除非它把过去的重压转到自己身上从而扫除它的障碍；传统就是使人失明，除非它的辉煌夺目会因一种决意的遗忘而黯然无光。”② 以口口声声复兴古典主义正统的法国新古典主义画家们为例，只有弄明白他们在画技上刻意与前辈竞争的那些部分，而这些竞争又如何映现着与时代共情的那些欲望，人们才能够很好地理解创作者的天赋所在。像大卫，他的一个突出的才能就是能够创造性地运用与前辈相近的图式与符号来传达独特的死亡体验——而这无疑与他对法国大革命暴力属性的激情体验紧密相关：

> 吸引大卫兴趣的是上述那些符号的毁灭性色彩以及它们与有生命的肉体的你死我活的倾向，而且在这里他的诸铭文都是为绘画本身、为正是我们在画中所无以寻找的那种光、空气和活生生所见的转瞬即逝或净化的特性而表述的。作为社会化的视觉主体，我们也注定要面对（across）那种先于我们而存在的诸种视觉系统去看事物，并将持续到我们化为尘土之时。即使是在最春意盎然的绘画的符号里，我们看事物也总是面对着（across）我们自身的死亡的。③

① 布列逊:《传统与欲望：从大卫到德拉克罗瓦》，丁宁译，浙江摄影出版社 2003 年版，第 20 页。

② 同上书，第 41 页。

③ 同上书，第 111 页。

而克拉克相对来说更重视图像与外部环境关系的研究。他基于具有西方马克思主义色彩的意识形态理论和阶级分析方法，分析图像中一些长期被人忽略或未能予以系统考察的细节，研究个人创作如何与社会文化氛围形成微妙的互动关系，就是说，社会文化的压力如何变成改变画作的惯例并让自身现身为一种特定的文化症候。① 他以马奈的《奥林匹亚》为例做了精彩的个案分析。同样是表现裸体女人，为什么马奈的《奥林匹亚》一时间被当作了伤风败俗的典型呢？克拉克指出，《奥林匹亚》式的裸体展示和传统绘画在技法上有着根本的不同，堪称是一种真正意义上的“赤身露体”，剥去了千百年绘画常例加诸女性身体之上的诸种男性想象，只展示女性胴体生物性的一面。这是左拉式的社会批判意识的自然流露：

“赤身露体”是一个词（或者说一种可能性，一种中断），与复杂领域里的各种他者相对——很明显与“裸体”（the nude）相对，还与“交际花”和“妓女”相对，与“女人”“欲望”、犯罪、社会流动、伪装、自制、放纵和金钱的力量相对。我还应该加上“黑暗”（blackness）的虚构，我想，它主要是作为一种奴役状态的符号，仍然被想象为存在于金钱的流通之外——换言之，一种“自然的”的隶属关系，正好与奥林匹亚“不自然的”姿态相反。“赤身露体”是用来表示具体化形式的一个词，不知何故使得刚才列出的那些形象的自由流通——它们都是变量，都是交换的旋涡中的事物——变得让人难以琢磨。“阶级”则与之

① 克拉克说：

在我看来，一幅画并不能真正表现“阶级”“女人”或“景观”，除非这些范畴开始影响作品的视觉结构，迫使有关“绘画”的既定概念接受考验。（这是像绘画这样的传统手艺表面上守旧性的另一面：只有在传统规则和惯例仍然在影响决策的实践中，改变或打破规则的目的——及其力量和重要性——才会变得清晰起来。）因为只有当一幅画重塑或调整其程序——有关视觉化、相似性、向观者传达情感、尺寸、笔触、优美的素描和立体造型、清晰的结构等的程序时，它才不仅将社会细节，而且将社会结构置于压力之下。于是，至少在某一刻，它就有可能抓住一般文化现象的固定表达方式，以及同一性与差异的生产方式——有关自我与他者，“内在”与“外在”，自由与自我意识等的同一性与差异。换句话说，不单单是“景观”和“阶级”，而是特定形式下的视觉化了的景观和阶级，将世界划分为客观性、内在性和欲望的封闭领域。我想，这就是马奈和修拉在他们的最佳状态中所做的工作，正好与戈纽特和卡勒波特（Caillebotte）[或雷诺阿（Renoir）和西涅克（Signac）] 相反。（克拉克：《现代生活的画像：马奈及其追随者艺术中的巴黎》，沈语冰等译，江苏美术出版社 2013 年版，第 19 页。）

息息相关。问题是,“阶级”也是现代性得以繁荣的形象之一。阶级是它最喜欢的游戏之一;但这场游戏遵循的是所有其他游戏同样遵循的基本规则——流动、排斥、抽象、纯粹的可视性规则,以及局限于符号世界,等等。在《奥林匹亚的选择》一章中,我试图论证的是“阶级”确实出现在马奈的《奥林匹亚》中,但并不是以常见的伪装形式出现,而是以赤身露体的形式,换句话说,只有当阶级呈现为彻底地重新利用对女性身体的刻画——对欲望和女性特质最习以为常的刻画——时,阶级才能脱离“现代性”的掌控。①

克拉克的图像分析具有鲜明的价值立场,但和前辈们相比,他在讨论“形式感与精神和道德的因素”产生了何种联系话题的时候,显得谨慎得多,他有意让自己的价值分析停留在一个历史横截面的述评上,不做“历史发展必然趋势”之类的主观判断。

当代结合新兴视觉理论展开图像学研究的名家很多,不胜枚举,②我们在此不做更多的展开了。令人感叹的是,条条大路通罗马,图像学研究的道路是这样的丰富多彩,它和戏剧、影视的关系是这样直观的紧密相连,但我们一些从业人员对之却毫无知晓。他们甚至无知到了这样的程度,竟把图像当作纯粹感官刺激的东西,甚至试图根据这种“创新观念”来颠覆整个艺术传统。有投资者大胆地投资 7.5 亿人民币来表现对于“电影变成文学故事承载”的不屑,他认为一部电影只突出光影视效就已经足够:“在超级视效的电影中,一个超级人格的男孩产生爱情,可能只需要 1 分钟。过去的古典叙事电影偏重主体性,现在电影看的是主体的客体化,情景决定了你是在哭还是在笑。在魔幻电影里,细腻的感情就消失了。”③——看起来,他需要补的艺术学方面的知识太多了,图像学便当是其中的课程之一吧。虽然我们得承认他因此补交的学费是过于昂贵

① 克拉克:《现代生活的画像:马奈及其追随者艺术中的巴黎》,沈语冰等译,江苏美术出版社 2013 年版,第 23 页。

② 中文文献或可参看普雷齐奥西主编的《艺术史的艺术:批评读本》(易英等译,上海人民出版社 2015 年版)、沈语冰、张晓剑主编的《20 世纪西方艺术批评文选》(河北美术出版社 2018 年版)等。

③ 曹乐溪:《7.5 亿的〈阿修罗〉,是中国电影工业化的炼狱》,公众号“一起拍电影”,https://mp.weixin.qq.com/s/frVIFwNSq_Ub_q6JAViNXQ,2018 年 7 月 15 日访问。

了一些。

最后还应指出的一点是，在当前，跨学科和多学科领域交叉，已成为各学科建设寻找新的学术增长点的必然途径之一。除了人类学、精神分析学说、图像学，戏剧与影视学科，与其他学科知识的结合与融汇还有着非常广阔的前景，如媒介理论、宗教学（及神学）理论、女性主义、消费主义、生态主义、西方马克思主义的意识形态理论、空间理论、文化产业理论，乃至法学、政治学、城市学等，都有可能为戏剧与影视学科的发展增添新的知识学的动力。不同学校自当根据自身的学科特色和人才储备优势来寻找拓展学科知识基础的突破点。

《文艺复兴以来的欧美文学史》* 书评

法国著名学者保尔·梵·第根教授（Paul Van Tieghem, 1871—1948），作为比较文学学科的奠基者之一，其学术声名在中国是早为人熟知了的。他的《比较文学论》早经戴望舒译出，由商务印书馆出版（1937）。尽管他的学术观点已为我国学者广泛征引，但遗憾的是，他的《文艺复兴时期的拉丁文学》《文艺复兴以来的欧美文学史》《欧洲浪漫主义》等重要著作，长期以来却没有得到系统的译介。从这个角度来说，人民出版社出版的这部《文艺复兴以来的欧美文学史》仍有着重要的学术意义。

在改革开放之前，我国介绍欧美文学的整体框架，一般来自苏联的文学界。其中对文学发展基本面貌的勾勒方式，对具体作家、作品、流派的判断，现在看起来无疑是带有很大的局限了。改革开放之后，这种情况当然已得到极大的改变。总的来看，这些年来我们出版的多种文学史，大体集中在国别史（通常还是断代史）、专门史（诸如西方科幻小说史）、流派史上。这些文学史大多具有很高的学术价值，但一般读者阅后并不容易从一个足够宏大、准确的文学艺术历史背景中来理解某个特定对象的价值意义。其实不但是一般读者，即使是专门的文学研究者，如果对其脑海中那些来自教科书的知识背景略有存疑，即不用那基本是源自苏联的“现实主义精神”与“浪漫主义精神”交错斗争的图景来诠释西方文学发展情况的话，他们也容易发现自己关于西方文学发展的了解，常常会是断片式的，对一些重要人物、事件的判断则是相当模糊的。另外，西方近年来出版的某些文学史著作，卷帙过于浩大，动辄十来卷甚至数十卷，足令一般读者望而

---

* 保尔·梵·第根（Paul Van Tieghem）：《文艺复兴以来的欧美文学史》，谢钟滉译，人民出版社 2015 年版。

却步。因此，对当前中国的人文知识界来说，引入一部篇幅适中，论断准确、扼要、有力的西方文学通史，自有其必要性。

《文艺复兴以来的欧美文学史》尽管初版于80余年前，但以今天的眼光来看，它在多个方面仍具有难以企及的重大特性。这主要体现在：

第一，这是一部真正的通史意义上的文学史著作。第根教授在不大的篇幅中，对文艺复兴以来欧美两大洲文学发展的基本状况做了一个扼要的勾勒。论著视野遍及两大洲近600年来几乎所有重要语种的重要文学现象。全书涉及37个不同民族、应用35种语言或方言写作的1400余位作家，其中拉丁、法、德、英、西班牙语等，作者根据的都是第一手文献，其他语种的资料一般也都采用了当时最权威的研究材料。作者曾经感叹："书里正文的一行，其背后有时即有一篇论文甚至一本书作根据。"（可参见本书的《作者前言》。）

第二，作者根据自己的研究心得，对欧美文学中各种复杂的承继关系，创新突变的原动力，文学体裁形式流变的核心要素（所有做过文学史研究的人都知道，此种研究是最烦琐又最精致微妙的，研究者需要有极广阔的阅读面，又要有精审的判断力）等等，做出了富有个人美学趣味的论断。这些论断的绝大多数，今天看起来也仍然是非常稳固的。

第三，书中对文学发展动力机制的解释、对文学发展与其他各社会文化现象复杂关系的勾勒，在很多方面是极具启发意义的。作者对近代大众传媒与文学生产关系具体而微的描述，对神学写作在文学写作中的地位与局限的研究，对文学历史中女作家地位的重视等等，现在回顾起来，其实都具有开风气的意义。尤其是对女性写作的重视，更是该书的一大特点。从16世纪里昂的路易丝·拉贝等人开始，直至近代以来的法国女作家乔治·桑、柯莱特，意大利女作家内拉，捷克女作家聂姆采娃、波兰女作家奥尔采什科娃，西班牙女作家克拉林，挪威女作家温塞特，英国女作家伍尔芙，等等，全书对每个时代、不同语种女作家创作的特点、贡献、历史地位均有较为深入的介绍。这些作家有些是广为人知的，在第根教授写作文学史的年代，也已进入所谓的西方主流文化圈，但其中更多的人则从来是被漠视或潦草带过的。第根教授根据他自己的文学史观，只问创意的高低、形式的美感、表达内容与感情的有力与否等，给予了这些女作家应有的地位。他的判断，常常颠覆人们既有的那些印象（如"女性只适合写感伤小散文，普遍缺乏驾驭宏大结构能力”等）。事实上，人们若有心将他书中关于女作家论述的部分拣选出来，稍加充实，就不难新成一本《文艺复兴以来的欧美女性文学史》了。当前某些女性文学研究者喜欢以反常的，甚至是缺少基本文学修养的女性文学作品为据来控诉男权话语对女性写作压迫、边缘化的问题，但这种批评很难说是切中了要害的。事实上，在一个更广阔、更能形成人类普遍美感共识的基础上，我们也能够发现传统话语对女性写作的遮蔽，而《文艺复兴以来的欧美文学史》就为人们提供了打开更为广阔天地的钥匙。

第四，作者重视对受压迫民族和欧洲偏远地区的文学历史的研究。通过这本文学史，读者不难建立起对波兰、捷克、匈牙利，包括巴尔干地区各民族文学历史的一般印象。离开了本书，对这些民族、地区一般的文学发展情况，直到今天我们也还可能缺乏其他更多的、权威的了解渠道。

正因为关注受压迫者的生存状况，第根教授合逻辑地也为美洲的殖民地文学留下了足够的表现空间。他的相关研究揭开了人们对世界文学版图认知的新的一页。一般来说，人们对拉美文学的重视都在阿斯图里亚斯、聂鲁达和马尔克斯等人获得诺贝尔文学奖之后。但第根教授早在20世纪30年代就已为我们勾勒了拉美文学发展的基本轮廓，对其中多位作家给予了崇高的评价。他早就断言，拉美某些作家（如巴西的阿兰卡尔、阿根廷的埃尔南德斯）已达到不逊色于欧洲大作家的水平了。

第五，该书最值得重视的一个特点是他的预见性。时过70多年再来看这部文学史，我们反而能够获得一个独特角度：即对作者文学判断的准确性有所验证。对第根教授来说，该书第五卷所书写的部分就是他亲自介入了文学当代史。他在这部文学史中高度评价的一些“当代”作家如丹麦的延森，英国的艾略特，法国的纪德、莫里亚克，西班牙的西门内斯，德语作家黑塞，等等，在该书出版后的一段时间里，都获得了诺贝尔文学奖。他对普鲁斯特在长篇小说文体上所取得突破的美学启迪意义，给予了最热情的赞美。他的这些带有预言性质的赞美，在之后的文学发展中（包括创作和理论两个方面），几乎全部得到了印证。当然，更值得一提的是他对帕斯捷尔纳克和巴别尔的预言。不可否认，第根教授对苏联是有所偏见的，这使得他遗漏了一些出色的苏联作家（如肖洛霍夫），但是，他的如炬之眼还是发现了当时无论在苏联国内还是在西方都几乎是湮没无闻的一些作家。他特别赞扬了帕斯捷尔纳克作为大诗人的成就，指出了“新晋作家”巴别尔创作的不容忽视的美学特质——巴别尔小说的价值要到1970年代才被西方的人文知识界普遍知晓。

第根教授非常尊重19世纪丹麦大批评家勃兰兑斯。勃兰兑斯不但有学者的广博才识和自由知识分子的良知，还具有历史上只有极少几位大批评家才有的那种近乎先知式的预见才能：他是欧洲最早发现并积极传播尼采、陀思妥耶夫斯基、易卜生、斯特林堡价值的学院派批评家之一。这种预见能力也保证了其名著《十九世纪文学主流》的不灭价值。而在20世纪，第根教授也是能够步武勃兰兑斯足迹的少数几位批评家之一了。

与上述这几个特点相比，该书的其他一些优点，诸如文笔简省，擅长于以极扼要文字勾勒作家与作品的基本特征，对现代诸文艺流派特质的勾勒很有哲学深度，等等，反而无须多加笔墨了。

当然，作为一部70多年前由个人独立写就的、涉及时间范围如此广大的文学通史，《文艺复兴以来的欧美文学史》不可避免地存在着一些瑕疵。择要而论，它们可能体现在以下几个方面：

第一，作者对于各种文学现象、作家作品的论断，往往非常精彩传神，但并非没有商榷之处。比如作者说萧伯纳的戏剧只有“很小戏剧价值”（见原著第368页），这种观点很难令人苟同。即使以再大的偏见看萧伯纳，也不能说他的创作只有很小的戏剧价值。

另外，由于该书是个人独立写就，精力所限，对资料的采撷难免有挂一漏万之处（尽管这种情况不算很多）。作者对于各种经典文献或时兴的文学作品的熟稔都是明显的，但对现代新发现或是重新解释的作家作品，他的评论相对来说就较多含混之处，如对毕希纳、赫贝尔等人的论断就表现出他在这方面一定的局限。

第二，对美国文学重视程度过低。这也许是该书一个真正的弱点。在第根教授写作此本文学史的时候，美国文学已经有了很大的发展，业已取得了一些公认的成就。但在他的笔下，美国似乎还是一个离世界文学主流相当遥远的“外省地区”（如以巴黎为世界文学的中心），其重要程度，大致与巴西、阿根廷、墨西哥相仿。因此，在他的笔下，马克·吐温大体算是一个儿童小说家和谐趣故事写手；刘易斯有才华，但创新能力不足；德莱塞名大于实，笔法生硬；奥尼尔基本只是一个独幕剧作家（尽管这时他已发表了《悲悼》《奇异的插曲》这样的巨制）。他留给海明威的，只有一行字的评价，而对亨利·亚当斯、杰克·伦敦、托马斯·沃尔夫、菲茨杰拉德、斯坦贝克则一个字都没提到。他对福克纳的评价高些，但也仅相当于拉美地区二流作家的水平。甚至对于美国的女作家他也似乎给予了特别的低估：书中对20世纪初期美国特别走红的几位女作家如赛珍珠（Pearl Buck，她在1938年也就是本书写成之前已获得了诺贝尔文学奖）、薇拉·凯瑟（Willa Cather）、玛丽·安婷（Mary Antin）等亦均只字未提。此种漠视和全书的整体风格实非统一。这样的文学史的考察眼光，不能说是完全公道的。从中我们也可以看出，尽管该书是一部考察欧洲、美洲文学发展历史的通史，但中心毕竟仍是基于欧洲的。

第三，该书力求全面，对一些较重要、较有特点但相对不知名的地区性作家论述较为深入。这本是一个优点，但就“书”来说，它也有一个相伴随的负面作用，那就是对一些影响文学历史发展的个体的成就论述不够充分。尽管在字里行间作者已做了明确的表述，但由于篇幅限制，读者仍然不容易明了：莎士比亚、巴尔扎克、歌德、托尔斯泰、陀思妥耶夫斯基等究竟取得了怎样的文学成就。当然，该书写作的目的就是力图在面上呈现一个欧美文学发展的总的情况，并且针对法国读者，作者还写有《现代文学系年要目》等书以作配套，但我们今天在阅读这本书时对该书这方面结构性的局限也应预先有一个了解。

第四，在阐释近现代文学发展、转变的原动力时，作者对现代文学中的种族因素未有深入考量。作者已充分考虑到了国家、民族、地域、现代哲学、宗教、阶级、性别、媒介等方面因素对现代文学的影响作用，也注意到印第安文学的一些不同寻常的特质，但并未就印第安文学、当时已初露头角的黑人文学的族类特性进行更深一步的讨论，略让人感觉遗憾。

第五，作者在探讨殖民地文学、欧洲边缘地区文学发展的情况时，主要的立足点，是阐释欧洲主流文学对它们的影响情况，至于这些地区自身的文学传统有何价值意义，基本不在考虑之列。

——这里说到的第四、第五点的问题，近乎吹毛求疵，很难想象一部70多年前的文学通史对这些问题都能的面面俱到。不过，我们今天在阅读前辈大师的作品时，对他们视界可能不到之处有所预估，也是必要的。

该书译者谢钟湜先生（1929— ），1959年交通大学动力机械系毕业，1959—1979年在西安交通大学涡轮专业任教，1965年任教研室副主任。其间，组织并参加《船用涡轮机空气动力学》一书的翻译（译自俄文，国防工业出版社1964版）。1979—1989年在上海航空工业学校任力学教师，系高级讲师。谢先生精通德、法、英、俄四国语言，1989年退休后，即在家从事翻译工作以自娱。其译作如卢卡契的《论堂·吉诃德》等多有为《文化译丛》《西文名著入门》（商务印书馆1995年版）采用者。谢先生淡泊名利，从事译事多为个人的兴趣爱好，在公开发表的作品外，还翻译了法、德及苏联大量哲学、美学、文学方面的作品。

谢钟湜先生以极大的热情和专注的精神来对待翻译事业。《文艺复兴以来的欧美文学史》一书翻译的难度众所周知。它极度凝练，第根教授经常用一个词或一个长句来表达他对一个作家的整体判断。更为复杂的是，在这种凝炼的陈述过程中，第根教授还不时掺入一些个性化的修辞偏好，他的言辞常包含某些微妙的反讽寓意。为准确传达书中精义以及其中无法胜数的细小且专门的知识点，谢先生在翻译过程中，不但仔细阅读了国内已有的各种外国文学史资料（如勃兰兑斯的《十九世纪的文学主流》、徐仲年的《法国文学的主要思潮》、李长之的《北欧文学》等），还认真阅读了十多种西方学者写就的欧美文学史原作（如H.Petitmangim的《拉丁文学史纲》等），其中如W.Scherer的《德国文学史》，不但读了多遍，还做了详细摘录。与此同时，谢先生还阅读了许多文学作品，几十本作家传记，读了莱辛、海涅、阿诺德、泰纳、布克哈特、梅林、普列汉诺夫、高尔基、卢那察尔斯基、卢卡契、玛耶尔等人的不少著作。谢先生在力图准确传达原书知识性内容的基础上，传神地再现了原书语体风格。

“悲剧”的命名及其后果*

一 “悲”从何来

中国学界对于悲剧问题有着许多的争议。本文所试图讨论的问题是：以“悲剧”这个术语来谈论悲剧问题是否是完全合适的？如果我们对“悲剧”这个现代汉语词汇先天就可能存在着一些理解上的偏差，由此引申出来的关于悲剧问题基本概念的界定是否就存在着重要局限，学界是否需要做一些根本性的反思？

辜正坤较早意识到了“悲剧”译名可能造成的理论问题。他认为，“悲剧”不是一个足够好的文学理论术语，如以这个概念统摄人们平常所谈论的“悲剧现象”，凭空增添了许多无谓的争议：

中国学术界有很多人喜欢使用“悲剧”这个术语，表面上看，这没有什么不妥之处。因为中国人本来也有自己的悲剧、喜剧、正剧之类。但这个术语的风行显然与西方悲剧理论，尤其是亚里士多德的悲剧理论的引进相关。在古希腊语中，它叫“τραγῳδία”（tragedy——引者注），“五四”前被人翻译成“悲剧”，一直沿用到现在，由于其含义与中文原有的悲剧含义有部分重合处，也有根本不同处，所以学术界一直长期误用，习焉不察。①

辜先生建议将中国人本来就有的“自己的悲剧”称为“悲苦剧”，而将

* 本文曾发表于《江海学刊》2012年第6期，发表时有删节。

① 辜正坤：《外来术语翻译与中国学术问题》，《北京大学学报》（哲学社会科学版）1998年第4期，第45页。

“tragedy”称为“悲恐剧”。①

这里且不讨论以“悲恐剧”对译“tragedy”是否妥当的问题。本文笔者认为，辜先生虽然认识到了命名问题之于中国悲剧问题研究的必要性与重要性，但对于“悲剧”这个概念的使用，则也较有代表性地体现了学界对其运用“习焉不察”的含混之处。

按照辜先生的这种说法，中国人关于“悲剧”的理解，大体断为了两截，一个是近代之前中国人自己关于悲剧的观念，另一个是“五四”以来根据西方“tragedy”这个概念来界定的悲剧。对于后者，应当不存在大的争议。因为近现代以来，中国关于悲剧的认识基本上都是源自西方的，人们都是根据西方关于“tragedy”的定义来讨论“悲剧”的相关问题。这一点，早在1904年王国维的《〈红楼梦〉评论》中已表述得非常清楚了。② 但问题是：中国传统意义上“自己的”关于“悲剧”的界定又是什么呢？

诚然，研究者们不难找出传统思想中多种能够比附西方“tragedy”传统的元素，但我们需要追问的是：传统思想中关于“悲剧”这个概念有何具体的、明确的界定或表述？当我们探寻“悲剧”一词在中国传统中较为原始、较为经典的含义时，将颇为惊讶地发现了这样一个事实：这个词在古汉语中可能是不存在的。《辞源》③《古代汉语词典》④《近代汉语大词典》⑤ 这几部较有代表性的古代汉语辞书

---

① 辜正坤：《外来术语翻译与中国学术问题》，《北京大学学报》（哲学社会科学版）1998年第4期，第46页。

② 王国维说：“昔雅里大德勒于《诗论》中谓：悲剧者，所以感发人之情绪而高上之，殊如恐惧与悲悯之二者，为悲剧中固有之物，由此感发，而人之精神于焉洗涤，故其目的，伦理学上之目的也。”（王国维：《〈红楼梦〉评论》，王国维：《王国维文学美学论著集》，北岳文艺出版社1987年版，第14页。）

③ 《辞源》（商务印书馆编辑部编，商务印书馆2009年修订本版），该词典收词一般止于1840年。

④ 《古代汉语词典》（《古代汉语词典》编写组编，商务印书馆1998年版），该词典收词范围是古代以正统书面语言写作的有代表性的古籍，其中又以先秦两汉的古籍为主。唐、宋以后古白话作品中的词语、佛经中的特殊用语、诗词曲中特有意义的词语一般不收。

⑤ 《近代汉语大词典》（许少峰编，中华书局2008年版），该词典是一本解释由唐代至清代古籍中出现的口语词的工具书，其收词还包括唐代至清代戏剧、小说、僧侣及宋儒语录等常用而一般辞书极少收录的语词和部分短语。敦煌变文、诗词曲等作品亦是该词典所收词条的重要来源。

均未收录“悲剧”一词;《古今汉语词典》[①]尽管收录了“悲剧”一词，但释义与各现代汉语词典没有不同，未能列举其在古代汉语中的用例。如果连“悲剧”这个词语都是没有的，那中国“自己的”关于“悲剧”的界定就成了一句空话。因为这时我们谈论中国“自己的悲剧”时，这种“自己的悲剧”必然也是根据西方“tragedy”的概念来命名的，其实也就是比照西方“tragedy”这一文体发展的整体脉络，研究中国文艺在文体构造形式、精神蕴涵上是否与之具有相似性可能的问题。因此，辜先生所说的对“悲剧”一词的理解断作两截的分裂可能是不存在的，“悲剧”这一词语就是对应着“tragedy”而存在的。

这当然就产生了如下问题：为什么必须以“悲剧”对译“tragedy”呢？这是一个值得追究的问题。我们知道，学界翻译西方文艺理论术语时主要采用的是两种方式（或者是基于两者的更为复杂的组合变化）。[②]一是以汉语中已有的文化词汇对译相应概念，因为人类文化现象总是有共通、近似之处的。当然，两者之间存在的差异则需要学界做出必要的解释与补充，以免望文生义，如以“小说”对译“novel”、“传记”对译“biography”、“传奇”对译“legend”大致就是属于这种情况。二是运用汉语强大的意义生成功能，新创专有名词对应西方的相应概念，如以“史诗”对译“epic”、“灵感”对译“inspiration”大致即属于这种情况。而根据以上讨论，以“悲剧”对译“tragedy”实际上应当是属于第二种情况，但学界似乎将它当作了第一种情况，这就造成了对问题的理解在开端处就产生了偏差。

不过，如果是学者新创专有名词“悲剧”对译“tragedy”这个概念，那么，在中国思想界有关问题发展变化的痕迹必然清晰可循（如严复、李善兰这些伟大思想先驱曾做过的那些工作一样），又为什么会产生这种理解上的偏差呢？我们推测，这和“悲剧”一词一个不引人注意的性质有关。这个词可能是一个外来语，它原本是日本文化界为翻译“tragedy”而新创的一个日本汉语词。当它被留

① 《古今汉语词典》（商务印书馆辞书研究中心编，商务印书馆2000年版），该词典所收字词包括现代汉语通用字、古代汉语常用字，以及其他有一定查阅价值的用字；多字条目包括古今意义兼具的语词、纯古义和纯现代义的常见语词，以及一定数量的贴近日常生活的百科词语。

② 可能还有音译的情况，如以“浪漫的”对译“romantic”。但这种现象在现代汉语趋于成熟、规范后较少，在此且存而不论。

日的中国知识分子自然习得后，由于它的构词法以及内含都和中国文化语境非常贴近，“习焉不察”，人们下意识地将它当作一个古已有之的、必然与中国传统文化紧密相关的中国汉语语汇。[①]

“悲剧”一词在中国传统文化语汇中的由来虽不可详考，但它在日本文化语境中从酝酿到诞生的轨迹是非常清楚的。

自黑船事件以来，学习西方便成为日本文化界一种自发的迫切需要，明治维新之后，这种学习热情更是达到了一个空前热烈的高度，在此过程中，必然涉及对“tragedy”这样一个重要文化概念的译介问题。但如何寻找一个典雅又准确的词汇来对译“tragedy”，并非一蹴而就的简单事情。从最初《和兰字典》（1855—1858）以“哀レヲ催ス芝居”（意为“给人以悲伤、凄惨、悲切等感觉的戏剧”）对译荷兰语词“treuspel”开始，到1888年棚桥一郎译《韦伯斯特新版大辞典和译字汇》最早出现了“悲剧”一词的用例，日本文化界足足用了30年的时间，才找定了“悲剧”这一词。事实上，当“悲剧”一词刚出现的时候，它也并没有为日本文化界所普遍接受，[②]直到德富苏峰、森鸥外、北村透谷、坪内逍遥等人频频使用这个词汇，大约在1892年以后，“悲剧”这一译语“逐渐开始压过其他的译语，成为固定译法”[③]。《日本国语大辞典》在关于“悲剧”一词“语词的演变”中这样说：“在‘悲剧’成为一个固定的译语之前，这个词是以原词的形态被直接使用的（是指用片假名直接记录它的外来词读音，日本在翻译外来词时经常这么做——引者按），或者被翻译为‘悲哀的戏曲’‘悲戏’‘悲伤的戏剧’等。在明治二十年代，‘悲剧’一词几乎不见使用，直接使用原词或译为‘悲哀戏曲’的情况比较多。‘悲剧’一词被广泛使用是明治三十年代之后的

---

① “悲剧”一词可能源自日本汉语词的问题，笔者多年前与何华珍教授有过讨论。这些年来他也留意日文文献中的相关资料，笔者综合了他馈赠的日文资料才得以做出以上判断，在此深表谢意。文中所引日文文献是张芷然小姐代为翻译的，在此并致谢忱。

② 高桥五郎的《和汉雅俗伊吕波辞典》（1889年）和大槻文彦的《日本辞书言海》（1889—1891）未收录“悲剧”一词。可参见広田栄太郎:《「悲劇」「喜劇」考》，広田栄太郎:《近代訳語考》，東京堂出版，昭和44年初版印刷，第139页。[广田荣太郎:《“悲剧”“喜剧”考》，广田荣太郎:《近代译语考》，东京堂出版，昭和44年（1969）版，第139页。]

③ 广田荣太郎:《近代译语考》，东京堂出版，昭和44年（1969）版，第135页。

事情。”①

中国知识界广泛地东渡日本，希望借学习日本之经验维新自强、追赶世界列强的脚步，大致也是“明治三十年代”（日本明治天皇即位于1868年）之后的事情了。1895年甲午中日战争后，日本的崛起给中国人造成了极大的冲击，赴日留学成为许多思想先行者呼吸现代思想精神的一个较为方便的途径。1898年“戊戌政变”后，康有为、梁启超等避祸日本更进一步加强了这一进程。和应着梁启超“文界革命”的呼吁，诸如“tragedy”之类极能显示“欧洲意境”②的文体形式当然也引起了中国知识界的关注。梁启超写于1900年1月的《二十世纪太平洋歌》一诗是我们能够发现的中国学人使用“悲剧”一词的较早的用例。诗中写道：“尔时太平洋中二十世纪之天地，悲剧喜剧壮剧惨剧齐轮鞳。吾曹生此岂非福，饱看世界一度两度为沧桑。”③自此后，在中国文化界“悲剧”一词用例渐多。如果说梁启超对“悲剧”一词的运用，似乎还停留在新鲜语汇刺激的层面，那么到1904年间，王国维写作《〈红楼梦〉评论》、蒋观云写作《中国之演剧界》，则意味着中国学界对于悲剧亦即“tragedy”这一文体的认识已相当明确了。

“悲剧”在现代汉语中最初的用例已不可确考，④但它出现的时间应当晚于日本文化界对这一词语的广泛使用。考虑到最早运用“悲剧”一词谈论文化问题的知识分子（如梁启超、欧榘甲、王国维、蒋观云等）都具有留日背景，我们有理

---

① 《日本国语大辞典》，东京小学馆国语辞典编集部编集，2001年第2版，第11卷，第225页。

② 梁启超:《夏威夷游记》,《饮冰室文集点校》第三集，吴松等点校，云南教育出版社2001年版，第1827页。

③ 梁启超:《二十世纪太平洋歌》,《梁启超诗文选注》，王蘧常选注，人民文学出版社1987年版，第373页。

④ 《近现代辞源》（黄河清编著，上海辞书出版社2010年版）是一部记载明末清初至1949年前后，汉语受西方文化影响而产生的词语和少量的本族新词的辞源词典，其选取的例证多为首现文献或较早出现的文献。该书称，“悲剧”为“一种戏剧体裁”的义项在汉语中首现是《清稗类钞》“讥讽类”《金奇中日观悲剧》一条。不过《清稗类钞》成书于1916年，资料未能详注来源，不知《近现代辞源》编者有何根据判定《金奇中日观悲剧》一条早于梁启超的《二十世纪太平洋歌》。该辞典又称以“悲剧”喻指“悲惨不幸的遭遇”的用法首现是在1899年《清议报》15册，中有题为“《对岸帝国悲剧》”者（见该书第34页）。看起来，汉语中“悲剧”引申义的运用倒可能是早于其本义的使用的，这也可作为“悲剧”是外来语的一个旁证。

由推测："悲剧"是一个外来语，本为日本文化界为翻译"tragedy"而新造的一个汉语词。[①]

二 "悲"的误读

对于"悲剧"外来语性质的"习焉不察"，引发了中国"自己的悲剧"之类的含混问题，这只是我们认为需要质疑"悲剧"命名恰当性的一个方面。另一个问题则是：即使置之于现代汉语的语境中，以"悲剧"对译"tragedy"果然就是一个恰当的译名吗？

有必要对中国文化界基于"悲剧"一词而产生的对悲剧文体的理解方式做一个简单的梳理。

日本文化界以汉语词"悲剧"对译"tragedy"，固有其语言、文化思想上的考量，我们在此不能妄评。但当这个词被吸收引入现代汉语语境后，它的核心义项以一种异常简化的方式被明确、固定了下来，"悲"成为"悲剧"一词具有决定性意义的限定语。"悲剧"由是产生了两个不可移易的内涵：此种戏剧形式需以悲惨的事情为故事主体，需有一个不幸（最好是流血悲惨）的事件为故事结尾。此种简直可称为"悲惨强迫症"的悲剧观念，可以说在中国知识分子一开始接触悲剧文体、形成悲剧观念之际就表露无遗。1904年蒋观云在《中国之演剧界》就这样说：

且夫我国之剧界中，其最大之缺憾，诚如訾者所谓无悲剧……要之，剧界佳作皆为悲剧，无喜剧者。夫剧界多悲剧，故能为社会造福，社会所以有庆剧也；

---

① 汉语界也早有过翻译"tragedy"的努力。德国传教士罗存德1866—1869年间编写的《英华字典》中已有用"悲戏"对译"tragedy"的用例。但这个词很可能仅限于国外传教士的圈子，对中国学术界明显没有产生什么影响。在之后很长的一段时间里，我们也没有发现中国文化界人士有明确谈论"悲戏""悲剧"或其他与"tragedy"相关的概念。因此可以强调，中国学界关于"悲剧"及其相关文体的观念，在源头上都是借用自日本文化界的。

剧界多喜剧，故能为社会种孽，社会所以有惨剧也。其效之殊如是也。[①]

稍有戏剧史常识的人都知道，蒋观云的议论简直是信口开河。按照他的说法，阿里斯托芬、莫里哀、维加、哥尔多尼包括莎士比亚在内，都是在“为社会种孽”了。但令人惊异的是，蒋观云的说法博得的是一片喝彩，直到今天。

王国维是中国现代悲剧研究的先驱与奠基者，他在《〈红楼梦〉评论》《宋元戏曲史》（1912—1913）中关于中国悲剧问题的论断，至今仍有巨大的启迪意义。对王国维悲剧思想的研究，国内学界已颇丰厚，在此不赘。这里只是强调，尽管王先生目光远大，对西方悲剧思想的了解在他那个时代也已到达了可能的高度，但他对悲剧的理解，仍不免受到“悲”一词无意识的限制，而产生某种“悲惨强迫症”的意念。这突出表现在《宋元戏剧史》中。他极力推崇元曲的艺术成就，理由是“明以后传奇，无非喜剧，而元则有悲剧在其中”。判断悲剧的根据则是“无所谓先离后合、始困终亨之事也”[②]。以此，他认为《汉宫秋》《梧桐雨》《西蜀梦》《火烧介子推》《张千替杀妻》等都可谓是元曲中悲剧的代表性作品。《汉宫秋》《梧桐雨》等是否属于悲剧或可商榷，但它们作为元曲一代名作的地位毋庸置疑。而《西蜀梦》《火烧介子推》《张千替杀妻》三剧，篇幅甚为短小，故事情节线索混乱而缺乏逻辑性（尤以《火烧介子推》《张千替杀妻》为然，估计这几个剧本是当时的舞台演出本，未经过文人的细加工），科白唱词也没有什么特别可取之处，王国维何以认为这几个剧居然能够与《汉宫秋》等相提并论呢？它们除了在“无所谓先离后合、始困终亨之事也”外，没有更多的可比较的余地。亚里士多德说，“悲剧是对于一个严肃、完整、有一定长度的行动的模仿”[③]，还说情节构造的精致、完整、富有戏剧性才是悲剧的“灵魂”[④]，但在王国维看来，这些似乎都是较为次要的事情，悲惨的故事与悲惨的结局才更是悲剧的“灵魂”。

---

① 蒋观云：《中国之演剧界》，阿英：《晚清文学丛钞·小说戏曲研究卷》，中华书局 1960 年版，第 51 页。

② 王国维：《宋元戏曲史》，上海古籍出版社 2008 年版，第 88 页。

③ 亚里士多德：《诗学》，陈中梅译，商务印书馆 1996 年版，第 63 页。

④ 同上书，第 65 页。

如果说王国维等对于“悲”的推崇还处于无意识的状态，那么到了“五四”时期，胡适等则将这种“悲惨强迫症”上升到了美学意识形态的高度，它甚至成了一种政治立场是否正确、文化观念是否先进、精神境界是否自由开放的标志。1918年，胡适在《文学进化观念与戏剧改良》一文力陈悲剧及其背后包含的意识形态内容对改造中国现实的重要性，而他的重心又几乎全然落在悲惨的事情与悲惨的结局两点上。胡适说：

悲剧的观念：第一，即是承认人类最浓挚最深沉下感情不在眉开眼笑之时，乃在悲哀不得意无可奈何的时节；第二，即是承认人类亲见别人遭遇悲惨可怜的境地时，都能发生一种至诚的同情，都能暂时把个人小我的悲欢哀乐一齐消纳在这种至诚高尚的同情之中；第三，即是承认世上的人事无时一无地没有极悲极惨的伤心境地，不是天地不仁、“造化弄人”（此希腊悲剧中最普通的观念），便是社会不良使个人消磨志气，堕落人格。陷入罪恶不能自脱（此近世悲剧最普通的观念）。有这种悲剧的观念，故能发生各种思力深沉，意味深长，感人最烈，发人猛醒的文学。①

某种意义上，中国文化多种痼疾的根源，也在这种悲剧观念的缺乏上。胡适因而说：

中国文学最缺乏的是悲剧的观念。无论是小说，是戏剧，总是一个美满的团圆。现今戏园里唱完戏时总一男一女出来一拜叫作“团圆”。这便是中国人的“团圆迷信”的绝妙代表……他（指中国文学——引者按）闭着眼睛不肯看天下的悲剧惨剧，不肯老老实实写天工的颠倒惨酷，他只图说一个纸上的大快人心。这便是说谎的文学。更进一层说：团圆快乐的文字，读完了，至多不过能使人觉得一种满意的观念，决不能叫人有深沉的感动，绝不能引人彻底的觉悟，决不能使人起根本上的思量反省。②

事情因此似乎变得简单了起来：只要作家乐于描绘悲惨之事和悲惨的结局，

① 胡适：《文学进化观念与戏剧改良》，《胡适论文学》，安徽教育出版社2006年版，第38页。

② 同上书，第36—37页。

“中国那种说谎作伪，思想浅薄的文学”就可以得到“医治”[①]了。

“五四”以后，虽然有关悲剧问题的讨论还很多，但这种以“悲”为核心的悲剧观念在中国学界已得到了确立，到今天，更几乎成了一种无可争议、不言自明的共识。为了说明此种观念的统治力，我们可以列举几个国内最通行的辞书关于悲剧文体的释义来予以说明。

1. “戏剧的主要类别之一。以表现主人公与现实之间不可调和的冲突及其悲惨结局为基本特点。”（中国社会科学院语言研究所词典编辑室:《现代汉语词典》，商务印书馆 2005 年第 5 版，第 56 页。）

2. “戏剧的主要类别之一。是以表现主人公与现实之间不可调和的冲突及其悲惨结局为基本特点。”（阮智富，郭忠新:《现代汉语大词典》，上海辞书出版社 2009 年版，第 1632 页。）

3. “戏剧的主要类别之一。主人公所从事的事业由于恶势力的迫害及本人的过错而失败，甚至导致个人的毁灭，造成悲惨的结局。”（商务印书馆辞书研究中心:《新华词典》，商务印书馆 2001 年修订版，第 42 页。）

4. “戏剧的主要类型之一。是以表现主人公与现实之间不可调和的冲突及其悲惨结局为基本特点。”（汉语大词典编纂处:《汉语大辞典》缩印本，上海辞书出版社 2007 年版，第 4310 页。）

5. “戏剧的一种类型。在西方戏剧史上，一般认为悲剧主要表现主人公所从事的事业由于客观条件的限制、恶势力的迫害及本身的过错而致失败，甚至个人毁灭，但其精神却在失败和毁灭中获得了肯定。”（夏征农，陈至立:《辞海》第 6 版插图本，上海辞书出版社 2009 年版，第 113 页。）

6. “戏剧主要体裁之一。在悲剧中，主人公不可避免地遭受挫折、受尽磨难，甚至失败丧命，但其合理的意愿、动机、理想、激情显示出精神价值。”（《中国大百科全书》总编委会:《中国大百科全书》第二卷，中国大百科全书出版社

---

① 胡适:《文学进化观念与戏剧改良》，《胡适论文学》，安徽教育出版社 2006 年版，第 38 页。

关于中国文化界早期对“悲剧”概念的接受，近来高子文《新观念的植入与困境:“悲剧”与中国戏剧现代化》[亚里士多德:《诗学》，《戏剧》（中央戏剧学院学报）2020 年第 5 期] 有一些史料上的补充，可参看。

2009年第2版，第128页。）

各辞书的释义虽有详略、精粗之别，但对于“悲剧”的核心要义如“不可调和的冲突”“悲惨结局”“主人公的毁灭”的强调几乎是千篇一律。《中国百科大辞典》《当代汉语词典》《现代汉语辞海》等辞书对“悲剧”一词的释义也基本相同。只有编译自美国不列颠百科全书公司的《不列颠简明百科全书》的释义有一些明显的不同：“悲剧（tragedy）：具有严肃和庄严特征的戏剧形式。主要描述英雄人物与超强力量（如命运、环境或社会）之间冲突的发展，最终以痛苦或灾难的结局收场。”①

在这一条释义中，不但未强调悲剧情节“悲惨”的必然性（不一定是“不可调和的冲突”），甚至连“悲惨结局”的必要性都弱化了许多。更值得注意的是，它只是说悲剧需要一个“痛苦或灾难的结局收场”，而不认为主人公就必须毁灭——而这往往是国内学者编写的辞书所乐意强调的。

问题在这里就清晰地浮现了：当我们以“悲剧”命名“tragedy”时，刻意突出其“悲”的一面是否完全妥当?

没有疑问，在界定“tragedy”的内涵时，强调突出其“悲”的一面，从根本上说并无原则性的问题。亚里士多德就说过“苦难”是悲剧情节除了突转与发现之外的第三个重要成分：“苦难是指毁灭性的或包含痛苦的行动，如人物在众目睽睽之下的死亡、遭受痛苦、受伤以及诸如此类的情况。”②事实上，他所强调的悲剧情节的突转应当“表现人物从顺达之境转入败逆之境”③本身就自然包含着相当的苦难元素。就大多数的悲剧创作来说，悲惨的事情与悲惨的结局（主人公的毁灭）也确实是悲剧之为悲剧的关键。

但问题在于，从“tragedy”的发展历史来看，仅从“悲”这一点出发对它的美学内核加以限定是有明显局限性的。亚里士多德早已指出，古希腊的“tragedy”不排斥“好人和坏人分别受到赏惩的结构”，且就古希腊观众的欣赏趣

① 美国不列颠百科全书公司：《不列颠简明百科全书》，中国大百科全书出版社编译，中国大百科全书出版社2011年修订版，第157页。

② 亚里士多德：《诗学》，陈中梅译，商务印书馆1996年版，第89—90页。

③ 同上书，第97—98页。

味来说，这种结构通常还被“当成是第一等的”。[1] 中国学者中，罗念生较早明确指出“悲剧”译名与“tragedy”实际情况不尽吻合的问题：

“悲剧”这个词应用到古希腊戏剧上，可能引人误解，因为古希腊悲剧着意在“严肃”，而不着意在“悲”。亚里士多德在《诗学》第六章给悲剧下的定义是：“悲剧是对于一个严肃、完整、有一定长度的行动的模仿。”有些悲剧，例如欧里庇得斯的《伊菲革涅亚在陶洛人里》，圆满收场，并未杀人流血，引起悲哀，但剧中情节是严肃的，故仍然是“悲剧”。[2]

事实上，“悲剧”这个词不仅“应用到古希腊戏剧上，可能引人误解”，应用到整个西方的“tragedy”传统中，也都有容易引起误解之处。拉辛在《〈贝蕾妮丝〉前言》中就曾说过：“在悲剧中，血腥和死亡并不是必需的。它的行为是伟大的，人物具有英雄气概，激情便能由此而引起，其总的效果表现为一种构成了整个悲剧快感的崇高的悲痛，这就足够了。”[3] 查普曼在《〈比西·丹波伊斯的复仇〉献辞》中也这样说：“题材的教化性，对美德和对滑向反面的趋势表现出的优美而节制的热情，是悲剧令人信服的灵魂、核心和界限。”[4] 诚然，许多悲剧家专注于事情的不幸以及这种不幸蕴含的表现，但对另一些悲剧家来说，不幸的事件只是他们情感表达的重要过程，他们更关注这类事件可能触发的更具超越意味的思想内容，如克制、和解、奉献等。这也是某些西方悲剧研究家更推崇索福克勒斯的《菲罗克忒忒斯》，认为它比《安提戈涅》《俄狄浦斯王》更重要的原因。

在西方文化中，“tragedy”的蕴涵是异常复杂的。伊格尔顿在其名作《甜蜜的暴力》中，至少列举了上百种西方学界关于悲剧较有代表性的观点，并指出，这些观点对于各种“tragedy”相关的现象可能都有一定的解释力，但也都存在着各自的麻烦，甚至有像悲剧是“一个有着不幸结局的故事，它值得纪念且令人振奋地感人，而非是简单地悲伤”[5] 这样一个看起来非常通达的解释——但其中每一

---

① 亚里士多德：《诗学》，陈中梅译，商务印书馆1996年版，第98页。

② 罗念生：《论古希腊戏剧》，《罗念生全集》第八卷，上海人民出版社2004年版，第6页。

③ 转引自利奇《悲剧》，尹鸿译，昆仑出版社1993年版，第5页。

④ 同上书，第5页。

⑤ 伊格尔顿：《甜蜜的暴力——悲剧的观念》，方杰等译，南京大学出版社2007年版，第2页。

个界定如“不幸结局”“值得纪念且令人振奋”“非是简单地悲伤”等，都经不起严格的挑剔。

本文自不打算对“tragedy”的意涵展开深入讨论，但“悲剧”译名的局限性根据以上讨论则已能够看得清楚：以“悲剧”作为“tragedy”的译名，在汉语语境中可能过于凸显“tragedy”苦难一面的蕴涵了；而学者们对于其中“悲惨的事情”与“悲惨的结局”这两个元素的过分强调，则可能加剧了学界对之理解的偏向。

三 “悲”的时代烙印

“悲剧”概念在中国现代思想界源起之初，学术界强调甚至是过于强调其“悲”的属性，有着深刻的时代文化烙印。这种时代文化的烙印突出体现在以下四个方面。

第一，中国对西方文化的了解，在那个时候经常是通过日语文化转译获得的。中国知识分子对“tragedy”及相关现象开始产生兴趣的时候，汉语词“悲剧”在日本文化界已成了“tragedy”的定译。“悲剧”一词的构词方式不免对初窥门径的中国学人产生了深刻的心理暗示。

第二，日本文化与中国文化在审美趣味上自古以来一个较大的不同，在于较为推崇各种以“悲”为主题的作品。本尼迪克特指出：“日本小说和戏剧中也很少见到‘大团圆’的结局……日本观众则喜欢含泪欣赏男主角如何走向悲剧的命运，或美丽的女主角遭到杀害。这种情节才是他们期待的高潮。”[①] 对留日知识分

① 本尼迪克特：《菊与刀》，吕万和等译，商务印书馆1990年版，第133页。需要注意，本尼迪克特在这里其实是从贬义上来谈论日本文化的此种特征的。她认为美国人喜欢看团圆情节的故事是心理健康的表现：“美国观众通常都渴望看到圆满的结局，希望剧中人今后永远幸福，希望美德能够受到回报。如果美国人不得不为剧中人流泪，那必定是因为主角的性格有缺陷，或者因为主角成了不良社会秩序的牺牲品。”我们不必将本尼迪克特的意见视为定论，但她的说法也不失为一种有趣的参考，可以促使我们反省：胡适等人对所谓大团圆模式的批判可能在立论的根基上就是相当片面的。

子来说，这种文化显然是强势文化，它将对留日知识分子构成重大的文化心理上的压力。事实上，当时的日本文化界也不吝在这方面嘲弄中国文化以显示其文化上的优越性："中国之演剧也，有喜剧，无悲剧。每有男女相慕悦一出，其搏人之喝彩多在此，是尤可谓卑陋恶俗者也。"①。这种文化环境对留日知识分子潜移默化的影响是不难想见的。②

第三，日本，包括中国的学术界，在对西方"tragedy"传统学习的过程中，可能更多的是接受了英国与德国法统的影响。20世纪之交，是黑格尔悲剧理论在英美文化界广泛流行的时候。差不多就是在这个时期，英国文化界所钟爱的那套关于"tragedy"的话头，也就是乔叟所谓的"一个悲剧，就是一个故事，古书上说的，将一个人曾经飞黄腾达，却一旦陷落在悲惨的处境中，结果不能自拔而终"，③被布雷德利等人以黑格尔哲学加以改造，赋予了必然性的命意。布雷德利因而特别强调悲剧表现"衰亡、彼此吞噬，毁灭自己""剧烈的痛苦"的绝对必要性，他认为以此才能显示："受到压迫、发生冲突和遭受摧残的伟大的灵魂，在我们心中就是最高的存在。"④这种思想风格，在中国几代学人的身上，从王国维（虽然他挚爱的哲学家是叔本华）、胡适直到钱锺书，都有着相当深刻的体现（朱光潜可能是一个例外）。

第四，也是最重要的一点，对"悲剧"的推崇和救亡意识有着直接的关系。一代中国学人为什么如此推崇"悲剧"，有时甚至达到极端的地步呢？这其中包含着一种内在的、强烈的时代心理的动机：希冀借着"悲剧"的创造和流行起到辅助救亡图强的作用。事实上，直到1918年，"悲剧"都不是一个特别流行的概念。李叔同1906年所作《春柳社演艺部专章》并未提及"悲剧"一词；陈独秀作于1905年的《论戏曲》和做于1917年的《文学革命论》中，只有"剧"一字

---

① 蒋观云：《中国之演剧界》，阿英：《晚清文学丛钞·小说戏曲研究卷》，中华书局1960年版，第51页。

② 日本悲感文化对中国悲剧观念的影响，可参见王向远《二十世纪中国的日本文学翻译史》（北京师范大学出版社2001年版）第32—33页、李群的《近代中国"悲剧"观的引入、形成与日本影响》（载《社会科学辑刊》2011年第5期）。

③ 乔叟：《坎特伯雷故事集》，方重译，上海译文出版社1993年版，第308页。

④ 布雷德利：《莎士比亚悲剧》，张国强等译，上海译文出版社1992年版，第19页。

而无“悲剧”一词；傅斯年作于1918年的《戏剧改良各面观》亦无“悲剧”一词。“悲剧”的观念虽不流行，但借演绎悲惨之事情推动救亡图存之事业的观念却非常流行。在当时，略有抱负和爱国心的知识分子，大抵都希望借助悲惨故事的演绎，促使国人警醒，认清中国已处在亡国灭种、类似“汤姆叔叔”求做安稳奴隶而不可得的处境；并且，他们还希望借悲惨事情的演绎，振奋国人精神、鼓舞国人敢于斗争的勇气。除了前引的篇目，欧榘甲的《观戏记》、天僇生的《剧场之教育》、箸天的《论开智普及之法首以改良剧本为先》、陈佩忍的《论戏剧之有益》、柳亚子的《满江红——题〈满江红传奇〉》、灵石的《读〈黑奴吁天录〉》等文无不突出地表现了知识分子的这种时代心曲。

欧阳予倩关于春柳社演出的一段回忆很有代表意义。他说：“春柳剧场的戏悲剧多于喜剧，六七个主要的戏全是悲剧，就是以后临时凑的戏当中，也多半是以悲惨的结局终场——主角被杀或者自杀。”[①] 他还强调说，在春柳社表演的八十一个剧目中，悲剧占到百分之八十强。前已提到，春柳社在开展活动的时候，并未提出明确的“悲剧”观念，但时隔多年后，欧阳予倩却自然地将当时的演出称为“悲剧”——并认为此种文体才能代表春柳社努力的方向，这当然不是简单的比附，而是他认为，“悲剧”一词确是对那一代人精神追求的极好命名。这也是“五四”之后，胡适等人的“悲剧”思想在一个很短的时间里就在精英知识阶层流行开来的原因。

日本文化界大约用了30年左右的时间，使得“悲剧”成为“tragedy”的固定译名，而中国知识界大约用了20年左右的时间，逐步认同“悲剧”一词可作为救亡图存、全面学习西方文化精髓的一个精神标志。

通过以上的讨论，我们不难明白：“悲剧”本借之于日语，由于国内学界未意识到这点，因此当他们以“悲剧”指称“tragedy”时，就不免含混了“悲剧”一词作为“tragedy”专有译名的性质，他们所谓的“悲剧”，不仅是从“tragedy”获得内涵，也将“悲剧”这个现代汉语词汇自身固有的多种中国式的意涵赋予在“tragedy”之上。也可以说，以“悲剧”对应“tragedy”，不完全是一种译名，

---

① 欧阳予倩：《回忆春柳》，载《中国近代文学论文集·戏剧、民间文学卷》，中国社会科学出版社1982年版，第304页。

而是一种命名了。

刘小枫教授建议说："'Trag-edy'的恰切译法当是'肃剧'——汉语的'肃'意为'恭敬、庄重、揖拜'，还有'清除、引进'的意思。与古希腊'Trag-edy'政治含义颇为吻合。"[①]本文笔者同意刘教授的意见。"肃剧"是我们当前能够找到的一个对于"tragedy"的恰切译名。当然，从另一个方面来说，"悲剧"毕竟已是一个流传多年的固定译名了，相当程度上也具有其合理性，是否一定要废止其在汉语界的运用，这需要学界再做进一步的深入讨论。不过，即使我们仍延续"悲剧"这样一种译名，显然有必要明了这个译名与所指对象之间可能存在的诸种不相吻合之处，正如我们以"小说"对译"novel"，并不会当真以为小说只意味着"浅小的言说"（即班固所谓"闾里小知者之所及"[②]）的那种意思。如果我们现在还仅从字面的意思上来强调"悲剧"的内涵并以为只要写出悲惨的故事与悲惨的结局就是一种"悲剧"的格调便自然具有一种高尚的审美格调，这实在是一种浮于表面的见解，事实上也是对前辈求索精神的背离。

最后的话题还是有必要回到中国有无悲剧（我们姑且还是使用这样一个通行的说法来指称"tragedy"吧）这样一个老话题上。

如果从悲剧的观念来说，在现代之前，中国当然是不存在关于悲剧的明确观念的。除非我们能够确切地证明，中国传统文化中也有与亚里士多德所谓"悲剧是对于一个严肃、完整、有一定长度的行动的模仿，它的媒介是经过'装饰'的语言……通过引发恐惧和怜悯，以达到让这类情感得以净化的目的"[③]的说法近似或相同的观念，不然，关于中国"自己的悲剧"的讨论就显得没有必要了。如果非要找到某种与"tragedy"无涉的观念而命之曰"中国自己的悲剧传统"，则就似乎过于尊崇西方中心了。诚如黄克剑教授指出的那样："悲剧是动人心魄的，但

① 刘小枫：《"古希腊悲剧注疏"出版说明》，戴维斯：《古代悲剧与现代科学的起源》，郭振东等译，华东师范大学出版社2008年版，第1页。

② 班固：《汉书·艺文志》，《汉书》第六册，中华书局1962年版，第1745页。

③ 此处译文，主要参考了陈中梅译亚里士多德《诗学》的说法，另据罗念生、崔延强译文略有调整。

动人心魄的艺术不必只是悲剧。”①

但是，这不意味着我们无法以悲剧的观念对中国传统文化进行必要的阐释。人类的精神生产总是有相通之处的，在文艺创作上，创作者也不总是根据某种观念来展开相应的创作——正如诗人不必知道“诗”的文体概念到底意味着什么就能写诗那样。因此，以西方悲剧的观念重新诠释中国传统文艺中可能包含的，但长期以来未引起足够关注的悲剧内涵，不但是可能的，也是完全必要的。这不是套用西方观念曲解中国艺术，而是用另一种境界，也可以说是从更广阔的尺度上衡量中国传统之于人类精神的普遍价值意义。

还需要指出的是，就西方悲剧创作及其相关文化现象的发展历史来看，所谓的悲剧学说必然也是一个开放的、动态发展的观念。因此，试图以某种特定的西方悲剧理论与中国古代作品构建起一种近乎一一映射的关系，进而以此评断中国悲剧之有无、中国文化之高下的批评方式是没有意义的。如果讨论中国传统文艺作品中可能的悲剧内涵是一种创造性的再诠释，我们的思想目光显然就不应该简单停留在套用西方理论的水平上，我们必须进而追问：各种来自中国对人类苦痛经验的诠释方式，是否可能也同时拓宽了关于悲剧问题的想象空间？

① 黄克剑:《“悲”从何来？——就悲剧之“悲”对中、西文学人文趣向的一个比较》,《文艺研究》2004年第3期，第103页。

浪漫的分歧：马克思与拉萨尔关于悲剧问题论争的意识形态根源*

马克思、恩格斯与拉萨尔关于悲剧《弗兰茨·冯·济金根》的通信，是后人讨论马克思主义悲剧观的基础。本文所要讨论的是：马克思、恩格斯在这些通信中所表现出来的与拉萨尔的观念对立，一定程度上源于对待德国浪漫主义态度的分歧。他们关于悲剧观念的论战，其实也是一场关于浪漫主义法统价值的论战。我们如果能够意识到这一点，就能够对马克思悲剧观念在其历史语境中的深刻性有更深的理解，当然，也就有必要对这种悲剧观念作为一般美学尺度的历史限度进行反思。

一 青年马克思与浪漫派

马克思、恩格斯早年都曾受到过浪漫派很深的影响[①]。

按照某些学者的见解，青年马克思在其成长过程中经历过一个“浪漫主义诗人的阶段”，他们认为，马克思的精神成长过程有着浪漫主义精神的深刻烙印。[②]

---

* 本文曾发表于《江淮论坛》2012 年第 4 期，发表时有删节。

① 总的说来，恩格斯对待浪漫派的态度与马克思是非常接近的，虽然在某些具体问题方面，恩格斯也有着自己的关注重点，但这些问题与本文讨论的问题无关，在此略过不谈。

② 可参见维塞尔的《马克思与浪漫派的反讽——论马克思主义神话诗学的本源》(陈开华译，华东师范大学出版社 2008 年版）第 87—123 页。

在充分考虑马克思个人创造性才能的前提下，我们认为，这类说法是不无道理的，以下几个方面突出地表现了马克思精神世界中的浪漫派烙印。

第一，浪漫派的宗教批判观念及方法曾对马克思产生深刻影响。这一点在马克思和基督教信仰的关系上尤其明显。当他决定别离曾经的信仰，成为一个理性的无神论者时，弗·施莱格尔的反讽辩证法给了他重要的启发。他肯定浪漫派的反讽作为哲学思辨的抽象形式具有普遍的价值意义："总而言之，凡坚持内在论而反对经验个人的哲学家都会使用讥讽。"①

随着对黑格尔辩证法更为深入的学习，马克思不久即超越了对浪漫派及浪漫派反讽简单肯定的阶段。最迟至1842年间，马克思已明确表达了他对浪漫主义的批判意识——或者说，克服了自我思想意识中的浪漫主义根基。尽管如此，浪漫派主要的思想工作之一——对宗教问题的关注与批判，仍牵动着他的心灵，他不时地尝试着回到对这些问题的讨论中去。②

在扬弃黑格尔唯心论的基础上，也是在扬弃浪漫派的宗教观念的基础上，大约在1843年间，马克思终于明确了自己思想追求的目标和独特的思想批判方式。因是之故，《〈黑格尔法哲学批判〉导言》开头第一句话便是："就德国来说，对宗教的批判基本上已结束；而对宗教的批判是其他一切批判的前提。"③ 尽管这句话主要是针对费尔巴哈的宗教批判来说的，但如果了解青年黑格尔派思想活动与浪漫派宗教观的深刻渊源关系，我们当然也就能够说：对浪漫派宗教观的批判，是马克思思想工作的必要前提；马克思自身对这一点也有着清楚的认识。

第二，马克思对国家问题的认识一开始就明确地有别于浪漫主义的国家观念。在马克思的国家建设理想中，世俗、教权的分离是一个基本原则；而世俗力量，则应掌握在一般市民阶级而不是贵族阶级的手中。浪漫主义盛行一时的有机国家观念、唯美主义的国家观念等，从来没有在马克思的心里留下过有分量的痕

---

① 马克思：《关于伊壁鸠鲁哲学的笔记》，《马克思恩格斯全集》第40卷，人民出版社1982年版，第140页。

② 可参见马克思1842年3月20日、4月27日与卢格的通信，《马克思恩格斯全集》第47卷，人民出版社2004年第2版，第26—30页。

③ 马克思：《〈黑格尔法哲学批判〉导言》，《马克思恩格斯全集》第3卷，人民出版社1995年第2版，第199页。

迹——马克思似乎一开始坚持超越民族国家的立场（当然这并不意味着近代德意志国家的统一问题对马克思来说是无关紧要的小问题），坚持法国大革命所宣扬的普遍主义立场。他在《历史法学派的哲学宣言》中严厉地批判了历史法学派，认为他们的法学理论，实质上就是为容克封建贵族张目而反对法国革命的精神，就是为了证明："人们也能抛弃自由的最后束缚，即抛弃那强使人们成为合乎理性的存在物的束缚。"①

第三，马克思的政治经济理论和历史观与浪漫派的经济学学说也有学理上的关系。浪漫派较早揭露了资本主义制度残酷剥削的现实及其造成的工人阶级生活的绝对贫困化。马克思首肯浪漫派这种人道主义的批判立场。但归根到底，马克思认为浪漫主义的批判是无效的，他们试图在历史上"开倒车"的做法无论在理论上还是在实践上均无可行性。② 他辛辣地指出，浪漫主义者理想的中世纪，绝不那么符合理想——那些贵族、土地所有者对人民的剥削也绝不亚于资本家。如果说有所差别，那也是因为这些贵族老爷们还没有掌握这么有效的、刻薄的剥削方法。③

第四，马克思对浪漫派唯美的文风不抱好感，有时甚至带有一种厌恶的情绪。这种情绪突出地体现在对夏多布里昂的态度上。④ 马克思对夏多布里昂的这种发自肺腑的轻蔑，也许是基于对夏氏政治立场的反感：在 1854 年 10 月致恩格斯的信中，马克思主要便是在嘲弄夏氏空洞虚伪的贵族派头、陈腐落后的骑士作风、死不改悔的保王党立场、背信弃义的政客手段以及夸夸其谈的庸人见识，等等。

第五，浪漫派在许多方面取得了卓越的文化研究成果。马克思对此有着清醒

---

① 马克思:《历史法学派的哲学宣言》,《马克思恩格斯全集》第 1 卷，人民出版社 1995 年第 2 版，第 237—238 页。

② 有关讨论可参见施密特的《马克思的自然概念》(欧力同等译，商务印书馆 1988 年版）第 75 页、第 166—169 页等处。

③ 马克思这方面的论说很多,《1844 年经济学哲学手稿》《道德化的批评和批评化的道德》等文献尤其值得重视。

④ 可参见马克思 1854 年 10 月 26 日、1873 年 11 月 30 日与恩格斯的通信,《马克思恩格斯全集》第 28 卷，人民出版社 1973 年版，第 401 页;《马克思恩格斯全集》第 33 卷，人民出版社 1973 年版，第 102 页。

的批判继承意识。他对雅各布·格林在比较语言学上取得的成就尤为推崇，但对格林等人在德国历史、神话学等方面的研究——这些对一般人来说更有影响力的工作，马克思、恩格斯却很少予以嘉许。更多的时候，马克思对浪漫派的历史、文化研究工作背后所包含的价值立场提出了批评。在与恩格斯的某次通信中他谈道："法国革命以及与之相联系的启蒙运动的第一个反作用，自然是把一切都看作中世纪的、浪漫主义的，甚至像格林这样的人也不能摆脱这种看法。"[①]

在以下的讨论中我们将看到，正是上文提到的第二点与第三点（其实内在地还包含了第四点，即对浪漫派风格的个人美学趣味的好恶问题），构成了马克思、恩格斯与拉萨尔悲剧观念冲突的主要意识形态来源。

二　浪漫派观念与《弗兰茨·冯·济金根》

现在来看拉萨尔的悲剧《弗兰茨·冯·济金根》（以下简称《济金根》）与浪漫派观念的关系。围绕这个剧本，马克思、恩格斯就悲剧观念与拉萨尔展开了激烈的思想交锋。而被后世建构出来的马克思主义悲剧观，其基本轮廓便来源于此。本文尝试着从浪漫主义思想影响的角度来分析：拉萨尔在《济金根》中到底试图表达什么观念？其历史来源何在？不必多说的是，这种读解只是分析马、恩与拉萨尔观念分歧的视角之一，远不能解释问题的全部。

《济金根》的主题是明确的：就是通过济金根、胡登等形象的塑造，寻找一种能够促成德意志民族完成国家统一、民族统一的民族精神——就是费希特当年在民族危亡之际，号召全德意志民族团结起来的那种精神，发自全德意志民族的灵魂血脉，全民族甘愿团结于其麾下的那种精神。[②]

---

① 马克思：《马克思致恩格斯，1868年3月25日》，《马克思恩格斯全集》第32卷，人民出版社1975年版，第51页。

② 可参见拉萨尔的《费希特的哲学和德意志民族精神的意义》（"机会主义、修正主义资料选编"编译组编译《拉萨尔言论》，生活·读书·新知三联书店1976年版）第428—431页。

一部《济金根》，所欲表现（或说阐释）的，就是这样的一些观念：“我就在闲暇之余专注地去研究那个被我一向认为必须专门加以探讨的时代，它也许是德国所经历过的最伟大的文化历史斗争的过程，即宗教改革时期：它是民族斗争最激烈的一个时代，在它那坚实、宽广的基础上，又出现了马丁·路德、乌尔利希·冯·胡登、弗兰茨·冯·济金根这样一些毫不含糊的、伟大的光辉形象。”① 在拉萨尔看来，正是这些人的努力，为德国确立了精神自由的特殊民族精神气质。但是，由于种种历史条件的限制，他们当时领导的革命是一场未完成的革命，并且让德意志民族为此付出了巨大的代价。② 拉萨尔认为，用文学的形式将之表现出来，将有极大的社会意义：只有文艺才具有“将文化历史过程灌进全体人民血管的力量”。③

当然，拉萨尔毕竟是受青年德意志派直接影响成长起来的人物。他虽然喜爱、赞赏早期浪漫派的许多话题，如对德意志民族精神的鼓吹、对中世纪风格的眷恋等，但并不是说他就有意成为一个浪漫主义者了。事实上，早期浪漫派的另一些话题，如回到教会体制中，就对他没有丝毫的影响。这一方面，他受后期浪漫派和自由主义思想的影响比较深。拉萨尔的理想国，是驱逐了天主教势力的国家。在他的心中，民族、国家的利益远远重于教派的利益。在《济金根》中，他经常痛心疾首地指责教会势力在德意志统一历程中扮演了一个极不光彩的角色。

拉萨尔在《济金根》中有一个试图表现的重要元素：“革命的狂热”，这也许和浪漫派的风格大有关系。拉萨尔毕生都对所谓“狂热”的话题颇为喜好。也许，这和他青少年时代深受“青年德意志派”的影响大有关系。体现在《济金根》的创作中，他试图把“狂热”表现为一种类似于命运的东西。它看不见摸不着，但在冥冥之中操控着人的行止。人以为自己在按照个体的自由意志行动，实际不能脱逃这“狂热”的命运之手。于是，一个好人，本意并不想犯下什么错误，但在实际上不能不犯下无可救赎的“大错”和过失。

---

① 拉萨尔：《“弗兰茨·冯·济金根”原序》，《弗兰茨·冯·济金根》，叶逢植译，人民文学出版社1976年版，第2—3页。

② 同上书，第8—9页。

③ 同上书，第9页。

但在这里值得注意的是，当拉萨尔差不多在用浪漫派的诸多观念（主要是国家、民族的观念）架构其作品的基本世界情况时，引入了一个所谓“狡智”的概念。他说：“事实上，虽然这是理性也难以承认的，但是在构成革命的力量和狂热的思辨观念与表现上十分狡智的有限的理性之间，看起来似乎存在着某种不可解决的矛盾。”① 他的意思大致是说，历史上英雄的个人（悲剧人物）总是试图按照“狡智”的手段实现其目的，但这种手段又总是不能应付革命的狂热所提出的种种要求（革命手段和革命目的相互吻合的要求），于是大多数的革命只能归于失败，除了极少数不可以理性预测的个案之外。

“狡智”这个词来自黑格尔，但拉萨尔在这里的运用实际上与黑格尔哲学关系不大，他基本上就是按照这个词的字面意思在谈论问题。在他的作品中，“狡智”差不多等同于“阴谋诡计”，说得好听一点，就是“权术”的意思。

就《济金根》作品本身而论，不能说拉萨尔有力地表现了“革命的狂热”问题，更谈不上表现了“构成革命的力量和狂热的思辨观念与表现上十分狡智的有限的理性之间”“不可解决的矛盾”。但有一点拉萨尔确实做到了，他始终在从“狡智”上来解释济金根失败的根源。

拉萨尔在剧中对“狡智”的表现是单调与肤浅的。按照剧情来看，济金根的“狡智”之所以不成功，主要是因为他的一系列计谋只起到了惊醒敌人却麻痹朋友的作用。这样的“狡智”手腕，不大可能使人产生悲剧性的体验。虽然拉萨尔极不以歌德的《铁手骑士葛兹·冯·伯利欣根》为然，还嘲讽“歌德缺乏历史的感觉”②，但比较这两部题材、内容都相似的作品，高下之判如此明显。拉萨尔看起来的确缺乏文学创作方面的才能。

---

① 拉萨尔：《拉萨尔致马克思，1859年5月27日》，里夫希茨编《马克思恩格斯论艺术》第一册，曹葆华译，人民文学出版社1960年版，第21页。

② 同上书，第56页。

三　分歧的研究

前人早已指出，马克思、恩格斯与拉萨尔在《济金根》一剧上美学观念的差别，相当程度上源于政治立场的差别。不过，如果我们更深入地了解他们意识形态分歧的根源，也许能够从更为开放的视野中来总结他们各自意见的合理性因素。

马、恩与拉萨尔的分歧，表面上看是对历史发展的原动力认识上的差别造成了他们之间的激烈争论：拉萨尔对他的“济金根”一类的人物在历史上的作用抱有厚望，而认为农民战争“不是革命的；归根到底甚至是极端反动的，其反动性毫不亚于历史上的（不是我的）济金根和历史上的贵族党派”[①]；而马克思则认为，“济金根和胡登就必然要覆灭……农民和城市革命分子的代表（特别是农民的代表）倒是应当构成十分重要的积极的背景”。[②]但实际上，他们的意见分歧较表现出来的争议要更早、更原始得多。如前所论，拉萨尔相当程度上以浪漫派的国家、民族观念作为《济金根》一剧的意识形态基础，而马克思则从未对这类观念产生过真正的同情——并且，根据他的思想理论，他实际上本能地反对这种意识形态基础。这也就造成了这样的情况：在一切与《济金根》相关的价值判断上，马克思（自然包括恩格斯）与拉萨尔都是南辕北辙的，因此，马克思根本就无法进入拉萨尔苦心孤诣构造的审美规定情境，自然也就谈不上任何对“悲剧”效应的共鸣了。两方的分歧主要表现在以下几个方面：

第一，在对德国国家统一的情感立场上，马克思与拉萨尔就是不一样的。从前面的讨论中我们可以看到，对拉萨尔来说，德国的统一、德国的繁荣富强，是一个超越一切的事业，实际上，他把它视作个人为之奋斗的最高事业。马克思当

① 拉萨尔：《拉萨尔致马克思，1859年5月27日》，里夫希茨编《马克思恩格斯论艺术》第一册，曹葆华译，人民文学出版社1960年版，第56页、第66页。

② 马克思：《马克思致拉萨尔，1859年4月19日》，《马克思恩格斯全集》第29卷，人民出版社1972年版，第573页。

然也关心德国的统一问题，但这个问题在他心中还远谈不上是头等大事。有论者指出过这一点："人们常说，拉萨尔所关心的是保存民族文化和本民族的政治独立，而马克思则不是这样。毫无疑问，拉萨尔对民族独立的价值具有深刻的了解，而且怀有强烈的民族感情。他在批评马克思时就一度表示出这种感情而同马克思对立，因为马克思在写给他的信里曾说了这样一句话：'我根本不在乎你们德意志的公众舆论。'拉萨尔回答说：'如果这句话的重点在德意志，那么，你就不应当忘记你是一个德意志革命者，为德意志工作是你想做而且必须做的事……不要变得英国化了。'"①

第二，《济金根》一剧描写的虽是300多年前的骑士战争，但实际要回应的是现实的德国如何可能实现统一的问题。马、恩完全明白这一点。但是，对德国实现统一的可能性及其历史地位的认识，他们和拉萨尔完全不同。

第三，对于谁能够成为实现德国统一的主要现实力量，拉萨尔与马、恩也有根本差别。受到浪漫派的影响，也由于他自己的出身，拉萨尔对普鲁士王国有很高的期许。但马克思的看法正相反。②

第四，对德国统一问题上领导权的认识，双方的看法也完全不同。马、恩的看法人们现在都是很清楚的：市民阶级、无产阶级、农民阶级和一切被压迫的阶级应当成为这场运动中的领导者。但拉萨尔始终认为，这些被压迫阶级，就其本身而言，其自为的运动很可能是非常反动的。他们反对剥削阶级，却往往正是从剥削阶级的立场上去反对。在他看来，一个时期内，或者说，在德国未完全实现国家的资本主义改造之前，社会的领导者只能是资产阶级及其代表：各大诸侯。③

正是从这样的认识出发，拉萨尔要把他的"济金根"塑造成这样一个人："只是为了借助贵族而又不让他们知道，这样使自己戴上皇冠，然后再实现自己的伟大的国家计划，所以才利用贵族运动……"④这个人虽不符合历史上的济金根形

① 兰道尔：《欧洲社会主义思想与运动史》上卷第1册，群力译，商务印书馆1994年版，第333页。

② 可参见柯尔的《社会主义思想史》第2卷（何瑞丰译，商务印书馆1978年版），第88页。

③ 拉萨尔：《工人纲领》，"机会主义、修正主义资料选编"编译组编译《拉萨尔言论》，生活·读书·新知三联书店1976年版，第42页。

④ 《拉萨尔致马克思》，1859年5月27日，第63—64页。

象，却符合他的“诗人”心中的形象，即“当时日渐强盛的诸侯权力却代表了不以地产为转移的国家主权的思想，维护了不以私有财产关系为转移的国家观念，因而它往往是一种更公正的和更革命的因素”。[①]

另外值得一提的还有拉萨尔的国家关系的观念和同情被压迫阶级的立场。这两个方面的内容在《济金根》中只有非常曲折、间接的表现，但也确实是拉萨尔的浪漫国家观的重要组成部分。我们在此就结合拉萨尔其他文献中的表述对这两点略加申说，人们能够看出，在这些方面拉萨尔与马、恩的立场差别也是判若霄泥的。

就国与国的关系来说，拉萨尔并不掩饰其大国沙文主义的思想，他将之作为其民族国家观念的一个自然组成部分。比如，他在讨论俄国、普鲁士对波兰的侵略时虽轻描淡写地提到瓜分波兰属于“不义行为”，但不论从哪个角度来看，他对这种“不义行为”的赞赏之情都超过了同情弱小民族的激愤。他的论述，毋宁说是为德国统治者献计献策，以使德国顺应国际法中法理体系的变化与发展，以使对波兰的殖民统治在新的历史条件下能够长治久安。

而马、恩在这方面的态度是人所共知的。同样谈论波兰问题，恩格斯的一段名言值得我们在此重温：

> 波兰是扼杀不了的……它在欧洲各民族大家庭中独立生存的权利是不容争辩的。但是，波兰的恢复，对于德国人和俄国人这两个民族自身来说尤其是必要的。
>
> 压迫其他民族的民族是不能获得解放的。它用来压迫其他民族的力量，最后总是要反过来反对它自己的。[②]

在对待被压迫阶级的态度上，拉萨尔与马、恩也有相当大的差别。不能否认拉萨尔对于底层人民苦难的同情之心，但他的同情，有时具有一些居高临下的恩赐意味，或者说，他很愿意将自己的同情降低到浪漫主义者的感伤水平。他常常

---

① 《拉萨尔致马克思》，1859年5月27日，第63—64页。

② 恩格斯:《流亡者文献》,《马克思恩格斯选集》第3卷，人民出版社1995年第2版，第241—242页。

自觉不自觉地以德国官方的浪漫感伤语言为基础来描述工人阶级的困境。马克思认为有组织的社会最终会丧失它的政治性，拉萨尔则坚信国家的永恒性。对拉萨尔来说如果压迫是为了进步，那他就远比马克思更乐于宽恕压迫行为，这在马克思来说是不能接受的。①

通过以上的比较分析，现在转回到意识形态与悲剧观念的生产关系问题上来。传统的观念一般认为，马克思、恩格斯在其书信中已为我们建构了革命悲剧的意识形态基础。如果要进行悲剧的创造（生产），作家们需要按照马、恩提示的那种历史分析方法和体验方式，才有可能把握住历史本身所包蕴的种种美学内涵。至少，当生产力与生产关系已经发展到现代水平的历史阶段，这便是现代悲剧创造一个不容回避也不可能回避的“生产”基础。不过，事情就是这样一个简单的关系模式吗？比较马克思、恩格斯与拉萨尔的争执，就大端处而论，马、恩的见解当然是更深刻，更合理的。但我们如果以为他们业已提供了一种开放而缜密的关于悲剧的“一般历史哲学理论”，并将之再扩展成为无条件的一般文学生产理论，那也许就会引发若干消极后果。

拉萨尔的观点，甚至是某些看起来有点荒唐的见解，也有再推敲的必要。

比如拉萨尔强调的农民阶级尤其“反动”的问题，简单论之，诚然是不妥当的。但在批评之余，我们也应该进一步思考：在革命运动中，农民及其他被压迫阶级能够成为革命的主要力量，但他们是否能够因此自然地成为革命的主导力量呢？这是一个革命的领导权应该掌握在谁手里的问题。在传统的学说中，人们认为当然应当由农民阶级本身来掌握领导权，并据此推衍出了“农民战争是推动历史发展的原动力”等理论。不过，如果对这些理论细加思考，就会发现这类说法很难对现实问题做出有效的理论解释，因为我们很难说陈胜、吴广起义是因为没有触及土地私有制之类的问题才归于失败的；再者，过高评价农民战争与历史进程的关系也与真实情况不符，许多所谓的“农民领袖”的私德是非常败坏的，他们掌握权力之后对一般劳动人民的迫害可能超过大多数历史上的暴君。除非无条件赞同“以论带史”的做法，否则人们很难认同：因为农民阶级的反抗具有正义的性质，其反抗的行为就一定是正义的。拉萨尔指责农民战争的“反动”性质，

---

① 《欧洲社会主义思想与运动史》上卷第 1 册，第 334 页。

是想进而论述像他的“济金根”，也就是封建大诸侯等才有领导革命运动的资格。他的这个结论是充满了偏见的，浪漫派对中世纪骑士风格的偏好很大程度上遮蔽了他的视野，但他所提出的问题本身，不乏深刻意义。

再比如拉萨尔乐于谈论的“狡智”，也不应视作是拉萨尔个人偏好的问题。他的所谓“狡智”，涉及无产阶级政治斗争的方式问题，说穿了，是一个“权术”的问题。革命斗争、正义力量的斗争，也需要权术吗？这样的一类说法，过去是很容易被扣上“机会主义”的帽子的。但问题并不那么简单。现代的政党政治，必须考虑对各种政治力量的估算、权衡以及既斗争又妥协的问题。葛兰西说这是一种“科学”：“研究马基雅弗利，首先必须提出和解决的问题就是政治是自主科学的问题。这也是在系统（连贯和符合逻辑）的世界观中、在实践哲学中，政治科学的地位或政治科学应有的地位的问题。”[①] 这种研究意义重大：“现代君主必须而且只能是精神和道德改革的倡导者和组织者，因此也意味着为民族人民的集体意志持续发展、向着实现高级完整的现代文明创造基础。”[②] 葛兰西还指出，一个政党要存在，必须同时具备三个基本要素：群众的要素、主要的凝聚力量和中间要素。[③] 不能说，拉萨尔有关“狡智”的议论已触及了上述政治学分析的内容，也不能说，葛兰西的理论构想就一定是妥当的。但拉萨尔这些看起来肤浅且不安分的议论，体现了他的理论创新追求和对革命形势发展的预见能力。我们也不难将拉萨尔的思想做美学上的引申。按照拉萨尔的思想，要写革命悲剧，就要表现狂热与狡智之间的矛盾。但这是就革命悲剧本身而论的。如果说革命成功是正剧，革命失败是悲剧，那么，我们能够看出狡智的意义并不是在革命悲剧这一层面，反而是在革命正剧这一层面才特别具有讨论的必要。就是说，如何使革命成功，什么是革命的必要手段就是一个不容回避的问题，亦即：要写革命正剧就要写狡智。狡智其实是构成正剧的必要的策略性手段。而完成此种构造的必要前提则自然是对狡智作为革命悲剧的悲剧性构成元素的洞察。

再比如拉萨尔对国家、民族的见解。诚然，他的许多说法是不妥当的，甚

① 葛兰西：《狱中札记》，曹雷雨等译，中国社会科学出版社 2000 年版，第 99 页。

② 同上书，第 95 页。

③ 同上书，第 115—116 页。

至是错误的。但这是否意味着他对这方面问题的思考就完全无足可取了呢？事情恐怕也不能绝对化。拉萨尔的诸多议论，是针对德意志民族复兴问题而言的。马克思、恩格斯则强调了国际主义的一面，尽管他们也深入思考了个人、民族、国家、国际关系、阶级的任务等问题之间的关系，[①]但很难说马、恩的思考就已经是周详细密的了。马克思、恩格斯在思考这类问题时，多少有些理想化的趋向。在现实中，对个人与政党组织来说，民族的利益、阶级的利益、本民族的利益和其他国家被压迫阶级的利益不可调和的情况是很多的，并且，在相当多的场合，个人还会面临两者必选其一的不容回避的艰难抉择。第二国际就是在这种形势下分裂的。经典的马克思主义理论始终未能恰当地解决这一问题。另外，我们还需要注意，马、恩所谈论的国际主义、反对拉萨尔大国沙文主义，自有其现实针对性。因为德国虽然面临统一的问题，但德国的多个诸侯国，如普鲁士、奥地利等，本身就是大国。他们在世界化的过程中，早已具有强势的地位。而亚非拉的许多国家，它们所面临的国家独立问题，怎能与德国相提并论！对这些国家来说，如果在去殖民化的过程中还过多地谈论“国际主义”的问题，那真是一种“侈谈”了。当然，我们不是要提倡狭隘民族主义的理论，但如以马、恩的民族、国家理论用以指导中国自身的实践，适当的转化、发展无疑是非常有必要的。

“我们的事业是正义的，我们一定能够胜利”，“前途是光明的，道路是曲折的”，等等，从原则上说都是不错的。但我们如果只是简单地重复这些话，并将之当作处理悲剧创作中苦难与牺牲、公正与自由、怜悯与快乐等主题模式不容置辩甚至是唯一的美学原则，那创作就不免有将纷繁复杂的现实扁平化的危险了。雷蒙·威廉斯指出，悲剧创作中容易出现一种所谓“诗学正义”的结构模式。这种模式“把苦难与道德过失联系起来，从而要求悲剧行动体现某种道德架构……按照这一观点，悲剧表现的是过错所导致的苦难，和来自美德的幸福。凡是不这样做的悲剧都必须改写，甚至重写……也就是说，坏人将遭难，好人会幸福；或者像中世纪所强调的那样，坏人在世上过得很糟，而好人会发达。悲剧的道德动力就是实现这种因果关系。”此种悲剧架构的肤浅性质虽然一目了然，作为一种

① 《欧洲社会主义思想与运动史》上卷第 1 册，第 334 页。

顽固的美学意识形态传统，实际上却很难被根除。在悲剧实践（无论在理论上还是在创作上）方面，人们都容易把“一种原来非常传统的道德观变成了一种意识形态，它被强加于经验之上，以遮掩更加难以接受的对实际生活的认识”，“这种道德因果关系可以在故事中得到展示，却无法应付足够多的实际经验。”① 应当承认，20 世纪以来社会主义阵营、左翼阵营在悲剧建设方面将马、恩的观点过分教条化而形成的某些流弊，很接近于威廉斯此间所批评的“诗学正义”模式。

我们正是从这一点上来重新讨论拉萨尔当年的悲剧实践。尽管他在有些方面走得太远了，有些方面又过于囿于传统，但他毕竟是在坚持社会主义道路的基本立场上，根据现实做出了探索。如果不求全责备的话，这些探索在今天看来仍不无启发意义。

附　　记

写作此文的初衷基于两点：一是国内学界对拉萨尔研究不够重视。提及拉萨尔，一些学者仅仅援引马克思、恩格斯对他的批评、谈论来做盖棺论定之讨论。对这位曾在国际工人阶级运动史上发挥重大影响的人物来说，即使是从彻底批判的立场出发，这样的史料基础与学理依据都是不够充分的，与西方学界对相关问题研究的深入程度相比较，也很不相衬。二是悲剧理论理应是马克思主义文学理论一个重要的构成环节。但笔者个人总是疑心我国现有的讨论，也就是马克思主义悲剧理论的研究，在马克思、恩格斯与拉萨尔的几封简单通信中引申出了太多内容。这其中，至少应对马、恩的论敌，也就是拉萨尔的悲剧思想做更为深入的读解——当然，还应该援引更多的文献，从更广阔的思想背景下，从悲剧理论的发展史角度，来讨论马克思主义悲剧理论的核心构成要素（这其中，引入列宁文艺思想的某些观念也许非常必要）。但从 2009 年初步处理这方面问题［主要成果

① 威廉斯：《现代悲剧》，丁尔苏译，译林出版社 2007 年版，第 22 页。

收入《马克思精神生产理论的当代诠释》（人民出版社 2011 年版）一书］，直到 2012 年改写成这篇论文，颇多判断仍在犹疑之间。因此这篇文章的不少的表达是吞吞吐吐的。

收入本文集的时候，原计划对论文做一些大的校订。但主要遭遇的困难是：1. 西文文献中，拉萨尔研究主要集中在其工运、法律思想方面（且多为德文文献），特别是他在哲学方面的代表作《爱非斯的晦涩哲人赫拉克利特的哲学》迄今并未英译，这就超出笔者能力之外了。不对拉萨尔哲学思想做深入考察，对其悲剧思想做深入考察显然不可能——而这恐怕也是马克思、恩格斯批判拉萨尔时某些不言自明的前提。2. 文中还涉及一些当代悲剧研究较活跃的概念，如“理性的狡智（也作‘理性的狡计’，List der Vernunft，英译通常作 cunning of reason）”等。黑格尔在《历史哲学》中提出了这个的著名观念。按照传统的说法，这好像只是黑格尔“主观唯心主义”精神局限发作的症候而已，是他的“绝对精神”实体化、人格化的表现。但按照现代研究家的理解，黑格尔强调理性在历史性的演进过程中会自己欺骗自己，甚至出现诱导其历史主体精神的承担者、卓越的英雄人物如华伦斯坦、济金根误读重大历史事件的寓意内涵而致败亡的“狡智”现象，不一定是其“历史局限”的体现。这是在对人类精神作宏观的、历史性的整体思考中，对于理性演进与理性显现之间某些理性自身不可度测的自反性矛盾的提撕。具体到历史悲剧英雄身上，按照黑格尔的理论，他们过分积极的历史承担勇气就是这种个体不可承受之重的理性狡智的具现，或者说是一种牺牲献祭。自弗洛伊德以来，拉康、齐泽克等对所谓的“理性的狡智”问题都有深刻的阐释。笔者认为，这些解释加深了我们对悲剧文化精神的理解。拉萨尔作为最早的话题发现者，在此方面的贡献应当重新评估，但这是另一个专门的工作，超出了本文修订工作的范围。

因此，本文也只能一仍旧作，而在文末略做说明了。最后引一段卢卡奇的论说以做附证。1920 年代，《拉萨尔通信集》出版，卢卡奇读后赞扬了拉萨尔的“卓越与局限”之处，并指出：

马克思和恩格斯对拉萨尔缺乏信任和真诚。他们两人都从来没有对拉萨尔在理论上和实践中的表现公开说出自己的反对意见。在他们的信中，这种反对意见几乎总是采取一种客客气气、含糊其词的方式，可以说从不直率地触及争论的核心……

一个例子就是恩格斯也曾参与的关于拉萨尔的《弗兰茨·冯·济金根》的争论。这个争论主要围绕下述问题：拉萨尔写作这个革命悲剧的计划是否是一件有意义的事情，从而黑格尔的方法是否适用于认识历史，因为尽管它考虑到多种具体的历史事件，却仅仅把它们看作是超历史实体国家、宗教等的具体化，因而这些“观念”是否具有超出其具体历史存在之外的存在。但是甚至这样一次内容广泛的争论也没有触及分歧的关键。马克思和恩格斯在拉萨尔面前从不完全明确地提出问题，他们没有信心真能使他接受他们的方法，而且，还担心过于强调分歧会完全失去他。①

① 卢卡奇:《马克思与拉萨尔的通信》，载《卢卡奇论戏剧》，北京师范大学出版社 2014 年版，第 191 页、第 193 页。

参 考 文 献

中文著作

[法]阿达利:《噪音：音乐的政治经济学》，宋素凤、翁桂堂译，上海人民出版社 2000 年版。

[德]阿多诺:《美学理论》(修订版)，王柯平译，上海人民出版社 2020 年版。

[意]阿甘本:《神圣人：至高权力与赤裸生命》，吴冠军译，中央编译出版社 2016 年版。

[意]阿甘本:《敞开：人与动物》，蓝江译，南京大学出版社 2019 年版。

[意]阿甘本:《渎神》，王立秋译，北京大学出版社 2017 年版。

[意]阿甘本:《潜能》，王立秋、严和来等译，漓江出版社 2014 年版。

[意]阿甘本:《普尔奇内拉或献给孩童的嬉游曲》，尉光吉译，西南师范大学出版社 2018 年版。

[中]阿英:《晚清文学丛钞·小说戏曲研究卷》，中华书局 1960 年版。

[意]阿奎那:《阿奎那政治著作选》，马清槐译，商务印书馆 1963 年版。

[美]艾斯勒:《圣杯与剑：我们的历史，我们的未来》，程志民译，社会科学文献出版社 1995 年版。

[英]艾斯林:《荒诞派戏剧》，华明译，河北教育出版社 2003 年版。

[美]艾特:《从古典主义到现代主义：西方音乐文化与秩序的形而上学》，李晓东译，中央音乐学院出版社 2012 年版。

[英]埃文思 - 普理查德:《努尔人：对尼罗河畔一个人群的生活方式和政治制度的描述》，褚建芳译，商务印书馆 2017 年版。

[法]奥里乌:《法源：权力、秩序和自由》，罗豪才译，商务印书馆 2015 年版。

[美]奥尼尔:《奥尼尔文集》(全六册)，郭继德等译，人民文学出版社 2006 年版。

［美］奥尼尔：《天边外》，荒芜等译，漓江出版社 1984 年版。

［美］奥尼尔：《外国当代剧作选 1》，张廷琛等译，中国戏剧出版社 1988 年版。

［美］奥尼尔：《奥尼尔集》，汪义群等译，生活 · 读书 · 新知三联书店 1995 年版。

［法］奥祖夫：《革命节日》，刘北成译，商务印书馆 2012 年版。

［法］巴迪欧：《世纪》，蓝江译，南京大学出版社 2011 年版。

［意］巴尔巴：《纸舟：戏剧人类学指南》，连幼平等译，中国戏剧出版社 2018 年版。

［法］巴尔特：《文艺批评文集》，怀宇译，中国人民大学出版社 2010 年版。

［法］巴尔特：《写作的零度》，李幼蒸译，中国人民大学出版社 2008 年版。

［俄］巴赫金：《巴赫金全集》（全七卷），白春林、李兆林等译，河北教育出版社 2009 年版。

［美］巴塔耶：《色情、耗费与普遍经济》，汪明安译，吉林人民出版社 2003 年版。

［美］巴特勒：《安提戈涅的诉求：生与死之间的亲缘关系》，王楠译，河南大学出版社 2017 年版。

［法］鲍德里亚：《消费社会》，南京大学出版社 2001 年版。

［美］鲍恩：《尤金 · 奥尼尔传》，陈渊译，浙江文艺出版社 1988 年版。

［英］鲍曼：《个体化社会》，范祥涛译，上海三联书店 2002 年版。

［美］鲍曼：《作为表演的口头艺术》，杨利慧译，广西师范大学出版社 2008 年版。

［德］毕希纳：《毕希纳全集》，李士勋、傅惟慈译，人民文学出版社 2008 年版。

［爱尔兰］贝克特：《等待戈多》，余中先译，湖南文艺出版社 2016 年版。

［爱尔兰］贝克特：《碎片集：杂谈及一个戏剧片段》，曹波等译，湖南文艺出版社 2016 年版。

［爱尔兰］贝克特：《论普鲁斯特》，陈俊松译，湖南文艺出版社 2017 年版。

［爱尔兰］贝克特：《开心的日子》，刘爱英译，湖南文艺出版社 2016 年版。

［德］本雅明：《巴黎，19 世纪的首都》，刘北成译，商务印书馆 2013 年版。

［德］本雅明：《德意志悲苦剧的起源》，李双志等译，北京师范大学出版社 2019 年版。

［美］本尼迪克特：《菊与刀》，吕万和等译，商务印书馆 1990 年版。

［德］伯尔：《伯尔文论》，袁志英等，生活 · 读书 · 新知三联书店 1996 年版。

［英］伯格：《抵抗的群体》，何佩桦译，广西师范大学出版社 2008 年版。

［美］伯科维奇：《剑桥美国文学史》第 7 卷，孙宏主译，中央编译出版社 2012 年版。

[德]布莱希特:《论史诗剧》,陈奇佳主编,北京师范大学出版社2015年版。

[德]布莱希特:《陌生化与中国戏剧》,张黎、丁扬忠译,北京师范大学出版社2015年版。

[德]布莱希特:《戏剧小工具篇》,张黎、丁扬忠译,北京师范大学出版社2015年版。

[英]布雷德利:《莎士比亚悲剧》,张国强等译,上海译文出版社1992年版。

[英]布列逊:《传统与欲望:从大卫到德拉克罗瓦》,丁宁译,浙江摄影出版社2003年版。

[法]布留尔:《原始思维》,丁由译,商务印书馆1981年版。

[美]布鲁姆:《剧作家与戏剧》,刘志刚译,译林出版社2016年版。

[美]布罗凯特、希尔蒂:《世界戏剧史(第十版)》,周靖波译,上海三联书店2015年版。

[中]曹波:《贝克特"失败"小说研究》,商务印书馆2015年版。

[中]曹禺:《曹禺全集》,花山文艺出版社1996年版。

[古罗马]查士丁尼:《法学总论:法学阶梯》,张企泰译,商务印书馆1989年版。

[中]陈永国:《本雅明文选》,中国社会科学出版社1999年版。

[中]陈世雄:《导演者:从梅宁根到巴尔巴》,厦门大学出版社2006年版。

[中]陈众议:《西班牙文学——黄金世纪研究》,译林出版社2007年版。

[美]戴维斯:《古代悲剧与现代科学的起源》,郭振东等译,华东师范大学出版社2008年版。

[英]丹宁勋爵:《法律的界碑》,刘庸安、张弘译,法律出版社1999年版。

[法]德勒兹:《弗兰西斯·培根:感觉的逻辑》,董强译,广西师范大学出版社2007年版。

[法]德勒兹、加塔利:《资本主义与精神分裂(卷2):千高原》,姜宇辉译,上海书店出版社2010年版。

[法]德里达等:《论瓦尔特本雅明:现代性、寓言和语言的种子》,郭军、曹雷雨等译,吉林人民出版社2003年版。

[法]德里达:《〈友爱的政治学〉及其他》,胡继华译,吉林人民出版社2006年版。

[奥]德沃夏克:《作为精神史的美术史》,陈平译,北京大学出版社2010年版。

[瑞士]迪伦马特:《迪伦马特戏剧集》,叶廷芳等译,人民文学出版社2019年版。

[瑞士]迪伦马特:《迪伦马特侦探小说集》,韩瑞祥等译,人民文学出版社2018年版。

［瑞士］迪伦马特:《抛锚》，郭金荣译，人民文学出版社 2013 年版。

［瑞士］迪伦马特:《思想赋格：迪伦马特晚年思想文集》，罗璇译，中国戏剧出版社 2017 年版。

［法］笛卡尔:《第一哲学沉思录》，庞景仁译，商务印书馆 2011 年版。

［法］第根:《文艺复兴以来欧美文学史》，谢钟湜译，人民出版社 2015 年版。

［美］Eric Lax:《戏假情真：伍迪・艾伦的电影人生》，曾伟祯等译，台湾远流出版社 1994 年版。

［中］方维规:《概念的历史分量：近代中国思想的概念史研究》，北京大学出版社 2018 年版。

［德］费希特:《自然法权基础》，谢地坤译，商务印书馆 2011 年版。

［美］富勒:《法律的道德性》，郑戈译，商务印书馆 2006 年版。

［美］弗雷德:《艺术与物性：论文与评论集》，张晓剑、沈语冰译，江苏凤凰美术出版社 2013 年版。

［美］弗洛伊德:《尤金・奥尼尔的剧作：一种新的评价》，陈良廷、鹿金译，上海译文出版社 1993 年版。

［奥］弗洛伊德:《弗洛伊德文集 3：性学三论与潜意识》，车文博主编，长春出版社 2010 年版。

［奥］弗洛伊德:《精神分析引论》，高觉敷译，商务印书馆 1984 年版。

［奥］弗洛伊德:《弗洛伊德文集 6：自我与本我》，车文博主编，长春出版社 2010 年版。

［奥］弗洛伊德:《弗洛伊德文集 8：图腾与禁忌》，车文博主编，长春出版社 2010 年版。

［意］葛兰西:《狱中札记》，曹雷雨译，中国社会科学出版社 2000 年版。

［中］高中甫:《易卜生评论集》，外语教学与研究出版社 1982 年版。

［中］宫宝荣:《法国戏剧百年（1880—1980）》，生活・读书・新知三联书店 2001 年版。

［中］宫宝荣:《梨园香飘塞纳河：20 世纪法国戏剧流派研究》，上海世纪出版集团 2008 年版。

［英］贡布里希:《理想与偶像：价值在历史和艺术中的地位》，范景中等译，广西美术出版社 2013 年版。

［英］贡布里希:《艺术与人文科学：贡布里希文选》，范景中编选，浙江摄影出版社 1989 年版。

［英］哈耶克:《法律、立法与自由》，邓正来等译，中国大百科全书出版社 2000 年版。

［德］海德格尔:《存在与时间》（修订译本），陈嘉映等译，生活·读书·新知三联书店 2006 年版。

［法］赫尔兹:《死亡与右手》，吴凤玲译，上海人民出版社 2011 年版。

［荷］赫伊津哈:《中世纪的衰落》，刘军、舒炜等译，北京大学出版社 2014 年版。

［德］黑格尔:《法哲学原理》，范扬、张企泰译，商务印书馆 1961 年版。

［德］黑格尔:《美学》，朱光潜译，商务印书馆 1981 年版。

［中］黄晋凯:《荒诞派戏剧》，中国人民大学出版社 1995 年版。

［德］霍耐特:《物化：承认理论探析》，罗明珍译，华东师范大学出版社 2018 年版。

［德］霍克海默、阿多诺:《启蒙辩证法》，渠敬东、曹卫东译，上海人民出版社 2006 年版。

［美］加尔布雷思:《富裕社会》，赵勇等译，江苏人民出版社 2009 年版。

［美］加加林、科恩等:《剑桥古希腊法律指南》，邹丽、叶友珍等译，华东师范大学出版社 2017 年版。

［美］加利:《圣法兰西斯和他的世界》，周明译，北京大学出版社 2005 年版。

［丹］基尔克郭尔:《概念恐惧·致死的疾病》，京不特译，上海三联书店 2004 年版。

［中］“机会主义、修正主义资料选编”编译组:《拉萨尔言论》，生活·读书·新知三联书店 1976 年版。

［英］卡内提:《群众与权力》，冯文光等译，中央编译出版社 2003 年版。

［德］康德:《纯粹理性批判》，邓晓芒译，人民出版社 2017 年版。

［德］康德:《历史理性批判文集》，何兆武译，商务印书馆 1990 年版。

［德］康德:《实践理性批判》，韩水法译，商务印书馆 1999 年版。

［德］康德:《实践理性批判》，李秋零译，中国人民大学出版社 2011 年版。

［德］康德:《实用人类学》，邓晓芒译，上海人民出版社 2002 年版。

［德］考茨基:《近代社会主义的先驱》，韦建桦译，商务印书馆 1989 年版。

［德］考夫曼:《古斯塔夫·拉德布鲁赫传》，舒国滢译，法律出版社 2012 年版。

［英］柯尔:《社会主义思想史》第 2 卷，何瑞丰译，商务印书馆 1978 年版。

［法］科耶夫:《法权现象学纲要》，邱立波译，华东师范大学出版社 2011 年版。

［法］科耶夫:《科耶夫的新拉丁帝国》，邱立波编译，华夏出版社 2008 年版。

［意］科索里尼：《〈大众戏剧〉（1953—1964）：一份战斗式杂志的历史》，鲁楠译，中国戏剧出版社 2019 年版。

［英］克拉克：《现代生活的画像：马奈及其追随者艺术中的巴黎》，沈语冰等译，江苏美术出版社 2013 年版。

［英］克莱因：《爱、罪疚与修复》，吕煦宗等，九州出版社 2017 年版。

［美］克里斯蒂瓦：《恐怖的权力》，张新木译，生活·读书·新知三联书店 2001 年版。

［法］昆德拉：《小说的艺术》，董强译，上海译文出版社 2004 年版。

［法］拉康：《拉康选集》，褚孝泉译，上海三联书店 2001 年版。

［德］拉萨尔：《弗兰茨·冯·济金根》，叶逢植译，人民文学出版社 1976 年版。

［美］兰道尔：《欧洲社会主义思想与运动史》上卷第 1 册，刘山等译，商务印书馆 1994 年版。

［法］朗西埃：《历史的形象》，蓝江译，华东师范大学出版社 2018 年版。

［德］雷曼：《后戏剧剧场》，李亦男译，北京大学出版社 2016 年版。

［中］李达三等：《中外比较文学的里程碑》，人民文学出版社 1997 年版。

［苏］里夫希茨：《马克思恩格斯论艺术》（全四册），曹葆华等译，人民文学出版社 1960 年版。

［苏］列宁：《列宁全集》（第二版增订版），人民出版社 2017 年版。

［法］列维 - 斯特劳斯：《结构人类学》，张祖建译，中国人民大学出版社 2009 年版。

［法］列维 - 斯特劳斯：《野性的思维》，李幼蒸译，中国人民大学出版社 2006 年版。

［法］列维 - 斯特劳斯：《神话学》（全四卷），周昌忠译，中国人民大学出版社 2007 年版。

［中］林毓生：《中国传统的创造性转化》，生活·读书·新知三联书店 1988 年版。

［匈］卢卡奇：《卢卡奇论戏剧》，罗璇译，北京师范大学出版社 2014 年版。

［匈］卢卡奇：《历史与阶级意识》，杜章智等译，商务印书馆 1995 年版。

［匈］卢卡奇：《小说理论》，燕宏远等译，商务印书馆 2012 年版。

［法］卢梭：《卢梭全集》第 5 卷，李平沤译，商务印书馆 2012 年版。

［法］卢梭：《一个孤独的散步者的梦》，李平沤译，商务印书馆 2009 年版。

［美］罗宾森：《尤金·奥尼尔和东方思想》，郑柏铭译，辽宁教育出版社 1997 年版。

［美］罗伯森：《当代艺术的主题：1980 年以后的视觉艺术》，匡骁译，江苏美术出版社 2012 年版。

［美］罗尔斯：《正义论》，何怀宏等译，中国社会科学出版社 1988 年版。

［中］罗念生：《罗念生全集》第 8 卷，上海人民出版社 1994 年版。

［英］罗斯金：《现代画家》，丁才云等译，广西师范大学出版社 2012 年版。

［中］刘文辉：《中央苏区红色戏剧研究》，中国戏剧出版社 2017 年版。

［中］刘秀玉：《生存体验的诗性超越：贝克特戏剧艺术论》，光明日报出版社 2012 年版。

［德］马克思、恩格斯：《马克思恩格斯选集》，人民出版社 1995 年版。

［德］马克思、恩格斯：《马克思恩格斯文集》第 1 卷，人民出版社 2009 年版。

［德］马克思、恩格斯：《马克思恩格斯全集》第 2 卷，人民出版社 1957 年版。

［德］马克思、恩格斯：《马克思恩格斯全集》第 3 卷，人民出版社 1960 年版。

［德］马克思、恩格斯：《马克思恩格斯全集》第 40 卷，人民出版社 1982 年版。

［德］马克思、恩格斯：《马克思恩格斯全集》第 46 卷上，人民出版社 1979 年版。

［德］迈内克：《马基雅维里主义："国家理由"观念及其在现代史上的地位》，时殷弘译，商务印书馆 2008 年版。

［俄］密克拉谢夫斯基：《邂逅康铎》，黄觉译，中国戏剧出版社 2016 年版。

［英］穆勒：《功利主义》，徐大建译，上海世纪出版社 2008 年版。

［法］莫斯：《论馈赠：传统社会的交换形式及其功能》，卢汇译，中央民族大学出版社 2002 年版。

［法］莫斯：《礼物：古式社会中交换的形式与理由》，汲喆译，商务印书馆 2016 年版。

［法］梅洛 - 庞蒂：《辩证法的历险》，杨大春、张尧均译，上海译文出版社 2009 年版。

［美］纳博科夫：《〈堂·吉诃德〉讲稿》，金绍禹译，上海三联书店 2007 年版。

［美］纳斯鲍姆：《善的脆弱性：古希腊悲剧和哲学中的运气与伦理》，徐向东、陆萌译，译林出版社 2007 年版。

［法］南希：《解构的共通体》，夏可君编校，上海世纪出版集团 2007 年版。

［德］尼采：《快乐的科学》，黄明嘉译，华东师范大学出版社 2007 年版。

［德］尼采：《人性的，太人性的》，魏育青译，华东师范大学出版社 2008 年版。

［英］诺尔森：《贝克特肖像》，王绍祥译，上海人民出版社 2006 年版。

［德］诺伊曼：《大母神：原型分析》，李以洪译，东方出版社 1998 年版。

［英］欧克肖特：《政治中的理性主义》，张汝伦译，上海译文出版社 2003 年版。

［美］潘诺夫斯基：《图像学研究：文艺复兴时期艺术的人文主题》，范景中等译，上海三

联书店 2011 年版。

［美］佩尔斯:《激进的理想与美国之梦》，卢允中等译，上海外语教育出版社 1992 年版。

［英］培根:《培根论说文集》，水天同译，商务印书馆 1983 年版。

［英］普雷斯蒂奇:《骑士制度》，林中泽等译，上海三联书店 2010 年版。

［美］普雷齐奥西:《艺术史的艺术：批评读本》，易英等译，上海人民出版社 2016 年版。

［法］普吕讷:《荒诞派戏剧》，陆元昶译，浙江大学出版社 2014 年版。

［德］齐佩利乌斯:《德国国家学》，赵宏译，法律出版社 2011 年版。

［德］齐奥科斯基:《正义之镜：法律危机的文学省思》，李晟译，北京大学出版社 2011 年版。

［斯洛文尼亚］齐泽克:《延迟的否定：康德、黑格尔与意识形态批判》，夏莹译，南京大学出版社 2016 年版。

［斯洛文尼亚］齐泽克:《暴力：六个侧面的反思》，唐健等译，中国法制出版社 2012 年版。

［斯洛文尼亚］齐泽克:《快感大转移》，胡大平等译，江苏人民出版社 2004 年版。

［斯洛文尼亚］齐泽克:《视差之见》，季广茂译，浙江大学出版社 2014 年版。

［瑞士］荣格:《潜意识与心灵成长》，张月译，上海三联书店 2012 年版。

［瑞士］荣格:《原型与集体无意识》，徐德林译，国际文化出版公司 2011 年版。

［瑞士］荣格:《转化的象征：精神分裂症的前兆分析》，孙明丽译，国际文化出版社 2011 年版。

［美］萨义德:《东方学：西方对于东方的观念》，王宇根译，生活 · 读书 · 新知三联书店 2007 年版。

［西］塞万提斯:《堂 · 吉诃德》，董燕生译，浙江文艺出版社 1995 年版。

［法］桑塔格:《反对阐释》，程巍译，上海译文出版社 2003 年版。

［英］莎士比亚:《新莎士比亚全集》第 7 卷，方平译，河北教育出版社 2000 年版。

［中］沈语冰、张晓剑:《20 世纪西方艺术批评文选》，河北美术出版社 2018 年版。

［维也纳］施洛塞尔:《美术史里程碑：维也纳美术史学派》，张平等译，北京大学出版社 2013 年版。

［德］施密特:《马克思的自然概念》，欧力同等译，商务印书馆 1988 年版。

［德］施密特:《皮娜 · 鲍什：为对抗恐惧而舞蹈》，林倩苇译，上海人民出版社 2007

年版。

［德］施塔姆勒：《正义法的理论》，夏彦才译，商务印书馆 2012 年版。

［美］施坦伯格：《另类准则：直面 20 世纪艺术》，沈语冰、刘凡、谷光曙译，江苏凤凰美术出版社 2013 年版。

［德］叔本华：《作为意志和表象的世界》，石冲白译，商务印书馆 1982 年版。

［德］斯丛狄：《现代戏剧理论》，王建译，北京大学出版社 2006 年版。

［英］斯泰恩：《现代戏剧理论与实践》，刘国彬等译，中国戏剧出版社 2002 年版。

［美］斯坦贝克：《愤怒的葡萄》，胡仲持译，上海译文出版社 2004 年版。

［美］斯坦贝克：《伊甸之东》，王仲年译，人民文学出版社 1986 年版。

［美］斯坦贝克：《斯坦贝克中短篇小说选》，人民文学出版社 1983 年版。

［美］斯坦贝克：《人鼠之间》，董衡巽等译，漓江出版社 1989 年版。

［美］谭璇：《暴力与反暴力：法国大革命中的恐怖政治》，黄丹璐译，山西人民出版社 2019 年版。

［西］特拉彼略：《塞万提斯传》，崔维本译，河北教育出版社 2009 年版。

［中］田本相：《曹禺访谈录》，百花文艺出版社 2010 年版。

［中］田汉：《田汉全集》，花山文艺出版社 2000 年版。

［中］田俊武：《约翰·斯坦贝克的小说诗学追求》，中国社会科学出版社 2006 年版。

［法］托多罗夫：《共同的生活》，林泉喜译，华东师范大学出版社 2017 年版。

［法］托多罗夫：《启蒙的精神》，马利红译，华东师范大学出版社 2012 年版。

［法］托多罗夫：《野蛮人的恐惧：超越文明冲突论》，许惇纯译，台湾广场出版社 2017 年版。

［中］王国维：《王国维文学美学论著集》，北岳文艺出版社 1987 年版。

［中］王国维：《宋元戏曲史》，上海古籍出版社 2008 年版。

［中］王向远：《二十世纪中国的日本文学翻译史》，北京师范大学出版社 2001 年版。

［中］王雅华：《不断延伸的思想图像：塞缪尔·贝克特的美学思想与创作实践》，北京大学出版社 2013 年版。

［中］汪义群：《奥尼尔研究》，上海外语教育出版社 2006 年版。

［中］汪义群：《西方现代戏剧流派作品选·叙事体戏剧》，中国戏剧出版社 2005 年版。

［美］威廉斯：《外国当代剧作选 3》，东秀、安曼等译，中国戏剧出版社 1992 年版。

［英］威廉斯：《现代悲剧》，丁尔苏译，译林出版社 2017 年版。

［德］韦克维尔特：《为布莱希特辩护》，焦仲平译，中国戏剧出版社 2017 年版。

［德］维塞尔斯：《德国刑法总论：犯罪行为及其构造》，李昌珂译，法律出版社 2008 年版。

［美］维塞尔斯：《马克思与浪漫派的反讽：论马克思主义神话诗学的本源》，陈开华译，华东师范大学出版社 2008 年版。

［美］翁：《口语文化与书面文化：语词的技术化》，何道宽译，北京大学出版社 2008 年版。

［瑞士］沃尔夫林：《美术史的基本概念：后期艺术中的风格发展问题》，洪天富等译，中国美术学院出版社 2015 年版。

［美］席克尔：《伍迪·艾伦：电影人生》，伍芳林译，广西师范大学出版社 2006 年版。

［中］夏衍：《夏衍全集》，浙江文艺出版社 2005 年版。

［美］夏皮罗：《现代艺术：19 与 20 世纪》，沈语冰、何海译，江苏凤凰美术出版社 2013 年版。

［美］谢克纳：《环境戏剧》，曹路生译，中国戏剧出版社 2001 年版。

［古希腊］亚里士多德：《诗学》，陈中梅译，商务印书馆 1996 年版。

［英］伊格尔顿：《甜蜜的暴力：悲剧的观念》，方杰、方宸译，南京大学出版社 2007 年版。

［英］伊格尔顿：《美学意识形态》，广西师范大学出版社 1997 年版。

［中］余匡复：《布莱希特论》，上海外语教育出版社 2002 年版。

［美］詹姆逊：《布莱希特与方法》，陈永国译，中国社会科学出版社 1998 年版。

［中］张黎：《布莱希特研究》，中国社会科学院出版社 1984 年版。

外文著作

Albert Bermel, *Farce: A History from Aristophanes to Woody Allen*, New York: Simon and Schuster, 1982.

Annette Mingels, *Dürrenmatt und Kierkegaard: Die Kategorie des Einzelnen als gemeinsame Denkform*, Köln: Böhlau Verlag, 2003.

Bernhard Losch, „Friedrich Dürrenmatt: ‚Die Gerechtigkeit ist etwas Fürchterliches'", in: Hermann Weber hrsg., *Recht, Staat und Politik im Bild der Dichtung*, Berlin: Berliner Wissenschafts-Verlag, 2003.

Dragoş Carasevici, Alexandra Chiriac hrsg., *Friedrich Dürrenmatts Rezeption im Lichte der Interdisziplinarität*, Konstanz: Hartung-Gorre Verlag, 2016.

Elaine Scarry, *On Beauty and Being Just*, Princeton: Princeton University Press, 2001.

Elaine Scarry, *Resisting Representation*, Oxford: Oxford University Press, 1994.

Elaine Scarry, *The Body in Pain: The Making and Unmaking of the World*, Oxford: Oxford University Press, 1987.

Elaine Scarry, *Who Defended the Country?*, Boston: Beacon Press, 2003.

Friedrich Dürrenmatt, *Gesammelte Werke in sieben Bänden*, Zürich: Diognese Verlag, 1996.

Friedrich Dürrenmatt, *Gespräche 1961-1990 in vier Bänden*, Zürich: Diogenes Verlag, 1996.

George Bataille, *The Tears of Eros*, trans by Peter Connor, San Francisco: City Lights Publishers, 2001.

Gloria Cahill, "Mothers and Whores: The Process of Integration in the Plays of Eugene O'Neill", in: *The Eugene O'Neill Review*, Vol. 16, No. 1, 1992.

Ihab Hassan, *The Literature of Silence: Henry Miller and Samuel Beckett*, New York: Alfred A. Knopf, Inc., 1967.

James A. Robinson, "Ghost Stories: Iceman's Absent Women and Mary Tyrone", in: *The Eugene O'Neill Newsletter*, Vol. 12, 1988.

Mark Nixon, *Samuel Beckett's German Diaries 1936-1937(Historicizing Modernism)*, New York: Continuum International Publishing Group, 2011.

Peter Rusterholz, „Christliches Paradox als Skandalon und Korrektiv der Nachkriegskultur nach 1945: Friedrich Dürrenmatt und Karl Bart", in: Natalia Bakshi, Dirk Kemper, Iris Bäcker hrsg., *Religiöse Thematiken in den deutschsprachigen Literaturen der Nachkriegszeit (1945-1955)*, Paderborn: Wilhelm Fink Verlag, 2013.

Peter Rusterholz, „Vom ‚Werk' zur Intertextualität der ‚Stoffe': Friedrich Dürrenmatts Wandlung", in: *Zeitschrift für Semiotik*, Bd. 24, H. 2-3, 2002.

Philipp Burkard, *Dürrenmatts „Stoffe": Zur literarischen Transformation der Erkenntnistheorien*

Kants und Vaihingers im Spätwerk, Tübingen: A. Francke Verlag, 2004.

Rudolf Probst, *(K)eine Autobiographie schreiben: Friedrich Dürrenmatts Stoffe als Quadratur des Zirkels*, Paderborn: Wilhelm Fink Verlag, 2008.

Robert J. Andreach, "O'Neill's Women in *The Iceman Cometh*", in: *Renascence*, Vol. 18, Iss. 2, 1966.

Shion Levy, *Samuel Beckett's Self-Referential Drama: The Tree I's*, London: Macmillan, 1990.

Steven F. Bloom, "Drinking and Drunkenness in *The Iceman Cometh*: A Response to Mary McCarthy", in: *The Eugene O'Neill Newsletter*, Vol. 9, 1985.

Tennessee Williams, *Plays 1957-1980*, New York: Library of America, 2000.

Thomas E. Porter, "The Magna Mater: The Maternal Goddess in O'Neill's Plays", in: *The Eugene O'Neill Review*, Vol. 27, 2005.

Ulfrid Neumann, „Gerechtigkeit durch kompensierende Ungerechtigkeit: Das Rechtsprinzip der ‚Negation durch Negation' in Werken von Friedrich Dürrenmatt", in: Heike Jung hrsg., *Das Recht und die schönen Künste*, Baden-Baden: Nomos Verlagsgesellschaft, 1998.

Ulrich Weber, „‚Der grässliche Fatalismus der Geschichte': Friedrich Dürrenmatt und Georg Büchner", in: Véronique Liard, Marion George hrsg., *Dürrenmatt und die Weltliteratur – Dürrenmatt in der Weltliteratur*, München: Martin Meidenbauer Verlagsbuchhandlung, 2011.

Ulrich Weber, *Dürrenmatts Spätwerk: Die Entstehung aus der „Mitmacher"-Krise. Eine textgenetische Untersuchung*, Frankfurt am Main: Stroemfeld Verlag, 2007.

Urs Büttner, „Urteilen als Paradigma des Erzählens: Dürrenmatts Narratologie der Gerechtigkeit in seiner Geschichte *Die Panne* (1955/56)", in: *Monatshefte für deutschsprachige Literatur und Kultur*, Vol. 101, No. 4, 2009.

后　　记

从2010年左右转向悲剧问题研究，转眼间已经过去十多年。这期间，除了一段时间分心修订《夏衍传》，可以说全部精力都集中在与悲剧相关的话题上。这里就是部分学习成果的结集。

我的悲剧研究大致分四个方面展开：一是悲剧理论；二是个案研究（主要聚焦在戈达尔上）；三是作家作品；四是现代技术、市场与悲剧文化之关系。本书是作家作品研究专论的结集。文集还有部分文字涉及悲剧文体概念及其在中国传播、影响问题的考证等。在数十年的学习过程中，我深切地感受到，中国学界对西方文化、文体概念的理解，有时受汉译名的影响太大。汉语自身的语义内涵常常自动生成某些西方观念的有中国特色的诠释内容。这种意谓内容的再生成、再诠释当然是不可避免的，不过，我们作为研究者还是需要对谈论对象的来源、发展历史有一些专门的了解。

在这一问题的研究道路上，要特别感谢刘小枫、傅谨、孙郁、徐沙、沈亢等师长、学兄的帮助与指导。我对迪伦马特的偏爱即受到沈亢先生的启发。陈高华叔的鼓励与肯定，他的精神探求的创新意识，一直指引着我前进的方向。黄克剑师曾经指点我，必须直面精神问题最根本、厚重的东西，这使我得以从对消费文化茫然的张望中抽身而出。

这部作品的完成还离不开罗璇、何珏菡、宋雪莹等合作者的辛劳。杨伦、梁超群帮助编辑、校对了书稿。书中与研究相关的德文资料请教了罗璇、黄金城、洪旸，法文资料请教了宋鸽、鲁楠，日文资料请教了何华珍、张芷然。特致谢忱。

论文的部分成果已发表在《文艺研究》《中国人民大学学报》《四川大学学报》《河北师范大学学报》《戏剧》（中央戏剧学院学报）、《学习与探索》《中国现代文学研究丛刊》《江海学刊》《江淮论坛》等学术期刊上，感谢夏波、金宁、戴阿宝、张蔚、那晓波、张静、孙秀昌、庞礴、岳毅平等学兄的支持与帮助。

本书受到中国人民大学科学研究基金重大项目（中央高校基本科研业务费专项资金资助）“新时期欧美戏剧理论译介与影响研究（1980—2019）”（项目编号2021030015）的资助。本书即是结项成果之一。

陈奇佳

2022年4月